Carl Vogt

Physiologische Briefe für Gebildete

Carl Vogt

Physiologische Briefe für Gebildete

ISBN/EAN: 9783741125393

Hergestellt in Europa, USA, Kanada, Australien, Japan

Cover: Foto ©Andreas Hilbeck / pixelio.de

Manufactured and distributed by brebook publishing software
(www.brebook.com)

Carl Vogt

Physiologische Briefe für Gebildete

für

Gebildete aller Stände

von

Carl

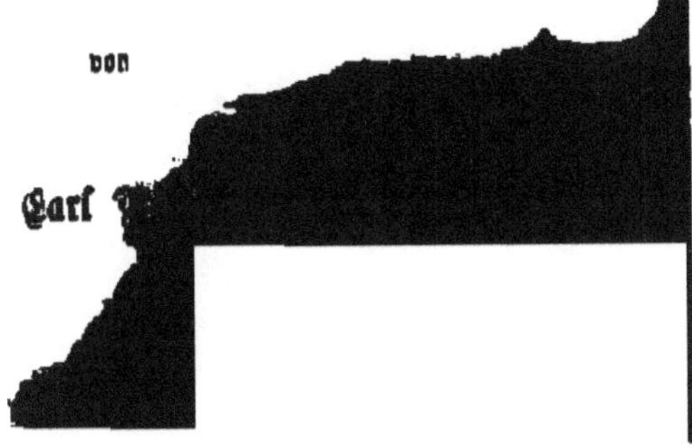

Dritte ver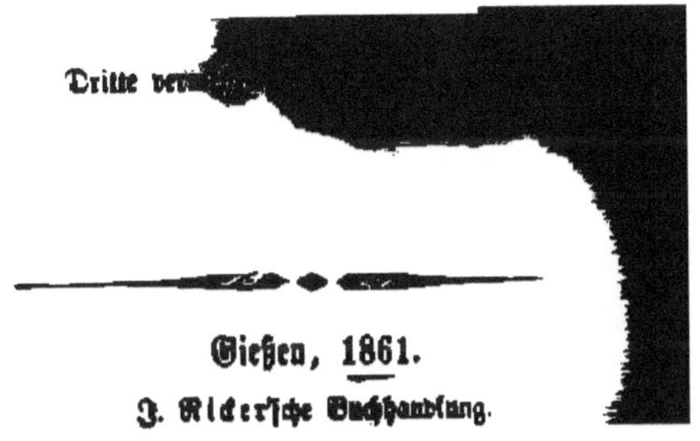

Gießen, 1861.

J. Rider'sche Buchhandlung.

Erste Abtheilung.

Das vegetative Leben.

Erster Brief.

Der Kreislauf des Bluts.

Das Blut ist der Träger alles individuellen Lebens. Ohne seine Vermittlung giebt es keine Neubildung, keine Umwandlung des Bestehenden, keine regelrechte Zurückbildung des Ueberflüssigen. Gleich dem Prinzipe des Lebens selbst ist das Blut in ewigem Umschwunge, in rastloser Bewegung begriffen; — bis in die entferntesten Theile des Körpers reckt sich sein Strom, überall sind ihm Bahnen aufgeschlossen, welche es nach bestimmten Gesetzen durchläuft, nach allen Seiten hin findet es Kanäle, durch welche es seine belebende Kraft den umliegenden Organtheilen mittheilt und seine Bestandtheile mit den ihrigen austauscht. Der Begriff des Kreislaufes, seine thatsächliche Existenz sind allmählich in das Volksbewußtsein übergegangen; man spricht davon, wie wenn daran nicht gezweifelt werden könne; es ist eine jener wenigen Wahrheiten, die sich gleichsam durchgefiltert haben aus den wissenschaftlichen Behältern und deren Bestand man annimmt, ohne nach dem Beweise, ohne nach den Folgen zu fragen. Wie verhalten sich die Gefäße und Kanäle, in denen das Blut kreist? Welche Kräfte sind an ihnen thätig, und auf welche Weise wird dieser stete Umlauf bedingt? Welche Beschaffenheit endlich zeigt das Blut selbst, welche chemische Zusammensetzung ist ihm eigenthümlich und wie läßt sich aus all diesen Verhältnissen die Rolle erklären, welche das Gefäßsystem im Organismus spielt?

Daß das Herz der Mittelpunkt des Blutkreislaufes sei, dies wissen wir Alle aus eigener Erfahrung. Von ihm aus geht ein System von Röhren nach allen Theilen des Körpers, sich immer mehr verästelnd und verzweigend, bis wir endlich mit dem bloßen Auge den letzten dünnen Reiserchen nicht mehr folgen können. Von diesen cylindrischen Röhren, den Blutgefäßen, lassen sich schon äußeren

Kennzeichen nach zwei Arten unterscheiden. Die einen sind fest, elastisch, bleiben gleich einer Gummiröhre rund und offen, selbst wenn sie leer sind oder durchschnitten werden; das Blut strömt in ihnen von dem Herzen weg nach den peripherischen Theilen des Körpers; — diese Röhren mit centrifugaler Richtung des Blutstromes sind die Arterien oder Schlagadern. Die anderen Gefäße sind dünnwandiger, sie fallen nach der Entleerung oder Durchschneidung zusammen; das Blut strömt in ihnen von den peripherischen Theilen aus nach dem Herzen zu — wir nennen diese nach dem Mittelpunkte leitenden Kanäle die Venen oder Blutadern.

Fig. 1. Das Herz mit den Blutgefäßstämmen von vorn. a. Rechte Kammer. b. Linke Kammer. c, d. Lungenschlagader. e. Aorta oder große Körperschlagader. f. Bogen der Aorta. g. Absteigende Aorta. h. Gemeinschaftlicher Stamm der r. rechten Schlüsselbein- und s. rechten Halsarterie. i. Linke Halsarterie. k. Anfang der nicht weiter gezeichneten linken Schlüsselbeinarterie. l. Rechte Vorkammer. m. Linke Vorkammer. n. Obere Hohlvene. q, o. Gemeinschaftliche rechte Halsarmvene. p. Gemeinschaftliche linke Halsarmvene. u. Spitze des Herzens.

Fig. 2. Das Herz mit den Blutgefäßstämmen von hinten. a. Rechte Kammer. b. Linke Kammer. c. Rechte Vorkammer. d. Linke Vorkammer. e. Rechtes, f. linkes Herzohr. g. Untere, h. obere Hohlvene. i. Gemeinschaftliche rechte Halsarmvene. k. Gemeinschaftliche linke Halsarmvene. l. Rechte Lungenvene. m. Linke Lungenvene. n. Kranzvene des Herzens. o. Kranzarterie des Herzens. q. Gemeinschaftlicher Stamm der p. rechten Schlüsselbein- und r. rechten Halsarterie (Carotis). s. Bogen der Aorta. t. Ursprung der linken Schlüsselbeinarterie. u. Lungenarterie.

Das Herz selbst ist ein hohler Muskel; ein nach unten zugespitzter Beutel mit dicken Wänden, die aus schleifenförmig angeordneten Muskelfasern gewoben sind, welche durch ihre Zusammenziehung den Beutel verengern und die darin enthaltene Flüssigkeit auspressen können. Eine innere Scheidewand theilt der Länge nach diesen Beutel in zwei Hälften, eine rechte und eine linke, und jede dieser Hälften ist wieder durch eine durchbrochene Querscheidewand in zwei Abtheilungen getheilt, welche mit einander durch die Oeffnungen der Querscheidewand in Communikation stehen. — Die Längsscheidewand zeigt keine solche Communikationsöffnung; zwischen rechter und linker Herzhälfte besteht keine Verbindung; das Blut in der einen kann sich nie mit demjenigen der andern Hälfte vermischen. Auf diese Weise ist das Herz in vier Abtheilungen getheilt, deren jede mit Blutgefäßen in Communikation steht, die einen mit den zuführenden Venen, die anderen mit den wegführenden Arterien. Die ersteren heißen die Vorkammern, Vorhöfe oder Atrien, ihre Muskelwände sind gleich den Wänden der Venen schwächer, ihr Lumen größer als das der Kammern oder Ventrikel, welche sich durch starke Muskelschichten auszeichnen. Jede Herzhälfte hat demnach einen Vorhof und eine Kammer, welche mit einander durch weite Oeffnungen in der Querscheidewand, durch die sogenannten Atrioventrikularöffnungen, in Verbindung stehen. Schon aus der Natur der einmündenden Gefäße kann man schließen, daß der Weg, welchen das Blut im Herzen nimmt, aus den Venen in die Vorkammern, von dort in die Kammern und aus diesen durch die Arterien hinausgeht. Die relative Muskelschwäche der Vorhöfe erklärt sich ebenfalls schon aus diesem Umstande; — sie haben das in ihnen angesammelte, von der Peripherie kommende Blut durch ihre Zusammenziehung nur in die Kammern zu treiben, wozu bei der Kürze des Wegs und der Weite der Communikationsöffnung gerade keine bedeutende Kraft gehört; während hingegen die Kammern einer bedeutenden Kraftentwicklung bedürfen, um ihre Blutmenge durch die engen Canäle der Arterien bis in die entferntesten Gebiete ihrer beiderseitigen

Blutbahnen zu treiben. Die Richtung des Blutstromes im Herzen wird durch ein äußerst sinnreiches System häutiger Klappen bestimmt, welches namentlich in den Kammern in großer Vollkommenheit entwickelt ist. Jede Herzabtheilung hat natürlich zwei Oeffnungen, eine, wodurch sie mit den Gefäßen, eine andere, wodurch sie mit der anderen Herzabtheilung derselben Seite zusammenhängt; ohne Klappen würde bei der Zusammenziehung das Blut aus beiden Oeffnungen hinausgepreßt werden. An der Oeffnung zwischen je zwei Herzabtheilungen aber befindet sich eine solche Klappe, wie ein Segel aus mehreren Zipfeln gebildet, deren Stellung in der Art angeordnet ist, daß dem aus der Vorkammer her gepreßten Blute die Klappe sich weit öffnet, während sie im Momente sich schließt, wo die Kammer sich zusammenzieht und das Blut gegen die Klappe antreibt.

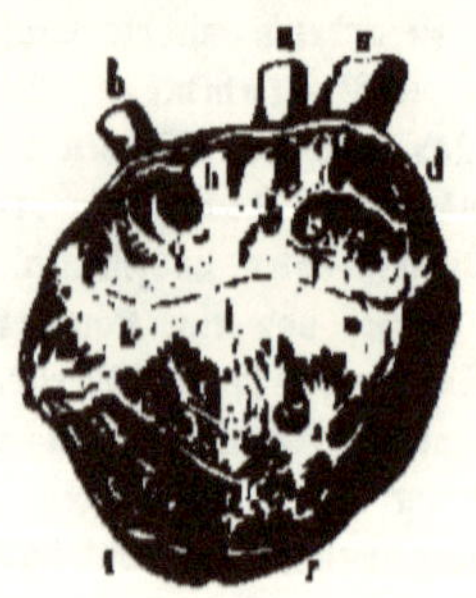

Fig. 3.

Das rechte Herz, aufgeschnitten und ausgebreitet. a. Obere Hohlvene. b. Untere Hohlvene. c. Zwischenwand zwischen ihren Mündungen. d. Vorkammerwandung. e. Mündungen der kleinen Herzblutadern. f. Herzohr. g. Untere Hohlvenenmündung. h. Lower'scher Wulst. k, l, m. die drei Zipfel der Klappe. n. Warzenmuskeln. o. Scheidewand gegen die linke Kammer. p. Oeffnung der Lungenschlagader. q. Balkenmuskeln. r, t. Kammerwandung. s. Lungenschlagader.

Fig. 4.

Das linke Herz ebenso behandelt. a, b. Linke Lungenvenen. c, d. Oeffnungen der rechten Lungenvenen. e. Scheidewand gegen die rechte Vorkammer. f. Herzohr. g. Ueberrest des eirunden Loches. h, i, k. Aufgeschnittene und zurückgeschlagene Theile der Vorkammerwand. l, m, n. Zipfel der Bischofsklappe. o, p. Warzenmuskeln. q. Scheidewand gegen die rechte Kammer. r, s. Fleischballen. t, u. Kammerwandung.

Die Segelklappe in der rechten Herzhälfte zwischen Vorkammer und Kammer heißt die dreizipfelige Klappe, die in der linken Herzhälfte gelegene die zweizipfelige oder Bischofsklappe — beide bestehen aus dünnen Sehnenhäuten, an welche sich, an der Seite nach der Kammer zu, feine, oft bogenförmig geschlungene Sehnenfasern ansetzen, die von den Kammerwänden selbst ausgehen und mit Warzenmuskeln zusammenhängen, welche in die freie Herzhöhle hineinragen. Bei der Zusammenziehung der Kammern ziehen sich auch die Warzenmuskeln zusammen, spannen durch ihre Sehnen wie durch Zugseile die häutigen Segel und beschleunigen so den Schluß derselben. Die freien Ränder der Segel rollen sich dann auf, legen sich an einander und schließen schon bei dem geringsten Drucke von der Kammer her die Oeffnung vollkommen — während sie im Augenblicke, wo dieser Druck nachläßt, sich öffnen und die Blutwelle vom Vorhofe her einströmen lassen. — Noch einfacher sind die Klappen an den Ursprüngen der beiden Hauptarterien, der Lungenschlagader und der Aorta. Hier finden sich die sogenannten halbmondförmigen Klappen, je drei Taschenventile aus dünner Sehnenhaut mit freiem geradem Rande und bogenförmig angewachsener Basis. Der Bogenrand schaut nach dem Herzen, der freie Rand nach der Peripherie hin, die Ventile liegen an der Arterienwand an, wie die Taschen eines Kutschenschlages. Der aus den Kammern hervorgetriebene Blutstrom läuft vom angewachsenen gegen den freien Rand des Ventiles hin; er drückt also dieses an die Arterienwand an und rauscht ungehindert darüber weg. Der Rückprall der Blutwelle gegen die Kammer hin fängt sich in dem freien Rande, stellt das Ventil auf und schließt es, indem die Ränder der drei Klappen genau an einander passen.

Man hat durch Versuche nachgewiesen, daß es nur eines äußerst geringen Druckes bedarf, um die erwähnten Klappen zu stellen und zwar so zu stellen, daß sie auch nicht einen Tropfen Flüssigkeit durchlassen und vollkommen hermetisch schließen. Jeder kann sich davon leicht an dem Herzen eines frisch geschlachteten Thieres überzeugen. Man braucht nur Wasser aus einem Topfe in eine der großen Schlagadern zu gießen. Die geringe Kraft des Wasserstrahles reicht hin, die halbmondsförmigen Klappen so zu schließen, daß auch nicht ein Tropfen Wasser in die Kammer gelangt. Führt man durch die Arterien eine Röhre ein und gießt Wasser in die Kammer, so kann man, bei aufgeschnittenen Vorhöfen, den Schluß der Segelklappen an den Kammeröffnungen beobachten. Viele unheilbare Herzkrankheiten beruhen auf krankhafter Veränderung der Segelklappen oder der Taschenventile, wodurch das Spiel derselben gehemmt, ihr Schluß unvollkommen und der Kreislauf unregelmäßig gemacht wird. Bei Veränderung der Segelklappen stürzt ein Theil des in der Kammer befindlichen Blutes, statt durch die Schlagadern ausgetrieben zu werden, in die Vorkammer zurück; bei unzureichendem Schluß der Taschenventile fließt das in die Schlagadern getriebene Blut wieder in die Kammer zurück.

So vollkommen die genannten Klappeneinrichtungen an den Mündungen der Kammern sind, so unvollkommen sind die Vorrichtungen an den Einmündungen der Venen in die Vorhöfe.

Ringmuskeln, welche die Einmündungsstellen durch Zusammenziehung verengen, Vorsprünge und Faltensäume sind zwar hier angebracht, aber nicht in so vollständiger Weise ausgebildet, um, wie bei den Kammern, den Rückprall des Blutes bei der Zusammenziehung gänzlich zu verhindern. Die Klappenvorrichtungen an beiden Oeffnungen der Kammern genügen indessen schon, um aus dem Herzen ein hydrostatisches Druckwerk mit Ventilen zu machen, welche dem Blutstrom die gehörige Richtung anweisen. So genau sind alle Kräfte an dieser wunderbaren Maschine berechnet, so harmonisch ihr Zusammenwirken, daß die geringsten Fehler an den Klappen schon Unordnungen des Auslaufes erzeugen, indem der vollkommene Schluß nicht mehr erzielt werden kann, während bei vollkommener Bildung der Klappen bis zu dem letzten matten Herzschlage noch Kraft genug im Herzen vorhanden ist, um die Klappen gehörig zu stellen und so dem Blutstrom seine Richtung anzuweisen. Denn man bedenke wohl, daß das Herz ohne Klappen nur eine bewegende Maschine sein würde, welche das Blut aus allen seinen Oeffnungen hinausbrückden, nicht aber in einer stets bestimmten Richtung einseitig forttreiben würde, und daß nur die in rein mechanischer Weise angebrachten und spielenden Klappen es sind, welche die Richtung bestimmen und somit den Kreislauf und mit ihm das Leben ermöglichen.

Die Erfahrung hat gezeigt, daß stets die gleichnamigen Abtheilungen beider Herzhälften sich in demselben Zeitmomente zusammenziehen, daß die beiden Vorkammern sich contrahiren, während die Kammern sich ausdehnen, und daß hernach die Zusammenziehung beider Kammern mit gleichzeitiger Ausdehnung der Vorkammern verbunden ist. Bei der Zusammenziehung oder Systole der Kammern hebt sich die Herzspitze, indem sie sich zugleich etwas um ihre Achse dreht und gegen die Brustwand anschlägt, während sie bei der Ausdehnung oder Diastole der Kammern wieder in ihre vorige Lage zurücksinkt. Diese stete Ortsveränderung des Herzens wird dadurch möglich, daß es, ohne weitere Befestigung als die durch die eintretenden

Blutgefäße bedingte, frei in einem weiten Sacke mit glatten Wänden, dem Herzbeutel, aufgehängt ist.

Jeder Herzschlag, den wir fühlen, ist demnach aus drei Tempo's zusammengesetzt: der Erweiterung oder Diastole der Kammern, während welcher sich die Vorkammern zusammenziehen; der Zusammenziehung oder Systole der Kammern, während welcher sich die Vorkammern ausdehnen, und einer Ruhezeit, während welcher das ganze Herz sich in Erschlaffung befindet. Bei der Kammersystole sind die Arterienklappen geöffnet und die Klappen an den Atrioventrikularöffnungen geschlossen, so daß das Blut in die Arterien eingetrieben wird, während ihm der Rückweg in die Vorhöfe verschlossen ist; zugleich sind die Vorhöfe weit ausgedehnt und das von außen her kommende Blut strömt in die Vorhöfe ein. Unsere schematische Figur 5, S. 12 ist auf diesen Augenblick der Herzthätigkeit hin gezeichnet. Bei der Vorkammersystole schließen sich die Venenöffnungen so weit als möglich, um den Rückprall des Blutes in dieser Richtung zu verhüten, während die Atrioventrikularöffnungen sich aufthun, das Blut in die Kammern einzulassen, die Arterienklappen dagegen sich schließen, und dem Rückstrom des Blutes in die Kammer, welche sich ausdehnt, Widerstand leisten.

Die Zusammenziehung der Kammern wie der Vorkammern ist mit besonderer Tonentwicklung verbunden. Man braucht das Ohr nur an die Herzgegend eines lebenden Menschen oder Thieres anzulegen, um diese Herztöne zu hören. Der erste Herzton bildet ein längeres, dumpfes, strömendes Rauschen, er fällt mit der Kammersystole zusammen; der zweite Herzton folgt unmittelbar auf den ersten und ist kurz, hell, klappend, er bezeichnet den Anfang der Zusammenziehung der Vorhöfe. Während des dumpfen Rauschens des ersten Herztones schlägt das Herz an die Brustwand an, und in normalem Zustande ist es nicht möglich, einen Zeitintervall zwischen dem Anschlagen des Herzens und dem ersten Tone zu finden. Die Entdeckung dieser Hörbarkeit der Herztöne und ihrer äußerst mannichfachen Veränderungen bei organischen Krankheiten des Herzens bezeichnet eine neue Epoche in der Geschichte der Medizin. Das Verhältniß der Töne zu den Herzbewegungen und ihre physikalische Ursache aufzuklären, hat man die mannichfachste Mühe verwendet, und es ist kein Theil des Herzens, dem man nicht einige oder alle Mithülfe an ihrer Entstehung zuwenden wollte. Die Zusammenziehung der Muskelfasern des Herzens, das Einschießen der Blutwellen in die geöffneten Herzräume, die Reibung derselben an den Herzwänden, alle diese Momente wurden, aber vergebens, zu Hülfe genommen. Jetzt scheint man sich endlich dahin verständigt zu haben, daß die Herztöne Klappentöne sind, daß sie vom Anschlagen der Blutwellen an die sich stellenden Klappen herrühren und daß ihre Verschiedenheit eben in der verschiedenen Größe und Anordnung der Klappen besteht. Der erste länger gehaltene dumpfe Ton würde die Schließung der großen, segelförmigen Klappen der Atrioventrikularöffnungen, der zweite diejenige der kleineren taschenförmigen Arterienventile bezeichnen.

Verfolgen wir nun die allgemeine Bahn des Kreislaufes, indem wir von der linken Kammer aus dem Strome des Blutes nachgehen. Durch eine mit halbmondförmigen Taschenventilen besetzte Oeffnung tritt das Blut in die große Körperschlagader, die Aorta, ein, und vertheilt sich durch alle Aeste und Zweige derselben in alle Theile des Körpers.

In unserer schematischen Figur (Fig. 5, S. 12) haben wir diesen Körperstrom dargestellt, wie wenn er sich in zwei Ströme theilte, einen (b) für die obere, einen anderen (d) für die untere Körperhälfte — der eine versorgt Kopf, Hals und Arme, der andere den Rumpf und die unteren Extremitäten mit Blut. In der Natur ist diese Theilung nicht vollkommen streng durchgeführt, wenn auch die großen Halsschlagadern (Carotiden) wesentlich den Kopf, die Schlüsselbeinadern (Subclaviae) die Arme, und die untere Aorta den übrigen Körper durch ihre Aeste, Zweige und Zweiglein versorgen.

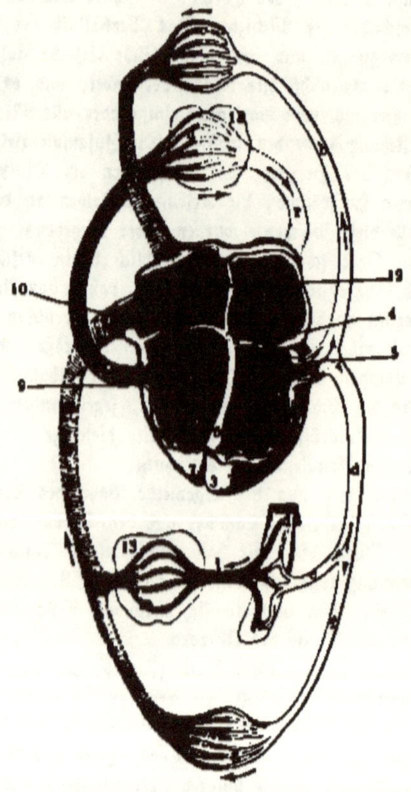

Fig. 5.

Schematische Darstellung des Blutkreislaufes. Das Herz ist der Länge nach durch einen quer auf die Scheidewand geführten Schnitt geöffnet, um die inneren Höhlen und Klappen zu zeigen, und zwar sind diese letzteren in der Stellung gezeichnet, welche sie bei der beginnenden Zusammenziehung der Kammern (Systole) einnehmen. Die zwischen den Kammern und den Vorhöfen angebrachten Segelklappen sind also geschlossen, die halbmondförmigen Klappen der großen Arterien aber geöffnet. Die Haargefäßsysteme

sind durch einfache Berästelungen angezeigt; alle zum Herzen führenden Gefäße (Venen) mit punktirten Linien, dagegen alle vom Herzen wegführenden
Gefäße (Arterien) mit zusammenhängenden Contourlinien bezeichnet; kleine
Pfeile zeigen die Richtung der Blutströmung. Diejenigen Gefäße, welche
dunkles Blut führen und mit der rechten Herzhälfte in Verbindung stehen
(Körpervenen und Lungenarterien) sind quer schraffirt; die Gefäße des Pfort-
adersystems gekreuzt schattirt; die helles Blut führenden Gefäße (Lungenvenen
und Körperarterien) sind unschraffirt gelassen.

1. Linker Vorhof. 2. Höhle der linken Kammer, die Sehnen und
Warzenmuskeln zeigend, die sich an die Lappen der Segelklappe (4) ansetzen. 3. Spitze des Herzens. 4. Zweizipfelige Klappe (Valvula mitralis).
5. Halbmondförmige Klappen (V. semilunares) der Aorta. 6. Scheidewand der Kammern. 7. Spitze der rechten Kammer. 8. Höhlung der
rechten Kammer. 9. Halbmondförmige Klappen der Lungenarterie. 10. Dreizipfelige Klappe (Valvula tricuspidalis). 11. Rechter Vorhof. 12. Scheidewand der Vorhöfe. 13. Lunge. 14. Darm. 15. Leber.

a. Arterieller Körperstrom (Aorta). b. Arterieller Strom für den
Oberkörper. c. Capillarsystem des Oberkörpers. d. Arterieller Strom für
den Unterkörper. e. Arterieller Strom für die Verdauungsorgane. f. Arterieller Strom für die untere Körperhälfte. g. Capillarsystem des Unterkörpers. h. Venöser Strom vom Oberkörper (Obere Hohlvene). i. Venöser
Strom vom Unterkörper. k. Capillarsystem der Verdauungsorgane. l. Pfortader. m. Capillarsystem der Leber. n. Lebervenen. o. Untere Hohlvene.
p. Lungenarterie. q. Capillarsystem der Lungen. r. Lungenvenen.

So fein werden die letzten Aeste der Arterien, daß sie nur
noch unter dem Mikroskop unterscheidbar sind. In diesem Zustande bilden sie Netze, welche alle Organe durchstricken. Die
Inseln von Organsubstanz, welche bei einigen Geweben, wie z. B.
in der Lunge oder der Leber, zwischen diesen feinen Maschen der
Capillargefäße oder Haargefäße zurück bleiben, sind oft
so klein und unbedeutend, daß bei manchen älteren Anatomen
namentlich der Glaube verbreitet war, die Gewebe des Körpers
beständen nur aus diesen letzten Zweigen der Blutgefäße. In
jedem Organe des Körpers sind diese Haargefäßnetze anders gestaltet, je nach der Natur des Organes; anders in den Muskeln,
anders in den Eingeweiden, anders in der Haut oder in den
Knochen, wie dies aus den nachstehenden Figuren hervorgeht,
welche die Haargefäßnetze der Leber (Fig. 6), der Lunge (Fig. 7)
und einer Darmzotte (Fig. 8) darstellen.

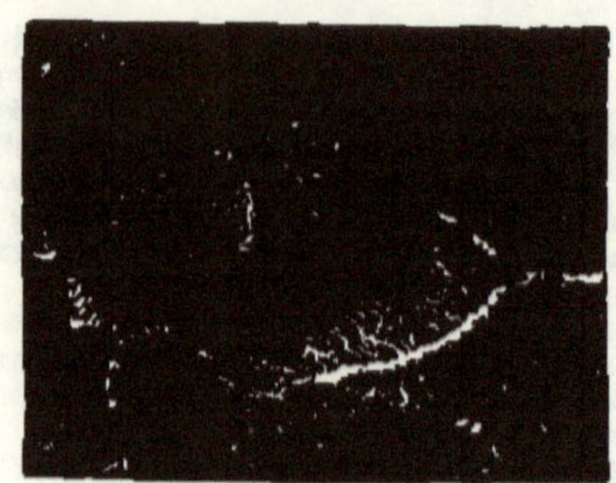

Fig. 6.

Haargefäßnetz der Leber, von den Lebervenen aus eingespritzt.

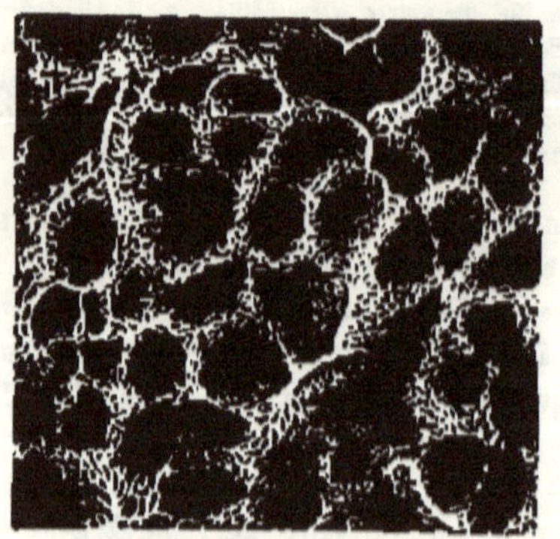

Fig. 7.

Haargefäßnetz der Lungenbläschen.

Fig. 8.

Haargefäßnetz einer Darmzotte. a. (dunkel schattirt) Arterie; b. Vene; c. Capillarnetz, ziemlich weitmaschig.

Je lebhafter der Umsatz in einem Organe, desto enger und gedrängter sind auch die Netze, desto geringer die Inseln von Substanz, welche zwischen den Räumen der Haargefäße zurückbleiben. Nur sehr wenige Organe, wie z. B. die Oberhaut und die Haare, entbehren ihrer gänzlich. Aus diesen Maschennetzen nun sammeln sich allmählich wieder kleinere Stämmchen, welche unter einander zusammen münden, größere Zweige und Aeste und endlich zwei Hauptvenenstämme bilden, die obere und untere Hohlvene, welche sich in den rechten Vorhof einsenken und somit alles von der linken Kammer aus durch den Körper vertheilte Blut wieder in das Herz, oder in die rechte Herzhälfte, zurückführen. Man hat diese Sektion des Kreislaufes, von der linken Kammer aus durch die Haargefäße des Körpers und zurück in den rechten Vorhof, den großen oder Körperkreislauf genannt, und wie leicht einzusehen und zu beweisen ist, hängt die Bewegung des Blutes in dieser Bahn einzig und allein von den Zusammenziehungen der linken Kammer ab. In dem rechten Vorhofe angelangt erhält das Blut einen neuen Impuls, es strömt in die rechte Kammer und wird aus dieser in die Lungen-

arterie getrieben. Die Lungenarterie vertheilt sich in den Lungen
in feine Capillaren, welche sich wieder zu Venen sammeln und
endlich durch die großen Stämme der Lungenvenen in den linken
Vorhof einmünden. Aus diesem wird dann das Blut in die
linke Kammer gepreßt, von welcher aus es von neuem seine Bahn
beginnt. Man hat diesen Abschnitt des Kreislaufes aus der
rechten Kammer durch die Lungen in die linke Vorkammer den
kleinen oder Lungenkreislauf genannt.

Während eines einmaligen Umschwunges durch seine Bahn
läuft das Blut demnach zweimal durch das Herz, einmal, indem
es aus dem großen Kreislaufe zurückkehrend durch das rechte
Herz streicht, um von da aus nach den Lungen getrieben zu werden, das zweite Mal, wenn es aus den Lungen in das linke
Herz und durch dieses in den Körper sich begibt. Zu einem
jeden Kreislaufe gehört eine ungleichnamige Abtheilung verschiedener Herzhälften, zum großen linke Kammer und rechter Vorhof,
zum kleinen rechte Kammer und linker Vorhof, und die Vermittlung zwischen den beiden im Herzen selbst so streng geschiedenen
Herzhälften geschieht nur durch die Capillarsysteme des Körpers
einerseits und durch die Haargefäße der Lungen anderseits. Jede
Hälfte eines Kreislaufes bildet gleichsam einen Baum, als dessen
Stamm das aus dem Herzen entspringende Gefäß anzusehen ist,
während die Krone mit den vielen tausend Zweiglein in den Capillar-
systemen repräsentirt ist. Das arterielle, von der linken Kammer
und der Aorta ausgehende System bildet einen solchen Baum,
dessen Zweige durch die Körpercapillaren unmittelbar in die Wurzeln des Körpervenenbaumes übergehen; ja, wenn man die Vergleichung noch weiter treiben wollte, so würde sich der Stamm
des in den Körpercapillaren zusammengesetzten venösen Baumes
durch die Hohlvenen in das rechte Herz fortsetzen und in den
Lungen sich verästelnd, seine Krone bilden, während hier, in
den Capillaren der Lungen, der Körperarterienbaum entspränge,
seine Wurzeln in den Lungenvenen sammelte und als Stamm
durch das linke Herz ziehend seine Krone in den Körpercapillaren
bildete. Wie man sich auch die Sache vorstellen mag, zu jeder

Hälfte des Kreislaufes gehören zwei centrale Herzabtheilungen, ein peripherisches Capillarsystem und ein System ausführender und rückführender Kanäle (Arterien und Venen); der große Kreislauf hat seine linke Kammer, seinen rechten Vorhof, seine Körperarterien und Körpervenen; der Lungenkreislauf seine rechte Kammer, seinen linken Vorhof, seine Lungenarterien und Lungenvenen.

Einer besondern Erwähnung ist noch das sogenannte Pfortadersystem werth, welches gleichsam ein Einschiebsel in den großen Kreislauf bildet. Der untere Körperstrom der Aorta versorgt nicht nur Rumpf und Beine, sondern auch die Eingeweide der Bauchhöhle und namentlich den Darmkanal und seine Anhänge mit arteriellen Gefäßen. Diese verzweigen sich und bilden Capillarnetze, aus denen Darmvenen sich zusammensetzen, welche endlich alle in eine große Vene, die Pfortader, sich vereinigen. Wäre die Anordnung wie an den übrigen Organen, so würde die Pfortader ihr Blut unmittelbar in eine Hohlvene ergießen und so es direkt dem rechten Vorhof zuführen. Dies ist aber nicht der Fall. Die Pfortader tritt in die Leber ein, und bildet in dieser Capillarnetze ganz wie eine Arterie — aus diesen Haargefäßen der Leber sammeln sich erst wieder die Lebervenen (n), welche das Blut in die Hohlvene und durch diese in das Herz ergießen. Während also im ganzen übrigen Körper das Blut stets nur ein Capillarsystem durchläuft, bevor es wieder in einer Herzabtheilung einen neuen Impuls erhält, durchströmt das den Darm speisende Blut zwei Capillarsysteme, das des Darmes und das der Leber, zwischen welchen keine bewegende Kraft angebracht ist, und kehrt dann erst wieder in das Herz zurück. Wir werden später sehen, daß diese eigenthümliche Anordnung des Darm- und Leber-Kreislaufes oder des Pfortadersystemes, die allen Wirbelthieren bis zu den Fischen herab eigen ist, in einer ganz besonderen Beziehung zu der Ernährung des Körpers überhaupt steht.

Die Capillarsysteme sind, wie wir später beweisen werden, der Sitz der chemischen und physikalischen Veränderungen der

Blutmasse. In den Haargefäßen geht der Prozeß der Ernährung, der Absonderung, der Aufsaugung vor sich, und dieser wechselseitige Austausch von Stoffen in den Capillaren zwischen der Blutmasse einerseits und den umgebenden Organtheilen anderseits muß nothwendig eine gewisse Rückwirkung auf Farbe und Zusammensetzung des Blutes haben. In den Capillaren des Körpers wird das Blut dunkel, es erhält eine bläulich-violette Farbe; in den Capillaren der Lunge wird es hellroth, schäumend. Der Durchgang des Blutes durch das Herz verändert seine Zusammensetzung durchaus nicht; das Herz hat nur eine rein mechanische Beziehung zu dem Blute, es theilt ihm durch seine Zusammenziehung nur die Bewegung mit. Wenn demnach der Durchgang durch Capillaren das Blut ändert, derjenige durch das Herz aber nicht, so müssen die ungleichnamigen Gefäße der beiden Kreislaufshälften gleichartiges, die beiden Herzhälften verschiedenartiges Blut führen. Die Lungenvenen führen hellrothes Blut, dieses durchläuft das linke Herz und wird, ohne verändert zu werden, durch die Körperarterien weiter geschafft; — in den Körpercapillaren wird das Blut dunkel, blau, und bleibt so durch die Venen, das rechte Herz und die Lungenarterien hindurch bis in die Lungencapillaren, wo es wieder hellroth wird. Man hat das hellrothe Blut auch arterielles, das blaurothe Blut venöses Blut und demnach die linke Herzhälfte das Arterienherz, die rechte das Venenherz genannt; es folgt aus diesen Benennungen leider eine große Verwirrung, denn die Lungenarterien führen blaurothes, venöses Blut, die Lungenvenen hellrothes, arterielles. Ich weiß mich noch gar wohl zu erinnern, wie sehr mir diese fatalen Benennungen eine klare Anschauung des Kreislaufes behinderten; ich werde sie hier nicht anwenden, und nur von dunklem und hellrothem Blute, von dunkler und heller oder rechter und linker Herzhälfte sprechen.

Die ganze hydraulische Anordnung des Gefäßsystemes mit dem Herzen entspricht den Anforderungen, welche an ein solches Röhrensystem gemacht werden können, auf das Vollkommenste. Schon in dem Herzen selbst ist keine Kraft unnöthig verschwendet;

— die Kammerwandungen sind ihrer Dicke und Muskelmasse nach genau der Bahn angemessen, durch welche sie das Blut hindurchtreiben sollen. Die linke Kammer, welche die gesammte Blutmasse durch alle Arterien, Capillaren und Venen des Körpers, ja sogar theilweise, in dem Pfortadersysteme, durch zwei Capillarsysteme bis in die rechte Vorkammer treiben muß, ist die stärkste an Muskelschichten, und dem Gewichte, wie dem Volumen nach, ist ihre Muskelmasse genau doppelt so groß, als diejenige der rechten Kammer, welche nur auf weit kleinerer Bahn durch die Lungen ihre forttreibende Kraft ausübt, und deßhalb auch weit dünnere contraktile Wände besitzt. Trotz dieser so einfachen und leicht ersichtlichen Verhältnisse aber hat man sich von frühen Zeiten her bestrebt, dem Blute als solchem einen Antheil an der Bewegung zukommen zu lassen. Es widerstrebte der Ueberzeugung vom Leben des Blutes, wenn man wieder auf der anderen Seite annehmen sollte, daß es sich der Herzthätigkeit gegenüber nur wie eine jede andere todte Flüssigkeit verhalte, und man vergaß, daß alle Bewegung auf Erden, mag sie nun Organismen angehören oder nicht, denselben physikalischen Gesetzen gehorcht, und daß der Knochen nicht minder lebt, wenn er gleich von den Muskeln wie jeder andere leblose Hebelarm hin- und hergezogen wird. Es kann meine Aufgabe nicht sein, hier alle jene veralteten Hypothesen von einer eigenen Treibkraft, die dem Blute inwohnen sollte, von einer freien Bewegung der Blutkörperchen, von einer Wiederholung des Planetenlaufes in der Blutbahn zu widerlegen; der Versuch, die Beobachtung, die Rechnung und die Anwendung rein physikalischer Untersuchungsmethoden haben mit mathematischer Gewißheit dargethan, daß alle Blutbewegung lediglich und allein von der Herzthätigkeit abhängt, daß die bewegende Kraft einzig in dem Herzen liegt und die Strömung ganz auf dieselbe Weise in den Gefäßen geschieht, ob nun Blut oder eine andere ähnlich zusammengesetzte Flüssigkeit darin kreise.

Mit jeder Zusammenziehung treibt das Herz eine gewisse Blutmenge aus den Kammern in die Arterien hinaus. Die

Arterien sind aus elastischen Fasern gesponnene Röhren, der Stoß der Blutwelle dehnt mithin ihr Lumen aus. Ihre eigene Elasticität aber, sowie der momentane Nachlaß des Stoßes während der Kammerdiastole, bedingen einen Widerstand gegen diese passive Ausdehnung; — die Arterie zieht sich auf ihr früheres Volumen zusammen. Nun neue Kammersystole, neuer Stoß, neue Welle, abermalige Ausdehnung des Gefäßes, der ein erneuter Widerstand der elastischen Gefäßwände, eine zweite Zusammenziehung folgt. Dies beständige Heben und Senken der Arterienwandungen, dieser abwechselnde Rhythmus der Blutwellen bedingt die Erscheinung des Pulses; jenes Orakels, das man bei allen Krankheiten um Rath fragt. Drei Momente kommen demnach bei dem Pulse hauptsächlich in Betracht: die Kraft des Herzstoßes, die Größe der Blutwelle und der Grad der Elasticität der Arterien, wodurch eine mehr oder minder bedeutende Energie des Widerstandes ihrer Wandungen bedingt wird. Aus diesen drei Faktoren setzen sich alle jene verschiedenen Modifikationen des Pulses zusammen, welche der Arzt zu beobachten und in seinen Diagnosen zu benutzen hat. Die Zahl und der Rhythmus des Pulses hängen von der Herzthätigkeit, seine Fülle oder Leere von der Größe der Blutwelle und der Gesammtmenge des Blutes überhaupt, seine Härte oder Weichheit endlich von dem Contraktionszustande der Arterienhäute ab. Man weiß aus Erfahrung, daß die scheinbar widersprechendsten Eigenschaften des Pulses sich vereinigen können, daß ein voller Puls zugleich weich sein kann, wenn ein lähmungsartiger Zustand der Arterienhäute die thätige Contraktion der Fasern hemmt, oder daß bei kleinem, kaum fühlbarem Pulse derselbe doch hart ist, weil durch Krampf die elastischen Fasern zusammengezogen sind. Man sieht leicht ein, daß bei dem innigen Zusammenhange der Herzbewegung mit dem centralen Nervensystem, bei der genauen Verknüpfung der Blutbereitung, Verdauung und Ernährung mit der Menge des Blutes und der Abhängigkeit der Gefäßcontraktion von dem peripherischen Nervensystem und von den äußeren Einflüssen, der Puls die mannichfachsten krankhaften Erscheinungen in sich reflektiren kann.

Nicht bloß krankhafte Zustände aber, auch normale Einflüsse bedingen die größten Verschiedenheiten des Pulses je nach Alter, Geschlecht und Größe der Individuen. Im Allgemeinen steht der Satz fest, daß die Zahl der Pulsschläge im umgekehrten Verhältnisse zu der Körpermasse steht. So hat ein neugeborenes Kind im Durchschnitt 130—140 Pulsschläge, ein erwachsenes Individuum zwischen 20—50 Jahren etwa 70, ein Greis etwa 75 Pulsschläge in der Minute. Eben so einflußreich ist der Athmungsprozeß. Je lebhafter die Respiration, desto zahlreicher auch die Pulsschläge, desto kräftiger die Zusammenziehungen des Herzens. Im Allgemeinen rechnet man 3—4 Herzschläge auf einen Athemzug. In einem frisch getödteten Thiere kann man die Herzbewegungen mittelst Herstellung der künstlichen Athmung aufs neue anregen. Bei sehr tiefer Einathmung wird der Herzschlag langsamer und schwächer, bei starker Ausathmung schneller und kräftiger. Auch die Körperstellung hat Einfluß. Im Stehen ist der Puls zahlreicher als im Sitzen, hier wieder beschleunigter als im Liegen; er wird langsamer während des Nachtschlafes, als wenn man bei Tage schläft, langsamer bei mäßigem Hungern unmittelbar vor der Mahlzeit, während die Zahl der Pulsschläge nach den Mahlzeiten allmählich so steigt, daß die Häufigkeit nach 3—4 Stunden ihren Höhepunkt erreicht.

Mit jedem Pulsschlage wird eine gewisse Quantität Blut aus dem Herzen in die Arterien hinausgetrieben, und zwar muß diese Menge Blutes mit der Capacität der Herzhöhlen im genauesten Verhältnisse stehen. Die Herzkammer kann begreiflicher Weise nicht mehr Blut auspressen als sie enthalten kann, und was sie bei der Diastole aufnimmt, das treibt sie auch fast vollständig wieder aus. Kennt man nun die Capacität der Herzhöhlen und die Quantität der in dem Körper überhaupt vorhandenen Blutmenge, so läßt sich leicht berechnen, in wie viel Zeit die gesammte Blutmenge durch das Herz gehen muß, oder mit anderen Worten, wie viel Zeit zu einem vollständigen Umschwunge der gesammten Blutmenge gehöre. Nun ist aber leider die Bestimmung der Blutmenge eines Individuums eine äußerst schwierige Aufgabe. Das Verblutenlassen führt nicht zum Ziele. Das Leben endet durch die Lähmung des Gehirnes und des Herzens schon lange bevor sämmtliches Blut aus den Gefäßen ausgeflossen ist und es bleibt stets eine Menge davon in den Haargefäßen zurück, welche nicht bestimmt werden kann und die um so größer ausfällt, je bedeutender die Körpermasse selbst ist. Man hat Verbrecher vor und nach der Enthauptung gewogen, wodurch man unmittelbar das Gewicht des ausgeflossenen Blutes erhielt; dann aber auch noch mittelst Einspritzung lauen Wassers das Blut aus den Organen ausgewaschen und die Menge dieses ausgewaschenen Blutes durch die Bestimmung des festen Rückstandes ermittelt. Man erhielt so ein Blutgewicht, das etwa dem achten Theile des Körpergewichtes entsprach. Ebenso hat man in sinnreicher Weise die Färbekraft des Blutes benutzt, um aus dieser die Menge zu bestimmen, erhielt aber nach dieser Methode jedenfalls zu kleine Werthe, noch kleinere als bei der vorigen. Es gelingt eben nicht, das in den Organen des Körpers enthaltene Blut vollständig auszuwaschen. Die sicherste Methode, welche man bis jetzt anwenden konnte, besteht in der Berechnung der Blutmasse aus der Verminderung des specifischen Gewichtes, die es durch Zufügung reinen Wassers erleidet. Man entzieht einem Thiere eine bestimmte Quantität Blut (so viel als ohne Störung geschehen kann) und bestimmt genau dessen specifisches Gewicht, so wie die Menge fester Stoffe, die es enthält. Nun spritzt man, was ohne Gefahr geschehen kann, destillirtes Wasser in bestimmter Menge in die Adern, wartet einige Minuten, bis dieses durch den Kreislauf mit der Blutmenge gemischt ist, und entzieht dann aufs Neue von dem nun verdünnten Blute eine bestimmte Menge, an der man specifisches Gewicht und festen Stoffgehalt bestimmt. Aus der Vergleichung der erhaltenen Werthe beim unverdünnten und beim verdünnten Blute läßt sich nun die Blutmenge des Thieres bestimmen. — Die Fehlerquellen dieser Methode liegen darin, daß das Wasser nicht überall gleichmäßig mit dem Blute sich mischt, sowie darin, daß die Gefäße keine todten Röhren sind, die nicht abgeben und aufnehmen, sondern daß im Gegentheile unmittelbar nach dem Aderlasse überall wässerige Flüssigkeit im Körper aufgesaugt, nach der Einspritzung Wasser abgesondert wird, so daß also die Blutmenge nicht absolut dieselbe bleibt und nicht denselben Concentrationsgrad behält. — Nimmt man, abgesehen von diesen Fehlerquellen, die Resultate der Versuche an, so findet man, daß Fleischfresser im Durchschnitte mehr Blut besitzen als Pflanzenfresser und daß die Blutmasse etwa ⅓ des Körpergewichtes im Mittel ausmacht. Ein 30- bis 40jähriger Mann würde danach im Durchschnitte 14,8 Kilogramme Blut (etwa 30 Pfund), eine Frau in demselben Alter 25 Pfund Blut besitzen. — Noch schwieriger ist die Bestimmung des Rauminhaltes der Herzhöhlen, da hier die Dehnbarkeit und Stärke der Muskelwandungen viele Störungen verursachen; doch hat man dieselbe etwa auf 150 bis 175 Kubikcentimeter bestimmt. Berechnet man indeß aus den vorhandenen Angaben die Dauer, binnen welcher die gesammte Blutmenge durch das Herz durchgeht, so schwanken die Resultate zwischen 72 bis 120 Sekunden. Der Umschwung der gesammten Blutmasse dauert also höchstens zwei Minuten. Auch in anderer Weise angestellte Versuche bestätigen dies Resultat. Man öffnete eine Halsvene des Pferdes und spritzte ein leicht zu entdeckendes Reagens in das Blut ein. In abgemessenen Intervallen, die man mit der Sekundenuhr bestimmte, zapfte man nun aus der Halsvene der anderen Seite Blut ab und untersuchte dies Blut auf den Gehalt an dem eingeführten Stoffe. Um von einer Vene zur anderen zu gelangen, mußte das Blut den Weg durch das rechte Herz in die Lungen, dann in das linke Herz und durch den Körper machen, folglich die ganze Bahn des Kreislaufes durchmessen. Hierzu genügten 30—40 Sekunden.

Wie man sieht, so liefern diese Versuche, die noch obendrein an Pferden, also an größeren Thieren mit weniger zahlreichen Herzschlägen angestellt wurden, eine größere Geschwindigkeit des Blutlaufes, als die eben mitgetheilten, auf die Räumlichkeit der Herzräume und die Blutmenge gestützten Berechnungen. Es ist aber zu berücksichtigen, daß bei den Versuchen nur die Zeit bestimmt wird, welche das mit dem Reagens versetzte Blut auf dem kürzesten Wege zurücklegt, und daß eine jede Blutbahn je nach Verhältniß ihrer Länge für ihre Durchströmung eine verschiedene Zeit verlangt. Ein Blutkörperchen, welches unmittelbar am Anfange der Aorta in die Kranzarterien des Herzens eingeht und durch die Kranzvenen zurückkehrt, wird den kürzeren Weg in geringerer Zeit zurücklegen, als ein anderes, welches durch die Zehen läuft. Man wird deshalb wohl nicht irren, wenn man annimmt, daß eine Minute die mittlere Dauer des Blutumschwunges im menschlichen Körper sei und die gesammte Blutmenge demnach in einem Tage 1440 Mal den Körper durchkreise.

Je weiter vom Herzen weg man dem Blutlaufe folgt, desto langsamer wird er und desto unmerklicher wird der Puls, bis letzterer endlich gänzlich aufhört und in den fernsten und dünnsten Arterienzweigen das Blut langsam in stetem, gleichmäßigem Strome dahinfließt. Auch diese Erscheinungen lassen sich auf die befriedigendste Weise aus physikalischen Grundsätzen erläutern. Die Reibung des Blutes gegen die Arterienwände ist zwar nicht sehr bedeutend, da diese letzteren sehr glatt und eben sind, allein sie bildet doch immer ein Moment der Hemmung. Weit wesentlicher aber wirkt zu dieser Verlangsamung des Blutstromes die Erweiterung der Blutbahn ein. Es ist eine bekannte Sache, daß die Schnelligkeit eines Stromes in erweitertem Bette abnimmt und in ausgedehnten Becken und Seen sich fast auf Null reducirt; es ist eine Thatsache, daß in geschlossenen Röhren dasselbe Statt findet. Bei der Vertheilung der Blutgefäße ist dies Gesetz in Anwendung gebracht. Zwar sind die Zweige einer Arterie, jeder einzeln genommen, stets dünner als der Hauptstamm, aber die Gesammtsumme ihres Inhalles übertrifft denjenigen des Hauptstammes stets um ein Bedeutendes. Die Unterleibsaorta z. B. theilt sich in der Tiefe des Beckens in zwei große Schlagadern, die Hüftschlagadern. Eine einzelne Hüftschlagader für sich genommen ist nicht so groß als die Aorta, aber ihr Durchmesser beträgt doch wenigstens zwei Drittel von dem Durchmesser der Aorta, so daß die beiden Hüftschlagadern zusammengenommen den Aortendurchmesser um ein Drittel wenigstens überwiegen. Alle Aeste der Arterien, wie der Venen, verhalten sich auf die gleiche Weise, und je weiter die Vertheilung der feinen Aeste und der Capillargefäße geht, desto ausgedehnter wird auch die Blutbahn und desto langsamer der Kreislauf. Man hat nicht mit Unrecht gesagt, daß ein jedes Gefäßsystem bei idealer Aufzeichnung der Lumina einen Kegel bilden würde, dessen Spitze im Herzen, die Basis in den peripherischen Capillaren läge.

Das Verschwinden des Pulses in den entfernten feinen Arterienzweigen beruht nicht blos auf der Abnahme des Herzstoßes in die Entfernung. Denn wie bedeutend die Kraft des Herzstoßes noch in den Beinen sei, lehrt leicht die einfachste Beobachtung. Man fixire nur aufmerksam bei einem Manne, der sitzend die Beine übereinander geschlagen hat, das frei in der Luft schwebende Bein, und man wird bald den Pulsschlag an den regelmäßigen Hebungen und Senkungen des Fußes zählen können. Das Bein bildet in dieser Stellung einen äußerst langen Hebel, etwa wie der Zeiger an einem Kraftmesser, und deshalb werden die pulsatorischen Bewegungen der Kniekehlenschlagader sichtbar, da sie einem langen Hebelarme mitgetheilt werden. Das Verschwinden des Pulsschlages, der Uebergang des abgesetzten, rhythmischen Stoßes in ein gleichförmiges Fließen, das in den engeren Arterien und Capillaren Statt hat, hängt von der durch die Elasticität bedingten Summirung aller einzelnen Stöße ab. Die elastische Gefäßwand setzt der Ausdehnung einen gewissen Widerstand entgegen, der endlich sich so weit erhebt und abbirt, daß er der Stoßkraft Gleichgewicht hält und somit die Gleichförmigkeit des Stromes hergestellt ist.

Die Capillargefäße bilden den unmittelbaren Uebergang zwischen Arterien und Venen, und in diesem feinen Röhrennetz tritt das Blut in unmittelbare Wechselwirkung mit der Substanz der Organe. Die Beobachtung hat dargethan, daß alle Haargefäße, selbst die feinsten, stets ihre gesonderten deutlichen

Wandungen haben, daß die Gefäßröhren überall vollkommen geschlossen sind und demnach zwischen umgebender Substanz und kreisendem Blute nur mittelst Durchdringung der Gefäßwände Austausch von Stoffen Statt finden kann. Diese Durchdringung der Gefäßwände ist aber nur bei flüssigen oder gasförmigen Substanzen möglich; feste in den Blutstrom eingeführte Körper können nur durch Verletzung der Gefäßwandungen oder durch Auflösung in dem Blute wieder aus dem Kreislaufe herauskommen. Deshalb können auch die festen, in dem Blute schwimmenden Körperchen, deren Eigenschaften wir später kennen lernen werden, die Blutkörperchen, keinen direkten Einfluß auf die Ernährung haben, sondern nur durch stete Zerstörung und Auflösung im Blutwasser mit der umgebenden Substanz der Organe in Wechselwirkung treten. Die Bewegung des Blutes in den Haargefäßen hängt einzig und allein von dem Stoße des Herzens ab; es tritt hier keine neue unbekannte Kraft hinzu, wie man früher glaubte. Die Wandungen der Haargefäße sind auf sehr eigenthümliche Weise gebildet. Sie sind außerordentlich durchdringlich für Flüssigkeiten und gasförmige Stoffe, und die Prozesse der Endosmose und Exosmose oder des Austausches von Stoffen durch thierische Membranen sind hier in größtem Maßstabe entwickelt. Die Haargefäße sind aber auch sehr contraktil und namentlich für Temperaturwechsel und andere, vom Organismus selbst ausgehende Reize außerordentlich empfindlich. Anwendung von Kälte kann sie fast bis zu gänzlicher Verschließung bringen und durch diese bedeutende Zusammenziehungsfähigkeit üben sie einen mächtigen Einfluß auf die Gesammtheit des Blutkreislaufes aus. Man stelle sich die Capillaren eines Organes bis auf die Hälfte, auf ein Drittel ihres Volums zusammengezogen vor; — es wird dann auch nur die Hälfte, das Drittel der für das Organ bestimmten Blutmenge in dasselbe eintreten können und die übrigen Organe mit Blut überfüllt werden.

Alle diese Verhältnisse der Capillaren erforderten die angestrengtesten Bemühungen und ausgedehntesten Beobachtungen zu ihrer endlichen Feststellung. Namentlich gegen die Existenz eigener

Wandungen stritten mehrere vortreffliche Beobachter, welche die Capillargefäße nur für in der Substanz ausgehöhlte Rinnen ansehen wollten. Indeß verhallen solche Stimmen immer mehr und mehr und die Ueberzeugung, daß alle Capillargefäße in sich abgeschlossen sind und nirgends eine Oeffnung zeigen, ist jetzt zum allgemein angenommenen Axiom geworden.

Es giebt wohl keine anziehendere Beobachtung unter dem Mikroskope, als diejenige des Blutlaufes in den feineren Gefäßen eines lebenden Thieres. Man wählt dazu die durchsichtigen Theile, wie z. B. die Schwimmhaut zwischen den Zehen des Frosches, den Schwanz der Kaulquappen, das Netz chloroformisirter Mäuse, oder auch die durchsichtigen Embryonen und Jungen von Fischen, bei welchen man sogar den ganzen Kreislauf übersehen kann. Man sieht dann in den kleinen Arterien noch den pulsirenden, in den Haargefäßen und Venen den gleichmäßigen Strom; man sieht die Blutkörperchen sich drängen, schieben, rollen, mit Lymphkörperchen dazwischen; man sieht in den Haargefäßen den schnelleren Mittelstrom, in welchem vorzugsweise die Blutkörperchen dahin schießen und den durch die Reibung verlangsamten Randstrom, in welchem einige farblose Körperchen schweben. Bei richtiger Behandlung der Thiere, Anfeuchtung z. B. der ausgespannten Schwimmhaut des Frosches, kann man Stundenlang unausgesetzt beobachten, ohne daß der Kreislauf stockte.

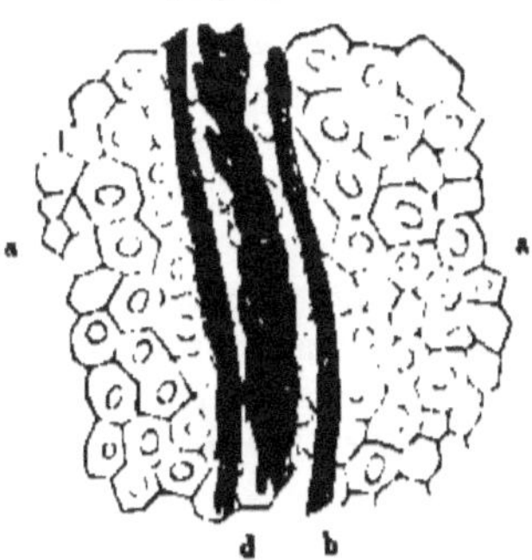

Fig. 9.
Ein Haargefäß in der Schwimmhaut des Frosches unter ziemlich starker Vergrößerung gesehen. a. Die Zellen, welche die Schwimmhaut bedecken. b. Wände des Gefäßes. c. Mittelstrom der Blutkörperchen. d. Randstrom mit darin schwimmenden Lymphkörperchen.

Auf dieselbe Weise, wie die Arterien sich allmählich in die Haargefäße auflösten, setzen sich aus denselben die Venen zusammen. In dem Bereiche des Capillarkreislaufes ist es unmöglich, zu entscheiden, wo die Arterie aufhört, wo die Vene beginnt. Die bewegende Kraft, welche auf das in den Venen befindliche Blut einwirkt, ist ebenfalls einzig und allein der Herzstoß. Da aber dieser schon in den Capillaren in einen gleichmäßigen Druck sich umgewandelt hat, so wird er auch in den Venen in dieser Weise bleiben, wenn gleich immer noch eine geringe Oscillation in dem Drucke sich je nach Systole und Diastole des Herzens bemerken läßt. Aus einer angestochenen Vene, beim Aderlaß z. B., spritzt das Blut in continuirlichem Strome, der abwechselnde Wellen zeigt, die aber nur unbedeutend sind; aus einer verletzten Arterie springt es in Absätzen; es ist etwa der gleiche Unterschied wie zwischen dem Strahl einer Feuerspritze und dem einer einfachen Pumpe ohne Luftkasten. Der Druck, unter dem sich das Blut in den Venen bewegt, ist nur noch gering; die Geschwindigkeit des Blutlaufes ist indeß etwas größer, als in den Capillaren, weil durch die allmähliche Sammlung der Venen in einzelne Stämme das Blut in stets engere und engere Räume einzutreten genöthigt ist. Das Verhältniß der Aeste zu den Stämmen ist bei den Venen durchaus dasselbe, wie bei den Arterien; der Strom des Blutes geht aber von den Zweigen aus nach dem Stamme hin. Stellen wir uns beide Gefäßsysteme unter dem Bilde zweier, mit der Basis an einander gelegter Kegel vor, deren Spitzen in dem Herzen sich finden, so geht der arterielle Blutstrom von der Spitze nach der Basis, aus dem engeren in den weiteren Raum und verlangsamt sich deshalb zusehends; während die venöse Strömung von der Basis zur Spitze gerichtet ist und deshalb, bei steter Verengerung des ihr angewiesenen Raumes, eine stete Beschleunigung erfährt. In der Nähe des Herzens tritt durch die Erweiterung der Vorkammern bei der Diastole ein neues bewegendes Moment hinzu, indem das Blut durch die Entstehung eines leeren Raumes in den Vorhöfen von diesen angesogen wird, wie das Wasser durch einen

Gummibeutel, den wir zusammengedrückt haben und wieder sich ausdehnen lassen, während wir seine Oeffnung in die Flüssigkeit tauchen. Trotz dieser Verhältnisse würde aber der Venenkreislauf den bedeutendsten Störungen unterworfen sein, wenn nicht durch besondere Klappen im Innern der Venen manchen Uebelständen vorgebeugt wäre. Die Venen haben keine solche elastische Wandungen wie die Arterien, sie können dem Drucke der umgebenden Theile bei Bewegungen, Stellungsänderungen ꝛc. keinen Widerstand leisten, und dieser Druck ist oft wenigstens stärker, als der im Innern der Vene durch das Blut ausgeübte. Dieses würde demnach bei jedem solchem Drucke nach der Peripherie hin zurückgestaucht werden und Hemmungen des Capillarkreislaufes veranlassen, wenn nicht Taschenventile angebracht wären, welche sich dem Rückprallen des Blutes gegen die Peripherie hin entgegenstemmen und das Lumen der Vene verschließen. An den unteren Körpertheilen, den Beinen, wo das Venenblut der Schwere entgegen von unten nach oben in die Höhe geschafft werden muß, haben diese Ventile auch den Nutzen, daß sie bei momentanem Nachlasse des Blutdruckes vom Herzen aus das Zurücksinken der Blutsäule nach unten verhindern. Daß sie nicht einzig zu diesem Endzwecke angebracht sind, lehrt ihre Anwesenheit in den Venen des Halses, wo das Venenblut in seinem Strome der Richtung der Schwere folgt, so wie ihre Abwesenheit in solchen Venen, welche keinem Drucke der umgebenden Theile unterliegen können.

Suchen wir nun die Resultate der vorliegenden Untersuchungen in einige übersichtliche Sätze zusammenzufassen, so wären diese etwa folgende. Das Blut kreist in beständigem Umschwunge in einem Systeme von durchaus und überall geschlossenen Röhren. Der Kreislauf geschieht stets in derselben Richtung: aus der linken Herzhälfte in den Körper, von dort in die rechte Herzhälfte, aus dieser in die Lungen und aus den Lungen in das linke Herz zurück. Die Arterien sind Leitungsröhren vom Herzen zur Peripherie; die Venen Leitungsröhren von der Peripherie zum Herzen. Die Capillargefäße sind die Vermittler aller Prozesse des vegetativen Lebens, der Ernährung, Aufsaugung und

Abſonderung. Nur in den Capillargefäßen erleidet das Blut als ſolches phyſikaliſche und chemiſche Veränderungen. In den Capillaren des Körpers wird es dunkel violett, mit Kohlenſäure geſchwängert, in denen der Lungen hellroth und ſauerſtoffhaltig; die Umwandlungen können nur durch Imbibition und Durchdringung der überall geſchloſſenen Gefäßwandungen vor ſich gehen. Die Kraft, welche das Blut bewegt, geht einzig und allein von dem Herzen aus. Das Herz iſt eine mit Ventilen verſehene Druckpumpe, die nach beſtimmten phyſikaliſchen Geſetzen eingerichtet iſt und dieſen gemäß arbeitet.

Und ſo wäre es denn der Phyſiologie gelungen, das Herz, das ſo unruhig bewegte in der Menſchenbruſt, zu zähmen, ihm Feſſeln anzulegen und Geſetze aufzubürden? Es wäre Erdichtung, die Theilnahme, welche wir ihm an unſeren Geſühlen zuſchreiben; und wenn wir unſerer alten Gewohnheit nach reden vom ſtärkeren Schlage unſeres Herzens, von freudigem Pochen und angſtvollem Erzittern, ſo wären das nur bildliche Redensarten, ſchöne Träume einer regen Phantaſie? Es wäre uns gegangen, wie dem Peter in Hauff's Mährchen vom Tannenhäuſer, dem man das lebendige Herz aus der Bruſt riß und ein ſteinernes einſetzte, das zwar auch pochte und das Blut umtrieb; das aber keinen Antheil nahm an ſeinen Leiden und Freuden, das in Liebe und Haß gleichmäßig fortſchlug, wie das Ticktack einer Uhr? Nein! wahrlich nein! ſo weit geht unſere Mechanik nicht. Sie lehrt uns die Geſetze, die phyſikaliſchen an dem Herzen und den Gefäßen angebrachten Kräfte und deren Wirkungen kennen; allein Beobachtung und Reflexion zeigen auch, wie ſehr die Anwendung dieſer Kräfte von einem höheren Leiter, von dem Nervenſyſteme, abhängt und wie ſehr jeder dort empfangene Eindruck ſich in dem Maße und der Art der Herzbewegungen ſo wie in der Vertheilung des Blutes abſpiegelt und reflektirt. Wir täuſchen uns nicht, wenn wir in der Begeiſterung unſer Herz voller ſchlagen, in der Angſt, der Erwartung es krampfhaft erzittern fühlen; — wir täuſchen uns nur, wenn wir dem Herzen unmittelbar dieſe Theilnahme zuſchreiben; es iſt nur der Reflektor der von dem

Centralorgane des Nervensystemes, dem Gehirne, aufgenommenen Eindrücke und Empfindungen, und auf Reizungen, welche von diesen Centralorganen ausgehen, reagirt es sogar weit heftiger, als auf direkt angebrachte Irritation. Wir täuschen uns nicht, wenn wir fühlen, daß durch die Scham unsere Wange erröthet, durch die Furcht dagegen erblaßt — wir täuschen uns nur, wenn wir diese Veränderungen dem Blute zuschreiben, während die Gefäßnerven es sind, unter deren Herrschaft die Blutvertheilung steht, durch deren Erregung vom Gehirne aus die Gefäße sich verengen, durch deren Erschlaffung und Erlahmung sie aber sich erweitern und von Blute strotzen. Daß aber großentheils auf solch engem Zusammenhange des Herzens und seiner Bewegungen, der Erweiterung und Verengerung der Gefäße mit dem Gehirne der Einfluß des letzteren auf die vegetativen Prozesse des Lebens beruhe, scheint keinem Zweifel unterworfen. Kummer, Angst und Sorge reiben den Körper auf; froher Muth, heiterer Sinn, ein gewisses Maß in Affekten und Leidenschaften erhalten die Gesundheit und Lebensfrische. Das sind Erfahrungen, die jeder im Leben bestätigt finden kann; der Grund des Zusammenhangs dieser Erscheinungen ist nicht so leicht klar zu machen. Aber von der steten Erneuerung des Blutes hängt die Ernährung, die Athmung, das ganze vegetative Leben ab; und die Erneuerung und Bewegung des Blutes sind mit der Herzbewegung selbst auf das Innigste verknüpft. Wo der eine Faktor fehlt, da wird auch die ganze Summe unrichtig, und wo Uebermaß der Leidenschaften, ungestümer Wechsel der Affekte oder anhaltender Einfluß deprimirender Geistesstimmung die Thätigkeit des Herzens und der Gefäße unregelmäßig machen oder lähmend darauf einwirken, da kann auch der Blutlauf und somit die Ernährung des Körpers nicht in gehöriger Weise vor sich gehen.

Zweiter Brief.

Das Blut, die Lymphe und der Chylus.

Das Blut, so wie es aus der geöffneten Ader springt, so wie es im lebenden Körper kreist, ist nicht eine einfache, homogene rothe Flüssigkeit ohne weitere Zusammensetzung. Es besteht aus zwei wesentlichen Formbestandtheilen: den rothen und farblosen Blutkörperchen, und dem Plasma oder der Blutflüssigkeit. Seine Farbe, die im Ganzen ein helles Kirschroth ist, scheint nicht unter allen Verhältnissen gleich. In der Jugend, bei lebhafter Bewegung, bei zarten, blutarmen Individuen ist das Blut heller, bei Menschen mit sitzender Lebensart und bei kräftigem Körperbau meistens dunkler. Die Luft wirkt schon in dem Augenblicke des Ausfließens auf die Farbe ein. Das Blut, welches aus einer weit geöffneten Ader hervorstürzt, ist dunkler als dasjenige, welches bei langsamem Ausfließen in seinem Strahle mit der Luft in innigere Berührung gekommen ist. Das Blut aus den Schlagadern, welches bei Verwundungen derselben in abwechselnden Stößen hervorspringt, erscheint mehr kirschroth mit einem Stich ins Zinnoberrothe, während das venöse Blut eine violette Färbung zeigt. Der eigenthümliche Geruch ähnelt demjenigen der Hautausdünstung und rührt wahrscheinlich von einem dem Blute beigemengten Fette her, das durch die Haut abgeschieden wird. Das spezifische Gewicht mag im Mittel etwa 1,055 betragen. Weiber und Jünglinge haben leichteres, dünneres Blut, als erwachsene Männer. Indessen wechseln auch diese Verhältnisse ungemein, je nach dem Gesundheitszustande des Individuums oder nach der Aufnahme fester oder flüssiger Nahrungsmittel.

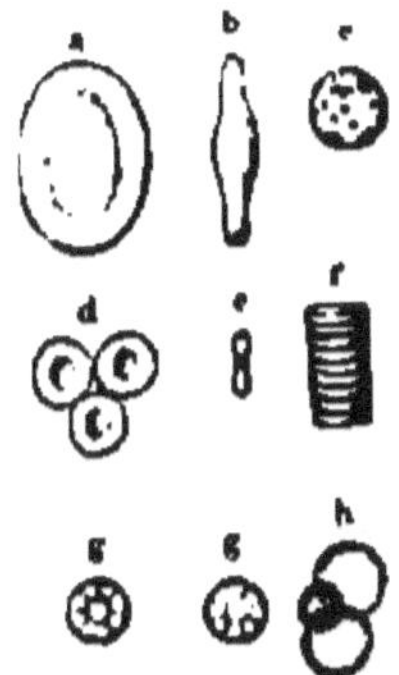

Fig. 10. Blutelemente des Frosches, bei 500maliger Vergrößerung. a. Ovales Blutkörperchen, von der Fläche gesehen. b. Dasselbe von der Kante aus. c. Farbloses Lymphkörperchen.

Fig. 11. Blut- und Lymph-Elemente des Menschen, bei 800facher Vergrößerung. d. Blutkörperchen, von der Fläche gesehen. e. Eines von der Kante aus. f. Rolle von aneinandergeklebten Blutkörperchen. g. g. Farblose Lymphkörperchen. h. Fettbläschen (Oeltröpfchen) aus dem Chylus, welche diese Flüssigkeit milchig machen.

Unter den Formbestandtheilen des Blutes, die sich nur mit dem Mikroskope unterscheiden lassen, fallen vor Allem die rothen Blutkörperchen ins Auge; kleine, runde, elastische Scheibchen, welche im Mittel $^1/_{300}$ Linie im Durchmesser haben. Unter dem Mikroskope erscheinen sie von schwach gelblicher Farbe, während ihre Anhäufung in großen Massen dem bloßen Auge die erwähnte Farbennüance entgegenstellt. Bei dem Menschen haben die Blutkörperchen die Gestalt einer in der Mitte etwas vertieften kreisrunden Scheibe mit dickerem Rande, so daß man sie nicht unpassend mit Münzen verglichen hat. Sie scheinen in ihrer Masse ganz homogen zu sein; — wenigstens sind die Erscheinungen, die man bald auf Anwesenheit eines Kernes, bald auf die eines leeren Raumes in ihrer Mitte zu deuten suchte, entweder nur optische Täuschungen, oder durch die äußeren Einflüsse bedingte Veränderungen. Bei den viel größeren ovalen Blutkörperchen der Frösche tritt freilich ein Kern, der sogar eine mittlere Auftreibung veranlaßt, auf das Deutlichste hervor; — allein auch hier behauptet ein neuerer, genauer Beobachter, daß der Kern nur eine Gerinnungserscheinung sei, bedingt durch den Einfluß der Luft auf die Masse des Blutkörperchens, und daß in solchen Körperchen, die nicht mit der Luft in Berührung kommen, kein solcher Kern zu sehen sei. Man hat viel von einer festeren

Hülle und einem flüssigen Inhalte der Blutkörperchen gesprochen; indessen dürfte man der Wahrheit näher kommen, wenn man annimmt, daß die Blutkörperchen im Ganzen aus einem schwammig ausgequollenen eiweißartigen Stoffe, dem sogenannten Globulin bestehen, dessen äußere Schicht bedeutend fester ist, und durch verschiedene Einflüsse sich bald faltet und zusammenzieht, bald aufquillt und bis zum Platzen ausdehnt. Daß die Körperchen nur halbfest und elastisch seien, beweist namentlich die Untersuchung des Capillarkreislaufes in durchsichtigen Theilen solcher Thiere, welche, wie die Frösche, große Blutkörperchen besitzen. Sobald irgendwo an einem Zweige, an einer Beugung des Gefäßes eine Stockung der rasch dahinrollenden Blutkörperchen eintritt, wobei sie gedrängt und zusammengedrückt werden, so erleiden sie mechanische Formveränderungen, und oft sieht man Blutkörperchen, welche, um in ein sehr enges Haargefäß einzubringen, sich einbiegen, eiförmig und länglich werden, bis sie in freiere Räume gelangend ihre ursprüngliche Form wieder annehmen. Im kreisenden Blute schwimmen alle Blutkörperchen einzeln und gleiten leicht an einander vorbei; — aus der Ader gelassen oder beim Stocken des Kreislaufes legen sie sich gern mit ihren glatten Flächen an einander und kleben auf diese Weise zusammen, so daß sie kleine Säulchen bilden, die etwa wie Geldrollen aussehen. Der schwammige, leicht aufquellende Stoff der Blutkörperchen ist äußerst empfindlich gegen Einwirkungen jeder Art. In reinem Wasser, in Flüssigkeiten von schwächerem Concentrationsgrade als die Blutflüssigkeit, quellen die Blutkörperchen durch Wassereinsaugung auf, werden kugelig und platzen endlich, indem nur eine feine, hautartige Hülle zurückbleibt; in gesättigten Salz- und Zuckerlösungen schrumpfen sie ein, weil ihnen die Flüssigkeit Wasser entzieht. Andere Stoffe verändern sie durch chemische Einwirkung auf die mannichfaltigste Weise. Gase werden von ihnen mit großer Begierde eingeschluckt, und wie aus den oben angeführten Beobachtungen über die Existenz eines Kernes hervorgeht, können selbst Formveränderungen durch Gase hervorgebracht werden.

Zwischen den rothen Blutkörperchen findet man in wechseln-
dem Verhältnisse farblose kugelige Körperchen von doppelter Größe,
die deutlich aus einer äußeren durchsichtigen, sehr zarten Hülle,
und einer inneren Körnermasse bestehen, welche letztere bald zu
einem Kerne zusammengeballt, bald mehr zerstreut im Innern
der Hülle liegt. Beim Frosche kann man diese farblosen Blutkörperchen in den Capillargefäßen der durchsichtigen Schwimmhaut zwischen den anderen cirkuliren sehen. In ihrem äußeren
Ansehen, in ihrem Verhalten gegen fremdartige Einwirkungen
gleichen diese farblosen Körperchen durchaus denjenigen, welche
man in der Lymphe findet, und es unterliegt keinem Zweifel,
daß diese Lymphkörperchen stets mit der Lymphe in das
Blut ergossen und so den gefärbten Blutkörperchen beigemengt
werden.

Merkwürdiger Weise zeigen diese farblosen Lymphkörperchen
äußerst langsam vor sich gehende Gestaltveränderungen, indem sie
zuweilen Fortsätze nach einer oder mehreren Seiten hin treiben,
die sich später wieder ausgleichen, oder auch eine unregelmäßige
Form erhalten. Man hat in der neuesten Zeit ähnliche contraktile
Körperchen, die ein gewisses selbstständiges Leben zeigen, fast überall
in den Organismen angetroffen, ohne die Bedeutung dieser Bewegungen näher ergründen zu können.

Fig. 12.
a. 1—10. Die Gestaltveränderungen
eines Lymphkörperchens innerhalb zehn
Minuten. b. Sternförmiges Lymphkörperchen.

Das Plasma oder die Blutflüssigkeit bildet eine
klare, durchsichtige, ungefärbte Flüssigkeit, die so klebricht ist, daß
sie sich zwischen den Fingern in dünne Fäden ziehen läßt. Es

enthält diese Flüssigkeit eine große Anzahl von Stoffen aufgelöst, und wechselt, wie leicht begreiflich, in ihrer Zusammensetzung bedeutend, je nach der Aufnahme verschiedener Stoffe in die Blutmasse. Die klebrige Beschaffenheit der Blutflüssigkeit rührt hauptsächlich von Eiweiß her, welches in reichlicher Menge darin aufgelöst ist und in keiner Weise chemisch sich von dem Eiweiße der Hühnereier unterscheidet. Ein zweiter Bestandtheil der Blutflüssigkeit, der durch seine besonderen Eigenschaften noch mehr in die Augen fällt, als das Eiweiß, ist der Faserstoff, der zwar in dem lebenden Plasma aufgelöst ist, aber fast un- mittelbar gerinnt und sich ausscheidet, sobald das Blut aus der Ader gelassen wird oder auch nur längere Zeit in den Adern stockt. Eiweiß, Faserstoff, sowie der im Blute noch nicht ge- fundene Käsestoff gehören einer merkwürdigen Gruppe zusammen- gesetzter organischer Stoffe an, welche man mit dem Namen der Blutbildner bezeichnen kann und die sowohl im Pflanzen- als im Thierreiche weit verbreitet sind. Alle diese Stoffe, zu welchen als viertes wesentliches Glied das sogenannte Globulin gehört, welches indessen nur in den Blutkörperchen, nicht aber in der Blutflüssigkeit vorhanden ist, alle diese Stoffe, sage ich, besitzen nahe übereinstimmende Eigenschaften. Jeder derselben kommt in einer löslichen und unlöslichen Modifikation vor. Ihre Zusammen- setzung, ohne vollkommen identisch zu sein, nähert sich doch be- deutend, und ihre Zersetzungsprodukte sind oft identisch. Wenn gleich die Ansicht, wonach man glaubte, daß diese Stoffe Ver- bindungen eines organischen, aus Kohlenstoff, Wasserstoff, Stick- stoff und Sauerstoff zusammengesetzten Körpers, einer organischen Basis, die man Protein nannte, mit verschiedenen Mengen von Schwefel und Phosphor seien; wenn gleich diese Ansicht längst gefallen ist, so unterliegt es doch keinem Zweifel, daß diese Stoffe viele Beziehungen zu einander haben, und sich namentlich mit größter Leichtigkeit umtauschen und einer in den anderen ver- wandeln können. Faserstoff, Eiweiß und Käsestoff unterscheiden sich übrigens leicht durch ihr Verhalten. Man kennt kein anderes Lösungsmittel des Faserstoffes in unzersetztem Zustande, als das

im lebenden Körper kreisende Blut; — nach dem Tode, nach
dem Ausflusse des Blutes aus den Gefäßen scheidet sich der
Faserstoff durch die Gerinnung aus. Das Eiweiß dagegen löst
sich leicht im Wasser, gerinnt aber, sobald man dieses über 60
Grad R. erhitzt, und läßt sich durch Kochen vollständig ausscheiden. Das Globulin gerinnt erst bei höherer Temperatur,
kann krystallisiren und wird durch Kohlensäure aus seiner Lösung
gefällt. Der Käsestoff endlich bleibt bei jeder Temperatur im
Wasser gelöst, er gerinnt aber durch Zusatz von Säuren oder
von Lab (Schleimhaut des Kälbermagens) und schlägt sich in
Flocken nieder.

Sobald das Blut aus der Ader gelassen ist, gerinnt es.
Diese Gerinnung ist allein in dem Faserstoffe begründet, der
sich meist in der Form von kleinen mikroskopischen Schollen und
Blättchen aus dem Plasma niederschlägt und anfangs alle Flüssigkeit und alle Blutkügelchen in sich einschließt, so daß das Blut
im Ganzen eine gelatinöse, weiche Masse bildet. Nach einiger
Zeit aber, bei fortdauernder Contraktion des Faserstoffes, preßt
sich die Flüssigkeit nach allen Seiten heraus, und dieser Prozeß
dauert so lange fort, bis sich das gesammte Blut in zwei Theile
geschieden hat: eine gelbliche Flüssigkeit, das Blutwasser oder
Serum, und ein rothes, halbfestes Gerinnsel, der Blutkuchen oder Cruor. Verhindert man mittelst heftigen Schüt-
telns, Schlagens oder Quirlens des Blutes die Einschließung der
Blutkügelchen durch den gerinnenden Faserstoff, so bildet sich kein
Blutkuchen; — der Faserstoff setzt sich in Fäden und unregelmäßigen, weißlichen Flocken an die Stäbchen an, womit man
das Blut schlägt und kann auf diese Weise vollständig aus dem
Blute entfernt werden. Alle Blutkörperchen bleiben in Folge
dieser Behandlung mit dem Blutwasser zurück. Bei längerem
Stehenlassen der rothen, ihres Faserstoffes beraubten Blutflüssigkeit, senken sich indeß die Blutkörperchen zu Boden und das helle
gelbliche Serum schwimmt oben auf. Der Akt der Gerinnung
ist demnach weiter nichts, als eine Ausscheidung des Faserstoffes
aus dem Plasma. Das Serum ist entfaserstofftes Plasma, der

Blutkuchen das Resultat der Verbindung des Faserstoffes mit den Blutkügelchen.

Auf welchem chemischen Prozesse die Gerinnung des Blutes beruhe, ist eine noch unerledigte Frage. So viel scheint gewiß, daß die Berührung mit dem Sauerstoffe der Luft den wesentlichsten Einfluß darauf habe, daß sie aber nicht die einzige Ursache dieses annoch räthselhaften Vorganges sei. Viele Substanzen, namentlich concentrirte Salzlösungen, hindern die Gerinnung ganz, andere verzögern sie.

Die farbigen Blutkörperchen sind spezifisch schwerer, als das Plasma; sie sinken in demselben zu Boden. Die Gerinnung des Blutes tritt aber meist so schnell ein, daß die Blutkörperchen keine Zeit haben, sich zu senken, weshalb dann das ganze Blut zu einer gleichförmig rothen Masse gesteht. In sehr faserstoffhaltigem Blute aber verbinden sich die Blutkörperchen schnell zu Säulchen und Geldrollen; sie senken sich in diesem Zustande weit schneller, weil sie durch ihre Verbindung weniger Fläche darbieten und somit auch der Widerstand der Flüssigkeit gegen ihren Fall geringer ist. Der an der Oberfläche des Blutes gerinnende Faserstoff schließt dann keine Blutkörperchen, wohl aber die spezifisch leichteren farblosen Lymphkörperchen ein; die rothe Farbe fehlt ihm demnach, er ist gelblich, fast ungefärbt und bildet eine hautartige Ausbreitung auf der Oberfläche des Blutkuchens, die Speckhaut. Es ist eine bekannte Sache, daß diese Speckhaut sich stets auf stark faserstoffhaltigem Blute findet, bei entzündlichen Krankheiten, Schwangeren u. s. w., und daß ihre Bildung nicht auf einer zeitlichen Verzögerung der Gerinnung, sondern auf der durch die Säulchenverbindung bedingten schnelleren Senkung der Blutkörperchen beruht.

Sucht man die einzelnen Bestandtheile, welche das Blut enthält, nach den Substanzen zu ordnen, die man auf mechanische Weise durch das Mikroskop oder die Gerinnung unterscheiden kann, so erhält man folgende Resultate. In 1000 Theilen Venenblut eines gesunden Mannes von 25 Jahren finden sich dem Gewichte nach 513 Theile, also mehr als die Hälfte, Blutkörper-

chen, welche ihrerseits wieder eine bedeutende Menge Wasser,
nämlich 350 Theile enthalten; so daß demnach die in der angegebenen Blutmenge aufgeschwemmten Körperchen nur aus 163
Theilen fester Substanz gebildet sind. Diese feste Substanz besteht ihrer größten Masse nach aus einem im Wasser löslichen
eiweißartigen Körper, der mit dem Eiweißstoffe der Krystalllinse
des Auges identisch scheint und Globulin oder Krystallin genannt
wurde. Dieser Stoff, der 1,1 Prozent Schwefel, aber keinen
Phosphor enthält, findet sich nur in den Blutkörperchen, und
seine absolute Menge beträgt auf 1000 Theile Blut etwa 152.
Mit ihm ist in innigster Verbindung der rothe Farbestoff des
Blutes, das Blutroth oder Hämatin, dessen Menge man auf
7,7 auf 1000 Theile Blut anschlagen kann und der namentlich
dadurch merkwürdig ist, daß er die einzige Substanz des Körpers
ist, welche Eisen in ziemlich bedeutender Menge enthält. Dieses
Eisen ist ein nothwendiger Bestandtheil der Blutkörperchen. Die
Bleichsucht beruht wesentlich auf dem Mangel dieses Metalles
und wird durch seine Einführung in das Blut geheilt. Außer
dem Eisen enthalten die Blutkörperchen noch von unorganischen
Substanzen besonders Chlorkalium und phosphorsaure Salze,
worunter besonders phosphorsaures Kali und Natron, so wie
kohlensaures Natron, die sich in der Asche wiederfinden.

Wir sahen so eben, daß das Serum des geschlagenen Blutes
sich von der Blutflüssigkeit nur durch den Mangel des Faserstoffes unterscheidet. Die absolute Menge des Faserstoffes in
1000 Theilen Blut beträgt aber nicht mehr als 3,93 oder in
runder Summe 4 Theile, während der Eiweißgehalt im Durchschnitte 40 Theile beträgt. Außerdem sind in dem Serum noch
etwa 4 Theile verschiedener Salze aufgelöst, die zu mehr als der
Hälfte aus Kochsalz, dann aber wesentlich aus kohlensaurem
Natron, phosphorsauren und salzsauren Salzen bestehen.

Diese mineralischen Bestandtheile der Blutkörperchen und
der Blutflüssigkeit, wenngleich in ihrer Menge gegen die übrigen
Blutbestandtheile sehr zurückstehend, erscheinen dennoch von ebenso
bedeutender Wichtigkeit für den Haushalt des Körpers, wie viele

andere organische Stoffe, deren Gewicht kaum angegeben werden kann. Manche dieser Stoffe sind nur deshalb in so geringer Menge im Blute vorhanden, weil sie von den Drüsen beständig ausgeschieden werden; — andere gehen im Umschwunge des Kreislaufes zu Grunde und lassen sich deshalb eher in dem Blute der einen als der anderen Adern nachweisen. So findet sich in der Blutflüssigkeit stets eine äußerst geringe Menge von Harnstoff, von Gallenfarbstoff, von Traubenzucker, von Buttersäure, von Gallenfett und verschiedenen anderen verseiften und nicht verseiften Fetten. Nach der Ausrottung der Nieren nimmt der Harnstoffgehalt im Blute bedeutend zu, bei gehemmter Absonderung der Galle und gestörter Leberthätigkeit häuft sich der Gallenfarbstoff so sehr in dem Blute an, daß er endlich in den Geweben des Körpers abgesetzt wird und die Gelbsucht erzeugt. Dies sind also Stoffe, welche in dem Körper erzeugt und durch die Drüsen beständig abgeschieden werden, während Käsestoff und Zucker vom Darmkanale aufgenommen und letzterer wenigstens größtentheils in den Lungen zu Grunde geht, so daß er nur in dem Systeme der Leber, nicht aber in dem hellrothen Blute gefunden werden kann.

Die anorganischen Bestandtheile, die man als Asche beim Verbrennen wiederfindet, sind durchaus eben so wichtig für den Haushalt des Körpers, als die organischen. Der Mensch kann eben so wenig ohne Kochsalz und phosphorsaure Salze leben, als ohne Eiweiß oder Fett. Die meisten Salze aber finden sich in dem Serum des Blutes aufgelöst. Kochsalz wiegt unter ihnen an Menge vor. Ihm zunächst stehen kohlensaure und phosphorsaure Alkalien, und zwar sind die anorganischen Bestandtheile so vertheilt, daß Phosphorsäure und Kali vorzugsweise in den Blutkörperchen, die Chlormetalle, das Natron, der Kalk und die Bittererde, Schwefelsäure und Kohlensäure dagegen in der Blutflüssigkeit enthalten sind. Die Menge und das Verhältniß der anorganischen Stoffe zu einander wechselt indeß außerordentlich, je nach der augenblicklichen Einsaugung und den entsprechenden Ausscheidungen. Brod und Körnernahrung vermehren die Menge ter phosphorsauren Alkalien im Blute, Gemüse dagegen diejenige der kohlensauren Salze, indem die meisten organischen Pflanzensäuren beim Uebergange in das Blut sich in Kohlensäure verwandeln.

Vergleicht man die Zusammensetzung des Blutes im Ganzen mit derjenigen des Körpers, so wird man durch die Aehnlichkeit der Bestandtheile beider überrascht. Die Hauptorgane des menschlichen Körpers bestehen aus Eiweiß, Faserstoff und Fett, die sämmtlich in dem Blute nachgewiesen sind, und die Modifikationen dieser Stoffe, die wir in dem lebenden Körper finden, scheinen sämmtlich aus den im Blute vorhandenen Bestandtheilen hervorgehen zu können. Die Auswurfsstoffe fehlen ebenfalls nicht und die feuerbeständigen Stoffe der Asche sind ihren Elementen nach im Körper und im Blute gleich. Man kann demnach mit Recht sagen, daß das Blut der aufgelöste Organismus sei. Wir werden in der Folge sehen, wie in der That alle Stoffumwandlungen des Körpers in dieser beständig kreisenden Flüssigkeit ihren Mittelpunkt finden, wie alles, was der Körper aufnimmt, durch das Blut an den Ort seines Verbrauches hingeschafft, alles, was er ausscheidet, ebenfalls an die Stelle der Aussonderung gebracht wird, und wie auf diesem Wege theils in der Blutmasse selbst, theils in den Organen, welche von ihr durchlaufen werden, die mannichfaltigsten Metamorphosen Platz greifen, deren Erforschung zum größten Theile noch eine Aufgabe der Wissenschaft ist. Es darf demnach nicht verwundern, wenn die mannichfaltigsten individuellen und temporären Verschiedenheiten in der Blutmischung sich nachweisen lassen, da man diese gleichsam als von drei verschiedenen Faktoren abhängig ansehen kann: von der individuellen Beschaffenheit, von der Aufnahme fremder Stoffe und von der Ausscheidung unnütz gewordener Substanzen. Daß das Ineinanderspielen dieser drei Einflüsse die vielfachsten Wechsel erzeugen und somit der Untersuchung die mannichfaltigsten Hindernisse entgegenstellen müsse, ist klar. Vermehrt werden aber diese Hindernisse noch durch die Schwierigkeit und Länge der Untersuchung an sich und durch die Unzulänglichkeit der Mittel, welche die Chemie besitzt, wenn es sich

darum handelt, kleine Mengen von Stoffen nachzuweisen, die
keine wesentlich charakteristische Reaktion besitzen. Wenn man bedenkt, daß die ungemein kleine Menge von Kuhpockengift, welche
beim Impfen in die Blutmasse gebracht wird, in dieser eine so
heftige Revolution bewirkt, daß Entzündung, Fieber, allgemeine
Krankheit des ganzen Körpers, Ausschlag und Pockenbildung die
unmittelbare, und eine, Jahrelang andauernde Veränderung der
Empfänglichkeit für die Pockenansteckung die mittelbare Folge dieses
unbedeutenden Eingriffes sind; wenn man andererseits bedenkt, daß
die Menge des so eingebrachten Stoffes so gering, so verschwindend klein und die dadurch bewirkte Veränderung der Blutmasse
so unbedeutend ist, daß weder Mikroskop, noch chemisches Reagens
bis jetzt darüber haben Auskunft ertheilen können; so muß man
sich gestehen, daß trotz aller unserer mühevollen Untersuchungen
es bis jetzt noch nicht gelungen ist, die Vorgänge und Veränderungen, welche im Inneren der Blutmasse Statt finden, wissenschaftlich klar darzulegen.

Die spezifischen Unterschiede der beiden Blutarten, nämlich
des arteriellen oder hellrothen und des venösen oder dunklen Blutes,
beruhen hauptsächlich auf der Farbe und auf der Menge der
einzelnen Bestandtheile. Formverschiedenheiten zwischen den Blutkörperchen dieser beiden Blutarten haben selbst die gewiegtesten
Mikroskopiker noch nicht mit Sicherheit entdecken können; der
einzige dem bloßen Auge sogleich auffallende sichere Charakter ist
die Farbe. Selbst in sehr verdünnter Lösung zeigt sich die Verschiedenheit der Nüancen noch deutlich. Das hellrothe Blut gerinnt schneller und sein Blutkuchen wird fester, als derjenige des
venösen; es ist reicher an Faserstoff, Salzen, Extraktivstoffen,
dagegen ärmer an Eiweiß und Fetten, als das venöse. Das
spezifische Gewicht des arteriellen Blutes ist auffallender Weise,
den übereinstimmenden Beobachtungen der meisten Forscher zu
Folge, geringer als dasjenige des dunkelrothen Blutes, eine Erscheinung, die mit dem größeren Wassergehalte des arteriellen
Blutes zusammenhängt. In der That fand man bei einer ver-

gleichenden Analyse des Pferdeblutes in 1000 Theilen Blut folgende Verhältnisse:

	Venöses Blut	Arterielles Blut
Eiweiß und Salze . .	81,23	78,03
Faserstoff	4,97	5,30
Blutkörperchen . . .	96,67	96,87
Wasser	815,13	819,80

Vergleicht man diese Zahlen unter einander, so findet man, daß das Verhältniß der Blutkörperchen und des Eiweißes zum Wasser etwa dasselbe in beiden Blutarten ist, daß aber nicht nur die relative, sondern auch die absolute Menge des Faserstoffes im arteriellen Blute bedeutender ausfällt. Wir müssen diese Resultate hinnehmen, so wie sie die Chemie uns gibt; allein es ist nicht zu verkennen, daß sie mit den Ergebnissen des Athmungsprozesses nur schlecht im Einklang stehen. Diesem zu Folge sollte das arterielle Blut weniger Wasser enthalten, concentrirter sein, als das venöse, da in dem Athmungsprozesse Wasser ausgeschieden wird. In der That geben auch einige Chemiker das arterielle Blut als concentrirter und weniger wässerig an, als das venöse; allein die Mehrzahl widerspricht dieser Behauptung. Vielleicht hängt der größere Wassergehalt des arteriellen Blutes von der Zufuhr der Lymphe ab; diese ist bekanntlich viel wässeriger als das Blut, und da sie sich unmittelbar vor dem Herzen in den venösen Strom ergießt, so betreffen die an venösem Blute angestellten Untersuchungen nur solches Blut, welchem sich die Lymphe noch nicht beigemischt hat.

Der Gehalt an Gasen, welche in dem Blute enthalten sind, scheint sehr nach den Umständen zu wechseln. In einem späteren Briefe werden wir genauer zu bestimmen suchen, an welche Bestandtheile des Blutes diese Gase gebunden sind; hier genügt es zu wissen, daß man durch die Luftpumpe sowohl, als auch durch Schütteln mit indifferenten Gasarten aus dem Blute Kohlensäure, Sauerstoff und Stickstoff entwickeln kann, und zwar in folgenden Verhältnissen.

1000 Vol. Blut geben:

	Pferdeblut		Kalbsblut	
	arterielles	venöses	arterielles	venöses
Kohlensäure . .	70,2	47,0	71,0	55,6
Sauerstoff . . .	25,0	12,0	28,1	9,8
Stickstoff . . .	9,9	7,0	18,1	6,4
	105,1	66,0	117,2	71,8

Berechnet man die so erhaltenen Resultate auf 100 Volumtheile der ausgeschiedenen Gasarten, so stellen sich die Verhältnisse folgendermaßen:

	Pferdeblut		Kalbsblut	
	arterielles	venöses	arterielles	venöses
Kohlensäure . .	55,1	72,1	64,7	78,7
Sauerstoff . . .	19,3	18,8	24,1	13,6
Stickstoff . . .	25,5	9,1	11,0	9,7

Es geht hieraus hervor, daß das arterielle Blut zwar im Ganzen mehr Gase enthält, als das venöse, daß aber im letzteren verhältnißmäßig weit mehr Kohlensäure, in ersterem dagegen mehr Sauerstoff sich findet — ein Resultat, welches mit den Ergebnissen des Athmungsprozesses vollkommen übereinstimmt.

Das Verhältniß der Gase zum Blute ist sehr eigenthümlich und höchst wichtig zum Verständniß des Athmungsprozesses. Sauerstoff mit dunklem Blut geschüttelt färbt dasselbe hochroth und entbindet Kohlensäure; Kohlensäure mit arteriellem Blute geschüttelt färbt dessen rothe Farbe dunkel und wird verschluckt, aber ohne daß Sauerstoff entbunden würde. Durch Schütteln des so dunkel gefärbten Blutes mit Sauerstoff wird die hochrothe Farbe wieder hergestellt.

Nach Jahre lang fortgesetzten Streitigkeiten über die Ursache dieser Farbenveränderungen scheint es endlich festgestellt zu sein; daß die dunkle Farbe, wie sie in dem venösen Blute sich zeigt, die natürliche des Blutfarbestoffes ist, die durch Anwesenheit oder Abwesenheit von Kohlensäure nicht im Mindesten verändert wird, während im Gegentheile der Sauerstoff augenblicklich die Veränderung der dunklen Nüance in die hellrothe bewirkt.

So wie das Blut in stetem Kreislaufe, in beständigem, mechanischem Umschwunge durch den Körper sich befindet, so ist es auch in gleicher Weise in stetem Wechsel der Bestandtheile, in unaufhörlicher Umbildung, Zersetzung und Erneuerung begriffen. Schon an den Blutkörperchen selbst hat man die mannichfachsten Anzeichen beständiger Umbildung wahrzunehmen geglaubt. Die Einen werden sehr schnell von Reagentien angegriffen, während die Anderen, welche daneben liegen, nur sehr langsam der Zerstörung nachgeben; hier sieht man, in ganz gesundem Blute, einzelne aufgeschwollene, scheinbar in Auflösung begriffene Körperchen; dort andere, in deren Innerem körnige Bildungen, Krümchen oder Kerne auf eine niedere Stufe oder Bildung deuten, während wieder andere, ohne Kerne, auf der höchsten Stufe der Entwickelung angekommen zu sein scheinen; in manchen Organen, wie namentlich in der Milz, findet man Blutkörperchen in Zellen eingeschlossen, in mancherlei Stufen der Auflösung oder Neubildung.

Die Neubildung des Blutes ist hauptsächlich durch ein sekundäres Gefäßsystem bedingt, welches mit dem Blutgefäßsysteme im Zusammenhang steht und das man das Lymphsystem genannt hat. In allen Theilen des Körpers, mit Ausnahme des Gehirnes, des inneren Ohres und Auges, finden sich feine, dünnwandige Kanäle, welche mit blinden Enden oder mit maschenförmigen Netzen in dem Gewebe beginnen, sich allmählich zu Stämmen zusammensetzen, die meist den Hauptblutgefäßen folgen, und endlich in einem großen Hauptstamm, dem Milchbrustgang, sich sammeln. Der Milchbrustgang läuft längs der Wirbelsäule im Innern der Brusthöhle hinan und ergießt sich in die linke Schlüsselbeinvene. Die Lymphgefäße zeichnen sich durch mehrere Eigenthümlichkeiten vor den Blutgefäßen aus. Vor allen Dingen enthalten sie eine so große Anzahl von inneren Klappen, daß sie meist nach der Einspritzung wie Perlschnüre aussehen. Außerdem sind ihre Wände dünner und die Zweige nur selten zu einzelnen Stämmen gesammelt. Selbst die größeren Stämme bilden mehr netzförmige Räume und nehmen sich etwa aus, wie ein mit reichlichen Inseln versehener Fluß. Außerdem sind die contraktilen Ringfasern in ihren Wänden bedeutend entwickelt und meist in verhältnißmäßig weit größerer Thätigkeit, als in den Blutgefäßen. Sie reagiren durch Zusammenziehung sehr intensiv auf äußere Reize, und es ist nicht selten, bei Operationen an lebenden Thieren Zusammenziehungen des Milchbrustganges und der größeren Lymphgefäße zu sehen. Diese Ringfasern sind indeß auch der einzige mechanische Apparat an den Lymphgefäßen zur Fortschaffung des flüssigen Inhaltes. Bei dem Blutgefäßsystem ist der mechanische Apparat auf einen einzigen Centralpunkt, das Herz, zusammengezogen; bei den Lymphgefäßen sind die bewegenden Momente über den ganzen Verlauf verbreitet. Von Stelle zu Stelle, von der Peripherie gegen den Milchbrustgang hin fortschreitend, ziehen sich die Ringfasern zusammen und pressen die in dem Lymphgefäße enthaltene Flüssigkeit nach beiden Richtungen hin aus. Allein dem Ausweg gegen die Peripherie hin stellen sich die zahlreichen Klappen entgegen; die Flüssigkeit wird demnach gegen den Milchbrustgang hingetrieben. Sobald die Zusammenziehung nachgiebt und das Gefäß sich öffnet, strömt natürlich von der Peripherie her wieder neue Lymphe ein, die durch eine neue Contraktion wieder weiter geschafft wird.

Unstreitig ist indeß diese selbstständige Zusammenziehung der Lymphgefäße nicht das einzig wirksame Moment zur Fortbewegung ihres Inhaltes. Man hat die Bemerkung gemacht, daß in starren Theilen, die keiner selbstständigen Bewegung fähig sind, nur sehr wenige Lymphgefäße vorkommen, während sie da, wo Muskelcontraktion und räumliche Wechsel aller Art sich finden, in großer Anzahl vorhanden sind. Der abwechselnde Druck der umgebenden Theile wirkt gewiß ganz in derselben Weise, wie die selbstständige Contraktion. Er treibt die Flüssigkeit vorwärts und bei seinem Aufhören strömt wieder neue aus der Peripherie ein, welche, der Stellung der Klappen nach, bei erneuertem Drucke weiter befördert wird. Nicht minder wirkt die Auffaugung in den feinen

Enden der Lymphgefäße, die einen Strom nach innen erzeugt, der mit einer gewissen Kraft die Flüssigkeit nach den weiteren Aesten und Stämmen treibt.

Die Anfänge der Lymphgefäße im Gewebe sind noch nicht so bekannt, wie es wünschbar wäre. Die Anordnung der Klappen, welche bis in die feinsten Aeste hin sich erhält, macht jede feinere Einspritzung der letzten Zweiglein außerordentlich schwierig, und unter dem Mikroskope gelingt es bei der hellen Farbe der darin eingeschlossenen Flüssigkeit nicht leicht, die feinsten Lymphgefäße aufzufinden und in ihrem Verlaufe zu verfolgen. In den Zotten des Darmkanals beginnen die Lymphgefäße jedenfalls mit einem einfachen oder gespaltenen Stamme, der gewöhnlich ein kolbiges Ende zeigt; in anderen Organen, wie namentlich an der Leberoberfläche, zeigen sich weitmaschige Netze, aus Gefäßchen bestehend, die einen weit bedeutenderen Durchmesser haben, als die Capillaren der Blutgefäße.

Eine weitere Eigenthümlichkeit der Lymphgefäße besteht in den zahlreichen sogenannten Drüsen, durch welche sie hindurchgehen. Diese Gebilde, welche sich namentlich am Halse, in der Achselgrube und der Schenkelbeuge, sowie in dem Gekröse des Darmes in sehr großer Menge vorfinden, bestehen aus kleinen, meist etwa haselnußgroßen, bohnenförmigen halbfesten Körpern, innerhalb deren sich die ausführenden Lymphgefäße aus einer Menge verwickelter Zweige neu erzeugen, während die zuführenden Lymphgefäße in ein Höhlensystem mit seitlichen Aussackungen münden, die mit Drüsensäckchen einige Aehnlichkeit haben. Welchen Zweck diese Verknäuelungen der Lymphgefäße, auf denen sich zahlreiche Blutgefäße verbreiten, haben, ist noch nicht ermittelt worden; doch scheinen sich dort hauptsächlich die Lymphkörperchen zu bilden, welche dann von der Lymphe fortgeschwemmt werden. Jedenfalls stockt die Fortbewegung der Lymphe in ihnen und deshalb sind es auch diese Drüsen, welche vorzugsweise bei Einsaugung fauliger Substanzen, sowie in manchen Krankheiten, wie z. B. der Scropheljucht, afficirt werden. Schon mancher Anatom hat eine kleine Verletzung, welche er sich bei der Section einer in der fauligen Zersetzung begriffenen Leiche zugezogen, mit den heftigsten Entzündungen und Vereiterungen der Achseldrüsen büßen müssen.

Der Beschaffenheit der Flüssigkeit nach, welche in den Lymphgefäßen nach dem Venensystem zu geleitet wird, unterscheidet man zwei Arten von Saugadern: die eigentlichen Lymphgefäße mit klarem, hellem, durchsichtigem Inhalte, welche aus allen Theilen des Körpers stammen, und die Chylus- oder Milchgefäße, welche von dem Darmkanal ausgehen, und sich durch ein meist trübes, milchiges Ansehen der in ihnen enthaltenen Flüssigkeit auszeichnen.

Die Lymphe selbst, welche man schon in einigen seltenen Fällen aus Wunden am Fußrücken in ziemlich reichlicher Menge sammeln konnte, bietet in morphologischer und chemischer Hinsicht viel Aehnlichkeit mit dem Blute dar. Sie gerinnt wie dieses und bildet, indem ihr Faserstoff die in ihr enthaltenen Körperchen umhüllt und einschließt, einen Kuchen wie das Blut, der nur dadurch sich unterscheidet, daß er farblos ist. Es schwimmen in ihr Körperchen, welche mit den farblosen Körperchen, die man im Blute in geringer Anzahl findet, identisch sind, und an denen man deutlich einen Kern und eine Schale unterscheiden kann; sie sind bedeutend größer als die Blutkörperchen.

Der Chylus oder Milchsaft unterscheidet sich nur durch seinen bedeutenden Gehalt an Fett von der Lymphe. Dies Fett ist in kleinen Tröpfchen oder Kügelchen in ihm abgelagert, und der Chylus erhält dadurch ein emulsionsartiges Ansehen. Die Menge dieses Fettes richtet sich durchaus nach der Nahrung. Bei hungernden Thieren ist der Chylus blaß, selbst ganz durchsichtig; bei Genuß von stärkemehlhaltigen Substanzen wenig trübe, mehr noch nach Fleisch und Milch, völlig weiß und undurchsichtig nach Genuß von Butter.

Je näher der Chylus und die Lymphe dem Blutgefäßsysteme kommen, desto ähnlicher werden sie auch dem Blute selbst, ohne indeß dessen Zusammensetzung gänzlich zu erreichen. Die Körperchen selbst, sowie die Flüssigkeiten werden allmählich röthlich, und namentlich scheint die Milz wesentlich zu dieser Röthung der Lymphe beizutragen. Indeß wandeln sich die Lymphkörper-chen innerhalb des Milchbrustganges noch nicht in vollkommene Blutkörperchen um, eben so wenig als der Chylus selbst in seiner Zusammensetzung dem Blute gleicht. Eine nähere Ver-gleichung der Analysen beider Flüssigkeiten giebt die Unterschiede deutlich zu erkennen.

In 1000 Theilen	Pferd		Katze	
	Blut	Chylus	Blut	Chylus
Faserstoff	2,80	0,75	1,40	1,8
Körperchen	92,80	4,00	115,90	
Eiweiß	80,00	81,00	61,00	48,9
Extraktivstoffe	5,20	6,25		
Fett	1,55	15,00	2,70	82,7
Chlornatrium	—	—	5,87	7,1
Alkalisalze	5,70	7,00	1,88	2,5
Erdsalze	0,25	1,00	0,49	2,0
Eisenoxyd	0,70	Spuren	0,51	Spuren
Wasser	810,00	925,00	810,00	905,7

Die Unterschiede beider Flüssigkeiten springen in die Augen. Während der Chylus im Ganzen wasserhaltiger ist, als das Blut, bieten die relativen Faserstoff- und Eiweißmengen nur geringe Verschiedenheiten dar; die in dem Blute enthaltenen Körperchen dagegen werden in dem Chylus durch eine bedeutende Menge von Fett gewissermaßen ersetzt. Auch die Extraktivstoffe wiegen in dem Chylus bedeutend vor und ebenso sind die Salze relativ in weit bedeutenderer Menge im Chylus als in dem Blute vorhanden. Der Milchsaft bietet demnach eine beständige Ersatzquelle des Faserstoffes und Eiweißes, während er zugleich einen Ueberschuß von Fett, Salzen, Extraktivstoffen und Wasser in das Blut überführt. Noch mehr als der Chylus nähert sich die Lymphe, da sie weit weniger Fett enthält, in ihrer Zusam-mensetzung dem Blute. Sie ist eine verdünnte Blutflüssigkeit, in welcher im Verhältniß zum Eiweiß und Fett die löslichen Salze und Extraktivstoffe vorwalten.

Berücksichtigt man nun, daß die Lymphe und der Chylus in unmittelbarer Nähe des Herzens in die Schlüsselbeinvene

ergoſſen werden und nur das rechte Herz und die Lungen zu
durchlaufen haben, um in den arteriellen Blutstrom zu kommen,
ſo läßt ſich ſchon von vorne herein das wahrſcheinliche Schickſal
der einzelnen Beſtandtheile des Chylus und der Lymphe errathen.
Das überſchüſſige Waſſer dunſtet theils in den Lungen aus, theils
wird es in den Nieren abgeſchieden. Die Lymphkörperchen bilden
ſich im Blutſtrome allmählich zu Blutkörperchen um; die über-
ſchüſſigen Salze werden in den Nieren, dem Sekretionsorgan
der ſalzigen Beſtandtheile, entfernt, Faſerſtoff und Eiweiß bleiben
in dem Plasma und erſetzen die demſelben durch die Ernährung
der Theile zugefügten Verluſte. Das Fett löſt ſich großen Theils
im Plasma auf und wird von dieſem an beſtimmten Orten
abgeſetzt.

Die Abhängigkeit, in welcher die Bildung des Chylus von
der Art der Nahrung ſteht, iſt ſo groß, daß man mit vollem Rechte
zur Aufſtellung des Satzes berechtigt iſt, daß der Chylus zweier
gleich genährter Thiere aus verſchiedenen Gattungen nicht ſo
verſchieden iſt, als derjenige zweier ungleich genährter Thiere
derſelben Gattung. Es beweiſt dies auf das Beſtimmteſte, daß
den aufſaugenden Milchgefäßen des Darmes keine Auswahl
unter den ihnen dargebotenen Stoffen des Darminhaltes frei
ſteht, ſondern daß ſie aufnehmen, was gerade abſorptionsfähig
iſt. Ständen ihnen eine Auswahl zu, ſo würde die Qualität des
Milchſaftes nicht zu den Nahrungsmitteln in einem Abhängig-
keitsverhältniß ſtehen, ſondern vielmehr bei einer und derſelben
Thiergattung ſtets dieſelbe Zuſammenſetzung haben, was, wie
erwieſen iſt, nicht ſtatt hat. Da mithin der Chylus in ſo naher
Wechſelwirkung mit dem Blute und der Blutbereitung ſteht, ſo
iſt dieſe auch wieder durchaus von der Art der Ernährung abhängig, und es iſt ſonach von der größten Wichtigkeit für die
Wohlfahrt des ganzen Körpers, daß die Aufnahme von Nahrungsmitteln den Bedürfniſſen der Blutmaſſe gehörig angepaßt
ſei. Wir werden in einem der folgenden Briefe darzuthun verſuchen, daß die Milchgefäße hauptſächlich die Erneuerungsquelle

des Blutplasma's bilden, daß demnach von ihnen die normale Ernährung des Körpers großen Theils abhängt, während troß der starken, in den Blutgefäßen des Darmes thätigen Aufsaugung diese weniger die normalen, als die zufälligen Bestandtheile des Plasma's aufnehmen.

Dritter Brief.

Die Verdauung.

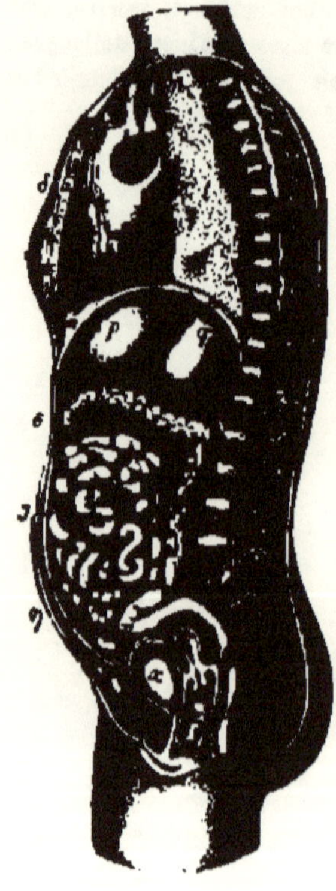

Fig. 18. Der Rumpftheil eines weiblichen Körpers, senkrecht durchschnitten, um die Lage der Brust- und Bauch-Eingeweide zu zeigen.

a. Das Herz. b. Bogen der Aorta. c. Gemeinschaftlicher Stamm der rechten Hals- und Schlüsselbeinschlagader. d. Linke Halsschlagader (Carotis). e. Linke Schlüsselbeinschlagader. f. Lungenschlagader. g. Lungenvene. h. Lungensell. i. Herumschweifender Nerv (N. vagus). k. Zwerchfellsnerv. l. Linke Lunge. m, n, o. Zwerchfell. p. Linker Leberlappen. q. Mündung des Schlundes in den Magen (Cardia). r. Magen. s. Windungen des Dünndarms. t. Querdarm. u. Absteigender Theil des Dickdarmes. v. Biegung desselben. w. Gebärmutter (Uterus). x. Harnblase. y. Mastdarm. z. Scheide. a. Das Schambein (Os pubis) quer durchgesägt. β. Lendenwirbel. γ. Rückenwirbel, nach rechts davon das Rückenmark in dem Kanal der Wirbel und darauf die Darmfortsätze der Wirbel mit den Muskelmassen des Rückens. δ. Die vordere Brustwand. ε, ζ, η. Die Muskelwand des Bauches.

Die Maschine des Organismus bedarf einer beständigen Speisung, einer steten Zuführung von Substanzen, aus welchen die im Umschwunge des Stoffwechsels zersetzten Theile und Gewebe wieder aufgebaut werden. Zu dieser Stoffaufnahme hat die Natur in dem thierischen Körper ein eigenthümliches Rohr geschaffen, welches in den höheren Thieren an beiden Enden geöffnet ist; einerseits um die zur Nahrung bestimmten Substanzen aufzunehmen, und am anderen Ende, um die Reste, welche nicht aufgenommen wurden, auszuwerfen. Dies Rohr heißt der Darmkanal oder Nahrungskanal. Seine äußeren Formen, so wie seine inneren Bildungen wechseln in größter Mannichfaltigkeit, je nach der Beschaffenheit der Nahrung und der Eigenthümlichkeit der Gattung. Im Allgemeinen besitzen fleischfressende Thiere ein kürzeres, weniger gewundenes Darmrohr, an welchem nur ein größerer Behälter, der Magen, angebracht ist; pflanzenfressende Thiere sind mit längerem, vielfach gewundenem Darmschlauche versehen, und nicht nur ist der Aufnahmebehälter, der Magen, öfter mehrfach vorhanden, sondern auch an anderen Stellen sind zuweilen seitliche Ausstülpungen, Blinddärme angebracht, in welchen die der Verdauung unterworfenen Nahrungsstoffe länger verweilen. Die innere Bildung des Darmrohres selbst ist, bei den höheren Thieren namentlich, nach einem und demselben Typus angelegt.

Man unterscheidet drei Schichten: die äußerste seröse oder Bauchfellschicht, die mittlere Muskelschicht und endlich die innere Schleimhautschicht, welche unmittelbar mit dem Inhalte des Darmes in Berührung steht. Die äußerste Schicht wird aus einer sehr glatten, schlüpferigen, sehnigen Haut gebildet, deren glänzende, stets feucht erhaltene Oberfläche das Gleiten der Darmstücke bei ihren Bewegungen sehr befördert. Diese Schicht ist eine Fortsetzung des die ganze Bauchhöhle auskleidenden Bauchfelles, das an der inneren Fläche der Wände der Bauchhöhle, am Zwerchfelle und der Rückenwirbelsäule befestigt ist und beim Ueberziehen des Darmes Duplikaturen bildet, an denen der Darm hängt, etwa wie die umgeschlagene Laufröhre an einem Vorhange.

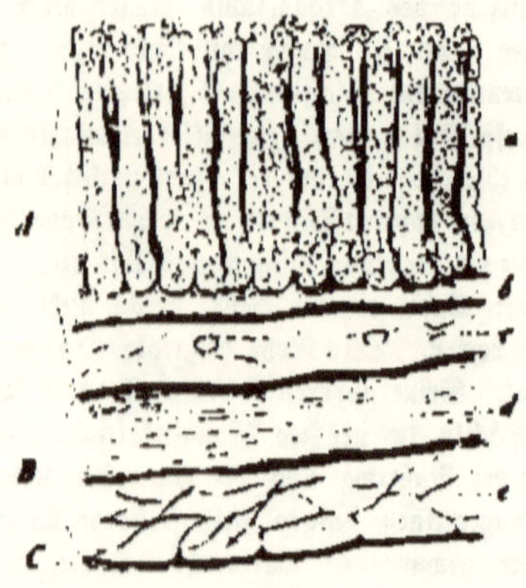

Fig. 14.

Senkrechter Durchschnitt durch die Magenhäute. A. Die Schleimhautschicht mit den Labdrüsen a, einer glatten Muskelschicht b und dem Bindegewebe c; B. die Muskelschicht mit den Längsfasern d und den durchschnittenen Querfasern e; C. die Bauchfellschicht.

Obgleich der Darm auf diese Weise in seiner ganzen Länge befestigt ist, so wird dennoch seinen Bewegungen ein weiter Spielraum gelassen, indem das Gekröse, welches von den erwähnten Duplikaturen des Bauchfelles gebildet wird, vielfach zusammengefaltet ist. Die Bewegungen des Darmkanales gehen von der mittleren Muskelschicht des Darmrohres aus. Von dem Schlunde und Magen an zieht sich diese Schicht einfacher, dem Willen nicht unterworfener Muskelfasern bis zu dem Ende des Darmkanales fort. Ihrer großen Masse nach besteht diese Muskelschicht aus queren Muskelfasern, die ringförmig um das Darmrohr herumlaufen, und durch ihre, der Willkür nicht unterworfenen Zusammenziehungen wellenförmig von oben nach unten fortschreitende Bewegungen veranlassen, welche die Physiologen mit dem Namen der peristaltischen Bewegungen zu bezeichnen gewohnt sind. An einzelnen Abtheilungen des Darmes, wie namentlich im Magen, findet man dagegen in mehrfacher Richtung sich kreu-

zende Muskelfasern, so daß die Bewegungen dieser Theile eine
größere Mannichfaltigkeit besitzen. Während so die mechanische
Funktion des Darmrohres, die Aufnahme, Fortbewegung und
Ausstoßung der Nahrungsmittel, der Muskelschicht anheimfällt,
ist die chemische Funktion wesentlich in der innersten Schleimhautschicht concentrirt. Durch diese Schicht werden verschiedene
Säfte abgesondert, ohne deren Mitwirkung die Verdauung nicht
zu Stande kommen könnte, und durch dieselbe Schicht werden
alle Substanzen aufgenommen, die aus den Nahrungsmitteln in das
Blut und den Haushalt des Körpers übergeführt werden sollen.
Die Bildung dieser Schleimhautschicht ist eine sehr verschiedene,
je nach den verschiedene Abschnitten des Darmes. In dem Magen
finden sich fast nur cylindrische Drüsensäcke, einer neben den
andern gestellt, wie hohle Pallisaden, die sogenannten Labdrüsen,

Fig. 15.
Eine einfache Labdrüse mit Labzellen
angefüllt. Oben zeigen sich die Cylinderzellen, welche die Magenfläche bedecken.

welche vorzugsweise den Magensaft absondern. Gegen die Muskelschicht hin sind diese Labdrüsen kolbenförmig abgeschlossen. Die
von ihnen abgesonderte Flüssigkeit bildet mit den abgestoßenen
cylindrischen Zellen, welche ihre innere Fläche überziehen, den
Labzellen, einen zähen Schleim, der sich nach und nach mit
den Nahrungsmitteln auf das Innigste mengt. Schon auf der

Pförtnerklappe des Magens, bei dem Uebergang in den Zwölffingerdarm, nimmt die im Magen sammetartig ebene Schleimhaut einen anderen Charakter an. Es erheben sich auf ihr kleine
gekerbte Falten, die stets höher, zuletzt cylindrisch oder zungen-
förmig werden, und die man in dieser Form die Darmzotten

Fig. 16.
Eine Darmzotte, schematisch dargestellt.
a. Der Ueberzug von Cylinderzellen mit
hellem Randsaume.   b. Haargefäßnetz.
c. Blasse Muskelfasern in der Grundmasse.   d. Anfang des Lymphgefäßes.

genannt hat. Diese Schleimhautzotten bestehen aus einer gallertartigen blassen Grundmasse, mit einem regelmäßigen Ueberzuge
von cylindrischen Zellen, der sich fast wie ein Handschuhfinger
abstreifen läßt. In der Achse der Zotte findet sich der meist
kolbig abgeschlossene Anfang des Lymphgefäßes, umgeben von
höchst zarten blassen Muskelfasern; in der hellen, mit spindelförmigen Kernen durchsäeten Grundmasse verzweigen sich die
Blutgefäße, welche meist aus einer kleinen Arterie stammen und in
eine einzige Vene sich sammeln. Es umspinnen diese Blutgefäße
das Lymphgefäß der Zotte von allen Seiten, so daß man sich die
Zotte im Ganzen etwa unter dem Bilde eines Fingers versinnlichen kann, der mit einem gestrickten Handschuh überzogen ist,
wo dann der Knochen dem in der Achse verlaufenden Milchgefäße,
Fleisch und Haut dem Gewebe und der gestrickte Handschuh dem
Blutgefäßnetze entsprechen würden. Die Schleimhautzotten haben

nirgends Oeffnungen; die Cylinderzellen, welche sie außen umkleiden, sind dicht an einander gedrängt und verklebt. Doch
können höchst fein zertheilte Körperchen und Tröpfchen durch die
Zellen selbst eindringen. Außer diesen Darmzotten, die in dem
Dickdarme wieder verschwinden, finden sich in dem Dünndarme
eine Menge verschiedenartiger Drüsen, bald mit, bald ohne Ausführungsgang, deren physiologische Bedeutung noch nicht gehörig
ermittelt ist. Einfache Schläuche, welche den Labdrüsen des
Magens ähnlich sind, hat man die Lieberkühn'schen, traubige
Drüsen mit Ausführungsgang die Brunner'schen, geschlossene
Drüsenkapseln die Peyer'schen Drüsen genannt. Das Resultat
der gemeinschaftlichen Thätigkeit dieser Drüsen ist die Absonderung des Darmsaftes, einer alkalisch reagirenden Flüssigkeit,
deren genauere Zusammensetzung nicht gehörig bekannt ist.

Die Verdauung als solche, d. h. die Veränderung, welche
die Speisen innerhalb des Darmrohres von der Mundhöhle an
bis zu ihrem Austritte erleiden, ist ein rein chemischer Prozeß,
der, unter denselben Bedingungen außerhalb des Körpers wiederholt, ganz dieselben Resultate liefern würde. Es treten hier nicht,
wie man so oft geglaubt hat, besondere vitale Kräfte ins Spiel,
deren Analyse uns unmöglich ist; das Leben des Organismus
ist nur insofern dabei thätig, als es die zu verdauenden Stoffe in
der nöthigen Temperatur erhält, die zur Zersetzung dienenden Säfte
und Reagentien liefert, die Filter zur Abscheidung der gelösten
Substanzen herstellt und endlich die zur Fortschaffung der ungelösten
Stoffe angewiesenen Kräfte in Anwendung bringt. Der Prozeß
der Verdauung selbst aber ist der unmittelbaren Einwirkung des
Organismus eben so gut entzogen, als jeder andere chemische
Prozeß im Körper. Man hat schon oft darauf aufmerksam gemacht, daß die zur Verdauung vom Körper angestellten Operationen denen des Chemikers in vielen Beziehungen ähneln. Zuerst
wird die Substanz zwischen den Zähnen zerkleinert, zerschnitten,
zerrieben und mit einer fast indifferenten, sehr wässerigen Flüssigkeit, dem Speichel, gemischt. Nachdem sie so zur Einwirkung
der verschiedenen lösenden Flüssigkeiten vorbereitet ist, wird sie in

einer größeren Blase, dem Magen, dann in einem längeren Rohre, dem dünnen und dicken Darme, mit verschiedenen Säften ausgezogen, die Lösungen durch die Schleimhaut abfiltrirt und von Blut- und Lymphgefäßen aufgenommen, und der unbrauchbare Rest endlich, nach vollendeter Operation, weggeworfen.

Das Kauen und die dabei Statt findende Tränkung der Nahrungsmittel durch die Mundflüssigkeit, welche aus dem Mundschleime und der Absonderung der verschiedenen Speichelbrüsen zusammengesetzt ist, hat vor Allem nur den oben bezeichneten mechanischen Einfluß der Zerkleinerung und Einweichung. Der Speichel enthält nur außerordentlich wenig feste Bestandtheile, unter denen indeß ein äußerst kräftiger Gährungsstoff sich befindet, welcher gekochte Stärke oder Kleister fast unmittelbar in Zucker umsetzt. Diese gährungserzeugende Kraft des Speichels auf gekochte Stärke wird selbst durch die spätere Beimischung des sauren Magensaftes nicht aufgehoben, die Zersetzung selbst aber wird befördert durch den Sauerstoff der Luft, von der beständig eine gewisse Quantität bei dem Kauen in den schleimigen Speichel eingeschlossen und dann beim Hinabschlucken in den Magen befördert wird. Wenn also die Speichelflüssigkeit einerseits das Hinabschlucken trockener Stoffe erleichtert und durch Verflüssigung der im Munde befindlichen Stoffe die Geschmacksempfindung vermittelt, so leitet sie andererseits die Verdauung und Umsetzung der stärkemehlhaltigen Substanzen ein, welche immer weit schwieriger von Statten geht, als die des Fleisches und der übrigen blutbildenden Stoffe, wie z. B. des Faserstoffes und Eiweißes. Deshalb sehen wir auch bei fleischfressenden Thieren das Kauen und die Einspeichelung nur sehr unvollständig geschehen; ihr Speichel selbst ist wässeriger und weniger schaumig. Pflanzenfresser dagegen haben Backzähne mit stumpfen breiten Kronen, zum Mahlen und Zerreiben tauglich, sie kauen die Nahrung vollständig und verwandeln sie schon im Munde mit Beihülfe eines schaumigen, sehr lufthaltigen Speichels in einen Brei, der sogar bei den Wiederkäuern zum zweiten Male aus dem Magen in die Mundhöhle herausbefördert wird, um von

Neuem zerkleinert und mit einer neuen Sauerstoffmenge durch-
knetet zu werden.

Der Bau der hinteren Theile des Mundes, des Gaumens
und der Rachenhöhle ist vorzüglich darauf berechnet, den Bissen
auf seinem richtigen Wege zu erhalten, und ihn weder nach oben
in die hinteren Nasenöffnungen, noch nach vorn in den Kehlkopf
und die Luftröhre ausweichen zu lassen. Das weiche Segel des
Gaumens, das im Hintergrunde der Mundhöhle herabhängt,
bildet gewissermaßen einen Teppichvorhang, den der Bissen weg-
drängen und aufheben muß, um in den Schlund zu gelangen.
Von der Seite her wirken die Gaumenbogen, welche man bei
geöffnetem Munde sieht, durch ihr Zusammentreten. So von
allen Seiten eingeschlossen und gedrängt, schlüpft der Bissen
unter dem Gaumensegel durch und über den Kehldeckel weg in
den Anfang des Schlundes, von wo er durch die Zusammenziehung der Muskelfasern abwärts in den Magen getrieben wird.
Die Oeffnung der Stimmritze im Kehlkopfe bietet eine ganz besondere Schwierigkeit auf diesem Wege. Die Rachenhöhle hinter
dem Gaumensegel ist der Kreuzungspunkt des Luftweges und des
Nahrungsweges. Das regelrechte, gesundheitsgemäße, ruhige
Athmen geschieht durch die Nase bei geschlossenem Munde. Die
Luft streicht durch die Nasengänge und die hinteren Nasenöffnungen
in die Rachenhöhle, von da durch die Stimmritze in den Kehlkopf (den sogenannten Adamsapfel) und weiter durch die unmittelbar unter der Halshaut gelegene Luftröhre in die Lungen.
Die Speiseröhre liegt unmittelbar an der Wirbelsäule an —
jeder Bissen streicht also über die Stimmritze weg nach hinten
in die Speiseröhre — jeder Athemzug durchsetzt quer den Speise-
weg. Der Kehldeckel schließt die Stimmritze beim Hinabschlucken
— er klappt sich nach hinten über. Ist dieser Schluß unvollständig,
so gelangt leicht der Bissen an die Stimmritze, die äußerst empfindlich ist, oder selbst in den Kehlkopf. Husten, Erstickungs-
zufälle sind die Folgen des Verschluckens.

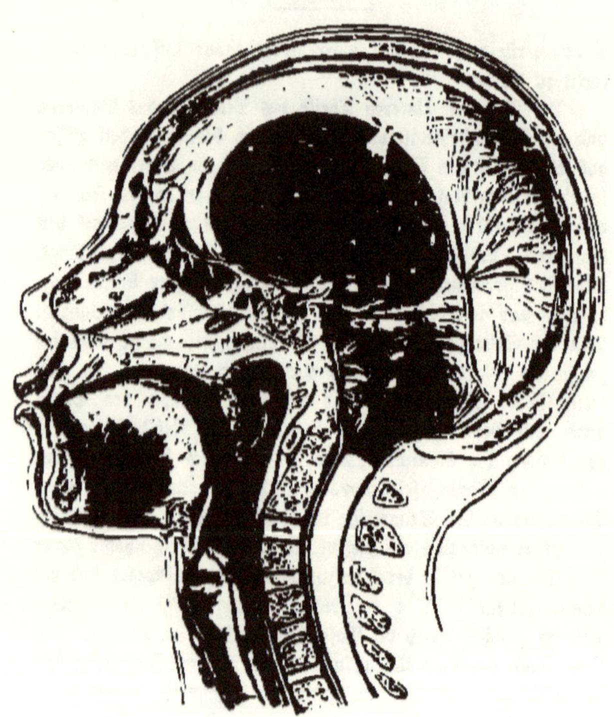

Fig. 17.

Längsdurchschnitt des Kopfes und oberen Halses in der Mittellinie.

a. Oberlippe. a'. Nasenscheidewand. b. Der knöcherne Gaumen, der die Nasenhöhle von der Mundhöhle trennt. c. Zunge. d. Der weiche Gaumen, der wie ein Segel zur Abscheidung der Rachen- und Nasenhöhle hinter der Zunge herabhängt. e. Das Zäpfchen. f. Die hintere Oeffnung der Nasenhöhle in die Rachenhöhle. g. Rachenhöhle. h. Kehldeckel. i. Stimmritze. k. Kehlkopf. l. Schlund. Die übrigen Buchstaben der Figur finden später ihre Erklärung.

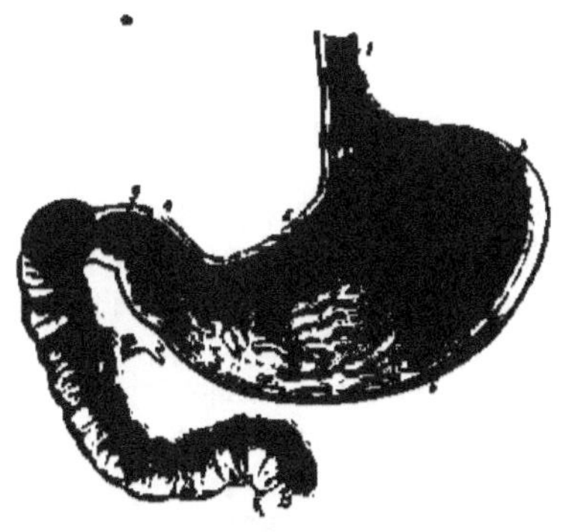

Fig. 18.

Der Magen in Verbindung mit dem Zwölffingerdarm und dem unteren Ende der Speiseröhre, so aufgeschnitten, daß man die innere Fläche sieht. 1. Das Umgefaltete, untere Ende des Schlundes. 2. Oeffnung des Schlundes in den Magen (Cardia). 3. Der Magengrund. 4. Pförtnertheil. 5. Die kleine obere Krümmung. 6. Die große Magenkrümmung. 7. Der Eingang zum Pförtner. 8. Höhle des Magens. 9. Pförtner (Pylorus). 10. Quertheil. 11. Absteigender Theil des Zwölffingerdarms. 12. Gallengang und Pankreasgang. 13. Mündung dieser Ausführungsgänge in den Darm. 14. Unteres Ende des Zwölffingerdarms. 15. Dünndarm.

Die Nahrungsmittel gelangen auf diese Art schluckweise, in Form von Bissen, sobald sie fest sind, in den Magen, einen einfachen Sack mit dünnen, muskulösen Wänden. Es ist eine fast allgemein verbreitete Ansicht, nicht nur unter dem Volke, sondern selbst unter den Gebildeten, daß der Magen eine zweite mechanische Zerkleinerung vornehme, daß er die Speise von Neuem zerreibe. Dies ist durchaus falsch, und von der Ansicht der Mägen des uns gewöhnlich zur Speise dienenden Geflügels, der Hühner und Enten, hergeleitet, die freilich einen zur Zerreibung der Körner eingerichteten, mit starken Muskelmassen versehenen Magen haben. Bei dem Menschen beschränkt sich die Thätigkeit der Muskelwände auf unbedeutende Zusammenziehungen und Aufblähungen, wodurch der Inhalt des Magens im Sacke von oben nach unten gegen die Pförtnerklappe hin getrieben und wenn er nicht durch diese hinaus in den Darm tritt, wieder längs des oberen Magenrandes nach der Eintrittsöffnung zurückbewegt wird, so daß der Speisebrei (Chymus) im Kreise herum längs der Magenwände sich fortwälzt.

Die Magenbewegungen sind gewöhnlich so unmerklich, daß bei gesunden Personen keine Empfindung derselben Statt findet. Sie werden aber dann besonders empfindlicher, wenn sie bis zum Erbrechen sich steigern. Gewöhnlich geht diesem Akte eine gewaltige Depression der ganzen Lebensthätigkeit voraus, Frösteln und Blässe, Zittern, langsames Athmen, kleiner Puls und selbst Ohnmacht ähnliche Zustände. Zugleich fühlt man die wurmförmigen Bewegungen des Magens, besonders in der Pförtnergegend, auf das Deutlichste. Bei dem Brechakte selbst zieht sich besonders der Pförtner kraftvoll zusammen und führt gewissermaßen einen Stoß gegen den Mageninhalt aus. Zugleich aber wirken noch kräftiger die Zusammenziehungen der Bauchmuskeln und des Zwerchfells, die gewöhnlich noch dadurch unterstützt werden, daß der Magen durch eingeschluckte Luft aufgebläht wird. Die Wirkung der Bauchmuskeln ist so bedeutend, daß durch ihre Zusammenziehung allein sogar Erbrechen bei Thieren erzeugt werden kann, denen man den Magen herausgeschnitten und an seiner Statt eine gefüllte Schweinsblase eingesetzt hat. Wenn man aber aus dem Gelingen solcher Versuche schloß, daß der Magen durchaus unthätig bei dem Erbrechen sich verhalte, so war dies wieder eine zu weit getriebene Folgerung, da man durch Gegenversuche beweisen kann, daß die erwähnten Zusammenziehungen des Magens und besonders des Pförtners einen wesentlichen Einfluß üben. Jeder Theil für sich allein, der Magen und die Vereinigung der die Bauchhöhle umgebenden Muskeln, können das Erbrechen bewirken, in gewöhnlichen Fällen arbeiten aber beide gemeinschaftlich.

Nach dem Erbrechen treten ganz ähnliche Erscheinungen ein, wie nach einem Fieberanfalle. Die Wärme kehrt in die Extremitäten zurück, die Haut röthet sich, wird feucht und weich, die verschiedenen, das Nervensystem betreffenden Erscheinungen verschwinden. Zuweilen folgt noch eine höchst unangenehme, schmerzliche Periode nach, in welcher der krampfhaft zusammengezogene Magen sich selbstständig aufbläht und Luft von außen durch die Speiseröhre einzieht. Nach und nach tritt Alles wieder in das gewöhnliche Geleise, wenn nicht, wie bei der Seekrankheit, die Ursachen des Erbrechens anhaltend fortdauern.

Diese Ursachen können aber eben so gut in dem Magen selbst, als in anderen Theilen sich finden. Viele Magenkrankheiten sind constant von Erbrechen begleitet. Mechanische Reizungen, wie z. B. Stöße auf die Herzgrube, Krankheiten der benachbarten Eingeweide, erregen oft diese regelwidrigen Zusammenziehungen. Auch solche Einwirkungen, welche eine heftige Zusammenziehung der Bauchmuskeln bewirken, wie starker Husten, plötzliches Eintauchen in kaltes Wasser, können endlich zum Erbrechen führen. Reizungen der Zungenwurzel, des Gaumens, des Zäpfchens, erregen eben so gewiß Erbrechen, als gewisse Arzneien, unter denen der Brechweinstein und die Brechwurzel (Ipecacuanha) oben anstehen. Besonders wichtig ist aber auch noch die Sympathie des Magens und des Gehirnes. Häufiges Erbrechen ist oft das einzige Symptom, durch welches sich eine beginnende Hirnentzündung der Kinder verräth. Das halbseitige Kopfweh, die Migräne, ist oft nur ein Symptom von Magenverstimmungen und wird andererseits gewöhnlich durch Erbrechen beendigt. Hirnerschütterungen durch Schläge und Fall pflegen fast immer Erbrechen hervorzurufen. Auch die erwähnten Brechmittel wirken nicht durch unmittelbaren Angriff des Magens, sondern durch Umstimmung des Nervensystemes. Denn Brechweinstein in das Blut gespritzt zeigt ganz dieselben Wirkungen, wie wenn er in den Magen gebracht worden wäre. Damit hängt es denn auch zusammen, wenn heftige Gemüthsaffekte und gewisse Vorstellungen und Sinnesanschauungen je nach der größeren oder geringeren Empfänglichkeit Ekel und Erbrechen erzeugen.

Das einzige Element, wodurch die Verwandlung der Speisen in einen gleichförmigen Brei bewirkt wird, ist der Magensaft, eine schwach saure Flüssigkeit, welche von den zahlreichen Labdrüfen der Magenfchleimhaut in fo großer Menge abgefondert wird, daß ein dreißigjähriger Mann etwa 30 Schoppen in 24 Stunden abfondern foll. Schon ältere Verfuche hatten diefe Einwirkung des Magenfaftes als unzweifelhaft dargeftellt. Man hatte von Hühnern, Enten und Hunden kleine Blech- und Holzbüchschen verfchlingen laffen, deren Wände durchlöchert waren, fo daß die darin enthaltenen Nahrungsftoffe zwar von dem Magenfafte durchdrungen werden, die Speifen felbft aber in keine Berührung mit den Magenwänden kommen konnten. Indem man nach einigen Stunden die Büchschen wieder än den Fäden, woran man fie befeftigt hatte, hervorzog, konnte man die Einwirkung der ftattgehabten Verdauung beurtheilen. Man fand dann die Büchschen leer; — die darin enthaltenen Subftanzen waren aufgelöft, verdaut worden durch die alleinige Einwirkung des Magenfaftes.

Gewöhnlich ift der Magenfaft fauer; — in ganz nüchternem Zuftande, wo indeffen verhältnißmäßig nur wenig abgefondert wird, zeigt aber der Magenfaft oft diefe faure Reaktion nur deshalb nicht, weil die im Grunde der Labzellen abgefonderte Säure nicht bis zu dem die Oberfläche überkleidenden Schleime vorgedrungen ift. Die freie Säure, die unzweifelhaft in den Labzellen felbft abgefondert wird, ift Salzfäure. Sie muß in einem gewiffen Verhältniffe vorhanden fein, damit der Magenfaft feine auflöfende Wirkung auf eiweißartige Stoffe ausüben könne. Fehlt die Säure, fo entfteht fäulnißartige Gährung; ift fie zu reichlich vorhanden, fo wird die Verdauung verzögert, wie auch die tägliche Erfahrung bei dem fogenannten Sodbrennen, das auf zu reichlicher Säureentwicklung im Magen beruht, beweift. Speifen mit Magenfaft außerhalb des Körpers in Gläschen digerirt, werden wie in dem Magen verdaut, während verdünnte Säure keine oder nur äußerft geringe auflöfende Kraft zeigte, die in keinem Verhältniffe mit derjenigen des Magenfaftes ftand.

Es ift leicht, fich eine Flüffigkeit zu verfchaffen, die auch außerhalb des Körpers bei gehöriger Wärme durchaus diefelbe verdauende Kraft zeigt, wie der Magensaft im menschlichen Magen. Man braucht nur einen thierischen Magen mit Wasser auszulaugen und die so erhaltene schleimige Flüssigkeit mit einer angemessenen Quantität Säure zu versetzen und man hat eine Verdauungsflüssigkeit, welche Fleisch, Eiweißwürfel oder Faserstoff-Flocken in einer Wärme, die derjenigen des Körpers entspricht, ganz in derselben Weise und Zeit verdaut, wie in dem lebenden Magen auch. Die Substanzen zerfallen, werden durchscheinend und endlich aufgelöst, wobei sie eine trübe dickliche Flüssigkeit, einen wahren Speisebrei bilden. Vielfache chemische Untersuchungen haben nun gelehrt, daß das verdauende Prinzip in dieser Flüssigkeit, wie in dem natürlichen Magensafte, aus einem eigenthümlichen organischen Stoffe besteht, der in seiner Zusammensetzung viele Aehnlichkeit mit dem Eiweiße hat, und ein eigenthümlicher Gährungsstoff ist, welcher bei Gegenwart von irgend einer freien Säure, vorzugsweise aber von Salzsäure, die Umsetzung und Auflösung der blutbildenden Stoffe unmittelbar bewerkstelligt. Dieser Verdauungsstoff oder Pepsin ist es, welcher dem Labmagen der Kälber die Kraft ertheilt, den Käsestoff der Milch augenblicklich zur Gerinnung zu bringen. Jedermann weiß, daß das Ueberraschende dieser Wirkung hauptsächlich in der geringen Menge von Lab liegt, die zur Gerinnung einer großen Quantität Milch nöthig ist. Das Pepsin wirkt überall in ungemein geringem Verhältniß; da man es indeß noch nicht vollständig rein hat darstellen können, so ist es schwierig zu sagen, wieviel dieses Stoffes in einer Flüssigkeit vorhanden sein muß, damit sie die größte verdauende Kraft entwickele. Es scheint, als ob das Pepsin eine Art von Gährungsstoff sei, der bei gleichzeitiger Gegenwart von Säure durch seine bloße Anwesenheit die Umsetzung und Auflösung der eiweißartigen Körper bedingt, in ähnlicher Weise wie die Hefe die Gährung des Zuckers, die Diastase diejenige der stärkemehlartigen Stoffe bedingt. Trotzdem, daß man Pepsin jetzt an mehreren Orten käuflich haben kann, indem es bei mangelhafter Verdauung zuweilen als Arzneimittel angewendet wird, ist man dennoch über seine chemische Natur noch nicht vollständig im Klaren und muß sich darauf beschränken, bei den künstlichen Verdauungsversuchen, die man mit diesem käuflichen Pepsin in Gläschen anstellen kann, seine Menge aus der Größe der Wirkung zu bestimmen, die es auf die zu verdauenden Substanzen ausübt. Da hat sich denn als allgemeine Regel ergeben, daß jedes zu Viel wie zu Wenig der beiden wirkenden Stoffe, Säure wie Pepsin, die Verdauung verzögert oder selbst gänzlich aufhebt, dagegen ein richtiges Verhältniß beider die größte Energie der Verdauung entwickelt.

Wir sehen also, daß in dem Magen schon die Masse der aufgenommenen Nahrungsmittel mit zwei Gährungsstoffen verschiedener Wirkung gemengt ist, die einander in ihrem Einflusse nicht aufheben: mit Speichel, welcher die gekochte Stärke umsetzt, mit saurem Magensaft, welcher die eiweißartigen Stoffe auflöst. Wir werden sehen, daß diese Scheidung der Einwirkung auf die eiweißartigen Körper einerseits, auf die stärkemehlartigen Stoffe, die sogenannten Fettbildner andrerseits auch weiterhin auf dem Wege der Speisen durch den Darmkanal sich wiederholt, und daß hier ein ähnlicher Wechsel Statt findet, wie wenn ein Chemiker, um verschieden lösliche Stoffe aus einer Substanz auszuziehen, dieselbe abwechselnd mit sauren und alkalischen Flüssigkeiten behandelt.

Das Resultat der Magenverdauung ist ein gleichförmiger, weißlicher Brei, der Chymus oder Speisebrei, der seiner Vermischung mit dem Magensafte zu Folge sauer reagirt. Daß dieser Brei keine vollständige Auflösung der Nahrungsmittel darstelle, ist klar; es ist ein Gemenge, in dem einige Substanzen wirklich aufgelöst, andere chemisch verändert, noch andere nur aufgeweicht sind. Die anorganischen Salze, so wie alle diejenigen organischen Stoffe, welche, wie Zucker, in Wasser oder schwacher Säure löslich sind, werden gelöst; die kohlensauren Salze zersetzt; die organischen Körper zerfallen meist zuerst in ihre Bildungselemente, in Zellen, Fasern, Scheibchen, mit Ausnahme der Holzfaser und der hornigen Theile; — Federn, Klauen, Haare, Spelzen und Schaalen der Früchte erhalten sich unverändert im

Magen. Das genossene Fett wird bei der hohen Temperatur von 30° R., die im Magen herrscht, meist flüssig und findet sich in Tropfen im Breie vertheilt. Der Käsestoff der Milch gerinnt im Magen, wird aber dann eben so wie Muskelfaser, geronnener Faserstoff, Knorpel, selbst Knochen und die meisten thierischen Stoffe in eine strukturlose Gallerte verwandelt. Die stärkemehlhaltigen Substanzen scheinen meist chemisch verändert zu werden; sie verwandeln sich um so eher in Traubenzucker, je mehr Speichel beigemischt war; die meisten Zuckerarten gehen in saure Gährung über; Faserstoff und Eiweiß, welche im Magen aufgelöst wurden, verlieren größtentheils ihre Gerinnbarkeit, werden mithin ebenfalls wesentlich verändert.

Sobald der Speisebrei die Pförtnerklappe des Magens überschritten hat und in den Dünndarm eingetreten ist, mengen sich ihm die Absonderungsprodukte zweier bedeutender Drüsen, der Bauchspeicheldrüse und der Leber, zu. Letztere namentlich hat von jeher in der Medizin und in der physiologischen Ideen der Aerzte sowohl als des Volkes eine eminente Rolle gespielt, und in manchen Ländern Europa's schreibt wenigstens der zweite Kranke alle Uebel, welche ihn betreffen, der Galle zu. Manche dieser Vorurtheile können wir dreist als solche zurückweisen, vielen dürfen wir nur bedingungsweise entgegen treten, und zu den meisten können wir selber weder Nein! noch Ja! sagen; denn wir müssen eingestehen, daß von allen chemischen Einwirkungen auf die Verdauung diejenige der Galle gerade am wenigsten bekannt ist. Erst in den allerneuesten Zeiten ist der Bau der Leber in einigermaßen befriedigender Weise aufgeklärt worden. Schon durch die Art und Weise der Anordnung ihrer Blutgefäße tritt die Leber ganz aus der Reihe aller anderen Drüsen heraus. Ihre Arterie steht in gar keinem Verhältniß zu ihrer Größe, und die großen, weitschichtigen Netze, welche die arteriellen Capillaren bilden, zeigen wohl, daß sie zur Gallensekretion in weniger Beziehung stehen, sondern mehr der Ernährung des Drüsengewebes gewidmet sind. Für diesen Mangel wird die Leber indeß dadurch entschädigt, daß alles venöse Blut, welches vom Darmkanale zurückkommt (mit Ausnahme der obersten und untersten Theile, welche keinen Bezug mehr zur Verdauung und Auffaugung haben), daß alles dieses Darmblut, wie schon oben erwähnt wurde, sich in einen einzigen Stamm sammelt, die Pfortader, und daß dieser venöse Stamm sich dann wieder in der Leber verzweigt und dieser gegenüber ganz dieselbe Rolle spielt, wie bei den übrigen absondernden Drüfen die Blut zuführende Arterie.

Fig. 19.

Haargefäßnetz der Leber, von den Lebervenen aus eingespritzt.

Die Pfortader vertheilt sich in sehr feine Maschennetze, aus welchen sich dann nach und nach die Lebervenen zusammensetzen, welche das Blut in die große Hohlader und somit in die rechte Vorkammer des Herzens führen. Die Stoffe also, welche durch die Auffaugung im Darme aus den Nahrungsmitteln in das Blut aufgenommen worden sind, gelangen nicht in den allgemeinen Kreislauf, bevor sie nicht einmal durch die Capillargefäße der Pfortader hindurchgegangen sind.

Mit dieser außergewöhnlichen Anordnung der Blutgefäße sind indeß die anatomischen exceptionellen Verhältnisse der Leber noch nicht erschöpft. Alle anderen ausführenden Drüfen des Körpers kommen in ihrem Baue insofern überein, daß sie aus Röhren gebildet sind, welche mit blinden Enden beginnen, und durch ihr Zusammentreten endlich einen Hauptausführungsgang bilden, welcher das Secret weiter befördert. Die absondernden Röhren haben einen weit bedeutenderen Durchmesser, als die capillaren Blutgefäße, und werden von den Netzen derselben umsponnen. Man könnte sich die absondernden Drüsenkanäle mit ihren umspinnenden Blutgefäßen etwa unter dem Bilde einer mit einem Seidenhandschuh bekleideten Hand vorstellen, wo die Finger die Drüsenkanäle, das Seidengewebe mit seinen Maschen die Netze der Blutgefäße repräsentiren würden. In der Leber verhalten sich die absondernden Gallenkanäle durchaus anders. Sie lösen sich zuletzt in ein Netz auf, das aus eben so feinen Röhren besteht, als die Capillargefäße selbst, aber weit größere Maschen zeigt als diese, so daß man sie ziemlich leicht von den Haargefäßen unterscheiden kann. Die feine Haut, welche diese Anfänge der Gallengänge auskleidet, läßt sich noch hie und da erkennen, verschmilzt aber dann untrennbar mit der Haut der feinen Haargefäße, so daß die Gallenflüssigkeit einerseits, die Blutflüssigkeit andererseits nur durch die höchst feine Haut der Haarröhrchen getrennt sind. Die Substanz der Leber wird aus hauptsächlich von flachen, ziemlich unregelmäßigen Zellen gebildet, die sich reihen- und netzförmig an einander legen und feine Läppchen bilden, die durch ein spärliches Fachwerk von Bindegewebe von einander abgetrennt sind. Die Leberzellen enthalten einen, zuweilen auch zwei Kerne, eine zähflüssige, etwas gelbliche Inhaltsmasse, in welcher kleine Fetttröpfchen und höchst feine, gelbbräunliche Körnchen von Gallenfarbstoff und Stärke aufgeschwemmt sind.

Fig. 20.

Einzelne Leberzellen: a. mit einfachem,
b. mit doppeltem Kerne.

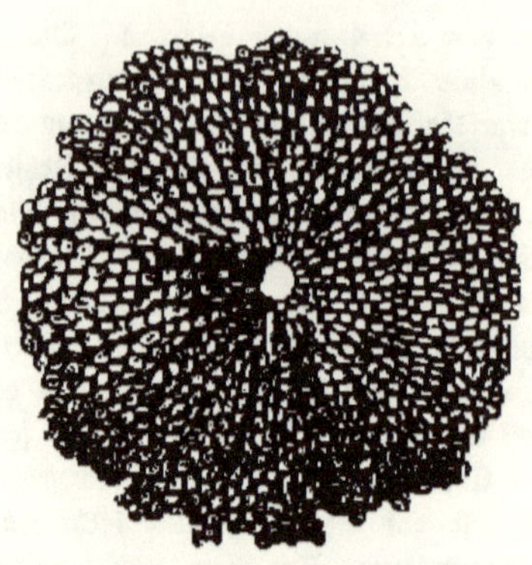

Fig. 21.

Anordnung der Leberzellen auf dem Durchschnitt eines Läppchens, mit dem Querschnitte der Lebervene in der Mitte.

Die Galle selbst ist eine bitterlich schmeckende, klare Flüssigkeit von grünlich-gelber Farbe, die meistens in Folge schon beginnender Zersetzung in der Gallenblase eine alkalische Reaktion besitzt. Ihre äußerst leichte Zersetzung hat vielfache Streitigkeiten unter den Chemikern herbeigeführt, die endlich dahin gelöst sind, daß man die Galle als eine Auflösung von Kali- und Natronsalzen betrachten muß, die durch zwei eigenthümliche Säuren gebildet werden, welche in ihrer Zusammensetzung insofern einige Aehnlichkeit mit den Fettsäuren haben, als sie sehr reich an Kohlenstoff sind. Beide Säuren enthalten indeß eine geringe Menge Stickstoff, die eine, die sogenannte Choleïnsäure, auch noch etwas Schwefel, während die Cholsäure oder Gallensäure durchaus schwefelfrei ist. Außerdem finden sich in der Galle noch zwei neutrale Fette, Elaïn und Margarin, ein eigenthümlicher wachsähnlicher Stoff, das sogenannte Gallenfett oder Cholesterin, und zwei Farbestoffe, ein grüner und ein brauner, welche im Darmkanale allmählich verharzt werden und den Excrementen ihre Farbe ertheilen. Es geht aus dieser Zusammensetzung hervor, daß die Galle im Ganzen eine sehr kohlenstoffreiche Absonderung ist, und somit in direktem Gegensatze zu dem Harne steht, in dessen organischen Bestandtheilen der Stickstoff die bedeutendste Rolle spielt.

Aus Versuchen an Hunden hat man berechnet, daß ein erwachsener Mensch von 130 Pfund Körpergewicht etwa 3 Schoppen Galle in 24 Stunden durch seine Leber bereitet uud in den Zwölffingerdarm überführt. Und auf der anderen Seite hat man durch vergleichende Untersuchungen der Nahrungsmittel und der Excremente nachgewiesen, daß höchstens $^1/_8$ der festen Bestandtheile der Galle mit dem Kothe weggeht, $^7/_8$ dagegen in dem Darme selbst wieder aufgesaugt werden. Die Galle gehört also nicht zu den reinen Absonderungen des Körpers, sondern vielmehr zu denjenigen Flüssigkeiten, welche zur inneren Verarbeitung, zur Stoffmetamorphose des Körpers dienen, und nach geleistetem Dienste wieder in das Blut aufgenommen werden.

Welches sind aber die bis jetzt nachgewiesenen Dienste der Galle? Die Antwort hierauf ist schwierig, und nur langsam ist man zu einigen positiven Kenntnissen in dieser Hinsicht gelangt. Daß die Funktion der Leber von höchster Wichtigkeit sei, lehren schon der äußere Anschein, sowie die Krankheiten dieses Organs, das bei den meisten Thieren vorkommt und einen bedeutenden Umfang besitzt. Krankhafte Destruktion der Leber führt fast unvermeidlich zum Tode, und Versuche an Thieren haben gezeigt, daß bei direkter Ausführung der Galle aus dem Körper das Leben meistens gefährdet ist. Man hat vielfache Versuche in der Art angestellt, daß man bei Hunden den Gallengang, der in den Darm führt, so unterband und durchschnitt, daß keine Galle mehr in den Darm gelangen konnte. Man öffnete dann, um die Gallenabsonderung selbst nicht zu hindern, die Gallenblase, und heilte die Oeffnung so in die Bauchwände ein, daß die Galle nach außen ergossen wurde. Auf diese Weise war die Funktion der Leber selbst nicht im Geringsten beeinträchtigt. Die Galle wurde nach wie vor abgesondert, allein statt in den Darm, durch die in der Gallenblase angebrachte Fistelöffnung nach außen ergossen. Alle so operirten Thiere zeigten, wenn sie überhaupt den operativen Eingriff überstanden, eine große Gefräßigkeit, und meistens auch, wenn das Leben längere Zeit erhalten wurde, eine bedeutende Abmagerung, die besonders das Fett betraf. Bei einigen Wenigen nur, bei denen die Magenverdauung kräftig genug war, die großen Mengen eingenommener Nahrung zu überwinden, stellte sich der durch den Ausfluß der Galle bewirkte Verlust wieder her. Die meisten Thiere gingen an vollständiger Abmagerung zu Grunde. Bei allen aber beobachtete man einen entsetzlichen Gestank der Excremente, ja selbst der Athmungsluft, und man konnte somit nicht bezweifeln, daß ein wesentlicher Einfluß der Galle in einer fäulnißwidrigen Wirkung auf den Darminhalt besteht. Wenn auch die Magenverdauung vollkommen ungestört bleibt, so ist doch offenbar die Abwesenheit der Galle durch die faulige Zersetzung der im Darmkanale befindlichen blutbildenden Stoffe und durch die übermäßige saure Gährung der Pflanzennahrung ein bedeutendes Krankheitsmoment.

Ein zweiter wichtiger Einfluß der Gallenflüssigkeit ist die Vermittlung der Aufsaugung des Fettes und seine Ueberführung in die Lymphgefäße.

Es existirt ein unerschütterliches Gesetz in der Lehre von der Durchdringlichkeit thierischer Membranen durch Flüssigkeiten, welches festsetzt, daß nur solche Flüssigkeiten durchdringen und sich durch die Membranen hindurch austauschen, welche unter sich und mit der Befeuchtungsflüssigkeit der Membran mischbar sind. Oel und Fett dringen nicht durch eine mit Wasser getränkte Membran, und umgekehrt. Nun sind aber die Häute und Zotten des Darmkanals, die Wände der einsaugenden Gefäße, der Speisebrei, kurz alle bei der Verdauung und Resorption in Betrachtung kommenden thierischen Theile, mit wässerigen Flüssigkeiten getränkt. Die Aufnahme von Fett in den Chylus, der Durchgang von freien Fetten durch diese Membranen wäre demnach eine rein physikalische Unmöglichkeit, wenn nicht ein Mittel gegeben wäre, welches das Fett auf irgend eine Art mit Wasser mischbar und dadurch aufsaugungsfähig machte. Die Seifen sind im Wasser lösliche Fettverbindungen, Salze von Fettsäuren mit alkalischen Basen gebildet. Die Galle ist allerdings im Stande, mit Fettsäuren lösliche Seifen zu bilden. Da man aber vorzugsweise neutrale Fette genießt, so finden diese Eigenschaften nur dann Platz, wenn sich Fettsäuren in dem Darme bilden, was allerdings unter dem Einflusse der Alkalien der Galle nach und nach geschehen kann, indeß nur den kleinsten Theil des aufgenommenen Fettes beschlägt. Galle, Bauchspeichel und Darmsaft dienen aber dazu, das aufgenommene neutrale Fett auf mechanische Weise überzuführen. Jeder, der mit chinesischer Tusche oder mit Wasserfarben gemalt hat, weiß, daß man nur ein wenig Galle (die Maler benutzen gewöhnlich Hechtsgalle) unter die Farbe zu mischen braucht, um auf fettigem Papier, das sonst die Farbe nicht gleichmäßig annimmt, die Farben dennoch gleichartig auftragen und ausbreiten zu können. In mit Galle benetzten Haarröhrchen steigt flüssiges Fett in die Höhe, in mit Wasser benetzten nicht. Die Galle vermittelt demnach die Mischbarkeit fetter und wässeriger Flüssigkeiten, die Berührung der im Darmkanal enthaltenen Fette mit den Darmzotten, und den Uebergang durch deren von Wasser durchtränkte Substanz in die Milchgefäße. Wenn auch über einige Vorgänge dieses Uebertritts in die Darmzotten nicht vollkommene Uebereinstimmung unter den Beobachtern vorhanden ist, indem die einen die Zellen der Darmzotten als nur mit einem Schleimpfropfe, die anderen dagegen als mit einer von Porenkanälen durchzogenen feinen Haut geschlossen darstellen, so ist man doch in so weit über den Vorgang einig, als man ermittelt hat, daß in der That höchst fein zertheiltes neutrales Fett durch die Substanz der Darmzotten und die Zellen hindurch in das Innere des Axenkanals derselben einbringt. Nicht nur die Galle, welche freilich die bedeutendste Rolle dabei übernimmt, sondern auch der Bauchspeichel, der Darmsaft und Darmschleim wirken alle darauf hin, das Fett im Darmkanale außerordentlich fein zu zertheilen. Diese höchst kleinen Fettkügelchen oder Körnchen dringen nun von der Oberfläche her in die Zellen der Darmzotten ein, erfüllen dieselben, durchsetzen sie, dringen in die schwammige Masse der Zotte und endlich in den

Lreulanal, von welchem aus sie in die Milchgefäße weiter geführt werden. Man kann den ganzen hier geschilderten Vorgang bei Thieren beobachten, die einige Stunden nach Fettaufnahme getödtet wurden, hat ihn übrigens auch schon bei Menschen bestätigt, die einige Zeit vor ihrem gewaltsamen Tode eine fettreiche Mahlzeit zu sich genommen hatten. Da Bauchspeichel und Darmsaft ebenfalls zu dieser feinen Vertheilung der Fette mitwirken, so darf man sich nicht wundern, wenn auch nach Aufhebung der Leberthätigkeit und gänzlichem Ausschlusse der Galle aus dem Darme dennoch eine, freilich sehr geringe, Fettmenge von den Darmzotten aufgenommen und von den Milchgefäßen fortgeführt wird.

Ein ferneres Moment darf bei der Einwirkung der Galle auf die Aufsaugung überhaupt und die des Fettes insbesondere nicht vergessen werden. Galle reizt alle unwillkürlichen Muskelfasern zu kräftigen Zusammenziehungen. Die Darmzotten, mit Galle in Berührung gebracht, ziehen sich, da sie solche Muskelfasern enthalten, energisch zusammen. Das in ihnen enthaltene Fett wird auf diese Weise durch den inneren Milchgefäßgang weiter geschafft gegen den Stamm hin und die Zotte befähigt, neue Mengen von Fetttröpfchen aufzunehmen.

Wir gedenken hier nur beiläufig noch einiger Verhältnisse, auf die wir vielleicht im Verlaufe noch zurückkommen werden. Die oben auseinander gesetzte Struktur der Leber beweist eine innige Wechselwirkung des Blutes und der abgesonderten Gallenflüssigkeit. Die Anordnung des Kreislaufes, wodurch alles von dem Darmkanale herkommende Blut erst durch das Filtrum der Leber durchgehen muß, ehe es weiter in dem Körper circuliren kann, deutet darauf hin, daß eine besondere Thätigkeit der Leber vorhanden sein müsse, die auf das Blut Bezug hat.

Diese Schlüsse rechtfertigen sich vollkommen bei genauerer Untersuchung. Die Leber ist der Schauplatz tief eingreifender chemischer Veränderungen, die wir nur zum Theile noch kennen.

Es unterliegt es keinem Zweifel, daß in der Leber selbst die meisten Stoffe, welche die Galle zusammensetzen, gebildet und nicht, wie dies bei anderen Drüsen der Fall ist, einfach aus dem Blute abgeschieden werden. Man kann Frösche wochenlang am Leben erhalten, nachdem man ihnen die Leber ausgeschnitten hat. Wären die Gallenbestandtheile vorgebildet im Blute enthalten, so müßten sie sich nach dieser Operation im Körper vorfinden. Dies ist aber nicht der Fall. Die Gallenbestandtheile werden demnach in der Leber selbst aus dem Blute erzeugt. Ebenso wird in gesunden Lebern Traubenzucker aus Stärkmehlkörnchen, die sich in den Leberzellen finden, und einem Gährungsstoffe erzeugt, welcher in denjenigen Zuständen, wo kein Zucker in der Leber sich findet, durchaus mangelt. Es unterliegt keinem Zweifel und ist durch die mannigfaltigsten Versuche erhärtet, daß dieser Leberzucker nicht von der Pfortader oder einem anderen Organe zugeführt wird, sondern daß er sich selbstständig in der Leber erzeugt und aus dieser durch die Lebervenen und das Herz in die Lungen geführt wird, wo er in dem Athmungsprozesse größtentheils wieder untergeht. Merkwürdig aber ist es, daß dieser Zucker, der sonst hauptsächlich nur in der Leber sich findet, augenblicklich im Blute und im Harne erscheint, sobald gewisse krankhafte Veränderungen stattfinden. Man kennt bei dem Menschen schon lange eine eigenthümliche Krankheitsform, die sogenannte zuckerige Harnruhr (Diabetes mellitus), in welcher der in großen Mengen entleerte Urin nachweisbare Mengen von Zucker enthält. Dieselbe Krankheit kann man bei Thieren erzeugen, indem man das Rückenmark in seinem oberen Theile oder das verlängerte Mark in der Rautengrube mit einem Stiche verletzt. Zwei bis vier Stunden nach der Verwundung erscheint der Zucker im Harne und verschwindet daraus, sobald man den Uebergang von Galle in das Blut oder in den Darmkanal durch Unterbindung der Gefäße und des Gallenganges verhindert. Wahrscheinlich entstehen diese krankhaften Veränderungen, deren Ursache man sich früher nicht enträthseln konnte, durch vorübergehende oder dauernde Gefäßerweiterung der Leber, die als Folge der Nervenverletzung auftritt und den raschen Uebertritt der Stoffe in das Blut nach sich zieht. Wie schnell

dieser geschehen könne, lehren uns auch manche Krankheitserschei-
nungen beim Menschen, wie z. B. der Uebertritt von Gallen-
farbstoff ins Blut, oder mit anderen Worten das Auftreten von
Gelbsucht nach heftigem Zorn oder Aerger, der in ähnlicher
Weise auf das Centralnervensystem zu wirken scheint, wie die
Verletzung der Rautengrube.

Der lebhafte Stoffumsatz in der Leber wird noch durch andere
Thatsachen bewiesen. Wir kennen eine ganze Classe von Giften
aus dem Thier- und Pflanzenreiche, welche nur bei unmittelbarer
Einführung in das Blut schnell tödtlich wirken, das Woorara,
das berüchtigte Pfeilgift der Indianer, das Schlangengift*) sind
in dieser Hinsicht bekannt genug. Schon seit langer Zeit wußte
man, daß Viperngift z. B., wenn auch in bedeutender Menge in
den Magen gebracht, dennoch von diesem Orte aus durchaus
keine Wirkung habe, während der Biß der Schlange, durch den
eine weit geringere Menge dieser Flüssigkeit in das Blut eingeführt wird, selbst den Tod verursachen kann. In dieser Eigenschaft der genannten Gifte liegt auch die Ursache, daß das
augenblickliche Aussaugen eines Schlangenbisses, durch welches
man das Gift entfernt, ehe es in den Blutstrom übergeführt ist,
das sicherste Heilmittel und zugleich das ungefährlichste für denjenigen ist, der das Aussaugen vornimmt. Ich entsinne mich, in
Jugendschriften, neuerdings vielleicht auch in Zeitungen, mehrere
solche Fälle als Acte eines übermenschlichen Heroismus und eines
außerordentlichen Opfermuthes dargestellt gelesen zu haben; —
eine Hilfeleistung dieser Art ist sicherlich das wohlfeilste Opfer,
das man erfinden kann. Ja ein Mensch, der an einer Stelle
gebissen wurde, wo er sich selber das Blut aussaugen kann (an

---

*) Vielseitig ist noch der Glaube verbreitet, daß die Schlangen stechen.
Steht es ja doch geschrieben: „Er wird der Schlange den Kopf zertreten, sie
aber wird ihn in die Ferse stechen." Es giebt in Deutschland nur eine giftige
Schlange, die Kreuzotter oder Viper, die, wie alle übrigen Giftschlangen,
zwei in den Schläfen, also am Kopfe liegende Giftdrüsen hat, deren Saft
durch zwei hohle Hakenzähne beim Bisse in die Wunde fließt.

der Hand, am Vorderarm z. B.), kann sich selber auf diese Weise die wirksamste Hilfe bringen, und er wird sogar ohne Gefahr das Ausgesogene hinabschlucken können. Die genannten Gifte stehen in ähnlichem Verhältnisse zu der Blutmasse, wie das Pepsin zur Milch, oder die Hefe zum Zucker; — sie sind Gährungsstoffe, welche, wenn auch in kleiner Menge eingeführt, eine tödtliche Zersetzung der ganzen Blutmasse bewirken. Werden sie dagegen in den Magen gebracht, so gelangen sie in das Blut der Pfortader, durch diese in die Leber, und in dem Capillarkreislaufe dieses Organes werden sie selber zersetzt und umgewandelt, so daß sie auf die Centren des Lebens, und namentlich auf das Nervensystem, keine schädliche Wirkung mehr ausüben können. Man kann leicht nachweisen, daß gerade der Durchgang durch die Leber es ist, welcher diese Gifte zerstört, so daß die Leber gewissermaßen als Wächter an dem Uebergange der im Darmkanal aufgenommenen Stoffe in den allgemeinen Blutkreislauf dasteht. Eine Auflösung von Woorara-Gift in die Lungen gespritzt tödtet ganz in derselben Weise, wie wenn das Gift unmittelbar in die Blutmasse gebracht würde. Es wird in der Lunge von den Haargefäßen derselben aufgesaugt, und gelangt so in den großen Kreislauf und zu den Nervencentren, ohne durch die Leber hindurchgegangen zu sein.

Versuche an Fröschen haben gezeigt, daß nach der Wegnahme der Leber die Ausathmung der Kohlensäure aus dem Blute bedeutend verringert, die Zahl der farblosen Blutkörperchen im Verhältniß zu den farbigen bedeutend vermehrt ist, so daß also in der Leber ein bedeutender Umsatz stattfindet, wodurch die Verbrennung und die Weiterbildung der Blutelemente gefördert wird.

Doch kehren wir von dieser Abschweifung zu den im Darme enthaltenen Nahrungsmitteln und ihrem Schicksale zurück. Wir sagten oben, daß außer der Galle noch eine zweite Flüssigkeit in den unmittelbar hinter dem Magen gelegenen Darmtheil, den Zwölffingerdarm, ergossen werde. Diese Flüssigkeit ist der Bauchspeichel, das Absonderungsprodukt der Bauchspeicheldrüse ober des Pancreas. Es ist eine klare, wasserhelle, klebrige Flüssigkeit, die durch Kochen gerinnt und besonders die Eigenschaft hat, die Stärke in Dextrin und Zucker, sowie die neutralen Fette in Fettsäuren umzuwandeln. Es unterliegt keinem Zweifel, daß der Zucker hauptsächlich schon in dem Zwölffingerdarme durch die vereinte Einwirkung von Galle und Bauchspeichel in Milchsäure übergeführt wird, daß aus dieser Milchsäure Buttersäure entsteht, und endlich so die Ueberführung der stärkemehlartigen Substanzen in Fett vollendet wird. Auf die Fette selbst hat der Bauchspeichel ganz dieselbe Wirkung, wie die Galle, indem er eine Emulsion mit ihnen bereitet und dadurch ihre mechanische Ueberführung in das Blut vermittelt.

Bei dem weiteren Fortrücken der Nahrungsmittel durch den Darm wird nur noch der Darmsaft hinzugefügt, der stark alkalisch ist, aber nur in geringerer Menge abgesondert wird und denselben Einfluß auf den Stärkekleister erzeugt, welchen auch der Bauchspeichel besitzt. So wird denn nach und nach die saure Reaktion des durch Beimischung der Galle grünlich-gelb gewordenen Speisebreies durch die Alkalien getilgt, so daß in dem unteren Theile des Darmes die alkalische Reaktion vorherrscht. Die durch den Magensaft aufgelösten Blutbildner, wie Eiweiß, Faserstoff und Käsestoff, sind in dem unteren Theile des Darmes längst verschwunden und aufgesaugt, die stärkemehlartigen Stoffe größtentheils in Zucker, Milchsäure und Buttersäure verwandelt und als Fett übergeführt. Das freie Fett ist ebenfalls nach und nach in die Blut- und Chylusmasse eingedrungen. Je näher der Speisebrei dem Dickdarme kommt, besto bräunlicher wird seine Farbe durch die Umänderung des Gallenfarbstoffes, die von jenem eigenthümlichen Kothgeruche begleitet ist, welche sich wesentlich von dem eigentlichen Fäulnißgeruche unterscheidet.

Aus der Analyse der Excremente geht hervor, daß die unverdaulichen Stoffe der Nahrung, wie Horn, Holz, die Zellenwände der Pflanzen, mit den Resten der Galle und dem Darmschleim die Hauptmasse derselben bilden, und daß nur außerordentlich wenig lösliche Stoffe sich noch darin finden. Bei überschüssiger

Fleischnahrung sieht man stets noch unvollständig aufgelöste Muskelfasern, Sehnenstückchen und Zellzellgewebe; bei Pflanzennahrung findet man die aus Cellulose oder Holzstoff bestehenden Formgebilde zwar unverändert wieder, aber ihres löslichen Inhaltes beraubt; bei überschüssiger Pflanzennahrung erhalten sich besonders die Stärkemehlkörner am längsten, so daß man z. B. nur selten das Stärkemehl nach Kartoffelnahrung in den Excrementen vermissen wird.

Betrachten wir den Verdauungsprozeß im Ganzen nach seinen Resultaten, so ist er eine chemische Operation des Organismus, welche die Aneignung der dem Körper tauglichen Substanzen aus den Nahrungsmitteln entweder durch einfache Aufsaugung, oder durch tief eingreifende Umsetzung zum Zwecke hat. Die Betrachtung der Nahrungsmittel, ihre Eigenschaften in physiologischer Hinsicht und ihre Beziehungen zu dem Haushalte des menschlichen Körpers sind aber zu wichtig, als daß wir derselben nicht einen besonderen Brief widmen sollten.

Vierter Brief.

Die Nahrungsmittel.

So lange die den Bau der Welt
Philosophie zusammenhält,
Erhält sie das Getriebe
Durch Hunger und durch Liebe,

sagte der Dichter vor einem halben Jahrhundert von der Natur, und bis heute noch sind die beiden Triebfedern, die er
nannte, die einzigen, welche Leben und Bewegung in der gesammten thierischen Welt erhalten. Noch mächtiger aber wohl
als der Trieb der Fortpflanzung, der mehr in individuellen
Gränzen seine Macht übt, ist derjenige der Selbsterhaltung,
welcher unumschränkt herrscht, und einer jeden Thiergattung die
Nahrung bestimmt, welche ihrer Organisation angepaßt ist. Wir
werden in der Folge sehen, daß der thierische Körper beständig
durch Athmung und Absonderung bedeutenden Verlust an Stoff
erleidet, der ersetzt werden muß, wenn der Körper selbst nicht zu
Grunde gehen soll. Durch eigenthümliche Gefühle wird dem
Bewußtsein der Mangel des Organismus und sein Begehren
nach frischer Zufuhr von Nahrungsstoffen kund gethan. Hunger
und Durst werden unter gewöhnlichen Verhältnissen nur dann
empfunden, wenn das Bedürfniß fester oder flüssiger Speise gefühlt wird. So gewöhnlich auch diese Empfindungen wiederkehren, so schwer ist es, sich klare Auskunft über ihre Entstehung
zu geben. Es fragt sich, ob die Empfindung dieser Bedürfnisse
an einzelne Organe geknüpft sei, oder ob sie dem noch dunklen
Felde des Allgemeinbewußtseins angehöre?

Es ist eine Thatsache, daß Appetit oder Hunger augenblicklich durch Aufnahme fester Stoffe in den Magen gestillt werden
kann, und daß bei leerem Magen das Bedürfniß frischer Zufuhr
gefühlt wird. Daß die Entstehung des Hungers demnach auf
einem bestimmten Zustand des Magens beruhe, und von diesem
Organe aus durch die Magennerven dem Bewußtsein klar werde,
kann nicht geläugnet werden. In einem späteren Briefe werden
wir sehen, welche Nerven des Organismus spezieller die Empfindungen und Bedürfnisse des Magens dem Gehirne zuleiten.
Hier können wir nur darauf hindeuten, daß der Hunger nicht
einfach auf dem Magen allein beruht, sondern daß auch das
Gemeingefühl wesentlichen Antheil daran nimmt. Substanzen,
welche nicht verdaut werden und dem Organismus keinen Stoff
zur Aufnahme bieten, vermögen zwar durch Füllung des Magens augenblicklich, aber nicht auf längere Zeit hin das Gefühl
des Hungers zu stillen. Thiere bieten alle Zeichen des Hungers,
wenn sie mit Substanzen gefüttert werden, die zwar den Magen
füllen, aber durch ihre Zusammensetzung nicht geeignet sind, das
Leben des Organismus zu erhalten. Menschen, welchen durch
eine im oberen Theile des Darmes befindliche Wunde der un-
verdaute Speisebrei sich entleerte, litten bei stets angefülltem
Magen beständigen Hunger. Andererseits ist es aber auch
die Leere des Magens allein nicht, welche das Hungergefühl
bewirkt. Man hat Morgens unmittelbar nach dem Erwachen,
wo der Magen gewiß durchaus leer ist, nur sehr geringen Appetit;
zwei bis drei Stunden nach dem Essen ist bei gesunden kräftigen
Menschen die Magenverdauung gänzlich beendet und der Magen
vollkommen leer, während das Hungergefühl erst einige Stunden
später eintritt. Dies Gefühl beruht demnach offenbar nicht auf
dem Zustand des Magens allein, sondern auch auf dem Verhältnisse der eingeführten Nahrungsstoffe zu der gesammten Oekonomie
des Körpers. Der lokale Zustand des Magens und die allgemeine Speisung der organischen Maschine durch Substanzen,
welche ihren Verlust zu decken vermögen, dies sind die beiden
Faktoren, welche bei Erzeugung dieses Gefühles zusammenwirken,

und je nach Verhältniß der Dinge in dem einen oder anderen Falle bedeutender hervortreten. Den einen dieser Faktoren, den lokalen Magenzustand, können wir leicht in seinen verschiedenen Phasen erforschen; das Gemeingefühl des Organismus hingegen beruht auf zu mannigfach wechselnden Grundlagen, wie auf der Mischung der gesammten Blutmasse, des Pfortaderblutes, des Chylus und der Lymphe und deren Wechselwirkung auf die Nerven, so daß eine genauere Analyse zur Zeit noch unmöglich ist.

In ähnlicher Weise zersplittert sich auch das Gefühl des Durstes. Mund- und Rachenhöhle spielen hier die Rolle des Magens; Durst wird jedesmal empfunden, sobald diese Theile trocken werden. Fieberkranke, Leute, die viel und stark athmen, oder durch Gewürze und Schärfen die Empfindlichkeit der Nerven der Schleimhaut steigern, fühlen so lange Durst, bis Mund- und Rachenhöhle in den gewöhnlichen Feuchtigkeitsgrad gebracht werden können. Sicherlich beruht auch die Thatsache, daß bei großer Hitze und Trockenheit der betreffenden Theile reines Wasser weniger den Durst löscht, als schleimige Getränke, auf dem einfachen Grunde, daß ersteres schnell verdunstet, während letztere die Feuchtigkeit länger zurückhalten. Allein wir wissen bei heftigeren Graden des Durstes eben so gut das Gefühl der Trockenheit im Munde von dem allgemeinen Bedürfnisse nach Flüssigkeit zu unterscheiden, als wir auf der anderen Seite Durst fühlen können, ohne daß unsere Mundhöhle gerade trocken ist. Wem ist es nicht schon bei anstrengenden Märschen im Sommer begegnet, daß er mit ausgedörrtem Gaumen und lechzender Zunge an einem Brunnen ankam, dort bis zu gänzlicher Sättigung und Anfüllung des Magens trank, und dennoch beim Verlassen der Quelle noch Durst empfand, der erst nach einiger Zeit verschwand, nachdem das in den Magen gebrachte Wasser aufgesaugt und in das Blut übergegangen war? Hunger und Durst sind demnach complexe Gefühle, wodurch der Organismus sein Bedürfniß nach Aufnahme von Stoffen kund giebt; die unmittelbare Empfindung derselben ist an bestimmte Organe, den Magen und die Mundhöhle, geknüpft, während das allgemeine

Bedürfniß wahrscheinlich durch die Wechselwirkung zwischen dem Inhalte der auffaugenden Gefäße und ihren Nerven bedingt wird.

Nicht jede Nahrung indessen ist für jedes Thier angemessen,
die Einen leben nur von pflanzlicher, die Anderen nur von
thierischer Kost, während Andere wieder aus beiden Naturreichen
zugleich ihre Nahrung beziehen. Die Organisation eines jeden
Thieres entspricht seiner Lebensweise und seiner Nahrung, und
wenn auch die Gesetze der thierischen Bildung nicht in so enge
Gränzen sich beschränken, als man zu glauben geneigt sein könnte,
so ist doch im Allgemeinen die Uebereinstimmung eines jeden
Organtheiles mit dem Plane des Ganzen so auffallend, und der
Bau jedes Theiles so sehr dem Bau der übrigen Theile angepaßt, daß oft schon aus einem einzelnen Theile die Bestimmung
des Ganzen erschlossen werden kann. Werfen wir einen Blick
auf die dem Menschen näher stehenden Thiere, die Säugethiere,
so sehen wir, daß besonders die Bewegungsorgane und die Zähne
es sind, welche in engerer Beziehung zu einander stehen und
darauf hindeuten, welche Nahrung dem Thiere angewiesen sei.
Der Fleischfresser hat mehr oder minder spitze, dolch- oder
messerartige Zähne mit schneidenden Kronen und senkrecht in
einander passenden Kegelhöckern und Vertiefungen, zum Festhalten
und Zerreißen der Beute; — der Pflanzenfresser dagegen zeigt
derbe Zähne mit platten Kronen und vorspringenden Leisten,
welche zum Zerreiben und Zermahlen der Nahrung geeignet
sind. Den Zähnen nach ist der Mensch auf Benutzung beider
Naturreiche angewiesen, sein Gebiß nähert sich dem der Früchte
fressenden Affen einerseits, der Alles fressenden Schweine anderseits, und die Erfahrung hat schon längst bestätigt, daß eine
zweckmäßige Mischung pflanzlicher und thierischer Kost den
wesentlichsten Einfluß auf die Beförderung des leiblichen Wohles
ausübe und der Zweck einer jeden vernünftigen Ernährungsweise
sein müsse. Wir werden in dem Verlaufe sehen, daß namentlich
in kälteren Zonen mehr Fleischnahrung, in wärmeren mehr
Pflanzennahrung vorherrscht, daß aber die ausschließliche Pflanzenkost im Allgemeinen dem Individuum eine bedeutend größere

Verdauungsarbeit bei verhältnißmäßig geringerer Ausbeute aufbürdet.

Die Kluft, welche nach früheren Ansichten thierische und pflanzliche Nahrung trennte, ist indeß bei weitem so groß nicht, als man sich gewöhnlich vorstellt. In rein chemischer Beziehung lassen sich zwar bedeutende Unterschiede finden, die aber im Laufe der Verdauung auf rein quantitative Beziehungen reducirt werden. So lange man freilich glaubte, der Stickstoff sei dem Pflanzenreiche fast durchaus fremd und für die thierischen Substanzen charakteristisch, so lange konnte man auch von einer gänzlichen Verschiedenheit überzeugt sein, und von thierischer Nahrung als von Stickstoffnahrung, von Pflanzennahrung aber als von stickstoffloser Nahrung reden; — jetzt aber, wo man nachgewiesen hat, daß alle Pflanzen Stickstoff enthalten, und zwar jene eigenthümlichen stickstoffhaltigen Körper, die wir unter dem Namen Blutbildner bezeichnen: jetzt steht nur noch der empirische Satz fest, daß thierische Kost stickstoffreicher ist, als pflanzliche. Wir essen kein Fleisch, welches nicht Fett, mithin eine stickstofflose Substanz enthielte; wir verzehren kein pflanzliches Produkt, ohne eine geringe Menge pflanzlichen Faserstoffes und Eiweißes aufzunehmen. Der Unterschied zwischen pflanzlicher und thierischer Nahrung besteht demnach hauptsächlich darin, daß in letzterer die blutbildenden stickstoffreichen Verbindungen, in ersterer die kohlenstoffhaltigen, stickstofflosen Substanzen überwiegen.

Der chemischen Zusammensetzung der Stoffe nach, welche wir in den Nahrungsmitteln erhalten, kann man mehrere Gruppen unterscheiden, die in ihrer Beziehung zu den Organen des Körpers äußerst verschieden sind. Da in dem Organismus kein chemischer Grundstoff bereitet werden kann, überhaupt eine Erzeugung von Stoff im Organismus ganz unmöglich ist, so müssen alle diejenigen Bestandtheile, aus welchen der Körper sich aufbaut, demselben von Außen zugeführt, alle Ausgaben durch Einnahmen von Außen her ersetzt werden. Die Thätigkeit des lebenden Organismus muß sich nothwendiger Weise auf die

Umsetzung und verschiedenartige Combinirung der eingeführten Grundstoffe beschränken.

Eine Neuerzeugung von Materie findet in dem Körper eben so wenig Statt, als sonst irgendwo in der Welt. In vielen Köpfen spukt freilich noch die Ansicht, als könne der Organismus Stoffe erzeugen, als könne er Eisen, Kali, Kalk oder sonst irgend einen chemischen Grundstoff aus dem Nichts schaffen. Man kann jetzt dreist behaupten, daß nur die Unwissenheit, die nicht sehen und hören will, Vorstellungen dieser Art mehr oder minder klar ausgeprägt hegen kann, Vorstellungen, die sich darauf stützen, daß diese Grundstoffe in anderer Form dem Organismus zugeführt und in diesem in eine neue Gestalt umgeprägt werden. Wir müssen demnach alles dasjenige, was in der Zusammensetzung des Organismus aufgefunden und aus demselben durch den Stoffverbrauch ausgeführt wird, wieder ersetzen, und wir können diejenigen Stoffe, welche zu diesem Ersatze dienen, als Nahrungsmittel im weitesten Sinne des Wortes bezeichnen. So gehören denn ebenso das Wasser und die unorganischen Bestandtheile, wie die eiweißartigen und stickstofflosen Stoffe, zu den nothwendigen Nahrungsmitteln, ohne deren Einführung der Organismus zu Grunde gehen würde. Daß alle diese Stoffe, diese Nahrungsmittel im weitesten Sinne des Wortes, nöthig seien, geht leicht aus dem Wesen des lebenden Organismus hervor. Hier ist nichts stabil; es ist keine Ernährung denkbar ohne Zerstörung auf der einen Seite und Bauen auf der anderen; das gebildete Muskelfleisch, die vorhandene Faser sind nicht zu ewiger Dauer bestimmt, sondern werden stets wieder zerstört und neu gebildet. Diesen ewigen Umschwung, diesen steten Wechsel der Materie hat schon das Volk sehr wohl begriffen, wenn es einfach behauptet: der Mensch erneuere sich alle sieben Jahre gänzlich; — die Physiologen sind freilich noch nicht so weit gekommen, den Zeitpunkt mit völliger Sicherheit bestimmen zu können, finden aber doch weit geringere Zeiträume für diese Erneuerung.

Die stickstoffhaltigen Substanzen, welche wir mit dem Namen der eiweißartigen Stoffe oder Blutbildner bezeichneten, und von denen wir in dem Blute selbst drei Haupttypen: den Faserstoff, das Globulin und das Eiweiß, erkannten, sind namentlich in den thierischen Körpern in größter Menge angehäuft. Alle Organe des Körpers ohne Ausnahme sind mit eiweißhaltigem Wasser, das unmittelbar aus der Blutflüssigkeit herkommt, durchtränkt. In den meisten Organen findet sich auch noch mehr oder minder geronnenes Eiweiß, wie namentlich im Gehirne und den Nerven. Die große Masse des Muskelfleisches der Thiere besteht aus Faserstoff, der freilich nicht ganz dieselben Eigenschaften zeigt, wie der Faserstoff des Blutes; auch die Hornstoffe und die leimgebenden Gebilde haben einige Aehnlichkeit mit den Eiweißstoffen und sind ohne Zweifel durch Umbildung aus ihnen hervorgegangen. Man sieht demnach, daß der Körper in seinen wesentlichsten Theilen und seiner großen Masse nach aus diesen Stoffen zusammengesetzt ist, und daß die Zufuhr derselben die erste und wesentlichste Grundbedingung einer zweckmäßigen Nahrung sein muß. Blut und Fleisch der Thiere bieten die unmittelbare Regeneration dieser Stoffe dar. Es giebt aber außerdem noch eine Menge von Nahrungsmitteln, welche solche eiweißartige Stoffe in bedeutender Quantität enthalten. So sehen wir in den Eiern das Eiweiß, in der Milch den Käsestoff als wesentlich eiweißstoffigen Bestandtheil, und in den meisten Pflanzen, ja man kann sagen in jedem lebensthätigen Pflanzentheile, finden wir solche Bestandtheile in größerer oder geringerer Menge. Das Pflanzeneiweiß zeigt sich in löslichem Zustande in allen Pflanzensäften, wenn auch nur in geringer Quantität. In dem Samen der Gräser, im Getreide, findet sich eine verwandte Substanz, die man den Kleber genannt hat. Aus dem Waizenmehle, in dem dieser Stoff am reichlichsten vorhanden ist, erhält man ihn einfach dadurch, daß man das Mehl in einem Beutel von grober Leinwand unter beständigem Wasseraufgießen so lange knetet und verarbeitet, bis das abfließende Wasser kein Stärkemehl mehr mit sich führt. In den Samen der Hülsenfrüchte, der Erbsen,

Bohnen und Linsen, existirt eine bedeutende Quantität eines eigenthümlichen Stoffes, den man mit dem Namen Legumin oder Erbsenstoff belegt hat. In dem Dotter der Hühnereier wurde der sogenannte Dotterstoff nachgewiesen, der Schwefel und Phosphor enthält und ebenfalls dem Eiweiße in seinen chemischen Eigenschaften sehr nahe steht. Es unterliegt keinem Zweifel, daß alle diese Stoffe durch die chemische Thätigkeit der verschiedenen Organismen ineinander übergeführt werden können, daß z. B. Säuglinge, die in der Muttermilch nur Käsestoff erhalten, aus demselben den Faserstoff ihres Blutes und ihrer Muskeln, das Eiweiß ihrer Organe, das Globulin ihrer Blutkügelchen bereiten, und daß anderseits eine säugende Frau, die sich nur von Brod und anderen pflanzlichen Mitteln nährt, aus diesen Stoffen nicht nur Blut und Fleisch ihres eigenen Körpers, sondern auch den Käsestoff ihrer Milch bereitet.

Eine zweite Klasse von Nahrungsstoffen bieten die stickstofflosen Substanzen, die **Fette und Fettbildner.** Wir kennen im thierischen Organismus von stickstofflosen Substanzen eigentlich nur die Fettarten. Man hat sich gewöhnt, dieselben als etwas Wandelbares zu betrachten, und, verleitet durch die bei verschiedenen Individuen so äußerst verschiedene Fettanhäufung im Zellgewebe, zwischen den Muskeln und Eingeweiden, hat man das Fett nur als eine Art nicht nöthiger Zugabe betrachten wollen. Zum Theil hat dies seine Richtigkeit; — aber auch nur zum Theil, denn Fett gehört eben so nothwendig zur Zusammensetzung fast aller Formelemente, die wir im Körper finden, als Faserstoff und Eiweiß. Das Gehirn und die Nervensubstanz, das Drüsengewebe, selbst das Muskelfleisch und die Haut; — alle Gewebe fast ohne Ausnahme enthalten eine gewisse, mehr oder minder große Menge Fett als nothwendigen Bestandtheil, der selbst bei dem Hungertode nicht verschwindet und zu Ausübung der Funktionen unumgänglich nöthig ist. Daß dieses nothwendige Fett denselben Gesetzen der Ernährung unterliegen müsse, wie die stickstoffhaltigen Bestandtheile, kann keinem Zweifel unterliegen; daß demnach die Speisen ebenfalls Fett oder in Fett

wandelbare Stoffe liefern müssen, ist ein nothwendiges Bedürfniß der Existenz des Organismus. Allein dieser nimmt mehr,
als er unumgänglich nöthig hat, von diesen Stoffen auf, er über-
sättigt sich damit, er setzt sie in den Zwischenräumen des Zell-
gewebes in Form von Fett ab, um sie zu allenfallsigem Gebrauche
bereit zu halten.

Eine bedeutende Menge des in dem Organismus abgelagerten
Fettes wird ohne Zweifel schon als Fett mit der Nahrung selbst
eingeführt. Die fleischfressenden Thiere erhalten Fett unmittelbar
in ihrer Nahrung, und zwar meistens noch im Ueberschusse, da
im Allgemeinen die grasfressenden Thiere, welche ihnen zur Beute
dienen, durch reichliche Fettentwicklung sich auszeichnen. In dem
Pflanzenreiche sind es hauptsächlich die Samen, welche eine bedeutende Menge von Fett enthalten, und viele Pflanzen, wie
Mohn, Lein, Oliven, Sesam, Reps, werden lediglich des Oel-
gehaltes ihrer Früchte und Samen wegen angebaut. Auch die
gewöhnlichen Gräser und grünen Pflanzentheile enthalten eine
geringe Quantität von Fett, die aber nicht hinreicht, um die
Fettentwicklung in vielen pflanzenfressenden Thieren zu erklären.
Man fragt sich also, woher dieses Fett, welches namentlich bei
der Mästung in so großer Quantität erzeugt und im Körper der
gemästeten Thiere abgesetzt wird, stammen könne?

Ich berühre hier den heftigen Streit, welcher vor nicht langer
Zeit zwischen Frankreichs und Deutschlands chemischen Koryphäen
geführt wurde und wo endlich, nach hartem Kampfe, das linke
Rheinufer sich überwunden erklären mußte. Die Einen, auf die
Thatsache fußend, daß die stickstoffhaltigen Substanzen, welche
wir in unserer Nahrung einnehmen, nur dann wirklich ernährend
und Verluste ersetzend sich zeigen, wenn sie in ihrer Zusammensetzung den im Körper vorhandenen Stickstoffverbindungen ähnlich
sind; — Thatsache, welche von beiden Partheien als begründet
anerkannt wurde; — die Einen, sagte ich, dehnten diese Thatsache zum allgemeinen Gesetz aus und behaupteten, der thierische
Organismus schaffe in der Verdauung überhaupt gar nichts um;
er bewirke keine neuen Verbindungen, sondern ziehe die ihm

nothwendigen Stoffe aus den Nahrungsmitteln nur aus und gebe
ihnen die passende Form. Das Pflanzenreich, behaupteten sie, sei
das große Laboratorium der organischen Verbindungen im Allgemeinen; in ten Pflanzenzellen würden der Faserstoff, das Eiweiß,
die Fette, kurz alle thierischen Bestandtheile bereitet und auf diese
Weise den pflanzenfressenden Thieren fertig geboten, welche durch
ihre Verdauung diese Stoffe nur auszögen und in ihrem Organismus verwendeten. Auch das Fett, welches in der Mast befindliche Thiere ansetzten, werde nicht von ihnen aus anderen
Stoffen bereitet, sondern sei schon in den gebotenen Nahrungsmitteln als fettähnlicher Stoff (meist Pflanzenwachs) angehäuft.
Zum Beweise dieser Ansicht lieferte man neue Analysen der
Pflanzennahrung, des Wälschkorns, Heues u. a. m., und wies in
der That eine größere Quantität fettiger Stoffe in diesen Materien nach, als man bisher angenommen hatte. Derjenige deutsche
Chemiker indeß, welcher zuerst die Behauptung aufgestellt hatte,
daß der Thierorganismus in der That aus Zucker, Stärkemehl
und anderen stickstofflosen Substanzen Fett bereiten könne, und
sich dabei namentlich auf bekannte Erfahrungen über die Wachs-
erzeugung der Bienen und auf das Mästen der Thiere im Allgemeinen berufen hatte, wies einfach nach, daß die Exkremente
einer milchenden Kuh eben so viel Pflanzenwachs enthielten, als
sie in der Nahrung bekam, und dadurch war auch seine Behauptung bewiesen. Jetzt, wo die französischen Chemiker sich durch
eigene Versuche überzeugt haben, daß die Bienen wirklich in ihrem
Inneren den Zucker in Wachs verwandeln; jetzt, wo ein unpar-
theiischer, im Elsaße wohnender Beobachter nachgewiesen hat, daß
die Gänse in der That aus dem Stärkemehl und Zucker des
Wälschkorns, die Schweine aus dem Stärkemehl der Kartoffeln
Fett bereiten; jetzt kann kein Zweifel mehr über die Thatsache
sein, daß der Organismus zum Theil sich seine Stoffe und
namentlich das Fett aus anderen ihm dargebotenen Verbindungen
schafft, welche man deshalb auch die Fettbildner genannt
hat und zu welchen man besonders Stärkemehl, Stärkegummi
(Dextrin) und Zucker in seinen verschiedenen Modifikationen zählt.

Die Umwandlung dieser Stoffe in Fett geschieht nicht unmittelbar, sondern scheint nur durch Gegenwart von Fett eingeleitet zu werden. Schweine, mit fettlosen, aber stärkemehlhaltigen Substanzen gefüttert, werden nicht fett; Enten, denen man fettlosen Reis zur Nahrung giebt, bleiben mager wie zuvor. Fügt man aber eine kleine Quantität Fett zur Nahrung zu, so wird nicht nur diese aufgenommen, sondern auch das Stärkemehl selbst in Fett umgewandelt und dieses in großer Menge in dem thierischen Körper abgesetzt. Bienen mit reinem Zucker genährt bilden kein Wachs; wird ihnen aber Honig gereicht, in welchem sich eine höchst kleine Menge Wachs findet, so erzeugen sie Wachs in bedeutender Quantität. Es scheint demnach, als ob die geringen Quantitäten von Fett, die man stärkemehlhaltigen Substanzen in der Nahrung beimischt, wie eine Art Hefe wirken, wodurch der Umsatz des Fettbildners bedingt wird, so daß also unsere gewöhnliche Kochkunst, welche stärkemehlhaltige Nahrung, wie Kartoffeln, Brod rc. nicht ohne Fett und Schmalz verzehrt, vollkommene rationelle Begründung für ihre alte Empirie findet.

Die Entwicklung der ölhaltigen Pflanzensamen mußte schon darauf hinweisen, daß durch den Vegetationsprozeß das Stärkemehl in Fett übergeführt werden kann. Alle diese Samen enthalten in ihrem Jugendzustande, bevor sie vollständig entwickelt sind, eine bedeutende Menge von Stärkemehl, das allmählich verschwindet und durch Oel ersetzt wird. Da diese Umwandlung nur durch Verlust von Sauerstoff erklärt werden kann, indem das Fett weit weniger Sauerstoff enthält, als das Stärkemehl, so ist es gewiß nicht ohne Bedeutung, daß die fett- und wachsartigen Stoffe bei den Pflanzen am meisten in den äußeren Schichten nahe an der Oberfläche liegen, die bekanntlich unter dem Einflusse des Sonnenlichtes Sauerstoffgas ausscheidet.

Die Fettbildner, welche, wie aus dem Obigen hervorgeht, in dem thierischen Organismus in Fett übergeführt werden, sind in den Pflanzen ganz allgemein verbreitet. Der Stoff, aus dem die jugendlichen Pflanzenzellen bestehen, das Stärkemehl, welches hauptsächlich in denjenigen Pflanzentheilen überreichlich angehäuft ist, die dem Lichte nicht ausgesetzt sind, und das mehrere Abarten zeigt, das Dextrin, welches durch die Einwirkung von Diastase, einem eigenthümlichen Gährungsstoffe, aus Zellstoff und Stärkemehl hervorgeht: alle diese Substanzen bilden eine eigenthümliche Reihe von Körpern, die keinen Stickstoff enthalten und die durch fortgesetzte Einwirkung der Gährungsstoffe in Zucker übergeführt werden. Die verschiedenen Zuckerarten, von welchen der Trauben- oder Krümelzucker der am weitesten verbreitete ist, bilden gewisser- maßen das Ziel der Umwandlungen, die in dem pflanzlichen Organismus durch Einwirkung der Gährungsstoffe und der Pflanzensäuren auf das Stärkemehl hervorgebracht werden. Der Zucker selbst aber ist ein höchst unbeständiger Stoff, der, wie wir oben gesehen haben, im Darmkanale in Milchsäure und dann in Buttersäure übergeführt wird. In welcher Weise diese Butter- säure in neutrales Fett übergeht, dies nachzuweisen wird vielleicht einer späteren Zeit gelingen.

Man hat hinsichtlich des Gehaltes der Nahrungsmittel an eiweißartigen Stoffen, Fett und Fettbildnern Tabellen entworfen, welche den Werth der einzelnen Nahrungsmittel in Beziehung auf den Gehalt dieser Stoffe übersichtlich darstellen. Wir geben hier eine solche, in welcher wir zu dem Gehalte dieser verschie- benen Bestandtheile in tausend Theilen auch noch den Gehalt an Wasser hinzugefügt haben. Es ist klar, daß dieser vor allem in Berücksichtigung gezogen werden muß, wenn man den Nutz- effekt eines Nahrungsmittels erwägen will, und daß er vorzugs- weise bei der Frage des Transportes in Betracht kommt — eine Frage, die bei den so enorm gesteigerten Beziehungen zwischen einzelnen Ländern bedeutend in das Gewicht fällt. Der Wasser- gehalt ist es, welcher einzelne Nahrungsmittel an die Scholle bindet, andere dagegen vorzugsweise zum Transporte eignet, abge- sehen von der Zersetzbarkeit der Stoffe. Wer tausend Centner Reis transportirt, zahlt nur für 92 Centner Wasser Fracht — wer aber tausend Centner Kartoffeln verlädt, befrachtet sein Fahrzeug mit 727 Centnern Wasser. Mit weißen Rüben auf dem Felde kann man allenfalls einen Tag hindurch seinen Hunger täuschen, nicht aber sich nähren, so viel Wasser enthalten sie.

Uebersicht der Nahrungsmittel nach ihrem Gehalte in 1000 Theilen.

Thierische Nahrungsmittel.	Wasser.	Eiweißartige Körper.	Fett.	Salzkörper.
1. Aal	368,59	384,65	242,63	—
2. Hühnerei-Dotter	523,89	163,82	291,58	—
3. Schweinespeck, frisch	659,50	127,30	117,70	—
4. Ochsenleber	702,80	186,40	35,85	—
5. Schweinefleisch	706,65	171,27	57,81	—
6. Entenfleisch	716,89	203,39	25,27	—
7. Hammelfleisch	727,00	220,00	27,49	—
8. Kalbsleber	728,00	129,40	23,90	—
9. Ochsenfleisch	738,93	174,63	28,69	—
10. Kalbfleisch	757,54	166,33	25,56	—
11. Taubenfleisch	743,33	209,35	10,00	—
12. Kuhfleisch	751,75	187,83	19,00	—
13. Ochsenhirn	754,50	80,39	165,00	—
14. Hühnerfleisch	762,19	196,29	14,23	—
15. Lachs	768,60	158,02	47,88	—
16. Scholle	770,87	139,95	11,16	—
17. Hecht	775,80	nicht bestimmt	6,00	—
18. Karpfen	785,41	136,6	28,37	—
19. Schellfisch	805,84	129,18	8,77	—
20. Eiweiß	841,04	117,60	—	—
21. Kuhmilch	857,05	54,04	48,05	40,37
22. Ziegenmilch	863,58	46,59	43,57	40,04
23. Frauenmilch	885,66	28,11	35,64	48,17
24. Knochenmark	80,00	10,00	960,00	—
Pflanzl. Nahrungsmittel.				
1. Reis	92,04	50,89	7,55	834,51
2. Hafer	108,81	90,43	39,90	818,43
3. Linsen	113,18	264,94	24,01	559,05
4. Mais	120,14	78,14	48,37	679,45
5. Waizenmehl	124,81	127,07	12,24	723,93
6. Waizen	129,94	185,37	18,54	668,80
7. Roggen	138,78	107,49	21,09	668,45
8. Gerste	144,82	122,65	26,31	542,19
9. Erbsen	145,04	223,62	19,66	526,68
10. Buchwaizen	146,91	77,77	1,09	507,28
11. Gedörrte Zwetschen	292,66	nicht bestimmt	nicht bestimmt	nicht bestimmt
12. Waizenbrod	431,91	89,88	18,54	470,05
13. Roggenbrod	447,67	nicht bestimmt	—	599,41
14. Kastanien	537,14	44,61	8,78	856,51
15. Kartoffeln	727,46	18,23	1,56	178,80
16. Zwetschen	801,10	8,75		
17. Trauben	802,18	7,40		
18. Aprikosen	816,92	6,92	nicht bestimmt	
19. Aepfel	821,38	3,91		
20. Birnen	832,88	2,85		
21. Gelbe Rüben	853,09	15,48	2,47	83,79
22. Weiße Rüben	922,86	14,20	—	—
23. Gurken	971,40	1,89	—	20,00

In dem Zell- und Bindegewebe, welches Fleisch und sonstige thierische Nahrungsmittel in reichlichem Maße umhüllt, in den Knochen und Knorpeln wird unserem Körper eine ziemlich bedeutende Menge von Substanzen zugeführt, welche bei längerem Kochen Leim geben. Bei manchen zum Theil geschätzten Nahrungsmitteln, wie z. B. Schweinsfüßen, Kalbsohren und den verschiedenen Gelées bildet sogar dieser thierische Leim die Hauptmasse. Offenbar gehen diese leimgebenden Substanzen aus der Umwandlung der Blutbildner hervor und es ist zugleich höchst wahrscheinlich, daß sie im Körper wieder in Eiweiß oder Faserstoff zurückgewandelt werden können. Während Hunde von Gelatine, die eine mißverstandene sparsame Philanthropie einst als Nahrungsmittel einführen wollte, ihr Leben nicht fristen konnten, gediehen sie bei einer Fütterung mit frischen Knochen ganz vortrefflich, obgleich die thierische Grundlage der Knochen nur aus leimgebender Substanz besteht. Da aber Knochen niemals so sauber geputzt werden können, daß nicht Fleischreste, Blut und Mark an ihnen haften blieben, so darf man aus der Thatsache wohl den Schluß ziehen, daß zwar die leimgebenden Substanzen für sich allein nicht als Nahrung benutzt werden können, daß sie aber in ähnlichem Verhältnisse zu dem Organismus stehen, wie die Fettbildner und nur dann in eiweißartige Stoffe umgewandelt werden, wenn eine gewisse Quantität derselben der Nahrung beigesellt ist und als Gährungsstoff zur Umwandlung der leimgebenden Substanzen dient.

Schon oben deuteten wir darauf hin, daß auch die anorganischen Bestandtheile, die unser Körper enthält, durch die Nahrungsmittel zugeführt werden müssen, da diese Bestandtheile nicht minder, wie die organischen, für den Organismus und die Forterhaltung seines Lebens wesentlich sind. Unsere Knochen enthalten eine große Menge erdiger Bestandtheile, namentlich phosphorsauren Kalk; unser Blut Eisen und eine Menge alkalischer Salze; alle unsere Sekretionen: Harn, Galle ꝛc. enthalten eine bestimmte Quantität feuerbeständiger Salze, welche man meist durch Verbrennung als Asche bestimmt. Alle diese

Salze kann der Organismus nicht erschaffen, sie müssen ihm in der Nahrung geboten werden. Mit dem gewöhnlichen Trink- und Kochwasser schon nehmen wir eine gewisse Menge von Salzen, wie z. B. kohlensauren Kalk, Gyps zc. zu uns. Der Gebrauch des Kochsalzes ist keine Zufälligkeit, sondern tief in den Ernährungsgesetzen unseres Körpers begründet; in der Blutflüssigkeit wie in dem Knorpel ist eine bedeutende Menge von Kochsalz enthalten. Bei der Gegenwart von Kochsalz im Magensafte geht die Verdauung weit schneller und vollständiger vor sich; ohne Salzsäure ist sie nur äußerst unvollständig. Es ist jedem Landwirthe bekannt, daß Hühner nur schlecht und wenig Eier legen, wenn man sie verhindert, den Kalk an den Mauern zu picken; sie bedürfen dieses Kalkes zur Construktion der Eierschalen. Ein Kind, welches sein Skelett baut, bedarf einer bedeutenderen Menge phosphorsaurer Kalkerde, als ein Erwachsener, und die Thatsache, daß scrophulöse und rachitische Kinder gerne Erde und Kalk essen, findet ganz einfach in dem Umstande seine Erklärung, daß die Absonderungen dieser Kinder eine bedeutende Menge von Kalksalzen enthalten, und sie demnach das Bedürfniß fühlen, diesem Abgange entgegen zu arbeiten.

Soll demnach die Kost wirklich nährend für den Organismus sein, so müssen sich darin, vom chemischen Standpunkte aus, drei Bedingungen verwirklichen: die gebotenen Substanzen müssen Blutbildner zur Ernährung der stickstoffhaltigen, Fett oder in Fett wandelbare Stoffe zum Ersatz der stickstofflosen Körperbestandtheile, und eine angemessene Menge der im Körper vorkommenden anorganischen Verbindungen, Wasser und Salze enthalten. Länger fortgesetzte Entbehrung einer jeden Bedingung tödtet unausbleiblich den Organismus, der sich selbst zerstört, um seinen Ausgaben zu genügen. Indeß erfolgt der Tod bei ausschließlicher Ernährung mit einer oder der anderen Klasse von nothwendigen Stoffen nicht in derselben Zeit. Eine Ernährung, in welcher die Blutbildner fehlen, ist fast mit völligem Hungern gleichzusetzen; Hunde, welche man mit reinem Zucker, Stärke, Oel, Butter oder Gummi fütterte, starben fast zu derselben Zeit,

wie andere, welche nur reines Wasser erhielten und auf diese
Weise den Hungertod starben. Clouet versuchte sich nur mit
Kartoffeln, die sehr wenig Eiweiß enthalten, und Wasser zu ernähren; nach einem Monate hatte er so sehr abgenommen,
daß die weitere Fortsetzung dieser unzweckmäßigen Ernährung
mit Lebensgefahr verbunden gewesen wäre. Fütterung mit reinen
Blutbildnern, Faserstoff oder Eiweiß, erhielt das Leben zwar
länger, allein auch nicht auf die Dauer, und es ist leicht einzusehen, daß diese längere Erhaltung auf dem Umstande beruht,
daß jeder thierische Organismus eine gewisse Menge überflüssigen
Fettes, gleichsam als Reserve, bewahrt, wovon er in geeignetem
Falle Gebrauch machen kann. Versuche über Fütterung mit
Substanzen, welche keine unorganischen Salze lieferten, hat man
bis jetzt nur an Vögeln angestellt; die Thiere starben erst nach
verhältnißmäßig langer Zeit, und bei der Sektion fanden sich
ihre Knochen erweicht, verdünnt, durchlöchert, ihrer erdigen Bestandtheile theilweise beraubt. Mangel an Wasser tödtet in kürzester
Zeit unter den heftigsten Erscheinungen.

Die chemische Zusammensetzung der Nahrungsmittel, ihr
Gehalt an Blutbildnern, Fett, Wasser und anorganischen Salzen
reicht aber noch nicht hin, die Stoffe zum Genusse tauglich zu
machen; ein wesentliches Erforderniß ist noch, daß die Form,
in welcher sie geboten werden, auch den Verdauungskräften angemessen sei. Auf Erzielung dieser leichteren Auflöslichkeit der
Nahrungsstoffe sind jene vorgängigen chemischen Operationen gerichtet, welche wir unter dem Namen der Kochkunst begreifen.
Theils durch die Zerkleinerung und zweckmäßige Mischung, theils
durch Einwirkung der Wärme bringen wir unsere Speisen in
einen Zustand, wo die Verdauungskräfte in weitester Ausdehnung
auf sie wirken können, und je nachdem schon die organische Substanz an und für sich leichter oder schwerer durch die Ver-
dauungsflüssigkeiten auflösbar ist, unterscheiden wir leicht oder
schwer verdauliche Speisen. Es unterliegt keinem Zweifel, daß
auch diese Verhältnisse nach genauen chemischen Analysen der in
Betracht kommenden Agentien klar gemacht werden können; allein

einerseits stehen unsere Kenntnisse der Zusammensetzung der Nahrungsmittel noch nicht auf der nöthigen Stufe der Vollendung, während anderseits die Verdauungsflüssigkeit individuelle Abweichungen zeigen kann und zeigt, deren Gränzen wir noch nicht kennen. Ja selbst bei durchaus ähnlichen Stoffen treten Verhältnisse ein, die durch die heutige Chemie noch nicht enträthselt werden können. Ochsenfleisch und Kalbfleisch zeigen keine wesentlich verschiedene chemische Zusammensetzung, und dennoch ist das eine weit leichter verdaulich, als das andere. Da alle eiweißähnlichen Substanzen zweierlei Modifikationen, eine lösliche und unlösliche, zeigen, und überhaupt alle organischen Körper, die als Nahrung dienen, sich so leicht umwandeln, so ist es erklärlich, daß solche Verschiedenheiten in der Löslichkeit sonst gleichwerthiger Substanzen vorkommen können.

Die Kenntniß der Nahrungsmittel von diesem Gesichtspunkte aus ist aber von der höchsten praktischen Wichtigkeit, und von alten Zeiten her hat man schon auf verschiedenen Wegen zu solcher Kenntniß zu kommen gesucht. Der Erbsenbrei und das Pöckelfleisch, die einen Matrosen trefflich nähren, würden einen am Nervenfieber oder Schwäche des Magens leidenden Kranken ohne Weiteres tödten. Ein Jeder zwar kennt mehr oder weniger aus Erfahrung, was ihm zusagt und was nicht; aus der Vergleichung dieser Erfahrung sind allgemeine Regeln der Diät hervorgegangen, welche überall so ziemlich dieselben sind. Versuche von wirklich wissenschaftlichem Werthe über diese Frage sind aber erst in neuester Zeit gemacht worden, und vielleicht, daß sich auf die eine oder andere Weise Gelegenheit bietet, sie zu vervollständigen.

Ein canadischer Arzt hatte zu seiner Disposition einen Jäger, dem in Folge einer bedeutenden Schußwunde eine Oeffnung im Magen zurückgeblieben war, durch welche man sich über alle Vorgänge in diesem Organe leicht Auskunft verschaffen konnte. Sobald der Mann eine Mahlzeit zu sich genommen hatte, wurden die Fortschritte der Verdauung beobachtet und der Zeitpunkt bestimmt, wo die Umwandlung in Speisebrei vollendet war. An-

dere Beobachter benutzten die Fähigkeit, sich willkürlich zu erbrechen, um die genossenen Nahrungsmittel von Zeit zu Zeit
wieder heraufzubefördern, und den Fortschritt ihrer Umwandlung
zu constatiren. Da indeß die Mengen der genossenen Nahrungsmittel bei diesen Versuchen nie bestimmt wurden, die mechanische
Auflösung und Zertheilung z. B. der Fette mit der chemischen Auflösung vielfach verwechselt und endlich der Austritt der Stoffe
aus dem Magen in den Darm als gleichbedeutend mit der geschehenen Verdauung angesehen wurde, was doch, wie wir oben
gesehen haben, durchaus nicht der Fall ist, so haben die Versuche
dieser Art nur einen geringen wissenschaftlichen Werth. Später
ergab sich in Dorpat ein dem canadischen Jäger ähnlicher Fall
einer Magenverwundung, die mit Zurücklassung einer Oeffnung
nach Außen geheilt worden war. Die Frau, welche den Gegenstand dieser Beobachtung bildete, befand sich vollkommen wohl,
säugte ein Kind, aß und trank aber sehr viel, weil sie stets eine
Menge von Magensaft und Speiseresten durch die Oeffnung
verlor. Die angestellten Versuche bewiesen, daß der menschliche
Magensaft Eiweiß und Fleisch weit langsamer verdaut, als derjenige der Hunde; daß die durch den Speichel eingeleitete Zuckerbildung im Magen nicht aufhört, sondern durch denselben in den
Darm hinein sich fortsetzt; daß Eiweiß, Fleisch und ähnliche
Stoffe den Magen verlassen, lange bevor sie gänzlich aufgelöst
sind; daß Fett während der ganzen Verdauung in Tropfen aufgelöst im Speisebrei sich nachweisen läßt. Es enthalten diese
Versuche also die vollständigste Bestätigung der mit künstlicher
Verdauung angestellten, beweisen aber zugleich, daß die Magenverdauung selbst noch innerhalb des Darmes sich fortsetzen muß,
indem nach Beendigung derselben höchstens ein Viertel der löslichen eiweißartigen Stoffe wirklich gelöst war.

Zur Controllrung der über die Darmverdauung und den
Einfluß der Galle und des Bauchspeichels gemachten Versuche an
Thieren diente eine Frau, welcher ein wüthender Stier mit dem
Horne den Bauch aufgerissen hatte. Eine aus der Wunde vor-
gefallene Darmschlinge wurde brandig und es entstand eine

äußere Oeffnung, von welcher aus man nach oben und unten
in den Dünndarm gelangen konnte. Aus der oberen Oeffnung
flossen Nahrungsreste mit Galle, Bauchspeichel und Darmsaft
gemischt aus. Die Frau hatte beständigen Heißhunger, selbst
wenn ihr Magen vollständig gefüllt war, ein Beweis, daß die
Oeffnung hoch oben im Darm sich befand, und daß von den
verzehrten Nahrungsstoffen nur sehr wenig in den Körper aufgenommen wurde. Auch traten in der That die ersten Theile
der verspeisten Nahrungsstoffe schon nach einer halben Stunde
aus der Darmfistel hervor und innerhalb vier Stunden etwa
hörte nach einer reichlichen Mahlzeit der Austritt auf. Man
mußte die Ernährung dadurch vervollständigen, daß man Fleisch-
suppen, Eier, ja selbst Fleisch in diejenige Oeffnung einstopfte,
welche mit dem unteren Darmstücke zusammenhing und in die aus
der oberen Darmöffnung nichts übertreten konnte. That man
dies, so entleerte die Frau Extremente von fürchterlich aashaftem
Gestank, ganz so wie die Hunde, welchen man, wie oben angeführt, die Galle aus dem Darme abgeleitet hatte. Nichts destoweniger wurde etwa ein Viertel der in das untere Darmstück
eingeschobenen eiweißartigen Stoffe aufgelöst und Stärke dort
mit großer Kraft in Zucker umgewandelt, Fett dagegen nur in
sehr geringem Maße aufgenommen.

Man sieht, daß es einer großen Menge vergleichender Versuche mit verschiedenen Individuen bedürfte, um die allgemeinen,
zur Grundlage einer Diätetik dienenden Regeln aufstellen zu
können. Bis dahin wird die Diätetik stets mehr oder minder
dem reinen Empirismus verfallen bleiben und der Arzt seinen
Reconvalescenten diejenige Speise als die verdaulichste rathen,
die er selbst am leichtesten verdaut. Die Wahl der Nahrungsmittel an sich ist aber nicht nur individuell höchst wichtig, sondern auch in politisch-ökonomischer Rücksicht eine bedeutende und
weltbewegende Frage. Die Production der Nahrungsmittel steht
in der engsten Beziehung zu dem Grade der Cultur und Civilisation, zu welcher sich die Menschheit erhoben hat, und der Haupt-
zweck der Landwirthschaft, welche insofern die Basis einer jeden

Civilisation bildet, als sie nothwendig feste Wohnsitze voraussetzt, beruht auf der größtmöglichsten Erzeugung von Nahrungsstoff auf einem gegebenen Raume der Erdoberfläche. Da aber nicht alle Produkte der Landwirthschaft in gleichem Maße und in gleicher Richtung nährend wirken, so sei es uns erlaubt, hier einige Worte über den Werth der Nahrungsmittel in physiologischer Beziehung beizufügen.

Wir sahen oben, daß nach dem Einflusse, welchen die verschiedenen durch die Nahrungsmittel eingeführten Stoffe auf den Körper haben, wir dieselben in verschiedene Klassen eintheilen können, daß wir anorganische Stoffe, Blutbilder und Fettbildner bedürfen, um die Ernährung nach allen Richtungen in vollständiger Weise vor sich gehen zu sehen. Ein Nahrungsmittel wird deshalb dann seinen Zweck am besten erfüllen, wenn es vielfältig gemischt ist und in seiner Mischung eine dem Körper analoge Zusammensetzung aus den angeführten Substanzengruppen zeigt. Wo diese Mischung der Nahrungsmittel fehlt, da wird dasselbe, für sich allein genommen, bei längerem Gebrauche untauglich, das Leben zu erhalten, und da die wenigsten Nahrungsmittel eine solche Mischung zeigen, so müssen wir bei der Ernährung unseres Körpers durch zweckmäßiges gemeinschaftliches Genießen verschiedener Substanzen, welche in ihrer Gesammtheit dem genannten Bedürfnisse entsprechen, die fehlerhafte Mischung der vereinzelten Nahrungsmittel ersetzen. Der Wechsel der Nahrungsmittel ist demnach ein höchst wichtiges Gesetz für den Einzelnen wie für die Gesammtheit, und nicht minder ist die gehörige Zusammenstellung verschiedenartiger Nahrungsmittel eine absolute Nothwendigkeit. Der Ekel, welchen die stete Wiederkehr desselben Gerichtes erregt, ist kein Resultat der Verwöhnung unseres Gaumens, sondern ein Sträuben des Organismus gegen die ihm schädlich werdende Nahrung, die seinen Bedürfnissen nicht mehr zu entsprechen vermag.

Wir besitzen einige von der Natur gebotene Nahrungsmittel, die solche Mischungen bieten. Eines der substanziellsten Nahrungsmittel sind ohne Zweifel die Eier fast aller Vögel, weniger diejenigen der Reptilien und Fische. Entwickelt sich ja doch aus dem im Ei angehäuften Stoffe, ohne andere Zufuhr von außen, als diejenige der Luft, der ganze Körper des jungen Thieres mit Fleisch, Blut, Knochen und Eingeweiden, so daß also in der That der Dotter mit dem Eiweiß alle diejenigen Stoffe enthält, welche der thierische Körper überhaupt zu seinem Aufbaue nöthig hat. Im Durchschnitte wiegt ein Hühnerei 60 Gramm, wovon auf die Schale 6 Gramm, auf den Dotter 18, auf das Eiweiß 36 kommen. Dotter und Eiweiß enthalten aber im Ganzen etwas mehr als $^1/_{10}$ Wasser, $^1/_{100}$ Salze, $^1/_{10}$ Fett und etwas mehr als $^1/_{10}$ Eiweiß und Dotterstoff. Phosphorsäure, Schwefelsäure, Salzsäure, Kali, Natron, Kalk und Eisen — alle diese Hauptbestandtheile aus der anorganischen Welt, welche der Organismus bedarf, sind im Hühnerei vertreten; das Fett wie die Blutbildner in möglichst löslicher Form geboten. Es ist also kein Zweifel, daß das Ei allen Anforderungen entspricht, die man an ein gemischtes Nahrungsmittel machen kann. Doch ist es ein Irrthum, wenn man zu sagen pflegt, daß ein Ei genüge, um den Menschen während 24 Stunden zu nähren, indem im Gegentheile, wenn man die Menge der im Blute enthaltenen Bestandtheile berücksichtigt, etwa 17 bis 18 Hühnereier dazu gehören würden, um das Bedürfniß eines arbeitenden Mannes zu decken.

Die Natur selbst hat uns in Betreff der Zusammensetzung eines typischen Nahrungsmittels, das für sich allein genommen den Bedürfnissen des Organismus vollständig zu genügen vermag, das beste Beispiel in der Milch aufgestellt, mittelst welcher die jungen Säugethiere während einiger Zeit vollkommen ausreichend ernährt werden. Die Milch ist eine stark wasserhaltige Flüssigkeit, in welcher eine bedeutende Quantität Milchzucker, also ein fettbildender Körper, und etwa eben so viel Käsestoff als blutbildender Bestandtheil aufgelöst ist. Die Salze in der Milch fehlen nie und sie bestehen größtentheils aus phosphorsauren Salzen, aus Chlorkalium und Kochsalz, sowie aus einer kleinen Menge freien Natrons, welche die Löslichkeit des Käsestoffes im

Waſſer bedingt. Außerdem ſchwimmt in der Milch in äußerſt feinen Tröpfchen und Kügelchen vertheilt ein leicht ſchmelzbares, neutrales Fett, die Butter. Man kann rechnen, daß in einer guten Kuhmilch $\frac{9}{10}$ Waſſer, $\frac{1}{20}$ Milchzucker, eben ſo viel Käſeſtoff, $\frac{1}{20}$ Butter und $\frac{1}{200}$ Salze ſich finden, während die Frauenmilch weniger und weichere Butter enthält. Dem Säuglinge wird alſo in dieſer Flüſſigkeit ein blutbildender Stoff in der leichtlöslichſten Form des Käſeſtoffes, ein fettbildender in dem Milchzucker und ein leicht lösliches Fett zugeführt, welches, wie wir oben ſahen, ſicherlich zum Umſatze des Zuckers in Fett weſentlich beiträgt. Außerdem erhält der Säugling in dem phosphorſauren Kalke der Milch das weſentlichſte Salz, deſſen er zum Aufbau ſeines Skelettes ſo ſehr benöthigt iſt. Alle dieſe Stoffe ſind zugleich in einer ſo großen Menge von Waſſer aufgelöſt, daß dieſe hinreicht, um den Stoffwechſel durch den Organismus hindurch zu vermitteln.

Merkwürdiger Weiſe ſtehen die Samen der Getreidearten, der Hülſenfrüchte, überhaupt die weſentlichſten Erzeugniſſe der Landwirthſchaft in ihrer Eigenſchaft als Nahrungsmittel der Milch am allernächſten, ſo daß man ſie faſt als Pflanzenmilch in feſter Geſtalt bezeichnen könnte. Es finden ſich hier dieſelben Salze, und namentlich der reiche Gehalt an phosphorſauren Salzen, wie in der Milch; es findet ſich eine ziemlich bedeutende Quantität von Blutbildnern, die man im unreinen Zuſtande als Kleber bezeichnet; es findet ſich endlich etwa 60—70 Prozent eines fettbildenden Stoffes, des Stärkemehls, welcher leicht in Zucker und die übrigen Produkte der Zerſetzung übergeführt werden kann. Nur Eins fehlt den eigentlichen Getreidearten: das freie Fett, welches nur in höchſt geringer Quantität im Walzen und Roggen, in größerer dagegen im Mais vorkommt, weshalb dieſer auch zum Mäſten und zur Fetterzeugung allgemein vorgezogen wird. Ebenſo iſt es merkwürdig, zu ſehen, daß der Inſtinkt auch den Mangel der Getreidearten und des daraus bereiteten Brodes an Fett richtig eingeſehen hat und demſelben durch Fettzuſatz beim Genuſſe entgegenzuwirken ſucht. Das

Butterbrod, welches bei der Ernährung der germanischen Völker-
stämme eine so bedeutende Rolle spielt, hat hierdurch seine wissenschaftliche Grundlage und Berechtigung gefunden und kann wirklich
als ein ziemlich vollkommener Ersatz der Milch bezeichnet werden.

Wenn die Getreidearten und Hülsenfrüchte das Beispiel
einer wohlgemischten Nahrung bieten, so sind dagegen die Kartoffeln ein durchaus einseitiges Nahrungsmittel, in welchem die
stickstoffhaltigen Bestandtheile gänzlich zurücksinken und nur das
Stärkemehl vorwiegt. Zudem enthalten die Kartoffeln eine ungemein große Quantität von Wasser (zwischen 70 und 80 Prozent)
und eine höchst geringe Anzahl von Salzen, unter welchen die
phosphorsauren namentlich gänzlich mangeln. Es ist kaum möglich, ein Nahrungsmittel zu finden, welches in jeder Beziehung
so ungünstige Verhältnisse darbietet, als die Kartoffel; und wenn
dieselbe dennoch eine so ungemeine Bedeutung in der Oelonomie
der Gesellschaft erlangt hat, so liegt der Grund davon in Verhältnissen, die unabhängig von ihrem Werthe als Nahrungsmittel an sich sind. Nebengründe liegen in der bedeutenden
Acclimatisationsfähigkeit, die den Anbau der Kartoffel von Lapp-
land bis in die Nähe des Tropenklimas möglich macht; in der
Beziehung zu dem Boden, der durch die Kartoffel nicht an denjenigen Substanzen erschöpft wird, welche die Getreidearten nöthig
haben; — der Hauptgrund der allgemeinen Verbreitung des
Kartoffelanbaues aber liegt in der Thatsache, daß man mittelst
der Kartoffel dem Boden weit mehr feste Bestandtheile abge-
winnen kann, als mit irgend einer anderen Frucht. Diese Bestandtheile mögen in höchst ungünstigen Mischungsverhältnissen
und in äußerst ungünstiger Form, nämlich in einer Menge von
Wasser aufgeschwemmt dem Verbrauche dargeboten werden, ihre
absolute Menge bleibt dennoch so bedeutend, daß der Kartoffel
hierdurch ein wesentlicher Vorzug gesichert ist. Ein Beispiel wird
dies schlagend beweisen. Von einer Hektare Land wurden unter
gleichen Umständen geerndtet :

Pfd. Weizen,	Pfd. Roggen,	Pfd. Erbsen,	Pfd. Kartoffeln,
3400	2800	2200	38000

In biesen Mengen sind aber enthalten:

	im Weizen	im Roggen	in den Erbsen	in den Kartoffeln
	Gr.	Gr.	Gr.	Gr.
Blutbildner	459	300	495	494
Fettbildner	2819	1932	1911	8726
Salze	68	42	58	580
Wasser	442	889	819	27826

Der Vortheil der Stofferzeugniß liegt demnach bei der
Kartoffel gänzlich auf Seite des Produzenten; der Nachtheil
gänzlich auf Seite des Consumenten, der zur Bewältigung
eines in unzweckmäßiger Form und unzweckmäßiger Mischung
dargebotenen Nahrungsmittels die größte Summe von Verdauungskraft zur Erzielung des kleinsten Nutzeffektes verwenden
muß. Es ist demnach vollkommen wahr, wenn ein bedeutender
Forscher in diesem Felde sich dahin ausdrückt, daß mit der vorwie-
genden Kartoffelnahrung die ärmere Klasse auf das letzte Hilfsmittel
hingewiesen sei, auf dem äußersten Rande stehend keinen Boden
mehr vor sich habe, und daß der arme Arbeiter und arme
Bauer die entsetzliche Aufgabe lösen müsse, mit einem Minimum
von Nahrung von mangelhafter Beschaffenheit das größte Maß
von Arbeit zu leisten.

In direktem Gegensatze zur Kartoffel steht das Fleisch,
in welchem bei fast eben so großem Wassergehalte die stickstoffhaltigen Substanzen durchaus vorwiegen, und die stickstofflosen
nur durch das anhängende Fett vertreten sind. Dieses letztere
ist ein durchaus nöthiger Zusatz zu dem Fleische selbst, und die
Civilisation sucht denselben in das richtige Verhältniß zu bringen,
indem sie die Thiere mästet, wodurch nicht die Masse des Muskelfleisches, sondern nur diejenige des Fettes im Organismus
vermehrt wird. Außer dem Faserstoffe, dem Eiweiße und der
leimgebenden Substanz, die in dem Fleische enthalten sind, findet
man in dem wässerigen Fleischauszuge noch eine Menge von
Stoffen, welche zum Theil, wie es scheint, Zersetzungsprodukte

der Fleischfaser selbst sind. Diese Stoffe sind es, welche den einzelnen Fleischsorten ihren eigenthümlichen Geschmack geben. Zerhackt man Fleisch ganz fein und laugt es vollständig mit Wasser aus, so bleibt ein völlig weißer, geschmackloser Rückstand, der bei jederlei Fleisch dieselben Eigenschaften zeigt. Dieser in Wasser ungelöste Rückstand ist aber größtentheils Faserstoff, der durch die Magenverdauung ebenfalls aufgelöst wird. Die einfachste Zubereitung des Fleisches ist demnach sicherlich das Braten, welches so geleitet werden muß, daß rasch eine Hülle von gerösteten Stoffen um das Fleischstück gebildet wird, wodurch das Verdampfen der Fleischflüssigkeit verhütet und das Innere in einer Hitze, die höchstens 80° erreichen darf, erhalten wird. Bei dem Kochen des Fleisches werden hingegen die nährenden Bestandtheile in zwei Theile geschieden, in die Fleischbrühe, welche die im Wasser löslichen Stoffe, und in das Fleisch selbst, welches hauptsächlich die unlöslichen Stoffe enthält. Je besser die Fleischbrühe, desto ausgelaugter und geschmackloser ist das Fleisch, und umgekehrt. Der Uebelstand des vollständigen Auslaugens, der bei kleineren Stücken stattfindet, wird bei größeren dadurch verhütet, daß das Eiweiß der Fleischfaser durch das Kochen gerinnt und so eine Hülle von geronnenem Eiweiß um das Kochstück gebildet wird, welche das Eindringen des Wassers in das Innere und das Auslaugen desselben verhindert. Darin liegt denn auch die Ursache, warum große Haushaltungen, in welchen gewaltige Stücke Fleisch im Ganzen gekocht werden, zugleich gute Fleischbrühsuppe und gutes gekochtes Fleisch liefern können, während die kleine Haushaltung entweder nur geschmackloses Fleisch und gute Fleischbrühe, oder gutes Fleisch und schlechte Fleischbrühe, nie aber beides zugleich liefern kann.

Der stärkende, belebende Einfluß der Fleischbrühe liegt nicht sowohl in ihrem Gehalte an stickstoffreichen Substanzen, der verhältnißmäßig sehr gering ist, sondern vielmehr in der Natur dieser Bestandtheile selbst. Der Fleischextrakt enthält nämlich eine krystallisirbare, neutrale, stickstoffhaltige Substanz, das Kreatin

(Fleischstoff), welches am reichlichsten in mageren Thieren, die viele Bewegung haben, enthalten ist, und zugleich bei Vögeln, namentlich bei den Hühnern, in größerer Menge vorkommt, als bei den Säugethieren. Durch eine eigenthümliche Zersetzung, die auch schon im lebenden Muskel stattfindet, erzeugt dieser Fleischstoff einen anderen stickstoffhaltigen Körper, das Kreatinin (Fleischbasis). Dieses Kreatinin bildet wirklich mit Säuren Salze und ist eine wahre organische Basis, ein Alkaloid, wie das Chinin, das wirksame Prinzip der Chinarinde, oder des Morphin, das wirksame Prinzip des Opiums. Alle diese Alkaloide haben eine merkwürdige, tief eingreifende, wenn auch noch nicht näher analysirte Wirkung auf den Organismus, die durchaus nicht im Verhältniß zu ihrem Stickstoffgehalte steht. Wahrscheinlich wirken sie in ähnlicher Weise wie Gährungsstoffe, Umsetzungen einleitend, wobei sie selbst in ihrer Mischung nicht verändert werden, so daß sie selbst unzersetzt durch den Körper durchgehen können, wenn sie gleich in demselben die bedeutendsten Spuren ihrer Wirksamkeit zurücklassen, wie dies von denjenigen Alkaloiden, die häufig als Arzneimittel angewandt werden, wie z. B. das Chinin, hinlänglich bekannt ist.

Die Cultur hat in den Kreis der Lebensmittel von allgemeinem Bedürfniß zwei Substanzen gezogen, welche früher nur dem Luxus angehörten und die durch ihre Zusammensetzung der Fleischbrühe nahe treten. Ich meine den Kaffee und den Thee, ersterer mehr auf dem Festlande Europas, letzterer mehr in England und Amerika ein Volksbedürfniß ersten Ranges. Man schätzt die Menge des jährlich auf der ganzen Erde verbrauchten Kaffee's auf etwa 5 Millionen Centner, die des Thee's auf etwa 7½ Millionen Centner — also wirklich fast fabelhafte Summen. Täglich steigt der Verbrauch, und je mehr mit zunehmender Verarmung die Kartoffelnahrung Boden gewinnt, desto hartnäckiger hängt das Volk an dem Kaffeegenusse, der als ein nothwendiges Surrogat seinen Platz einnimmt. Kaffee und Thee enthalten aber durchaus denselben chemischen Grundbestandtheil, das sogenannte Caffein oder Theein, das ebenfalls in die oben berührte Klasse der Alkaloide gehört. Die Wirkung dieses Alkaloïds auf den Körper ist eine wesentlich erregende, auf die wir später bei der Analyse der Funktionen des Nervensystemes näher zurückkommen werden. Sie steht aber in keinem Verhältniß zu der Menge des Stoffes. Wenn man daher, nachdem einmal die Uebereinstimmung der Zusammensetzung im Thee und Kaffee erkannt und der reiche Gehalt des darin enthaltenen Alkaloïds an Stickstoff ermittelt war, behauptete, der Kaffee- und Theegenuß sei ein Ersatzmittel des mangelnden Fleisches, so ist dieses insofern unrichtig, als der Gehalt an fester Substanz im Kaffee und Thee viel zu gering ist, um einen unmittelbaren Ersatz für den Verbrauch der stickstoffhaltigen Substanzen des Körpers geben zu können. Die mächtig erregende Wirkung des Alkaloïds in dem Aufgusse läßt vielmehr den Thee und Kaffee deshalb suchen, weil ihr Genuß die Bewältigung der in so ungünstigen Verhältnissen dargebotenen Nahrung möglich macht.

Die Chokolade enthält ebenfalls in freilich sehr geringer Menge ein Alkaloïd, das Theobromin, welches hinsichtlich seiner physiologischen Wirkung wohl dem Coffeïn ähnlich ist. Außer diesem aber enthält sie viel Fett, — die sogenannte Cacaobutter — Stärke, Eiweiß und Legumin, ist also weit mehr als irgend ein anderes Getränk wahrhaft ein flüssiges Nahrungsmittel, indem sie die beiden Hauptklassen der direkt nährenden Stoffe enthält.

Während die Chokolade gewiß mehr ihrer nährenden Eigenschaft wegen eine allgemeinere Verbreitung gewonnen hat, ist es beim Kaffee und Thee die Einwirkung auf das Nervensystem, die angenehme Erregung desselben, sowie die Verlangsamung des Stoffwechsels, welche diese Getränke zu einem allgemeinen Bedürfnisse gemacht haben, und in diesem letzteren Punkte schließen sich namentlich die geistigen gegohrenen Getränke, welche Weingeist in mehr oder minder concentrirter Form enthalten, die Brantweine, Weine und Biere am nächsten an. Das Bier hat noch, ähnlich wie die Chokolade, eine direkt mästende Eigenschaft durch seinen Gehalt an Extraktivstoffen, Zucker, Stärke

und Dextrin, wie dies die bairischen Bierbäuche zur Genüge beweisen; — die Weine enthalten so wenig Zucker, daß diese
Eigenschaft gänzlich außer Acht gelassen werden kann und die
gebrannten Wasser enthalten nur Alkohol mit Wasser und
höchst geringen Beimischungen von ätherischen, flüchtigen Oelen.
Bei allen diesen Getränken ist es nicht mehr der Einfluß auf das
vegetative Leben, auf Verdauung und Ernährung, sondern derjenige auf das Nervensystem, welchen man in ihnen ebenso sucht,
wie in den übrigen rein narkotischen Genußmitteln, dem Tabak,
dem Opium, dem Haschisch und ähnlichen Stoffen. Es existirt,
wie ein Schriftsteller richtig bemerkt, kein Volk auf der ganzen
Erde, welches nicht eines oder mehrere jener narkotischen Genußmittel verzehrte, und es muß deshalb ihr Genuß einen tieferen
Grund haben. Die eigentlichen Nahrungsmittel sind unumgänglich nothwendig, die narkotischen Genußmittel aber und die Spiri-
tuosen machen die Existenz glücklicher und gestatten selbst dem
Sorgengedrückten einige heitere Stunden. «Der Einzelne,« sagt
von Bibra, »welcher zu viel Haschisch genommen hat, und
nun wüthend in den Straßen umherläuft und jeden anfällt, der
ihm entgegentritt, verschwindet gegen die Menge derjenigen, welche
nach der Mahlzeit durch eine mäßige Dose einige heitere und
glückliche Stunden zubringen, und die Anzahl derer, welche durch
die Coca die schwersten Anstrengungen zu überwinden im Stande
sind, ja vielleicht dem Hungertode entrissen wurden, überwiegt bei
weitem die wenigen Coqueros, welche durch unmäßigen Gebrauch
ihre Gesundheit untergraben haben. Auf gleiche Weise kann nur
eine übelangebrachte Heuchelei den sorgenbrechenden Becher des
alten Vater Noah verdammen, weil einzelne Trunkenbolde nicht
Ziel und Maß zu halten wissen.«

Fünfter Brief.

Die Athmung.

Der Brustkasten eines Skelettes (s. S. 109, Fig. 22 u. 23) stellt einen von vorn nach hinten zusammengedrückten Kegel vor, dessen Spitze nach dem Halse, die Grundfläche nach dem Bauche zugewandt ist, und dessen Wände von zwölf Paaren platter gebogener Knochenstäbe, den Rippen, gebildet werden. Zwei feste Linien bieten die Stützpunkte für diese beweglichen Knochen; auf der Rückenseite die Wirbelsäule, an deren Körpern die Rippen eingelenkt sind, vorn das Brustbein, ein platter langer Knochen, woran sich die sieben obersten, die wahren oder ächten Rippen, unmittelbar durch elastische Knorpelstücke befestigen, während von den fünf letzten oder falschen Rippen die zwei untersten das Brustbein gar nicht erreichen, und die Knorpel der drei andern mit denjenigen der siebenten Rippe verschmelzen. Ein leichter Druck auf das Brustbein angebracht, preßt dieses gegen den Rückgrat zu; die Rippen selbst lassen sich leicht in die Höhe ziehen und niederdrücken. Schon diese Anordnung des starren Gerüstes der Brust gestattet demnach eine Erweiterung und Verengung der Brusthöhle. Die breite, dem Bauche zugewandte Fläche des Kegels ist aber durch eine muskulöse Querscheidewand, das Zwerchfell, von der Bauchhöhle getrennt. Diese Querscheidewand ist nicht platt ausgespannt, sondern sie bildet eine gekrümmte Fläche, deren gewölbte Seite der Brust, die hohle dem Bauche zugewandt ist. Die Zusammenziehung des Zwerchfells muß, da es rings umher mit starken Muskelfasern an den Rippen und der Wirbelsäule befestigt ist, eine Abplattung seiner Wölbung zur Folge haben, mithin den Raum der Brusthöhle vergrößern, denjenigen der Bauchhöhle verkleinern.

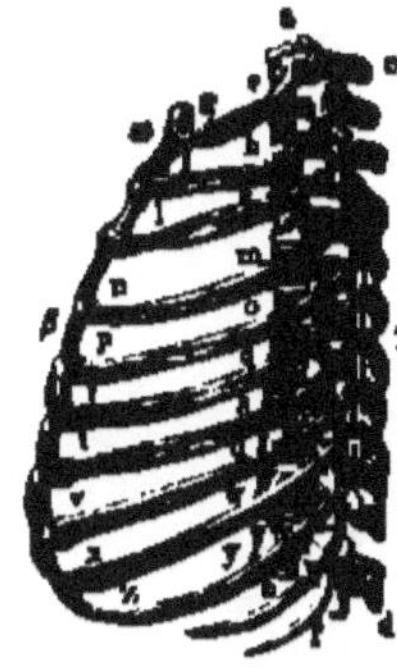

Fig. 22.

Der Brustkasten des Skelettes von der Seite. a, b. die Körper der Wirbelsäule. c, d. die Dornfortsätze der Rückenwirbel. e. das Brustbein. e, h, k, m, o, q, s. die ächten, u, w, y, z. die falschen Rippen.

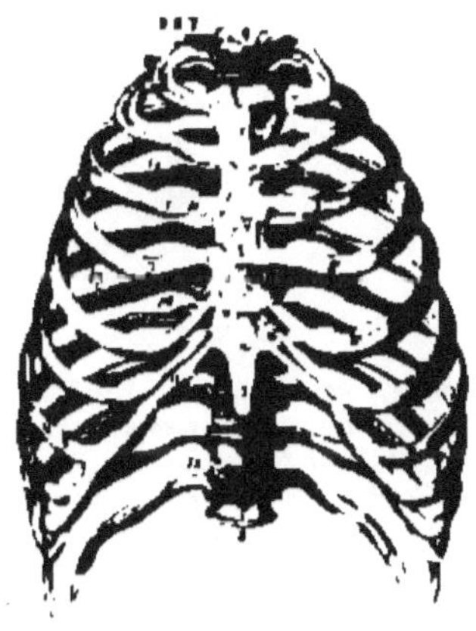

Fig. 23.

Der Brustkasten von vorn. 1—3 das Brustbein. 4, 5 die Körper der Wirbelsäule. Die von 6 bis 10 herab sind die sieben ächten, die mit 12 bezeichneten die beiden letzten falschen Rippen.

Sowohl zwischen den einzelnen Rippen, als auch auf ihrer äußeren Fläche, sind viele Muskeln angebracht, welche alle mehr oder minder die Rippen nach oben und außen ziehen, mithin ebenfalls den inneren Raum vergrößern können, indem die horizontalen Dimensionen durch solche Bewegung der Rippen zunehmen, die Abnahme in der Länge dagegen, welche durch dies Aufziehen der Rippen erfolgt, hinlänglich durch das Hinabsteigen des Zwerchfelles ausgeglichen wird.

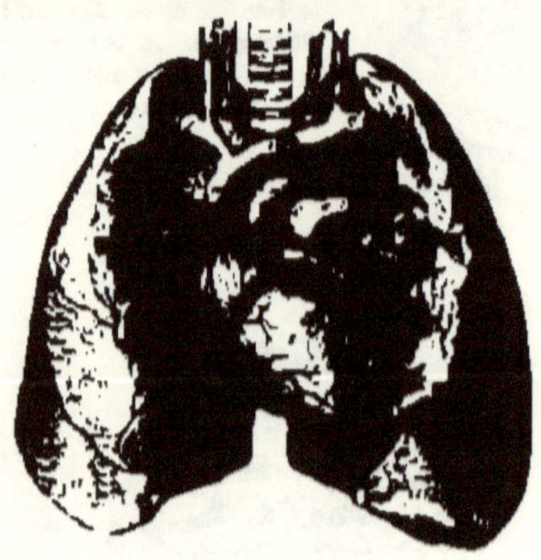

Fig. 24.

Die Brusteingeweide, von vorn gesehen. Die Lungen sind etwas auseinander gezogen, um das Herz und die großen Gefäße zu zeigen. 1. Die rechte Herzkammer. 2. Die linke Herzkammer. 3. Rechter Vorhof. 4. Linker Vorhof. 5. Lungenschlagader. 6. Ast derselben zur rechten Lunge. 7. Ast zur linken Lunge. 8. Früherer Verbindungsast zur Aorta, nur bei der Frucht im Mutterleibe offen, nach der Geburt geschlossen (Ductus Botalli). 9. Bogen der Aorta. 10. Obere Hohlvene. 11. Gemeinschaftlicher Stamm der rechten Hals- und Schlüsselbeinschlagader. 12. Rechte Schlüsselbeinvene. 13. Rechte Halsschlagader. 14. Linke vereinigte Schlüsselbein - Halsvene. 15. Linke Halsadern. 16. Linke Schlüsselbeinadern. 17. Luftröhre. 18. Bronchus der rechten Lunge. 19. Linker Luftröhrenast. 20. Lungenvenen. 21. Oberer, 22. mittlerer, 23. unterer Lappen der rechten Lunge. 24. Oberer, 25. unterer Lappen der linken Lunge.

In diesem festen Korbe nun sind die Lungen, das Hauptorgan der Athmung, mit dem Herzen aufgehangen und mittelst eines von Knorpelringen gestützten Rohres, der Luftröhre, so wie der Mund- und Nasenhöhle mit der äußeren Luft in Verbindung gesetzt. Die Innenseite des Rippenkorbes ist mit einer festen, undurchdringlichen Haut, dem Rippenfelle oder der Pleura ausgekleidet, so daß der Rippenkorb einen hermetischen Verschluß darbietet. Die Lungen selbst aber sind, im Großen betrachtet, elastische Säcke, welche durch eine steife Röhre, die Luftröhre, mit der atmosphärischen Luft in Verbindung stehen. Sie können sich nicht selbstständig ausdehnen oder zusammenziehen; aber durch ihre Elastizität und durch ihre stete Füllung mit Luft füllen sie den Rippenkorb stets vollständig aus; erweitert sich dieser, so dehnen sich die Lungen mit aus und die äußere Luft strömt durch die Luftröhre in die Lungensäcke ein — wir athmen ein; zieht sich der Brustkorb zusammen, so werden die Lungensäcke zusammengedrückt und ein Theil der Luft aus ihnen durch die Luftröhre ausgepreßt — wir athmen aus.

Nicht also durch selbstständige Zusammenziehung und Ausdehnung der Lungen, sondern vielmehr durch das wechselnde Spiel der an dem Brustkorbe befestigten Muskeln werden die Athembewegungen hervorgebracht, und die Bedingung ihrer Fortdauer ruht einzig und allein in dem vollkommenen luftdichten Verschlusse des Brustkastens und in dem dadurch entstehenden luftleeren Raume zwischen Brustkorb und Lunge. Dieser Verschluß ist durch das Brustfell bedingt, welches jederseits einen vollkommen geschlossenen Sack darstellt, in dem die Lunge steckt, etwa wie der Kopf in einer baumwollenen Nachtmütze, um mich eines trivialen, aber durchaus wahren Vergleiches zu bedienen. Die eingestülpte Hälfte des Sackes umgiebt die Lunge, ist mit ihr verwachsen; die äußere Hälfte ist an der Brustwand angewachsen; sobald diese sich ausdehnt und von der Lunge entfernen will, entsteht in dem Brustfellsacke ein luftleerer Raum, und die äußere Luft stürzt in die Lungen, um diese so auszudehnen, daß sie, unmittelbar an der Brustwand anliegend, den Bewegungen derselben folgen. Ist der Verschluß mangelhaft, wie z. B. bei klaffenden Brustwunden, so daß durch diese die äußere Luft in den Brustkorb gelangen kann, so dehnt sich beim Einathmen die Lunge der verwundeten Seite nicht mehr aus, sondern fällt schlaff zusammen.

Bei ruhigem Athmen in aufrechter oder sitzender Stellung sind es hauptsächlich die abwechselnden Zusammenziehungen des Zwerchfelles, welche das Ein- und Ausströmen der Luft in die Lunge bedingen; — kaum daß der Rippenkorb sich etwas Weniges in seinen Querdurchmessern erweitert. In horizontaler Lage dagegen, sowie bei heftigeren Athembewegungen, spielen auch die Rippen und die Bauchdecken eine bedeutendere Rolle, so daß der innere Raum der Brust um eine ziemlich beträchtliche Größe verändert werden kann. Untersucht man die Verhältnisse bei verschiedenen Athemzuständen, so kann man etwa vier Zustände unterscheiden. Am tiefsten eingedrückt erscheint die Brustfläche bei möglichst tiefer Ausathmung. Die Lungen sind dann aber stets noch von einer gewissen Quantität Luft erfüllt, die niemals ausgetrieben werden kann und die man die Residualluft nennt. Bei gewöhnlicher Ausathmung bleiben die Lungen stärker ausgedehnt, der Rippenkorb erscheint etwas gewölbter und wölbt sich noch mehr bei der gewöhnlichen Einathmung. Der Unterschied des Volumens bei der gewöhnlichen Ein- und Ausathmung mag etwa eben so groß sein, als der zwischen gewöhnlicher und möglichst kräftiger Ausathmung. Am gewölbtesten endlich erscheint die Brust bei möglichst tiefem Einathmen. Bei den Männern sind es namentlich die mittleren und unteren Rippen, welche beim Athmen spielen, während die oberen Rippen mehr unbeweglich bleiben, bei den Frauen im Gegentheile sind es die oberen Rippen, welche sich vorzugsweise bewegen, während die unteren nur in Ausnahmefällen spielen. Vielleicht dürfte sich aus diesem Umstande die Vorliebe des weiblichen Geschlechtes für Corsette und Schnürleiber erklären lassen, durch welche die unteren Rippen nicht nur bis zur Unbeweglichkeit zusammengedrückt, sondern selbst gänzlich verunstaltet werden. Indessen liegt es in unserer Macht, gewisse Gruppen der Athmungswerkzeuge vorzugsweise spielen zu laſſen, je nachdem wir durch das Spiel der anderen Gruppen Unannehmlichkeiten empfinden. So ſieht man Kranke, die an Bruſtfellentzündung leiden, wo jede Bewegung des Bruſtkorbes durch die Reibung der entzündeten Flächen des Bruſtfelles gegeneinander empfindlich ſchmerzt, die Rippen ſo viel als möglich fixiren und nur mit dem Zwerchfelle und den Bauchdecken athmen, während Schwangere im Gegentheile faſt nur mit den Rippen athmen, da das Volumen der Bauchhöhle weniger verändert werden kann. Die Wirkung der einzelnen Muskeln hier zu analyſiren, würde zu weit von unſerem Ziele abführen; — es genügt, darauf aufmerkſam zu machen, daß ſie alle zwar vom Willen abhängig ſind, aber dennoch nur bis auf einen gewiſſen Grad, und daß wir ihre Wirkung zwar willkürlich beſchleunigen oder verzögern, uns aber dennoch derſelben nicht gänzlich enthalten können. Die Athembewegungen gehören nebſt vielen andern zu jener Klaſſe von Bewegungen, welche einem tieferen Geſetze gehorchen, als der bloßen Willkür; ihre Urſachen und Gründe werden wir in einem ſpäteren Briefe beſprechen.

In gewöhnlichem normalem Zuſtande athmen wir durchaus bewußtlos; im Schlafe wie im Wachen fahren die Athemmuskeln in ihrem regelmäßigen Spiel fort, und eine beſtimmte Anzahl von Inſpirationen wird in dieſem normalen Zuſtande beobachtet. Die größere oder geringere Zahl der Athemzüge hängt einestheils von dem Alter, anderntheils aber auch von der Körpermaſſe des Individuums ab, ſie ſteht in beſtimmter Beziehung zu dem Herzſchlage, der wieder in gewiſſem Verhältniſſe zur Körpermaſſe ſich befindet. Im Mittel thut ein neugeborenes Kind 45—50 Athemzüge in der Minute, ein fünfjähriges 26; die Zahl nimmt allmählich ab bis in das kräftige Mannesalter von 30—40 Jahren, wo ſie zwiſchen 16 und 18 Athemzügen in der Minute ſchwankt, um dann im höheren Alter wieder um ein Geringes zuzunehmen. Im Kindesalter gehen 3 bis 3½, im Mannesalter 4 bis 4½ Herzſchläge auf einen normalen Athemzug.

Es war ein Ergebniß der einfachſten Erfahrung, daß das Athmen des Menſchen und der Thiere die umgebende Luft verändere und allmählich zu weiterem Athmen untauglich mache. Ehe aber die Chemie so weit gekommen war, die Luftarten mit eben so viel Schärfe und Genauigkeit analysiren zu können, als die verschiedenen festen und flüssigen Substanzen, ehe sie so weit gekommen war, konnte man natürlich nicht erwarten, daß eine genügende Erklärung dieser Thatsache und eine vernünftige Ansicht über den Athemprozeß überhaupt aufgestellt würde. Man kannte die Thatsache, man wußte, daß in engverschlossenen Räumen Menschen und Thiere bald Athembeschwerden bekamen, die Haut blauroth wurde, die tieffsten Athemzüge kein Genüge fanden; daß bei Fortsetzung der Einsperrung dieselben convulsivisch wurden, das Bewußtsein schwand, und endlich nach den heftigsten Convulsionen und Verdrehungen das Leben allmählich erlosch; man wußte, daß diese Erscheinungen ganz in derselben Weise bei dem Tode durch Erdrosseln oder Ertrinken eintreten; allein den tieferen Grund derselben konnte man nicht erkennen, da die Zusammensetzung der eingeathmeten und ausgeathmeten Luft und somit die Veränderung der Luft durch das Athmen nicht gekannt war. Erst mit Lavoisier, dem Vater der heutigen Chemie, brach auch für den Athemprozeß das Licht an, und seine Arbeit über denselben wird stets als eine der herrlichsten in der Geschichte der Chemie bestehen.

Jedermann weiß, daß bei kalter Luft unser Hauch einen Nebel bildet, der sich an kalte Körper in Gestalt kleiner Tropfen niederschlägt. In unbewohnten Zimmern laufen die Fenster im Winter nicht an, sie gefrieren nicht; sobald aber das Zimmer bewohnt ist, schlägt sich auch an den von außen erkälteten Scheiben die Feuchtigkeit nieder. Die ausgeathmete Luft enthält demnach eine bedeutende Quantität Wasser in Dampfgestalt, welches durch die Kälte zu Tropfen verdichtet wird, und zwar ist sie, bei langsamem Athmen, vollständig mit Wasserdampf gesättigt. Die absolute Menge von Wasserdampf, welche ein Gasgemenge aufnehmen kann, richtet sich aber nach der Temperatur desselben; je höher diese ist, desto mehr Wasserdampf bedarf es bis zur vollständigen Sättigung. Die ausgeathmete Luft hat in gewöhnlicher Temperatur nahezu die Wärme des Blutes, während bei bedeutender Kälte ihre Wärme bis auf dreißig und weniger Grad fallen kann. Die innere Erkältung würde noch schneller herbeigeführt werden, wenn nicht in der Lunge selbst eine bedeutende Quantität von Luft, die oben genannte Residualluft, bliebe, welche in beständiger Berührung mit den Wänden der Luftzellen und dem Blute die Temperatur desselben annimmt und nur langsam in ihrer ganzen Masse sich erkältet. Die Menge von Wasserdampf, welche wir ausathmen, richtet sich demnach hauptsächlich nach der Temperatur, welche die Luft im Innern der Lunge erhält, und je trockener und kälter die eingeathmete Luft ist, desto mehr Wasser muß von unserem Körper geliefert und in den Lungen ausgeschieden werden, um die Ausathmungsluft auf ihren bestimmten Sättigungsgrad bringen zu können. Nur wenn wir eine Luft einathmeten, die 36—38 Grad Wärme hätte und vollkommen mit Wasserdampf gesättigt wäre, nur dann würde der Athemprozeß keinen Verlust an flüssigem Wasser herbeiführen; unter gewöhnlichen Umständen aber muß Wasser aus dem Blute in den Lungen abgeschieden werden, und dieser Verlust, den wir erleiden, wird natürlich um so größer sein, je tiefer und häufiger unsere Athemzüge sind. Der Durst, den wir bei heftigen Muskelanstrengungen, bei Märschen in drückender Sonnenhitze empfinden, findet in diesen Verhältnissen seine Erklärung; wir athmen weit häufiger bei solchen Anstrengungen, es wird eine größere Menge Wasserdampf in den Lungen abgeschieden und durch den Durst drückt der Körper sein Bedürfniß nach Ersatz dieses Wassers aus.

Der innere Bau der Lunge ist vortrefflich zur Realisirung der eben angeführten physikalischen Erscheinungen geeignet. Die Luftröhre theilt sich in einen Ast für jeden Lungenflügel, und jeder dieser Aeste in eine Anzahl von Zweigen und Reiserchen, die endlich in zahllose kleine Bläschen oder Blindsäckchen sich auflösen, deren häufige Umgebung ungemein zart ist.

Fig. 25.
Zwei kleine Lungenläppchen: a. aufgeblasen, b. die seitlichen Luftzellen, c. die letzten Luftröhrenästchen, welche hineinmünden.

Alle diese Bläschen und Zellchen sind beständig mit Luft erfüllt; eine gesunde Lunge schwimmt deshalb auf dem Wasser, während die eines Kindes, das noch nicht geathmet hat, darin untersinkt. In den dünnen häutigen Wänden der Lungenzellchen vertheilen sich die Capillarien der Lungengefäße, und ihre Maschen sind so dicht gedrängt, die Zwischenräume zwischen denselben so gering, daß die Lungensubstanz fast nur Inselchen zwischen den Gefäßströmchen bildet.

Fig. 26.
Haargefäßnetz der Lungenbläschen.

Die außerordentliche Dünne und Zartheit der Wandungen der Lungencapillarien sowohl als auch der Lungenzellchen begünstigt den Austausch von gasförmigen und flüssigen Substanzen im höchsten Grade. Das in den Lungen circulirende Blut ist allseitig von Luft, die in den Lungenzellen enthaltene Luft allseitig von strömendem Blute umgeben. So erklärt es sich denn leicht, wie die eingeathmete Luft, so kalt sie auch sein mag, augenblicklich die Temperatur des sie umgebenden Blutes annimmt, so wie sie auch sogleich in der Berührung mit der Blutflüssigkeit sich mit Wasserdampf sättigt.

Es ist eine durch Experimente nachgewiesene Thatsache, daß die Menge der ausgeathmeten Luft durchaus derjenigen der eingeathmeten Luft gleich ist, daß mithin das Volumen der Luft durch den Athemprozeß keine Veränderung erfährt. Die Veränderung, welche die eingeathmete Luft erleidet, kann demnach nur eine chemische sein, und es ist leicht, sich zu überzeugen, daß sie wirklich eine solche ist. Ein Theil des in der atmosphärischen Luft enthaltenen Sauerstoffes ist nämlich in der Ausathmungsluft durch Kohlensäure ersetzt worden.

Die atmosphärische Luft ist wesentlich ein Gemenge zweier Gasarten: Sauerstoff und Stickstoff, zu welchen sich veränderliche Quantitäten von Kohlensäure und Wasserdampf gesellen; erstere beträgt aber im Durchschnitte nur 0,04 Prozente dem Volumen nach, so daß man also für gewöhnlich diese geringen Kohlensäuremengen ganz außer Acht lassen kann. Das Verhältniß des Sauerstoffes zu dem Stickstoffe ist überall, auf Höhen und in Tiefen, in geschlossenen Räumen wie in freier Luft, dasselbe; nur nach lange anhaltendem Regen und auf dem offenen Meere findet man der stärkeren Auffaugung des Sauerstoffes durch das Wasser wegen einen etwas geringeren Sauerstoffgehalt. Den neuesten Untersuchungen zu Folge enthält die Luft im Durchschnitte dem Volumen nach 20,95 Prozent Sauerstoff und 79,05 Prozent Stickstoff, oder, da der Sauerstoff schwerer ist als der Stickstoff, 23,19 Prozent Sauerstoff und 76,81 Prozent Stickstoff dem Gewichte nach. Anders dagegen verhält sich die Ausathmungsluft. Man kann, ohne bedeutende Fehler zu begehen, die Veränderung, welche der Stickstoff seiner Menge nach erleidet, völlig außer Acht lassen. Nicht so verhält es sich mit dem Sauerstoffe; ein Theil desselben ist verschwunden und in der Ausathmungsluft durch ein entsprechendes Volumen Kohlensäure ersetzt. Im Mittel enthält die eingeathmete Luft im Mannesalter 4,380 Prozent Kohlensäure dem Volumen nach, oder, da die Kohlensäure bedeutend schwerer ist als der Sauerstoff, 6,546 Prozente dem Gewichte nach.

Nichts ist leichter, als sich von dem Gehalte der ausgeathmeten Luft an Kohlensäure zu überzeugen. Man braucht nur durch ein Röhrchen in Kalkwasser zu blasen, um sogleich eine Trübung entstehen zu sehen, die sich bald vermehrt und endlich einen Niederschlag von kohlensaurem Kalk bildet, der mit Säuren übergossen sich mit heftigem Brausen auflöst. Es war von äußerster Wichtigkeit für die ganze Physiologie und namentlich für die Lehre von der Ernährung, zu bestimmen, wie groß die Quantität der von dem Menschen binnen einer gewissen Zeit ausgehauchten Kohlensäure sei, da man hierdurch bei der bekannten Zusammensetzung dieses Gases auch zugleich berechnen konnte, wie groß der Verlust an Kohlenstoff sei, den der Körper durch die Respiration erleide. Die Lösung dieser Aufgabe hat ihre eigenen Schwierigkeiten. Keine Thätigkeit des Körpers ist größeren Schwankungen unterworfen, als die Respiration; die geringste Anstrengung, das kleinste Hinderniß, jede Gemüthsbewegung wirkt bald beschleunigend, bald verlangsamend auf sie zurück, und gerade wenn wir uns zwingen wollen, so regelmäßig als möglich zu athmen, wird schon durch die geistige Spannung eine gewisse Unregelmäßigkeit bedingt. Schon die Tiefe und Länge der Einathmung vermehrt den Prozentgehalt der Kohlensäure in der ausgeathmeten Luft; nicht minder wirkt die Kälte ein, bei welcher mehr Kohlensäure abgeschieden wird, während in der Wärme die Menge derselben geringer ist. Geistige Anstrengungen vermehren bedeutend, selbst bei ganz ruhiger Stellung, den Gehalt der Kohlensäure, am energischesten aber wirken Muskelbewegungen verschie-

dener Art. Setzt man den Athmungswerth im liegenden Zustande als Einheit, so wird schon bei einfachem Eisenbahnreisen
in der zweiten Klasse die Menge der ein- und ausgeathmeten
Luft und also auch die Menge der Kohlensäure um die Hälfte
vermehrt; bei sehr langsamem Spazierengehen, wo man nur 1
Kilometer in der Stunde macht, oder beim Reiten im Schritt
verdoppelt; bei Fußreisen, wo man 3 Kilometer in der Stunde
macht, verdreifacht; bei Reiten im Trabe und bei Fußreisen, wo
man Stunde für Stunde macht, vervierfacht; beim Laufen und
Radtreten zu noch bedeutenderen Mengen hinaufgeschraubt. Nicht
minder wirken die verschiedenen Nahrungsmittel, indem die meisten
derselben die Athmung vergrößern, Stärke, Fett und einige Wein-
geistgetränke dagegen sie verringern.

Es ist begreiflich, daß nur äußerst genaue Methoden und
außerordentlich vervielfältigte Versuche, sowie fortgesetzte Uebung
in den Versuchen einigermaßen genauere Resultate geben konnten.
Die Versuche selbst beruhten auf verschiedenen Grundlagen. Nach
der einen Methode läßt man ein Individuum ohne Verlust in
einen Apparat hineinathmen, in welchem man die Kohlensäure
und das Wasser auffängt. Man erhält bei diesem Verfahren
die Athemprodukte zwar allein, aber das Resultat wird durch die
oben erwähnten Einflüsse häufig getrübt und deshalb meist eine
zu große Menge von Kohlensäure erhalten. Nach der andern
Methode läßt man das Individuum in einem geschlossenen Raume
athmen, durch welchen man einen langsamen Luftstrom leiten
kann, dessen Geschwindigkeit und Stärke man je nach Bedürfniß
regulirt. Mit diesem Luftstrome leitet man die Athemprodukte,
Kohlensäure und Wasser, in besondere Absorptionsapparate,
worin sie dem Gewichte oder dem Volumen nach bestimmt werden können. Man erhält auf diese Weise die Produkte der
Athmung und der Hautausdünstung zwar gemeinschaftlich, indem
man aber durch andere Versuche, bei welchen man den Menschen
aus dem Apparate durch eine Röhre hinausathmen läßt, die
Menge der Hautausdünstungen allein erhält, kann man auch diejenige der Luft bestimmen. Folgende Tabelle giebt die Mittel-

zahlen der in einer Stunde ausgeathmeten Kohlensäure und des darin enthaltenen Kohlenstoffes in Grammen (500 Gramme = 1 Pfund):

Alter der Männer in Jahren.	Kohlensäure. Mittel.	Verbrannter Kohlenstoff. Mittel.	Menge des verbrannt. Kohlenstoffs in 24 Stunden.
8	18,888	5,0	120,0
10	24,984	6,8	163,2
11 bis 15	29,480	8,04	192,96
16½ " 20	39,527	10,78	258,72
24 " 28	44,550	12,15	291,60
31 " 40	40,833	11,00	264,00
41 " 50	34,676	9,457	226,968
51 " 60	31,442	8,575	205,800
63 " 68	37,521	10,233	245,592
76	22,000	6,00	144,00
92	32,287	8,8	211,2
102	21,684	5,9	141,6

Man kann, sobald das Körpergewicht bekannt ist, aus solchen Untersuchungen eine Mittelzahl berechnen, die man auf einen Kilogramm Körpergewicht bezieht, um einen Maßstab der Vergleichung mit anderen Geschöpfen zu haben. So lieferte ein 33 Jahre alter Mann von 54 Kilogramm Körpergewicht im Durchschnitte 39,146 Gramm Kohlensäure in der Stunde. Es fand mithin eine Absonderung von 0,725 Gramm Kohlensäure für je ein Kilogramm Körpergewicht in der Stunde statt. Dies würde 17,400 Gramm in 24 Stunden machen; eine Zahl, die offenbar viel zu hoch ist. In der That sind die angegebenen Resultate mittelst Athmens in einer Maske durch einen Röhrenapparat hindurch gewonnen, wo durch die Behemmung der Athmungsbewegung angestrengtes Athmen und dadurch eine Vermehrung der abgeschiedenen Kohlensäure hervorgebracht werden mußte. Ebenso wird durch die Multiplikation auf 24 Stunden die Menge der Kohlensäure deshalb vermehrt, weil die Athemzüge im Schlafe seltener sind als im Wachen und deshalb in der Nacht eine geringere Produktion von Kohlensäure stattfindet, als am Tage. Nichtsdestoweniger läßt die oben angeführte Tabelle

eine Vergleichung zu, da diese Fehler sich bei allen Posten gleichmäßig wiederholen. Man findet sonach, daß die absolute Menge
der ausgeathmeten Kohlensäure von der Jugend an bis in das
Mannesalter zunimmt, bei kräftigen Männern am stärksten ist
und im Greisenalter wieder abnimmt, daß Muskelbewegung und
gute Verdauung die Kohlensäureabgabe merklich erhöht, daß
Frauen im Allgemeinen weniger Kohlensäure liefern, als der
Mann. Berechnet man aber das Verhältniß der ausgeschiedenen
Kohlensäuremenge auf je ein Kilogramm Körpergewicht, so ergiebt sich, daß diese verhältnißmäßige Quantität im Kindesalter
am stärksten und von da an allmählich abnimmt.

Neuere ausgezeichnete Untersuchungen wurden mit einem
complizirten Apparate angestellt, in dem man freilich nur kleinere
Hunde und ähnliche Thiere haben konnte, der aber so eingerichtet
war, daß die Thiere Tage lang darin verweilen und sämmtliche
Produkte auf das Genaueste bestimmt werden konnten. Die aus
der Luft aufgenommenen Sauerstoff- und Stickstoffmengen, die
ausgeschiedenen Kohlensäure-, Wasser- und Stickstoffmengen konnten
auf das Genaueste bestimmt, und die Thiere oft drei bis vier
Tage in dem Apparate gehalten werden, so daß man bedeutende
Mengen der ausgeschiedenen Stoffe erhalten und die Fehler auf
ein Minimum herabdrücken konnte. Hierbei fand man denn,
daß Säugethiere und Vögel um so mehr Kohlensäure abscheiden,
je geringer ihr Umfang ist, und daß das Verhältniß der Kohlensäure hauptsächlich von der eingenommenen Nahrung abhängt.
Versuche in einem ähnlichen Apparate an Menschen angestellt ergaben für die durchschnittliche Menge der Kohlensäure für ein
Kilogramm Körpergewicht von 0,447 bis 0,592, also Zahlen,
die bedeutend unter den durch isolirtes Athmen erhaltenen zurückstehen. Man sieht, daß hier noch weite Schwankungen in den
Beobachtungen liegen. Man kann indessen annehmen, daß ein
erwachsener Mann im Durchschnitte in 24 Stunden ein Kilogramm Kohlensäure aushaucht, was einer Menge von 273
Grammen oder einem halben Pfunde Kohlenstoff für den Tag
entsprechen würde.

Der Gehalt der Ausathmungsluft an Kohlensäure war schon, wenigstens annähernd, von Lavoisier bestimmt worden; es entstand nun die Frage: wo entsteht diese Kohlensäure? Wird sie in den Lungen durch den Athmungsprozeß gebildet, oder ist sie schon im venösen Blute vorhanden, und wird sie in den Lungen nur abgeschieden und Sauerstoff dafür eingenommen? Man entschied sich unbedingt für die erstere Ansicht, um so mehr, als das Volumen des verschwundenen Sauerstoffes dem Volumen der ausgehauchten Kohlensäure gleich war und man wußte, daß der Kohlenstoff bei seinem Verbrennen das Volum des Sauerstoffes nicht ändere. Ein Volumen reinen Sauerstoffes kann durch Verbrennen von Kohlenstoff in Kohlensäure verwandelt werden, ohne daß dabei das Volumen geändert würde; die neu entstandene Gasart ist nur durch Kohlenstoff schwerer geworden. Da dies Verhältniß so genau in dem Respirationsprozesse sich wiederfand, so zögerte man nicht, denselben einer Verbrennung gleich zu setzen, und man behauptete ganz folgerecht, daß der Sauerstoff der Luft in den Lungen an das Blut trete, einen Theil des im Blute enthaltenen Kohlenstoffes verbrenne und sich so in Kohlensäure verwandele, die durch die Ausathmung abgeschieden werde. Man fand zugleich in dieser Ansicht eine natürliche Erklärung der thierischen Wärme. Der Kohlenstoff entwickelt beim Verbrennen Wärme; der Verbrennungsprozeß in den Lungen mußte ebenfalls Wärme entwickeln, und da das Athmen eine beständig fortdauernde Funktion ist, so mußte diese Wärmequelle eine anhaltende, constante sein. Zudem gelang es damals noch nicht, Gasarten aus dem arteriellen oder venösen Blute abzuscheiden, alle Versuche dieser Art scheiterten, und man fand in dem Verhältniß zwischen Athmung und Wärmeentwicklung so viel Nutzen für die herrschende Ansicht, daß man kaum daran dachte, eine andere Erklärung zu suchen.

Indeß wurde doch später durch einen einfachen Versuch nachgewiesen, daß ein solcher einfacher Verbrennungsprozeß nicht einzig in den Lungen stattfinden könne. Wenn man nämlich ein Thier, einen Frosch, einen Vogel, ein Kaninchen unter eine völlig

gesperrte Glasglocke bringt, die mit einem Gase erfüllt ist, das
zwar an sich keine giftige Wirkung auf den Organismus hat,
aber doch nicht den Athemprozeß unterhalten kann, wie z. B.
Wasserstoffgas oder Stickstoffgas, so fährt das Thier noch eine
Weile fort zu athmen, erstickt aber bald. Untersucht man nun
die in der Glasglocke enthaltene Luft, so findet man, daß sie
eine gewisse Quantität Kohlensäure enthält. Das Thier hat
also, trotz dem, daß Wasserstoff oder Stickstoff keine Kohlensäure
bilden können, dennoch diese Gasart ausgeathmet; es kann somit
die Kohlensäure nicht unmittelbar in den Lungen aus dem Kohlenstoff des Blutes durch Verbrennung gebildet werden, sie muß schon
vorausgebildet in dem Blute enthalten sein. Man fand außerdem durch Versuche, daß das Blut der Lungen nicht bedeutend
wärmer sei, als das anderer Körpertheile, während doch nothwendig, im Falle wirklich die Lungen der thierische Ofen wären,
wenn ich mich so ausdrücken darf, hier auch die Wärme größer
als in den Leitungsröhren sein müßte.

Man hat durch direkte Versuche ermittelt, daß man wirklich
aus dem Blute theils unmittelbar durch die Luftpumpe, theils
durch Schütteln mit anderen indifferenten Gasarten, wie z. B.
Wasserstoff, Luft entwickeln könne. Wir haben oben gesehen,
daß der Gasgehalt in dem Blute ziemlich bedeutend und daß in
dem hellrothen arteriellen Blute verhältnißmäßig weit mehr Sauerstoff enthalten sei, als in dem dunkeln venösen. Berücksichtigt
man einzig diese Thatsache, so kann die Rolle, welche die Lunge
in dem Respirationsprozesse spielt, nicht mehr zweifelhaft sein.
Sie ist dann offenbar eine Filtrirmaschine, durch welche die
Kohlensäure des venösen Blutes gegen den Sauerstoff der Luft
ausgetauscht wird, und die Verbrennung des Kohlenstoffs wird
demnach nicht in den Lungen vor sich gehen, sondern vielmehr
überall in allen Gebilden des Körpers, wo Stoffwechsel durch
Blutcirculation unterhalten wird. In dem Ernährungsprozesse
der Gebilde müssen die chemischen Veränderungen vor sich gehen,
welche die Bildung der Kohlensäure bedingen, und durch die im
arteriellen Blute gegebene stete Zufuhr von Sauerstoff werden

die chemischen Veränderungen bedingt, wird das zu den Umwandlungen nöthige Element geliefert.

Mit dieser Ansicht des Athemprozesses stehen auch manche sekundären Erscheinungen der Wärmeerzeugung vollkommen im Einklang. Es ist eine Thatsache, daß Muskelbewegungen stärkere und häufigere Athemzüge und lebhaftere Körperwärme bedingen; allein beobachtet man genauer, so ergiebt sich, daß diese lebhaftere Wärme erst einige Zeit nach der Beschleunigung der Athmung eintritt und daß sie auch partiell mehr das bewegte Glied betrifft, als den ganzen Körper. Die Beschleunigung der Athmung bringt aber natürlich schnelleren Herzschlag, schnelleren Blutlauf, somit lebhaftere Sauerstoffzufuhr und lebhafteren Umsatz der Gebilde. Die partielle Wärmeerhöhung rührt daher, daß Bewegung stets auch den chemischen Umsatz befördert, beschleunigt und somit durch die Bewegung des Beines z. B. in diesem der Umsatz der Gebilde, die Ernährung und somit die Wärmeerzeugung verstärkt wird.

Indeß kennen wir auch Thatsachen, welche beweisen, daß diese Abfiltrirung des in dem Blute enthaltenen Gases nicht die einzige Thätigkeit der Lunge ausmache, sondern daß wirklich auch in diesem Organe ein Stoffwechsel vorkommen müsse. Unmittelbar nach einer Mahlzeit wird die Menge der ausgeathmeten Kohlensäure bedeutend gesteigert. Wie wir wissen, enthält das aus der Leber kommende Blut der Lebervenen eine bedeutende Menge Zucker, die in der Lunge gänzlich zu Grunde geht, also offenbar höher oxydirt, verbrannt wird. Ebenso scheint es nach genauen Versuchen, daß das Blut, welches durch die Lungenvenen von den Lungen zum Herzen zurückkehrt, merklich wärmer ist, als dasjenige, welches in den Lungenarterien kreist. Da nun durch die Verdunstung des Wassers in den Lungen nothwendig eine Abkühlung derselben hervorgebracht werden muß, das Lungenvenenblut aber nichts desto weniger wärmer ist, so ist auch der Schluß ganz gerechtfertigt, daß in den Lungen ein Verbrennungsprozeß und mithin Wärmeerzeugung vor sich gehen müsse. So sehen wir denn auch hier den Athmungsprozeß nicht auf so ein-

sache Verhältnisse zurückgeführt, wie man dies vermuthen könnte,
sondern aus mehreren Faktoren zusammengesetzt; von denen indeß
der zuletzt erwähnte, der Verbrennungsprozeß in den Lungen,
verhältnißmäßig bedeutend kleiner ist als der andere, so daß man
nicht im Unrecht ist, wenn man behauptet, daß die in den Lungen
ausgeschiedene Kohlensäure in direktem Verhältnisse zu der in
dem Blute enthaltenen Kohlensäuremenge stehe. Daß diese letztere
vielfach, je nach der Ernährung der einzelnen Gebilde, dem Stoff-
umsatze der verschiedenen Organe, wechseln müsse, läßt sich von
vornherein annehmen und wird auch dadurch bewiesen, daß man
bei sonst ganz gleichen Verhältnissen oft sehr bedeutende Schwankungen in dem Gehalte der ausgeathmeten Luft wahrnimmt, die
gewiß in dem veränderten Gasgehalte des Blutes beruhen.

Kehren wir indeß nach dieser Abschweifung, auf deren nähere
Verhältnisse wir bei der Ernährung und der Erzeugung der
thierischen Wärme eingehen werden, noch einmal zu dem Athemprozesse und der Rolle, welche die einzelnen dabei betheiligten
Organe spielen, zurück. Die Thatsache, daß in dem Akte der
Athmung Kohlensäure aus dem dunkeln Blute abgeschieden und
dafür Sauerstoff aus der Luft aufgenommen werde, ist ein- für
allemal festgestellt. Allein es handelt sich darum, zu bestimmen,
welchen Antheil bei diesem Prozesse die verschiedenen Bestandtheile des Blutes haben; ob überhaupt die aufzunehmenden und
ausgeworfenen Gasarten einen bestimmten Bezug zu der einen
oder andern, morphologischen oder chemischen Substanz des Blutes
haben, und in wie fern dies ewige Wechselspiel zwischen Kohlensäure und Sauerstoff, welches in den Lungen und Körpercapillaren
statt hat, erklärt werden könne?

Wir haben in einem vorhergehenden Briefe die morpholo-
gische Zusammensetzung des Blutes kennen gelernt und gefunden,
daß im lebenden Körper zwei Bestandtheile unterschieden werden
können: festere münzenartige Plättchen, die Blutkörperchen, und
eine klebrige Flüssigkeit, worin sie schwimmen, das Plasma. Die
Blutkörperchen sind die Träger des Farbstoffes; das Plasma für
sich allein, von den Körperchen getrennt, ist farblos; es erhält

eine gelbliche Färbung nur durch Auflösung des in den Blutkörperchen befindlichen Blutrothes, und solche Auflösung findet
nur in krankhaften Verhältnissen statt. Das frische Blutroth
hat eine dunkle, blaurothe Farbe; durch Aufnahme von Sauerstoff
wird es kirschroth, und es ist leicht durch Versuche nachzuweisen,
daß die Blutkörperchen sehr begierig den Sauerstoff der Luft
anziehen und dadurch ihre Farbe ändern. In dem Plasma befindet sich kein Stoff, welcher mit dem Blutrothe in dieser Verwandtschaft zu dem Sauerstoff wetteifern könnte. Es darf
demnach der Schluß wohl gerechtfertigt erscheinen, daß die Blutkörperchen diejenigen Formbestandtheile des Blutes sind, welche
den Sauerstoff der Luft an sich ziehen und ihn so den Organen
des Körpers zuführen. Eine Bestätigung dieser Ansicht liegt in
dem Verhalten der Blutkörperchen gegenüber gewissen Gasen,
namentlich aber dem Kohlenoxydgase, das sich bekanntlich bei un-
vollkommenem Verbrennen von Kohlen in geschlossenem Raume
entwickelt und bei den sogenannten Erstickungen im Kohlendampfe,
diesem häufigen Selbstmordmittel, die Hauptwirkung erzeugt.
Dieses Gas wirkt wirklich giftig, indem es die Blutkörperchen
ihrer Fähigkeit beraubt, Sauerstoff aufzunehmen. In Kohlensäure erstickte Individuen können durch künstliche Athmung, Ein-
treiben von Sauerstoff oder Luft wieder ins Leben gerufen
werden, weil die im Blute enthaltene Kohlensäure durch den
Sauerstoff ausgetrieben wird — in Kohlenoxydgas erstickte Individuen sind rettungslos verloren — der eingeblasene Sauerstoff
wird von den Blutkörperchen nicht aufgenommen.

Man hat geglaubt, die Kohlensäure, welche man in dem
dunkeln venösen Blute vorfindet, sei darin frei aufgelöst enthalten. Allein das Plasma, die Blutflüssigkeit, enthält ein Salz
aufgelöst, welches äußerst leicht Kohlensäure einschluckt und sich
damit chemisch verbindet; das Plasma enthält kohlensaures Natron, das, mit Kohlensäure in Berührung gebracht, sich in doppelt
kohlensaures Natron umwandelt. Wird aber eine Auflösung von
kohlensaurem Natron mit einem Luftraume in Berührung gebracht, der keine Kohlensäure enthält, so wird wieder eine be-

stimmte Quantität dieser Kohlensäure an den Luftraum abgegeben. Die Kohlensäure, welche in den Lungen ausgestoßen wird, bildet sich durch den Prozeß der Ernährung im Inneren der Gewebe; sie wird durch Imbibition von den Körpercapillaren aufgenommen und verbindet sich in diesen, wenigstens theilweise, mit dem kohlensauren Natron des Plasma's, da dessen Menge nicht hinreichend ist, um die sämmtliche Kohlensäure aufzunehmen. Die überschüssige Kohlensäure bleibt in der Blutflüssigkeit aufgelöst.

Sauerstoff und Kohlensäure, die beiden an der Respiration betheiligten Gase, sind demnach an verschiedene Bestandtheile des Blutes gebunden: der Sauerstoff an das Blutroth der Körperchen, die Kohlensäure an das Natron und die Flüssigkeit des Plasma's. Beide Gase werden an verschiedenen Orten aufgenommen und abgeschieden: der in den Lungen aufgenommene Sauerstoff wird in dem Gewebe der Organe, in der Blutbahn der Capillaren abgesetzt und die an diesem Orte gebildete Kohlensäure in den Lungen abgeschieden.

Die Abscheidung von Kohlensäure und die Aufnahme des Sauerstoffes in den Lungen stehen in einem gewissen Verhältnisse zu einander, das sich hauptsächlich bei sonst gleichbleibenden Verhältnissen nach der eingenommenen Nahrung richtet. Thiere, welche mit Brod und Körnern gefüttert werden, athmen in der Kohlensäure, die sie entbinden, mehr Sauerstoff aus, als aus der eingeathmeten Luft verschwindet. Bei Brot- und Körnernahrung wird demnach sicherlich ein Theil des ausgeathmeten Sauerstoffes aus der Nahrung bereitet, und es ist dies, wie wir früher gesehen, wohl sicherlich der Umwandlung der stärkmehlhaltigen Substanzen in Fett zuzuschreiben, wobei diese einen Theil ihres Sauerstoffes verlieren müssen. Das umgekehrte Verhältniß findet bei Fleischfütterung statt. Der Sauerstoff der ausgeathmeten Kohlensäure übertrifft dann die Menge des eingeathmeten, und das Verhältniß bleibt sich gleich, wenn auch das Thier gänzlich fastet.

Bevor indeß der Austausch der Gase in dem durch die Lungen strömenden Blute stattfinden kann, muß die eingeathmete

Luft zu demselben gelangen und bis an das letzte Ende der Lungenzellen bringen. Hier findet nun schon insofern ein Austausch statt, als der eintretende Athemzug auf die im Inneren der Lungen befindliche Residualluft trifft, die stets noch reicher an Kohlensäure ist, als die ausgeathmete Luft selber. Man hat durch Versuche nachgewiesen, daß das Verhältniß der Kohlensäure nicht zu allen Zeiten der Ausathmung dasselbe ist, sondern daß gegen das Ende der Ausathmung die Luft reicher an Kohlensäure ist, als an dem Anfang. Athmet man nach einem gewöhnlichen Einzuge gewöhnlich aus, und preßt man dann, ohne wieder einzuathmen, noch einen Theil der Luft, die in den Lungen geblieben wäre, aus, so enthält diese letztere Portion eine bei weitem größere Quantität Kohlensäure, als die erstere. Die Residualluft hat demnach schon durch die oben erwähnte Abdunstung der Kohlensäure aus dem Plasma einen beständigen größeren Kohlensäuregehalt und mischt sich vor allen Dingen mit der beim Einathmen einbringenden atmosphärischen Luft. Eine Mischung zwischen beiden Gasen würde zwar schon auch ohne die Athembewegungen statthaben, während durch diese Bewegungen ein Luftstrom in die innerhalb der Lungen stagnirende kohlensäurereiche Luftmenge mit Gewalt eingepreßt wird, dort sich mit einer gewissen Menge Kohlensäure sättigt und dann wieder ausgetrieben wird. Durch diese Mischung wird die Residualluft etwas ärmer an Kohlensäure und der Abgang an diesem Stoff augenblicklich aus dem Blute ersetzt. Der Mechanismus der Athembewegungen läßt sich demnach etwa mit dem einer Pumpe vergleichen, die in ein Reservoir, welches Salzwasser enthält, mit jedem niedergehenden Pumpenstoße reines Wasser einspritzt und salziges Wasser emporhebt. Würde das Reservoir nicht aus einer Salzquelle gespeist, so wäre sein Salzgehalt bald gänzlich erschöpft; findet aber eine stete Speisung statt, so wird man in dem Reservoir stets eine stärkere Salzsoole finden, als diejenige ist, welche die Pumpe hervorhebt.

Aber nicht bloß in den Lungen, auch in den peripherischen Capillaren des Körpers geht ein beständiger Austausch von Gasen

vor sich, und zwar in umgekehrter Ordnung. Die durch die
Ernährung der Theile gebildete Kohlensäure tritt in das Blut
über und statt ihrer wird der Sauerstoff aus dem Blute ausgenommen. Der in der Athmung aufgenommene Sauerstoff verläßt demnach das arterielle Blut wieder; die Farbe der Blutkügelchen wird blauer.

Offenbar kann diese Ausscheidung von Sauerstoff nur darin
beruhen, daß die Blutkörperchen theilweise sich auflösen, ihr Farbestoff sich zersetzt und der dadurch frei gewordene Sauerstoff in
die Gewebe tritt. Dieser Sauerstoff kann nicht im Plasma aufgelöst bleiben, denn direkte Versuche belehren uns, daß dasselbe
nur sehr wenig Sauerstoff aufnimmt. Dagegen wissen wir durch
Versuche, daß der geronnene Faserstoff sehr lebhaft Sauerstoff
einschluckt und ihn in Kohlensäure verwandelt; — es ist mithin
wahrscheinlich, daß der durch Zerstörung der Blutkörperchen
aus dem Blute getretene Sauerstoff auf die festen Faserstoffge-
bilde des Körpers einwirkt und sich mit diesen verbindet.

Wir kennen kein Gewebe im ganzen Körper, welches mit
solcher Begierde den Sauerstoff an sich zieht, als die Blutkörperchen; es kann mithin auch keine Kraft im Körper existiren,
welche mächtig genug wäre, die Blutkörperchen ihres Sauerstoffes
zu berauben; nur durch Zerstörung und Umsetzung derselben ist
dies möglich. Daß aber eine solche Zerstörung der Blutkörperchen, Auflösung derselben im Plasma und beständige Wieder-
erzeugung, sowohl aus den Lymph- und Chyluskörperchen, als
auch innerhalb der Bahnen des Kreislaufes selbst, vor sich gehe,
scheint nicht nur theoretisch begründet, sondern auch durch die
unmittelbare Erfahrung bestätigt. Ich habe schon oben, in dem
Briefe vom Blute, auf das Verhalten der Blutkörperchen unter
dem Mikroskope und gegen Reagentien aufmerksam gemacht, und
wenn auch unsere Beobachtungen noch nicht so weit gehen, um
mit Bestimmtheit die Veränderungen darzulegen, welche die Blutkörperchen während ihrer Existenz durchlaufen, so scheint doch
wenigstens so viel ausgemacht, daß ein gewisser Bildungscyclus
ihnen vorgezeichnet ist. Warum sollte dies auch nicht der Fall

sein? In allen Gewebetheilen des Körpers sehen wir einen steten Umschwung; selbst in den festesten Bestandtheilen, den Knochen, geht beständig Zerstörung des Vorhandenen, Ersatz des Zerstörten und Neubau Hand in Hand; sollen die Blutkörperchen die einzigen Gewebetheile sein, die keinen cyclischen Veränderungen unterworfen sind? Gewiß aber stehen diese Veränderungen in den nächsten Beziehungen zum Athemprozeß, und namentlich scheinen die Phänomene, welche bei der Transfusion des Blutes von verschiedenen Thieren sich einstellen, darauf hinzudeuten. Bekanntlich kann man einem durch Blutverlust entkräfteten Thiere Blut, welches von einem anderen Individuum derselben Art herrührt, nicht nur ohne Nachtheil, sondern sogar mit Vortheil einspritzen; es erholt sich. Selbst geschlagenes, mithin seines Faserstoffes beraubtes Blut hat denselben belebenden Einfluß. Allein die Einspritzung von Blut eines Thieres aus einer anderen Klasse tödtet fast augenblicklich. Vogelblut einem Säugethiere, Säugethierblut einem Vogel eingespritzt, tödtet unmittelbar, selbst in kleinen Quantitäten, und in dem letzteren Falle kann der Tod nicht der verschiedenen Größe der Blutkörperchen und einem dadurch bedingten Hinderniß in der Circulation innerhalb der Capillargefäße zugeschrieben werden, denn die Blutkörperchen der Säugethiere sind kleiner, als die der Vögel. Meines Erachtens kann diese giftige Wirkung der Einspritzung (Transfusion) von Blut einer anderen Spezies nur in der Beziehung der Blutkörperchen zum Respirationsprozesse gesucht werden, zumal da das seiner Blutkörperchen beraubte Serum keinen solchen verderblichen Einfluß übt.

Auf der andern Seite ist, wie wir oben gezeigt haben, durch die Aufnahme des Sauerstoffes in den Lungen ein Theil des im venösen Blute enthaltenen doppelt kohlensauren Natrons in einfach kohlensaures Natron verwandelt worden, welches mit dem arteriellen Strome in die peripherischen Capillaren des Körpers fortgerissen wird. Dort trifft es die aus den Geweben gebildete Kohlensäure an, welche es gierig anzieht, um sich aufs Neue mit derselben zu doppelt kohlensaurem Natron zu verbinden.

Sollen wir nun die Rolle, welche die im Blute enthaltenen Gase und die Bestandtheile des Blutes selbst spielen, näher bezeichnen, so wäre dies etwa in folgenden Sätzen zu geben: Die Gase des Blutes sind nicht in demselben aufgeschwämmt (diffundirt), sondern an einzelne Formelemente desselben gebunden. Die Blutkörperchen sind Sauerstoffschwämme. Das kohlensaure Natron des Plasma's bindet theilweise die Kohlensäure. In dem Athmungsprozesse wird Sauerstoff aufgenommen und eine entsprechende Menge Kohlensäure abgeschieden; der Sauerstoff gelangt in die Gewebe durch Zerstörung der Blutkörperchen innerhalb der Capillaren des Körpers. Die Kohlensäure gelangt in das Blut der Körpercapillaren durch Anziehung vermittelst des im Plasma enthaltenen einfach kohlensauren Natrons.

So sehen wir denn von dem ersten Eintreten des Sauerstoffes mit der Einathmungsluft bis zur endlichen Austreibung der Kohlensäure eine beständige Verkettung von Ursachen und Wirkungen, welche durch den Austausch zwischen zwei Gasströmen sich herstellen, die in umgekehrter Richtung den Körper durchlaufen und in beständiger Wechselwirkung sich befinden. Während der Sauerstoff von außen her durch die Lungenzellen eindringt, durch die Blutflüssigkeit hindurch bis zu den Körperchen dringt und sich theils mechanisch in dem Blute auflöst, theils chemisch bindet, während er in diesem Zustande durch den arteriellen Blutstrom fortgerissen in alle Organe des Körpers vertheilt wird, diese durchdringt und die Zersetzung der organischen Substanz einleitet, wird die Kohlensäure an denselben Endpunkten durch die Verbindung des Sauerstoffes mit der organischen Substanz erzeugt, von dem venösen Blutstrome fortgeschwemmt, theilweise frei gelöst, theilweise an kohlensaures Natron gebunden und so in die Lungen gebracht, wo sie aus den Capillaren in die Lungenzellen übertritt und endlich mit der Ausathmungsluft entfernt wird. Ueberall aber, wo ein Austausch der Gase stattfindet, in dem Gewebe der Organe, in dem Blute, das in den Haargefäßen des Körpers oder der Lungen kreist, in den Lungenzellen, wie in der Luftröhre und deren größeren Aesten — überall beruht

dieser Austausch auf der Verschiedenheit des Gasgehaltes der
mit einander in Berührung kommenden Stoffe und auf der ver-
suchten Herstellung des Gleichgewichtes zwischen denselben. So
begründet sich also dieser Austausch auf höchst einfache physikalische Gesetze, die bei der engen Beziehung des Athmungsprozesses
zu allen Funktionen des Organismus als oberste Regulatoren
des Lebensprozesses erscheinen.

Sechster Brief.

Die Absonderung.

An allen freien Oberflächen des Körpers, von welcher Gestalt sie auch sein mögen, sehen wir unter gesunden Umständen eine beständige Ausscheidung gasförmiger oder flüssiger Bestandtheile vor sich gehen. Auf der äußeren Haut, auf der inneren Oberfläche der Schleimhäute, der sogenannten serösen Umhüllungshäute, wie Brust- und Bauchfell, ist dieser Ausscheidungsprozeß in immerwährender Thätigkeit begriffen. Die Absonderungsprodukte dieser flächig ausgebreiteten Organe werden theils, wie von den Schleimhäuten des Mundes, der Lunge, des Darmkanales u. s. w., nach außen geschafft, theils aber auch bleiben sie, wie in den geschlossenen Säcken der serösen Häute, innerhalb derselben in geringer Menge aufbewahrt, und nur zuweilen, in krankhaften Verhältnissen, wie z. B. bei der Wassersucht, sammeln sie sich in solcher Menge darin an, daß die Entfernung der angehäuften Flüssigkeit nothwendig wird.

Außer diesen flächigen Absonderungsorganen aber finden sich noch im Körper eine große Menge besonderer, zu dem speziellen Zwecke der Absonderung bestimmte Organe, welche einen zusammengesetzteren Bau haben und die wir unter dem Namen der Drüsen begreifen. Das Prinzip des Baues dieser Drüsen ist äußerst einfach; es beruht auf dem Grundsatze, daß eine gebogene oder gewundene Haut auf demselben Raume weit mehr Fläche darbietet, als eine gerad ausgebreitete. Eine freie Oberfläche ist stets ein wesentliches Erforderniß zur Absonderung;

wird aber diese freie Oberfläche aus gewundenen Schläuchen
gebildet, so kann sie eine ungeheure Ausbreitung bieten und
dennoch auf einen kleinen Raum zusammengedrängt sein. Die
Grundform der Drüsen ist deshalb ein länglicher Blindsack,

Fig. 27.
Eine Labdrüse des Menschen, als Beispiel einer einfachen Drüse.

dessen Oeffnung sich auf der Oberfläche befindet, auf welche das
Sekret ausgeführt werden soll. Dieser Sack erhält seitliche
Verzweigungen, Verästelungen, die sich zu Röhren ausspinnen,
welche sich zusammenknäueln (s. Fig. 28, S. 135) und bald in
körnigen, traubenförmigen (s. Fig. 29, S. 135), oder zelligen
Bläschen ihr Ende finden. So bietet denn jede Drüse gleichsam
das Bild eines mehr oder minder verästelten Baumes dar, dessen
Stamm der Ausführungsgang ist. Die Röhren und Ausführungs-
gänge sind im Inneren von eigenthümlichen Häuten, die oft
außerordentlich fein werden, ausgekleidet, und in und auf diesen
Häuten verbreiten sich die Blutgefäßnetze, aus welchen dann der
Absonderungsstoff, das Sekret, geliefert wird. Die feinsten
Drüsengänge sind immer noch weit dicker, als die feinen Capillaren
der Blutgefäßnetze, und man kann kein treffenderes Bild für das
Verhältniß zwischen Drüsengang und Blutgefäßnetzen finden, als
dasjenige eines Fingers, der von einem Seidenhandschuh einge-

hüllt ist und wo der (hohle) Finger dem blinden Ende des Drüsenganges, das Seidengewebe dem Capillargefäßnetze entsprechen würde.

Fig. 28.
Eine Laßmeldrüse aus der Bindehaut des Kalbsauges.

Fig. 29.
Eine Brunner'sche Traubendrüse aus dem Dünndarme des Menschen.

Wie außerordentlich weit die Vergrößerung der absondernden Oberfläche innerhalb einer Drüse durch Verzweigung und Verknäuelung der Drüsengänge und Bläschen durch die Natur getrieben wird, dies zeigen folgende Beispiele. Die Samenröhrchen des Hodens würden, zu einer einzigen Röhre zusammengefügt, eine Länge von 1015—1250 Pariser Fuß betragen und die gesammte Absonderungsfläche einen Rauminhalt von 17,7—20 Quadratfuß darbieten. Eine einzige Niere bietet eine Absonderungsfläche von 43,55 Quadratfuß. Man hat den angestellten Messungen zu Folge eine Tabelle der einzelnen Drüsen des menschlichen Körpers entworfen, worin bestimmt ist, wie viel Quadratfuß Absonderungsfläche ein Kubikzoll Volumen einer jeden Drüse zeigte, und man hat folgende Verhältnißzahlen gefunden, welche freilich nur entfernt approximativ sein können:

1 Kubikzoll Hode hat . . . 2,58 Q.-Fuß Absonderungsfläche.
„ „ Niere . . . . 6,43 „ „
„ „ Ohrspeicheldrüse . 8,71 „ „
„ „ Thränendrüse . . 9,05 „ „
„ „ Unterzungendrüse 9,34 „ „
„ „ Unterkieferdrüse 10,52 „ „
„ „ Bauchspeicheldrüse 12,63 „ „

Von besonderem Einflusse auf die Art der Absonderungen sind gewiß die inneren Auskleidungen der Drüsengänge,, sowie die Beschaffenheit des Blutstromes, welcher ihnen zugeleitet wird. Letztere kann insofern einen Einfluß üben, als bei weiteren Gefäßen und rascherem Blutstrome möglichst viel Blut durch die Drüse geführt und demnach die Zusuhr neuen Stoffes beschleunigt wird. Von noch größerem Einflusse aber ist die innere Auskleidung. Diese besteht bei allen Drüsen aus einem Belege von Zellen, die bald mehr rundlich oder pflasterartig, bald mehr cylindrisch sind, und dann wie Pallisaden neben einander stehen. Im Allgemeinen nennt man diese Belege von Zellen auf den inneren Oberflächen des Körpers Epithelien, und unterscheidet je nach der Form pflasterartige, cylindrische und Flimmerepithelien. Losgestoßene Theile dieser Zellen sind es, welche die verschiedenen

Flüssigkeiten der inneren Oberfläche schleimig machen. In den
Drüsen nun findet man stets solche innere Epithelien, die theilweise mit der Absonderung abgestoßen werden, und die sehr
häufig die charakteristischen Bestandtheile der Drüsenabsonderung
enthalten. Man hat hier namentlich häufig auf die sogenannten
Leberzellen hingewiesen, in welchen man nicht selten gelbe Kügelchen oder unbestimmt begränzte gelbliche Massen findet, die auch
in der Galle selbst vorkommen und offenbar mit Gallenfarbstoff
getränktes Fett sind. Unzweifelhaft aber ist z. B. die Gegenwart von Harnsäure in den Zellen der Nierenkanäle mancher
niederen Thiere, die Entstehung der Samenfäbchen in den
eigenthümlichen Zellen, welche die Hodenkanäle erfüllen, und es
dürfte demnach wohl keinem Zweifel unterliegen, daß auch da,
wo wir die eigenthümlichen Auswurfsstoffe einer Drüse unter dem
Mikroskope nicht sehen können, weil dieselben in dem Wasser der
Flüssigkeit aufgelöst sind, dennoch diese eigenthümlichen Stoffe
innerhalb der Drüsenzellen sich ausscheiden. Wir werden auf
diese Frage, welche für die Mechanik der Drüsenabsonderung im
Ganzen und selbst für die Ansicht von der Ernährung überhaupt
äußerst wichtig ist, im Verlaufe dieses Briefes zurückkommen.

Von den sämmtlichen Drüsen und flächigen Absonderungsorganen des Körpers sind für uns, die wir in das Speziellere
nicht eingehen können, nur drei von wesentlichem Interesse: die
Haut, als Absonderungsorgan des Schweißes und der Ausdünstung, die Leber, der Galle wegen, und endlich die Nieren,
in welchen eine der wesentlichsten Auswurfsflüssigkeiten, der
Harn, abgeschieden wird. Wir haben schon in einem vorhergehenden Briefe den Bau der Leber und die Eigenthümlichkeit
ihres fetten und alkalischen Sekrets, der Galle, näher in's Auge
gefaßt.

Die Struktur der Haut hat zu den mannichfachsten Con-
troversen Anlaß gegeben. Man hat vielleicht bei diesen Untersuchungen den großen Fehler begangen, daß man Verhältnisse,
die man in einzelnen Fällen auffand, gleich als allgemeine Gesetze aufstellen wollte. Gerade bei der allgemeinen Bedeckung

des Körpers aber giebt es, wie Jedermann wohl aus dem bloßen Augenschein weiß, die mannichfachsten Verschiedenheiten, und es heißt wahrlich die gesunden fünf Sinne beleidigen, wenn man behaupten will, daß die Haut einer zarten Blondine, durch deren weichen Sammet alle Adern durchschimmern, dieselbe numerische Zusammensetzung habe, wie die rissigen Borken, welche den Körper eines Grobschmiedes decken. Die geübte Zunge eines Gastronomen schmeckt Verschiedenheiten, welche den Reagentien des gewandtesten Chemikers entgehen; das Mikroskop und das Scalpell des Anatomen sind ebenfalls nur unvollkommene Werkzeuge, wenn man sie mit unserem Auge und unserer Hand vergleicht.

Im Allgemeinen besteht die Haut aus zwei Schichten, einer äußeren, aus dünnen Plättchen zusammengesetzten Schicht, welche

Fig. 80.

Die Haut des Menschen in senkrechtem Durchschnitte. a. Aeußere verhornte Schicht der Oberhaut. b. Innere Schicht (Malpighi'sches Schleimnetz). c. Hautwärzchen. d. Gefäße der Lederhaut. e, f. Ausführungsgänge der Schweißdrüsen. g. Schweißdrüsen. h. Fettanhäufungen. i. Nerven.

sich beständig abschilfert und stets wieder neu aus der Tiefe
ersetzt. Wir nennen diese Schicht die Oberhaut oder Epi-
dermis. Sie ist durchscheinend, nur schwer für Wasser durchdringlich und läßt sich selbst wieder mehr oder minder deutlich
in zwei Schichten theilen, von denen die äußere, frei zu Tage
liegende, mehr verhornt und durch diesen Verhornungsprozeß in
ihrer Struktur unkenntlich gemacht ist, während die innere
Schicht, die man das Malpighi'sche Schleimnetz genannt hat, aus
einer weichen schleimigen Zellenlage besteht, die sich immer wieder
von Neuem bildet, sobald die äußeren Zellen gänzlich verhornt
und abgeschilfert sind. In der verhornten äußeren Lage der
Oberhaut hängen die einzelnen Zellen so zusammen, daß man
die Lage selbst als eine zusammenhängende Haut besonders nach
Einwirkung von Blasen ziehenden Substanzen oder von kochen-
dem Wasser abziehen kann. In den noch frischen unverhornten
Zellen des Malpigh'schen Netzes finden sich an denjenigen Hautstellen, wo eine braunere Farbe hervortritt, Anhäufungen eines
dunkelbraunen körnigen Pigmentes, das bei der Verhornung allmählich verschwindet. Die Farbe des Europäers wird dadurch
hervorgebracht, daß das Blutroth der Gefäße, welche sich in der
Lederhaut befinden, durch die etwas gelblich durchscheinende Oberhautschicht hindurchschimmert. Je dünner diese Oberhautschicht,
desto stärker tritt, wie an den Wangen und Lippen, die rothe
Farbe hervor, während da, wo sie sehr dick ist, wie an den Fuß-
sohlen, das Gelblichweiß der Oberhaut überwiegt. Die Haut-
farben der verschiedenen Völker werden einzig und allein durch
verschiedene Mischung der drei färbenden Elemente: das Roth
der Blutgefäße, das Braun des Pigmentes und das Gelbweiß
der Oberhaut, hervorgebracht. Die Haut des Negers unterscheidet sich von derjenigen des Europäers nur dadurch, daß die
Lage des Malpighi'schen Netzes bedeutend mächtiger und die
Zellen mit dem schwarzbraunen Pigmente überfüllt sind. Unter
der Oberhaut liegt die Lederhaut, ein dichter Filz unter
einander gewebter Fasern von Bindegewebe und elastischem Gewebe, zwischen denen sich noch glatte Muskelfasern befinden,

welche eigenthümliche Zusammenziehungen bewirken, die wir mit dem Ausdrucke der „Gänsehaut" bezeichnen. Die der Oberhaut zugewandte Fläche der Lederhaut ist nicht eben, sondern mit einer Menge von Hervorragungen versehen, welche bald nur hügelig, bald mehr zapfenartig erscheinen und die man die Hautwärzchen genannt hat.

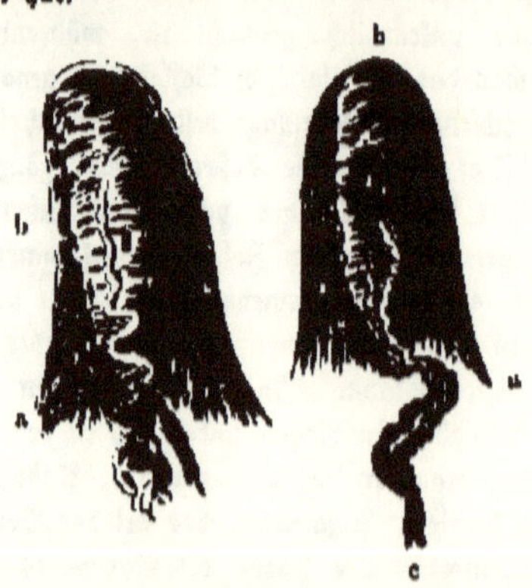

Fig. 31.

Zwei Tastwärzchen der Haut. a. Von der Lederhaut gebildete Schicht. b. Inneres Polster von Bindegewebe. c. Eintretende Nerven.

An der Innenseite der Finger drängen sich diese Hautwärzchen so zusammen, daß sie geschwungene Linien bilden, die auf jedem Finger eine eigenthümliche Zeichnung darstellen. Betrachtet man die Innenfläche der Hohlhand mit einer stärkeren Loupe, so sieht man, daß sowohl auf den vorragenden Leistchen, wie in den eingegrabenen Linien, durch welche dieselben getrennt werden, feine Gräbchen sich öffnen, auf denen man oft ein krystallhelles Tröpfchen bemerkt. Dies sind die Oeffnungen der Drüsen, von welchen sich zweierlei Arten in dem Gewebe der Haut finden: die einen öffnen sich meist in der Nähe der Haare oder in dem Kanal selbst, worin das Haar steckt; sie sondern eine fettige, talgartige Masse ab, man nennt sie Talgdrüsen (s. Fig. 32, S. 141); — die andern, die Schweißdrüsen, liegen alle unter der Haut im Zellgewebe und senden einen korkzieherartig gewundenen Ausführungsgang durch die Schichten der Haut und Oberhaut hindurch bis auf die Oberfläche.

Fig. 32.
Talgdrüse von der Nase (Mitesser) mit einem Haarbalge. a. Innere Drüsenhaut bei b. in das Malpighi'sche Schleimnetz der Oberhaut übergehend; c. Ausführungsgang der Drüse, mit Talg gefüllt; d. Drüsentraübchen; e. der Haarsack; f. das darin steckende Haar.

Die meisten Schweißdrüsen finden sich sonderbarer Weise an der Sohle und an der Hohlhand, bekanntlich zwei Stellen, an denen man selten oder nie schwitzt; die größten lassen sich in der Achselhöhle antreffen. Man hat berechnet, daß in der Hohlhand, welche die meisten Schweißdrüsen besitzt, sich deren 2736 auf einem Quadratzolle Oberfläche befinden, während am Nacken und Rücken, wo sie am seltensten sind, nur etwa 417 auf dem Quadratzolle sich finden. Aus dieser Vertheilung der Drüsen geht schon hervor, daß ihre Beziehung zu dem Schweiße nicht exklusiv sein kann, sondern daß, wie auch aus anderen Betrachtungen hervorgeht, die Hautausdünstung unmittelbar, ohne Vermittelung der Drüsen, aus dem Blute der Haut geschieht.

In gewöhnlichen Zuständen ist die Hautausfonderung nur eine Verdunstung; die Stoffe gehen in Gasform, für uns unsichtbar, davon; — man kann sich aber durch einen sehr einfachen Verfuch davon überzeugen, daß diese Absonderung eine beständige sei. Zu diesem Ende stecke man nur den Arm in einen Glascylinder, den man so gut als möglich fest anschließen läßt. Wenn auch keine Spur von Schweiß sichtbar war, so wird doch der Cylinder bald inwendig beschlagen, und endlich werden sich an den Wänden Tropfen einer klaren, salzig schmeckenden Flüssigkeit ansammeln, die viel flüchtige organische Stoffe enthält und deshalb sehr leicht fault. Der Schweiß, welcher sich in Tropfen auf der Haut sammelt, enthält außer diesen flüchtigen Stoffen stets eine bedeutende Menge von Harnstoff und zwar so viel, daß in 24 Stunden 10—15 Gramm Harnstoff, also etwa ein Drittel derjenigen Menge, welche in dem Harne abgeht, durch den Schweiß entleert werden kann. Je reichlicher der Schweiß wird, desto weniger feste Stoffe enthält er. Man begreift aber leicht, daß seine Absonderung bis zu einem gewissen Grade die Harnabsonderung ersetzen kann, indem der hauptsächlichste Ausscheidungsstoff, welcher im Harne vorkommt, sich auch im Schweiße findet. Der Kohlensäuregehalt der Hautausdünstung ist dagegen sehr gering und kann in keiner Weise demjenigen der Athemluft verglichen werden.

Die Menge der Hautausdünstung und besonders die Schweißbildung hängt zunächst von der Individualität ab. Die Einen schwitzen bei dem geringsten Anlasse, die Anderen nur sehr schwer. Nächst der Individualität aber äußern die Menge der genossenen Getränke, so wie die Temperatur und Trockenheit der Atmosphäre den entschiedensten Einfluß auf die Menge des durch die Hautausdünstung entleerten Wassers, die wieder mit derjenigen des Urines balancirt. Je größer die Hitze, je trockener die Luft, desto mehr verlieren wir durch Ausdünstung und Schweiß; desto gefärbter und wasserarmer wird aber auch unser Urin, während im Gegentheile in den kälteren Wintermonaten letzterer um so wässeriger wird, je mehr die Hautausdünstung

auf ein Minimum zurücksinkt. Es wird aus diesen Thatsachen
erklärlich, warum in heißen und warmen Klimaten das Verhältniß der unmittelbar wägbaren Ausleerungen, Koth und Harn,
zu den gasförmigen, Haut- und Lungenausdünstung oder Perspiration, ein anderes ist, als in gemäßigten, kalten und feuchten
Zonen. In den letzteren, wo die Luft fast beständig mit Feuchtigkeit geschwängert ist, bei durchschnittlich kühler Temperatur,
wird durch Lungen und Haut weit weniger Wasser in Dampfform
abgeschieden, als in heißen trockenen Gegenden, und je nachdem
dies Wasser in Dampfform durch die Perspiration, oder in
flüssiger Form durch die wägbaren Ausleerungen davon geht,
neigt dieser Ausschlag mehr auf die eine oder die andere Seite.

Fig. 88.

Die Niere, nebst dem Harnleiter, senkrecht
durchschnitten, um die innere Structur zu
zeigen. 1. Die Nebenniere, in Fett und Bauchfell eingehüllt. 2. Rindensubstanz mit ge-
knäuelten Harnkanälchen. 3. Die Pyramiden
der Marksubstanz, mit gestreckten Harnkanälchen. 4. Nierenwärzchen, in den Hohlraum
der Niere hineinragend. 5. Hohlraum der
Niere. 6. Anfang, 7. Fortsetzung des Harn-
leiters.

Die Nieren, welche den Harn absondern, sind bekanntlich
zwei zu beiden Seiten der Lendenwirbelsäule in der Bauchhöhle
symmetrisch gelegene, bohnenförmige Drüsen, welche bei dem
Menschen etwa die Größe einer kleinen Faust haben. Durchschneidet man eine solche Niere der Länge nach, so sieht man,
daß sie aus zwei wesentlich verschiedenen Substanzen zusammengesetzt ist. Nach Außen zeigt sich eine dunklere weichere Lage
von Rindensubstanz, von unbestimmt körnigem Ansehen, die nach
Innen hin in die blaßröthliche, streifige Marksubstanz übergeht,

welche in etwa 12—15 kegelförmige Abtheilungen, die sogenannten Pyramiden, getheilt ist. Die Spitzen der Kegel oder die
Nierenwärzchen sind alle nach Innen gegen den Mittelpunkt der
Niere gerichtet und enden frei in einem Hohlraume, dem sogenannten Nierenbecken, welches sich unmittelbar in den röhrenförmigen Harnleiter fortsetzt, der jederseits nach Unten läuft
und in die Harnblase sich öffnet. Untersucht man die Struktur
der Niere genauer (s. Fig. 34, S. 143), so sieht man, daß die
Rindenmasse aus einer Unzahl vielfach hin und her gewundener
Harnkanälchen besteht, welche allseitig von den Blutgefäßen umsponnen werden. Allmählich sammeln sich diese Harnkanälchen nach Innen
zu, wobei sie zugleich einen gestreckteren Verlauf annehmen und so
das streifige Ansehen der Pyramiden der Marksubstanz erzeugen.
Mehr und mehr zusammenmündend öffnen sich endlich die Harnkanälchen an der Spitze der Nierenwärzchen und lassen hier den
Harn in das Nierenbecken austreten, von welchem er dann durch
den Harnleiter in die Blase abfließt. Die Harnleiter haben
ringförmige Muskelfasern, durch deren wurmförmig nach unten
fortschreitende Bewegung der Harn in die Blase geschafft wird.
Es kommt zuweilen vor, daß bei Individuen mit fehlerhafter
Ausbildung der Bauchdecken, in Folge ursprünglicher Mißbildung,
die Vorderwand der Blase fehlt, so daß man in dieselbe hineinschauen und die Oeffnungen der Harnleiter unmittelbar beobachten kann. Man sieht dann, daß die Flüssigkeit aus diesen
Oeffnungen tropfenweise in Absätzen oder zuweilen auch in feinem
Strahle bei stärkeren Zusammenziehungen der Harnleiter hervortritt und sich in der Blase ansammelt, aus der sie bei gesundem
Zustande nur von Zeit zu Zeit entleert wird.

Von besonderer Wichtigkeit erscheint in der Niere die
Gefäßvertheilung. Die Nierenarterie, welche jederseits aus
der großen Unterleibschlagader, der Bauchaorta, entspringt,
ist verhältnißmäßig sehr weit und theilt sich schnell in zahlreiche feine Netze, an denen besondere Gefäßknäuel hängen.

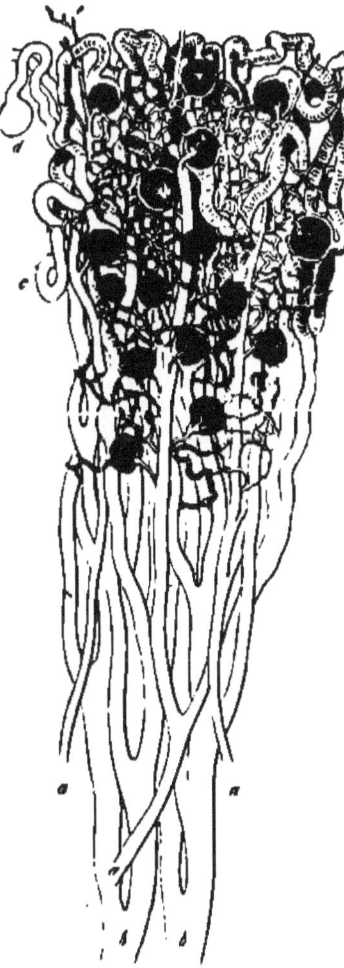

Fig. 84.

Schema der Nieren-structur: a Arterien-stämmchen, b. Harnka-nälchen, in der Mark-substanz fast gerade ver-laufend. c. Gewundene Harnkanälchen der Rin-densubstanz, d. Gefäß-knäuel derselben (Mal-pighi'sche Körperchen); e. Haargefäße der Rin-densubstanz.

Ein jeder solcher Gefäßknäuel (siehe Figur 35), der mit dem bloßen Auge gerade noch als rothes Pünktchen gesehen wer-

Fig. 35.

Ein Gefäßknäuel mit dem Harnkanälchen, das davon entspringt. A. Malpighi'sches Körperchen. B. C. Das Harnkanälchen. a. Aeußere Hülle des Körperchens, sich fortsetzend in die äußere Haut b des Kanälchens. c. Innere Zellenlage des Körperchens, d. des Kanälchens. e. Losgelöste Zellen. f. Einströmende, g. ausführende Arterie des Körperchens. h. Das Wundernetz des Knäuels. 2. Einige losgelöste Zellen des inneren Ueberzuges.

den kann, ist von einem einzigen Gefäße gebildet, welches sich in mehrere Zweige spaltet, die sich knäuelförmig zusammenwinden und endlich wieder in ein einziges Gefäß sammeln. Dieses aus dem Gefäßknäuel hervortretende Arterienstämmchen löst sich erst einige Zeit nach seinem Austritte in das Haargefäßnetz auf, welches die gewundenen Harnkanälchen umspinnt. Man nennt in der anatomischen Kunstsprache die Auflösung größerer Gefäßstämme in feinere Zweige, die sich wieder zu einem Gefäße von derselben Natur sammeln, Wundernetz. Ein solches Gefäßknäuelchen der Niere ist mithin ein Wundernetz eines feinen Arterienzweiges, das sich nur durch seine Zusammenknäuelung vor anderen Netzen dieser Art auszeichnet. Merkwürdig ist aber das Verhalten dieser Gefäßknäuelchen zu der Mechanik der Nierenabsonderung. Jeder Knäuel ist dicht von einer feinen häutigen Kapsel umgeben, welche nichts Anderes ist, als das blasenförmig angeschwollene Ende eines Harnkanälchens. Es beginnt also jedes Harnkanälchen mit einem hohlen Knopfe, in dessen Höhle ein Gefäßknäuelchen steckt, eine Einrichtung, die sich bei keiner anderen Drüse wieder findet.

Die Harnabsonderung ist eine der wichtigsten Funktionen des ganzen Körpers, denn durch sie werden hauptsächlich die Produkte der Zersetzung stickstoffhaltiger Substanzen aus dem Körper geschafft; ja wenn man die geringe Quantität von Stickstoff, die sich in den Excrementen und der Hautabsonderung finden, außer Augen läßt, so ist der Harn die einzige Absonderung, durch welche der Stickstoff überflüssig gewordener Substanzen in Form eigenthümlicher Verbindungen aus dem Körper geschafft wird, während Haut- und Lungenausdünstung die Verbrennungsprodukte des Kohlenstoffes und des Wasserstoffes ausscheiden. Im normalen Zustande schwankt das spezifische Gewicht des Harnes zwischen 1,010 bis 1,030, in krankhaften Zuständen können dagegen beide Gränzen noch bedeutend weiter hinausgeschoben werden. Frischer Harn von gesunden Menschen und fleischfressenden Thieren ist stets sauer, und zwar rührt diese saure Reaktion nicht sowohl von freien Säuren, als von der Gegenwart des phosphorsauren Natrons her. Durch Zersetzung entwickelt sich schnell anfangs freie organische Säure, später aber, bei beginnender Fäulniß, Ammoniak, wodurch dann die saure Reaktion in eine alkalische übergeht. Die Menge des Harnes, welche täglich gelassen wird, ist außerordentlichen Schwankungen ausgesetzt, da sie einestheils mit der Menge des genossenen Getränkes, anderntheils aber mit der durch die Perspiration ausgedünsteten Wassermenge im genauesten Zusammenhange steht. Nach genauen Beobachtungen bei durchaus gleichförmiger Lebensweise betrug das Mittel des während 24 Stunden entleerten Urines im November 56 Loth, im December 57½ L., im Januar 67 L., im Februar 54⅛ L., März 46½ L., April 40⅖ L., Mai 40⅛ L., und es ist zu bedauern, daß diese Messungen nicht während eines ganzen Jahres fortgesetzt wurden, um die regelmäßige Stufenleiter, welche die verhältnißmäßigen Mengen je nach den Jahreszeiten bilden, genau bestimmen zu können.

Als die beiden wesentlichsten Bestandtheile des Urins, welche im normalen Zustande nie fehlen, stellen sich zwei organische, sehr stickstoffreiche Verbindungen dar: der Harnstoff und die Harnsäure. 100 Theile Harnsäure enthalten gerade ein Drittel des Gewichtes Stickstoff, und 100 Theile Harnstoff nahezu die Hälfte, nämlich 46,67 auf 20 Theile Kohlenstoff. Wenn schon es bemerkenswerth ist, daß keine andere Sekretion des Körpers solche stickstoffreiche Materien in bedeutender Menge enthält, so ist noch besonders zu berücksichtigen, daß keine andere organische Substanz den Stickstoff in so bedeutender Menge enthält, als gerade diese beiden charakteristischen Bestandtheile des Harns. Die eiweißartigen Körper, die Alkaloide, enthalten weit weniger Stickstoff, und man kann deshalb wenigstens theoretisch behaupten, daß die organischen stickstoffhaltigen Substanzen dadurch in Harnstoff und Harnsäure übergeführt werden können, daß ein Theil ihres Kohlenstoffes und Wasserstoffes verbrennt, während der zurückbleibende Stickstoff mit dem übrig bleibenden Kohlenstoff und Wasserstoff eine Verbindung eingeht. Offenbar wird auch durch den Lebensprozeß definitiv in dem Körper diese Zersetzung hergestellt, indem einerseits der Harn die zurückbleibende Stickstoffverbindung, anderseits die Athmung die Kohlensäure und das Wasser aus dem Körper entführt. Außer dem Stickstoff und der Harnsäure enthält der Harn auch noch bei den Continentalvölkern Europa's (nicht aber bei den fleischfressenden Engländern) stets eine kleine Menge Hippursäure, die sich bei Pflanzennahrung mehrt und auch namentlich bei den Pflanzenfressern die Harnsäure ersetzt, etwas Weniges Kreatin und Kreatinin, Stoffe, deren wir oben bei dem Fleische als Zersetzungsprodukte der Muskelsubstanz erwähnten, und eine eigenthümliche thierische Materie, welche überall in Gestalt eines bräunlichen, harzartigen Körpers den chemischen Operationen hinderlich in den Weg tritt, und, wie es scheint, mehrere Farbstoffe, sowie einen besonderen Riechstoff enthält. Die Salze, welche in der Harnflüssigkeit aufgelöst sind, bestehen hauptsächlich aus phosphorsaurem Natron, Kalk und Talk, aus Kochsalz und Glaubersalz, und wechseln außerordentlich, je nach der Beschaffenkeit der Nahrung, da fast alle löslichen Salze mit großer Schnelligkeit in den Harn übergehen.

Die wichtigste Rolle im Harne spielt ohne Zweifel der Harnstoff, dessen verhältnißmäßige Menge im Harne man schon aus dem spezifischen Gewichte erschließen kann. In gesundem Zustande schwankt der Gehalt des Harnstoffes in ziemlich bedeutenden Gränzen zwischen 15 und 37,5 Theilen in 1000 Theilen Harn; das Mittel mag etwa 25 bis 30 Theile betragen. Die Harnstoffmenge, welche ein erwachsener Mann von 45 Jahren in 24 Stunden entleert, beträgt im Mittel 35 bis 38 Gramm. Die Bestimmungen desselben Beobachters, der an einem wahren Fleisch- und Fettkolosse von 215 Pfund Gewicht arbeitete, ergaben bei einer Frau von 43 Jahren und 180 Pfund 25,32 Harnstoff, bei einem 132 Pfund schweren Mädchen von 18 Jahren 20,19 Harnstoff, bei einem Knaben von 16 Jahren, der 97 Pfund wog, 19,86 Gramm durchschnittlich in 24 Stunden. Man sieht, daß dem Körpergewichte nach die Familie, welche diese Bestimmungen lieferte, große Verhältnisse zeigt, und demnach die Uebertragung dieser Zahlen auf Menschen von mittlerem Körpergewichte um so mehr erst nach vorgängiger Reduktion anwendbar wäre, als die Fett- und Knochenmassen, welche Gerüste dieser Art stützen und umhüllen, sehr bedeutend sind, diese stickstofflosen Körper aber keinen Beitrag zur Harnbereitung liefern können. Sucht man die Zahlen aber so zu vergleichen, daß man die Menge des Harnstoffes, die in 24 Stunden auf je ein Pfund Körpergewicht ausgeleert wird, berechnet, so findet man, daß der Knabe verhältnißmäßig am Meisten Harnstoff produzirte, nach ihm der Mann, daß dann die Frau und zuletzt das Mädchen folgte, welches die geringste Menge ergab. Wahrscheinlich beruht dies Resultat darauf, daß der Mann, wie dies gewöhnlich geschieht, auch bei sonst gemeinschaftlicher Familiennahrung, mehr Fleisch und sonstige stickstoffhaltige Stoffe zu sich nahm, als der weibliche Theil der Familie, und daß der noch im Wachsthum befindliche Knabe verhältnißmäßig mehr Nahrung und

stickstoffhaltige Nahrung zu sich nahm, als die schon im Wachsthum vollendeten Personen.

Schon die einfachste Erfahrung mußte nachweisen, daß die
Harnabsonderung durch die leisesten Veränderungen in Speise
und Trank, sowie im Verhalten des Körpers in Ruhe oder Bewegung mitbetroffen wurde; daß der größere oder geringere
Sättigungsgrad sowohl von der Aufnahme von Flüssigkeiten, als
von dem gleichzeitigen Spiel der Lungen und der Haut abhänge;
daß die Zusammensetzung selbst eine andere werden müsse, je
nach den Bestandtheilen der Nahrung und den Zuständen des
Körpers. Der Harn, seine Zusammensetzung und sein Concentrationsgrad bietet gewissermaßen das empfindlichste Barometer
für alle wechselnden Zustände des Organismus dar, und so viele
Versuche man auch bis jetzt über sein Verhalten im gesunden
und kranken Zustande gemacht hat, so sind doch bei Weitem noch
nicht alle Fragen erschöpft, welche an diese Untersuchungen geknüpft werden können.

Die Nahrungsmittel im engeren Sinne üben einen ganz
besonderen Einfluß aus: der Harn der pflanzenfressenden Thiere
ist nicht sauer, sondern alkalisch; er enthält weniger Harnstoff,
als derjenige der fleischfressenden, und statt der stickstoffreichen
Harnsäure die kohlenstoffreiche oder stickstoffarme Hippursäure.
Statt der phosphorsauren Salze enthält der Harn der Pflanzenfresser größtentheils kohlensaure Salze, statt des Kali hauptsächlich Natron. Es läßt sich erwarten, daß durch Veränderung
der Nahrung nach dieser Richtung hin auch der Harn geändert
werden kann. Einige Forscher haben Versuche dieser Art an
sich selbst angestellt, andere haben Hunde abwechselnd mit verschiedenen Stoffen gefüttert und die Resultate hieraus gezogen.
In neuester Zeit erst sind Versuchsreihen, an einem Hunde angestellt, veröffentlicht worden, welche freilich zu den entgegengesetzten Schlüssen führen müssen, als die sind, zu welchen die
Beobachter gelangt zu sein glauben. Denn es zeigt sich bei
diesen Versuchen auf das Deutlichste, daß zwar allerdings ein
Theil des abgesonderten Harnstoffes von der Metamorphose der

Gewebe herrührt, der größte Theil dagegen von der direkten Umwandlung der stickstoffhaltigen Nahrungsstoffe im Blute. In der
That sondern die Thiere während des Hungers eine bestimmte
Quantität von Harnstoff ab, der wohl gewiß zum größten Theile
vom Umsatze der Gewebe und besonders des Muskelfleisches abhängt und etwa derjenigen Menge von Harnstoff gleich ist, welche
bei stickstoffloser Nahrung, wie z. B. Fett, abgesondert wird.
Dagegen wird die Menge des Harnstoffes augenblicklich vermehrt,
sobald die Nahrungsstoffe mehr Stickstoff enthalten, und wird
sogar dann übermäßig, wenn die eingenommenen Substanzen
nicht zur Ernährung des Körpers dienen. So wirkt z. B.
Leim, der den Körper nicht ernährt, ganz in derselben Weise wie
Fleisch, welches vollkommen ernährt, auf die Vermehrung der
Absonderung des Harnstoffes ein. Wird die Stickstoffnahrung
übermäßig, so kann endlich der Harn der Stickstoffausscheidung
nicht mehr genügen; — die Harne verbreiten einen pestilenzialischen
Gestank und dünsten offenbar stickstoffhaltige Substanzen durch
Haut und Lungen aus.

Die Versuche haben ferner gelehrt, daß Arbeit, Muskelan-
strengung, Laufen in einem Rade z. B., die Harnstoffmenge kaum
vermehrt, wenn nicht die Nahrung ebenfalls ihren Einfluß äußert.
Ja es scheint sogar, als ob die zuweilen beobachtete Vermehrung
der Harnstoffabsonderung noch innerhalb der Gränzen der Beobachtungsfehler falle. Offenbar ist also die Harnstoffquelle,
welche aus dem Umsatz der Körpergewebe sprudelt, nur der geringere Theil der Harnstoffproduktion, welche in dem Körper
stattfindet, und wenn man, um dies Resultat zu verdecken, die
Electricität anruft, so heißt dies nur ein unbekanntes X an die
Stelle eines leicht zu ergründenden Resultates setzen.

Ueber den Uebergang fremder, von Außen eingeführter
Stoffe in den Harn hat man vielfache Versuche angestellt.
Metalle, welche mit thierischen Stoffen unlösliche Verbindungen
eingehen, wie Quecksilber, Blei, Eisen; flüchtige, leicht ver-
dampfende Stoffe, wie ätherische Oele, Weingeist u. s. w., finden
sich niemals im Urine wieder; letztere Stoffe werden durch die

für gasförmige Abscheidungen bestimmten Organe, die Lungen und die Haut, entfernt. Salze mit unorganischen Säuren und Basen, lösliche Farbstoffe, viele feste Riechstoffe, die nur durch ihre eigene langsame Zersetzung riechen, wie Moschus, Bibergeil ꝛc., endlich die organischen Basen Chinin, Cinchonin ꝛc. werden unzersetzt durch den Harn ausgeschieden. Andere Stoffe hingegen kommen nur in wesentlich verändertem Zustande wieder zum Vorschein. So wird der in den Nahrungsmitteln enthaltene freie Schwefel und Phosphor in oxydirtem Zustande als schwefelsaures und phosphorsaures Salz abgeschieden; so treten die meisten Salze, welche von einer organischen Säure gebildet werden, die essigsauren, apfelsauren Salze ꝛc., in dem Urine als kohlensaure Salze auf. In vieler Beziehung sind diese Veränderungen äußerst merkwürdig, indem sie nachweisen, daß auch innerhalb der Blutbahn nothwendig chemische Umsetzungen vorgehen müssen, und es somit wahrscheinlich machen, daß viele chemische Prozesse, welche wir in dem Körper beobachten, nicht allein in dem Parenchyme der Organe, während der Ernährung der Gebilde, sondern auch in dem kreisenden Blute selbst vor sich gehen. Man hat in der That nachgewiesen, daß milchsaure Alkalien, in die Venen eines Hundes eingespritzt, den Urin in kurzer Zeit alkalisch machen und darin als kohlensaures Salz nachweisbar sind. Ebenso beobachtet man, daß nach Einspritzung von Traubenzucker oder Kleister in die Venen der Urin nach kurzer Zeit alkalisch wird. Der veilchenartige Geruch des Harnes nach Einnahme von Terpentin, der Gestank nach Genuß von Spargeln beweisen ebenfalls Umsetzungen der genannten organischen Stoffe in der Blutbahn. Betrachtet man alle diese Veränderungen genauer, so zeigt sich, daß viele Stoffe zwar unverändert in dem Harne wieder auftreten, wenn sie gleich zuweilen bedeutende Veränderungen im Organismus bewirken; daß diejenigen Substanzen aber, welche in verändertem Zustande auftreten, fast alle höher oxydirt, mehr oder minder verbrannt sind, und dennoch wahrscheinlich in der Blutbahn selbst durch den Sauerstoff des arteriellen Blutes verändert wurden.

So viel ist ein für allemal nachgewiesen, daß den geträumten heimlichen Harnwegen, welche die alten Physiologen zum Uebergange der Flüssigkeiten aus dem Magen in die Nieren annahmen, keine Thatsache zum Grunde liegt. Eine genauere Kenntniß des Blutlaufes, der Auffangung und Absonderung, so wie die anatomische Untersuchung haben gelehrt, daß dergleichen Wege nicht vorhanden seien und daß alle Stoffe, welche vom Magen oder Darmkanal aufgesaugt werden, die Pfortaderzweige und die Lebergefäße, das rechte Herz, die Lungen, das linke Herz und die Arterien bis zu den Nieren mit dem Blutstrome durchlaufen müssen, ehe sie in dem abgesonderten Harne erscheinen können.

So lang auch dieser Weg scheinen mag, so wissen wir doch aus der Darstellung des Blutkreislaufes, daß die Vollendung eines Umschwunges der Blutmasse in dem Körper nur einer sehr geringen Zeitfrist bedarf. Es darf deshalb nicht verwundern, wenn man bei Menschen, deren Harnblase durch die oben erwähnte ursprüngliche Mißbildung so geöffnet war, daß die Oeffnungen der Harnleiter dem Blick zugänglich waren, schon wenige Minuten nach der Aufnahme durch den Mund solche leicht lösliche Stoffe in dem abtröpfelnden Harne nachweisen konnte, welche, wie z. B. Blutlaugensalz, eine ausgezeichnete Reaktion besitzen; — andere stark färbende Substanzen z. B. erscheinen meistens erst nach 10—20 Minuten; da aber während dieser Zeit das Blut wenigstens fünfmal im ganzen Körper kreist, so ist diese Schnelligkeit der Absonderung wohl begreiflich.

Die Mechanik der Absonderungen überhaupt ist indeß bei Weitem noch nicht so weit aufgeklärt, als es wünschbar wäre. Es erscheint zwar auf den ersten Blick sehr einfach, anzunehmen, daß die in den Drüsengängen enthaltenen Flüssigkeiten einfach aus den umspinnenden Capillargefäßen ausgeschwitzt sind, allein mit dieser Annahme sind noch nicht alle Erscheinungen hinreichend erklärt.

Erst in neuester Zeit hat man bemerkt, daß die Absonderung gerade den entgegengesetzten Einfluß auf das Blut äußert, als den, welchen man ihr früher zugeschrieben hatte. Wenn eine

Drüse nicht in Thätigkeit ist, also keine Absonderung liefert, so ist das Blut, welches aus ihr zurückströmt, dunkles, blaues, venöses Blut; sobald aber die Absonderung beginnt und der Drüsensaft zu fließen anfängt, röthet sich auch das durch die Drüsenvene strömende Blut mehr und mehr, bis es endlich die kirschrothe Farbe des Arterienblutes besitzt. An den Speicheldrüsen hat man gefunden, daß diese auffallende Erscheinung hauptsächlich von der Einwirkung verschiedenartiger Nerven abhängt, von welchen die einen den Blutlauf in den Haargefäßen beschleunigen, die anderen aber, wie wir später sehen werden, im Gegentheile hemmen und verlangsamen. Hier liegt also schon in erster Linie eine Thatsache vor, die bis jetzt noch keine genügende Erklärung finden dürfte. Daß die Absonderung der meisten Drüsen unter einer gewissen Herrschaft des Nervensystemes stehe und häufig durch bloße Erregung des Centralnervensystemes bedingt oder beschleunigt werden könne, ist eine alltägliche Erfahrung, und das Sprichwort, daß einem beim Anblicke einer leckeren Speise das Wasser im Munde zusammenläuft, nur ein volksthümlicher Ausdruck für die Vermehrung der Speichelabsonderung bei Erregung der Eßlust. So kommen indeß hier noch andere Fragen in Betracht, die wir in Kürze erörtern wollen.

Sind die Drüsen einfache Filtrirmaschinen, welche den schon im Blute enthaltenen, aus der Ernährung hervorgehenden Stoff einfach absondern; oder wird im Gegentheile durch die Thätigkeit der Zellen, welche die Drüsen auskleiden, der Absonderungsstoff erst innerhalb der Drüse gebildet; oder finden endlich vielleicht beide Vorgänge zu gleicher Zeit statt, indem die Wandung der feinsten Drüsenkanälchen gewisse Stoffe, die im Blute schon vorhanden sind, abscheidet, die Thätigkeit der Zellen hingegen andere, welche nicht vorhanden waren, erst innerhalb der Drüse bildet?

Für alle diese Fragen lassen sich mehr oder minder schlagende Antworten durch Thatsachen anführen.

Vor allen Dingen darf man behaupten, daß die organischen, von der Natur selbst gewebten Filter, wie sie in den feinen Häuten des Bauchfelles, des Darmes, der Drüsen hergestellt sind, in der That die vollkommensten sind, welche überhaupt gefunden werden können, indem sie die höchste Durchgänglichkeit für Flüssigkeiten mit dem größtmöglichen Widerstand gegen festere Stoffe, seien sie auch in noch so feine Körchen vertheilt, verbinden. Da bei jedem Filter eine gewisse Kraft beobachtet wird, mit welcher die Flüssigkeit von den Poren des Filters angezogen wird, so kann man auch wohl annehmen, daß diese Kraft bei den feinen thierischen Häuten, aus welchen die Drüsengänge gewebt sind, nicht unbedeutend sein dürfte, ein Umstand, auf den wir sogleich zurückkommen werden.

Ferner kann nicht geleugnet werden, daß in jeder Drüse eine spezifische Anziehungskraft für gewisse Stoffe, die im Blute vorhanden sind, existiren müsse. Wäre dies nicht der Fall, so müßte jeder Drüsensaft alle in der Blutflüssigkeit enthaltenen aufgelösten Stoffe ebenfalls enthalten, was aber, wie wir wissen, nicht der Fall ist. Der Harn enthält im normalen Zustande kein Eiweiß, das freilich in krankhaften Zuständen ebenso wie Zucker übertreten kann, und die Proportion der verschiedenen Salze, die doch im ganzen Blute eine und dieselbe ist, erscheint in den Säften einer jeden Drüse verschieden. Offenbar muß also eine spezielle Anziehungskraft für gewisse Stoffe einem jeden Drüsengewebe zugeschrieben werden. Eine solche braucht aber nur einigermaßen stärker zu werden, um wirklich chemisch zersetzend und umbildend aufzutreten. Wir kennen in der unorganischen Chemie schon eine große Menge von Beispielen solcher Verwandtschaften zu Verbindungen, deren Elemente zwar vorhanden, welche aber erst durch eine gewisse Umbildung erzeugt werden sollen, und in der organischen Chemie treten diese Verwandtschaften eben so häufig auf. Holz z. B. besteht aus Kohle, Wasserstoff und Sauerstoff, und zwar diese letzteren in dem Verhältnisse, daß sie mit einander Wasser bilden. Die concentrirte Schwefelsäure hat eine ungemeine Verwandtschaft zum Wasser. Sobald Holz und Schwefelsäure zusammenkommen, wird ersteres zersetzt, sein Wasserstoff und Sauerstoff treten zusammen um Wasser zu bilden und die Kohle bleibt zurück; das Holz

verkohlt sich. Chlorcalcium verbindet sich ebenfalls sehr begierig
mit Wasser; allein mit Holz zusammengebracht übt es keine zer-
setzende Wirkung auf das letztere aus; seine Verwandtschaft zum
Wasser ist nicht so stark, um eine Bildung dieses Stoffes auf
Kosten des Holzes zu veranlassen, während es das schon gebildete
Wasser begierig anziehen würde. Man sieht, es ist nur die
Quantität, das Maß der anziehenden Kräfte, welches hier den
Ausschlag giebt, und in der That sagen uns alle Thatsachen,
daß sowohl eine spezifische Filtration in der Blutflüssigkeit schon
vorgebildeter Stoffe, als auch Neubildung anderer Stoffe in den
Drüsen vor sich gehen müsse. Wir haben gesehen, daß unzweifelhaft der Zucker in der Leber selbst gebildet und nicht mittels der
Pfortader zugeführt werde, wie manche Beobachter behaupten
wollten; ja wir haben sogar die beiden Stoffe, welche zu dieser
Leberzuckerbildung mitwirken, in dem Organe selbst kennen gelernt. Nicht minder wissen wir, daß nach Ausrottung der Leber
keine Gallenstoffe in dem Blute nachgewiesen werden können, daß
also dieselben ebenfalls durch die Thätigkeit der Leber erzeugt
werden müssen. Wollen wir zu anderen Drüsen oder drüsen-
artigen Gebilden unsere Zuflucht nehmen, so sehen wir, daß der
Leberzucker in den Lungen zu Grunde geht und in dem von den
Lungen zurückkehrenden Blute nicht mehr nachgewiesen werden
kann, daß also auch hier ganz gewiß eine umwandelnde Thätigkeit und zwar wahrscheinlich ein Verbrennen und Kohlensäure-
bildung in den Lungen selbst stattfinden müßte. Wir sehen in
allen übrigen Drüsen eigenthümliche Stoffe, Pepsin in den Labdrüsen, Speichelstoff im Speichel, Hefe im Bauchspeichel, die wir
im Blute nicht auffinden können und für welche also die Annahme
gelten könnte, daß sie in den Drüsen selbst erzeugt wurden. Indessen dürfte man auf diese letzteren Beispiele nicht zuviel geben,
da die beregten Stoffe keine charakteristischen Reaktionen besitzen,
also leicht der Untersuchung entschlüpfen können, und andererseits
nur eine äußerst geringe Menge derselben im Blute vorhanden
zu sein brauchte, um nichts destoweniger die Absonderung der
Drüse beständig zu unterhalten.

Auf der anderen Seite besitzen wir nicht minder eine gewisse Anzahl von Thatsachen, welche uns beweisen, daß gewisse Absonderungsstoffe wirklich im Blute vorgebildet vorhanden sind und erst durch die Drüsen einfach abfiltrirt werden. Es kann keinem Zweifel unterliegen, daß der größte Theil der Kohlensäure, welche in den Lungen abgeschieden wird, wirklich aus dem venösen Blute stammt. Dasselbe ist für den Harnstoff erwiesen. Neuere Untersuchungen lehren, daß das Blut von Thieren (Stiere, Pferde, Hunde) im Mittel $^3/_{10,000}$ Harnstoff enthält. Da nun die Blutmenge, welche in einer gegebenen Zeit eine Niere durchströmt, im geraden Verhältnisse zum Gewichte dieser Niere steht, so könnte man aus dem Gewichte der Nieren einerseits und dem bekannten Harnstoffgehalte des Blutes andererseits mit Leichtigkeit berechnen, wieviel Harnstoff in einer gegebenen Zeit mit dem Blute durch die Niere hindurchgetrieben wird. Und da fand sich denn das überraschende Resultat, daß nur ein geringer Theil, etwa $^1/_{10}$ des durchgetriebenen Harnstoffes, von der Niere wirklich angezogen und abgesondert wird, während $^9/_{10}$ etwa durch die Nierenvene in die Blutbahn zurückgeleitet werden. Es kann also diesen Untersuchungen zufolge durchaus nicht in Abrede gestellt werden, daß der Harnstoff wirklich im Blute sich vorgebildet findet und durch die Nieren und die Haut, wie wir oben sahen, abfiltrirt wird. Derselbe Schluß ergab sich indessen auch schon aus dem Umstande, daß nach der Ausrottung der Nieren, die man indessen niemals ohne tödtlichen Ausgang bei Thieren vornehmen kann, die Harnstoffmenge im Blute vergrößert schien. Die aus der erwähnten grausamen Operation gezogenen Schlüsse konnten indessen um so mehr angegriffen werden, als eben der operative Eingriff ein solcher ist, daß er alle Ernährungsverhältnisse in tiefster Weise angreift.

Fassen wir indeß das Wechselverhältniß, welches in der Ernährung besteht, wohl in das Auge, so kommen wir nothwendig zu dem Schlusse, daß die Bildung der Kohlensäure aus der Ernährung der Körpergewebe, aus welcher sie in das Blut gelangt, auch nothwendig die Bildung des Harnstoffes oder eines ähnlichen,

sehr stickstoffreichen Körpers setzen müsse. Die meisten Bestandtheile unseres Körpers, wie Muskelfleisch, Sehnensubstanz u. s. w.,
enthalten alle eine ziemlich bedeutende Menge Stickstoff, und nur
die Fettarten, die aber auch zu den in wandelbarer Menge angehäuften Substanzen des Körpers gehören, entbehren des Stickstoffes. Wird nun durch die Zersetzung der stickstoffhaltigen
Substanzen ein Theil ihres Kohlenstoffes in Kohlensäure verwandelt, so muß nothwendig ein Körper überbleiben, der an
Stickstoff weit reicher ist, als das zersetzte Muskelfleisch, und ein
solcher Körper ist uns in dem Harnstoffe gegeben. Hundert Gewichtstheile Muskelfleisch enthalten nur 15,72 Theile Stickstoff,
während in 100 Theilen Harnstoff 46,48 Gewichtstheile Stickstoff
enthalten sind. Wenn aber durch die Bildung der Kohlensäure
aus Muskelfleisch somit die Entstehung eines stickstoffreichen
Körpers nothwendig bedingt ist, wenn die Gegenwart eines solchen,
des Harnstoffes, im Blute und im Sekrete der Nieren erwiesen
ist, so scheint mir, man könne über seinen Ursprung nicht länger
zweifelhaft sein.

Es fehlt ferner nicht ganz an direkten Versuchen, welche für
die Thätigkeit der Drüsen als Filtrirmaschinen zu sprechen
scheinen. Der Magen hat bekanntlich ein ganz eigenthümliches
Sekret, den Magensaft, der von den unendlich vielen Labdrüs-
chen geliefert wird, die in der Dicke seiner Schleimhaut eingebettet liegen. Sobald Nahrungsmittel in den Magen kommen,
röthet sich dessen Schleimhaut vom größeren Blutandrange;
während sie vorher bleich und schlaff war, strotzt sie jetzt und
überall bricht aus den Drüsenöffnungen der sauere Magensaft in
Tröpfchen hervor und lagert sich wie ein Thau auf der inneren
Fläche ab. Dieselben Erscheinungen lassen sich beobachten, wenn
man unmittelbar nach dem Tode des Thieres, welches zu dem
Versuche dient, warmes Blut in die Magengefäße spritzt. Die
Absonderung hat dabei ihren Fortgang, wie wenn das Thier noch
lebte, und es ist leicht, nachzuweisen, daß der sich bildende Magensaft nicht in den Drüsen vorhanden war, sondern erst aus dem
eingespritzten Blute abgeschieden wird. Wenn man nämlich ein

leicht zu erkennendes Salz dem Blute, welches man einspritzt,
beimischt, findet sich dieses sogleich in dem abgeschiedenen
Magensafte wieder. Ich weiß wohl, daß man diesen Versuchen
den Vorwurf machen könnte, sie wären nicht entscheidend, indem
das eingespritzte Blut eben so gut nur als Reiz dienen könne,
welcher die bildende Thätigkeit der Magendrüsen noch nach dem
Tode ansporne; allein wie man auch die Sache ansehen möge,
so helfen doch diese Thatsachen mit zur Construirung eines Beweises, den sie allein nicht liefern können.

Wir kommen also zu dem Schlusse, daß die Absonderungsthätigkeit der Drüsen durchaus nicht so einfach ist, als man sich
dieselbe wohl vorstellen dürfte, indem einerseits spezifische Stoffe
aus der Blutflüssigkeit abgeschieden, andererseits aber auch wirklich andere neu gebildet werden. Ob nun diese beiden Thätigkeiten, welche, wie wir oben nachwiesen, doch im Grunde zusammenfallen, ob dieselben an verschiedene Formelemente der
Drüsen gebunden sind; ob die Filtration den feinen Häutchen
der Drüsenschläuche anheimfällt, die Neubildung dagegen den diese
Schläuche immer auskleidenden Zellen: diese Frage zu entscheiden dürften die vorliegenden Untersuchungen noch nicht hin-
reichendes Material bieten. Das Mikroskop kann nur geringe
Auskunft schaffen, indem die meisten spezifischen Drüsenstoffe in
den Flüssigkeiten aufgelöst, also der sichtlichen Wahrnehmung unzugänglich sind, und die Chemie ist bis jetzt ebenfalls außer
Stande, genügende Antwort zu ertheilen, da die Trennung der
Drüsenzellen von dem sie umspülenden Drüsensafte so, wie es
zu einer chemischen Untersuchung nöthig wäre, unausführbar ist.

Sucht man die Mengen der von den einzelnen Drüsen gelieferten Flüssigkeiten zu bestimmen, so fallen dieselben, wie wir
auch an einzelnen Beispielen sahen, sehr bedeutend aus, und bei
einzelnen Drüsen, wie z. B. der Leber, kann es keinem Zweifel
unterliegen, daß ein großer Theil der Absonderung in der That
wieder in den Blutstrom zurückkehrt. Es findet also innerhalb
der Drüsen eine bedeutende Fortschaffung von Flüssigkeit nach
außen hin statt, und es fragt sich, welches denn hier die fortbe-

wegende Kraft eigentlich sei. In den Ausführungsgängen der größeren Drüsen kann man ringförmige Lagen glatter Muskelfasern unterscheiden, welche durch ihre wurmförmig von innen nach außen fortschreitenden Bewegungen die Absonderung weiter befördern und auf diese Weise im Inneren der Drüse Raum schaffen; allein diese Kraft genügt nicht zur Fortbewegung der Flüssigkeit innerhalb der häufig sehr gewundenen und verwickelten Drüsengänge, die sich doch in gewissen Fällen, z. B. bei Verschließung der Ausführungsgänge, fast bis zum Bersten mit abgesonderter Flüssigkeit füllen. Hier dürften denn zwei bewegende Elemente vorzugsweise eintreten: einerseits die oben schon erwähnte Anziehungskraft der filtrirenden Wandungen der Drüsengänge, welche gewissermaßen als ein Druck aufgefaßt werden kann, der beständig Flüssigkeit in die Gänge hineinpreßt, andererseits die Capillarität der Drüsengänge, welche so eng sind, daß sie ebenso wie Haarröhrchen wirken und demnach mittels einer gewissen Kraft die in ihnen enthaltene Flüssigkeit weiter schieben. Der Seitendruck des Blutes, dem man früher diese fortschiebende Kraft zuschreiben zu müssen glaubte, kann, wie genauere Versuche lehren, in keiner Weise für die Fortbewegung der Drüsensäfte angerufen werden.

Siebenter Brief.

Die Aufsaugung.

Alle Gewebe unseres Körpers, so fest oder trocken sie auch
erscheinen mögen, sind dennoch beständig von Flüssigkeit durchtränkt. Die Wandungen der Gefäße, innerhalb welcher das
Blut und die Lymphe unseres Körpers sich bewegen, sind durch-
bringlich für wässerige Stoffe, und daß diese Durchbringung
beständig stattfinde, dies lehrt die tägliche Erfahrung. In
diesem so äußerst einfachen Verhältnisse aber ist der ganze Prozeß der Ernährung, der Absonderung, der Aufsaugung begründet;
denn alle Wechselwirkungen zwischen den einzelnen Substanzen
und Geweben des Körpers geschehen nicht unmittelbar, sondern
werden durch feuchte Membranen vermittelt. Die Blutbahn ist
überall in sich abgeschlossen; nirgends existirt eine offene Mündung eines Gefäßes; die Lymph- und Chylusgefäße sind ebenfalls, wenigstens der Meinung der meisten Forscher zu Folge,
von allen Seiten geschlossene Röhren; der Verdauungskanal ist
nur nach Außen, nirgends in die Gewebe des Körpers geöffnet,
die absondernden Kanäle befinden sich in demselben Falle, sie
stehen nur mit der äußeren Oberfläche, nicht aber mit den Blutgefäßen, aus welchen sie ihr Sekret ziehen, in unmittelbarem
Zusammenhange. Der Uebergang von Stoffen aus dem Darmkanale in das Blut oder die Lymphe und aus der Blutbahn in
die absondernden Organe, mit einem Worte, der ganze vegetative
Lebensprozeß wäre demnach eine reine Unmöglichkeit, wenn nicht

alle diese Röhren, Kanäle und Flächen in solcher Art gewebt wären, daß Flüssigkeiten durch sie hindurchdringen und der Stoffwechsel auf diese Weise vor sich gehen könnte.

Jedermann weiß aus der täglichen Erfahrung, daß trockene organische Stoffe in wässerige Flüssigkeiten gelegt eine gewisse Menge davon aufsaugen, und durch diese Aufsaugung selbst einen bedeutenderen Raum einnehmen oder quellen. Diese Quellung verändert in der einflußreichsten Weise die physikalischen Verhältnisse der Organe, namentlich ihre Elasticität und Dehnbarkeit, und es ist nicht zu viel gesagt, wenn man behauptet, daß ohne die beständige Durchdringung unserer sämmtlichen Organgewebe mittelst der aus dem Blute ausgeschwitzten Flüssigkeit sowohl vegetatives Leben als Bewegung des Organismus durchaus unmöglich wäre. Das Maß von Flüssigkeit, welches die einzelnen Gewebe bei der Quellung aufnehmen, ist sehr verschieden, je nach der Zusammensetzung der Flüssigkeit selbst, sowie nach dem Zustande, in welchem sich das Gewebe befindet. So hat man, um nur ein Beispiel anzuführen, gefunden, daß 100 Gewichtstheile trockene Ochsenblase in 24 Stunden mehr als das doppelte ihres Gewichtes, nämlich 268 Theile Wasser, dagegen nur 133 Theile Salzwasser, 38 Theile Weingeist und 17 Theile Knochenöl in sich aufnehmen. Fleisch nimmt um so weniger Salzwasser an, je stärker der Gehalt desselben an Salz ist, und darauf beruht die in Haushaltungen bekannte Erscheinung, daß bei dem Einpöckeln des Fleisches das Salz aus dem Fleisch Wasser herauszieht und eine Salzlake gebildet wird, auch ohne daß man Wasser hinzuschüttet. Das frische Fleisch, welches mit dem wenig eiweißhaltigen Wasser der Blutflüssigkeit vollständig durchtränkt ist, kann nicht die gleiche Menge von gesättigtem Salzwasser aufnehmen, und es wird demnach durch den Salzgehalt ein Ueberschuß von Wasser aus dem Fleische herausgepreßt.

Die Quellung und vollständige Durchdringung der organischen Gewebe mit Flüssigkeit ist die erste und nothwendige Bedingung des beständigen Stoffumsatzes, welcher in dem Organismus vor sich geht. Die thierischen Häute sind alle, mit wenigen

Ausnahmen, aus Fasern gewebt, zwischen welchen Blutgefäße, Nervenfäden und Lymphgefäße in mancherlei Maschennetzen sich durchschlingen. Die Zwischenräume, welche das Gewebe bildet, bieten den hauptsächlichsten Hebel der Austauschungen dar, welche in dem Innern des Parenchyms vor sich gehen. Sobald nämlich eine thierische Haut auf beiden Seiten mit Flüssigkeiten in Berührung kommt, die unter sich irgend eine Verschiedenheit bieten, mag diese Verschiedenheit nun qualitativ oder quantitativ sein, so geschieht ein Austausch der Bestandtheile zwischen beiden Flüssigkeiten, der durch das Gewebe der Haut selbst vermittelt wird und so lange anhält, bis das Gleichgewicht auf beiden Seiten hergestellt ist. Man hat diese Erscheinung Endosmose genannt, und vielfache Versuche haben uns diese Erscheinung in mannichfaltigster Weise kennen gelehrt. Die Erscheinung der Endosmose an sich ist ungemein leicht zu beobachten. Man braucht zu diesem Ende nur ein Stück von dem Darme eines Thieres an beiden Enden zuzubinden, nachdem man es schlaff mit Weingeist gefüllt hat, und es dann in ein Gefäß mit Wasser zu legen. Bald schwillt das Darmstück an, es füllt sich vollständig, und wenn man, ehe es durch übermäßige Anfüllung platzt, die darin angehäufte Flüssigkeit untersucht, findet man, daß sie aus wässerigem Weingeiste besteht. Das Wasser ist mithin von außen her durch die Darmhäute in die innere Höhle gedrungen und hat sich mit dem darin befindlichen Weingeiste gemischt. Allein das Wasser in der Schüssel, in welcher der Darm lag, bietet einen schwachen alkoholischen Geschmack dar, und es ergiebt sich, daß auch einiger Weingeist nach außen gedrungen und sich mit dem Wasser gemischt hat. Es ist mithin durch die Darmhaut ein wirklicher Austausch zwischen den beiden Flüssigkeiten vermittelt worden, wodurch eine jede derselben Bestandtheile von der andern erhalten hat; nur mit dem Unterschiede, daß die eine mehr, die andere weniger empfing und ein einseitiges Uebergewicht statt hat. Man hat deshalb nicht mit Unrecht die Endosmose eine Einsaugung mit doppelter Strömung genannt, wobei meist der eine Strom mächtiger ist, als der andere.

Bindet man eine lange Glasröhre, in welche man etwas Weingeist gegossen hat, mit Blase zu und taucht sie in ein Gefäß mit Wasser, so bemerkt man, daß die Flüssigkeit in der Röhre steigt und selbst bis zu bedeutender Höhe über das Niveau des Wassers sich emporhebt. Die Kraft der Anziehung, welche durch die Blase ausgeübt wird, ist demnach ziemlich bedeutend und kann deshalb fast bis in's Unendliche fortwirken, weil die Poren der Blasenhaut zu fein sind, als daß ein hydrostatischer Druck durch dieselben sich fortpflanzen könnte. Die Flüssigkeit in der Röhre befindet sich demnach dem Niveau der umgebenden Flüssigkeit gegenüber fast so, als wenn die Röhre an ihrem Ende gänzlich geschlossen wäre. Es erklärt diese Erscheinung auch die in den Drüsengängen wirkende Kraft der Fortschaffung, indem nothwendig eine beständige Endosmose zwischen dem Drüsensafte und dem Blute stattfinden muß, deren stärkerer Strom nach den Drüsengängen hin gerichtet ist.

Die hauptsächlichste Bedingung, welche zur Hervorbringung der Endosmose nöthig ist, betrifft die chemischen Eigenschaften der Flüssigkeiten, welche man mit der thierischen Haut in Berührung bringt. Es ist leicht einzusehen, daß Stoffe, welche das Gewebe der Membran zerstören oder ihre Porosität durch Verbindung mit ihren Elementen aufheben, daß solche Stoffe auch unfähig sind, endosmotische Erscheinungen hervorzubringen. So kann z. B. eine Mineralsäure, wie etwa Schwefelsäure, in verdünnten Auflösungen endosmotisch durchgeführt werden, während sie in concentrirtem Zustande die Membran zerstört und keiner Endosmose fähig ist. Eine Vergiftung mit Nordhäuser Schwefelsäure, die bei dem Gebrauche der letzteren zu verschiedenen Gegenständen der häuslichen Oekonomie leider nicht selten vorkommt, tödtet nicht dadurch, daß, wie bei Opium oder einem andern Gifte dieser Art, der verderbliche Stoff in das Blut aufgenommen wird und von hieraus wirkt; sondern sie tödtet durch Zerstörung der Schleimhäute des Mundes und Magens und durch die brandige Entzündung, welche die nothwendige Folge einer solchen Zerstörung ist.

Ein zweiter wichtiger Grundsatz ist der, daß die Flüssigkeiten, welche endosmotisch durch eine Membran gehen sollen,
mit der Flüssigkeit, welche diese Membran selbst tränkt, mischbar
sein müssen. Eine mit Wasser getränkte thierische Haut kann
noch so lange mit Oel in Berührung stehen, es wird kein
Tropfen der fettigen Flüssigkeit durch sie hindurchbringen, eben
weil Oel und Wasser nicht mit einander mischbar sind; ebenso
werden mit Oel und Fett getränkte Membranen wässerigen
Flüssigkeiten keinen Durchgang gestatten. Es leidet indeß dieses
Gesetz eine Ausnahme, sobald die Fette so fein zertheilt sind, daß
sie durch die Poren hindurchbringen können, ein Durchgang, der
dann besonders erleichtert wird, wenn sich die aufs Feinste zer-
theilten Fette milchartig in Flüssigkeiten aufgeschwemmt finden,
welche derselbes Fett in Auflösung enthalten. Wir haben bei
der Darstellung der Verdauungsthätigkeit gesehen, daß bei weitem
nicht alles im Darmkanal aufgenommene Fett verseift wird,
sondern daß das meiste in mechanisch fein zertheiltem Zustande
in die Blut- und Lymphgefäße übergeführt wird. Wäre dies
nicht der Fall, so würde die Aufnahme unverseifter Fette überhaupt unmöglich sein, da alle thierischen Gewebe stets mit
eiweißhaltiger wässeriger Flüssigkeit durchtränkt sind. Indeß ist
damit, daß ein Uebertritt in größeren Tropfen nicht stattfinden
kann, dennoch nicht gesagt, daß wässerige und fette Flüssigkeiten
ganz ohne Einwirkung auf einander seien; man hat im Gegentheile gefunden, daß diese Flüssigkeiten, auch ohne sich zu mischen,
dennoch diejenigen Stoffe unter einander austauschen, welche in
beiden lösbar sind.

Zur Herstellung einer endosmotischen Strömung genügt,
wenn die beiden genannten Bedingungen erfüllt sind, eine jede
Verschiedenheit zwischen den beiden Flüssigkeiten, mag dieselbe
nun durch ihre Zusammensetzung oder ihre Dichtigkeit gegeben
sein. Auflösungen von chemisch verschiedenen Stoffen tauschen
sich eben so gut unter einander aus, als Auflösungen desselben
Stoffes, welche einen verschiedenen Concentrationsgrad besitzen.
Eine schwache Auflösung von Eiweiß auf der einen, eine starke

Lösung auf der anderen Seite werden sich so lange mit einander
austauschen, bis beide zu derselben Dichtigkeit gelangt sind, und
zwar wird der Hauptstrom von der wässerigen Flüssigkeit gegen
die concentrirte statthaben. Es giebt diese Erscheinung den Schlüssel
zu der schnellen Aufnahme wässeriger Flüssigkeiten innerhalb des
Darmkanales. Getränke verschwinden fast augenblicklich, und nach
einigen Augenblicken erscheinen sie, ausgeschieden aus dem Blutstrome,
im Harne. Man kann nun aber das Blut füglich als eine Auflösung
von Eiweiß und Faserstoff betrachten, als eine Flüssigkeit von einer
Concentration, die weit bedeutender ist, als die der meisten unserer Getränke. Sobald diese letzteren in dem Magen angelangt sind, entsteht
ein lebhafter endosmotischer Strom in die Blutgefäße, und die
Flüssigkeit wird so lange in den Blutstrom hinübergerissen, bis
sie auf gleichem Dichtigkeitsgrade mit dem Blute steht. Die
große Schnelligkeit, womit dieser ganze Vorgang sich vollendet,
ist leicht erklärlich aus der ungemeinen Dünne und Zartheit der
Membranen, durch welche der Austausch vor sich geht. Die
Capillaren und die Lymphgefäße, welche ihre Netze in den Falten der Magenschleimhaut, in den Zotten des Darmes bilden,
sind aus äußerst zarten Häuten gewebt, und die darüber gezogene
Decke von Zellen, welche die äußerste Lage der Zotten bildet, ist
ebenfalls nur dünn und sehr porös. Je feiner aber eine die
Endosmose vermittelnde Haut ist, desto schneller geht der Austausch zwischen zweien, dieselbe berührenden Flüssigkeiten vor sich.

Versuche der neuesten Zeit haben nachgewiesen, daß auch
der Bau der Häute einen wesentlichen Einfluß auf die Schnelligkeit des Austausches in gewisser Richtung habe. Der Hauptstrom geht, wie schon oben bemerkt wurde, bei Auflösungen
derselben Substanz von verschiedenem Dichtigkeitsgrade von der
schwächeren Lösung nach der concentrirteren hin. Man hat nun
bemerkt, daß in jeder Membran eine gewisse Richtung vorherrscht,
nach welcher hin die Endosmose schneller und leichter vor sich
geht. So hat man beobachtet, daß bei Anwendung der äußeren
Haut der Austausch weit schneller und mit weit größerer Intensität vor sich geht, wenn die concentrirte Lösung auf der äußeren,

die schwächere auf der Inneren sich findet, der Strom mithin von Innen nach Außen geht, als wenn der umgekehrte Fall eintritt; bei gewissen Schleimhäuten hat man bemerkt, daß der Strom leichter von Außen nach Innen geht. Es versprechen diese Versuche, wenn sie weiter fortgesetzt werden und ihr Prinzip sich bestätigt, wichtige Aufschlüsse über die Natur gewisser Häute, und wenn nachgewiesen werden könnte, daß in allen absondernden Membranen der Strom leichter von Innen nach Außen, in allen auffaugenden dagegen in umgekehrter Richtung vor sich geht, so würde dies ein unerwartetes Licht auf die Erscheinungen der Absonderung und Auffaugung werfen.

Von bedeutendem Moment ist noch, wie man sich leicht denken kann, die Strömung und Bewegung der Flüssigkeit, und es kann dieselbe in der That manche andere bestimmende Momente der Stromesrichtung mehr oder minder bedeutend modifiziren. Ruht eine Flüssigkeit, während eine andere an der trennenden Scheidewand sich hinbewegt, so wird die Tendenz des endosmotischen Stromes schon deshalb nach der bewegten Flüssigkeit gehen, weil stets neue Theile derselben mit der Scheidewand in Berührung kommen, und wenn die Geschwindigkeit bedeutend genug ist, um einer vollständigen Sättigung entgegen zu wirken, so wird auch die Aufnahme aus der ruhenden Flüssigkeit um so schneller vollendet sein. Die günstigsten Beziehungen dieser Art sind an dem Darm wie an der Lunge entwickelt, wo das in stetem Umschwunge befindliche Blut, in tausend Röhren vertheilt, schnell genug umhergetrieben wird, um die in den Hohlräumen der genannten Organe befindlichen luftförmigen oder flüssigen Massen als ruhend erscheinen zu lassen. Die Auffaugung ist deshalb wesentlich in beiden Organen durch dies einfache Verhältniß der Blutgefäße begünstigt, und bei den Lungen ist diese Begünstigung noch größer, als bei dem Darme, weil die Blutgefäßmaschen in den Lungen außerordentlich eng, die Haargefäße selbst aber verhältnißmäßig weit und ihre Wände äußerst dünn sind. Es ist deshalb auch vollkommen gleichgültig, ob man eine Substanz, ein Gift z. B.,

direkt in den Blutstrom oder in die Lungen spritzt, da die Aufsaugung in den Lungen in fast unmeßbar geringer Zeit geschieht.
Es erklärt sich aber auch aus demselben Umstande, weshalb
giftige Dämpfe und Gasarten, die der atmosphärischen Luft
beigemengt sind und geathmet werden, so außerordentlich gefähr-
lich sind und selbst in kleinen Mengen bedeutende Wirkungen
auf den Organismus hervorbringen. Nicht minder erklärt sich
aus der Einrichtung, die am Darme stattfindet, der Umstand,
daß manche Beobachter bei lebenden Thieren keine Erscheinungen
der Endosmose wahrnehmen konnten. Versuche dieser Art
wurden in folgender Weise gemacht. Man öffnete die Unterleibshöhle eines lebenden Thieres, isolirte ein Stück Darm, in
das man die wässerige Auflösung eines leicht erkenabaren Salzes
spritzte, unterband das Darmstück auf beiden Seiten, so daß die
Flüssigkeit nicht in den übrigen Darm einbringen konnte, und
brachte Alles in die Bauchhöhle zurück. Nach einer halben
Stunde etwa zog man die unterbundene Darmschlinge wieder
hervor und untersuchte, ob die eingespritzte Flüssigkeit auf die
Außenfläche des Darmes durchgedrungen sei. Man erhielt, wie
sich von selbst versteht, ein negatives Resultat. Blutgefäße und
Lymphgefäße hatten begreiflicher Weise das in die Darmhaut
Eingedrungene fortgeschafft, da die Bewegung der in ihnen ent-
haltenen Flüssigkeiten in keiner Weise gestört worden war.

Betrachten wir den Darmkanal im Großen, so erscheint er
als ein enges, in die Länge gezogenes Rohr, auf dessen innerer
Oberfläche ein außerordentlicher Reichthum von Capillargefäß-
netzen, so wie von Lymphgefäßen sich entwickelt hat. Das zu
dem Darmkanale strömende Blut wird durch mehrere Zweige der
großen Körperschlagader, der Aorta, geliefert; das von dem
Darme zurückströmende Blut tritt in der Pfortader zu einem
Stamme zusammen, um sich dann wieder in dem Haargefäßnetz
der Leber zu verzweigen. Die Lymphgefäße, deren Endigungen
in den Zotten der Darmschleimhaut wir oben kennen lernten,
treten in einzelne Stämme zusammen, welche in den Lymphdrüsen des Gekröses sich knäuelartig verwickeln, dann aber ihren

Weg nach dem Milchbrustgange fortsetzen, der sich in die linke
Schlüsselbeinvene ergießt. Alle diese Gefäße enthalten beständig
Flüssigkeit; — die einen Blut, die andern Milchsaft; ihre Wände
sind aus feinen Häuten gewebt und demnach beständig von
Flüssigkeit durchdrungen; die Schleimhaut des Darmkanals ist
ebenfalls jederzeit mit Flüssigkeit getränkt; es muß also nothwendig ein steter Austausch von Stoffen zwischen den Blut- und
Lymphgefäßen einerseits und dem Darmkanale andererseits Statt
haben. Auf diese Weise kann man schon von vorn herein, nur
aus der Kenntniß der anatomischen Anordnung des Ganzen, den
Schluß ziehen, daß den im Darmkanale von Außen her aufzunehmenden Stoffen zwei Wege gegeben sind, um in die Blutbahn und zwar in das venöse Blut zu gelangen: ein direkter,
durch die Lymphgefäße, wo die Substanzen kein absonderndes
Organ mehr durchlaufen und unmittelbar in die Venen ergossen
werden, und ein längerer durch die Capillargefäße des Blutsystemes, welche erst als Pfortader in dem absondernden Organe
der Leber sich verzweigen, ehe sie in die Hohlvene einmünden.
Man hat den Haargefäßen lange Zeit hindurch alles und jedes
Aufsaugungsvermögen abgesprochen und dasselbe lediglich den
Lymphgefäßen vindicirt; — andere haben, durch die große
Schnelligkeit, womit Stoffe in das Blut übergehen, überrascht,
den Capillargefäßen und den Venen einzig und allein die Funktion
der Aufsaugung zugesprochen und die Lymphgefäße als eine Art
Luxusartikel in der thierischen Oekonomie betrachten wollen; —
die Wahrheit liegt auch hier, wie so oft, in der Mitte, und es
handelt sich nur darum, jedem dieser Gefäße die ihm zugehörige
Rolle in der für die Existenz des Organismus so wichtigen
Funktion der Aufsaugung nachzuweisen.

Die Lymphgefäße der höheren Thiere besitzen keinen solchen
bewegenden Mechanismus, wie das Blutgefäßsystem; es existirt
kein Herz in der ganzen Ausbreitung der Lymphgefäße, wodurch
der Inhalt nach einer gewissen Richtung hin getrieben werden
könnte. Bei den niederen Thieren verhält sich das anders;
die Fische, die Amphibien, die Vögel besitzen contractile Lymph-

herzen, durch welche die Lymphe in die Venen übergetrieben werden kann. Bei den Säugethieren und dem Menschen fehlt ein solcher Apparat gänzlich, es müssen hier also andere bewegende Ursachen der Lymphe und des Milchsaftes aufgesucht werden. An der Thatsache des Strömens dieser Flüssigkeiten innerhalb der Lymphgefäße nach dem Milchbrustgange und der linken Schlüsselbeinvene hin kann nicht gezweifelt werden, und es ist leicht, sie in einem Versuche zur Anschauung zu bringen. Schon die Richtung der im Innern der Lymphgefäße angebrachten Klappen deutet darauf hin. Man kann die Lymphgefäße nicht vom Stamme aus gegen die Aeste hin einspritzen, wie etwa die Arterien; die im Inneren befindlichen Klappen stellen sich sogleich auf und verwehren der Flüssigkeit den Durchgang. Oeffnet man bei einem jungen, säugenden Thiere den Unterleib und breitet das Geröse aus, um die Milchgefäße, welche vom Darme her-kommen, in ihrer ganzen Ausdehnung überschauen zu können, so zeigen sich diese Lymphgefäße strotzend mit einem milchweißen Chylus erfüllt. Legt man einen Faden um eines derselben, so füllt sich die Strecke des Milchgefäßes zwischen dem Faden und dem Darme bis zum Bersten an, und bei einem Einstiche in das Gefäß spritzt der Inhalt im Bogen hervor, während von dem Faden weg nach dem Milchbrustgange hin das Gefäß sich nach der Unterbindung entleert hat. Derselbe einfache Versuch bringt aber noch eine andere Eigenthümlichkeit der Milchgefäße zur Anschauung, die nicht ohne Resultat für die Auffassung der in ihnen herrschenden Bewegung bleibt. Die Milchgefäße füllen und entleeren sich nämlich abwechselnd, wenn man sie in dem Geröse eines lebenden Thieres betrachtet, und die darin ent-haltene Flüssigkeit schiebt sich dadurch stets weiter und weiter vom Darme weg. Spürt man nun dem Rhythmus dieser ab-wechselnden Füllungen und Entleerungen nach, so ergiebt sich bald, daß derselbe mit den wurmförmigen, peristaltischen Be-wegungen des Darmes in einem gewissen Zusammenhange steht. Einer jeden Zusammenziehung einer Darmstelle folgt die An-füllung des Lymphgefäßes und eine beschleunigte Bewegung des darin enthaltenen Milchsaftes; der Erschlaffung des Darmes folgt das Zusammensinken des Lymphgefäßes, das sich entleert, in sich zusammenfällt und enger in seinem Lumen wird, als es bei der Anfüllung im ausgedehnten Zustande war.

Wenn aber auch die Muskelbewegungen und der abwechselnde Druck zur Fortschaffung der Lymphe bedeutende Mithilfe leisten, so sind sie doch bei weitem nicht der einzige Faktor derselben. Zwischen dem Inhalte der Lymphgefäße und den umgebenden Theilen muß eine beständige endosmotische Strömung stattfinden, deren Kraft, wie wir eben gesehen haben, eine bedeutende ist und die beständig in gleichem Maße fortdauert. Diese sogenannte Rückenkraft ist es, welche die letzten Anfänge der Lymphgefäße füllt und auch in solchen Organen wirkt, wo die umgebenden Theile keinen Druck ausüben können, während da, wo dieser ausgeübt wird, derselbe eine bedeutende Mithilfe äußert. Die Lymphgefäße solcher Theile verhalten sich also etwa wie die Capillarröhren eines Badeschwammes, welchen man mit dem einen Ende ins Wasser taucht. Die Röhren saugen sich voll Wasser, das beim Zusammendrücken des Schwammes wieder hervorquillt; beim Nachlassen des Drucks wird sogleich wieder Wasser nachgesaugt. Bei den Lymphgefäßen findet nur der Unterschied Statt, daß hier durch den Bau und die Vereinigung der Kanäle dem Ausflusse eine bestimmte Richtung gegeben ist. Ein durch endosmotische Strömung an seinem peripherischen Ende angefülltes Lymphgefäß wird in seinem Verlaufe zusammengedrückt; die darin enthaltene Flüssigkeit wird durch diesen Druck in Folge der Klappenrichtung nach dem Stamme hin fortgeschoben. Läßt der Druck nach, so kann, der Klappen wegen, die Flüssigkeit nicht zurück strömen; sie sammelt sich hinter den Klappen an. Unterdeß füllt sich der entleerte Theil des Lymphgefäßes von Neuem und bei erneuertem Drucke wird die frisch aufgesaugte Flüssigkeit auch wieder weiter geschoben. Der Mechanismus der Lymphgefäße ist demnach einer Saugpumpe mit elastischen Röhren zu vergleichen, wo aber der hebende Zug des leeren Raumes durch einen aktiven, auf die Röhren selbst wirkenden Druck ersetzt ist.

Wie wir in einem früheren Briefe sahen, ist auch die Einwirkung der Galle auf die Darmzotten und deren Zusammenziehung bei der Füllung und Entleerung der Lymphgefäße in denselben sehr in Betrachtung zu ziehen.

Eine Menge alltäglicher und Jedermann bekannter Erscheinungen zeigen den Einfluß der Muskelzusammenziehungen auf die Bewegungen der Lymphe. Bei längerem Sitzen zu Pferde oder im Wagen schwellen die Beine wassersüchtig an durch Erguß von Flüssigkeit in das Zellgewebe. Aktive Bewegung der Glieder, Gehen zu Fuße ist das beste Mittel, um diese Anschwellung verschwinden zu machen, denn sie ist einzig und allein Folge der Bewegungslosigkeit, in welcher die Beine längere Zeit hindurch erhalten wurden. Das aus den Blutgefäßen in das Gewebe ausgeschwitzte Blutwasser, welches bei gewöhnlicher Bewegung von den Lymphgefäßen aufgesaugt und weggeschafft wird, sammelt sich jetzt in dem Gewebe an, da in Folge der Unthätigkeit der Muskeln die Bewegung in den Lymphgefäßen stockt — daher die wassersüchtige Anschwellung und ihre Heilung bei sofortiger Bethätigung der Lymphbewegung. Vielleicht, daß ein ähnliches Verhältniß in gewissen Krankheiten obwaltet, wo durch Lähmung des Nerveneinflusses die peristaltischen Zusammenziehungen des Darmes geschwächt und verlangsamt werden und als Folge dieser Lähmung des Haupthebels der Milchsaftbewegung dann allgemeines Sinken der Ernährung und des Aufsaugungsprozesses eintritt.

Nur an den größten Lymphgefäßen und namentlich an dem Milchbrustgange beobachtete man ferner noch selbstständige Contractionen der Gefäßstämme, die zwar sehr langsam sind, aber doch beobachtet wurden an lebenden Thieren, und deren Vorhandensein auch dadurch wahrscheinlich wird, daß an dem Milchbrustgange ähnliche unwillkürliche, im Ring gelagerte Muskelfasern nachgewiesen werden können, wie an anderen contractilen Röhren. Die Bewegung der Lymphe ist demnach ein Resultat verschiedener Faktoren, nämlich der durch die Endosmose gelieferten Rückenkraft, des durch die Zusammenziehung der umlie-

genben Theile ausgeübten Druckes, und endlich der von den Zweigen nach dem Stamme in der Richtung der Bewegung hin fortschreitenden selbstständigen Zusammenziehung der größeren Gefäße.
Es kann demnach nicht Wunder nehmen, daß die Lymphe in den
größeren Gefäßen stets unter einem gewissen Drucke steht und
daß ein angefülltes Lymphgefäß, wenn es angestochen wird, ganz
so im Strahle spritzt, wie eine Vene.

Die Auffaugung durch die Capillargefäße des Blutsystems
unterliegt Gesetzen, die zwar im Prinzipe durchaus dieselben
bleiben, deren Wirkung aber, durch die speziellen Verhältnisse
der Haargefäße, sehr bedeutend modifizirt ist. Das Blut, welches
in den Capillaren cirkulirt, wird von dem Herzen aus in raschem
Strome durch die feinen Maschen getrieben; eine Blutwelle
drängt die andere und eine nach der anderen kommt in enge
Wechselwirkung mit den auffaugenden Stoffen. Im weiteren
Laufe aber durchströmt das Blut die Leber, die Lungen und
verschiedene andere Sekretionswerkzeuge, ehe es wieder an die
Stelle der Auffaugung, das heißt zum Darmkanale zurückkommt.
Die Blutwelle, welche schon einmal aufgesaugt hat, kann demnach auf ihrer Bahn sich aller aufgenommenen Stoffe entledigt
haben und von Neuem zu endosmotischem Austausche fähig sein.
Die Schnelligkeit, womit Flüssigkeiten in die Capillargefäße einbringen, ist nicht minder beträchtlich, als die Durchbringung der
Lymphgefäße, denn die Häute beider sind gleich dünn und zart
gewebt. Wenn aber dieses eine Moment der Auffaugung dasselbe ist in beiden Arten von Gefäßen, so ist im Gegentheile die
Schnelligkeit der Verbreitung der aufgesaugten Stoffe durch den
ganzen Körper himmelweit verschieden. In den Lymphgefäßen
wird nur langsam der Inhalt nach den Stämmen und dem
Milchbrustgange hin geschoben, während die von den Blutgefäßen
aufgenommene Substanz in wenig Minuten den ganzen Körper
durchläuft, und entweder irgendwo verbraucht, oder von den
Absonderungsorganen ausgeworfen wird.

Die Versuche, denen zu Folge man den Lymphgefäßen alle
Auffaugungsfähigkeit absprach, waren in so fern mangelhaft

als man nicht gehörige Geduld hatte, abzuwarten, bis das bei der langsamen Bewegung der Lymphe nothwendig erst sehr spät sich zeigende Resultat eintrat. Dann aber berücksichtigte man auch den zweiten Faktor der Lymphbewegung, die selbstständige Contraktion der Gefäßwandungen, nicht genug und wählte Substanzen zu diesen Versuchen, welche auf diese Contraktionen einen lähmenden Einfluß ausüben. Das Prinzip, nach welchem die Versuche angestellt wurden, war richtig; Vernachlässigung der Nebenumstände machte das Resultat fehlerhaft. Man stellte die Versuche nämlich in der Art an, daß man die zu einem Gliede oder isolirten Darmstücke gehenden Blutgefäße unterband und nun in eine Wunde oder in die Höhle des Darmes ein starkes narkotisches Gift, z. B. Strychnin oder Opium, brachte. So lange der Kreislauf in dem isolirten Körpertheile unterbrochen war, zeigten sich, auch nach stundenlangem Harren, keine Vergiftungserscheinungen; sobald man aber die Unterbindungsfäden löste und dadurch den Kreislauf wieder herstellte, zeigten sich auch die dem Gifte eigenthümlichen Wirkungen, indem dann das Gift in den Kreislauf und durch diesen zu den Centraltheilen des Nervensystemes gelangte. Ebenso erschienen Substanzen, die zwar nicht giftig wirkten, aber entweder durch ihre Farbe oder ihre Reaktion sich leicht in kleinen Mengen auszeichnen, nach sehr kurzer Zeit in den Blutgefäßen und erst nach mehreren Stunden in der Lymphe der Stämme und des Milchbrustganges. Aus diesen Versuchen, deren Richtigkeit nicht angefochten werden kann, schloß man nun auf der linken Seite des Rheines etwas übereilt auf die totale Unfähigkeit der Lymphgefäße, Substanzen aufzusaugen, und läugnete somit die ihnen bisher zuerkannte Funktion, an deren Stelle man freilich keine andere zu setzen wußte. Indeß ging man hierin offenbar zu weit; man vergaß, daß nach Fütterung der Thiere mit gewissen Substanzen diese während der Verdauung in den Milchgefäßen nachgewiesen werden können; man vergaß, daß manche Gifte, und besonders thierische, offenbar durch die Lymphgefäße aufgesaugt werden, wie dies in solchen Fällen die nachfolgenden krankhaften Erscheinungen auf das

Ueberzeugendste darthun. Wie oft erfolgen nach Verwundungen, bei Sektionen faulender oder an bösartigen, zersetzenden Krankheiten verstorbener Leichname schmerzhafte Entzündungen, bei welchen die Lymphgefäße des verwundeten Theiles strangartig anschwellen, hart werden, und wo zuweilen die Entzündung sich in die benachbarten Lymphdrüsen fortsetzt und hier hartnäckige Eiterungen, nicht selten sogar den Verlust des Gliedes oder selbst allgemeine Vergiftung zur Folge hat! Die Vorsichtsmaßregeln gegen solche, selber nur allzu häufige Zufälle und ihre Folgen waren den Anatomen und Physiologen meistens aus eigener, schmerzhafter Erfahrung bekannt, und darum konnte auch die neue Lehre von der Unthätigkeit der Lymphgefäße sich keinen vollkommenen Beifall erringen. Die aus den Versuchen selbst aber gezogenen Schlüsse erhielten bald die bedeutendsten Modifikationen. Die Farbestoffe, die Reagentien, die Nahrungssubstanzen waren stets einige Stunden nach der Aufnahme in den Körper auch im Laufe der Lymphgefäße nachgewiesen worden, und da man anatomisch erhärten konnte, daß keine Verbindung zwischen den Aesten und Zweigen der Lymphgefäße und den Blutgefäßen existirt, so war dadurch der Schluß gerechtfertigt, daß die Lymphgefäße zwar allerdings auffangen, aber im Verhältniß zu den Blutgefäßen nur sehr langsam. Daß narkotische Gifte gar nicht von ihnen aufgenommen werden, war um deswillen erklärlich, weil diese Gifte die Muskularzusammenziehung der Lymphgefäße bei örtlicher Applikation unmittelbar lähmen. Die Berührung dieser Gifte mit der inneren Haut der Lymphgefäße mußte mithin nothwendig die Bewegung in diesen Gefäßen selbst vernichten, indem sie ihre selbstständigen Zusammenziehungen lähmte. Noch mehr wirkte aber bei solchen Versuchen, wo man z. B. die Unterleibsaorta unterband und so den Blutlauf in den Hinterfüßen aufhob, die dadurch bewirkte Lähmung des Beines. Wenige Minuten nach dem Verschwinden des Blutlaufes ist die Extremität völlig gelähmt, bewegungslos und zugleich erkaltet sie nach und nach — wie soll da eine Fortbewegung der Lymphe Statt finden können?

Der Hauptunterschied zwischen den Lymph- und Blutgefäßen hinsichtlich der Aufsaugung beruht demnach in der verschiedenen Schnelligkeit, womit die Stoffe in denselben aufgenommen und weiter geführt werden. Damit ist aber auch zugleich ein fundamentaler Unterschied hinsichtlich der Natur dieser aufzunehmenden Substanzen selbst gegeben, und einzig aus diesem Umstande ist es erklärlich, warum die Blutgefäße hauptsächlich solche Stoffe aufsaugen, welche dem Körper in ihrer Zusammensetzung heterogen sind und die meist als fremde Stoffe wieder ausgeleert werden, während die Lymphgefäße die eigentlichen Kanäle zur Ueberführung der nährenden Substanzen sind, mögen nun diese von Außen her aufgenommen werden, wie es in dem Darmkanale der Fall ist, oder sich als Ueberschuß bildender Flüssigkeit in den Geweben des Körpers und dem Blute ausgeschieden haben.

Die in dem Darmkanal aufgenommenen Stoffe bilden dort einen Brei, in welchem hauptsächlich Faserstoff, Eiweiß, Fett, Zucker und stärkemehlhaltige Substanzen aufgelöst und mit mancherlei fremdartigen Bestandtheilen und mineralischen Salzen gemengt erscheinen. Dieser Brei ist in beständiger, vielseitiger Berührung mit der Schleimhaut des Darmes, in beständigem Austausche mit den Lymphgefäßen und den Capillarnetzen der Schleimhaut. Die erste Wirkung dieser Berührung wird sein, daß beide Flüssigkeiten sich auf einen gleichen Concentrationspunkt stellen, und das Blut entweder, wenn der Speisebrei weniger concentrirt ist, Wasser von ihm aufnimmt, oder aber, im entgegengesetzten Falle, Wasser an ihn abgiebt. Da wir meist mehr oder weniger feste Nahrung zu uns nehmen, so wird dadurch das Bedürfniß der Suppen und anderer flüssigen Gerichte, so wie die Nothwendigkeit des Trinkens über Tisch und während der Verdauung leicht erklärlich. Das Blut stellt aber eine Auflösung von Eiweiß und Faserstoff mit mehreren Salzen vor. Sobald der Speisebrei einen ihm gleichen Concentrationsgrad hat, wird weder Faserstoff noch Eiweiß, mithin keine unmittelbar nährende Substanz mehr vom Blute aufgenommen werden können. Fremdartige Stoffe dagegen, Zucker, stärkemehlhaltige

Substanzen und Salze werden durch schnellen Austausch in das
Blut befördert und von diesem stets weiter geführt, so daß bedeutende Quantitäten solcher Stoffe aufgenommen werden können.
Ihre Aufsaugung hört erst dann auf, wenn das Blut ebenso
mit diesen Stoffen gesättigt ist, als die im Darme enthaltene
Flüssigkeit; — ein Verhältniß, das um so seltener eintreten muß,
als das Blut in den Secretionsorganen stets wieder eine Ablage
für fremdartige Stoffe besitzt. Die Aufnahme der direkt nährenden Stoffe, der Blutbildner, ist demnach nur dann möglich,
wenn ungleiche Concentrationsgrade zwischen dem Speisebrei und
dem Blute bestehen, die aber bei der Schnelligkeit des Kreislaufes bald ausgeglichen sind.

Anders verhält es sich mit den Lymphgefäßen. Diese füllen
sich mit derjenigen Flüssigkeit, welche die Darmschleimhaut und
deren Gewebe tränkt. Ob diese Flüssigkeit aus dem Blute oder
aus den frisch aufgenommenen Stoffen herstammt, ist völlig
gleichgültig; — sie füllen sich damit und führen sie langsam in
stetem Zuge in den Kreislauf über. Man kann sich in der That
die Bildung des Milchsaftes eben so wohl als einen Akt der
Aufsaugung wie als einen Akt der Absonderung vorstellen. Wir
sahen oben, daß eine jede Darmzotte in ihrer Mitte einen Kanal
enthält, der das blinde Ende eines Milchgefäßes ist, und daß
dieser Kanal ringsum von den Netzen der Blutgefäße umsponnen
ist, die ihrerseits nur von den Zellen des Epitheliums bedeckt
sind. Vergleicht man diese Anordnung mit derjenigen der Drüsengänge, so sieht man, daß der Anfang des Milchgefäßes ganz
vollkommen dem Anfange eines Drüsenkanales entspricht, der
ebenfalls von Blutgefäßnetzen umsponnen ist. Hierzu kommt noch,
daß der Milchsaft in ähnlicher Weise, wie alle anderen Drüsen-
absonderungen, eine constante Zusammensetzung hat, die nur in
engen Grenzen schwankt und nur hinsichtlich des mechanisch beigemengten Fettes Verschiedenheiten zeigt; ganz so wie z. B. der
Harn eine constante Zusammensetzung gewahren läßt, die nur
hinsichtlich der beigemengten, von außen eingeführten Salze
wechselt. Die Rolle der Lymphgefäße ist nun diese. Bekommt

der Menſch keine Nahrung oder nur ſolche, welche kein Eiweiß, keinen Faſerſtoff enthält, ſo müſſen dieſe Stoffe mit dem Blutwaſſer aus den Gefäßen treten, das Gewebe der Schleimhaut tränken und in den Bereich der Lymphauffaugung fallen. Erhält der Organismus dagegen eine an blutbildenden Stoffen reiche Nahrung, ſo werden dieſe in dem Darmkanale aufgelöſt und durch die von ihnen durchtränkte Schleimhaut den Milchgefäßen zugeführt werden. Bei hungernden, wie bei wohlgefütterten Thieren wird daher der Chylus und die Lymphe einen etwa gleichen Gehalt an blutbildenden Stoffen bieten, denn die tränkende Ernährungsflüſſigkeit bleibt in beiden Verhältniſſen etwa dieſelbe hinſichtlich ihrer Zuſammenſetzung. Daß aber andere fremdartige Subſtanzen nur in ſehr geringer Menge in den Chylus und die Lymphe aufgenommen werden, dieſes iſt leicht aus der Schnelligkeit ihrer Wegſchaffung mittelſt der Blutgefäße erklärlich. Bis nur eine einigermaßen bemerkliche Quantität dieſer Stoffe in der trägen Bewegung der Lymphe fortgerückt und nach den Stämmen hin bewegt iſt, haben die Blutgefäße ſchon die ganze Maſſe des fremden Stoffes aufgeräumt.

Als Reſultat unſerer Unterſuchungen über die Auffaugung bleibt demnach feſtgeſtellt : die Lymphgefäße ſind die beſtändige ſtete Zufuhrquelle der blutbildenden Beſtandtheile und des Fettes, die Blutgefäße dagegen der Auffaugungsapparat für alle in ihrer Zuſammenſetzung dem Blute ſelbſt noch fremdartigen Stoffe. Es ſtimmt dies Reſultat, wie man ſieht, vortrefflich mit der anatomiſchen Einrichtung, welche das von dem Darme kommende Blut erſt durch den Läuterungsapparat der Leber gehen läßt, während die durch die Milchgefäße zugeführten Beſtandtheile unmittelbar in den Strom der Cirkulation ergoſſen werden.

Achter Brief.

Die Ernährung.

Vor länger als zweihundert Jahren erschien in Venedig
ein Buch, betitelt : de medicina statica aphorismi. Dem
Titelblatte gegenüber sah man »in Holzschnitts-Gloria« den Verfasser, den ehrwürdigen Sanctorius, wie er auf einer Wage
saß, die zugleich sein Studirzimmer, Schlafkabinet und heimliches
Gemach war. Monate und Jahre lang saß so der würdige
Doktor auf seiner Wage und erzählte nachher der gelehrten Welt,
wie viel an Nahrungsmitteln er eingenommen, wie viel an sichtbaren Auswurfsstoffen, Koth und Harn er davon wieder ausgegeben, und wie viel in luftförmiger Gestalt durch Athmung
und Ausdünstung von ihm gegangen sei. Es war ein erster
Versuch, wie man sieht, über die Oekonomie des Körpers doppelte
Buchhaltung zu führen; — ein Versuch, der sich freilich nur auf
die Bilanz der Kasse beschränkte, auf Einnahme und Ausgabe;
die ganze verwickelte innere Geschäftsführung aber gänzlich außer
Augen ließ. Merkwürdig aber ist es, daß schon in so früher
Zeit, beim ersten Wiedererwachen der Wissenschaften in Italien,
Versuche angestellt wurden, welche auf der Erkenntniß beruhten,
daß die Materie überhaupt unzerstörbar sei, und daß in dem
Körper weder Neubildung noch Zerstörung, sondern nur Umsatz
und Umgestaltung des Stoffes stattfinde.

Von Zeit zu Zeit wurden Versuche ähnlicher Art wiederholt, je nachdem das Bedürfniß der fortschreitenden Wissenschaft
sie nöthig machte. Man suchte mehr und mehr die Fehlerquellen

zu vermeiden und den Versuch selbst auf sichere Grundlagen zu stellen. Vergleichende Versuche mit Thieren, bei welchen man die äußeren Umstände mehr in der Gewalt hat, dienten zur Controllirung dieser Versuche, die freilich keine tiefere Einsicht in den Stoffwechsel selbst geben können, wohl aber eine allgemeine Uebersicht gestatten, die zur Benutzung anderer Kenntnisse nützliche Fingerzeige giebt.

Die neuesten Versuchsreihen, beiläufig bemerkt alle von kleinen, hageren Menschen angestellt, die nicht einmal viel mehr als hundert Pfund wogen, ergaben etwa folgende Resultate. Bei der Athmung wird Sauerstoff aufgenommen; die Einnahmen bestehen demnach aus Speise und Trank und aus einer gewissen Menge Sauerstoff, der aus der Atmosphäre eingeführt wird. Die Menge des eingenommenen Sauerstoffes kann indessen geradezu vernachläßigt werden, da derselbe, wie wir oben bei der Athmung gesehen haben, in Form von Kohlensäure wieder aus dem Körper austritt und für ein Volumen Sauerstoff ein Volumen Kohlensäure eingetauscht wird. Die Einnahmen bestehen demnach lediglich aus sichtbaren, unmittelbar wägbaren Stoffen, aus den Speisen und Getränken. Nicht so verhält es sich mit den Ausgaben, welche man in zwei Reihen vertheilen kann: die sichtbaren Ausgaben bestehen aus Harn und Koth; die unsichtbaren, welche sowohl durch die Athmung wie durch die Hautausdünstung geliefert werden, bestehen hauptsächlich aus Kohlensäure und Wasserdampf. Da es für den Zweck dieser Berechnungen völlig gleichgiltig ist, von welchem Organe diese Ausgaben geliefert werden, und wie wir gesehen haben eine gewisse Wechselwirkung zwischen den Lungen und der Haut besteht; so faßt man die unsichtbaren Ausgaben durch Haut und Lunge gewöhnlich unter dem Ausdrucke der Perspiration zusammen. Die meisten Versuche wurden, wie die meisten früheren, von einem kleinen und hageren Manne angestellt, der nur 56 Kilogramm (112 Pfund) wog. Die Summe der täglichen Ausgaben betrug hierbei etwa $6\frac{3}{4}$ Pfund, also $\frac{1}{20}$ des Körpergewichtes, und von diesen Ausgaben gehen auf den Urin beinahe $\frac{3}{5}$ (57 bis 61 pCt.), auf die Perspiration ¼ (33 bis 38 pCt.) und auf den Koth ⅟₂₀ (4 bis 6 pCt.). Auf den ersten Blick scheint dies Verhältniß nicht mit der gewöhnlichen Erfahrung übereinzustimmen, indem wir den Koth, dessen Ausleerung allerdings mehr Umstände verursacht, als die des Harns, gewöhnlich als den bedeutendsten Auswurfsstoff ansehen. Seine Menge steigt in der That ein wenig bei größerer Einnahme, indessen doch nicht bedeutend, und da auch die absolute Menge des Harnes in einem solchen Falle steigt, so bleibt auch das relative Verhältniß dasselbe. Man sieht aber hieraus, wie sehr Recht ein Beobachter hatte, wenn er bei einer Berechnung der körperlichen Einnahmen und Ausgaben einer Compagnie Hessischer Soldaten die von denselben gelieferte Kothmenge mit dem Werthe der außerhalb der Menage in Wirthshäusern und bei geliebten Köchinnen verzehrten Nahrungsmittel balancirte. Die väterliche Fürsorge der Regierungen für den bewaffneten Kern der Nation hat es schon dahin zu bringen gewußt, daß der Werth von Wurst, Bier und Branntwein nicht schwer in die Wagschale fällt.

Das Verhältniß bleibt bei den Thieren dasselbe wie bei dem Menschen. Ueberall ist die Kothausgabe verhältnißmäßig die unbedeutendste, und es ergiebt sich schon aus dieser einfachen Betrachtung, wie sehr Unrecht wir thun, wenn wir bei Ansammlung der zur Düngung dienenden Produkte des Thierreiches die wässerigen Ausleerungen vernachlässigen. Es ist leicht nachzuweisen, daß das Abführen der Cloaken in fließendes Wasser der menschlichen Gesellschaft mehr Stoff entzieht, als das Mißrathen einer Erndte.

Das gegenseitige Verhältniß der Ausgaben wechselt außerordentlich, je nach verschiedenen Nebenumständen. Alle Bedingungen, welche die Athmung beschleunigen oder hinterhalten, erhöhen oder erniedrigen in derselben Weise die Ausscheidung der Kohlensäure, deren Verhältniß zu den übrigen Ausgaben deshalb im Schlafe am geringsten, nach der Mahlzeit oder bei anhaltender Bewegung am größten ist. Das Wasser in Schweiß und Harn steht in beständigem Wechselverhältniß zu einander, wodurch die unmerklichen Ausgaben so veränderlich werden, daß sie bis zum Fünffachen sich erhöhen können. Bei ruhigem Sitzen verlor ein Beobachter in der Stunde vor Tische, wo er hungerte, 30 Gramm, während er beim Bergklettern und starkem Schwitzen 133 Gramm in derselben Zeit durch Athmung und Ausdünstung verlor. Nicht minder wirkt die Temperatur ein, und im Winter verliert man deshalb bedeutend mehr durch die merklichen Ausleerungen, während im Sommer das umgekehrte Verhältniß stattfindet. Durch vergleichende Wägungen ergab sich ferner, daß das Gefühl des Hungers und der Ermüdung mit dem Maximum der zwischen den Mahlzeiten stattfindenden Gewichtsabnahme des Körpers, das Gefühl der Sättigung und der behaglichen Zufriedenheit mit der Wiederherstellung des Körpergewichtes zusammenfiel, eine schöne Bestätigung des Sprichwortes, welches mein Großvater im Munde zu führen pflegte: „Ein satter Mensch — ein guter Mensch!“ Es ergab sich ferner, daß die Perspiration bei Tage viel größer war, als bei Nacht, daß mechanische, wie geistige Arbeit sie beträchtlich erhöhte und daß die Menge des Harns fast stets größer ist, als diejenige der eingenommenen Getränke; ein Beweis dafür, daß das mit den übrigen Nahrungsmitteln eingeführte Wasser seinen Beitrag zur Harnbildung liefert.

Während der größten Zeit seiner Existenz bleibt der Mensch etwa auf demselben mittleren Körpergewicht stehen, geringere Schwankungen abgerechnet, die sich meistens schon im Laufe mehrerer Tage ausgleichen. In der Jugend dagegen nimmt der Körper täglich zu, sein Gewicht steigert sich bis zum vollendeten Wachsthum, es muß demnach ein Mißverhältniß zwischen Einnahmen und Ausgaben zu Gunsten der ersteren stattfinden. Umgekehrt verhält es sich im Alter, wo die Ausgaben überwiegen, der Körper allmählich von seinem Gewichte zurücksinkt und das Leben endlich unter diesen ungünstigen Bedingungen erlischt.

Dasselbe Ueberwiegen der Ausgaben gegen die Einnahmen führt das Erlöschen des Lebens beim Hungern oder bei unzweckmäßiger Nahrung herbei. Man hat Gelegenheit gehabt, bei Unglücksfällen, wie z. B. auf Schiffen oder bei Verschüttungen, wo das Athmen möglich blieb, die Erscheinungen zu beobachten, welche bis zum Hungertode auftreten. Sie beruhen einerseits auf gänzlicher Abmagerung, d. h. auf gänzlichem Verbrauche des Fettes und dann auch der übrigen Organe, andererseits auf Krankheitserscheinungen, die erst in Ueberreizung, dann in Apathie ihren Grund haben. Bei gänzlicher Entziehung von flüssigen wie festen Nahrungsmitteln treten zuerst Entzündungserscheinungen in Mund und Rachen auf, bedingt durch die Austrocknung der ausdünstenden Theile. Diese Erscheinungen steigern sich zu wirklichen Entzündungen im Magen und Darm, womit außerordentliche Aufregung des Nervensystemes verbunden ist. Während dieses Zeitraumes sind die Ausgaben verhältnißmäßig am geringsten, indem das ganze Spiel der Organe darauf berechnet ist, auf eigene Kosten hauszuhalten. Dann kommt die Periode der Erschlaffung. Die anfänglich oft bis zum Wahnsinn gesteigerte Hirnreizung geht in Stumpfsinn und Schlafsucht über; der anfangs harte, zusammengezogene und schnelle Puls wird langsam und schleichend; die Wärme nimmt ab; — und so erlischt endlich unter stetem Sinken aller Funktionen das Leben. Daß die Ausgaben im Allgemeinen bedeutend sinken, kann man schon daraus erschließen, daß im normalen Zustande dieselben bedeutend genug sind, um in 20 Tagen etwa so viel zu betragen, als das Gesammtgewicht des Körpers ausmacht, während doch Beispiele vorliegen, daß die gänzliche Entziehung aller Nahrung einige Tage länger als drei Wochen ertragen wurde, während welcher Zeit bei normalen Ausgaben der ganze Körper hätte aufgebraucht werden müssen. Im Ganzen hat man bemerkt, daß ein Säugethier dem Hungertode erliegt, wenn es etwa $\frac{2}{5}$ seines Körpergewichtes verloren hat, daß aber junge Thiere bei weitem früher erliegen, als erwachsene. Hunde von 4 Tagen starben schon nach 2 Tagen am Hungertode, während sechsjährige Hunde noch am 30. Tage lebten. Bei einer Vergleichung des Verlustes der verschiedenen Organe durch den Hungertod fand sich das merkwürdige Resultat: daß das Fett fast gänzlich bis auf sehr geringe Spuren aufgezehrt wird, das Centralnervensystem dagegen, obgleich wesentlich aus Fett bestehend, den allergeringsten Verlust erleidet — selbst weniger als Knochen und Knorpel, die doch dem ersten Anschein nach einen bedeutenderen Widerstand entgegensetzen mußten. Sehr leicht begreiflich ist es, daß diejenigen Organe, welche mit Blut besonders aufgeschwemmt sind, wie Leber, Milz und auch das Blut selbst, durch Verdunstung und Verlagerung der Blutmasse einen wesentlichen Verlust erleiden, während Nieren und Lungen, die ihrer Funktion gemäß beständig durchtränkt sind, weil geringere Verluste erdulden. Die Muskeln stehen etwa in der Mitte; sie verlieren bis zum völligen Hungertode nicht ganz die Hälfte ihres Gewichtes.

Es geht aus diesen Untersuchungen klar hervor, daß der Lebensprozeß des Organismus zugleich ein beständiger Zerstörungsprozeß ist, und daß das thierische Leben nur möglich ist durch die Zufuhr von Außen. Das ganze Leben beruht nur auf der Außenwelt — die vegetative Seite auf der Zufuhr von Außen, die animalische auf den Eindrücken von Außen — weder auf materiellem, noch auf geistigem Gebiete (wenn man beide unstatthafter Weise trennen will) schafft das organische Leben etwas Neues, sondern wandelt nur das Gebotene und Aufgenommene in neue Form. Die Maschine eines jeden thierischen Organismus ist so eingerichtet, daß sie sich selbst beständig zerstört, und eben so gut wie das Leben zu Grunde gehen muß, wenn die durch den Stoffwechsel geschaffenen Zerstörungsprodukte nicht aus dem Körper geschafft werden, eben so gut geht es auch zu Grunde, wenn ihm die Stoffe nicht geboten werden, die das Zersetzte wieder zu erneuern im Stande sind. Darum kann es auch nicht auffallen, wenn jede einseitige Nahrung, die nicht im Stande ist, sämmtlichen Ausgaben des Körpers zu genügen, eben so sicher zum Tode führt, als die Entziehung der Nahrung selbst. Man hat den Versuch gemacht, Tauben so zu ernähren, daß ihnen zwar alle Stoffe geboten wurden, welche zur Erhaltung der organischen Bestandtheile ihres Körpers nöthig waren; daß aber alle anorganischen Substanzen, Salze, Kalk u. s. w. gänzlich aus dieser Nahrung entfernt waren. Die

Tauben starben, freilich nach verhältnißmäßig längerer Zeit, mit allen Erscheinungen des Hungertodes, und nach dem Tode fand man ihr Skelett knorpelig erweicht, stellenweise durchlöchert, seiner festen Bestandtheile theilweise beraubt. Hunde, die man mit reinem Faserstoffe oder reinem Eiweiß nährte, starben am Hungertode, der freilich deswegen länger hinausgeschoben wurde, weil das im Organismus befindliche aufgehäufte Fett, das nach und nach in den Verbrauch gezogen wurde, die mangelnde Zufuhr von Fettbildnern eine Zeit lang ersetzte. Hunde endlich, die mit reinem Fett, mit Stärke, Zucker, Gummi, oder anderen Fettbildnern ernährt wurden, starben ganz in derselben Zeit, wie wenn man ihnen alle Nahrung entzogen hätte. Ein Beispiel dieser Art ist auch von dem Menschen bekannt. Der englische Arzt Stark machte Versuche über die Nährkraft des Zuckers an sich selbst, und es gelang ihm, sich durch reine Zuckernahrung so weit dem Tode entgegen zu führen, daß, als sein Zustand bekannt wurde, keine Rettung mehr möglich war.

Aus diesen Beobachtungen schon geht hervor, daß der Körper verschiedenartige Stoffe erhalten muß, deren Gesammtmenge gewissermaßen die Gesammtzusammensetzung des Körpers wiederholt, in der Weise, daß bei gleich bleibendem Körpergewichte die Ausgaben durch die Einnahmen gedeckt werden. Könnten wir diesen Ersatz so einrichten, daß gerade diejenigen Gewebe, die wir verbrauchen, uns in derselben Menge geboten würden, und zwar in aneignungsfähigem Zustande — keine Frage, daß das Leben des Individuums unendlich dauern müßte. Der Grund des nothwendigen Todes liegt in der steten Selbstzerstörung des Organismus, dessen Verluste wir nicht unmittelbar und nicht in vollkommen geeigneter Weise ersetzen können, in keinem inneren Verhältnisse. Es kann demnach auch keine Frage sein, daß bei annähernd richtigem Ersatze des Verlustes die Lebensdauer des Individuums nicht nur, sondern auch die mittlere Lebensdauer der menschlichen Gesellschaft überhaupt verlängert werden könne — daß also Verbesserung des materiellen Zustandes, der Volks-ernährung, auch das Leben des Volkes im Ganzen kräftigen und verlängern müsse. Um aber zu einer Lösung der so gestellten Frage zu gelangen, von welcher in letzter Instanz Wohl und Wehe der ganzen menschlichen Gesellschaft abhängt, muß man dieselbe in ihre Elemente zerlegen. Man mußte sich die Frage stellen, welches denn die Stoffe seien, die aus dem Körper als letzte Produkte des Stoffwechsels ausgeführt werden, in welcher Quantität diese Stoffe den Körper verlassen und welche Menge davon es zum Ersatze dieses Verlustes bedürfe. Man mußte sich nun sagen, daß allerdings das Endresultat aller chemischen Operationen im Körper darin bestehe, daß neben einer gewissen Quantität von Kohlensäure und Wasser als letzter Verbrennungsprodukte eine stickstoffreiche Substanz, der Harnstoff, abgeschieden werde, und daß somit die sämmtlichen Ernährungserscheinungen zuletzt darin ihr Ende finden, daß eine gewisse Quantität des eingeführten Kohlenstoffes und Wasserstoffes verbrannt, eine geringere verhältnißmäßige Menge aber mit der ganzen Menge des Stickstoffes in Form von Harnstoff ausgeschieden werde. Die Menge der abgesonderten Kohlensäure, Wasser und Harnstoff war also in letzter Potenz das Maß des Stoffwechsels und das Maß der Nothwendigkeit für die Einführung einer entsprechenden Menge von Kohlenstoff, Wasserstoff, Stickstoff und Sauerstoff. Da nun der Harnstoff stets genau dieselbe Zusammensetzung hat und offenbar ein Produkt des Umsatzes der blutbildenden Stoffe ist; so glaubte man weiter schließen zu dürfen, daß der Stickstoffgehalt der Ausscheidungen überhaupt den Maßstab für die Stoffumsetzung der blutbildenden Bestandtheile des Körpers gebe, und daß demnach der Werth der Einfuhr für die Ernährung der größeren Masse des Körpers, die ja aus eiweißartigen Körpern zusammengesetzt ist, nach dem Gehalte an Stickstoff berechnet werden könne.

Man hat dieser Betrachtungsweise mit Recht vorgeworfen, daß sie auf ganz falschen Grundlagen basirt sei, und daß man namentlich daraus keinen Rückschluß auf die im Körper stattfindenden Vorgänge machen könne. Man kann keine Vorstellungen haben von den Arbeiten, die in einem chemischen Labo-

ratorium vorgenommen werden, sagte man, wenn man auch
weiß, wie viel Pfunde Wasser, Schwefelsäure, Kohle, Pottasche,
Kalk durch die Thüre eingetragen, und wie viel Pfunde Kohlensäure und Wasser durch den Schornstein, wie viel an Wasser
und an anderen Stoffen durch das Kehrichtfaß entleert werden.
Dies ist vollkommen richtig, aber nichts desto weniger haben
Betrachtungen dieser Art dennoch einen gewissen Werth, wenn
sie sich auf ein Laboratorium beziehen, das nur bestimmte Produkte liefert und nur bestimmte Produkte verarbeitet. Der
Chemiker, der einer Schwefelsäurefabrik vorsteht, giebt sich vollkommene Rechenschaft über den Gang derselben, wenn er weiß,
wie viel Schwefel, Salpeter und Brennmaterial verbraucht und
wie viel Schwefelsäure erzeugt wurde. Wir haben aber aus
der Betrachtung der Nahrungsmittel gesehen, daß der Körper
im Ganzen nur mit wenigen Stoffen arbeitet, die ihm in den
Nahrungsmitteln geboten werden, und daß er ebenso nur wenig,
in ihrer Zusammensetzung stets gleich bleibende, Substanzen ausscheidet. Wenn zwei als Nahrung angebotene Substanzen denselben Blutbildner enthalten, so wird ihr Stickstoffgehalt propor-
tional sein der Menge dieses Blutbildners, und demnach auch
im Verhältniß stehen zu dem Werthe, welchen sie für die
Ernährung der eiweißartigen Stoffe des Körpers haben.

Es mußte begreiflicher Weise interessiren, zu wissen, welches
das durchaus nothwendige Maß von verschiedenen Stoffen sei,
die dem Menschen geboten werden müssen, damit er sein Leben
erhalte. Da Arbeit das Loos des gewöhnlichen Menschen ist,
diese aber, sei sie nun geistig oder mechanisch, die Ausgaben des
Körpers bedeutend erhöht; da ferner die individuellen Verhältnisse bedeutende Abweichungen gestatten, so wandte man sich bei
Bestimmungen dieser Art vorzugsweise an solche Klassen der
Gesellschaft, welche, wie Soldaten, Sträflinge oder Eisenbahn-
arbeiter, eine regelmäßige Beschäftigung bei wenig wechselnder
Nahrung zeigen, also die günstigsten Verhältnisse zu wenig verwickelten Untersuchungen bieten. Die Untersuchung selbst kann
man auf zweierlei Weise anstellen: indem man entweder aus

der Menge der Ausscheidungen die nothwendige Größe der Einnahme berechnet, oder aber, was weit leichter ist und auch zu genaueren Resultaten führt, die Menge der eingenommenen Nahrungsmittel berechnet. Man kann nicht leugnen, daß die bei verschiedenen Völkern und in verschiedenen Verhältnissen gewonnenen Resultate bedeutend abweichen, daß sich indeß doch daraus ein Mittel finden läßt, welches etwa ein Normalmaß giebt, dessen einzelne Posten in gewissen Gränzen variiren können. Nach Moleschott's Berechnungen müßte das tägliche Kostmaß eines kräftig arbeitenden Mannes von mittlerer Größe und Gewicht durchschnittlich betragen:

<pre>
an eiweißartigen Stoffen   130 Gramm
  „ Fett 84   „
  „ Fettbildnern . . . 404   „
  „ Salzen 30   „
  „ Wasser 2800   „
             Summe 3448 Gramm.
</pre>

Es ist indessen nach den oben dargestellten Verhältnissen der Nahrungsmittel klar, daß z. B. Fett und Fettbildner vielfach in ihrem Verhältnisse zu einander wechseln können, ohne daß das Resultat der Ernährung selbst dadurch beeinträchtigt wird. Wollen wir aber den Werth einer Ernährung des Volkes z. B. bestimmen, so können wir uns nicht allein an das hier gegebene Normalmaß halten, sondern müssen berücksichtigen, daß alle Nahrungsmittel sehr verschiedenartig zusammengesetzte Substanzen sind, noch obenein in sehr verschiedenen Graden der Löslichkeit, die ein wesentliches Moment für den Werth eines Nahrungsmittels überhaupt giebt. Frisches Buchenholz enthält fast genau die nämliche Menge von Eiweißstoffen und blutbildenden Bestandtheilen, als Reis, und es wird dennoch keinem vernünftigen Menschen einfallen wollen, Reisbrei durch geraspeltes Buchenholz zu ersetzen. In dem einen sind die Bestandtheile leicht löslich, in dem andern durch Umhüllung mittelst Holzfaser gänzlich unlöslich. Deshalb bestanden wir auch bei der Untersuchung über die Nahrungsmittel zu wiederholten Malen auf der Nothwendig-

felt der Zuführung gemischter Nahrungsmittel, bestimmter Gruppen, welche in dem Körper durch verschiedene Metamorphosen
ihrem endlichen Ziele entgegen geführt werden. Alle diese einzelnen Veränderungen umfaßt der Ernährungsprozeß im Ganzen.
Er resumirt gewissermaßen die ganze vegetative Seite des thierischen Lebens, und wenn wir ein Bild desselben aufzurollen versuchen, so setzt sich dieses aus den einzelnen Thatsachen zusammen,
deren wir oben erwähnten.

Eine der ersten Fragen, die sich aufwirft, ist die : Giebt es
Substanzen, welche, wenn gleich in die Cirkulation aufgenommen,
dennoch nicht zum Ersatz verbrauchter Körperbestandtheile verwendet, sondern durch unmittelbare Verbrennung aus dem Körper wieder ausgeschieden werden? Man könnte sich den Körper
des Erwachsenen als eine gegebene Masse von bestimmter Zusammensetzung und Gewicht vorstellen, welche den zerstörenden
Einflüssen der Außenwelt und besonders der Oxydation durch
den Sauerstoff der eingeathmeten Luft, entzogen werden soll.
Wäre diese Körpersubstanz etwas unwandelbar Gegebenes, Un-
veränderliches, so könnte der Zweck einfach dadurch erreicht werden,
daß man überall die Gewebe vor dem Einflusse des einwirkenden
Sauerstoffes schützte, indem man diesen vorher durch Zuführung
fremder Stoffe bände, die auf seine Kosten verbrennten. Alle
eingeführten Nahrungsmittel wären, von diesem Gesichtspunkte
aus betrachtet, Athemmittel, oder, besser gesagt, Ausgabemittel,
d. h. Substanzen, bestimmt die Ausgaben des Körpers zu decken,
ohne daß der Capitalstock der vorhandenen Körpersubstanz angegriffen würde.

Man sieht auf den ersten Blick, daß eine solche Ansicht der
Natur nicht entsprechen würde, und daß der Physiologe Recht
hatte, welcher bei dem Anblicke einer auf solche Grundlagen gestützten chemischen Rechnung über die Ernährung der Schlangen
ausrief : Wenn das richtig ist, so hat die Natur den Schlangen
den After nur zur Zierde gegeben! Man sieht im Gegentheile
ein, daß vielmehr die eingenommenen Substanzen, wenigstens ihrem
größten Theile nach, zum Wiederaufbau der zerstörten Körper-

substanz benutzt werden müssen; daß demnach die tägliche Einnahme nicht der gleichzeitigen Ausgabe entspricht, sondern, um mich des Bildes weiter zu bedienen, eine Zeit lang in Cassa bleibt, bis eine spätere Ausgabe aus ihr hervorgeht. Nichts desto weniger ist es dennoch wahrscheinlich, daß ein bedeutender Bruchtheil der eingenommenen Substanzen unmittelbar, ohne zum Wiederaufbau der Gewebe benutzt zu werden, durch Verbrennung wieder ausgestoßen wird. Wir erwähnten oben der exceptionellen Stellung der Leber, aus der uns der Schluß hervorging, daß ein Theil der Galle in der Leber selbst gebildet werde. Wir fanden, daß ein großer Theil der in den Darm ergossenen Galle nicht entleert, sondern wieder in den Blutstrom aufgesaugt wird. Wir erwähnten besonders noch der Zuckerbildung, deren Sitz die Leber ist, und wir zeigten, daß dieser Zucker, den die Lebervenen in den allgemeinen Blutstrom überführen, in der Lunge wieder verschwindet. Diese Thatsachen bieten offenbar einen sicheren Haltpunkt und weisen auf das Ueberzeugendste nach, daß ein gewisser Bruchtheil der eingenommenen Substanzen, ohne eine Zwischenformung in den Geweben durchzumachen, eine rein chemische Metamorphose in dem Kreislaufe erleibt und nach dieser Metamorphose ausgeschieden wird. Wahrscheinlich ist es, daß bei Pflanzenkost und gemischter Nahrung diese chemische Umwandlung nur die mit dem Zucker zunächst verwandten Stoffe, die stärkemehlartigen Substanzen, betrifft. Die Möglichkeit aber, daß auch eiweißhaltige Substanzen in solcher Weise als Schutzmittel gegen den Eingriff des Sauerstoffes verwendet werden können, läßt sich von vorneherein durchaus nicht abweisen. Leider besitzen wir noch kein Maß, um die Menge des auf diese Weise unmittelbar verbrauchten Zuckers, also den Bruchtheil der als Schutzmittel verwendeten Nahrung, bestimmen zu können. Und wenn man auch behaupten könnte, daß die Menge der abgesonderten Galle ein solches Maß zu liefern im Stande sei, so müßte doch eine solche Behauptung genauer erhärtet werden. Es ist wahrscheinlich, daß im gesunden Zustande dieses Maß ein bestimmtes ist, welches im Verhältniß zu der Körpermasse steht und nur geringen Schwankungen unterworfen ist. Jedenfalls bildet es aber einen großen Theil des wirklichen Umsatzes der eingenommenen Nahrungsmittel, während der kleinere Theil derselben zum Wiederaufbau der abgenutzten Körpersubstanz verwendet, und, wenn Ueberschuß vorhanden ist, als Reservefonds in der Gestalt von Fett niedergelegt wird.

Schon oben machten wir darauf aufmerksam, daß in allen Flüssigkeiten des Körpers, in allen festen Bestandtheilen desselben auch dann noch Fett enthalten ist, wenn dasselbe nicht in besonderer Form nachweisbar ist. Dieses chemisch gebundene Fett, welches einen integrirenden Bestandtheil speziell morphologisch ausgebildeter Gewebe macht, bildet natürlich eine constante Größe, die im Verhältniß zu der Masse dieser Gewebe steht, und die, wie wir aus den Resultaten der Versuche über das Verhungern sahen, mit äußerster Hartnäckigkeit der Verzehrung widersteht. Anders verhält es sich mit demjenigen Fette, welches in eigener Form, in Gestalt von Bläschen, die mit Zellhüllen umgeben sind, in den Zwischenräumen der Gewebe und namentlich unter der Haut, in dem Geträse und den Netzen, sowie zwischen den Muskeln abgelagert ist. Die Menge dieses Fettes bildet eine äußerst variable Größe. Sie steigt mit dem übermäßigen Gebrauche fettbildender Nahrungsmittel und sinkt wieder bei mangelnder Einnahme. Die Abmagerung, mag sie nun durch Hunger oder durch andere Ursachen bewirkt werden, betrifft immer zuerst diesen Reservefonds, welcher bis auf die Neige verzehrt wird, während die anderen Gewebe in weit geringerem Grade angegriffen werden. Nichts desto weniger bleibt auch hier stets ein kleiner Rest und zwar an solchen Stellen, wo dieses frei angehäufte Fett eine nothwendige Bedingung der Funktion ist, wie z. B. in der Augenhöhle, wo die Bewegungen des Augapfels ohne das vorhandene Fettpolster nicht stattfinden könnten. Der größte Theil des Fettes aber wird ohne Zweifel beim Hungern unmittelbar verbrannt und in Form von Kohlensäure und Wasser nach Außen geführt.

Betrachtet man die Ausgaben eines hungernden Thieres, so sieht man leicht, daß dieselben nicht einzig durch Verzehrung des aufgespeicherten Fettes gedeckt werden können. Die Ausscheidung einer bestimmten Quantität Harnstoff, der nothwendig das Resultat der Zersetzung stickstoffhaltiger Substanzen sein muß, dauert auch bei dem Hungern beständig fort. Es muß somit beständig eine gewisse Menge stickstoffhaltiger Substanzen des Körpers zersetzt werden. Das Maß dieser Zersetzung bleibt sich in den ersten Tagen des Hungers ziemlich gleich, und hierauf gestützt hat man eine Unterscheidung zwischen derjenigen Menge von Nahrungsstoffen, welche zur Deckung des Verlustes beim Hungern nöthig ist, und derjenigen, die darüber hinaus aufgenommen wird, versucht. Man hat diese letztere Menge von Nahrungsmitteln, die über den zur Deckung des Verlustes beim Hungern nothwendigen Verbrauch hinausgehen, den Luxusverbrauch genannt. Es giebt aber kein Thier, bei welchem nicht ein Luxusverbrauch in diesem Sinne stattfände. Und es wäre doch wahrlich der Begriff des Luxus zu weit ausgedehnt, wenn man behaupten wollte, daß der Proletarier bei der unzureichenden und unzweckmäßig gemischten Nahrung, die er sich mit größter Mühe verschafft, auch noch obendrein dem Luxus huldige. Besser würde es sein, nur denjenigen Verbrauch als Luxusverbrauch zu bezeichnen, der entweder zum Aufspeichern des Reservefonds von Fett in dem Körper dient, oder aber in den Verdauungsorganen nicht bewältigt und unverarbeitet abgeschieden wird. Es unterliegt keinem Zweifel, daß die reicheren Schichten der menschlichen Gesellschaft nicht nur mehr consumiren, als sie zum Ersatz ihres Stoffwechsels nöthig hätten, mehr, als sie in Form von Fett aufspeichern können, sondern, daß sie auch überhaupt mehr einnehmen, als die Verdauungsorgane zu bewältigen im Stande sind. Da nun dieses Mehr auch die stickstoffhaltigen Bestandtheile ihrer Nahrung beschlägt, so ist der Koth solcher Luxusconsumenten gewiß weit reicher an Stickstoff, als derjenige der ärmeren Klassen, die mit größtem Aufwande an Verdauungskraft aus Kartoffeln, Rüben und ähnlichem Zeuge die wenigen blutbildenden Substanzen auszichen müssen, die darin enthalten sind. Wenn auch vergleichende chemische Untersuchungen in dieser Hinsicht fehlen, so hat doch die Praxis in denjenigen Ländern, in welchen der Menschenkoth fast alleiniges Düngungsmittel ist, das Richtige zu finden gewußt. So pflegen in Nizza die Ackerbauer den Inhalt der Abtrittsgruben zu kaufen, deren Werth man nach der Zahl der Hausbewohner berechnet. Der Inhalt der Kasernenabtritte wird aber durchschnittlich nur halb so theuer bezahlt, als derjenige der Häuser, die von den reichen Fremden bewohnt sind. Für einen Soldaten, dessen Koth fast nur stickstofflose Substanzen enthält, zahlt der Bauer eine jährliche Rente von 4 bis 5 Franken an den Grubenbesitzer, für einen fremden Luxusconsumenten hingegen, der eine Menge Stickstoff unbenutzt durch seinen Körper hindurchjagt, findet man 8 bis 10 Franken nicht zu viel.

Will man die in dem Körper vor sich gehenden Metamorphosen verfolgen, so müssen zwei verschiedene Untersuchungsmethoden mit einander Hand in Hand gehen. Einerseits die chemische, welche die Umsetzung der Stoffe an sich verfolgt und nachzuweisen versucht, durch welche Zwischenstufen z. B. das Eiweiß durchgehen müsse, das sich vielleicht bei dem Verbrauch innerhalb des Körpers zuerst in Harnstoff und Gallenbestandtheile spaltet, und dann durch Verbrennung der letzteren auch zu dem Athemprozesse sein Contingent liefert. Durch Berechnung aus der Gallenmenge, die in 24 Stunden ergossen wird, hat man gefunden, daß etwa 5 Prozent der Ausgaben von Stoffen herrühren, welche in der angegebenen Weise eine Zwischenmetamorphose in der Leber erfahren, und daß dieser Zwischenkreislauf durch die Leber hauptsächlich die kohlenstoffhaltigen Substanzen, sowie den Schwefel der eiweißstoffigen betrifft, während die übrigen 95 Prozent durch direkten Stoffwechsel innerhalb des Bereiches des großen Kreislaufes ihrem Endziele entgegen geführt werden. Die Feststellung der Zwischenstufen aber, welche die chemischen Körper durchlaufen, ist eine wesentliche Aufgabe der heutigen physiologischen Chemie, und deshalb besonders erschwert, weil dieselbe in mikroskopischen Formelementen vor sich geht, und

Stoffe erzeugt, deren Reaktionen zu unsicher sind, um in solchen
kleinen Mengen gehörig erkannt werden zu können. Es würde
uns zu weit führen, wollten wir auf diejenigen chemischen Metamorphosen näher eingehen, die bis jetzt untersucht und gekannt
sind, zumal da noch viele Lücken in dieser Kenntniß aus dem
angegebenen Grunde sich finden.

Viele Schwierigkeiten stellen sich auch der Erkenntniß der
Umbildung in den Formelementen des Körpers entgegen. Die
Deutung der einzelnen Gestaltänderungen, welche man an diesen
Formelementen bemerkt, ist meist zweifelhaft, da man oft nicht
weiß, ob sie der Neubildung oder dem Zerfallen angehören. Die
Veränderungen selbst sind oft so gering, daß man nicht sicher ist,
ob sie durch den Lebensprozeß selbst, oder durch die Behandlung
des Gegenstandes erzeugt sind.

Man glaubte in den festen Organen des Körpers, in den
Knochen und Zähnen, ein Mittel gefunden zu haben, der Ernährung Schritt für Schritt nachzugehen. Man hatte beobachtet,
daß nach Fütterung mit Krapp und Färberöthe die Knochen,
besonders junger Thiere, sich mehr oder minder intensiv roth
färbten. Fütterte man nun abwechselnd mit der Nahrung während einiger Zeit Krapp und ließ nachher denselben weg, so fand
man auf Durchschnitten der Knochen abwechselnd rothe und weiße
Ringe, die den einzelnen Fütterungsperioden entsprachen. Diese
Schichten sollten allmählich von Außen, von der Beinhaut aus,
nach Innen gegen die Markhöhle rücken und dort verschwinden.
Diese Wanderung sollte nach der Meinung einiger Forscher den
besten Beweis dafür ablegen, daß die Knochenelemente in einem
beständigen Umsatze sich befänden, durch welchen von der Beinhaut aus stets neue Schichten abgesetzt würden, während von der
Markhöhle aus eine beständige Aufsaugung einwirke. Bei der
Umlegung von Platinbrähten oder Plättchen, die man zwischen
die Beinhaut und den Knochen schob, fand man ein ähnliches
Resultat. Diese Körper wanderten allmählich von der Außen-
seite des Knochens nach Innen und gelangten zuletzt in die
Markhöhle, ohne daß man eine Verdickung des Knochens bemerkt

hätte. Wären die Verhältnisse so einfach, wie die ersten Versuche
sie darzustellen schienen, so hätte man allerdings hier ein genaues
Zeitmaß für den Stoffwechsel in den Festgebilden sich verschaffen
können. Man mußte sich aber bald überzeugen, daß die rothe
Färbung der Knochen daher rühre, daß der in dem Blute kreisende Farbestoff mit dem phosphorsauren Kalke der Knochen eine
schwer lösliche Verbindung eingeht, die allmählich bei dem Aufhören der Krappfütterung von dem Blute wieder ausgewaschen
wird, ohne daß das Knochengewebe selbst bei diesem Prozesse
eine sichtbare Aenderung erleidet. Diese Auswaschung muß natürlich am stärksten da stattfinden, wo das meiste Blut cirkulirt,
ebenso wie auch der Absatz in den blutreichen Stellen der Knochen am stärksten sein muß, und da dieses in der Nähe der
Beinhaut der Fall ist, so wurde die Schichtenbildung ganz einfach
durch den abwechselnden Absatz und die Wegschwemmung des
Farbestoffes bedingt. Das Knochengewebe selbst aber erschien in
seinen Formelementen nur äußerst wenig wandelbar, und aus den
schon erwähnten Fütterungsversuchen mit Substanzen, die keine
Aschenbestandtheile enthalten, geht deutlich hervor, daß der Umsatz
in ihm nur sehr gering ist und verhältnißmäßig langer Zeiträume
bedarf.

So ward man denn wieder auf die weichen Theile hingewiesen, an denen freilich einen bestimmten Maßstab herzustellen
nicht leicht war. Von vorneherein muß man sich sagen, daß in
dem Blute, welches allen Umsatz vermittelt, auch in der That
der stärkste Umsatz stattfinden müsse, und es ist wahrscheinlich,
daß die Blutkörperchen keine unveränderlichen Größen, sondern
einem beständigen Prozesse der Umbildung unterworfen seien.
Man sah in der Lymphe mit dem Aufsteigen durch die Lymphdrüsen und den Milchbrustgang und dem Annähern an die Blutbahn selbst die Körperchen stets mehr sich röthen und den Blutkörperchen ähnlich werden. Man glaubte in den Blutkörperchen
selbst manche Vorgänge zu sehen, die man auf ein allmähliches
Verfallen derselben zu deuten suchte. Man glaubte endlich in der
Leber und in der Milz die Organe gefunden zu haben, in welchen

die Einen, wie sie sich auszudrücken beliebten, die Blutkörperchen massenhaft zu Grunde gehen ließen, während Andere wieder dieselben Erscheinungen, die man als den Todesprozeß der Blutkörperchen auffaßte, in umgekehrter Reihenfolge als die verschiedenen Momente ihrer Entstehung deuteten. Bei der Kleinheit der menschlichen Blutkörperchen und ihrer großen Empfindlichkeit gegen Reagentien konnte man über solche Punkte lange streiten, ohne ins Reine zu kommen. Aber ein Resultat mußte doch gefunden werden, denn man hatte sich aufs Deutlichste durch Zählungen überzeugt, daß in der That der Regenerationsprozeß der Blutkörperchen mit der Nahrungsaufnahme gleichen Schritt halte. Drei bis vier Stunden nach dem Mittagsmahle fand man die höchste Verhältnißzahl, sechs bis sieben farblose Lymphkörperchen auf je 2000 Blutkörperchen. Nach geschehener Verdauung nahm die Zahl ab, und endlich, etwa 12 Stunden nach dem Essen, fand man nur fünf farblose Lymphkörperchen im Verhältniß zu derselben Zahl von Blutkörperchen.

Neuere Untersuchungen an Fröschen, bei denen die Elemente des Blutes ihrer bedeutenderen Größe wegen ein leichteres Objekt bieten, haben zur Lösung dieser Frage wesentlich beigetragen. Wir erwähnten schon oben, daß man bei Fröschen trotz der Wegnahme von Leber und Milz das Leben Wochen lang erhalten könne, und daß nach dieser Operation der Kohlensäureertrag der Athmung um ein Bedeutendes sinke, die Rückbildung und Verbrennung der Gewebe also durch die Existenz der Leber und Milz begünstigt werde. Man fand nun, daß bei solchen entleberten Fröschen der Verlust der Leber eine außerordentliche Vermehrung der farblosen und mithin eine beträchtliche Verminderung der farbigen Blutkörperchen nach sich ziehe. Frösche, die zugleich der Milz und der Leber beraubt sind, besitzen ungleich mehr farblose Blutkörperchen im Verhältniß zu den farbigen, als unversehrte. Das Verhältniß stellt sich bei den entleberten und entmilzten Fröschen wie 1 : 4, bei den gesunden wie 1 : 8, und bei Fröschen, denen man nur die Leber weggenommen hat, wie 2 : 5. Es geht hieraus auf das Deutlichste

hervor, daß in der Leber und Milz ein bedeutender Umwandlungs-
prozeß der Blutkörperchen stattfindet, indem dort die farblosen
Körperchen in farbige übergehen. Auch diesen Prozeß hat derselbe genaue Beobachter hinsichtlich der Formenentwickelung genauer verfolgt. Die farblosen Blutkörperchen des Frosches sind
rund, schwach körnig, mit einem schärfer gekörnten runden Kerne
versehen. Nach mancherlei oft bizarren Gestaltsveränderungen
werden sie mehr länglich, der Kern zerfällt, bildet einzelne tropfen-
ähnliche Körner, die nach und nach verschwinden, während die
Zelle selbst sich allmählich roth färbt. Bemerkenswerth ist es,
daß dieser Prozeß der Formbildung ganz in ähnlicher Weise sich
bei der Froschlarve wiederholt und die Ausbildung der Blutkörperchen aus ursprünglichen Embryonalzellen ganz dieselben
Stufen durchläuft.

Es würde zu weit führen, wollten wir hier auf diejenigen
Erscheinungen näher eingehen, welche, in den übrigen Formelementen des Körpers auftretend, auf einen steten Wechsel derselben schließen lassen. Wir müssen offen gestehen, daß die
Beobachtung in dieser Hinsicht bis jetzt nur sehr wenige Resultate geliefert hat, und daß wir so auch trotz des Mikroskopes
hier noch vor einem ganzen Cyklus von Metamorphosen stehen,
von welchen uns vor der Hand nur die Endresultate bekannt
sind. Wenn ein Chemiker gesagt hat, daß wir die Erscheinungen
des Zerfallens der organischen Substanzen mit weit leichterer
Mühe verfolgen können, als diejenigen des Aufbaues, so müssen
wir von unseren anatomischen Hülfsmitteln bekennen, daß wir
zwar die gegebene Form durch sie leicht erkennen können, daß
uns aber große Schwierigkeiten entgegen stehen, wenn wir den
Aufbau, noch größere, wenn wir den Zerfall der Formelemente
uns klar machen wollen.

Neunter Brief.

Die thierische Wärme.

Linné hat in seiner Eintheilung der höheren Thiere hauptsächlich auf einen Charakter Rücksicht genommen, der jedem
Kinde bekannt ist, nämlich auf die Wärme des Blutes, und
danach zwei Hauptgruppen: warmblütige und kaltblütige Thiere,
aufgestellt. Der unangenehme Eindruck, den wir empfinden, wenn
wir die Haut eines Frosches oder Fisches berühren, der Widerwillen, den viele Personen gegen die Annäherung eines solchen
Thieres zeigen, ist tief begründet in der Aehnlichkeit ihrer
Temperatur mit der eines Leichnames. In den todten Körpern
der Menschen, der Säugethiere und Vögel ist die Wärme geschwunden, welche das Resultat des Lebens war. In dem
lebenden Reptil, Lurch oder Fisch, findet zwar während des
Lebens eine Wärmeentwickelung statt, die aber so schwach ist,
daß sie unsere Hand nicht mehr fühlt, während das Thermometer
sie deutlich angiebt. Bei den warmblütigen Thieren erhält sich
die Wärme innerhalb sehr geringer Schwankungen auf demselben
Grade, mögen sie nun in kalter oder warmer Umgebung sich
befinden; man hat sie deshalb auch gleichwarme genannt. Bei
den kaltblütigen dagegen, die man deshalb auch wechselwarme
genannt hat, steigt oder sinkt die Körperwärme mit dem umgebenden Medium, doch in der Weise, daß sie in kalten Medien
etwas wärmer, in warmer Umgebung dagegen, bei beschleunigtem
Stoffumsatz, dennoch etwas kälter sind. Es deutet dies auf einen

bedeutenden Unterschied in dem Lebensprozesse der Wirbelthiere
hin, denn die Produktion der Wärme ist nichts Zufälliges; sie
ist auf das Innigste mit dem Leben verbunden und bei den
höheren Thieren eines der wesentlichsten Resultate des Stoffwechsels. Gerade darum aber, weil diese Wärme eben nur als
eines der letzten Resultate auftritt und mit allen einzelnen Phänomenen dieses Prozesses in Verbindung zu stehen scheint, eben
deshalb ist auch ihre Erzeugung einer der dunkelsten Punkte in
der Physiologie. Man kann kaum einen Eingriff in die geringste
Funktion des Körpers wagen, kaum eine Aenderung dieses oder
jenes scheinbar vereinzelten Phänomens beobachten, ohne zugleich
eine Veränderung des Wärmegrades eines einzelnen Theiles oder
des Gesammtkörpers wahrzunehmen. Man hat nun, wie es
scheinen will, viel zu häufig den Fehler begangen, je nachdem
man diese oder jene Quelle der Wärme entdeckte, dieser auch
allein die Produktion derselben zuzuschreiben, und nur zu oft den
Erfahrungssatz außer Augen gelassen, nach welchem gleiche Ursachen auch gleiche Wirkungen bedingen, nie aber gleiche Wirkungen auch auf gleiche Ursachen schließen lassen. Das Holz
geräth ins Brennen, ob man es nun nach der früheren Weise
civilisirter Nationen mit einem in Schwefel getauchten Zündhölzchen, oder nach Art der Wilden durch heftiges Reiben in
Flammen setze; der chemische Prozeß, wie der mechanische Effekt,
so verschieden sie auch in sich sein mögen, haben durchaus dieselbe Wirkung —; wäre es nicht thöricht, behaupten zu wollen,
daß man nur mittelst Zündhölzchen anbrennen könne? — Man
kann nicht leugnen, daß die Physiologen oft in diesen Fehler
gefallen sind; der Eine, der durch Muskelbewegung Wärme erzeugt werden sah, wollte dem Andern nicht glauben, der den
chemischen Umwandlungen im Körper ebenfalls exclusiv die
Wärmeerzeugung zuschrieb. Ein vernünftiger Vergleich beider
streitenden Partheien, wo jede ein Weniges nachgelassen hätte,
würde vielleicht den Streit zu Ende gebracht haben.

Man mißt die Temperatur des thierischen Körpers überhaupt meist an Orten, wo die Thermometerkugel in Oeffnungen

eingeführt werden kann. So meistens im Munde unter der Zunge, im After, in der Achselhöhle u. s. w. Die mittlere Temperatur eines Erwachsenen an diesen Stellen beträgt etwa 37,2 Grade des hunderttheiligen Thermometers, oder 29,8 des Réaumur'schen, während an freien Hautstellen diese Temperatur um einige Grade sinkt und im Durchschnitte nur 34,1 Celsius oder 27,3 Réaumur beträgt.

Messungen der verschiedenen Körpertheile ergeben ein Resultat, welches mit den Schlüssen, die man a priori machen könnte, vollkommen im Einklang steht. Es ist begreiflich, daß das Blut im Inneren des Körpers die größte Wärme, etwa 38 bis 39 Grad, zeigt, daß aber Theile des Körpers, welche eine größere Oberfläche darbieten, aus denen mithin mehr Wärme ausstrahlen kann, sich schneller abkühlen, als andere, die nur eine sehr geringe Oberfläche besitzen. Im Allgemeinen sind noch die einzelnen Theile in der Beziehung vortheilhaft gebaut, daß sie mehr oder minder regelmäßige Cylinder darstellen, wie der Rumpf, die Arme und Beine, oder selbst Formen, welche derjenigen der Kugel nahe kommen, mithin bei größtem Rauminhalte die kleinste Oberfläche darbieten. Nichts desto weniger ist der Wärmeverlust, den die Enden der Extremitäten, die Finger, Zehen, Hände und Füße erleiden, so bedeutend, daß an der Fußsohle z. B. die Temperatur nur 32°,3 C. beträgt. Einen Schutz gegen solchen Verlust verschafft uns die Bedeckung mittelst schlecht leitender Körper, wie Wolle, Federn, Haare u. s. w. Alle diese Stoffe zeichnen sich durch die Eigenschaft aus, daß die Wärme sie nur sehr schwer durchbringt, aber auch eben so schwer von ihnen mitgetheilt wird. Ein Stück Metall, das an dem einen Ende glühend ist, kann nicht ohne Schaden an dem anderen Ende angefaßt werden; ein Holzbrand dagegen, der unten brennt, zeigt wenige Zolle davon kaum eine merkliche Erhöhung seiner Wärme.

Ein Metall aber kühlt sich schnell ab, giebt die Wärme, die es erhalten, eben so schnell ab, als es sie in seinem Innern weiter leitete, während ein schlechter Leiter sie eben so lange erhält, als er sie langsam in sich aufnimmt. In unseren Climaten,

wo die mittlere Jahrestemperatur etwa um 20 Grade tiefer
steht, als diejenige des Körpers, bedarf es mithin eines Schutzes,
und diesen suchen wir ihm durch Kleider, Pelzwerk, Federbetten
zu gewähren. Bei den Thieren, welche die nordischen und gemäßigten Climate bewohnen, hat die Natur in ähnlicher Weise
gesorgt. Die Fischsäugethiere ausgenommen, über deren Organisation und Lebensverhältnisse wir überhaupt nur sehr wenige
Kenntnisse besitzen, sind alle Thiere der kälteren Zonen mit dichten
Pelz- oder Federüberzügen versehen, deren Dichtigkeit bekanntlich im Winter um ein Bedeutendes zunimmt. Man würde
vergeblich außerhalb der warmen Zonen Thiere mit nackter, kahler
Haut suchen, welche in der Nähe des Aequators so häufig vorkommen. Ich will damit keineswegs behaupten, daß die Natur
den Thieren einzig nur deshalb Federn und Haare auf dem
Leibe wachsen lasse, um sie fein warm zu halten; es giebt an
dem Aequator Thiere, die ein eben so schönes Pelzwerk besitzen
als andere an den Polen, und neben Affen mit langen dichten
Wollhaaren klettern andere in den Urwäldern Amerika's umher,
die fast nackt sind.

Man hat bekanntlich viel von dem kälteren Blute der Nordländer, dem heißeren der Südländer gesprochen, und die Poeten
namentlich haben dies Kapitel auf das Reichlichste ausgebeutet.
Die Eifersucht, Rachsucht, kurz alle Triebe und Leidenschaften,
welche bei einzelnen Völkern mehr oder minder ausgeprägt
scheinen, werden auf Rechnung der Wärme des Blutes geschoben.
Mit diesen physiologischen Eroberungen nicht zufrieden, ging ein
Dichter aus der Zeit des Becker'schen Rheinliedes sogar so weit,
auch die Farbe des Blutes bei den verschiedenen Raçen verschieden zu finden, und den Germanen blaues, den Franken
rothes Blut zu vindiciren. Ich weiß nicht, ob sich diese Behauptung auf genauere Beobachtungen stützt; — was die Temperatur des Blutes betrifft, so kann man ziemlich dreist behaupten,
daß solche Verschiedenheiten nicht existiren, und daß die kleinen
Abweichungen, welche man bei den Völkern der entlegensten
Zonen getroffen hat, nicht größer sind als die Verschiedenheiten,

welche man bei einzelnen Individuen findet. Der Malaye, dessen wüthende Leidenschaften zum Sprüchwort geworden sind, zeigt keine größere Wärme des Blutes, als der geduldige Hottentotte, und wenn auch die Untersuchungen der Naturforscher über diesen Punkt noch nicht alle wünschenswerthe Ausdehnung erhalten haben, so darf man doch schon jetzt den Dichtern und National-ökonomen den Rath geben, andere Gründe für die Charakterver-schiedenheit der Raçen und Völker zu suchen.

Aus vielfachen vergleichenden Untersuchungen geht hervor, daß Männer und Weiber fast genau die gleiche Temperatur haben, indem bei den Frauen der geringere Stoffwechsel durch geringere Wärmeausstrahlung ausgeglichen wird. Das Alter hat keine unbedeutenden Einflüsse auf die Wärme des Körpers. Unmittelbar bei der Geburt ist dieselbe am höchsten, sinkt aber schnell in den ersten Stunden, um sich, sobald einmal Athmung und Kreislauf vollständig hergestellt sind, etwa auf derselben Höhe bis zum Eintritt der Reife zu erhalten. Von dem zwan-zigsten Jahre an sinkt die Wärme zwar nur sehr unbedeutend, doch allmählich bis etwa zu dem sechzigsten, wo ihr tiefster Stand stattfindet. Bei Greisen steigt sie wieder und zwar so sehr, daß sie das Maß des kindlichen Alters erreicht. Dies scheint freilich im Widerspruche zu stehen mit dem Sinken des Lebens-prozesses überhaupt bei den Greisen. Man darf aber nicht ver-gessen, daß der Produktion der inneren Wärme durch einen äußeren Faktor, durch Ausstrahlung und Verdunstung auf der Haut, entgegengearbeitet wird, und daß bei den Greisen die Haut stets welk, zusammengefallen, und die abkühlende Schweißbildung und Ausdünstung auf ein Minimum beschränkt ist. Periodische Schwankungen während des Tages finden allgemein statt und scheinen selbst in gewissem Grade unabhängig von der Lebens-weise. Merkwürdiger Weise sind diese täglichen Schwankungen größer, als die Unterschiede zwischen den mittleren Temperaturen in verschiedenem Alter, denn sie betragen fast 1 Grad R., während der Unterschied zwischen der höchsten Temperatur zur Zeit der Reife im vierzehnten Jahre bis zum sechzigsten nicht ganz

¹/₂ Grad beträgt. Die Temperatur erhebt sich des Morgens nach dem Erwachen ziemlich schnell und erreicht ihren ersten Höhepunkt um die 11. Vormittagsstunde; sie sinkt in den darauf folgenden Stunden ein wenig, bis die Zeit des Mittagsbrodes den Ausgangspunkt eines neuen Ansteigens bildet, welches um die 6. bis 7. Nachmittagsstunde seinen Gipfel erreicht. Von diesem, welcher zugleich der Höhepunkt für den ganzen Tag ist, an, sinkt dann die Temperatur fast stetig während der Abend- und Nachtstunden, und erreicht währnd des Schlafes um die 4. Nachmitternachtsstunde ihren niedrigsten Stand. Um mich eines verständlichen Bildes zu bedienen, macht also die Temperatur im Laufe des Tages eine doppelte Welle. Der Wellen- berg der kleineren fällt in die 11., ihr Thal in die 2. Mittags- stunde; der Berg der größeren in die 6. Nachmittagsstunde, das Thal derselben in die 4. Nachmitternachtsstunde. Es stehen diese Schwankungen in dem genauesten Zusammenhange mit dem Pulse, dessen Häufigkeit ganz denselben gleichzeitigen Schwan- kungen unterliegt, und dadurch auch mit der Athmung, da, wie wir gesehen haben, die Häufigkeit der Athembewegungen stets in einem gewissen Verhältniß zu derjenigen des Pulses steht.

Die Temperaturverschiedenheiten der inneren Theile des Körpers können natürlich nur unvollkommen bei lebenden Menschen untersucht werden, und auch bei Thieren sind bis jetzt nur wenige Versuche mit zuverlässiger Genauigkeit angestellt worden, da der dazu nöthige operative Eingriff sogleich die Wärmeent- wicklung stört. Es ist zu beklagen, daß wir hier keine Thatsachen in großer Zahl besitzen, die freilich genau genug gesammelt sein müßten, um sehr kleine Verschiedenheiten von einem Zehntel und selbst einem Zwanzigstel Grad mit Sicherheit angeben zu können; solche Versuche würden mehr, als lange Seiten theoretischer Ab- handlungen, auf sichere Schlüsse über den eigentlichen Ort der Wärmeerzeugung führen. Die bis jetzt bekannten Versuche er- geben nur sehr wenig Resultate. So soll das Blut der Hals- schlagader beinahe um einen Grad höher temperirt sein, als dasjenige der Halsvenen, wie überhaupt die tiefer und geschützter liegenden Arterien der Extremitäten wärmeres Blut führen sollen, als die oberflächlicher verlaufenden Venen; Lunge und Leber ebenfalls um einen Grad höher, als Gehirn und Magen; und das aus ihnen zurückkehrende Blut wärmer als das einströmende, ein Beweis für den in den Organen vorgehabten lebhaften Stoffwechsel; das Blut der Lebervenen wärmer, als das aller übrigen Körpertheile; das Blut der rechten Herzkammer um zwei Zehntel Grad wärmer, als das durch die Athmung abgekühlte Blut der linken Herzkammer.

Die Athmung ist ohne Zweifel einer der wichtigsten Hebel zur Erzeugung der Wärme. In allen Fällen, wo die Athmung sinkt, wo die Athemzüge in längeren Intervallen folgen, nur kurz sind, und an Intensität, Tiefe und Schnelligkeit abnehmen, in allen diesen Fällen sinkt auch die Temperatur des Körpers rasch und oft selbst mit auffallender Schnelligkeit. Jeder hat wohl schon diese Beobachtung bei Individuen gemacht, welche in Ohnmacht fallen, wo die Athemzüge fast gänzlich verschwinden, der Herzschlag sich vermindert und eisige Kälte sich über den Körper verbreitet. Beiläufig gesagt ist dadurch auch ein Mittel gegeben, eine wahre Ohnmacht von einer verstellten zu unterscheiden. Wir können zwar willkürlich den Athem einhalten und uns so gewöhnen, daß wir denselben nur unmerklich und in großen Intervallen schöpfen; allein willkürlich kalt zu werden ist noch keinem Menschenkinde gelungen; sogar den Frauen nicht, welche zuweilen in Darstellung künstlicher Ohnmachten eine anerkennenswerthe Virtuosität besitzen.

In weit ausgedehnterem Maße aber lassen sich diese Erscheinungen bei denjenigen Thieren beobachten, welche in Winterschlaf sinken. Ich habe selbst Gelegenheit gehabt, den kleinen Siebenschläfer, die sogenannte Haselmaus, in ihrem Schlafe zu beobachten, und genaue Untersuchungen über die Murmelthiere im Winterschlafe sind vor nicht langer Zeit von einem meiner Freunde veröffentlicht worden. Sobald das Thier schläft, werden seine Athemzüge so selten und so sanft, daß es kaum möglich ist, sie zu beobachten; das Herz schlägt nur äußerst schwach und kaum

fühlbar. Unmittelbar nach dem Einschlafen sinkt auch die Eigenwärme des Thieres, und zwar allmählich so tief, daß sie kaum
ein Weniges über der Temperatur des umgebenden Raumes sich
erhält. So bleibt das Thier während seines Schlafes. Sobald
es aber erwacht, werden die Athemzüge häufiger, der Herzschlag
rascher und in kurzer Zeit steigt die Wärme höher und höher,
bis sie den Punkt erreicht, auf welchem sie sich beim wachenden
Zustande stationär erhält. Ob das Thier unmittelbar vorher
gefressen habe, oder nicht, hat auf die nachfolgenden Erscheinungen
durchaus keinen Einfluß; seine Temperatur sinkt beim Einschlafen
in durchaus ähnlicher Weise.

Der Einfluß der Respiration auf Entwickelung der Wärme
ist demnach nicht zu verkennen; allein es fragt sich, ob derselbe
unmittelbar ist, ob der chemische Prozeß der Athmung selbst
Wärme bildet, oder ob vielmehr diese Funktion nur mittelbar
wirkt, indem sie mit anderen Thätigkeiten des Körpers in die
engste Verbindung tritt.

Es kann nicht geläugnet werden, daß in dem Körper eine
Oxydation der durch die Nahrungsmittel eingeführten Stoffe
vor sich geht. Betrachten wir die in dem Darmkanal aufgenommenen Substanzen ihrer allgemeinsten Zusammensetzung nach,
so stellt sich heraus, daß alle eine bestimmte Quantität Sauerstoff enthalten, nie aber eine so große Menge dieses Elementes,
daß sie hinreichend wäre, den Kohlenstoff und den Wasserstoff,
der sich ebenfalls in den Nahrungsmitteln findet, vollständig zu
verbrennen und in Kohlensäure und Wasser überzuführen. Auf
der anderen Seite treten uns in den Auswurfsstoffen des Körpers, und namentlich in den gasförmigen Produkten der Respiration, diese zwei vollständig oxydirten Stoffe hauptsächlich entgegen; die Athmung liefert Kohlensäure und Wasser. Es muß
demnach offenbar in dem Körper eine Verbrennung des Kohlenstoffes und des Wasserstoffes auf Kosten des durch die Respiration
zugeführten Sauerstoffes der Luft vor sich gehen, und daß Verbrennung Wärme entwickele, ist eine Thatsache, die nicht erst
bewiesen zu werden braucht. Die erste Frage, welche hier gestellt

werden muß, ist ohne Zweifel die : Genügt die auf die angegebene Weise entwickelte Wärmemenge, den Verlust, welchen der Körper beständig durch Ausstrahlen erleidet, zu decken? Ist es möglich, aus dieser beständigen Verbrennung zu erklären, warum wir in den verschiedensten Temperaturen der umgebenden Luft dennoch stets dieselbe Eigenwärme beibehalten, oder können noch andere Wärmequellen nachgewiesen werden?

Man hat approximativ so genau als möglich die Menge von Kohlenstoff zu bestimmen gesucht, welche in den Körper durch die Nahrungsmittel gelangt. Es müssen solche Berechnungen stets etwas Schwankendes haben; denn selten wohl findet man Leute, die sich zu einem durchaus regelmäßigen Regime hergeben wollen, die einen Tag um den andern genau dieselbe Quantität Speisen zu sich nehmen möchten und ohne zu wechseln eine solche Lebensart Monate durchführen wollten. Unterscheidet sich doch, der Behauptung Beaumarchais' zu Folge, der Mensch neben anderen Charakteren gerade dadurch von den Thieren, daß er über den Durst trinkt, und oft auch mehr ißt, als er Hunger hat. Aus der Verproviantirung der dänischen Seeleute hat man berechnet, daß dieselben etwa 23 Loth Kohlenstoff in 24 Stunden verbrauchen, und für die englischen Seeleute gelangte man etwa auf die gleiche Zahl. Für die Gefangenen eines Zuchthauses, welche gemeinschaftlich und so viel wie möglich im Freien arbeiten, erhielt man den etwas geringeren Werth von 21 Loth, und für Gefangene in Einzelhaft und Untersuchungsarrest die noch weit geringere Menge von 17 Loth, die auf eine zerstörende Unterdrückung und Niederhaltung des Lebensprozesses deutet. Aus dieser Verhältnißzahl schon kann man entnehmen, welche raffinirte Grausamkeit unser Zeitalter in Erfindung der lange fortgesetzten Einzelhaft bethätigte. Fand doch derselbe Beobachter, welcher diese niedrige Zahl des Kohlenstoffverbrauches für die Einzelgefangenen berechnete, nach derselben Methode für den Verbrauch einer Kompagnie Soldaten, deren Leben doch wahrlich nicht zu beneiden ist, ein Mittelzahl von beinahe 28 Loth täglich, also ¼ mehr als bei den Einzelgefangenen! Und solchen Zahlen gegen-

über müht man sich noch ab, nachweisen zu wollen, daß Menschen durch die Einzelhaft gebessert und daß überhaupt diese Art
und Weise der Behandlung den wohlthätigsten Einfluß auf ihre
moralische Seite haben könne!

Kehren wir indeß zu unserem Gegenstande zurück. Man hat
sich vielfach abgemüht, nachzuweisen, daß die Verbrennung der
Kohlenstoffmenge, welche in den Körper eingeführt wird, hinreiche,
um die Entwickelung von Wärme in demselben und den steten
Verlust durch Ausstrahlung und Verdunstung zu decken.

Man ging dabei von dem Satze aus, daß eine gewisse
Menge Kohlenstoff dieselbe Quantität Wärme entwickeln müsse,
ob er nun direkt verbrannt werde, oder durch mancherlei Zwischenstufen verschiedenartiger Verbindungen dem Endziele der Verbrennung entgegen geführt werde. Allein gerade dieser Funda-
mentalsatz wird durch neuere Untersuchungen nicht bestätigt,
während auf der anderen Seite die Quellen der Wärmeent-
stehung außerordentlich vermehrt werden durch die Erkenntniß,
daß überhaupt gar kein Stoffumsatz, gar keine chemische Zersetzung, gar keine Bewegung der Moleküle stattfinden könne ohne
gleichzeitige Entbindung von Wärme. Hat man dies einmal
erkannt, so muß man einsehen, daß es unmöglich ist, auf experi-
mentalem Wege das Maß der inneren Wärmeentwicklung im
Körper anzugeben. Die Resultate der Ernährung, die wir erst
in ihren Summen vor uns sehen, sind aus einer unendlichen
Menge kleiner Pöstchen zusammengesetzt, deren Maß eben seiner
Kleinheit wegen sich unseren Untersuchungsmitteln entzieht. Jedes
Blutkörperchen, jedes Fäserchen, jedes Tröpfchen Flüssigkeit im
Körper ist in beständiger Bewegung, in stetem Umtausche, in
unausgesetzter Zerstörung und Neubildung begriffen. Jeder dieser
Prozesse, an unendlich kleinen Theilen vor sich gehend, entwickelt
eine unmeßbar kleine Menge von Wärme, deren Summe uns erst
in für unsere Instrumente zugänglicher Größe entgegentritt. Aus
eben so kleinen Posten summirt sich auch der Verlust, den der
Körper durch Verdunstung von Flüssigkeiten, durch Verflüssigung
fester Theile, durch Ausstrahlung und ähnliche Prozesse erleidet,

und hier auch tritt uns erst die Summe dieser vielen unendlich
kleinen Wirkungen entgegen.

Hat man sich diese Verhältnisse einmal klar gemacht, so
hat man sich schon gewissermaßen die Frage beantwortet, an
welchen Ort denn der Heerd der Wärmeerzeugung hinzusetzen
sei. Die ältere Meinung, welche namentlich seit Lavoisier
gang und gäbe geworden war, schien freilich die einfachste und
ungezwungenste. Nach dieser fand die Verbrennung in der Lunge
statt; das venöse Blut kreiste, mit verbrennlichen Stoffen angefüllt, in der Lunge, trat dort in Wechselwirkung mit dem
Sauerstoff der Atmosphäre; was verbrennen konnte, verbrannte,
und das durch diesen Prozeß erhitzte arterielle Blut verbreitete
sich nun in dem ganzen Körper, überall hin seine Wärme tragend
und vertheilend. Die Lungen waren demnach der thierische
Ofen, und wie in einem mit Wasserheizung versehenen Hause
versammelten sich die dort zusammenlaufenden Heizröhren nach
allen Theilen des Körpers.

Manche Umstände jedoch ließen sich schwer mit dieser Annahme vereinigen, und namentlich darf man unter diesen die
Temperatur der Lungen selbst in Anschlag bringen. Die Hitze
müßte in diesen sehr groß, jedenfalls um einige Grad höher sein,
als in den übrigen Theilen des Körpers. Die Erfahrung sagt
hier das Gegentheil; die Lungen sind nicht wärmer als der
Magen und alle anderen Eingeweide, welche in verschlossenen,
wohlgeschützten Räumen liegen. Man hätte die aus dieser Thatsache abzuleitenden Schlußfolgerungen zwar noch umgehen können;
mit dem Augenblick aber, wo durch den Versuch nachgewiesen
wurde, daß Thiere auch in anderen Gasarten als Sauerstoff
Kohlensäure ausathmen; daß die Kohlensäure in dem Blute schon
existirt, ehe dieses nur in den Lungen ankommt und daraus dargestellt werden kann; mit diesem Augenblick, sage ich, mußte das
ganze theoretische Gebäude fallen. Die Lungen konnten nicht mehr
das einzige Organ sein, in welchem die Kohlensäure gebildet wird,
und da der eben erwähnten Ansicht nach die Erzeugung dieses Oxydes
die Ursache der Erwärmung des Körpers war, so mußte auch

nothwendig der Ort, wo diese vor sich geht, aus den Lungen verlegt und anderen Organen vindicirt werden.

Wenn indeß auch die Lungen der alleinige Wärmeheerd nicht sind, so muß dennoch zugestanden werden, daß wenigstens ein geringer Grad von Wärme darin entwickelt werden müsse. Folgende Umstände scheinen eine solche Annahme durchaus gebieterisch zu verlangen.

Die Luft, welche wir einathmen, hat im Durchschnitt in unseren Zonen eine Temperatur von 10 bis 12 Graden, im Sommer mehr, im Winter weniger. Selten nur haben wir Hitzegrade, wo die Luft so warm wäre, als unser Körper. Die ausgeathmete Luft hingegen hat beinahe die Temperatur unseres Körpers, sie ist demnach innerhalb der Lungen bis auf diesen Grad erwärmt worden; die Lungen müssen eine gewisse Quantität Wärme durch diese Abgabe verloren haben, die um so größer ausfällt, je kälter die äußere Temperatur ist. Im Winter muß demnach dieser Verlust an Wärme weit bedeutender sein, als im Sommer, und je weiter im Norden wir leben, um so mehr muß er zunehmen, während umgekehrt, gegen den Aequator hin, dieser Verlust mehr und mehr abnimmt.

Ferner ist die Luft, die wir einathmen, nur sehr selten mit Wasserdampf gesättigt. Sie ist wohl nie vollkommen trocken, allein eben so selten auch tritt der entgegengesetzte Fall ein. Die ausgeathmete Luft dagegen ist meist mit Wasserdampf gesättigt, und dieser Dampf kann nur durch Verdunstung der innerhalb der Lungen befindlichen Flüssigkeiten, d. h. des Blutes, geliefert werden. Nehmen wir nun auch an, daß ein Erwachsener täglich nicht mehr als ein halbes Pfund Wasserdampf in seinen Lungen bilde (eine Annahme, die nach den jetzt vorliegenden Thatsachen eher zu gering, als zu hoch ist), so erhalten wir dadurch ein Abkühlungsmoment, welches noch viel bedeutender einwirken dürfte, als die Erhitzung der eingeathmeten Luft. Denn es ist bekannt, daß ein fester Körper, welcher flüssig wird, oder eine Flüssigkeit, welche sich in Dampf verwandelt, einer bedeutenden Quantität Wärme bedarf, um in ihren neuen Zustand überzugehen; daß diese Wärme, welche man die latente nennt, sich an dem Thermometer nicht mehr fühlbar macht, und daß somit die Verdampfung einer gewissen Quantität Wasser in den Lungen eine bedeutende Abkühlung dieser letzteren erzeugen müsse. Diese Abkühlung aber kann in der That nicht nachgewiesen werden; die Lungen haben dieselbe Temperatur, wie alle inneren Organe des Körpers, für welche diese außerordentlichen Momente der Abkühlung nicht eintreten, und es kann demnach mit vollem Rechte aus dieser Thatsache gefolgert werden, daß in den Lungen noch eine besondere Wärmequelle existiren müsse, welche, trotz des Umstandes, daß ihnen beständig Wärme entzogen wird, sie doch auf einer constanten Temperatur erhält.

Wie wir oben sahen, liegt vielleicht ein Theil dieser Quelle in dem Verbrauche des Leberzuckers innerhalb der Lunge. Ob die Verbrennung desselben aber hinreicht, den Wärmeverlust der Lungen zu decken, ist eine andere Frage, die noch ungelöst erscheint. Jedenfalls führen noch andere Beobachtungen zur Annahme eines Wärme erzeugenden Verbrennungsprozesses in den Lungen. Auffallend ist es wenigstens, daß bei alten Leuten, bei welchen die Intensität der Respiration bekanntlich sehr abnimmt, sich beinahe regelmäßig in den Lungen schwarze Massen absetzen, welche fast nur aus reinem Kohlenstoffe bestehen. Diese Absätze von Kohlenstoff sind nicht allein krankhafte, geschwulstartige Anhäufungen, die man unter dem Namen von Melanosen schon seit langer Zeit kennt; — sie erscheinen vielmehr in Form eines feinen Pulvers, das im Lungengewebe selbst sich anhäuft, und oft dasselbe so erfüllt und in so hohem Grade unwegsam macht, daß es Aerzte giebt, welche den Tod der Alten zum großen Theile dieser Anhäufung von Kohlenstoff in den Lungen zuschreiben. Sieht es nicht aus, als wenn hier der Kohlenstoff, der bei der langsamen und unvollständigen Respiration in den Lungen nicht verbrennen konnte, in seiner ursprünglichen Form in dem Gewebe abgelagert würde?

Eine unzweifelhafte Quelle der Wärmeentwicklung im menschlichen und thierischen Körper ist noch außerdem in der Bewegung zu finden; allein selber erscheint auch hier die genaue Bestimmung dieses Faktors eben so schwierig und in ungemein weiten Grenzen

schwankend, als die Anerkennung der Thatsache an sich allgemein ist. Wir wissen jetzt, daß Wärme und Bewegung sich in
einander verwandeln, daß ein bestimmtes Maß von Bewegung
oder mechanischer Arbeit einem bestimmten Maß von Wärme entspricht, daß also jeder Wärmeeinheit eine bestimmte Arbeitsgröße
entspricht und umgekehrt. Wärme ist Bewegung und Bewegung
Wärme — Bewegung muß also an und für sich Wärme entwickeln. Angestrengtes Umherlaufen und Bewegung der Füße
wärmt diese mehr und nachhaltiger, als Annäherung an das
Kamin, und bei Arbeiten im Freien während des Winters befinden wir uns wohl in Kleidern, die in der Ruhe uns kaum
vor dem Erfrieren schützen würden. Der Einfluß der Bewegung ist
also sicher schon ein durchaus unmittelbarer; der Armmuskel eines
Mannes, welcher Holz sägt, erwärmt sich durch die anhaltenden
Zusammenziehungen, die er macht, um mehr als einen Grad über
seine gewöhnliche Temperatur, es kann somit nicht in Zweifel
gestellt werden, daß die Muskularbewegung an sich schon Wärme
erzeugen müsse. In der That hat man durch genauere Versuche
an abgeschnittenen Froschschenkeln, in welchen kein Blut mehr
cirkulirte, und die man durch Reizung der Nerven zu wiederholten Zuckungen veranlaßte, gezeigt, daß durch diese Zusammenziehungen eine, wenn auch sehr kleine, meßbare Quantität von
Wärme erzeugt werde.

Nicht nur durch unmittelbare Erzeugung von Wärme aber
wirkt die Bewegung, sondern auch mittelbar durch Anfeuerung
aller Funktionen des Körpers. Lebhaftes Springen, Laufen, jede
Anstrengung der Muskelkraft überhaupt beschleunigt die Athmung,
wirkt dadurch belebend auf die Thätigkeit des Herzens ein, und
fördert somit durch Anregung des Kreislaufes den Blutumlauf
und den Stoffwechsel. Das Blut treibt schneller durch die Organe,
die Metamorphose wird lebhafter, eben weil in schnellem Umschwunge das Blut der in der Ernährung gebildeten Auswurfsstoffe sich mit größerer Raschheit entledigen kann. Das Capillar-
gefäßsystem der Organe ist aber, wie wir schon früher ausgeführt
haben, der Sitz der chemischen Prozesse; in dem Gewebe der

Organe selbst, das von den vielfachen feinen Röhren der Haargefäße durchzogen ist, geht jener Stoffwechsel vor sich, den wir
als Ernährung bezeichnen und dessen Hauptaufgabe Bildung neuer
organischer Formelemente und Zurücknahme aller verbrauchten
Stoffe ist. Da, wo der Sitz der chemischen Prozesse des Körpers
ist, muß aber auch der Heerd seiner Wärme sein; denn die chemischen Verbindungen sind es hauptsächlich, welche Wärme entwickeln. Sonach dürfen wir denn auch dreist behaupten, daß der
Ernährungsprozeß der Organe es sei, welcher die Quelle der
thierischen Wärme liefert, und es liegen Thatsachen in hinreichender Zahl vor, welche beweisen, daß man sich die Wärme des
menschlichen Körpers nicht so vorstellen muß, wie von einem einzelnen Punkte ausgehend, sondern daß vielmehr seine Temperatur
das Resultat aller jener kleinen Wärmemengen ist, welche in
jedem Momente des Körpers an allen Punkten seiner Theile
erzeugt werden. Man kann mit dem Thermometer in der
Hand nachweisen, daß entzündete Theile eine höhere Temperatur
besitzen, daß mithin die Empfindung von Hitze, welche bei jeder
nur irgend wahren Entzündung sich einstellt, nicht nur auf einem
subjektiven Gefühle der Nerven beruht, sondern in der That einen
objektiven Grund besitzt. In entzündeten Theilen aber ist der
Stoffwechsel in hohem Grade bethätigt, das Blut kreist vielleicht
nur ganz im Anfange, sobald die Entzündung noch auf dem bloßen
Stadium der Congestion stehen bleibt, schneller als im normalen
Zustande. Später stockt das Blut völlig in den gelähmten Capillargefäßen, sein Plasma tritt aus in die umgebenden Theile,
und bald entstehen nun Neubildungen verschiedener Art, je nachdem der Prozeß der Entzündung mehr zu diesem oder jenem
Ausgange neigt. Während der ganzen Zeit, wo dieser Prozeß
dauert, ist auch die Temperatur des Theiles bedeutend erhöht,
und somit eine selbstständige Produktion von Wärme einzig durch
die im Inneren des entzündeten Theiles vorgehenden chemischen
Metamorphosen durchaus außer Zweifel gestellt.

Man darf indeß diese erhöhte Wärme, welche sich nicht nur
dem Gefühle des Kranken, sondern auch dem Thermometer kund

giebt, nicht allzu hoch anschlagen, wenn sie gleich für den Kranken oft ungemein quälend ist. Die Empfindung von Wärme oder Kälte, welche ein Individuum hat, hängt weit mehr von dem Zustande seines Nervensystemes, als von dem wirklichen Temperaturunterschiede ab. Wir werden in einem späteren Briefe sehen, daß die Hautnerven lediglich mit der Vermittelung des Wärmegefühls betraut sind, und daß in Folge krankhafter Zustände in dieser Beziehung große subjektive Irrthümer stattfinden können, lehrt die ärztliche Erfahrung. Bei dem Wechselfieber wechseln bekanntlich drei scharf abgeschnittene Stadien regelmäßig mit einander ab. Der Kranke bekömmt einen Frostanfall, gegen den Decken und warme Krüge nicht schützen; dann folgt trockene Hitze, und endlich bricht reichlicher Schweiß aus, der den Anfall endet. Schiebt man ein Thermometer in die Achselhöhle (der geeignetste Ort, um an Erwachsenen Untersuchungen dieser Art anzustellen), so sieht man, den Empfindungen der Kranken gerade entgegengesetzt, das Quecksilber noch vor dem Beginne des Frostanfalles steigen und dies Steigen während des Frostes fortdauern. Gegen das Ende des Schüttelfrostes, wo der Kranke vor Kälte am ganzen Leibe zittert und mit den Zähnen klappert, erreicht das Thermometer seine größte Höhe und zeigt somit statt einer Verminderung eine Vermehrung der inneren Wärme im Froststadium an; im Hitzestadium ist es von dieser Höhe schon wieder herabgesunken, und dieses Sinken dauert während des Schweißes fort, bis an dem Ende des Anfalles das Thermometer seine normale Höhe wieder erlangt hat. Man sieht also, daß man wohl unterscheiden muß zwischen dem subjektiven Wärmegefühl, welches beim Individuum auch unabhängig von äußeren Einflüssen in verschiedener Weise entwickelt werden kann, und dem objektiven Wärmegrade, den unsere Instrumente anzeigen. Ein ähnlicher Unterschied ist auch zu machen in den Empfindungen, welche die berührende Hand uns selber mittheilt. Die Aerzte unterscheiden mit vollem Rechte verschiedene Arten von Hitze, die oft auf verschiedene Krankheitsprozesse deuten. Bei manchen Kranken empfindet die aufgelegte Hand eine unangenehme stechende Hitze, bei anderen eine

Vermehrung der Temperatur, die aber kein unangenehmes Gefühl erregt, bei noch anderen endlich scheint die Temperatur
kaum verändert. Es ist möglich, daß das Thermometer bei den
drei so verschiedenen Kranken durchaus denselben Grad der Temperatur angiebt. Die Haut in ihren verschiedenen Zuständen der
Spannung und Erschlaffung, der Blutleere und der Blutfülle hat
offenbar eine verschiedene Leitungsfähigkeit für die Wärme, und
hiernach, nicht nach dem wirklichen Wärmegrade, urtheilt unsere
fühlende Hand. Man lege ein Stück Eisen und ein Stück Holz
neben einander auf einen geheizten Ofen, bis beide dessen Temperatur angenommen haben. Man wird das Holz mit der bloßen
Hand anfassen und bei Seite legen können, während man sich an
dem Eisen verbrennt, und dennoch wird das Thermometer genau
denselben Wärmegrad für beide anzeigen. Wir fühlen mit unserer
Hand nicht nur den Unterschied der Temperatur, wir sind auch
empfindlich für die absolute Menge von Wärme, welche in einer
gegebenen Zeit von einem Körper auf uns überströmt. Das Eisen
aber, ein guter Leiter, giebt unmittelbar bei der Berührung eine
große Wärmemenge ab, die aus dem Holze erst nach längerer
Zeit überströmt. Die verschiedene Wärmeempfindung, welche wir
bei der Berührung von Kranken haben, die dem Thermometer noch
dieselbe Wärme anzeigen, beruht sicherlich auf demselben Grunde.

Sollen wir nun unsere Untersuchungen über die Erzeugung
der Wärme im thierischen Körper zusammenfassen, so sehen wir,
daß in dieser Erzeugung selbst gewissermaßen das Resultat aller
verschiedenen Lebensprozesse gegeben ist, und daß die Wärme eine
höchst veränderliche Größe ist, zusammengesetzt aus einer Menge
veränderlicher Faktoren, deren Einzelsummen oft der unmittelbaren
Beobachtung sich entziehen. Nicht nur der Stoffwechsel allein
findet seinen Ausdruck in dieser Wärmeerzeugung; auch alle übrigen
dem Nervenleben angehörigen Prozesse üben mittelbar durch Niederhaltung oder Anfeuerung des Stoffwechsels ihren Einfluß in dieser
Beziehung aus. Es ist keine leere Phrase, wenn man sagt, daß
man sich von begeisternder Rede erwärmt, von langweiligem Ge-
schwätze erkältet fühle. Die Anregung erhöhter Thätigkeit des

Gehirnes bedingt schnelleren Stoffwechsel in diesem Organe selbst, schnelleren Blutlauf, erhöhte Thätigkeit in allen Organen des Körpers und damit auch erhöhte Wärme. Die Erregung oder Erschlaffung der Gefäßnerven bewirkt geringeren oder größeren Blutzudrang zu den einzelnen Organen, verringert oder erhöht also deren Wärme.

Zum Beschlusse dieses Briefes muß ich nun einer Hypothese erwähnen, die noch jetzt in vielen Köpfen spukt und deren leicht vorauszusehender Tod erst dann erfolgen wird, wenn die hier entwickelten Ansichten durch genaue experimentelle Thatsachen ihre Bestätigung gefunden haben werden. Diese Hypothese besteht einfach darin, daß man den Nerven oder dem unbekannten Räthsel der Lebenskraft die Erzeugung der thierischen Wärme zuschreibt. Wie man den gewöhnlichen Bewegnugs- oder Gefühlsnerven, die von den Gefäßnerven durchaus verschieden sind, noch eine solche Funktion ertheilen könne, ist mir unbegreiflich. Ein Glied, an welchem man die Nerven durchschnitten hat, behält darum nichts desto weniger so lange seine normale Temperatur bei, als die Ernährung nicht unter der Lähmung leidet. Den Effekt des Sinkens der Temperatur in diesem Falle aber den Nerven zuschreiben zu wollen, ist durchaus unthunlich. Es ist bekannt, daß Glieder, deren Bewegung aus einem oder dem anderen Grunde lange Zeit nicht geübt wurde, in ihrer Ernährung abnehmen und magerer werden; bei Beinbrüchen kann man alltäglich die Erfahrung machen, daß auch das gesunde Bein während des langen Liegens im Bett bedeutend abgemagert ist. Bei Klumpfüßen, wo durch die Difformität des Fußes die Wadenmuskeln ganz außer Thätigkeit kommen, schrumpfen diese ein, ohne daß nur die Nerven im mindesten krankhaft affizirt wären, und die Ernährung nimmt so ab, daß die Kranken beständig Kälte an dem unförmigen Fuße empfinden. Der gleiche Fall tritt bei Lähmungen und Durchschneidungen der Nerven ein, das geringe Sinken in der Temperatur des betreffenden Theiles, das meist erst nach Monate langer Aufhebung des Nerveneinflusses eintritt, kann nur dem Leiden der Ernährung im Ganzen zugeschrieben werden. Um sich davon zu überzeugen, braucht man nur vergleichende Versuche an Thieren anzustellen, indem man bei dem einen die Blutgefäße der Extremitäten unterbindet, bei dem andern die Nerven durchschneidet. In dem Fuße, wo man die Circulation des Blutes unmöglich gemacht hat, kann man die Abnahme der Temperatur von Stunde zu Stunde mit dem Thermometer in der Hand constatiren; da wo der Nerveneinfluß aufgehoben wurde, ist keine solche Abnahme bemerklich.

Die Lebenskraft endlich gehört zu der Zahl jener Hinterthüren, deren man so manche in der Wissenschaft besitzt und die stets der Zufluchtsort müssiger Geister sein werden, welche sich die Mühe nicht nehmen mögen, etwas ihnen Unbegreifliches zu erforschen, sondern sich begnügen, das scheinbare Wunder anzustaunen. — Die Medizin ist besonders erfinderisch in dieser Beziehung. Guter Gott! was sollte aus der Praxis werden, wenn wir nicht den Rheumatismus, die Hypochondrie und Hysterie hätten; drei jener Rumpelkammern, in welche wir alles werfen, von dem wir nichts Genaueres wissen. Als man die Elektricität noch nicht kannte, hielt man den Donner für eine übernatürliche Erscheinung, je weiter man aber in der Kenntniß der Natur fortschritt, desto mehr schwand das Geheimnißvolle. Ein gleiches Verhältniß haben wir in der Physiologie; die Lebenskraft ist jenes unbekannte X, das überall im Hintergrunde steht, das stets ausweicht, wo man es fassen will, und dessen Reich um so weiter zurückgedrängt wird, je weiter voran die Wissenschaft ihre Fackel trägt. Noch zu Anfange unseres Jahrhunderts gab es keine Funktion des Körpers, worin nicht dies unbekannte Element der Lebenskraft eine bedeutende Rolle gespielt hätte; — die Berufung auf sie zur Erklärung einer vorliegenden Thatsache hat jetzt schon keinen wissenschaftlichen Werth mehr, sie ist nur eine Umschreibung der Unwissenheit.

—

Das animalische Leben.

Zehnter Brief.

Das Nervensystem.

Der Schädel des Menschen und der höheren Wirbelthiere bildet eine hohle Kapsel, aus einzelnen Knochenstücken in der Weise zusammengefügt, daß nur hie und da kleine Löcher für Nerven und Blutgefäße übrig bleiben, sonst aber ein vollkommen hermetischer Gewölbeschluß erzielt wird. Diese Kapsel wird bei dem Menschen aufrecht auf der Wirbelsäule getragen, welche einen Hohlcylinder darstellt, der aus einzelnen, auf einander geschichteten Ringen, den Wirbeln, zusammengesetzt ist. Die einzelnen Wirbel sind durch Gelenke und elastische Zwischenplatten sowohl unter sich als mit dem Schädel verbunden, und ihr vorderer, der Bauchfläche zugekehrter Theil ist stärker angeschwollen, so daß man an jedem Ringe den einer dicken rundlichen Scheibe gleichenden Körper des Wirbels von dem Bogentheil, welcher den inneren Kanal nach hinten zu umschließt, unterscheiden kann. In der von Schädel und Wirbelsäule auf diese Weise gebildeten Höhle ist nun das Centralnervensystem, das Gehirn und Rückenmark, eingeschlossen, und zwar in der Weise, daß bei aufrechter Stellung das Hirn auf der Schädelbasis aufruht, die in ihrem vorderen Theile etwa der Decke der Augenhöhle entspricht, während das Rückenmark frei in dem Rückenkanale aufgehängt und nur durch seine häutigen Umhüllungen, sowie durch die Blutgefäße und die von ihm abgehenden Nerven an den Wänden befestigt ist.

15 *

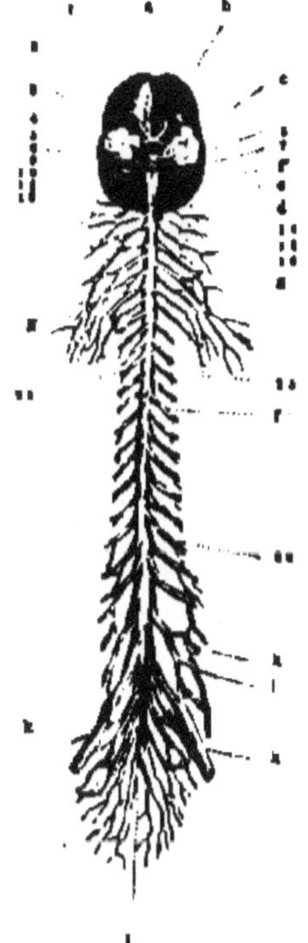

Fig. 86. Das Centralnervensystem des Menschen von der Bauchfläche aus. a. Gehirn. b. Vorderlappen des großen Gehirnes. c. Mittellappen. d. Hinterlappen, vom kleinen Gehirne fast verdeckt. e. Kleines Gehirn. f'. Verlängertes Mark. f. Rückenmark. 1. Geruchsnerv. 2. Sehnerv. 3. Augenmuskelnerv. 4. Pathetischer Nerv. 5. Dreigetheilter Nerv. 6. Abziehnerv des Auges, über die Varols-Brücke herüber laufend. 7. Antlitz- und Hörnerve. 8. Geschmacksnerve. 10. Herumschweifender Nerve. 11. Beinerve und Zungenmuskelnerve. 13—16. Die vier ersten Halsnerven. g. Halsnerven, die das Armgeflecht bilden. 25. Rückennerven. 35. Lendennerven. h. Lenden- und Kreuzbeinnerven zum Hüftgeflecht zusammentretend. i. Die letzten Nerven, die noch eine Strecke im Rückenmarkskanal fortlaufen und den sogenannten Pferdeschweif (canda equina) bilden. L Der unpaare Endigungsnerve des Rückenmarkes. k. Der Hüftnerv (Nervus ischiadicus).

Jedermann kennt das eigenthümliche Aussehen der weichen, fast breiartigen Substanz, aus welcher Hirn und Rückenmark zusammengesetzt sind. Man weiß, daß diese Substanz eine theils hellweiße, theils graue oder grauröthliche Farbe hat, und daß an dem frischen Gehirne ein großer Reichthum von Blutgefäßen und auf dem Durchschnitte überall feine Blutpünktchen sich zeigen. Ebenso weiß Jeder, daß das Rückenmark die sehr einfache Form eines langen, nach unten zugespitzten rundlichen Stranges zeigt, der bei dem Menschen etwa bis in die

Gegend des zweiten Lendenwirbels reicht und nur je in der Hals-
und Lendengegend an dem Abgangspunkte der die Arm- und
Hüftgeflechte bildenden großen Nerven eine geringe Anschwellung
zeigt, sonst aber in seiner ganzen Länge stets dasselbe Aussehen
besitzt. Die Bauch- und Rückenfläche des Rückenmarkes, die man
auch, der menschlichen Stellung zufolge, die v o r d e r e und h i n -
t e r e Fläche nennt, sind etwas abgeplattet und zeigen in der
Mittellinie eine feine Furche oder Spalte, wodurch das Rückenmark in zwei symmetrische Seitenhälften geschieden wird, die nur
in der Mitte durch einen schmalen Verbindungstheil zusammenhängen. Im Centrum des Rückenmarkes findet sich ein feiner
Längskanal, der um so weiter ist, je jünger das Individuum,
und den man den Centralkanal nennt. Auch zwei flache seitliche Furchen lassen sich, wenn auch mit größerer Unbestimmt-
heit, unterscheiden. Das Rückenmark erscheint von außen vollkommen weiß; schneidet man es aber durch, so sieht man, daß
die weiße Masse nur außen umher sich findet, dagegen im Inneren um den Kanal herum graue Substanz, deren Anordnung
etwa der Form eines X gleicht. Stellt man sich also den Durchschnitt im Cylinder verlängert vor, so bildet die graue Substanz
einen Strang mit vier Hohlkehlen, die durch weiße Substanz
ausgefüllt sind und deren vorragende Leisten, die man die Hörner
genannt hat, die weiße Substanz in mehrere Stränge theilen.
In der That hat man in Folge dieser Anordnung die h i n t e r e n
weißen S t r ä n g e, im Umkreise der hinteren Hörner gelegen,
die zwischen den Hörnern gelegenen S e i t e n s t r ä n g e und die
V o r d e r s t r ä n g e auf der den Hintersträngen entgegengesetzten
Fläche unterschieden; — eine Unterscheidung, die deshalb eine
große Bedeutung gewinnt, weil, wie wir sehen werden, die physiologischen Functionen der Vorder- und Hinterstränge durchaus
verschieden sind. In regelmäßigen Absätzen, den Wirbeln entsprechend, entspringen von dem Rückenmarke zu beiden Seiten
die Nerven, deren es 31 Paare giebt, die zwischen je zwei Wirbeln durch ein besonderes Loch nach außen dringen und sich in
dem Körper verbreiten.

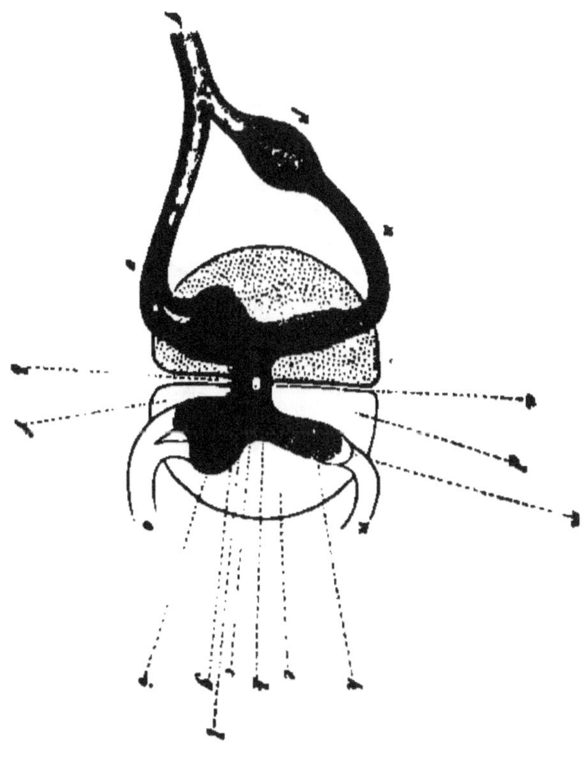

Fig. 87.

Vergrößerter und schematisch gehaltener Durchschnitt des menschlichen Rückenmarkes am Anfange der Lendengegend. a. Hintere, b. vordere Spalte; — c. Centralkanal; — d. Hinterstränge, e. Seitenstränge, f. Vorderstränge, g. Vorderbrücke (Vordere Commissur) der weißen Substanz; — h. hintere Hörner, i. vordere Hörner, k. Hinterbrücke, l. Vorderbrücke der grauen Substanz; — m. Gelatinöse Substanz; — n. hintere, o. vordere Wurzeln der Nerven; — p. Ganglion der hinteren Wurzel; — q. der aus der Vereinigung beider Wurzeln entstehende gemischte Körpernerv.

Jeder dieser Nerven entspringt mit zwei Wurzeln, einer vorderen, welche von den Vordersträngen, einer hinteren, welche von den hinteren Strängen und Hörnern abgeht und vor ihrer Vereinigung mit der vorderen Wurzel eine Anschwellung, ein sogenanntes Ganglion, bildet.

Bei weitem nicht so einfach wie derjenige des Rückenmarkes ist der anatomische Bau des Gehirnes. Hier treten uns sowohl im Aeußeren als auch im Inneren eine Menge von Formgestaltungen entgegen, auf die wenigstens einigermaßen näher einzutreten wir uns nicht versagen dürfen, da mit der Bedeutung einzelner dieser Theile und ihrer Beziehung sowohl zur Empfindung, als Bewegung, wie auch zu den höheren Verrichtungen des Gehirnes, ein oft gewagtes Spiel getrieben worden ist. In die Einzelheiten einzugehen dürfte indeß für unseren Zweck um so weniger geeignet erscheinen, als gerade bei dem Gehirne die Kenntniß der gröberen anatomischen Structur oft in gar keinem Zusammenhange mit der Analhse der Funktionen selbst und den darüber bekannten Thatsachen steht.

Aus der Entwickelung des Gehirnes und Rückenmarkes sowohl, wie aus der vergleichenden Anatomie der Wirbelthiere läßt sich darthun, daß das Centralnervensystem anfänglich aus einer zusammenhängenden Reihe mehr oder minder geschlossener Räume gebildet ist. Längs der Wirbelsäule des Embryo findet sich als erste Anlage des Rückenmarkes ein chlindrisches Rohr, an dessen vorderem Ende drei Blasen aufsitzen, welche hinter einander gelegen, die verschiedenen Theile des Gehirnes andeuten und die man füglich von vorne nach hinten mit dem Namen Vorderhirn, Mittelhirn und Hinterhirn belegen kann. Direkte Fortsetzung des letzteren ist das Rückenmarksrohr. Die genannten Räume sind mit mehr oder minder gallertartiger Flüssigkeit erfüllt und auf ihrem Boden bilden sich Ansammlungen festerer Substanz, die allmählich längs der Wände der Gehirnblasen in die Höhe steigen und gewölbartig nach oben fortschreiten, bis sie sich in der oberen Mittellinie begegnen. Erst wenn diese Begegnung an gewissen Stellen vollendet ist (an anderen erfüllt sie sich gar nicht), erst dann erfolgt auch Anhäufung von festerer Masse nach innen gegen den Kanal selbst hin; — der von Flüssigkeit erfüllte Raum nimmt mehr und mehr ab und bei dem erwachsenen Menschen endlich bleiben nur einzelne unbedeutende Höhlenräume zwischen den verschiedenen Gehirntheilen übrig, während der übrige Schädelraum und Rückenmarkskanal von festerer Substanz erfüllt ist.

Es geht schon aus dieser kurzen Skizze der Entwickelungsgeschichte des Centralnervensystemes hervor, daß man zweierlei Gebilde daran unterscheiden kann, deren Geschichte wesentlich von einander verschieden ist, nämlich einerseits den Hirnstamm oder die ursprünglichen Theile, welche sich auf dem Boden der Gehirnblasen und des Rückenrohres absetzen, und andererseits die Gewölbtheile, welche, auf dem Hirnstamm aufsitzend, den Schluß der festen Theile nach oben und die Ausfüllung der Höhlenräume von oben und den Seiten her besorgten. Jede der drei ursprünglichen Hirnmassen hat so den auf dem Grunde sich durchziehenden Hirnstamm und einen darüber aufgesetzten Gewölbtheil, dessen Entwickelung bei den verschiedenen Klassen und Arten von Thieren sehr verschieden ist. Die wesentlichen Unterschiede, welche man in der Bildung des Gehirnes der Wirbelthiere sieht, hängen meist von dem Umstande ab, daß die Gewölbtheile der verschiedenen Hirnmassen sich ungleichmäßig entwickeln, daß bei der einen Art das Vorderhirn, bei einer andern das Mittel- oder Hinterhirn übermäßig sich ausbildet, und die anderen Theile dadurch in ihrer Entwicklung gehemmt, überbaut und zurückgedrängt werden, so daß sie nur noch in rudimentären Verhältnissen sich finden. So stehen bei dem Menschen namentlich die Theile des Mittelhirns durchaus in keinem Verhältnisse zu dem Vorderhirn, dessen Gewölbtheil unverhältnißmäßig sich vergrößert und so nach hinten über das Mittelhirn und das Hinterhirn hinüberschlägt, daß dieselben dem Blicke von allen Seiten entzogen sind und erst nach Abtragung oder Zurückschlagung des Vorderhirnes gesehen werden können.

Die Gewölbebildung ist an dem menschlichen Gehirne bei

dem Vorderhirne am Deutlichsten wahrnehmbar. Deckt man den Schädel eines Menschen ab, so sieht man zwei große, in der Mitte getrennte ovale Massen, deren Oberfläche zahlreiche, in einander gefaltete Windungen zeigt und die den ganzen oberen Schädelraum erfüllen. Vorne ruhen diese Massen auf dem knöchernen Dache der Augenhöhlen, hinten werden sie von einem eigenen häutigen Vorsprunge getragen, der so an der inneren Fläche des Hinterhauptes angebracht ist, daß er fast in derselben Horizontalebene liegt, wie das Dach der Augenhöhlen. Diese gewundenen Massen sind die Gewölbtheile des Vorderhirns, oder in der anatomischen Kunstsprache die Hirnlappen oder Hemisphären des großen Gehirnes.

Fig. 58. Senkrechter Durchschnitt in der Richtung der Hirnsichel nach unten geführt, so daß nur die Verbindungstheile der beiden Hemisphären durchschnitten sind. a. Vorderlappen; b. Mittellappen; c. Hinterlappen der Großhirnhemisphäre. d. Kleines Gehirn. Ein Mitteltheil, der sogen. Wurm, zeigt auf dem Durchschnitte den sogen. Lebensbaum, die weiße Marksubstanz, die überall von grauer Substanz eingefaßt ist. f. Der Balken. g. Seitentheil des kleinen Gehirnes. h, i. Die Varolsbrücke, durchschnitten. l. Die durchsichtige Scheidewand (Septum pellucidum). m. Das verlängerte Mark. n. Sehnerv. o. Zugang zum Hirntrichter.

Der Spalt, welcher beide Hemisphären in der Mittellinie
trennt, geht vorn bis auf das knöcherne Dach der Augenhöhle,
hinten bis auf das häutige Zelt am Hinterhaupte durch, und in
ihn senkt sich eine senkrechte Falte der sehnigen harten Hirnhaut
(dura mater), welche die große Hirnsichel genannt wird (s. Fig.
48 auf S. 246, wo die Hirnsichel erhalten ist). Das häutige
Zelt des Hinterhauptes, auf welchem der hintere Theil der Hemisphären ruht, ist eine eben solche, nur horizontal gestellte Falte
der harten Hirnhaut, die zur Trennung von dem kleinen Gehirne dient. In dem Raume, welchen die Hirnsichel frei läßt,
wird der Zusammenhang der beiden Hemisphären durch eine
breite Masse vermittelt, deren obere Fläche man leicht zur Anschauung bekommt, wenn man die beiden Hälften des Gehirnes
etwas seitlich aus einander drückt.

Diese weiße, aus queren Fasern gebildete Masse heißt der
Schwielenkörper oder der Balken. Schneidet man diesen Balken etwas auf der Seite senkrecht durch, so trifft man auf eine
innere Höhle, welche nach hinten zu noch von einer besonderen
Markausbreitung, dem sogenannten Gewölbe, überdeckt und geschlossen ist. Die beiden seitlichen Hirnhöhlen, welche in jeder
Hemisphäre sich finden, haben eine sehr unregelmäßige Gestalt,
und laufen in mehrere Fortsetzungen, sogenannte Hörner aus,
auf deren Form wir nicht weiter eingehen können. Die ganze
Hirnmasse aber, welche über und neben den Hirnhöhlen angelagert
ist, und die mehr als zwei Drittel des gesammten Gehirnes ausmacht, ist Gewölbtheil des Vorderhirnes. Nur diejenige Masse,
welche den Boden dieser Hirnhöhlen bildet, gehört dem Stamme
des Vorderhirnes an (s. Fig. 39, S. 227). In diesem Vorder-
hirnstamme unterscheidet man zwei Paare von Anschwellungen:
eine vordere, den sogenannten Streifenhügel, welche hauptsächlich mit dem Riechnerven, eine hintere, die Sehhügel,
welche mit dem Sehnerven in Beziehung zu stehen scheinen.

Tief versteckt unter den hinteren Lappen der großen Hemisphären findet sich eine mittlere unpaare Erhabenheit, etwa von

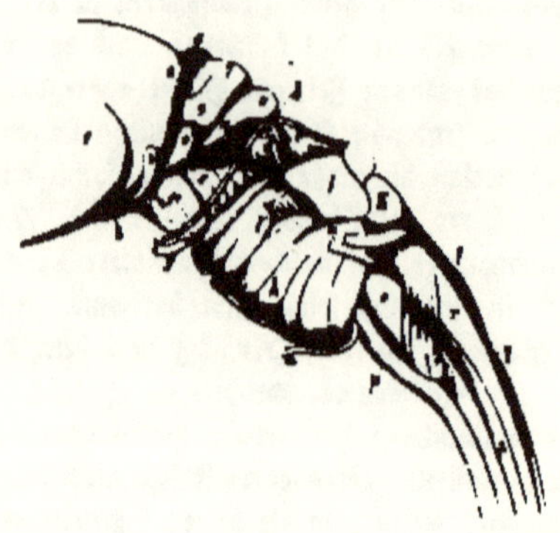

Fig. 89.

Der Hirnstamm aus den Gewölbetheilen herausgelöst und für sich dargestellt. 1. Der Sehhügel; 2. dessen hinterer Theil. 3, 4. Die Kniehöcker, besondere schleifenartige, zum Sehhügel gehörige Theile. 5. Anfang des Sehnerven. 6 Die Zirbeldrüse. 7, 8. Vorderer und hinterer Hügel der Vierhügel 9. und a. Verbindungstheile derselben zum Hirnstamme. b. Ursprung des pathetischen Nerven. c. Verbindungstheil zwischen kleinem Gehirn und Vierhügeln (Kleinhirnschenkel zu den Vierhügeln). d. Ein Theil desselben, die Schleife genannt. e, f. Großhirnschenkel. g. Gemeinschaftlicher Augenmuskelnerv. h. Varolsbrücke. i. Kleinhirnschenkel zur Brücke. k. Kleinhirnschenkel zum verlängerten Marke. l. Dreigetheilter Nerve. m. Abziehnerve des Auges. n. Antlitz- und Hörnerve. o. Olivenkörper. p. Pyramidenkörper. q. Rückenmarksfurche. r. Strangförmiger Körper. s. Rückenmark. t. Rautengrube.

Haselnußgröße, die durch zwei sich kreuzende Furchen in zwei ungleiche Hügelpaare getheilt ist. Man nennt diese Erhabenheit die Vierhügel. Sie wird in ihrem Inneren längs der Mittellinie von einem Kanale durchbohrt, der sogenannten Sylvischen Wasserleitung, welcher mit den übrigen Hirnhöhlen in directem Zusammenhange steht. Auf diese Weise werden die Vierhügel, dieser schwache Rest des Mittelhirnes, ebenfalls in einen oberen Gewölbtheil und einen unteren Stammtheil getrennt.

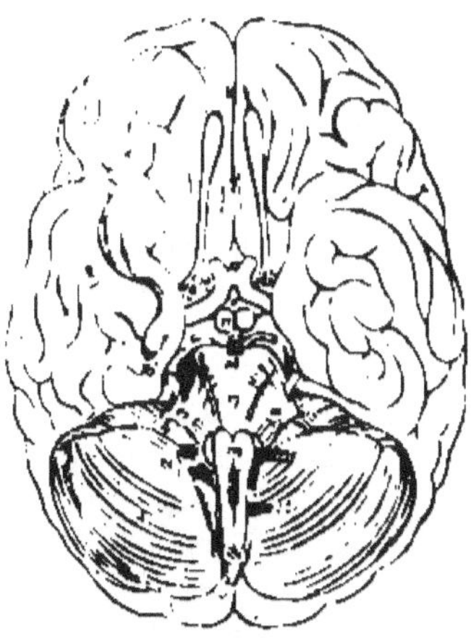

Fig. 40.

Ansicht des menschlichen Gehirnes von unten (Hirnbasis). 1. Vorder-lappen; 2. Mittellappen; 3. Hinterlappen der Großhirnhemisphäre. 4. Hemi-sphären des kleinen Gehirnes. 5. Mitteltheil (Wurm) des kleinen Gehirnes. 6. Vorderes getrenntes Läppchen (Flocke) der Kleinhirnhemisphäre. 7. Untere Längsspalte des großen Gehirnes. 8. Riechnerven. (Erstes Paar). 9. Ein-tritt der Riechnerven aus dem Hirnstamme. 10. Kreuzung der Sehnerven. Chiasma nervorum opticorum. (Zweites Paar.) 11. Grauer Hügel; 12. Zitzenkörper, beides Anschwellungen auf der unteren Fläche des Hirn-stammes hinter der Sehnervenkreuzung. 13. Augenmuskelnerv. Oculomo-torius. (Drittes Paar.) 14. Varolsbrücke. 15. Kleinhirnschenkel zur Brücke. 16. Dreigetheilter Nerv. Nervus trigeminus. (Fünftes Paar.) Unmittel-bar davor das weit dünnere, vierte Paar, N. patheticus oder trochlearis. 17. Abziehnerve des Auges. N. abducens. (Sechstes Paar.) 18. Antlitz-nerve und Hörnerve. N. facialis und N. acusticus. (Siebentes und achtes Paar.) 19. Pyramidenkörper des verlängerten Markes. Zu ihrer Seite nach Außen die Olivenkörper. 20. Zungenschlundkopfnerve, herumschweifende Nerve und Beinerve. N. glossopharyngeus, vagus und accessorius Willisii. (Neuntes, zehntes und elftes Paar.) 21. Muskelnerve der Zunge. N. hypo-glossus. (Zwölftes Paar.) 22. Erster Halsnerve.

Im Hinterhirne endlich sind Stamm und Gewölbe auf auffallendste Weise getrennt. Der Stammtheil wird von dem verlängerten Marke gebildet, das aus mehreren gesonderten

Strängen, den Oliven, Pyramiden und strangförmigen Körpern
(s. Fig. 38, S. 227) zusammengesetzt ist und nach vorn zu einem
bedeutenderen Knoten anschwillt, in welchem man quere Fasern
unterscheidet, und der die Brücke (pons Varoli) heißt. Von
dem verlängerten Marke und der Umgegend der Brücke entspringen die meisten Hirnnerven und ebenso gehen von hier aus
Ausstrahlungen weißer Marksubstanz, welche die Grundlagen der
Gewölbtheile bilden und die man die Hirnschenkel nennt. Man
unterscheidet hauptsächlich die Großhirnschenkel und die Schenkel
des kleinen Gehirnes, welches über dem verlängerten Marke aufliegt und durch das quere Hirnzelt von den Hemisphären des
großen Gehirnes getrennt ist. Durch tief einschneidende Furchen,
die eine quere Bogenrichtung haben, ist das kleine Gehirn in eine
Menge einzelner Blätter getheilt und zeigt auf dem Durchschnitte
eine baumartige Vertheilung der inneren weißen Masse, welche
die alten Anatomen mit dem Namen des Lebensbaumes bezeichneten. Auf der oberen Fläche des verlängerten Markes öffnet
sich da, wo das kleine Gehirn aufliegt, der Rückenmarkskanal
mit einer länglichen Vertiefung, welche die Rautengrube genannt
wird, und setzt sich dann unter dem kleinen Gehirne, den Großhirnschenkeln bis zwischen die Sehhügel fort, wo er einerseits mit
den großen Hirnhöhlen, andererseits mit einem trichterförmigen
Anhange nach unten, den man den Hirntrichter genannt hat, sich
vereinigt. Diese sämmtlichen mit einander in Verbindung stehenden
Höhlen, die nur der Rest des bei dem Embryo bestehenden
Raumes sind, der allmählich durch die Wucherung der Nervensubstanz ausgefüllt wurde, sind mit einem eiweißhaltigen Wasser
erfüllt, welches auch das Nervensystem von außen umspült und
das Hirnwasser genannt wird. Bei dem angeborenen Wasserkopfe
der Kinder ist dieses Hirnwasser außerordentlich vermehrt, so
daß die Hirnsubstanz selbst und namentlich die Gewölbtheile derselben oft auf eine unbedeutende Schicht reducirt sind.

Die weiche, fast breiartige Substanz des Gehirnes und die
außerordentliche Veränderlichkeit seiner Elementartheile, die schon
unmittelbar nach dem Tode beginnt, hat lange der Erkenntniß

seiner Structur bedeutende Hindernisse in den Weg gelegt. Man wußte schon aus dem äußeren Anblicke, daß man eine weiße Masse unterscheiden konnte, welche deutlich gefaserten Bau besaß, und eine mehr oder minder graurötlich gefärbte Substanz, die, in geringerer Menge vertheilt, keine solche gefaserte Structur zeigte, und in der man, je nach Färbung und Textur, noch verschiedene geringere Modificationen unter dem Namen der gelben, rostfarbigen oder schwarzen Substanz unterschied. Die graue Substanz zeigt sich in sehr verschiedenen Verhältnissen. Im Rückenmarke liegt sie, wie schon bemerkt, in der Mitte rund um den Kanal herum, rings umgeben von weißer Substanz, eine Art Strang bildend, der vier ausgeschweifte Kanten hat, so daß ihr Durchschnitt als ein liegendes Kreuz erscheint; im Gehirne bildet sie einzelne, mehr oder minder scharf getrennte Kerne, die oft mit weißer Substanz mannichfach durchflochten sind. Außerdem ist noch die äußerste Oberfläche des Gehirnes von mehreren dünnen Lagen grauer Substanz gebildet, zwischen welche Blättchen weißer Substanz sich einschieben. Das wechselseitige Verhältniß der Elementartheile dieser verschiedenen Substanzen zu einander zu entwirren, ist aber bis jetzt noch nicht vollständig gelungen, und um dasselbe begreifen zu können, müssen wir zuvor auf die Structur der mit dem Centralnervensysteme in Zusammenhang stehenden und von denselben ausstrahlenden Nerven selbst eingehen.

Während wir in dem Centralnervensysteme ein in sich abgeschlossenes Ganzes finden, das, ringsum von knöchernen Wänden eingeschlossen, schon durch diese Abgeschlossenheit die Concentrirung seiner Functionen andeutet, sehen wir im Gegentheile die peripherischen Nerven überallhin durch den Körper verbreitet, alle Organe umspinnend und durchsetzend, und auf diese Weise einen directen Zusammenhang der Körpertheile mit dem Centralnervensystem herstellend. Man begeht im gemeinen Leben noch oft den Fehler, die Nerven mit den Muskeln, besonders aber mit den Sehnen zu verwechseln, welche durch ihr äußeres Ansehen eine geringe Aehnlichkeit darbieten. Man hört ganz gewöhnlich von einer Wunde, welche die Sehnen oder

Flechsen eines Gliedes getroffen und dadurch eine Lähmung hervorgebracht hat, es seien die Nerven durchschnitten worden; ein nerviger Arm und ähnliche Zustände sind gang und gäbe, wenn man von einem stark gebauten, muskulösen Gliede sprechen will. Die Nervenstämme, selbst die dicksten, welche wir besitzen, sind nicht so bedeutend, daß sie unter der Haut vorträten; — es sind dünne, weiße, glänzende Stränge, welche meist von dem Centralnervensysteme her durch alle Theile des Körpers sich verbreiten, stets sich schwächend, indem sie Aeste abgeben und endlich in so dünne Zweiglein sich theilen, daß sie sich dem Auge entziehen.

Dem äußeren Ansehen nach kann man schon zweierlei Arten von Nerven im menschlichen Körper unterscheiden. Die einen haben die beschriebene atlasglänzende Weiße, eine gewisse Festigkeit und einen mehr gradlinigen Verlauf; — man kann sie von einem Theile ihres Stammes aus einerseits bis zu dem Centralnervensysteme verfolgen, aus welchem sie mit gesonderten Wurzeln entspringen, während sie andererseits in dem Körper sich an die einzelnen Sinnesorgane, an die Muskeln und die Haut zertheilen. Man nennt diese Nerven, da sie evident aus dem Gehirne und Rückenmark entspringen, die Hirn- und Rückenmarknerven oder Cerebrospinalnerven. Dagegen findet man namentlich an den Eingeweiden und den Blutgefäßen röthlich-graue, welche, vielfach untereinander verflochtene Fasern, die keine deutlichen Stämme und Zweige bilden, mit röthlich-welchen Knötchen, sogenannten Ganglien, in Verbindung stehen und als deren Hauptsammelplatz ein knotiger Grenzstrang erscheint, welcher auf der vorderen Fläche des Rückgrates jederseits von oben nach unten verläuft und durch Verbindungsäste mit den meisten Hirn- und Rückenmarksnerven, nicht aber direct mit den Centralorganen in Verbindung zu stehen scheint. Man nennt diese Nerven sympathische, organische oder Ganglien-nerven.

Jeder mit bloßen Augen oder unter der Loupe sichtbare Nervenast oder Stamm besteht aus einem Bündel feiner Röhren,

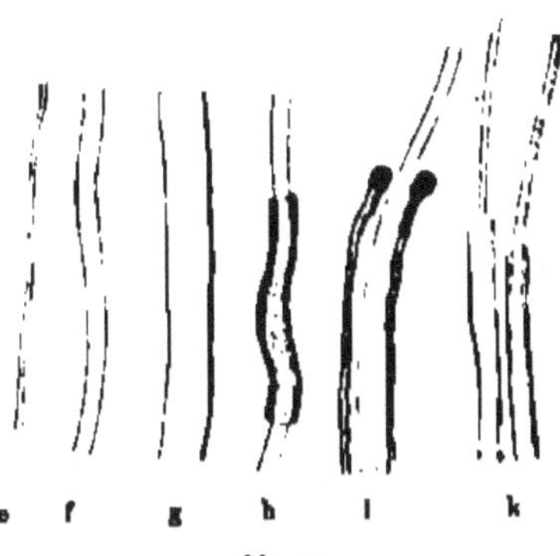

Fig. 41.

Nervenfasern bei 350facher Vergrößerung. e. Feine; f. mittelbreite; g. breite dunkelrandige Nervenfaser in frischem Zustande von einem Saugthiernerven. h. Faser aus dem menschlichen Rückenmark. Man sieht den hellen Axencylinder und die zusammengezogene Scheibe. i. Aehnliche Faser aus dem menschlichen Hirn. k. Uebergang der feinen Hirnfasern in Fasern mit Scheibe aus dem Gehirn des Zitterrochens.

welches in den Cerebrospinalnerven von einer deutlichen, mehr oder minder dicken festen Scheibe umgeben ist. In dieser Scheibe erst liegen die eigentlichen Primitivröhren der Nerven, welche, frisch untersucht, glashell und durchsichtig erscheinen, und bei Beobachtung von oben einen seitigen oder wachsähnlichen Glanz zeigen. Ganz frisch untersucht und ohne Zusatz von irgend welchen Substanzen, welche das Ansehen der Nervenröhren außerordentlich leicht ändern, zeigen dieselben einfache, dunkele Contouren und einen hellen Inhalt, der durchaus homogen erscheint. Dieser Inhalt wird aber äußerst leicht verändert und namentlich durch Gerinnung so sehr in seinem Verhalten umgewandelt, daß er oft kaum erkennbar ist. Bei geeigneter Behandlung unterscheidet man aber in den Nervenröhren drei wesentliche Elemente: eine innere Centralfaser, welch, biegsam, aber elastisch, wie geronnenes Eiweiß, aber vollkommen durchsichtig und homogen. Dieser Axencylinder der Nervenröhre bricht das Licht eben so, wie das zähflüssige, glänzende, ölartige Nervenmark, welches beim Drucke aus einer durchschnittenen Nervenröhre hervorquillt, und nach außen hin von der elastischen, structurlosen, durchsichtigen, dunkelrandigen Scheide umgeben wird. Der Axencylinder, den viele Beobachter früher nicht als ein eigenes Gebilde, sondern nur als den inneren festeren Theil des Nervenmarkes ansehen wollten, der sich aber durch Behandlung mit geeigneten Reagentien sehr leicht darstellen läßt, findet sich constant in allen Fasern, und setzt sich einerseits in die schwanzförmigen Verlängerungen der Nervenzellen, andererseits bis in die letzten peripherischen Endigungen der Nervenröhren fort, so daß er als das hauptsächlichste, nie fehlende Element der Nervenfaser sich darstellt. Das mehr flüssige Mark, welches den Axencylinder umgiebt, findet sich nur in den breiteren, dunkelrandigen Nervenröhren und in dem peripherischen Nervensysteme überhaupt. Die Röhren des Gehirnes und Rückenmarkes entbehren es fast gänzlich. Sein Fehlen bedingt die geringere Breite der Nervenfaser, auf welche man früher vieles Gewicht legte, im Verein mit der Scheide, die ebenfalls sowohl im Centralnervensysteme, wie an den letzten Endigungen der Nerven allmählich verschwindet, oder wenigstens vollkommen dünn und unsichtbar wird. Die Unterschiede, welche man früher zwischen dunkelrandigen und hellrandigen, doppelt und einfach contourirten Nervenröhren, zwischen breiten und schmalen Primitivfasern festhalten wollte und von denen man gewisse Unterschiede in der Function abhängig machen zu können glaubte, erscheinen den neuesten Untersuchungen zufolge durchaus unwesentlich, indem dieselbe Faser in ihrem Verlaufe von dem Centralnervensysteme bis zur letzten peripherischen Endigung sehr verschiedene Dicke und große Mannichfaltigkeit hinsichtlich ihrer Contouren und des Verhaltens des Markes und der Scheide zeigen kann.

Wir erwähnten oben der Ganglien oder Knoten (s. Fig. 42, S. 234), welche sich ganz allgemein an dem sympathischen Nervensysteme finden. Ganz ähnliche Knoten zeigen sich aber auch an den hinteren Wurzeln aller Rückenmarksnerven, sowie an den

Wurzeln einiger Hirnnerven, so daß in dieser Beziehung das sympathische Nervensystem nicht als etwas Besonders angesehen werden kann. Der gleiche Schluß ergiebt sich, wenn man diese Ganglien

Fig. 42.

Ganglion eines Säugethieres in schematischer Zeichnung. a, b, c. Drei davon auslaufende Nervenstämme. d. Multipolare, e. unipolare, f. apolare Ganglienzellen.

mikroskopisch untersucht. Ihre graue Masse besteht aus den sogenannten Nervenzellen, Ganglienkugeln oder Ganglienkörpern, Zellen mit homogenem, zähem, teigartigem Inhalt, in welchen Fettkörnchen und Körnchen von gelblichem, grauem oder selbst schwarzem Pigmente liegen. Es besitzen diese Zellen eine feine Hülle und einen stets sehr deutlichen, hellen, bläschenartigen, kugelrunden Kern, in dessen Mittelpunkt meist noch ein kleines Kernkörperchen liegt. In den Ganglien liegen die Zellen eingebettet in einem zarten, kernhaltigen, oft ziemlich dicken Bindegewebe, welches sich auch in mehr ausgebildeter Faserform (die sogenannten Remak'schen Fasern) über die sympathischen Nerven fortsetzt und diesen, wie den Ganglien, die grau-röthliche Farbe giebt. Von Interesse ist nun das Verhältniß der Nervenzellen zu den Nervenfasern selbst. Viele, die sogenannten apolaren

Ganglienkugeln sind vollkommen rund und in sich abgeschlossen, andere, die sogenannten unipolaren Ganglienkörper, setzen sich nach einer Seite, noch andere, die bipolaren, nach zwei entgegengesetzten Seiten hin unzweifelhaft in Nervenfasern fort.

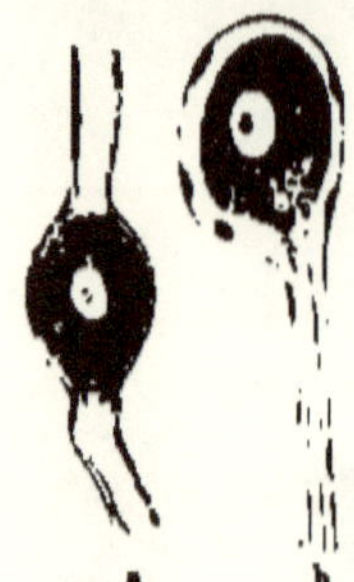

Fig. 48.

a. Bipolare Nervenzelle vom Ganglion des dreigetheilten Nerven der Forelle, mit dicker Scheide, körnigem Inhalt, bläschenförmigem Kerne und Kernkörperchen. b. Unipolare Ganglienkugel vom Menschen, mit dicker, kernhaltiger Scheide aus Bindegewebe.

Meist findet diese Fortsetzung nach beiden Seiten hin statt, in seltenen Fällen aber scheinen auch die Nervenzellen den Fasern wie an der Seite angeklebt und es finden sich sogar Fasern, welche mit mehreren Zellen in Verbindung stehen. Ja es kommen, namentlich in dem Bereiche des sympathischen Nervensystems, Zellen vor, von welchen vielfache Fortsätze ausstrahlen (multipolare Ganglienzellen), die offenbar in Nervenfasern übergehen und die man früher für das alleinige Besitzthum der grauen Substanz des Hirnes und Rückenmarkes hielt. Die Ganglien scheinen demnach zerstreute Centralorgane, in welchen ein Ursprung von Nervenfasern stattfindet, die zu den von dem Centralorgane kommenden Fasern hinzutreten und dadurch eine Verstärkung der austretenden Nerven bewirken. Da, wo die unipolaren Ganglienkugeln vorherrschen, wie z. B. in den meisten Ganglien des Menschen, stellen die Ganglien wirklich zerstreute Organe dar, welche zu den vorüberstreichenden, vom Hirn und Rückenmarke kommenden Fasern eine Verstärkung von Fasern senden, während bei den Fischen, wo die bipolaren Ganglienkugeln fast einzig vorkommen, jedes Ganglion wohl nur ein in den Verlauf

des Nerven eingeschobenes Erneuerungsorgan gewisser Nervenwirkungen darstellt.

Untersuchen wir nun nach den bei dem peripherischen Nervensysteme gewonnenen Resultaten die Structur des centralen Nervensystemes, wo die Weichheit der Substanz und die leichte Form-
veränderlichkeit der Untersuchung außerordentliche Schwierigkeiten
entgegenstellen, so sehen wir zuerst die weiße Substanz des
Hirnes und Rückenmarkes überall aus Nervenfasern zusammengesetzt, welche meistens sehr schmal, selten sehr breit sind, keine
Primitivscheide, noch bindegewebige Hülle, sondern nur einfache,
oft aber dunkelrandige Contouren zeigen, außerordentlich leicht sich
verändern, stellenweise durch diese abnormen Veränderungen knotig
erscheinen (varicös werden) und zuletzt einzig aus dem Axencylinder zusammengesetzt sind. Es erscheinen also diese Fasern gewissermaßen als auf ihre letzten constituirenden Elemente reducirt.

Die Enden dieser Fasern dringen ohne Zweifel theilweise in
die graue Substanz ein, um sich dort mit den Zellen derselben
zu verbinden, theilweise verästeln sie sich auch in feine Ausläufer,
welche mit eigenthümlichen feinen Körnchen in Verbindung zu
stehen scheinen.

Die graue Substanz besteht aus multipolaren Kernzellen
(s. Fig. 44, S. 237) mit feinem Inhalte, die in eine Menge
von Fasern ausstrahlen, welche sich in höchst feine Fädchen und
Ausläufer spalten, die außerordentlich schwer zu verfolgen sind.
So viel indessen steht sicher, daß einzelne dieser Ausläufer nach
mannichfaltigen Krümmungen und Windungen in die Nervenfasern der weißen Substanz und durch diese in die peripherischen
Nervenfasern übergehen; während andere dieser Zweiglein sich
mit denen anderer Zellen verbinden, so daß ein verwickeltes Netz-
gewebe hergestellt wird. Wenn es auch unmöglich ist, das Schicksal aller dieser Ausläufer genauer zu erforschen, so ist doch so
viel sicher, daß durch dieselben die constituirenden Elemente der
grauen, wie der weißen Substanz nach allen Richtungen hin
in der Fläche, wie auf- und abwärts mit einander verbunden
sind, so daß also, wie schon aus diesem anatomischen Verhalten

hervorgeht, in der grauen Substanz physiologische Verbindungen nach allen Richtungen hin hergestellt sind, die dem peripherischen Nervensysteme durchaus abgehen.

Fig. 44.

Multipolare Nervenzellen mit Ausläufern aus dem Menschenhirne. 1. Zelle, deren Ausläufer a. zum Axencylinder der mit einer Scheide versehenen Primitivfaser b. wird. 2. Zwei Zellen, a. und b, durch Ausläufer verbunden. 3. Drei Zellen a. durch Commissuren b. verbunden und in Nervenfasern a. auslaufend. 4. Multipolare Zelle mit vielem schwarzem Farbstoff.

In neuester Zeit erst sind, namentlich an dem kleinen Gehirne, sowie auch an den Windungen der Hirnlappen, Resultate gewonnen worden, welchen zwar gewichtige Autoritäten theilweise noch widersprechen, die wir indessen dennoch hier anführen wollen, da ihre weitere Verfolgung mannichfache Benutzung für die Physiologie verspricht.

Die graue Schicht, welche mit ihren Windungen die Ausstrahlungen des Lebensbaumes in dem kleinen Gehirne umkleidet,

zeigt ſich bei genauerer Anſicht aus zwei Schichten zuſammengeſetzt, einer äußeren grauen und einer inneren, heller röthlichen,
oder roſtfarbenen, welche der weißen Subſtanz unmittelbar aufliegt. Die Verhältniſſe dieſer verſchiedenen Subſtanzen zu einander ſollen nun folgende ſein : An der Grenze der weißen
Subſtanz ſtrahlen die weißen Faſern pinſelartig in unzählige,
höchſt feine Fädchen aus, in deren Verlauf kleine helle Körnchen
eingeſetzt ſind, ſo daß das Gewebe in der Fläche etwa wie eine
mit Perlen gefertigte Strickerei ausſieht. Auf dieſem Gewebe,
welches die roſtfarbene Schicht darſtellt, ruhen nun große, helle,
multipolare Nervenzellen, die durch feine Ausläufer mit den
Fädchen der roſtfarbenen Schicht zuſammenhängen, außerdem
aber noch nach oben dickere Ausläufer ſenden, welche den ge-
wöhnlicheren der Nervenzellen ähneln und wahrſcheinlich zur Verbindung der Zellen unter einander beſtimmt ſind.

Die Nervenzellen, welche man im Gehirne und Rückenmarke
findet, zeigen ſehr verſchiedene Größen und Verhältniſſe. Sehr
große mit verſchiedenen Fortſätzen verſehene Zellen finden ſich
namentlich in den vorderen Hörnern der grauen Subſtanz des
Rückenmarkes, ſowie auf dem Boden der Rautengrube an dem
verlängerten Marke, und man hat ſogar dieſe Zellen als Be-
wegungszellen den kleineren, an anderen Orten ſich findenden
Nervenzellen gegenüberſtellen wollen, welche man die Empfindungs-
zellen nannte. So ſehr es indeſſen wahrſcheinlich iſt, daß alle dieſe
Nervenzellen je nach ihrer Structur auch verſchiedene Functionen
zeigen, und daß am Ende jede geiſtige Thätigkeit in beſtimmten
Gruppen von Nervenzellen der grauen Subſtanz ihren Sitz hat,
ſo wäre es dennoch voreilig, wenn man nach den ſo unvollſtän-
digen Unterſuchungen über die Formbeſtandtheile und nach ihrer
bis jetzt noch ſo geringen Uebereinſtimmung mit den Ergebniſſen
der phyſiologiſchen Verſuche jetzt ſchon daran denken wollte, die
einzelnen Formbeſtandtheile mit aus ihren Functionen geſchöpften
Namen zu bezeichnen.

Es wäre unmöglich, hier auf die weiteren Structurverhält-
niſſe und namentlich auf die Art und Weiſe einzugehen, wie die

verschiedenen Formelemente, zu welchen sich noch andere, nicht genauer zu erörternde gesellen, zu einander in Beziehung treten. So viel können wir als ausgemacht ansehen, daß die Nervenfasern der peripherischen Nerven durch die weiße Substanz des Centralnervensystemes mit den Nervenzellen der grauen Substanz zusammenhängen, und zwar häufig in so sichtlicher Weise, daß man z. B. die vorderen und hinteren Wurzeln der Rückenmarksnerven bis zu den entsprechenden Hörnern der grauen Substanz, und diejenige vieler Hirnnerven bis zu grauen Kernen verfolgen kann, welche in dem Hirnstamme liegen. Jedenfalls ist aber die weiße Substanz nicht blos aus diesen Wurzelfasern der Nerven zusammengesetzt, sondern es finden sich in ihr auch noch andere selbstständige Fasern, ganz so, wie auch in der grauen Substanz, welche hauptsächlich durch die Ausläufer ihrer Zellen die gegenseitige Verbindung vermittelt, ebenfalls eine Menge von Fasern sich finden.

Durch die Zusammenstellung der Fasern in Gruppen entstehen Züge, welche man im Inneren der weißen Substanz des Rückenmarkes und des Gehirnes verfolgen kann und welche wohl im Allgemeinen den Weg andeuten, den die Nervenbahnen in ihrer Verbreitung durch die Centraltheile nehmen. Man hat dieser Faserung des Gehirnes und Rückenmarkes vielfältige Aufmerksamkeit geschenkt und kann nur im Allgemeinen sagen, daß in dem Rückenmarke der größte Theil der weißen Stränge aus solchen Fasern besteht, die in der Axenrichtung desselben, also nach dem Gehirne hin, verlaufen, daß in dem verlängerten Marke durch veränderte Anordnung der grauen Masse neue Stränge und Kerne entstehen, die durch quere Faserzüge, sogenannte Commissuren, verbunden werden, und daß hier die Fasermassen in solcher Weise sich kreuzen, daß diejenigen der rechten Seite nach links und diejenigen von links nach rechts hin sich wenden. Von dem zum Theile aus Axenfasern bestehenden Hirnstamme strahlt dann die Faserung durch aufsteigende Bündel mittels sogenannter Schenkel zum kleinen Hirn, zu den Vierhügeln und dem großen Hirne, um deren Gewölbemassen zu bilden, während zugleich bedeutende Quercommissuren, wie z. B. die Brücke und der Balken, die beiden Seitenhälften in Verbindung setzen. Die physiologische Verwerthung der in dieser Beziehung gewonnenen Resultate der Untersuchung ist indessen, wir dürfen es offen gestehen, bis jetzt nur noch sehr gering.

Eine in physiologischer Hinsicht äußerst wichtige Frage ist die nach der Endigung der Nerven in den peripherischen Organen des Körpers. So lange die Anwendung des Mikroskopes noch eine äußerst beschränkte war, konnten nur Hypothesen über das Verhalten der Nervenenden aufgestellt werden. Man sah die Nerven in stets feinere Zweige und Zweiglein sich theilen, mit den letzten erkennbaren Aestchen in das Gewebe der Organe, welchen sie bestimmt waren, eindringen, konnte aber nicht die einzelnen Primitivröhren bis zu ihrem Ende verfolgen, um sich zu überzeugen, ob sie stets von dem umgebenden Gewebe isolirt blieben, oder aber mit demselben in ein untrennbares Ganze verschmölzen. Auch jetzt, wo angestrengte Untersuchungen mit allen erdenklichen Hülfsmitteln in verschiedenen Gebilden die Nervenendigung mit dem Mikroskope zu verfolgen suchten, sind noch viele Dunkelheiten unaufgeklärt. Man glaubte früher, daß eine jede Primitivröhre von ihrem Ursprunge bis zu ihrem peripherischen Ende hin vollkommen isolirt sei, daß sie mit keinem anderen Gewebe verschmelze und eigentlich gar kein peripherisches Ende besitze, sondern sich zuletzt schlingenförmig umbiege und wieder nach dem Centralorgane zurücklaufe. Man konnte demnach jeden Nerven als ein Bündel von isolirten Primitivröhren ansehen, die in den Aesten sich nicht theilen, sondern nur auseinanderweichen. Die Untersuchungen der Neuzeit haben diese Ansichten mannichfaltig modificiren müssen. In den mit bloßem Auge sichtbaren Nerven kommen freilich nur wenige Theilungen vor. Die Primitivröhren laufen vollkommen isolirt neben einander her, wie eben so viel umsponnene Drähte eines electrischen Leitungsapparates. Gegen das peripherische Ende zu theilt sich aber jede Primitivröhre unzweifelhaft mehrfach und spaltet sich in immer feiner werdende Zweige. Gewöhnlich verlieren diese letzten Enden der Nerven die dickere Scheide, die dunkelrandigen Contouren hören auf und die letzten Enden der verzweigten Fasern werden wieder gänzlich den in den Centralorganen befindlichen Fasern ähnlich. Diese letzten Fasern verbinden sich unter einander schlingenförmig und bilden ein Maschennetz, aus welchem noch feinere Aeste abgehen, die sich frei in dem Gewebe enden und mit demselben verschmelzen. Bei Fröschen und Fischen sind in den Muskeln unzweifelhaft solche freie Endigungen gesehen worden, ebenso in dem electrischen Organe des Zitterrochens, sowie in anderen Geweben musculöser Natur.

Die Endigungen in den empfindenden Organen sind mannichfacher Art und theilweise, wie z. B. in der inneren Zahnpulpe, in den Geschmackswärzchen der Zunge, in der Haut vieler niederen Thiere und selbst des Frosches, ganz derjenigen in den Muskeln ähnlich, indem die Ausläufer mit dem Gewebe verschmelzen. Dagegen finden sich in den einzelnen Sinnesorganen eigenthümliche Endgebilde, die man in der äußeren Haut und verschiedenen Schleimhäuten als Krause'schen Kolben, in der äußeren Haut als Tastkörperchen, an verschiedenen inneren Theilen als Pacini'sche Körperchen kennt. Die Krause'schen, meist länglichen Kolben (f. Fig. 45, S. 242), die namentlich in der Bindehaut des Auges leicht zu finden sind, bestehen aus einem Säckchen von Bindegewebe, das mit weichem, durchsichtigem, gallertartig glänzendem Inhalte erfüllt ist. Die Primitivfasern der Nerven theilen sich in feine Ausläufer, von welchen je einer, nur selten zwei, in ein Kölbchen eintreten und dort bald einfach, bald verknäuelt enden. Die Pacini'schen Körperchen (f. Fig. 46, S. 242), die sich besonders an der Handfläche und an der Fußsohle finden, bestehen aus einer eiförmigen Kapsel, welche wie eine Zwiebel aus concentrischen Lagen von Bindegewebe besteht und in deren Axe ein Kanal sich befindet, in welchem die auf den Axencylinder reducirte Primitivfaser bald mit einem einfachen, bald mit einem doppelten Knöpfchen endet. In den Tastkörperchen (f. Fig. 47, S. 243) endlich, die nur der äußeren Haut der Hände und Füße des Menschen und Affen angehören, findet sich eine Kapsel von

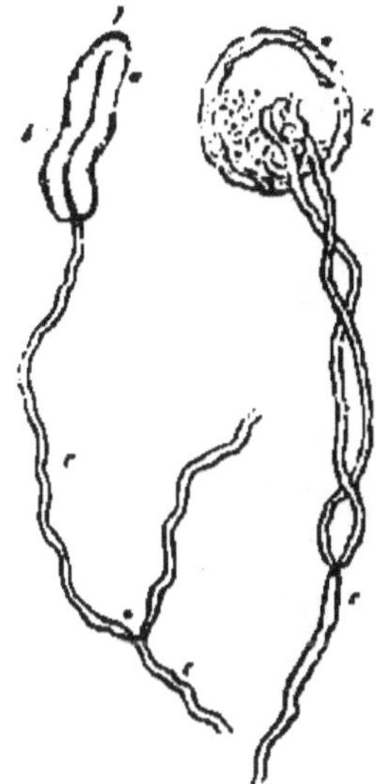

Fig. 45.

Krause'sche Endkolben. 1. Aus der Bindehaut des Kalbsauges. 2. Aus derjenigen des Menschenauges. a. Endkölbchen, b. Ende des Axencylinders, c. eintretende, häufig getheilte Nervenfaser.

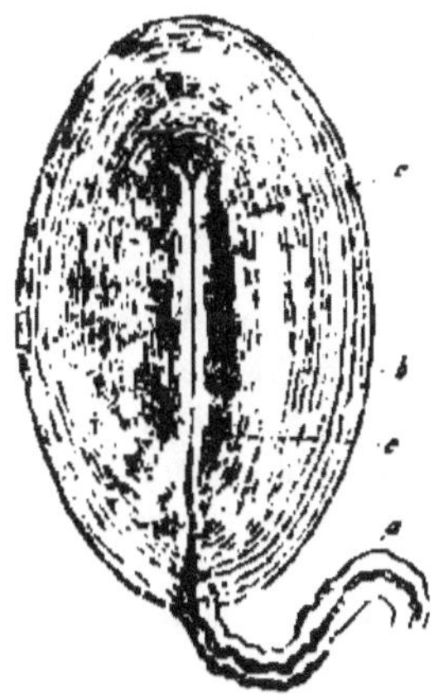

Fig. 46.

Pacini'sches Körperchen aus dem Gekröse der Katze. a. Eintretende Nervenfaser. b. Zwiebelartige Kapsel. c. Axencylinder, mit doppeltem Knöpfchen endend.

zähem Bindegewebe mit zahlreichen quergestellten Kernen und weichem Inhalte, um welche die letzten Endigungen der ebenfalls auf ihre Axenchlinder reducirten Primitivfasern sich häufig spiralig herumwinden, bis sie zuletzt in das Innere treten und dort schmelzend endigen.

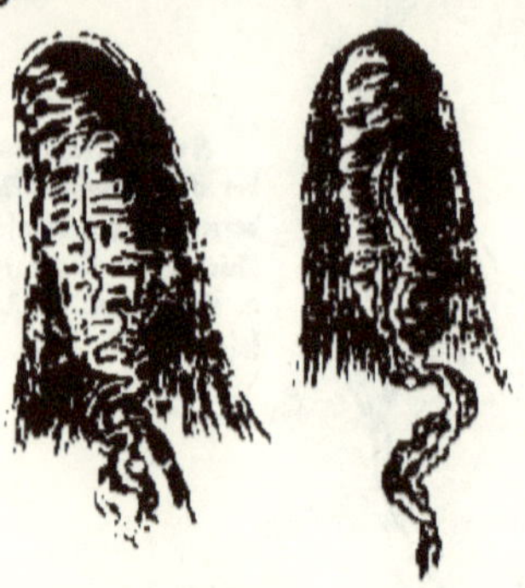

Fig. 47.

Zwei Tastkörperchen vom Zeigefinger mit den eintretenden Nerven

Alle diese Gebilde sind offenbar der einfachen Empfindung und namentlich dem Tastsinne gewidmet, und wie man sieht, läuft ihre Structur auf das gemeinsame Princip hinaus, daß ein kapsel-artiges Körperchen gebildet wird, in welchem die Primitivfaser endigt. Auf die Endungen der Nerven in den specifischen Sinnes-organen werden wir bei diesen selbst näher eingehen.

Es giebt in dem menschlichen Körper nur sehr wenige Nervenstämme, welche durchaus isolirt von dem Gehirne aus bis zu ihrem peripherischen Verbreitungsbezirke verlaufen; — die meisten verbinden sich durch sogenannte Anastomosen mit einander; viele auch verschmelzen mit anderen zu einem gemein-schaftlichen Stamme, der sich nicht ohne Zerreißung zerlegen läßt. Es wäre indeß falsch, wenn man glauben wollte, daß solche Ver-bindungen und Verschmelzungen auf wirklichem Zusammengehen der Nervenfasern beruhen; es sind diese Anastomosen im Gegen-theile nur Brücken, mittelst deren Bündel von Primitivröhren aus einem Stamme in den anderen übergehen, um auf der Bahn des andern Nerven weiter zu verlaufen. Oft ist dieser Austausch wechselseitig und die übergehenden Primitivröhren kreuzen sich in der durch die Anastomose gebildeten Brücke; — oft aber verläßt auch nur ein Bündel von Primitivröhren den einen Nerven, um zu dem anderen Stamme überzutreten, ohne daß Reciprocität vorhanden wäre. Es ist wohl denkbar, daß eine und dieselbe Primitivröhre auf diese Weise mehrere Nervenstämme theilweise begleitet, um dann wieder auf einen anderen Stamm überzuspringen; nichts destoweniger bleibt die Primitivröhre in ihrem ganzen Laufe isolirt, so weit dieser innerhalb der mit bloßem Auge sichtbaren Nerven stattfindet.

Unter dem Namen der Nervenwurzeln bezeichnet man die Nervenbündel, welche an den Seiten des Gehirnes und Rückenmarkes hervortreten, um sich zu Stämmen zu vereinigen und nach den verschiedenen Körpertheilen zu begeben. So wie das Centralnervensystem, so zeigen auch die peripherischen Nerven eine durchaus symmetrische Anordnung; — alle Cerebrospinalnerven sind paarig im Körper vorhanden und haben einen durchaus paarigen Verlauf in beiden seitlichen Körperhälften. An dem Gehirne des Menschen und der meisten Wirbelthiere unterscheidet man 12 Paare von Nerven, während das Rückenmark 31 Nervenpaare liefert. Die ersten treten durch Löcher, welche sich in der Schädelbasis befinden, aus dem knöchernen Schädel hervor; die Rückenmarksnerven verlassen den Kanal mittelst eigener Löcher, welche sich zwischen je zwei Wirbeln finden. Jeder Rückenmarksnerve hat zwei Wurzeln, die deutlich von einander getrennt sind; beide Wurzeln entspringen an der Seitenfläche des Rückenmarkes, die vordere aber mehr gegen den Bauch, die hintere mehr gegen den Rücken hin. Man kann so durch Querschnitte das Rückenmark in eben so viel Segmente theilen, als Nervenpaare entspringen; denn die beiden Wurzeln eines jeden Nerven entspringen in derselben Horizontalebene, wenn man das Rückenmark des stehenden Menschen betrachtet, oder, wenn man das Rückenmark horizontal gelegt denkt, in derselben senkrechten Ebene. Beide

Wurzeln convergiren nach dem Austrittsloche hin; unmittelbar aber vor ihrer Vereinigung zeigt die hintere Wurzel eine knotenförmige graue Anschwellung, ein wahres Ganglion, in welchem auch wirkliche Ganglienkugeln liegen. Die Unterscheidung dieser beiden Wurzeln, der hinteren, mit einem Ganglion versehenen, und der vorderen ganglienlosen Wurzel, ist von der höchsten Bedeutung für die Physiologie, da, wie wir in der Folge sehen werden, beiden durchaus verschiedene Functionen zukommen.

Die Nerven, welche vom Gehirne ihren Ursprung nehmen, entspringen sämmtlich, ohne Ausnahme, in dem Hirnstamme auf der unteren Fläche des Gehirnes; die Gewölbtheile stehen durchaus in keinem unmittelbaren Zusammenhange mit den 12 Paaren von Nerven, welche dem Schädeltheile des Centralnervensystemes angehören. So weit bis jetzt die noch sehr unvollständigen Untersuchungen Aufschluß geben, hat jedes Nervenpaar einen im Hirnstamme gelegenen Kern grauer Substanz, von welchem es seinen Ursprung nimmt, und nachdem es die äußerlich umhüllende weiße Substanz des Gehirnes durchsetzt hat, erscheint es auf der Unterfläche desselben, um meist nach kurzem Laufe durch ein oder mehrere Löcher des knöchernen Schädels nach den peripherischen Organen vorzudringen (s. Fig. 48, S. 246).

Man hat die verschiedenen Nervenpaare des Gehirnes von vorne nach hinten mit Ziffern (in Fig. 48 von o bis z) bezeichnet, welche ich hier nebst den ebenfalls gebräuchlichen, meist von der Function entnommenen Namen, anführen will:

Erstes	Paar :	Riechnerve	Nervus	Olfactorius,	o
Zweites	„	Sehnerve	„	Opticus,	p
Drittes	„	Gemeinschaftlicher Augenmuskelnerve	„	Oculomotorius,	q
Viertes	„	Pathetischer Nerve	„	Patheticus,	r
Fünftes	„	Dreigetheilter Nerve	„	Trigeminus,	s
Sechstes	„	Abziehnerve des Auges	„	Abducens,	t
Siebentes	„	Gesichtsnerve	„	Facialis,	u
Achtes	„	Hörnerve	„	Acusticus,	v
Neuntes	„	Zungen-Schlundkopfnerve	„	Glossopharyngeus,	w
Zehntes	„	Herumschweifender Nerve	„	Vagus,	x
Eilftes	„	Beinerve	„	Accessorius,	y
Zwölftes	„	Zungenfleischnerve	„	Hypoglossus,	z

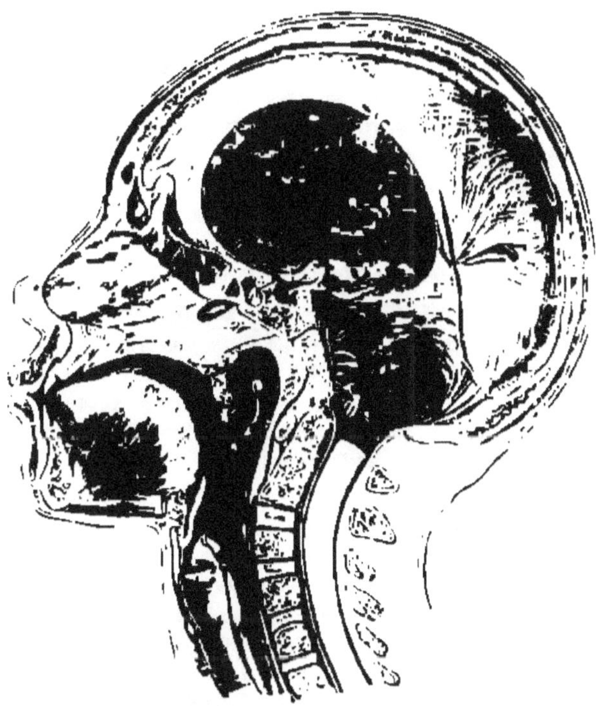

Fig. 46.

Senkrechter Durchschnitt des Kopfes. Das Gehirn ist herausgenommen, so daß man die Falten der harten Hirnhaut, besonders die Hirnsichel und das Hirnzelt, so wie sämmtliche Nervenwurzeln sieht.

Faßt man die Nerven hinsichtlich ihrer Verbreitung und der aus derselben schon hervorgehenden Function in das Auge, so ergeben sich mehrere bestimmte Klassen.

Der Mensch besitzt außer dem allgemeinen Tastsinne, der überall auf der Haut verbreitet und kaum als an ein besonderes Organ gebunden gedacht werden kann, vier eigenthümliche specielle

Organe für specifische Sinnesempfindungen: die Nase für den Geruch, das Auge für das Gesicht, das Ohr für das Gehör, und die Zunge nebst den hinteren Theilen des Rachens für den Geschmack. Jede der drei specifischen Sinnesempfindungen wird auch durch einen besonderen Nerven vermittelt: wir haben einen Riechnerven, Sehnerven und Hörnerven; dagegen müssen wir zugestehen, daß außer dem eigentlichen Geschmacksnerven, der in dem neunten Paare, dem Zungenschlundkopfnerven oder Glossopharyngeus, gegeben ist, auch noch der Zungenast des fünften Paares gewisse Geschmacksempfindungen leiten kann.

Alle specifischen Sinnesnerven gehören dem Gehirne an.

Wir besitzen ferner eine zweite Klasse von Nerven, welche einzig und allein in Muskeln sich verbreiten, reine Muskelnerven, deren Wurzeln bei der Durchschneidung durchaus keinen Schmerz erzeugen und bei welchen diese Verletzung nur den Verlust der Bewegung zur Folge hat.

Es gehören hierher die drei Paare von Augenmuskelnerven, das dritte, vierte und sechste Hirnnervenpaar, Oculomotorius, Patheticus und Abducens, von welchen der erstere namentlich auch an den Bewegungen der Pupille des Auges betheiligt ist; das siebente Paar oder der Facialis, welcher die Bewegungen des Antlitzes vermittelt; das elfte und zwölfte Paar, der Beinerve oder Accessorius, von welchem einige besondere Athembewegungen abhängen, und endlich der Hypoglossus oder Muskelnerve der Zunge. Allen diesen Bewegungsnerven mischen sich indessen bald nach ihrem Austritte aus dem Gehirne, zuweilen selbst noch innerhalb der Schädelhöhle, empfindende Fasern bei.

Die zwei übrigen Nervenpaare des Gehirnes, nämlich dreigetheilter und herumschweifender Nerv, so wie sämmtliche Nerven des Rückenmarkes ohne Ausnahme sind gemischte Nerven, indem sie sowohl Bewegung als Empfindung vermitteln, sich sowohl in bewegenden als empfindenden Organen verbreiten, und somit stets ihre Verletzung gemischte Functionsstörungen zur Folge hat.

Wir erwähnten schon oben jenes eigenthümlichen Nervensystemes, das man mit dem Namen des organischen, sympathischen oder Gangliensystemes bezeichnet. Hier fehlt
jede Centralisation. Eine Menge von einzelnen Ganglien und
Ganglienhaufen sind überall unter den größeren Eingeweide-
gruppen zerstreut und durch vielfache Fäden mit einander verbunden, die zugleich an allen Eingeweiden sich verbreiten, die
größeren und kleineren Blutgefäße umspinnen und viele sogenannte
Geflechte bilden, von welchem das größte, das Sonnengeflecht,
etwa in der Gegend der Herzgrube, aber ganz in der Tiefe auf
der Aorta aufliegt. Außer den vielfach zerstreuten Geflechten
findet sich dann noch eine Reihe durch kurze Zwischenstränge mit
einander verbundener Ganglien, die zusammen den Stamm oder
Grenzstrang des Sympathicus bilden und von allen Rückenmarksnerven einen Zweig erhalten. Die Ganglien des Grenzstranges, der jederseits der Wirbelsäule parallel läuft, liegen den
Zwischenwirbellöchern gegenüber, so daß man Hals-, Brust- und
Bauchganglien unterscheiden kann. Der oberste Halsknoten, der
etwa vor dem zweiten Halswirbel liegt, ist eines der größten
dieser Ganglien, und die von ihm ausgehenden Zweige und Geflechte stehen mit den meisten Hirnnerven, besonders den gemischten, durch Zweige in Verbindung. Im Ganzen kann man sagen,
daß das sympathische Nervensystem sich nur an solche Theile
verbreitet, die im normalen Zustande weder deutliche Empfindung,
noch willkürliche Bewegung zeigen, und daß weder die willkürlichen Muskeln noch die Sinnesorgane in seinen Verbreitungsbezirk fallen. Es verlaufen indeß innerhalb der Bahnen des
sympathischen Systemes vorzugsweise (nicht ausschließlich, wie wir
später sehen werden) diejenigen Nervenfasern, welche die Erweiterung und Zusammenziehung der Gefäße beherrschen, die man
also unter dem Namen der Gefäßnerven begreifen kann und
die auf alle Vorgänge des vegetativen Lebens den unverkenn-
barsten Einfluß üben.

Es geht aus dieser kurzen Andeutung der anatomischen Verhältnisse des Nervensystemes hervor, daß es wie das Blutgefäßsystem

ein allgemein durch den Körper verbreitetes System ist, dessen einzelne Theile überall in bestimmter Beziehung zu einem Centralorgane stehen, von welchem der Impuls der verschiedenen Functionen ausgeht. So wie die unendlich verzweigten Kanäle, welche dem Blutstrome angewiesen sind, alle vom Herzen ausgehen und zu dem Herzen zurückführen, so führen auch die verwickelten Netze der Nerven stets wieder zu dem Centralorgane ihres Systemes, zu Hirn und Rückenmark. Während aber der Inhalt des Blutsystemes in ewig kreisender Bewegung sich umschwingt und seine Thätigkeit nur in der Bewegung gedacht werden kann, ist das Nervensystem im Gegentheile durch Bewegungslosigkeit ausgezeichnet. Wir finden hier keine arbeitende Pumpe, durch welche die Nervensäfte in stetem Umschwunge erhalten werden; kein sichtbares Strömen innerhalb der Kanäle, durch welche die Empfindung und der Wille fortgepflanzt werden, und dennoch unterliegt es keinem Zweifel, daß die Fortleitung und Mittheilung im Nervensysteme weit schneller von Statten gehe, als im Blutsysteme.

Die Kenntniß über die Functionen des Nervensystemes im Allgemeinen, so wie über die Eigenschaften der einzelnen Nerven insbesondere, hängt fast einzig und allein von dem Experimente am lebenden Thiere oder von den Erfahrungen ab, welche Krankheiten oder Verletzungen am Menschen zeigen. Letztere Quelle aber fließt nur sehr spärlich und meist auch nur sehr trübe. Bei der unglücklichen Eigenschaft der Medizin, jede Frage, mit der sie sich beschäftigt, zu verwirren, statt aufzuklären, und für jede Ansicht eben so viele Beweise als Gegenbeweise anzuführen, wären wir noch immer im Dunkeln, wenn nicht der Versuch am lebenden Thiere, die Vivisection, uns ihr Scalpell geliehen hätte. Die meisten Nervenstämme und Nervenwurzeln sind demselben zugänglich, sie können erregt, gereizt, durchschnitten, zerstört, ihre Function kann erhöht oder vernichtet werden, und die Erscheinungen, welche nach einem solchen Eingriffe auftreten, geben Aufschluß über die Function des Nerven. Wenn nach Durchschneidung eines gewissen Nervenstammes jedesmal bestimmte Muskeln gelähmt

werben und ihren Dienst versagen, gewisse Hautstellen unempfindlich werden, so daß man sie zerfleischen, mit glühenden Eisen
brennen kann, ohne daß die geringste Schmerzensäußerung auf
solche Eingriffe erfolgt, so schließen wir natürlich aus dem Nicht-
vorhandensein der Empfindung und Bewegung, die als Folge
der Durchschneidung auftritt, daß die Function des durchschnittenen Nerven eben in Vermittelung der Empfindung und Bewegung bestehe. Wenn nach Bloslegung und Isolirung eines
Nerven und nach Reizung desselben durch Electricität, mechani-
sches Berühren, chemische Agentien dieser oder jener Muskel zuckt,
das Thier Schmerz äußert, so schließen wir daraus, daß der
Nerve dem zuckenden Muskel gewissermaßen den Befehl zur
Aeußerung seiner Thätigkeit überbringt, oder daß er von seinem
Verbreitungsbezirke aus die äußeren Eindrücke dem Bewußtsein
zuführt. Wir dürfen offen sagen, daß wir nur da über die
Function der Nerven etwas Bestimmtes wissen, wo uns das
angeführte Mittel der Analyse zu Gebote steht; an den organischen Nerven hat es bis jetzt zum Theile fehlgeschlagen, da die
unendliche Vertheilung ihrer einzelnen Stämmchen, der Mangel
an Centralisation ihrer Fäden sowohl als ihrer Ganglien, bis
jetzt unüberwindliche Hindernisse in den Weg gelegt haben. Von
den Functionen der Centralorgane stehen nur diejenigen fest,
welche ebenfalls durch Analyse der Erscheinungen sich ergeben,
die bei Thieren nach Reizung, Verwundung oder Abtragung
einzelner Theile sich zeigen. Die größere Hälfte der Gehirnfunctionen, nämlich die Beziehungen dieses Organes zu den
Geistesthätigkeiten, liegt nur deshalb noch im Dunkeln, weil eben
es unmöglich ist, die Gedanken eines Thieres zu sehen und sich
von den Veränderungen zu überzeugen, die nach Verletzung der
Hirntheile in seinen Geistesthätigkeiten eintreten. Wir können
auf die größere oder geringere Schmerzempfindung eines Thieres
aus seinem Schreien, aus seinen abwehrenden Bewegungen schließen
und auch annähernd daraus auf die Intensität seiner Empfindungen; wir können die nach Verletzung eines Hirntheiles auf-
tretende Lähmung, die nach Reizung erscheinenden Zuckungen

einzelner Theile conſtatiren; — aber auch nicht viel mehr. Das Verhältniß der Hirntheile zu den Geiſtesfunctionen kann nie und nimmermehr auf anderem Wege ermittelt werden, als auf dem Wege der Beobachtung kranker Zuſtände und Verletzungen des Gehirnes unglücklicher Menſchen; die Thätigkeit des organiſchen Nervenſyſtemes konnte ebenfalls bis jetzt größten Theils nur auf demſelben Wege, welcher der Medizin anvertraut iſt, gefunden werden — von beiden wiſſen wir thatſächlich ſo viel als — Nichts!!

Elfter Brief.

Die Functionen der Nerven.

Bricht man bei einem lebenden Thiere, am besten bei einem jungen Hunde, wo die Knochen noch weich sind, den Wirbelkanal in der Lendengegend auf und legt auf diese Weise das Rückenmark in seinem unteren Theile blos, so zeigen sich die doppelten, vom Rückenmark entspringenden Wurzeln der verschiedenen Nervenstränge, welche zu den hinteren Extremitäten gehen (s. Fig. 49, S. 253). Die hinteren, mit einem Ganglion versehenen Wurzeln liegen frei und offen dem Blicke dar; hebt man diese Wurzeln auf, um in die Tiefe schauen zu können, so findet man in entsprechender Reihe die vorderen ganglienlosen Wurzeln. Beim Berühren, Kneipen oder Stechen der hinteren Wurzeln, bei ihrer Reizung mittelst der beiden Poldrähte einer galvanischen Säule, geben die Thiere die lebhaftesten Schmerzensäußerungen. Führt man nun ein feines Messerchen unter diesen hinteren, mit Ganglien versehenen Wurzeln durch und schneidet sie ab, so schreien die Thiere im Momente der Durchschneidung laut auf. Die durchschnittenen Enden, welche nicht mehr mit dem Rückenmark in Verbindung stehen, kann man nun mißhandeln, wie man will, es erfolgt keine Schmerzensäußerung, während die leiseste Berührung der noch an dem Rückenmarke hängenden Wurzelstümpfe auch die vorherigen Schmerzensäußerungen hervorruft. Hat man nun die Vorsicht gehabt, die hinteren Wurzeln sämmtlicher Nerven, welche in einen Fuß gehen, auf der einen Seite zu durchschneiden, so ist die Empfind-lichkeit in dem ganzen Fuße durchaus aufgehoben. Man kann den Fuß, dessen hintere Nervenwurzeln durchschnitten sind, mit glühenden Eisen brennen, der Hund giebt nicht das geringste Zeichen von Schmerz, während unmittelbar vor der Durchschnei-dung schon ein Nadelstich ihn zum Schreien brachte.

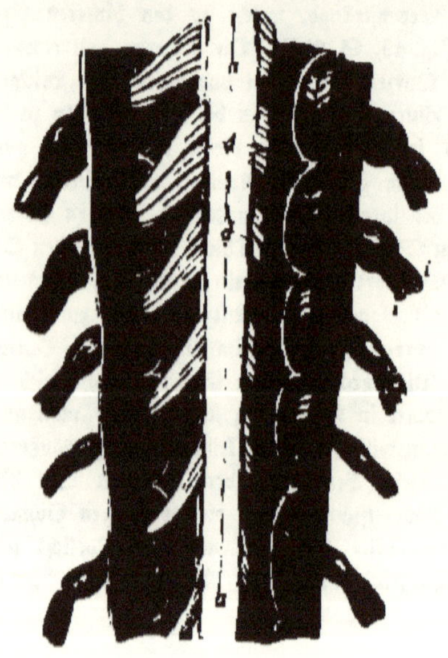

Fig. 49.

Ein Theil des menschlichen Rückenmarkes in natürlicher Größe. Die Hüllen sind durch einen Längsschnitt gespalten, so daß man die hintere Fläche a. mit der hinteren Furche entblößt sieht. b. Die harte Rückenmarkhaut (äußerste Hülle) auf der linken Seite zurückgeschlagen, rechts abgetragen. c. Gezahntes Halsband mit der Spinnwebenhaut (mittlere Hülle) überzogen. d. Die hinteren Nervenwurzeln, rechts abgeschnitten. e. Die abgeschnittenen Fortsetzungen der Nerven. f. Die vorderen Wurzeln, nur auf der rechten Seite sichtbar. h. Die von der hinteren Wurzel gebildeten Ganglien. i. Die abgehenden Nerven, abgeschnitten.

Gänzliche Empfindungslosigkeit der Theile, zu welchen ein Nerve sich begiebt, ist demnach unmittelbare Folge der Durchschneidung der hinteren Rückenmarkswurzeln eines Nerven.

Ganz andere Resultate zeigen sich bei Reizung und Durchschneidung der vorderen Wurzeln, welche kein Ganglion besitzen. Jede Reizung derselben ist unmittelbar von einer heftigen Contraction derjenigen Muskeln gefolgt, in welchen sich der betreffende Nerve vertheilt. Bei jeder Schließung und Oeffnung einer galvanischen Kette, mit welcher man die vordere Wurzel in Verbindung setzt, entsteht eine Zuckung der Muskeln. Nach Durchschneidung der Wurzeln ist es dem Thiere unmöglich, den Fuß zu bewegen. Kneipt man es an dem gelähmten Fuße, so schreit es auf, sucht zu entfliehen, strengt sich an, durch Bewegungen den Schmerz abzuwehren; allein alle Anstrengungen bleiben fruchtlos, die Muskeln sind unbeweglich, der Fuß vollkommen gelähmt. Kneipt man die Wurzelstümpfe, welche noch mit dem Rückenmarke zusammenhängen, so erfolgt weder Schmerzensäußerung, noch Reaction in irgend einem Theile; reizt man hingegen die mit den Nerven zusammenhängenden Wurzeln, welche vom Rückenmarke getrennt sind, so erfolgen die Bewegungen und Muskelzuckungen ganz so, wie wenn sie noch mit dem Rückenmarke zusammenhängen würden.

Gänzliche Lähmung der Bewegung befällt demnach diejenigen Glieder, an deren Nerven die vorderen ganglienlosen Rückenmarkswurzeln durchschnitten sind.

Die genannten Versuche gehörten so lange, als man die Aetherisirung nicht kannte, zu den grausamsten, welche man an Säugethieren anstellen kann; ihre Resultate sind aber auch so durchaus schlagend, daß nicht der mindeste Einspruch dagegen erhoben werden kann. An Fröschen sind sie leicht anzustellen und man trennt nicht selten hier an dem linken Fuße z. B. alle hinteren, an dem rechten alle vorderen Wurzeln, um so die entgegengesetzten Phänomene an demselben Thiere auf verschiedenen Seiten zu zeigen. Der rechte Fuß ist gelähmt, der Frosch kann ihn nicht mehr bewegen, er schleift ihn beim Kriechen nach, da ihm das Hüpfen unmöglich ist. Sticht oder kneipt man aber den gelähmten Fuß, so sucht der Frosch zu entrinnen und mit dem linken Fuße das Instrument, das ihm Schmerz verursacht, abzustreifen. Derselbe linke Fuß aber, der alle Bewegungen so vollkommen ausführt und so sichtlich dem Willen gehorcht, ist durchaus unempfindlich; man kann eine glühende Kohle auf ihn legen, ohne daß der Frosch nur daran denkt, den Fuß wegzuziehen.

Es beweisen diese Versuche auf das Schlagendste, daß die beiden Wurzeln eines Rückenmarksnerven durchaus verschiedene Functionen haben, daß die eine, mit einem Ganglion versehene hintere die Empfindung, die vordere dagegen die Bewegung vermittelt, und daß diese Nervenwurzeln nur dann noch einer Function fähig sind, sobald sie noch mit dem Rückenmarke zusammenhängen. Ist aber dieser unmittelbare Zusammenhang auf irgend eine Weise, mittelst der Durchschneidung, ja selbst nur durch Zusammenschnüren oder starken Druck aufgehoben, so existirt die Function der Nerven für das Thier nicht mehr; Empfindung wie Bewegung sind beide gleich unmöglich.

Das in dem beschriebenen Versuche gewonnene Resultat ist indeß nicht so durchaus rein, als wir eben dargestellt haben. Die vordere Bewegungswurzel besitzt allerdings einige Empfindlichkeit, allein diese Empfindlichkeit zeigt sich um so größer, je weiter entfernt von dem Rückenmarke die Wurzel angegriffen wird, und genauere Versuche lehren, daß diese Empfindung der vorderen Wurzel von Fasern mitgetheilt wird, welche aus der hinteren Wurzel in die vordere zurücklaufen. Die empfindenden Fasern entspringen also auch hier aus der hinteren Wurzel, biegen aber nach einigem Verlaufe in dem Nervenstamme nach der vorderen Wurzel um, um sich durch dieselbe wieder nach dem Rückenmark hinzubegeben.

Die so eben angeführten Fundamentalversuche können uns außer der Belehrung über die Grundverschiedenheit derjenigen Nervenfasern, welche von dem Rückenmarke abgehen, auch noch mannigfaltige anderweitige Auskunft über Verhältnisse geben, welche für das Verständniß der Function der Nerven von Wichtigkeit sind. Wir sahen, daß bei Reizung der Nervenfasern dieselben durch diejenige Aeußerung ihrer Functionen antworteten, welche ihnen auch im Leben zugetheilt ist und die von den Centralorganen bedingt wird. So lange die bewegende Wurzel mit dem Rückenmarke zusammenhängt, kann das Thier das Spiel der von ihr versorgten Muskeln willkürlich hervorrufen; in dem Augenblicke, wo dieser Zusammenhang aufgehoben wird, kann dieses Spiel nur durch anderweite äußere oder innere, dem Nervensysteme fremde Anreizungen hervorgebracht werden. Die Reize wirken also auf die Nervenfasern ganz in derselben Weise, wie die von dem Centralorgane ausgehenden Anregungen, und es wird uns dadurch ein bequemes Mittel an die Hand gegeben, die Functionen der Nerven auch dann noch zu erforschen, wenn sie von dem Centralorgane und den mannigfachen verwirrenden Erscheinungen, die in denselben Platz greifen, losgelöst sind.

Als Reize können aber, wie aus den mannigfaltigsten Versuchen hervorgeht, fast alle nur irgend denkbaren Veränderungen dienen. Chemische Reize, wie z. B. ätzende Alkalien, Säuren, sehr concentrirte Salzlösungen u. s. w., erregen meistens die Nerven, um sie nachher in ihrer Function gänzlich zu tödten, ja selbst Wasser wirkt auf sie ein und kann nach vorgängiger Reizung durch Quellung und Veränderung des Nerveninhaltes die Aufhebung der Functionen bedingen. Wärme wird empfunden, erregt also Reizung, während weit fortgeschrittene Grade von Wärme oder Kälte die Function ebenfalls tödten. Mächtiger wirken mechanische Reize und zwar um so mächtiger, je unmittelbarer und plötzlicher sie eingreifen; Druck im stärkeren Grade hemmt die Fortleitung; heftige Erschütterung wirkt reizend bis zum Starrkrampf, lähmt aber nachher; am mächtigsten endlich von allen Reizen wirkt die Electricität jeglicher Art und selbst dann noch, wenn alle übrigen Reize keine Wirkung mehr hervorbringen. Es ist uns unmöglich, hier genauer auf die verschiedenen gegenseitigen Beziehungen der Electricität und der Nerven einzugehen; wir wollen nur bemerken, daß der von einem unversehrten Nerven besorgte Muskel stets zuckt, sobald die Kette eines schwachen electrischen Stromes, mag derselbe nun auf- oder absteigend sein, geschlossen wird; — daß indeß später, wenn der Nerv anfängt abzusterben, Zuckungen beim Schließen und Oeffnen der Kette entstehen und zuletzt in dem letzten Stadium der Erregbarkeit nur Oeffnungs- oder Schließungszuckungen sich zeigen, je nach der aufsteigenden oder absteigenden Richtung des Stromes. Eine allmälige Zunahme oder Abnahme des galvanischen Stromes bewirkt niemals Zuckungen; es gehört dazu eine plötzliche stärkere oder schwächere Unterbrechung oder Veränderung des Stromes. Hat man eine Einrichtung, wie z. B. das Neeff'sche Blitzrad oder eine Rotationsmaschine, wodurch in außerordentlich kurzer Zeit durch unablässiges Schließen oder Oeffnen der Kette eine große Anzahl von Stößen ertheilt wird, so summiren sich bei den Bewegungsnerven die einzelnen Zuckungen zu einem förmlichen Starrkrampfe, zum Tetanus, bei den Empfindungsnerven die einzelnen Schmerzstöße zu einem anhaltend dauernden unerträglichen Schmerze. Schon mancher hat wohl bei befreundeten, launigen Physikern den Versuch gemacht, daß er in einer solchen Rotationsmaschine die Pole ergriff und sie nachher, trotz aller Schmerzen, nicht fahren lassen konnte, so lange seine Finger vom Starrkrampf um dieselben herumgebogen blieben, bis endlich das Aufhören der Maschinendrehungen ihn erlöste.

Die Reizversuche ergeben schon durch ihre Wirkung, daß die Nerven ein äußerst veränderliches Gebilde sind, dessen Function durch die verschiedensten Eingriffe sehr bald erlähmt werden kann. Alle Nerven werden nach einiger Zeit erschöpft in Beziehung auf den sie treffenden Reiz, so daß derselbe durchaus keine Reaction hervorzurufen mehr im Stande ist. Diese Erschöpfung dauert je nach dem Grade der Reizung und der Natur des Nerven verschieden lange. Nach Ablauf der Erschöpfungsperiode, wo offenbar durch die Ernährung der vor der Reizung bestandene Zustand wieder hergestellt ist, der Nerv also sich ausgeruht hat, wirkt der Reiz aufs Neue erregend ein. Es zeigen in dieser Beziehung die verschiedenen Nerven eine höchst verschiedene

Widerstandsfähigkeit gegen die Erschöpfung, indem dieselbe bei den einen nur langsam, bei den andern aber, die man auch mit dem Namen der Hemmungsnerven bezeichnet hat, unverhältnißmäßig schnell eintritt. Ebenso kann man sich überzeugen, daß Nerven, welche für eine gewisse Art von Reiz erschöpft sind, noch für Reize anderer Art ihre Empfindlichkeit bewahrt haben, so wie endlich auch diese Empfänglichkeit eine an und für sich verschiedene ist, was sich namentlich bei den Empfindungsnerven klar herausstellt, indem die einen nur geringen und dumpfen, die anderen aber sehr lebhaften Schmerz hervorrufen. Wissen wir ja doch selbst aus eigener Erfahrung, daß jede Art von Schmerz ihre specifische Eigenthümlichkeit besitzt, welche derjenige, der das Unglück gehabt hat, von Nervenschmerzen verfolgt zu werden, vollkommen gut zu würdigen versteht.

Kehren wir nach dieser Ausschweifung über die Reize wieder zu den specifischen Eigenthümlichkeiten der Nerven zurück. Wir haben an dem Rückenmarke mit Sicherheit zwei Arten von ausgehenden Nervenfasern gefunden, bewegende und empfindende; wir können ganz ähnliche Erfahrungen an den meisten Hirnnerven machen, welche ebenfalls theils durch Schmerz, theils durch Bewegung einzelner Theile auf den Reiz antworten.

Die Reizung und Durchschneidung der Sinnesnerven dagegen bewirkt durchaus verschiedene Erscheinungen. Die Durchschneidung des Sehnerven, welche auch beim Menschen zuweilen vorgenommen wird, wenn es sich um Ausrottung eines krebsigen Auges handelt, ist nicht schmerzhaft, sie bewirkt keine Lähmung der Augenmuskeln; — im Momente der Durchschneidung aber sieht der Operirte eine hellglänzende Lichterscheinung, ein Feuermeer, das plötzlich in dunkle Nacht versinkt. Thiere, deren Sehnerven man isolirt durchschneidet, geben weder Schmerzensäußerungen, noch zeigen sich die Bewegungen des Auges verändert, wohl aber ist das Sehvermögen aufgehoben. Das Auge, dessen Sehnerve zerstört ist, empfindet kein Licht mehr, man kann eine brennende Kerze demselben nähern und mit dem Finger dagegen fahren, ohne daß die Augenlieder blinzeln, wie dies bei sehenden

Augen geschieht. Man hat ziemlich häufig Fälle beobachtet, wo der Sehnerve beim Menschen krankhaft zerstört, durch Geschwülste zusammengedrückt war — stets zeigte sich unheilbare Blindheit als Symptom einer solchen Entartung. Ein Gleiches zeigt sich bei den übrigen Sinnesnerven. Nach Durchschneidung, krankhafter Zerstörung oder bei angeborenem Mangel der Geruchsnerven fehlt die specifische Empfindung der Nase; die unheilbare angeborene Taubheit der taubstummen Kinder namentlich beruht oft auf Entartung oder Mangel der Hörnerven; die Tast- und Schmerz-Empfindung in den drei Sinnesorganen ist ebenso wie die Bewegung an andere Nerven gebunden.

Wir können demnach unter den peripherischen Nervenfasern, die vom Centralnervensysteme ausgehen, drei Klassen wesentlich verschiedener Functionen unterscheiden. Die einen vermitteln die Empfindungen, welche auf das allgemeine Gefühl einwirken, ihre Reizung bedingt stets einen gewissen Schmerz, der je nach dem Grade der Reizung sich steigert, es sind dies die senfiblen oder fühlenden Nervenfasern.

Die anderen bedingen ebenfalls Empfindungen; — die Richtung ihrer Thätigkeit geht ebenfalls von der Peripherie nach dem Centrum; allein es sind nur specifische Empfindungen, durch besondere Apparate vermittelt, welchen sie zugänglich sind: man nennt sie die senfuellen oder Sinnesnerven.

Die dritte Klasse endlich bedingt die willkürlichen Bewegungen; sie vermitteln die Zusammenziehungen der Muskeln: es sind die motorischen oder bewegenden Nervenfasern.

Einer vierten Art von Nervenfasern, der Gefäßnerven, die nirgends in isolirten Wurzeln auftreten, wohl aber, mit Ausnahme der Sinnesnerven, vielleicht allen übrigen Nervenwurzeln in größerer oder geringerer Zahl beigemischt sind, können wir erst später gedenken. Es schließen sich diese Fasern sowohl durch ihre Function, indem sie Zusammenziehung der Gefäßwandungen vermitteln, als auch durch die Richtung ihrer Leitung den bewegenden Fasern an, sind aber dadurch verschieden, daß sie dem Willen gänzlich entzogen sind.

Die fenfiblen wie die fensuellen Nervenfafern ftimmen hinfichtlich ihrer Function darin mit einander überein, daß fie Empfindungen jeglicher Art von außen dem Gehirne zuleiten; die Taftempfindung, Licht, Schall, Geruch und Geschmack werden an einem gewiffen Körpertheile aufgenommen und dem Centralorgane zugeleitet. Die Richtung der Thätigkeit diefer Nerven geht deshalb von außen nach Innen, von der Peripherie nach dem Centrum. Anders verhält es fich mit den motorifchen Nervenfafern: diefe nehmen keine Empfindungen auf; fie vermitteln aber die Leitung des Willens vom Gehirne aus zu den Muskeln; durch fie find wir Herren unferer Bewegungen und befehlen gleichfam diefer oder jener Muskelfafer, fich zusammenzuziehen und fo eine beftimmte Bewegung auszuführen, die wir beabfichtigen. Die Thätigkeitsrichtung diefer Nervenfafern geht fomit von Innen nach Außen: die Leitung in den bewegenden Nerven ift centrifugal, die in den empfindenden Nerven centripetal.

Diefe Anficht geht auf die natürlichfte und einfachfte Weife als erfte Schlußfolgerung aus den Verfuchen und Beobachtungen hervor.

Auf die ausgezeichneten Unterfuchungen der Neuzeit über die electrifchen Eigenfchaften der Nerven, fowie auf die mikrofkopifchen Unterfuchungen geftützt, hat man indeffen geglaubt, diefer Schlußfolgerung entgegen treten und an ihrer Statt annehmen zu müffen, daß alle Nervenfafern gleicher Natur feien, daß jede den Reiz nach beiden Seiten hin leite, daß aber die Verfchiedenheit der Wirkung theils von den Organen, in welchen fie enden, theils von den Stellen der Centralorgane, in welchen fie entfpringen, abhänge. In der That fpricht für diefe Anficht namentlich der Umftand, daß die bewegenden und empfindenden Fafern der gemifchten Nerven (wozu die meiften Körpernerven gehören) fogleich beim Eintritte in die Centralorgane oder felbft noch vor demfelben auseinander treten und an verfchiedenen Orten des Organes ihren Urfprung nehmen. Auf der anderen Seite aber gelingt es zwar außerordentlich leicht, durchfchnittene Nervenenden derselben Natur zusammenzuheilen, während es bis jetzt trotz aller angewandten Mühe und Sorgfalt nicht gelungen ist, reine Bewegungsnerven mit reinen Gefühlsnerven so zusammenzuheilen, daß die Leitung in diesen Bahnen sich wieder hergestellt hätte. Wenn demnach auch nicht angenommen werden kann, daß die Nerven nur nach einer Richtung hinleiten, sondern vielmehr aus vielen physikalischen Gründen behauptet werden muß, daß die Reizungsschwingungen nach beiden Polen hin sich fortsetzen, nach derjenigen Seite hin aber nicht zur Wirkung kommen können, wo kein entsprechendes Organ für die Aeußerung dieser Wirkung vorhanden ist, so darf man wohl auf der anderen Seite zu dem Schlusse kommen, daß die bewegenden und empfindenden Nervenfasern dennoch verschiedener Natur sind, diese Verschiedenheiten aber mit den uns bis jetzt zu Gebote stehenden Mitteln noch nicht erkannt werden konnten.

Die Resultate, welche aus den Versuchen über die Nervenwurzeln hervorgehen, erhalten sich für den ganzen Verlauf einer jeden einzelnen Primitivröhre. So wie eine jede derselben während ihres ganzen Verlaufes anatomisch vollkommen isolirt ist, so ist sie es auch in functioneller Hinsicht. Nur diejenigen Primitivröhren, welche von einem Reize getroffen werden, reagiren darauf in der ihnen eigenthümlichen Weise; — die übrigen, welche neben ihnen in demselben Nervenbündel liegen, nehmen auf keine Weise an dieser Reaction Antheil. Die Reaction bleibt aber auch dieselbe, ob man nun die Primitivröhre an ihrem Austritte aus dem Rückenmark in der Wurzel, im Stamme oder in der Nähe ihres peripherischen Endes angreife. Die auf die Reizung erfolgende Reaction des Nerven in seiner eigenthümlichen Weise durch Schmerz, Sinnesempfindung oder Bewegung findet auf der ganzen Länge des Verlaufes in gleicher Weise statt.

Jede Primitivröhre eines peripherischen Nerven bildet demnach eine in sich isolirte Leitungsröhre, die von ihrem Endbezirk bis zu ihrem Eintritte in das Centralorgan eine und dieselbe Function beibehält.

Aus dieser Isolirung einer jeden einzelnen Primitivröhre in ihrem peripherischen Verlaufe läßt sich zugleich durch physiologische Versuche ermitteln, welches eigentlich die Verbreitungsbezirke jeder einzelnen Gruppe von Primitivröhren seien, die in einem Nervenbündel zusammengefaßt sich nicht mehr anatomisch verfolgen lassen. Viele Nerven entstehen aus Geflechten, sogenannten Plexus, die auf die Weise erzeugt werden, daß mehrere Nervenbündel sich zu einem Stamme vereinigen, welcher später sich aufs Neue verzweigt. Die Verfolgung des Weges, den die einzelnen Primitivröhren in diesen Geflechten durch den Stamm hindurch bis in die Aeste nehmen, ist dann dadurch möglich, daß man aus der Reaction an verschiedenen Stellen auf die Fortsetzung der Röhren in dem Zwischenraume schließt. Man hat auf diese Weise gefunden, daß der Weg mancher Fasern äußerst complicirt ist, und daß namentlich durch die Geflechte und die Ganglien des sympathischen Nervensystemes hindurch einzelne Primitivröhren oft einen Verbreitungsbezirk finden, den man ihnen ihrem Ursprunge nach nicht zutrauen sollte. Die Untersuchung des Verbreitungsbezirkes der einzelnen Nerven ist demnach eine wichtige Aufgabe für die Physiologie, und die Feststellung dieses Verbreitungsbezirkes und damit auch der Wirkung des Nerven selbst ist nicht nur an sich, sondern auch in ihren Folgen für Medizin und Chirurgie äußerst einflußreich. In physiologischer Hinsicht könnte es zwar am Ende ziemlich gleichgültig sein, ob die Nervenfasern, welche ein paar Muskeln des Fußes in Bewegung setzen oder das Gefühl eines Stückes Haut vermitteln, diesem oder jenem Stamme sich zugesellen; — für den Arzt aber, der aus vorhandenen Schmerzen, aus abnormen Bewegungen, aus Lähmung einzelner Theile auf krankhafte Veränderungen zurückschließen soll, die vielleicht an einer ganz anderen Stelle des Körpers ihren Sitz haben, ist dieser Gegenstand von der höchsten Wichtigkeit. Nicht minder vergrößert sich das Interesse an den Functionen der einzelnen Nerven für den Physiologen, wenn diese Verbreitungsbezirke auf solche Apparate fallen, welche zu den größeren Prozessen des Lebens, zu Athmung, Blutlauf, Verdauung eine bestimmte Beziehung haben. In dieser Hinsicht sind besonders einige Hirnnerven interessant, von deren Functionen wir hier eine kurze Skizze geben wollen.

Der dreigetheilte Nerve oder das fünfte Hirnnervenpaar ist, wie oben bemerkt wurde, ein gemischter Nerve, der aus zwei Wurzeln, einer großen, vorzugsweise empfindlichen, und einer kleinen, nur motorischen Wurzel entspringt, welche die Kaubewegungen vermittelt. Ein großes Ganglion, der sogenannte Gasser'sche Knoten, ist an der größeren sensitiven Wurzel ausgebildet, so daß die Structur des Nerven im Ganzen der eines Rückenmarksnerven ziemlich ähnlich sieht. Mittelst eines eigenen kleinen Instrumentes gelingt es bei Kaninchen und jungen Hunden, wo die Schädelwandungen nicht allzu fest sind, ziemlich leicht, ohne Verletzung anderer Theile den Nerven innerhalb der Schädelhöhle vollständig zu durchschneiden und so seine Function gänzlich aufzuheben. Die Erscheinungen, welche dieser Operation folgen, stimmen gänzlich mit den Symptomen überein, welche sich bei Menschen fanden, deren dreigetheilter Nerve durch irgend eine Ursache gelähmt war. Der Nerve ist vorzugsweise der Empfindungsnerve des Gesichtes und vielleicht der empfindlichste aller Nerven des Körpers. Die Thiere schreien entsetzlich bei seiner Durchschneidung, und wie bekannt gehören Zahnschmerzen, so wie die eigenthümlichen Gesichtsschmerzen, denen manche Kranke ausgesetzt sind, zu den furchtbarsten Qualen, die der Mensch erdulden kann. Nach der Durchschneidung oder krankhaften Lähmung des Nerven ist die ganze Hälfte des Vorderkopfes, zu welcher sich der Nerv verzweigt, empfindungslos geworden. Die Stirn- und Wangenhaut, die innere Schleimhaut der Nase und der ganzen Mundhöhle sind durchaus unempfindlich. Man kann mit einer Nadel in die Wange, in die Zunge, in die Nase stechen, ohne daß der Kranke die mindeste Empfindung davon hat. Ja man kann mit der Nadel oder einem Stückchen Papier auf dem geöffneten Auge oder unter den Augenliedern herumkratzen, ohne daß der mindeste Schmerz erzeugt wird. Diese Empfindungslosigkeit hat mancherlei Erscheinungen im Gefolge. Trinkt ein Kranker,

deffen Nerv auf der einen Seite gelähmt ist, so kömmt es ihm
vor, als ob aus dem Glase auf der entsprechenden Seite ein
Stück ausgebrochen sei; kaut er, so scheint der Bissen, welcher
auf die empfindungslose Seite der Zunge und der Zähne kommt,
aus dem Munde gefallen. Oft auch zerbeißt der Kranke seine
Zunge auf der leidenden Seite, weil ihn keine Schmerzempfindung
benachrichtigt, daß dieselbe unter die Zähne gekommen sei. Da
zugleich die Kaumuskeln, welche von der kleinen Wurzel des dreigetheilten Nerven versorgt werden, auf der entsprechenden Seite
gelähmt sind, so gewöhnt sich der Kranke nach und nach, nur
auf der gesunden Seite zu kauen, wo dann auch die Zähne mehr
abgerieben werden und in Folge dessen auf der empfindungslosen
Seite zuweilen seltsame Formen annehmen. Da der dreigetheilte
Nerve auch eine Menge von Gefäßfasern enthält, so zeigen sich
eine Menge von Erscheinungen, welche von Lähmung derselben
in der entsprechenden Kopfhälfte zeugen. Die Gefäße erschlaffen,
erweitern sich, füllen sich mit Blut strotzend an; es entsteht eine
sogenannte passive Injection, welche eine Veränderung der reichlicher gewordenen Absonderung und eine große Reizbarkeit in den
mit Blut überfüllten Organen im Gefolge führt. Am meisten
wirkt dies auf das Auge, so daß, wenn nicht alle äußere Reizung
durch Staub, Berührung u. s. w. sorgfältig vermieden wird (was
namentlich bei Thieren um so schwieriger ist, als die Empfindung,
welche sonst von dem Dasein solcher Reize Kenntniß gibt, vollkommen aufgehoben ist), das Auge sich entzündet und zuletzt gänzlich durch Eiterung zerstört wird.

Dem dreigetheilten Nerven gerade entgegengesetzt ist in
seiner Wirkung der Antlitznerv oder das siebente Nervenpaar.
Dieser ist der Bewegungsnerv des Gesichtes: er bedingt den
mimischen Ausdruck, das die Empfindungen begleitende Mienen-
spiel. Nach seiner Lähmung, die man zuweilen auf Universitäten
in Folge einer richtig geführten steilen Quarte zu beobachten
Gelegenheit hat, hängen die Muskeln der entsprechenden Seite
schlaff herab, die Augenlieder müssen mit den Fingern geöffnet
werden, und aus dem gelähmten Mundwinkel fallen leicht Speisen

und Getränke heraus. Dauert die Lähmung länger an, so wird allmählich das Gesicht auf die gesunde Seite gezogen, da die gelähmten Muskeln der kranken Seite nicht mehr denen der entgegengesetzten Gesichtshälfte das Gleichgewicht halten. Außerdem enthält der Antlitznerve noch Gefäßfasern für die beiden hauptsächlichsten Speicheldrüsen, nämlich die Ohrdrüse und die Unterkieferdrüse, sodaß bei seiner Zerstörung hoch oben im Schädel die Speichelabsonderung aufhört.

Eines der merkwürdigsten Nervenpaare hinsichtlich seiner Vertheilung im Körper ist das zehnte oder herumschweifende Paar. Es entspringt weit hinten an dem verlängerten Marke, mit einer Menge von Fasern, die großen Theils fühlend und nur sehr wenig motorisch sind. Gleich nach seinem Ursprung aber nimmt es den größten Theil der Fasern des fast rein motorischen elften Paares, des Beinerven, auf, und läuft nun an dem Halse zur Seite der großen Halsschlagader herab. Der äußere Gehörgang, ein Theil des weichen Gaumens, der Schlundkopf, Schlund und Magen, Kehlkopf, Luftröhre, Lungen und Herz werden nun von den Zweigen der so vereinigten Nerven versehen, und somit stehen auch die Functionen der Ernährung und Verdauung, der Athmung und des Kreislaufes, welche zum Theil an die genannten Organe gebunden sind, mit dem herumschweifenden Nerven in nächstem Zusammenhange. Durch seine Verbindung mit dem Beinerven ist der herumschweifende Nerv zugleich ein gemischter geworden, und steht nun in wesentlicher Beziehung zu den Bewegungen und den Gefäßen sowohl, als auch zu den Empfindungen.

Die Durchschneidung des herumschweifenden Nerven ist bei Hunden und Katzen ungemein schmerzhaft; die Thiere schreien laut auf, sind aber hernach unempfindlich an den von ihm versorgten Theilen. Bei Kaninchen ist die Empfindlichkeit weit geringer. Kitzeln des Kehlkopfes, der inneren Fläche der Luftröhre, was sonst Husten hervorbringt, hat keine Wirkung. Der untere Theil der Speiseröhre ist gelähmt; durch Niederschlucken bringen die Thiere Speisen und Flüssigkeiten bis etwa in die halbe Länge des Schlundes, wo sie liegen bleiben, den gelähmten Schlund ausdehnen und endlich durch Erbrechen wieder herauf befördert werden. Man sieht operirte Hunde Tage lang sich abquälen, indem sie das Erbrochene stets wieder auffressen, hinabschlucken und von Neuem erbrechen. Hat man eine künstliche Magenöffnung vorher gemacht, so daß man in dieses Organ hineinschauen kann, so findet man, daß die Magenbewegungen nicht verändert sind, daß dagegen die Absonderung des Magensaftes längere Zeit nach der Durchschneidung des herumschweifenden Nerven deshalb geringer wird, weil gar keine Flüssigkeit zum Ersatz der Absonderungen in das Blut gelangt. Spritzt man Wasser in den Magen, so wird dieses vollkommen aufgesaugt und gleich darauf stellt sich die Absonderung des Magensaftes und die Verdauung in normaler Weise ein. Die Erscheinungen, welche man nach der Durchschneidung der herumschweifenden Nerven an dem Magen beobachtet, hängen deshalb weder von dem Aufhören der Magenbewegungen, noch von dem Aufhören der Magensaftabsonderung und einer dadurch bedingten Verdauungsstörung ab: sie sind zuerst Folge der schweren, lebensgefährlichen Operation und dann auch Folge des gehinderten Einströmens von Flüssigkeit in den Magen und deshalb auch ganz den Erscheinungen ähnlich, die man bei längerem Dursten beobachtet. Die Bewegungen des Herzens werden zitternd, unregelmäßig und nehmen bedeutend an Zahl zu. Indeß ist der Einfluß der Durchschneidung auf die Herzbewegungen nicht so bedeutend, daß man hierin allein die wesentliche Ursache zur Veränderung des Gesundheitszustandes finden könnte. Der Einfluß auf die Athemwerkzeuge wirkt nicht minder zu den allgemeinen Krankheitserscheinungen, Fieber, Sinken der Wärme, Abmagerung und endlichen Tod mit. Die Zahl der Athemzüge wird bedeutend geringer; eine bedeutende Athemnoth wird sichtbar; die Einathmung geschieht tief und langsam, die Ausathmung schnell und stoßweise. Es hängen diese Erscheinungen von verschiedenen Umständen ab. So wie die Empfindungen des Kehlkopfes vernichtet sind nach Durchschneidung des herumschweifenden Nerven, so zeigen sich auch die

für die Athmung so wichtigen Bewegungen des Kehlkopfes aufgehoben. Die Stimmbänder, welche die Stimmritze öffnen und
schließen, fallen zusammen und werden bei der Einathmung durch
den Druck der einströmenden Luft zugedrückt, wie die Klappen
eines Ventiles; das Thier ist stimmlos, es sucht vergebens zu
schreien; die Stimme versagt gänzlich; nur mittelst tiefer heftiger
Einathmungen kann es etwas Luft durch die zugeklappte Stimmritze pressen; allein die Athemnoth wird stets größer und größer,
und wenn man nicht durch Eröffnung der Luftröhre unterhalb
des Kehlkopfes der Luft Zutritt gestattet, so stirbt das Thier,
wenn es jünger ist, unausbleiblich an Erstickung. Allein auch
wenn man eine künstliche Luftröhrenöffnung unter dem Kehlkopfe
anlegt und in Folge dessen das Thier länger am Leben bleibt,
sinken die Athemzüge bedeutend an Zahl, sie sind tief und mühe-
voll und man bemerkt, daß die so veränderten Athembewegungen
dem Respirationsbedürfniß nicht Genüge thun.

Bei älteren Thieren sind die Kehlkopf-Erscheinungen nicht
so bedeutend; bei ihnen bleibt beständig der hintere Theil der
Stimmritze noch offen, so daß der Luftzutritt zwar beschränkt,
aber nicht gänzlich aufgehoben wird. Jüngere Thiere dagegen,
bei welchen dieser Unterschied zwischen dem stets offen bleibenden
hinteren Theile, der sogenannten Athemritze, und der durch die
Stimmbänder sich gänzlich schließenden vorderen eigentlichen
Stimmritze nicht existirt und die ganze Stimmritze durch Lähmung
sich schließt, sterben sehr bald an Erstickung. Leben die Thiere
länger, so entwickelt sich eine eigenthümliche Lungenkrankheit, die
offenbar daher rührt, daß die Gefäßnerven der Lunge in den
herumschweifenden Nerven großentheils enthalten und mit ihnen
durchschnitten worden sind. Die feinen Lungengefäße erweitern
sich, strotzen von Blut, sondern wässerigen Schleim ab, der die
Luftgänge verstopft und das Lungengewebe wassersüchtig anschwellt
— die Luftbläschen werden unwegsam, stellenweise über Gebühr
aufgeblasen; das Blut stockt und gerinnt in den Lungen. Zu
dieser stets vorhandenen Entartung, bei welcher begreiflicher
Weise der Athemprozeß nur sehr mangelhaft von statten geht,

gesellen sich dann noch häufig partielle Entzündungen der Lunge, und oft kann man nachweisen, daß diese Entzündungen offenbar von den eingedrungenen fremden Körpern herrühren und so den Tod beschleunigt haben. Allein die Thiere gehen auch zu Grunde, wenn man die Luftröhre öffnet und durch Einführung einer nach außen hervorstehenden Röhre das Einbringen fremder Körper in die Luftwege verhindert. In diesem Falle fehlen auch die erwähnten Entzündungserscheinungen in der Lunge, und dennoch sterben die Thiere an der erwähnten Entartung aus Blutfülle der Lungen. Zwar hat man aus diesen Erscheinungen den Schluß ableiten wollen: der herumschweifende Nerve wirke direct auf den Chemismus der Athmung ein, allein die aus der Stockung des Blutes in den gelähmten Gefäßen hervorgehende Lungenentartung genügt vollständig zur Erklärung aller krankhaften Erscheinungen und des endlichen Todes.

Während sich in dem herumschweifenden Nerven ein Beispiel darbietet, wie die mannichfachsten Functionen verschiedener Theile, Empfindung und Bewegung in einen einzigen Stamm zusammengefaßt werden können, zeigt im Gegentheile der Nervenapparat der Zunge, des Gaumens und Schlundkopfes eine Zersplitterung der einzelnen Functionen, die um so lehrreicher ist, als die Functionen selbst in hohem Grade entwickelt sind. Die Zunge ist eines der beweglichsten Organe des Körpers; die Feinheit des Gefühles in der Zungenspitze namentlich ist größer als an allen übrigen Theilen; die vorderen und hinteren Theile der Zunge endlich sind der Sitz einer specifischen Empfindung: des Geschmackes, der auch im Rachen und dem Anfange des Schlundkopfes sich verbreitet zeigt. Jede dieser Functionen ist an bestimmte Nerven gebunden: die Bewegung an den Zungenfleischnerv, den letzten der Gehirnnerven; die Empfindung an einen besonderen Ast des fünften Paares oder des dreigetheilten Nerven; die Geschmacksempfindung an diesen empfindenden Zungenast des fünften Paares und an das neunte Nervenpaar, den Zungenschlundkopfnerven oder Glossopharyngeus. Die Durchschneidung der Zungenfleischnerven lähmt alle Bewegungen der Zunge; diese hängt schlaff aus dem Munde hervor, kommt bei jeder Kaubewegung zwischen die Zähne und wird von diesen zerfleischt, ohne daß das Thier sie zurückziehen könnte; die Verwundungen der Zunge sind deshalb nicht minder schmerzhaft für dasselbe, jeder Nadelstich erregt Schmerz, und indem das Thier seine gelähmte Zunge zerbeißt, heult es laut vor Schmerz. Nach der Durchschneidung der Zungenäste des fünften Paares ist vollständige Unempfindlichkeit eingetreten. Man kann das sonst so empfindliche Organ mit einer glühenden Nadel durchstoßen, ohne daß die Thiere es fühlen; die Nahrungsmittel, welche auf der Zunge liegen, bleiben unbemerkt. Die Bewegungen der Zunge sind in voller Integrität vorhanden, ebenso die Geschmacksempfindungen. Berührung der Zunge mit bitteren Substanzen ruft die heftigsten Bewegungen des Abscheus und Ekels hervor, und dasselbe Thier, dem man die Zunge zerfleischen kann, ohne daß es Schmerz empfindet, duldet nicht die Berührung mit einem in bittere Coloquintentinktur getauchten Stäbchen. Der Geschmack ist in dem vorderen Drittheile der Zunge durchaus verschwunden, sodaß man dieses allerdings mit schlechtschmeckenden Substanzen aller Art berühren kann, ohne daß dagegen ein Widerwillen gezeigt wird. Die Durchschneidung der Zungenschlundkopfnerven endlich bedingt den Verlust des Geschmackes in den hinteren zwei Drittthellen der Zunge und dem Rachen. Das Thier bewegt die Zunge nach wie vor, es empfindet mit derselben Schärfe jede mechanische Berührung, jeden chemischen Reiz; es frißt aber in bittere Substanzen getauchtes Fleisch, es säuft Coloquintentinktur, wie wenn man ihm reines Wasser vorgestellt hätte, während unmittelbar vor der Operation es den größten Abscheu davor zu erkennen gab.

Genaue Versuche scheinen also zu beweisen, daß zwar beide Nerven Geschmacksempfindung besitzen, daß aber dieselbe verschiedener Art ist, indem der Zungenast des fünften Paares hauptsächlich für sauere, der Zungenschlundkopfnerv dagegen hauptsächlich für bittere Substanzen Geschmacksempfindung besitzt.

Hieraus, sowie aus der außerordentlich gesteigerten Empfinbung der Zungenspitze gegen Tasteindrücke jeder Art lassen sich denn auch die verschiedenen Erklärungen rechtfertigen, welche man hinsichtlich der Resultate dieser Versuche an der Zunge aufgestellt hat. Indem nämlich die Einen dem Zungenaste des fünften Paares, wie wir hier thuen, wirkliche Geschmacksempfindung zuschreiben, erkennen die Anderen in den unläugbaren Empfindungen dieses Nerven nur eine Verfeinerung und Potenzirung der gewöhnlichen Tastempfindungen.

In der That hängt die Entscheidung dieser Frage mehr von theoretischen, als von thatsächlichen Gesichtspunkten und namentlich von der Art ab, wie man die Begriffe der Sinnesempfindungen überhaupt abgrenzt. Wir haben oben eine Klasse von Primitivfasern als fühlende (sensible) abgeschieden, deren allgemeine Eigenschaft darin besteht, daß sie auf jede tiefer eingreifende Reizung durch Schmerz reagiren. Es wäre aber thöricht, wenn man behaupten wollte, diese sensiblen Nervenfasern seien nun durchaus einander so gleich, daß, abgesehen von der Localisation ihrer Thätigkeit, man keinen anderen Unterschied zwischen ihnen entdecken könnte. Das Wollustgefühl ist nicht gleich mit dem Tastgefühl der Finger; Schmerz- und Tast-Empfindung sind sogar, wie wir später sehen werden, so sehr verschieden, daß sie an verschiedene Fasern des Rückenmarkes gebunden erscheinen; der dumpfe Schmerz, den Knochenverletzungen mit sich führen, der entmannende Schmerz, welcher Nervenwunden der Genitalien begleitet, sind nicht gleich mit dem Schmerze, den man im Zahne oder in der Wange leidet. Die Qualität der Reaction ist mithin in jeder Nervenfaser eine eigenthümliche, und die Qualität der Empfindung, welche sie besitzt, ist nicht minder eigenthümlich. Wir werden bei genauerer Betrachtung des Tastgefühles und der Sinnesempfindungen sehen, daß auch die Quantität der Reaction wie der Empfindung wesentlich verschieden ist in den verschiedenen Primitivfasern, und daß somit ein weiter Spielraum für Modification der durch sie bedingten Erscheinungen übrig bleibt.

Halten wir nun an dem Grundsatze fest, nur diejenigen Nerven specifische Sinnesnerven zu nennen, welche auf Ver-

letzung nicht durch Schmerz, sondern durch eine andere specifische
Empfindung reagiren, so ist der Zungenast des fünften Nervenpaares wohl kein Sinnesnerv. Seine Durchschneidung ist äußerst
schmerzhaft; seine Lähmung, die man beim Menschen schon öfter
beobachtet hat, bedingt Aufhebung des Gefühles. Die anerkannten
Sinnesnerven aber sind nie schmerzhaft. Man hat den Geruchsnerven, den Sehnerven, den Hörnerven unzählige Male bei
Thieren durchschnitten, ohne die mindeste Schmerzeßäußerung zu
sehen; man hat den Sehnerven häufig bei Ausrottung des Augapfels durchschnitten und man weiß, daß die Operirten im Augenblicke der Durchschneidung ein Feuermeer zu sehen glaubten, aber
keinen Schmerz empfanden; daß bei Reizung des Nervenstumpfes
beim Verbande oder durch Entzündungen Lichterscheinungen auftraten, aber keine Schmerzempfindung. Man hat noch nicht gehört, daß bei Reizungen des Zungenastes vom fünften Paare
Geschmacksempfindungen als Reaction verspürt worden wären.

Die Empfindungen des Sauren und Salzigen an der Zungenspitze können indeß in der That nicht geläugnet werden, wenn
man auch vielleicht die Erkenntniß dieser Geschmäcke zu hoch an-
geschlagen hat. Es ist wahrlich unmöglich, mit geschlossenen Augen
bei herausgestreckter Zungenspitze und Betupfen derselben mit
Salz oder Zuckerlösung den Geschmack beider zu unterscheiden:
beide erregen eine gewisse Empfindung, die man nicht genau
zu bezeichnen weiß, die auch in etwas verschieden ist; aber dennoch nicht so sehr verschieden sich zeigt, als es der Geschmack
der genannten Körper ist. Bedenkt man nun, daß die Zungenspitze der empfindlichste Theil des menschlichen Körpers ist, so
löst sich diese Erscheinung auf die befriedigendste Weise. Das
Tastgefühl unserer Finger läßt uns sehr wohl unterscheiden, ob
wir in Wasser oder in Oel greifen, während uns am Rücken diese
Unterscheidung unmöglich ist; Tasteindrücke, die für einen Ungeübten ununterscheidbar sind, werden von einem Geübten noch
sehr wohl in ihrer Verschiedenheit aufgefaßt. Ein Blinder, welcher den fehlenden Sinn theilweise durch Uebung seines Tastsinnes zu ersetzen sucht, kann es unglaublich weit in dieser Ver-

feinerung seines Tastgefühles bringen. Die Zungenspitze verhält sich aber zu dem Finger etwa wie der Finger des geübten Blinden zu demjenigen des ungeübten Sehenden. Wo unser Finger keinen Unterschied mehr tastet, da fühlt ihn die Zungenspitze noch heraus, und was wir so als Geschmacksempfindung der Zungenspitze bezeichnen, ist nur eine verfeinerte Tastempfindung, die sich aber bald mit der Geschmacksempfindung mischt und deßhalb mit derselben zusammengeworfen wird. Bei anderen Sinnen ist man schon längst über diese unwillkürlichen Verwechselungen im Klaren; Jedermann legt dem flüchtigen Salmiakgeist z. B. einen stechenden Geruch bei, während man bei genauerer Analyse findet, daß dieses Stechen nur eine Tastempfindung ist, bedingt durch die Anätzung der Schleimhaut mittelst des caustischen Ammoniaks. Salzige, saure Substanzen, Lösungen von verschiedenem Concentrationsgrad, die einen endosmotischen Strom auf der Zunge erregen, bedingen eine eigenthümliche Tastempfindung, die dann mit der später erfolgenden Sinnesempfindung zusammengeworfen wird.

So die Schlußfolgerung derjenigen, welche in den Geschmacksempfindungen des fünften Paares nicht eigentlichen Geschmack, sondern nur gesteigerte Tastempfindung erblicken wollen.

Wir haben in den vorstehenden Zeilen die directen Einflüsse und Reactionen derjenigen Nerven untersucht, welche von den Centralorganen, Hirn und Rückenmark, entspringen; es wird nicht unwichtig sein, auch auf einige indirecte Folgen der Aufhebung des Nerveneinflusses einzugehen, welche theilweise mit anderen Functionen in Zusammenhang stehen.

Nach der Durchschneidung des fünften Nervenpaares, die man am besten mittelst eines eigenen Instrumentes bei Kaninchen in der Schädelhöhle vornimmt, sahen wir vielfache Veränderungen in den Ernährungserscheinungen des Antlitzes und namentlich des Auges eintreten, die wir wesentlich auf die Durchschneidung der Gefäßnerven bezogen, welche in dem dreigetheilten Nerven ihre Bahn haben. In Folge dieser Durchschneidung sahen wir Blutüberfüllung in allen Theilen, die von dem Nerven

verſorgt werden, reichlichere Abſonderungen, Geneigtheit zu Entzündungen, die bis zur Auseiterung des Augapfels, zu Blutungen
und Geſchwüren im Munde und auf der Backe fortſchreiten
können.

Die Verletzung anderer Hirnnerven liefert ähnliche Reſultate
und berechtigt zu dem Schluſſe, daß auch in dieſen Gefäßnerven verlaufen.

Die Störungen der Ernährungserſcheinungen, welche man
nach Durchſchneidung der betreffenden Rückenmarksnerven, an
gelähmten Gliedern z. B., beobachtet, ſind zwar ziemlich conſtant,
doch nicht über alle Zweifel erhaben. Zwar beobachtet man
häufig an Fröſchen, daß nach der Durchſchneidung der Hüftnerven der gelähmte Schenkel nicht nur abmagert, ſondern daß
auch die Oberhaut ſich abſtößt, Schimmel ſich auf der Oberfläche
des Gliedes erzeugt, und ſelbſt brandige Zerſtörung eintritt;
in anderen Fällen fehlen aber dieſe Erſcheinungen ganz, oder
ſtellen ſich auch, je nach der Behandlung und anderen noch
weniger gekannten Einflüſſen, bei geſunden Fröſchen ein. Säugethiere, denen man den Hüftnerven durchſchnitten und ſo das
Bein gelähmt hat, lecken ſich den Fuß auf und erzeugen dadurch Geſchwüre, die oft bis auf den Knochen greifen : die
Haare reiben ſich ab, die Nägel entarten häufig, das ganze
Glied erſcheint welk und abgemagert.

Aehnliche Erſcheinungen hat man zuweilen auch bei gelähm-
ten Gliedern von Menſchen beobachtet. Nicht ſelten iſt die
Durchſchneidung ganzer Nervenſtämme bei Ausrottung von Ge-
ſchwülſten unvermeidlich. Man hat in ſolchen Fällen an dem
gelähmten Fuße Geſchwürsbildungen und ſpäter zuweilen ſogar
Verkrümmung und Klumpfußbildung beobachtet. Auch ſind die
Fälle nicht ſelten, wo das Rückgrat gebrochen und das Rücken-
mark an der Bruchſtelle zerquetſcht wird, ſo daß die unteren
Extremitäten in Empfindung und Bewegung gelähmt werden.
Iſt der Bruch tief unten geſchehen, ſo daß die Athembe-
wegungen nicht beeinträchtigt ſind, ſo kann die Verletzung, der
Knochenbruch, geheilt und der Kranke am Leben erhalten, nicht

aber von den Folgen der Rückenmarksverletzung befreit werden. Solche Unglückliche fühlen meist Kälte an den bewegungs- und empfindungslosen Extremitäten, wenn diese nicht sehr sorgfältig eingewickelt und künstlich gewärmt werden; die Haut wird borstig, schlaff, das bloße anhaltende Liegen auf einer und derselben Seite bedingt schon, wie jede andere noch so kleine Verletzung, bösartige fressende Geschwüre, die fast nicht zum Heilen zu bringen sind — die ganze Constitution der gelähmten Glieder hat nicht mehr die frühere Widerstandskraft gegen schädliche Einflüsse. Wahrscheinlich hängt das Fehlen oder die Geringfügigkeit solcher krankhaften Veränderungen bei einzelnen Individuen damit zusammen, daß gar keine oder nur wenige Gefäßnerven innerhalb der verwundeten Stämme ihre Bahn besitzen.

Dem sympathischen Nervensysteme wurde besonders von jeher der wesentlichste Einfluß auf das vegetative Leben überhaupt zugeschrieben. Hier häufen sich aber die Schwierigkeiten der experimentellen Untersuchung in weit bedeutenderem Maße, als bei den aus Hirn und Rückenmark entspringenden Nerven. Das Gewirr der Nervengeflechte, die häufige Einschaltung von Knoten und Ganglien, die Zersplitterung in feine Zweige, die nur mit größter Mühe verfolgt werden können, die tiefe Lage zwischen Eingeweiden und Blutgefäßen, die Unkenntniß des Verlaufes der einzelnen Primitivröhren: alle diese Verhältnisse zusammengenommen stellen den Versuchen an lebenden Thieren, die einzig maßgebend sein können, so bedeutende Schwierigkeiten entgegen, daß noch jetzt dieselben nur zum geringen Theile überwunden sind.

Von den Ganglien müssen wir vor der Hand noch gänzlich absehen. Wir wissen, daß in ihnen neue Fasern entspringen — daß andere nur durch sie hindurchgehen, um häufig ablenkenden Bahnen zu folgen. Wir wissen auch, daß die in ihnen enthaltenen Fasern durchaus die Isolirung ihrer Leitung behalten; daß wir nicht berechtigt sind, ähnliche Mittheilungen und Reflexe innerhalb ihrer Substanz anzunehmen, wie wir dieselben später von Hirn und Rückenmark kennen lernen werden. Außer diesen großentheils negativen Resultaten haben wir keine positive, durch Versuche erhärtete Kenntnisse über die Thätigkeit der so zahlreichen Ganglien des sympathischen Systemes.

Nichts desto weniger ist die Frage über die Thätigkeit und Besonderheit des sympathischen Nervensystemes von großer Wichtigkeit. Früher glaubte man freilich eine vollständige Verschiedenheit der Functionen annehmen zu können. Man hielt die Organe, zu welchen sich die Nervenfasern des sympathischen Systemes begeben, für vollkommen unempfindlich. Man wußte, daß ihre Bewegung dem Willen entzogen sei, allein man vergaß, daß hinsichtlich der Empfindlichkeit nur der Grad einen Unterschied machte. Ein Stäubchen, welches zwischen den Augenliedern die heftigsten Schmerzen und Thränenfluß verursacht, erregt auf der Haut keine Empfindung. Ein leiser Eingriff auf den Darmkanal wird ebenfalls nicht empfunden, weil eben hinsichtlich des Grades der Empfindlichkeit ein ähnlicher Unterschied zwischen dem Darme und der Haut stattfindet, wie zwischen dieser und den Augenliedern. Stärkere Eingriffe und länger andauernde Reize erregen allerdings deutliche Schmerzempfindungen in den von dem sympathischen Nervensystem versorgten Theilen, und in krankhaften Zuständen, wie z. B. in Entzündungen, können sich diese Empfindungen bis zur furchtbarsten Höhe steigern. Wenn also ein Unterschied stattfindet, so beruht er einestheils in der Beschaffenheit des Organes, an welchem die Nerven sich verzweigen, anderentheils in der Schnelligkeit der Leitung, die allerdings in dem sympathischen Nervensysteme nicht so groß zu sein scheint und endlich in der Stumpfheit und Geringfügigkeit der gewöhnlichen Eindrücke. Aehnlich verhält es sich auch mit den Bewegungen der inneren Organe. Sie sind sicher dem directen Willen entzogen, und wenn man die zu ihnen gehenden sympathischen Nerven reizt, so folgt die Bewegung zwar nicht augenblicklich, wie in den willkürlichen Muskeln, aber die Verschiedenheiten sind in dieser Beziehung auch zwischen den einzelnen willkürlichen Muskeln so groß, daß sich keine scharfe Grenze zwischen ihnen und den unwillkürlichen ziehen läßt.

Die eigenthümliche Umspinnung der Blutgefäße durch Fäden

des sympathischen Nervensystemes deutet auf einen näheren Zusammenhang desselben mit der Circulation hin. Ganz gewiß
verlaufen in seinen Geflechten zahlreiche Gefäßnerven. Doch ist
dies nicht eine Besonderheit, denn wie wir sahen, finden sich auch
Gefäßfasern in Hirn- und Rückenmarksnerven. Die sympathischen
Nerven stehen also in Beziehung zu den Gefäßen, zu dem Kreislauf, durch die von ihnen bedingte Erweiterung und Verengerung
der feinen Gefäße zu der Vertheilung des Blutes, zur Absonderung und Aufsaugung. Daß aber diese Beziehung nicht in einer
directen Wechselwirkung zwischen Blut und Nerveninhalt bestehen
könne, braucht nicht weiter bewiesen zu werden; daß der Chemismus
der Ernährung und Absonderung dadurch direct nicht betheiligt
werden könne, ist also mehr als gewiß. Die Versuche, welche
diesen directen Einfluß beweisen sollten, sind auf ihren Unwerth
zurückgeführt worden.

Ein indirecter Einfluß des sympathischen Nervensystemes aber
auf die mit der Ernährung in Verbindung stehenden Prozesse in
der oben angegebenen Weise kann gewiß nicht geläugnet werden,
zumal da neuere Versuche einen weiteren Blick in dieses Gebiet
gestatten. Schneidet man bei einem Thiere den Grenzstrang am
Halse auf der einen Seite durch, so fangen augenblicklich die
Schlagadern der entsprechenden Kopfhälfte stärker an zu schlagen,
das Auge wird glänzender, die Wangenhaut praller, die durchsichtigen Theile röther und wärmer. Diese Wärmeerhöhung läßt
sich nicht nur mit der Hand fühlen, auch das Thermometer zeigt
sie an, indem es in dem äußeren Gehörgange oder der Nasenhöhle der operirten Kopfhälfte um drei oder vier Grade des
100theiligen Thermometers höher steigt, als in der anderen gesunden Hälfte. Die stürmischen Circulationserscheinungen verschwinden nach einiger Zeit; der Wärmeunterschied aber läßt sich
selbst noch Monate lang nach der Operation wahrnehmen, und
offenbar deutet er auf einen tieferen Einfluß des durchschnittenen
Nerven auf die Ernährung hin, durch dessen Lähmung die Gefäße
erweitert und mit Blut erfüllt wurden. Einer der feinsten Beobachter der Neuzeit, dessen Selbstbeobachtung ich aus eigener

Erfahrung bis in die kleinsten Einzelheiten bestätigen kann, hat diese Erscheinungen mit vollem Glück zur Erklärung des halbseitigen Kopfwehs, der Migräne, benutzt. Während des Anfalls, wo die leidende Seite bleich und verfallen, das Auge klein, die Pupille erweitert ist, besteht Reizung des Halstheiles des sympathischen Nerven, krampfhafte Zusammenziehung der Gefäße — nach dem Anfalle röthet sich die Haut, die Augen brennen, Stirn und Wange werden heiß — die Reizung der Nerven hat nachgelassen, die Gefäße haben sich erweitert, ihr Starrkrampf ist geschwunden.

Ueber die Einflüsse des sympathischen Nerven auf die verschiedenen unwillkürlich beweglichen Organe besitzt man vielerlei werthvolle Thatsachen. Die Geflechte und Knoten, welche den unteren Theilen der Wirbelsäule, dem Lenden- und Heiligbein entsprechen, stehen den Bewegungen des unteren Theiles des Darmes, der Harnwerkzeuge und Geschlechtstheile vor. Das Sonnengeflecht vermittelt die Zusammenziehungen des Dünndarmes; der Brusttheil des Grenzstranges und seiner Eingeweideäste diejenigen des Magens und Zwölffingerdarmes; der Halstheil, dessen Beziehung zu den Gefäßen des Kopfes wir eben kennen lernten, übt außerdem seinen Einfluß auf das Herz und die Pupille des Auges. Alle diese Ergebnisse der Untersuchung sind aber mehr oder weniger von Nebenumständen abhängig, die besonders aus der mannigfachen Verlettung der Ganglien und der Geflechte, sowie aus der Eigenthümlichkeit der Bewegungen selbst hervorgehen, indem diese nicht augenblicklich, sondern erst geraume Zeit nach der Reizung sich einstellen und oft von einem Organe zum anderen sich ohne genauer nachweisbare Ursache fortpflanzen. Die meisten Schwierigkeiten haben in dieser Beziehung die Pupille und das Herz gemacht, indem hier der Nerveneinfluß stets ein combinirter ist, der von verschiedenen Nerven abhängi.

Man kann sich durch die einfachste Beobachtung überzeugen, daß das Schwarze im Auge, das Sehloch oder die Pupille, je nach der Menge von Licht, welche in das Auge einströmt, seinen Durchmesser durch Zusammenziehung der Regenbogenhaut ändert. Bei größerer Lichtmenge zieht sich diese stärker zusammen, in der Dunkelheit dehnt sie sich weiter aus. Wir werden die Ursachen, aus denen diese Bewegungen in Folge des Lichtreizes entspringen, später untersuchen. Hier kommt es darauf an, zu entscheiden, durch welche Nervenbahnen der Einfluß auf die Pupille stattfindet. Da hat es sich denn gezeigt, daß hier eine ähnliche Zersplitterung stattfindet, wie bei der Zunge, und daß die Erweiterung nicht eine passive, durch Nachlaß der Zusammenziehung bedingte sei, sondern eine active, durch eine andere Nervenbahn vermittelte. Die Schmerzempfindung der Regenbogenhaut bei Berührung wird durch das fünfte Nervenpaar geleitet; die Verengerung wird durch den gemeinschaftlichen Augenmuskelnerv, die Erweiterung dagegen durch den sympathischen Nerven bewirkt. Diese Zersplitterung ist um so auffallender, als alle diese verschiedenen Nervenbahnen in einem einzigen Knoten, dem sogenannten Ciliarganglion, zusammenlaufen, von welchem aus die Nervenäste in die Regenbogenhaut dringen. Der Ciliarknoten hat stets drei Wurzeln — vom dreigetheilten, vom Augenmuskel- und vom sympathischen Nerven je eine, und jede dieser Wurzeln hat eine durchaus verschiedene Function. Reizt man den Ast des dreigetheilten Nerven, so entsteht Schmerz und vielleicht auch sogenannte reflectirte Bewegung. Reizt man den Augenmuskelnerv, so zieht sich die Pupille zusammen; — schneidet man ihn durch, so erweitert sie sich im Lichte, nicht aber in völliger Dunkelheit oder bei vorher mittelst Durchschneidung des Sehnervs hervorgebrachter Blindheit. Auch läßt sich durch Einträufelungen von Belladonna, deren man sich bekanntlich bei Augenoperationen bedient, um die Pupille möglichst zu erweitern, dieselbe noch um einen Grad mehr öffnen, wenn man auch den Augenmuskelnerv vorher durchschnitten hat. Reizt man dagegen den sympathischen Nerven am Halse, so erweitert sich die Pupille augenblicklich, während sie nach Zerstörung des obersten Halsknotens in einem Zustande bleibender Verengerung sich befindet. Merkwürdigerweise haben die beiden Bewegungsnerven der Pupille auch sehr verschiedene Ursprungsstellen in dem Centralorgane, indem die Bewegungsquelle für den

Augenmuskelnerv im Mittelhirne, und zwar in dem hinteren Theile der Vierhügel, diejenige für die sympathischen Wurzeln dagegen an einer beschränkten Stelle des Rückenmarkes, bei Kaninchen zwischen dem siebenten Halswirbel und dem dritten Brustwirbel liegt. Reizungen und Durchschneidungen dieser Centralquellen wirken ganz so, wie wenn man die ihnen entspringenden Nerven gereizt oder durchschnitten hätte.

Schwieriger noch ist die Untersuchung der Nerveneinflüsse auf die Herzbewegung. Wir haben im ersten Briefe gesehen, wie regelmäßig in fortdauerndem Rhythmus an dem Herzen Erweiterung und Verengerung mit einander abwechseln. Durch Versuche an Thieren kann man sich leicht überzeugen, daß diese rhythmischen Bewegungen nicht von dem Zusammenhange des Herzens mit den Nerven abhängen, sondern auch dann noch fortdauern, wenn dieser Zusammenhang gänzlich aufgehoben ist. Das Herz eines Thieres klopft fort, selbst wenn man es aus dem Körper herausgeschnitten hat. Unter günstigen Umständen können an dem Herzen warmblütiger Thiere noch Stunden lang, an demjenigen kaltblütiger Thiere selbst Tage lang nach der Herausnahme Herzschläge beobachtet werden, die stets in derselben Weise, von der Vorkammer nach der Kammer zu, erfolgen. Das rhythmische Spiel dieser Zusammenziehung scheint demnach eine selbstständige Quelle in dem Herzen selbst zu haben, eine Quelle unabhängig von den mit dem Herzen in Verbindung stehenden Nerven, unabhängig von den Centralorganen, dem Hirne und dem Rückenmarke, mit welchem diese letztere in Verbindung stehen; unabhängig selbst, wie weitere Versuche gelehrt haben, von den Ganglien, welche oft in mikroscopischer Kleinheit an den Nerven im Herzen sich finden. Man ist deshalb jetzt geneigt anzunehmen, daß die rhythmische Thätigkeit vielmehr in der Muskelsubstanz des Herzens selbst liege und nur eine auf den höchsten Grad getriebene Ausbildung derjenigen Eigenschaften sei, welche auch den übrigen Muskeln in geringerem Maße zukommen. Dies wäre wenigstens der erste Schluß, den man aus den angeführten Thatsachen herleiten könnte. Aber wir wissen aus eigener Erfahrung, daß unser Herzschlag auch abhängig ist von den mannigfaltigsten Eindrücken, die unser centrales Nervensystem empfängt, daß es langsamer oder schneller schlägt, je nach verschiedenen Seelenstimmungen und Hirnerregungen, die ihm durch die Nerven zugeleitet werden. Die Anatomie lehrt uns, daß zwei verschiedene Nervenstämme dem Herzen Aeste zuleiten, daß die herumschweifenden Nerven mit den sympathischen Nerven Geflechte bilden, aus denen die Herznerven hervorgehen, die wieder in der Herzsubstanz selbst eine Menge von Geflechten und Knoten bilden und namentlich in der Scheidewand des Herzens einige bedeutende Ansammlungen von Ganglien erzeugen. So entsteht denn natürlich die Frage nach den verschiedenen Wirkungen, welche diese beiden Nervenbahnen auf das Herz haben können. Der Versuch giebt hier die Antwort. Bringt man die Drähte eines Magnetelectromotors, durch welchen rasche electrische Schläge ohne Aufhören ertheilt werden, an die Stämme der herumschweifenden Nerven, so steht der Herzschlag fast augenblicklich still; das Herz selbst bleibt in der Erweiterung, in der Diastole; unterbricht man den Versuch, so fängt das Herz augenblicklich wieder an zu schlagen. Aber auch wenn man den Einfluß der Electricität über eine gewisse Zeit hinaus dauern läßt, beginnt der Herzschlag ebenfalls wieder. Da man auch an anderen Organen, wie z. B. bei dem Darme, ähnliche Effecte stärkerer electrischer Reize gesehen hatte, so glaubte man annehmen zu müssen, daß es in dem Körper überhaupt eine Klasse von Nerven gäbe, die man mit dem Namen der Hemmungsnerven bezeichnete und deren Function darin bestände, die zusammenziehende Thätigkeit gewisser dem Willen nicht unterworfener Muskelfasern zu hemmen. Bei der Pupille konnte man um deswillen diese Theorie nicht anwenden, weil dort zweierlei Muskelfasern bekannt sind: concentrische, deren Zusammenziehung die Pupille verengt, strahlig angeordnete, deren Zusammenziehung sie erweitert. Bei dem Herzen aber schien sich die Sache ganz dem Wunsche der Theorie gemäß zu gestalten, denn die Reizung des Halsstammes des sympathischen Nerven vermehrt nicht nur die Zahl der Herzschläge,

sonbern regt auch das zur Ruhe gekommene Herz zu neuen
Schlägen auf. Man dachte und denkt sich auch jetzt noch an
vielen Orten die Sache so: das Herz arbeitet, jeglichem Nerven-
einflusse enthoben, ununterbrochen in rhythmischer Thätigkeit fort;
es ist die zur Erhaltung des ganzen Lebens nothwendige Pumpe,
welche überall hin den Ernährungssaft sendet, deren Stillstand
deshalb gleichbedeutend mit Tod ist. Diese Pumpe aber wird
noch außerdem von verschiedenen Nerven regulirt, die wieder in
verschiedenen Centraltheilen ihren Ursprung nehmen. Der von
dem verlängerten Marke entspringende herumschweifende Nerve
hemmt die Bewegung, der von dem Halsmarke entspringende
sympathische Nerve regt und fördert sie. Reizungen der betreffenden Centraltheile haben dieselbe Wirkung.

So verführerisch auch diese Theorie durch ihre Einfachheit
sein mag, scheint sie dennoch aus verschiedenen Gründen verlassen werden zu müssen. Man hat durch genaue Versuche nachgewiesen, daß es eigentlich die den herumschweifenden Nerven
beigemischten Fäden des Beinerven sind, welche auf das Herz
wirken, so daß also der Beinerve der eigentliche Hemmungsnerve
des Herzens sein müßte, dessen Zerstörung also den Herzschlag
beschleunigen müßte. Reizt man aber bei Säugethieren, wo dies
sehr wohl gelingt, den Beinerven aus, so wird der Herzschlag
nicht beschleunigt. Andererseits wird aber der Herzschlag beschleunigt, wenn man mit sehr schwachen electrischen Strömen
den herumschweifenden Nerven reizt, während stärkere Ströme
augenblicklichen Stillstand hervorrufen. Auch bei dem Centralorgane zeigt sich das nämliche. Läßt man einen Magnetelectro-
motor auf das verlängerte Mark wirken, so steht das Herz
augenblicklich still; reizt man dagegen das verlängerte Mark
mechanisch (die mechanischen Reize wirken stets viel schwächer,
als die electrischen), so schlägt das Herz schneller. Hat man
das Herz durch electrische Reize zum Stillstande gebracht und
hebt dann die Reizung auf, so stellt sich der Herzschlag nicht
allmählig, sondern plötzlich mit stärkeren Schlägen wieder her.

Aus biesen und anderen Gründen, welche aus höchst mühsamen und genauen Versuchen hergeleitet sind, hat man geschlossen, daß sowohl der herumschweifende Nerv wie auch der sympathische Bewegungsnerven für das Herz seien, daß aber ersterer, der viel mächtiger wirkt, auch außerordentlich leicht erschöpfbar sei; daß diese Erschöpfung stets bei der Diastole des Herzens stattfinde, bei einigermaßen stärkeren Reizen augenblicklich eintrete und so das Stillstehen des Herzens hervorrufe, daß also die Natur der Bewegungsnerven des Herzens nicht qualitativ von derjenigen anderer Nerven verschieden sei, sondern nur quantitativ, indem dieselbe Erschöpfung, welche bei den willkürlichen Muskelnerven nur nach sehr starken Reizen eintritt, bei den dem herumschweifenden Nerven beigemischten Herzfasern schon während ihrer normalen Thätigkeit in der Diastole und nach verhältnißmäßig schwachen Reizen sich kundgiebt.

Zwölfter Brief.

Die Centraltheile des Nervensystemes.

Die Functionen des Gehirnes und Rückenmarkes können unter zwei besondere Categorien vertheilt werden. Eines Theils sind diese Organe der Sammelplatz sämmtlicher Primitivröhren, welche durch die einzelnen Nervenstämme in den Körper ausstrahlen; andern Theils aber zeigt schon die anatomische Betrachtung, daß noch andere Elemente zu diesen Primitivröhren der Nerven kommen, welchen verschiedene Functionen zustehen müssen. Es giebt so Eigenschaften und Functionen, welche dem Centralnervensystem als Sammelplatz der Gefäß- und Sinnesnerven, der bewegenden und fühlenden Nervenfasern angehören — es giebt eine andere Klasse von Functionen, welche in nicht so unmittelbarer Beziehung zu den Nerven stehen.

Eine jede Verletzung des Rückenmarkes, welche durchgreift, so daß die Continuität desselben gänzlich aufgehoben ist, hat auch eine vollkommene Vernichtung der willkürlichen Bewegungen und der Empfindungen in denjenigen Theilen zur Folge, welche von Nerven versorgt werden, die unterhalb der Verletzungsstelle abgehen. Ein Bruch der Wirbelsäule in der Mitte des Rückens z. B., bei welchem das Rückenmark gänzlich zerquetscht ist, läßt sich leicht an der vollständigen Empfindungs- und Bewegungslosigkeit der Beine erkennen, von deren Existenz selbst der Verwundete kein Bewußtsein mehr hat, während die Arme, der obere Theil der Brust, deren Nerven oberhalb der Bruchstelle

19*

abgehen, durchaus eben so empfindlich und beweglich geblieben sind, als sie vorher waren. In dieser Beziehung ist das Rückenmark demnach nur ein großer Nervenstamm, der alle sensibeln und bewegenden Primitivröhren in sich vereinigt, und die Erfahrung zeigt sogar, daß in seinem Inneren die einzelnen Röhren hinsichtlich ihrer bewegenden oder fühlenden Function noch eben so isolirt sind, als in den Nerven selbst. Schneidet man nämlich das Rückenmark durch, so zeigt sich, wie schon früher bemerkt, eine eigenthümliche anatomische Structur besselben (s. oben Fig. 37, S. 222). Die weiße Substanz bildet die äußeren Rindenschichten, während die graue Substanz in der Mitte aufgehäuft ist und nach oben wie unten zwei Schenkel aussendet, so daß ein solcher Durchschnitt die graue Substanz etwa wie ein liegendes Kreuz erscheinen läßt. Ein senkrechter Spalt dringt von dem Rücken her in die Mittellinie ein zwischen die beiden oberen Schenkel des liegenden Kreuzes, und theilt auf diese Weise die an der Rückenseite aufgehäufte weiße Masse in zwei Hälften; ein ähnlicher Spalt findet sich auf der Bauchfläche des Rückenmarkes zwischen den beiden unteren Schenkeln der grauen Substanz. So ist der Zusammenhang zwischen der weißen Substanz beider Seiten, links und rechts, bis auf eine Brücke im Grunde der vorderen Furche fast gänzlich aufgehoben und es ist beinahe nur die graue, im Centrum angehäufte Substanz, welche den Zusammenhang der beiden seitlichen Hälften des Rückenmarkes vermittelt.

Wir haben schon oben bemerkt, daß wir in Folge dieser Anordnung dreierlei verschiedene weiße Stränge an dem Rückenmarke unterscheiden können: die Vorderstränge, die Seitenstränge und die Hinterstränge, sowie an der grauen Substanz: die vorderen und hinteren Hörner. Wir werden in der Folge auch stets die Bauchseite des Rückenmarkes die vordere, die Rückenseite die hintere nennen und die nach dem Kopfe zu gelegenen Theile als obere, die übrigen als untere Theile bezeichnen. Wir stellen uns also den Menschen bei diesen Bezeichnungen als in aufrechter Stellung befindlich vor.

Aus dem Halsmarke treten die Nervenwurzeln fast in rechtem Winkel hervor; je weiter man indessen hinabsteigt, desto schiefer wird ihre Richtung, so daß die letzten Nerven, der sogenannte Pferdeschwanz, mit der Axe des Rückenmarkes einen sehr spitzen Winkel bilden. Die Wurzelfasern der Nerven durchsetzen also die Substanz des Rückenmarkes auf größerer oder geringerer Strecke in schiefer Richtung, um den Ort ihres Ursprungs in dem entsprechenden grauen Horne zu erreichen. Man kann fast mit Gewißheit annehmen, daß nicht alle Fasern bis zu den Zellen der grauen Substanz vordringen, sondern daß ein Theil derselben in den entsprechenden weißen Strängen mit den eigenthümlichen Längsfasern derselben gegen das Hirn hin aufsteigt, ohne jedoch dasselbe zu erreichen. Aus dieser eigenthümlichen Einrichtung erklärt es sich, daß jede Verwundung oder jeder Reiz, welcher das Rückenmark trifft, nothwendig auch eine bestimmte Anzahl von Nervenwurzeln treffen muß, welche direct von dem Orte der Verwundung aus in einen benachbarten Nerven sich einsenken. Es wird sich also bei allen Beurtheilungen der physiologischen Functionen darum handeln, diejenigen Effecte, welche den Nervenwurzeln angehören, genau von den Erscheinungen aus einander zu halten, die dem Rückenmarke im Ganzen und als selbstständigem Organe zukommen.

Diejenige Methode, welche bis jetzt die genauesten Resultate gegeben hat, besteht darin, daß man so schonend als möglich mit einem eigenen Instrumente bei einem durch Aetherrausch unempfindlich gemachten Thiere den Rückenkanal öffnet, das Rückenmark bloslegt und dann mit äußerst scharfen Messerchen oder Nädelchen einzelne Theile desselben trennt, um nachher diejenigen Functionsstörungen zu analysiren, welche sich bei dem Thiere zeigen, sobald sich sein allgemeiner Gesundheitszustand gänzlich erholt hat. Man möchte fast sagen, daß es einer ganz eigenthümlichen individuellen Complexion bedürfe, um diese Versuche einestheils mit der nöthigen Genauigkeit und Schärfe anzustellen, andererseits aber nachher auch so zu beurtheilen, daß das Normale von dem Zufälligen wirklich getrennt und die Function richtig erkannt werde. Fast möchten wir behaupten, daß man den Forscher persönlich kennen und bei seinen Versuchen gesehen haben muß, um beurtheilen zu können, welchen Grad von Zutrauen er genießen kann. Wir werden, abgesehen von den Schwierigkeiten, welche die Versuche bieten, hier diejenigen Resultate auseinandersetzen, welche uns Zutrauen zu verdienen scheinen, und zwar in der Weise, daß wir zuerst die Eigenschaften der weißen Substanz, dann jene der grauen besprechen und sodann auf diejenigen Functionen eingehen, welche dem Rückenmarke im Ganzen anzugehören scheinen.

In der weißen Substanz unterscheiden sich die Vorderstränge ihrer Function nach streng von den **Hintersträngen**. Letztere sind einzig und allein empfindlich; das Thier äußert bei ihrer Reizung oder Durchschneidung den heftigsten Schmerz und diese Schmerzensäußerung erhält sich in der ganzen Dicke der Hinterstränge in allen Theilen. Nichts desto weniger scheint es, als hänge diese Empfindlichkeit nur von den die weiße Substanz durchsetzenden Wurzelfasern der Nerven ab, die von dem Reize getroffen werden — eine Folgerung, die man aus dem Umstande entnehmen darf, daß es zuweilen gelingt, am Halsmarke, wo die Nervenwurzeln rechtwinkelig austreten, die Hinterstränge ohne Schmerzäußerung zu durchschneiden. Die eigenthümlichen Fasern der weißen Substanz der Hinterstränge sind demnach selbst **nicht empfindlich**, wohl aber im höchsten Grade Empfindung leitend oder ästhesodisch, wie man sich ausdrückt. Durchschneidet man von vornher alle Theile des Rückenmarkes mit Ausnahme der Hinterstränge, so empfinden diejenigen Körpertheile, welche unterhalb der Schnittstelle gelegen sind, ganz mit derselben Intensität, als wenn nichts vorgefallen wäre. Die Leitung der Empfindung gehört aber den Hintersträngen nicht allein an, sondern wird auch von der grauen Substanz ausgeübt. Die Durchschneidung der Hinterstränge hebt also die Leitung der Empfindung nicht auf; im Gegentheile werden sogar die unterhalb gelegenen Theile, wenn die Hinterstränge allein durchschnitten sind, wahrscheinlich in Folge der stattfindenden Entzündung, reizbarer, als vorher (hyperästhetisch in der Kunstsprache), so daß die Thiere bei Eingriffen, welche sonst kaum beachtet werden, nun lebhafte Schmerzensäußerungen thun. Werden die Hinterstränge in ihrer ganzen Länge zerstört und nicht nur einfach durchschnitten, so sind begreiflicher Weise alle Theile empfindungslos, deren sensible Wurzeln in dem zerstörten Theile entspringen. Durchschneidet man nur einen Theil der Hinterstränge, so werden nur diejenigen oft ganz beschränkten Theile empfindungslos, in welche die von der Verwundung betroffenen Nervenfasern sich verbreiten.

Wir sehen also, daß in physiologischer Hinsicht die Hinterstränge aus zwei Gruppen von Fasern bestehen: aus Wurzelfasern, welche alle Eigenschaften der peripherischen Nerven besitzen, und aus eigenthümlichen Fasern, welche die Empfindung leiten, aber nicht selbst empfindend, ästhesobisch sind.

Der Versuch hat über die Natur dieser letzteren selbstständigen Fasern noch ausgiebigeren Aufschluß gegeben.

Man kennt einzelne Krankenfälle beim Menschen, wo die Kranken an einzelnen Gliedern zwar leise Berührungen, aber keinen Schmerz empfanden. Das Tastgefühl bestand, das Schmerzgefühl war verschwunden. Ganz so verhält es sich bei Thieren, welchen man das Rückenmark von vornher so weit zerstört hat, daß nur die Hinterstränge den Zusammenhang vermitteln. Beim Anblasen, beim Berühren schrecken die Thiere auf und geben Zeichen der Empfindung; geht man aber weiter mit dem Eingriffe, so hören alle Empfindungsäußerungen auf. Ein Beobachter rasirte bei einem Kaninchen, dem er das Mark in der Rückengegend auf diese Weise operirt hatte, eine Stelle der Hinterbacke, und brachte das Thier, das bei dem leisesten Anblasen Empfindungszeichen gab, in die Sonne. Nun wurden die Strahlen eines Brennspiegels auf die rasirte Hautstelle concentrirt. Das Thier schreckte bei der ersten Berührung der Haut auf und gab Zeichen von Empfindung. Man ließ den Brennspiegel weiter wirken; die Haut verkohlte, das Fleisch wurde geröstet und verbrannt, die Brandwunde drang durch bis auf den Knochen — nicht das leiseste Zeichen von Schmerz! Lenkte man aber den

Brennspiegel nur um ein Geringes ab, so daß einige Strahlen eine neue Hautstelle trafen, so gab das Thier auf der Stelle Zeichen von Schmerz; — ein Beweis, daß nur die Tastempfindung, also die localisirte Sinnesempfindung der Haut, bestand, die allgemeine Schmerzempfindung aber durch die Durchschneidung des übrigen Rückenmarkes aufgehoben war. Man hat den eben characterisirten Zustand, wo die Tastempfindung erhalten bleibt, die Schmerzempfindung dagegen verloren ist, Analgesie genannt. Wir können also nach den bis jetzt constatirten Resultaten die Qualität der Empfindungsleitung in den Hintersträngen genauer bezeichnen, indem wir sagen, daß sie außer den Wurzelfasern aus analgetischen oder Tastfasern bestehen.

Die Vorderstränge stehen zur Bewegung in ähnlichem Verhältnisse, wie die Hinterstränge zur Empfindung. Durchschneidet man sie, so werden die von der Durchschneidung betroffenen Wurzelfasern und die von ihnen versorgten Theile gelähmt; dagegen bewirkt ihre Reizung nur dann Bewegung, wenn Wurzelfasern getroffen werden. Ihre eigenthümlichen Fasern leiten nur Bewegung, erzeugen sie aber nicht selbstständig. Analog der bei den Hintersträngen benutzten Bezeichnung hat man diese Fasern kinesobische, Bewegung leitende genannt. Zerstört man die Hinterstränge und die graue Substanz, so daß nur die Vorderstränge übrig bleiben, so bewegt das Thier die betreffenden Theile noch willkürlich. Vielleicht existirt sogar eine ähnliche Spaltung der bewegenden Functionen, wie bei den Hintersträngen; indessen ist es nicht möglich gewesen, dieselbe genauer zu ergründen, wie es denn überhaupt weit schwieriger hält, die Störungen der Bewegungsfunctionen, als diejenigen der Empfindung genauer zu analysiren. Die quere Durchschneidung der Vorderstränge bewirkt durch den nachfolgenden Reizzustand krankhafte Bewegungen in den unter der Verwundung gelegenen Theilen: es treten dort Krämpfe und Convulsionen auf, welche den übermäßigen Schmerzempfindungen entsprechen, die nach der Durchschneidung der Hinterstränge eintreten. Die quere Durchschneidung eines einzigen Vorderstranges schwächt die Bewegung der auf der Operationsselbe gelegenen unteren Theile; geschieht die Durchschneidung am Halse, so werden sogar die Bewegungen gänzlich gelähmt.

Resumirt man also die Resultate, welche der physiologische Versuch bis jetzt gegeben hat, so ergiebt sich daraus, daß die weiße Substanz des Rückenmarkes aus zweierlei Fasern besteht: aus Wurzelfasern, welche dieselbe Function und dieselbe isolirte Leitung besitzen, wie die Nervenwurzeln selbst, und aus eigenthümlichen Fasern, welche die entsprechenden Functionen zwar fortleiten, aber nicht selbstständig empfangen oder erzeugen.

Während in den weißen Strängen, der Function der aus ihnen austretenden Nervenwurzeln entsprechend, die Beziehungen zur Empfindung und Bewegung streng abgegrenzt sind, kann dagegen die graue Substanz nur als ein Ganzes aufgefaßt werden, die in allen ihren Theilen durchaus dieselbe Function gleichmäßig besitzt. Wenn also auch die vorderen Wurzeln von den großen Zellen der Vorderhörner, diejenigen der hinteren von den kleineren Zellen der Hinterhörner entspringen, so stehen deshalb dennoch die Vorderhörner nicht ausschließlich in Beziehung zur Bewegung, die Hinterhörner nicht zur Empfindung. Wir müssen also annehmen, daß die Primitivfasern zwar innerhalb der weißen Substanz ihre isolirte Natur und Leitung bewahren, daß aber mit dem Eintritte in die graue Substanz dies Verhältniß sich ändert und andere functionelle Beziehungen eintreten. Aus der anatomischen Structur der Ganglienzellen der grauen Substanz wissen wir, daß die Zellen nach allen Seiten hin Ausläufer aussenden, die miteinander ein Netzwerk bilden, und mit diesem Ergebniß stimmt auch dasjenige des physiologischen Versuches überein, welches uns belehrt, daß innerhalb der grauen Substanz die Leitung nach allen Seiten, nach oben und unten, vorn und hinten, rechts und links, mit derselben Leichtigkeit stattfindet. Deshalb besteht die Leitung auch noch (obgleich geschwächt!), wenn nur einzelne Brücken der grauen Substanz den Zusammenhang vermitteln; ja sie bleibt noch bestehen, wenn Schnitte in verschiedener Wirbelhöhe so geführt werden, daß sie, zusammengelegt, das Rückenmark gänzlich trennen würden. Setzen

wir z. B. den Fall, daß wir an einem Halswirbel das Rückenmark von hinten her so durchschnitten hätten, daß der Schnitt
über den Centralcanal hinaus reichte und nur die Vorderhörner
der grauen Substanz nebst den Vordersträngen erhalten seien;
— daß wir dann an demselben Thiere in der Rückengegend den
Schnitt von vornher ebenfalls über die Mitte hinaus geführt
hätten, so daß nur ein Theil der Hinterstränge und Hinterhörner
an dieser Stelle erhalten wäre, so würde nichts besto weniger
sowohl Empfindung wie Bewegung über die beiden Schnittstellen
hinausgeleitet werden. Es genügt also die geringste Brücke, in
welchem Theile und welchem Niveau sie sich befinden möge, um
sowohl Bewegung wie Empfindung nach allen Seiten hin fort-
zuleiten. Die Leitung wird aber um so mehr geschwächt sein, je
unvollständiger und geringer diese Brücke ist. Aber auch hier
zeigt sich ein bedeutender Unterschied zwischen der grauen und
der weißen Substanz. Verwundungen dieser letzteren lähmen
Empfindung und Bewegung in bestimmten, abgegrenzten Theilen,
zu welchen sich die betroffenen Nervenfasern begeben; Verwundungen der grauen Substanz dagegen schwächen und verlangsamen
die Leitung von und zu allen Theilen, welche unterhalb der Verwundung liegen, gleichmäßig, so daß also keine genauere Beziehung
eines bestimmten Theiles der grauen Substanz zu einer bestimmten
Nervenfasergruppe nachgewiesen werden kann. Eine einzige Ausnahme, die indessen noch nicht vollständig nachgewiesen ist, dürfte
darin liegen, daß vielleicht die äußerste, der weißen Substanz unmittelbar anliegende Schicht der grauen Hörner Empfindungen
der entgegengesetzten Körperhälfte leitet.

Trotz dieser allseitigen Leitung der Empfindungen und Bewegungen und ihrem gegenseitigen Austausche ist die graue Substanz direct weder empfindend, noch bewegend. Man kann sie
verwunden, galvanisch reizen, ohne daß die Thiere die geringsten
Schmerzensäußerungen geben, ohne daß irgend eine Muskelzuckung
erzeugt wird. Die graue Substanz leitet also allseitig Empfindung wie Bewegung; sie nimmt aber keinerlei Anregung zu diesen
Functionsäußerungen von außen her an.

Es begreift sich leicht, daß alle diejenigen Functionen, welche auf die angeführte Weise von den einzelnen Substanzen ausgeführt werden, sich summiren, sobald das Rückenmark im Ganzen thätig ist, und daß ebenso Verwundungen, welche das Rückenmark im Ganzen treffen, auch diese sämmtlichen Functionen vernichten und aufheben.

Je weiter nach oben man das Rückenmark zerstört und seinen Zusammenhang mit dem Gehirn aufhebt, desto mehr Theile des Körpers werden gelähmt und desto störender für die nothwendigen Functionen des Körpers werden diese Lähmungen, da die Muskeln des Stammes, des Bauches sowohl als noch mehr die der Brust, einen wesentlichen Antheil an den Respirationsbewegungen haben. Wird das Rückenmark endlich in der Nähe des verlängerten Markes, an der oberen Grenze der Halsnerven durchschnitten, so sind alle Brustmuskeln und der größte Theil der Halsmuskeln gelähmt. Trotz dieser Lähmung aber dauert das Spiel der Athemzüge noch fort in den oberen Theilen des Halses und im Gesichte. Die Nasenlöcher werden abwechselnd weit geöffnet und geschlossen; die Kiefer klappen zusammen in regelmäßigen Intervallen, das Thier schnappt förmlich nach Luft, etwa wie wenn ihm der untere Theil der Luftröhre zugeschnürt wäre. Man hat Beispiele an Gehängten beobachtet, und ich selbst bin Zeuge gewesen, daß ein Selbstmörder, statt die Luftröhre sich zuzuschnüren, die Schlinge nur an dem Kinne angelegt hatte, so daß er beim Herabspringen vom Stuhle, auf den er sich gestellt, das Kinn sich gewaltsam in die Höhe zog und den Nacken einknickte. Die Wirbelsäule war auf diese Weise zwischen dem ersten und zweiten Halswirbel verrenkt und das Rückenmark dort zerquetscht worden. Der Kopf des Unglücklichen lebte und athmete noch mehrere Stunden fort, und die Anstrengungen, die er machte, zeigten, daß das Athembedürfniß noch vorhanden war, aber durch ein unübersteigliches Hinderniß nicht vollständig befriedigt werden konnte.

Wir haben bis jetzt die Functionen des Rückenmarkes an der Hand des Versuches insoweit kennen gelernt, als wir ihre

Beziehung zur Bewegung oder zur Empfindung gesondert auf-
faßten. Wir waren hierzu um so mehr berechtigt, als diese gesonderte Beziehung in den weißen Strängen des Rückenmarkes
in der That existirt und innerhalb der weißen Substanz keine
Mittheilung von bewegenden zu empfindenden Fasern stattfindet.
Diese Isolirung erhält sich auch überall, wie es scheint, in der
weißen Substanz, nicht nur des Rückenmarkes, sondern auch des
Gehirnes, während sie dagegen allseitig in der grauen Substanz
aufgehoben ist. Dort findet in der That ein Ueberspringen der
Erregung von der Empfindung auf die Bewegung statt. So lange
eine Brücke von grauer Substanz den Zusammenhang zwischen
bewegenden und empfindenden Primitivfasern vermittelt, findet
auch eine solche Mittheilung der Reizung statt, so daß ohne directe
Mithilfe des Willens Bewegungen unmittelbar durch Empfindungen veranlaßt werden. Man hat die unwillkürlichen Bewegungen dieser Art, welche unmittelbar durch Empfindungen
veranlaßt und von der grauen Substanz der Centraltheile vermittelt werden, Reflexbewegungen genannt. Lassen wir
zuerst den Versuch reden.

Im Augenblicke der Enthauptung eines Thieres ziehen sich
alle Muskeln des Rumpfes und der Extremitäten auf das Kräf-
tigste zusammen. Die Reizbarkeit ist dann meist auf Augenblicke
erschöpft; einige Zeit nach der Enthauptung aber zeigt der Rumpf
Reflexbewegungen. Berührt man den Fuß mit der Nadel, so
wird er an den Leib angezogen; sticht man stärker, so erfolgen
einige abwehrende Bewegungen desselben Fußes; bei noch hef-
tigerer Reizung werden beide Hinterbeine, ja selbst die Vorderbeine bewegt. Auf jede Reizung erfolgt so eine entsprechende
Bewegung, und zwar entspricht die Ausdehnung der Bewegung
gewöhnlich der Größe des Reizes, wobei freilich die Empfänglichkeit des Thieres selbst in Betracht zu ziehen ist. Im warmen
Sommer wird man die Reflexbewegungen der Frösche weit schwächer finden, als im Winter; bei allmählich sich erschöpfender Erregbarkeit werden die Muskelgruppen, welche auf dieselbe Reizung
antworten, stets minder zahlreich, die Zuckungen weniger heftig.

Nicht minderen Einfluß haben die peripherischen Reizungsstellen. Reizungen der Haut haben stets bedeutenderen Einfluß, als Reizungen der zur Haut gehenden Nervenstämme — einzelne Hautstellen sind empfindlicher als andere. Bei den Vögeln sind die Reflexbewegungen am stärksten; bei den Amphibien und Fischen erhalten sie sich am längsten; sie verschwinden ziemlich schnell bei Säugethieren, wo sie auch schwächer sind. Die Bewegungen eben getödteter Vögel, Tauben und Hühner, sind allen Köchinnen bekannt; nicht minder die lebhaften Bewegungen, welche der enthauptete Rumpf eines Aales macht, und die zu dem allgemeinen Glauben verleiteten, selbst die Stücke eines Aales lebten noch und sprängen aus der Pfanne, um dem Rösten zu entgehen. Alle diese Bewegungen sind Reflexbewegungen, hervorgebracht durch den Hautreiz des Rupfens, des Schmorens in der Pfanne, wodurch Muskelbewegungen erzeugt werden, die dem angebrachten Reize entsprechen und je nach der Reizbarkeit des Thieres stärker oder schwächer werden.

Sucht man nun auf experimentellem Wege zu ermitteln, auf welche Weise diese Bewegungen zu Stande kommen, bei welchen der Wille und das Bewußtsein des Thieres keine Rolle spielen können, so ergiebt sich zuvörderst, daß dieselben durchaus von dem Dasein des Rückenmarkes abhängen. Geht man bei einem enthaupteten Thiere mit einem Drahte in den Wirbelkanal ein und zerstört das Rückenmark, so zeigt sich auch keine Spur von Reflexbewegungen mehr, wenn dieselben auch noch so lebhaft unmittelbar vor dieser Zerstörung sich zeigten. Es genügt deshalb, eine Stricknadel durch den Wirbelkanal eines Aales zu stoßen, um die Stücke regungslos liegen zu sehen. Es beweist diese einfache Thatsache, daß das Ueberspringen der Reizung von fühlenden Fasern auf bewegende einzig nur durch Vermittelung des Centralnervensystems zu Stande gebracht werden kann. Ja es ist diese Eigenschaft wesentlich an die graue Substanz gebunden, und zwar in ihrer ganzen Ausdehnung, während, wie es scheint, die weiße Substanz des Rückenmarkes keinen Einfluß darauf ausübt. Man kann letztere großen Theils, ja gänzlich durchschneiden und nur in der Mitte eine sehr kleine Brücke von grauer Substanz übrig lassen, welche den Zusammenhang zwischen getrennten Theilen des Rückenmarkes vermittelt, und die Reflex-bewegungen bleiben, wenn auch um so schwächer werdend, je geringer die graue Verbindungsbrücke ist. Ebenso beweisen andere Versuche, daß diese Vermittelung nicht an einzelne Stellen im Rückenmarke, sondern an die ganze Ausdehnung der grauen Substanz gebunden ist. Schneidet man das Rückenmark in der Mitte des Rückens durch, so daß die untere Hälfte von der oberen getrennt ist, so werden Reizungen der hinteren Extremitäten Bewegungen der Füße, Reizungen der vorderen reflectirte Bewegungen der Vorderbeine, aber auch nur dieser, veranlassen, da die Communication zwischen vorderer und hinterer Hälfte unterbrochen ist. Theilt man das Rückenmark genau der Länge nach in zwei seitliche Hälften, indem man nur am vorderen Ende eine Brücke zwischen diesen beiden Hälften läßt, so erscheinen noch Reflex-bewegungen in allen vorderen wie hinteren Extremitäten. Theilt man das Mark quer durch in Segmente, innerhalb welcher Nervenwurzeln eintreten, so entstehen Reflexbewegungen, welche auf diejenigen Theile beschränkt sind, deren motorische Primitiv-röhren mit demjenigen Segmente in Verbindung stehen, dessen sensible Nerven gereizt wurden.

Die bis jetzt bekannten Resultate der mechanischen Versuche scheinen demnach alle darauf hinzulaufen, daß die graue Substanz in ihrer Gesammtheit den Reflexbewegungen vorsteht. Wenn sich indessen neuere Versuche, mit dem indischen Pfeilgift (Curare oder Wurali) angestellt, erwahren, so dürfte durch dieselben eine neue Grundlage für die Erforschung functioneller Verschiedenheiten innerhalb der grauen Substanz geöffnet sein. Diesen Versuchen zu Folge lähmt das Pfeilgift die bewegenden Nervenfasern für die Leitung des Willens sowohl wie für die Leitung directer Reize, läßt aber die Leitung für die Reflexbewegungen bestehen. Der Wille hängt von der Erhaltung der grauen Substanz ab, der Reflex ebenfalls, die Leitung des Willens ist aufgehoben, die des Reflexes dauert fort. Man müßte sonach zweierlei verschiedene

Nervenzellen in der grauen Substanz annehmen, wovon die einen
dem Willen, die anderen den Reflexen functionell zustehen — ein
Schluß, der indessen auch durch die bis zu einer gewissen Grenze
vorhandene Herrschaft des Willens über die Reflexbewegungen gerechtfertigt werden könnte. Da aber auch die Leitung directer, auf die
Nervenfasern selbst angebrachter Reize aufgehoben ist, so müßte man
auch zweierlei bewegende Nervenfasern annehmen, was kaum mit unseren jetzigen Kenntnissen über die Structur der Nerven vereinbar ist.

Die Reflexbewegungen zeigen sich auch an dem Kopfe, selbst
wenn man die Gewölbtheile des Gehirns weggenommen und nur
den Hirnstamm hat bestehen lassen. Reizungen der einzelnen
Theile sind dann von entsprechenten Bewegungen gefolgt, und es
erstreckt sich diese Fähigkeit, Reflexbewegungen hervorzurufen, nicht
nur auf die fühlenden Nerven, sondern auch auf die Sinnesnerven.
Bei der Reizung des Auges durch Licht wird die Pupille verkleinert, ja selbst das Auge geschlossen, ohne daß hierbei Einfluß
des Willens herrschen könnte.

Eine Menge von Erscheinungen, die sich im lebenden Zustande zeigen, hängen einzig von diesen reflectirten Bewegungen
ab. Das unwillkürliche Blinzeln der Augenlieder während der
geöffneten Augen ist eine reflectirte Bewegung, bedingt durch
das Trockenwerden der Bindehaut; das unmittelbare Schließen,
wenn man rasch auf die Augen mit dem Finger zufährt und das
man bei dem besten Willen nicht verhindern kann, ist eine Reflexbewegung, bedingt durch den plötzlichen Eindruck auf den Sehnerven. Kitzeln der Nasenschleimhaut erregt Niesen, des Gaumens
Schluckbewegungen und Erbrechen; jeder Nadelstich, der unver-
sehens eine Hautstelle trifft, ist unmittelbar von einer Zuckung
gefolgt, die nur dann vermieden werden kann, wenn wir darauf
vorbereitet sind und unseren Willen über die Reaction gebieten
lassen. Ja die Versuche, welche man an enthaupteten Thieren
anstellt, werden oft auch durch unglückliche Verhältnisse am Menschen möglich. Nach Brüchen der Wirbelsäule, wobei das Rückenmark zerquetscht und die hinteren Extremitäten gelähmt und dem
Willen entzogen werden, zeigen diese letzteren sehr oft reflectirte

Bewegungen, wenn sie gestochen oder gekneipt werden, ohne daß der Kranke den Schmerz fühlte.

Es geht aus den dargelegten Erscheinungen hervor, daß Reflexbewegungen nur dann möglich sind, wenn die sensitiven und motorischen Fasern durch ein mit grauer Substanz versehenes Stück Rückenmark oder Hirnstamm mit einander in Verbindung stehen. Die Zweckmäßigkeit der Bewegung beweist weiter, daß die Empfindung der Oertlichkeit ebenfalls in denjenigen Theilen des Centralorganes vorhanden ist, welche die Reflexbewegungen vermitteln, und daß die Bewegungen in Folge dieser Ortsempfindung zweckmäßig combinirt werden. Der geköpfte Frosch, dem man ein Stückchen Kohle auf den Vorderfuß legt, sucht dieses mit dem Hinterfuße wegzukratzen. Der Schwanz des zerschnittenen Aales sucht sich von dem Lichte zu entfernen, womit man ihn auf der einen Seite brennt.

Aus dieser Gruppirung ergiebt sich auch der Einfluß, welchen die Gewölbtheile selbst auf die Reflexbewegungen ausüben. Bewußtsein und Wille wirken ihnen häufig entgegen und können sie selbst bis auf einige Combinationen solcher Reflexbewegungen, die zum Leben unbedingt nothwendig sind, gänzlich aufheben. Zu diesen letzteren Gruppen gehören die Athem- und Herzbewegungen, über welche wir unter gewöhnlichen Bedingungen nicht mehr Herr sind, die wir aber dennoch, wie neuere Versuche lehren, willkürlich gänzlich unterdrücken und dadurch Ohnmacht und selbst den Tod herbeiführen können. Die Erzählungen über Selbstmord durch willkürliches Hinterhalten des Athmens, die uns aus dem Alterthume überliefert worden sind, galten bis jetzt für eine physiologische Fabel. So erzählt Balerius Maximus: „Es giebt auch merkwürdige Todesfälle, welche auswärts vorgekommen sind. Hierher gehört vorzüglich der des Coma, welcher der Bruder des Räuberhauptmanns Cleon gewesen sein soll. Als dieser nämlich nach Enna, welches die Räuber inne gehabt hatten, von den Unsrigen aber genommen worden war, vor den Consul Rupilius gebracht und über die Macht und die Absichten der Flüchtigen befragt wurde, nahm er sich Zeit, um sich zu sammeln,

verhüllte das Haupt und indem er sich auf seine Kniee stützte und
den Athem unterdrückte, verschied er sorgenfrei unter den Händen
der Wächter und vor den Augen des Machthabers. Mögen sich
die Elenden, denen nützlicher ist zu sterben, als fortzuleben, mit
ängstlichen Vorsätzen quälen, wie sie aus dem Leben gehen sollen,
mögen sie das Schwerdt schärfen, Gift mischen, zum Strange
greifen, von ungeheueren Höhen herunterschauen, als ob es großer
Vorrichtungen und tiefen Nachdenkens bedürfe, um das schwache
Band zwischen Leib und Seele zu trennen. Coma brauchte von
alledem nichts, sondern fand dadurch, daß er den Athem in der
Brust verschloß, seinen Tod.«

Es bedarf zur Durchführung dieses Versuches nur des An-
haltens des Athmens mit gleichzeitiger Zusammendrückung der
Brust, die man entweder mit den Händen oder auch durch die
Athemmuskeln selbst bewirken kann. Der Herzschlag hört fast
augenblicklich auf, die Herzgeräusche sind nicht mehr hörbar, man
fühlt noch einzelne schwache Pulsschläge, die dann vollständig aufhören. Setzt man den Versuch auch nur eine Minute fort, so
tritt Ohnmacht und vollständige Bewußtlosigkeit ein, die leicht in
gänzliches Erlöschen des Lebens überführen kann. Man sieht
also, daß auch hier die den Willen erzeugenden Gebilde des
Centralnervensystemes eine absolute Herrschaft über die Reflexbewegungen ausüben können, woraus als natürliche Folge sich
ergiebt, daß die Reflexbewegungen um so vollständiger Platz
greifen können, je mehr die Thätigkeit der Gewölbtheile für den
Augenblick unterdrückt ist. Deshalb sehen wir sie am Reinsten
bei enthaupteten Körpern, bei Neugeborenen, wo die Thätigkeiten
des Gehirnes noch nicht ausgebildet sind und das Leben ohne
ihr stetes Spiel selbst nicht erhalten werden könnte. Deshalb
sehen wir sie auch im tiefen Schlafe und weniger vollständig beim
leisen Schlummer oder in Augenblicken, wo die Gewölbtheile des
Gehirnes mit anderen Verrichtungen beschäftigt sind. Ein in
tiefes Nachdenken versunkener Mensch wird eher eine automatische
Bewegung vollführen, um z. B. eine Fliege zu verjagen, und
eher dem Eindrucke des Kitzels nachgeben, als derjenige, welcher

sich zusammennimmt und vorbereitet seinen Willen gegen die
Reflexthätigkeit wirken läßt. Wir werden später sehen, daß die
Reflexbewegungen durch solche Mittel, welche, wie die narcotischen
Gifte, die Centraltheile direct angreifen, bis zu bedeutender
Höhe gesteigert werden können.

Man hat in ähnlicher Weise wie Reflexbewegungen auch
Reflexempfindungen, sowie Mitbewegungen und Mitempfindungen
annehmen wollen. Bei der Reflexbewegung findet offenbar eine
Uebertragung der Erregung von einer empfindenden auf eine bewegende Faser mittelst der grauen Substanz statt. Man glaubte
nun nachweisen zu können, daß auch umgekehrt die Erregung von
einer bewegenden Faser auf die empfindende überspringen könne,
so daß in Folge von Bewegungen Schmerz an irgend einer
anderen Stelle gefühlt würde, und man nahm endlich auch die
Mittheilung der Erregung zwischen gleichnamigen Nervenfasern
an, so daß die Erregung einer bewegenden Faser Bewegungen
anderer Gebilde, die einer empfindenden Empfindung an anderen
Orten erzeugen sollte. Alle Erscheinungen, die man zu Gunsten
der Reflexempfindungen sowie der Mitempfindungen angeführt
hat, können leicht auch auf andere Weise erklärt werden. Dagegen giebt es in der That gewisse Mitbewegungen, die davon
abzuhängen scheinen, daß die von dem Willen mitgetheilte Erregung sich in dem Gehirne selbst nicht genau localisirt, sondern
einer ganzen Gruppe von peripherischen Nervenfasern mitgetheilt
wird. Diese Mitbewegungen können aber eben so leicht durch
fortgesetzte Uebung beseitigt wie errungen werden, so daß demnach der Wille auf dieselben eine ähnliche Herrschaft erlangen
kann, wie auf die Reflexbewegungen. Es giebt eine Menge von
Menschen, die den Ringfinger oder kleinen Finger nicht abgesondert von einander bewegen können. Durch Uebung beim Clavier-
spielen eignen sie sich diese Fähigkeit an. Andere schließen stets
beide Augen zugleich; sobald sie Jagdjäger werden, lernen sie
beim Schießen nur das eine Augenlid zu brauchen. Andererseits sind es die angewöhnten Mitbewegungen, welche den wesentlichsten Einfluß sogar auf die Oekonomie der menschlichen Ge-

sellschaft ausüben. Der geübte Arbeiter, der in derselben Zeit das Doppelte und Dreifache der Arbeit des ungeübten liefert, unterscheidet sich nur dadurch, daß er sich eine Reihe von Mitbewegungen angewöhnt hat, zu deren Ausführung es keiner besonderen Operation des großen Gehirnes, keines Nachdenkens und Wollens mehr bedarf, wodurch sowohl Zeit als Kraft gespart werden.

An dem verlängerten Marke finden wir in Beziehung auf Bewegung und Empfindung ziemlich dieselben Erscheinungen wieder, wie an dem Rückenmarke; außerdem aber treffen wir hier jederseits fast in unmittelbarer Nähe der Wurzel des herumschweifenden Nerven eine nicht sehr umfangreiche Stelle, von deren Erhaltung die Athemfunction und mithin das Leben des Thieres abhängt. Wir haben oben gesehen, daß die Athmung, wenn auch geschwächt, bestehen bleibt, wie hoch oben man auch das Rückenmark am Halse zerstören möge; es ist nicht minder leicht nachzuweisen, daß die Abtragung sämmtlicher Hirntheile, welche vor dieser Stelle liegen, nur einzelne Theile am Kopfe lähmt, die an der Respiration Antheil nehmen, während die Athembewegungen des Halses und Rumpfes ungestört fortdauern. Man könnte so durch schrittweises Abtragen der Centralorgane von vorn nach hinten oder von hinten nach vorn bis zu einem kleinen Punkte vorrücken, welcher jederseits die Bedingung des Athmens in sich trägt. Führt man einen Schnitt quer vor dem verlängerten Mark so durch, daß dieser Punkt mit dem Rückenmarke zusammenhängt, so spielen die respiratorischen Muskeln des Stammes; im entgegengesetzten Falle diejenigen des Kopfes. Die Zerstörung dieses kleinen Punktes, der bei Kaninchen z. B. eine Länge von höchstens drei Linien besitzt, auf beiden Seiten, hat wie bei keinem andern Theile des Centralnervensystemes den unmittelbaren Tod zur Folge. Das Thier stürzt wie vom Blitze getroffen zusammen und es zeigt sich keine Spur mehr von Athembewegung. Es ist dieser Punkt, den man zu erreichen sucht, wenn man einem Thiere den Genickfang giebt. Merkwürdiger Weise behält dieser für das Leben so wichtige Theil, beſſen Zerſtörung mit ſolcher Schnelligkeit das Leben endet, auch am längſten ſeine Erregbarkeit, ſo daß man durch ſeine Reizung oft noch Athembewegungen erzielen kann, wenn die übrigen Centraltheile keine Bewegung mehr hervorzurufen im Stande ſind.

In derſelben Gegend des verlängerten Markes, in welcher die Centralſtelle der Athmung ſich findet, liegt auch die Vagusquelle des Herzſchlages, und beide Stellen ſind ſo eng verbunden, daß man ſie bei den Verſuchen an lebenden Thieren bis jetzt noch nicht zu trennen vermochte, obgleich andere Erfahrungen nachweiſen, daß beide in gewiſſer Beziehung unabhängig ſind. Bringt man die Drähte eines Magnetelectromotors an das verlängerte Mark, ſo ſteht der Herzſchlag augenblicklich ſtill. Man beobachtet dieſelbe Wirkung, wie bei der gleichartigen Erregung des herumſchweifenden Nerven. So begreift es ſich denn, daß die Trennung des verlängerten Markes durch den Genickfang, indem ſie gleichzeitig Athmung und Herzſchlag aufhebt, den unmittelbaren Tod zur Folge haben muß.

Das geregelte Zuſammenwirken der athmenden Stammmuskeln und des Zwerchfelles, welches ebenſo wie zur Athmung, zum Erbrechen und zur Kothentleerung nöthig iſt, ſowie alle diejenigen Bewegungen, die von ſolchen Nerven direct vermittelt werden, welche in dem verlängerten Marke entſpringen, werden auch von dort aus beherrſcht.

Es hält zwar ſchwer, bei den ſo ſchnell tödtlichen Wirkungen einer Verletzung des verlängerten Markes, die Beziehung deſſelben zu den empfindenden und bewegenden Nervenfaſern zu beſtimmen; es ſcheint indeß, als ob hier die ſogenannten Hülſenſtränge die Fortſetzung der Vorderſtränge des Rückenmarkes ſeien, während die Seitenſtränge des verlängerten Markes eine ſpecielle Beziehung zu den Reſpirationsbewegungen beſitzen, die Pyramiden weder empfindlich, noch motoriſch ſind und auch die Oberfläche des verlängerten Markes keine Empfindlichkeit zeigt. Ein anatomiſches Verhältniß des vorderen Theiles des verlängerten Markes verdient indeſſen noch eine beſondere Erwähnung. Die Faſern der weißen Subſtanz kreuzen ſich nämlich hier in der

Art, daß diejenigen Primitivröhren, welche im Rückenmarke und dem verlängerten Marke auf der linken Seite verliefen, nun nach rechts hinübergehen, während die von der rechten Seite nach links überschlagen. Indessen findet diese Kreuzung nach den neueren Versuchen nicht nur in dem verlängerten Marke, sondern auch weiter nach vorne in dem Hirnstamme, den Hirnschenkeln und der Brücke statt, und zwar betrifft sie vorzugsweise nur die Bewegungsfasern, während die Empfindungsfasern keine Kreuzung gewahren lassen. Aus dieser Kreuzung der Nervenfasern folgt dann das merkwürdige Verhältniß, daß Verletzungen des Gehirnes, wobei bewegende Fasern in ihrer Function gestört werden, stets von Lähmungen der entgegengesetzten Seite im Körper gefolgt werden, während natürlich die Lähmungen in denjenigen Theilen, deren Nerven direct vom Gehirne ausgehen, auf der Seite der Verletzung auftreten. Man hat nicht so ganz selten Gelegenheit, Menschen zu beobachten, bei welchen die linke Gesichtshälfte gelähmt ist, so daß das linke Augenlied nicht gehoben werden kann, der Mund nach rechts verzogen wird, und wo zugleich der rechte Arm und der rechte Fuß bewegungslos und dem Einflusse des Willens entzogen sind. Solche Erscheinungen beweisen Aufhebung der Thätigkeit des Antlitznerven der linken Seite, Lähmung der Körpernerven auf der rechten Seite: sie führen dadurch auf die nothwendige Folge, daß eine Verletzung des Gehirnes auf der linken Seite vorhanden ist, welche, vermöge der im verlängerten Marke stattfindenden Kreuzung, die rechte Körperseite gelähmt hat. Diese Kreuzung ist, wie man sich leicht denken kann, von der größten Wichtigkeit für den Arzt, da er ohne ihre specielle Kenntniß stets den Sitz einer im Gehirne sich entwickelnden Krankheit verkennen würde. Blutansammlungen in Folge von Schlagflüssen, Eiterbälge, Geschwülste im Gehirne verrathen ihren Sitz meist nur durch solche gekreuzte Lähmungen, und wenn auch in den meisten Fällen die örtliche Behandlung nur wenigen Einfluß üben kann, so giebt es dennoch einzelne Krankheiten, in welchen es von der höchsten Wichtigkeit für das Leben des Kranken sein muß, den genaueren Sitz des

Uebels zu erkennen. Gar oft können oberflächliche Eiter- oder
Blutansammlungen, welche das Gehirn zusammendrücken, durch
die Trepanation entleert und dadurch der Kranke oder Verwundete geheilt werden.

Die verschiedenen Theile des Gehirnes zeigen sich in ihrem
Verhalten zu den Empfindungen sehr verschieden. Ehe noch die
Versuche an lebenden Thieren über diese Verhältnisse aufgeklärt
hatten, war es den älteren Chirurgen schon aufgefallen, daß man
bei durchdringenden Kopfwunden, wo die Hemisphären des großen
Gehirnes blosgelegt waren, letzteres berühren, ja sogar Stücke
davon wegnehmen konnte, ohne daß der geringste Schmerz empfunden wurde. Man konnte diese Erscheinungen nicht durch die
öfter eintretende Besinnungslosigkeit erklären, da viele Verwundete das Bewußtsein gar nicht verloren und recht gut empfanden,
wenn man die Haut ihres Kopfes berührte, während die Verletzung oder Reizung ihres großen Gehirnes durchaus nicht zu
dem Bewußtsein gelangte. Die Experimentalphysiologie hat diese
Beziehungen in so weit aufgeklärt, daß wir ziemlich bestimmt von
den gröberen anatomischen Theilen angeben können, welche derselben unempfindlich, welche dagegen empfindlich sind, und es
stellt sich hier als allgemeines Gesetz heraus : daß der Hirnstamm in einem großen Theile seines Verlaufes
empfindlich, sämmtliche Gewölbtheile aber unempfindlich sind. Die Hemisphären des großen Gehirnes, die
sämmtlichen über den großen Hirnhöhlen gelegenen Theile, die
Gewölbtheile der Vierhügel über dem Kanale derselben, die Gewölbtheile des kleinen Gehirnes erscheinen alle durchaus unempfindlich; man kann sie bei lebenden Thieren, deren Schädel man
geöffnet hat, auf die grausamste Weise zerfleischen, ohne die geringste Schmerzensäußerung hervorzurufen. Dagegen sind die
zum Hirnstamme gehörigen Ausstrahlungen, welche nach dem
kleinen Gehirne, den Vierhügeln und dem großen Gehirne gehen
und die man mit dem allgemeinen Namen der Hirnschenkel belegt,
die Sehhügel und die Brücke mehr oder weniger empfindlich und die
Thiere stoßen bei ihrer Berührung die jämmerlichsten Schreie aus.

Es bestätigen diese von allen Forschern in übereinstimmender Weise gewonnenen Resultate die anatomische Annahme: daß die einzelnen Primitivröhren der peripherischen Nerven aus den grauen Knoten des Hirnstammes entspringen, und daß die weiße Nervenmasse, welche die Gewölbtheile bildet, in keinem directen Zusammenhange mit den peripherischen Nerven steht. In der That scheint auch beim Hirnstamme wie beim Rückenmarke die Empfindlichkeit der einzelnen Theile nur von den Nervenwurzeln abzuhängen, die aus ihnen hervorgehen. Wir haben in dem vorigen Briefe gesehen, daß der allgemeine Charakter aller Nervenprimitivröhren darin besteht, daß ihre Function in ihrem ganzen Verlaufe gleichartig ist; wollte man annehmen, daß die Empfindungsfasern bis in die Gewölbtheile des Gehirnes gelangen, so wäre damit auch nothwendig der Schluß gesetzt, daß sie dort ihre Function ändern und einen andern Charakter annehmen müssen. Man könnte nicht behaupten, daß diese Function mit dem Eintreten der Primitivröhren in das centrale Nervensystem geändert werde; denn das Experiment weist nach, daß im ganzen Rückenmarke, im ganzen Hirnstamme innerhalb der weißen Substanz eine solche Veränderung ihrer Function nicht existirt, sondern daß diese im Gegentheil wohl erhalten bleibt; diese Veränderung der Function müßte also erst bei dem Eintritte in die Gewölbtheile entstehen. Eine solche Annahme hat nicht nur keinen vernünftigen Grund für sich, sondern auch das Ergebniß der anatomischen Untersuchung gegen sich, wonach die Wurzelfasern der peripherischen Nerven sich nicht weiter, als bis in die grauen Kerne des Hirnstammes verfolgen lassen.

In diesem eigenthümlichen Verhältniß der leitenden Nervenröhren zu den Centralorganen liegt der Grund einer eigenthümlichen Täuschung, welcher wir namentlich bei den Tast- und Schmerzensempfindungen unterworfen sind. Die Erregung, welche durch irgend einen Anstoß dem peripherischen Ende einer nach dem Centralorgane leitenden Nervenfaser mitgetheilt wird, leitet sich bis zu dem Gehirne fort und wird dort von dem Bewußtsein als local beschränkte Empfindung aufgefaßt. Gewisse Form-

elemente im Gehirne müssen demnach stets einer gewissen Localität
an der Peripherie entsprechen, ihre Erregung, mag dieselbe nun
von außen her mitgetheilt, oder durch irgend eine innere Ursache
erzeugt werden, muß in dem Bewußtsein sich zu einer local beschränkten peripherischen Empfindung gestalten. Hieraus folgt denn,
daß auch diejenigen Einwirkungen, welche eine centripetal leitende
Nervenfaser nicht an ihrem peripherischen Ende, sondern an irgend
einer beliebigen Stelle ihres Laufes treffen, von der dadurch
erregten Hirnstelle als Empfindung des peripherischen Endes aufgefaßt werden, wodurch eine wahrhafte Sinnestäuschung entsteht.
Man erlaube mir einen Vergleich. Es existiren zwei Telegraphen-
bureaus, von denen das eine A das peripherische Ende, das andere B das Centralorgan, der dazwischen ausgespannte Draht
den leitenden Nerven darstellt. Jeder electrische Strom, der sich
in der Richtung von A nach B bewegt, wird von dem Tele-
graphisten in B als von dem peripherischen Ende in A kommend
aufgefaßt werden, und wenn ohne sein Wissen in der Mitte des
Drahtes ein Strom erzeugt, ein neues Bureau errichtet wird,
so wird er dessen Mittheilung als von B kommend auffassen
müssen. Ganz das Aehnliche findet bei der Auffassung in dem
Gehirne statt, nur daß hier die durch die Organisation selbst
bedingte Auffassung so übermächtig ist, daß die Täuschung selbst
im Widerstreite mit dem allgemeinen Bewußtsein, das aus vielen
anderen Sinnesempfindungen hervorgeht, dennoch ihre Geltung
behauptet. Man glaubte früher, daß diese Auffassung in einer
eigenthümlichen Structur der Nerven-Primitivröhren beruhe, weshalb man es als das Gesetz der peripherischen Reaction
bezeichnete; man hat aber jetzt, bei genauerer Untersuchung, diese
Uebertragung der Reizung, welche eine Primitivfaser irgendwo
in ihrem Laufe trifft, auf ihr peripherisches Ende, dem Centralorgane vindiciren müssen.

Es ist dies Gesetz namentlich für die Beurtheilung der
Schmerzen, welche in den peripherischen Organen auftreten, von
der höchsten Wichtigkeit. Jedermann weiß schon aus seiner
eigenen Erfahrung, daß ein Stoß auf den Ellenbogen an dem

Orte, wo der Stamm des Ellenbogennerven über den Knochen läuft, eine äußerst schmerzhafte Empfindung in den äußeren Theilen der Hand, dem Ringfinger und kleinen Finger erregt, daß unleidliches Prickeln, Ameisenlaufen und ähnliche Erscheinungen in der Hand und dem Vorderarme einer solchen Verletzung folgen. Ist ja doch diese Erfahrung so häufig, daß man im gemeinen Leben diese Stelle mit dem Namen des »Hochzeitsknöchelchens« belegt! Es kann hier Jeder das Gesetz der peripherischen Reaction der Nerven ohne weiteren Schaden durch das Experiment prüfen. In ungemein vielen ähnlichen Fällen überzeugt man sich von der durchgreifenden Gültigkeit dieses Gesetzes. Bei einer Amputation des Oberschenkels z. B. fühlt der Kranke den Schmerz des Hautschnittes genau an der richtigen Stelle; es werden hier die peripherischen Enden der Hautnerven durchschnitten. Im Momente aber, wo das Messer den Schenkelnerven trennt, glaubt der Verwundete einen heftigen Schmerz in den Zehen, dem Fuße, der Wade zu empfinden, und diese Empfindung ist so gewaltig, ihre Oertlichkeit so unmittelbar angegeben, daß sie sogar über das Bewußtsein des Kranken obsiegt.

Von Seiten des Arztes gehört die größte Vorsicht dazu, um gehörig bestimmen zu können, wo die erregende Ursache eines Schmerzes zu finden sei, der in einem peripherischen Organe auftritt. Der Laie wundert sich oft, warum bei einem bestimmt umschriebenen Schmerze das scheinbar kranke Organ durchaus unberücksichtigt gelassen wird und die Wirkungen der Ableitungsmittel auf ganz andere Punkte gerichtet werden, die ihm vollkommen gesund erscheinen. Die medicinischen Annalen sind mit den grausamsten Behandlungsfehlern erfüllt, welche in der Nichtbeachtung dieses einfachen Gesetzes ihren Grund haben, und um zu beweisen, wie leicht der Irrthum und wie fruchtlos die Behandlung ist, die auf dies Gesetz nicht Acht hat, möge folgender, aus den Annalen der englischen Chirurgie entnommener Fall genügen. Ein junges Mädchen leidet an den heftigsten Schmerzen im Knie, die keiner örtlichen Behandlung weichen wollen. Das Knie selbst erscheint vollkommen gesund; der Nervenschmerz ist aber so heftig, daß nach einigen Jahren einer durch ihn verbitterten Existenz die Kranke flehentlich um Ablösung des Fußes bittet. Das Bein wird über dem Knie amputirt, aber durchaus ohne allen Erfolg, die Schmerzen wurden nach wie vor in dem jetzt entfernten Knie empfunden. Man amputirt den Schenkel zum zweiten Male höher oben — die Schmerzen bleiben. Die Kranke wird einer dritten Operation unterworfen, in welcher man den Oberschenkel aus der Pfanne des Hüftgelenkes ausschneidet — der Erfolg ist nicht glänzender. Die Gemarterte stirbt endlich und bei der Section zeigen sich einige knöcherne Plättchen in den Durchgangslöchern der Nerven, wodurch die hinteren Wurzeln derselben gereizt wurden. Hier war also der Reiz in der Nähe des Ursprunges der Nerven; seine Folge, der Schmerz, trat in dem peripherischen Verbreitungsbezirk des Nerven am Knie auf, und alle örtliche Behandlung des schmerzenden Theiles, ja selbst seine Entfernung, konnte natürlicher Weise keinen Erfolg haben. Aehnliche peripherische Schmerzen in einzelnen Gliedern hat man schon oft in Folge von Krankheiten der Centralorgane beobachtet.

Aus dem hier angeführten Falle schon geht hervor, daß man sogar Schmerzen in Gliedern fühlen kann, welche verloren gegangen sind, eben weil die verstümmelten Nerven stets noch die Reize, von welchen sie betroffen werden, auf die ihnen fehlende peripherische Endigung übertragen. Aus dieser Uebertragung geht dann die Erscheinung hervor, daß Amputirte, so lange sie leben, stets das Gefühl der Extremität haben, die ihnen fehlt, und selbst 20 und 30 Jahre nach der Operation, nachdem sie sich längst an den Verlust des Gliedes gewöhnt haben, diejenigen Gefühle, welche den Stumpf betreffen, auf das verlorene Glied übertragen. Entzündungen, Verletzungen des Stumpfes werden in dem Fuße oder der Hand schmerzhaft empfunden, und selbst ganz gesunde Leute können trotz der handgreiflichen Ueberzeugung sich dieser Integrirung ihres fehlenden Gliedes nicht entschlagen und begehen in unbewachten Augenblicken Handlungen, welche darauf hindeuten, daß sie sich noch im Besitze ihrer Extremität fühlen. Sie bedecken sorgfältig im Bette den Ort, wo der fehlende Fuß liegen würde; springen, plötzlich aufgeschreckt, in die Höhe, als könnten sie auf beide Beine sich stützen, und fallen dann zur Erde nieder; greifen mit dem Stumpfe des Armes nach Gegenständen, als ob sie dieselben mit der fehlenden Hand fassen wollten, und ähnliche Erscheinungen mehr. Wie sehr diese Integritätsgefühle der Amputirten in der Organisation der Nerven begründet sind, beweisen auch die Träume solcher Verstümmelten. Anfangs, in den ersten Jahren nach der Operation, träumen sich die Individuen durchaus gesund, unverletzt; Leute, welche das Bein verloren haben, gehen in ihren Träumen auf zwei gesunden Beinen einher. Allmählich aber mischt sich das Bewußtsein der Verstümmelung in die Traumvorstellungen: der Mensch besitzt zwar seinen Arm, sein Bein noch, aber er kann sich ihrer nicht bedienen und schleppt das Glied als unnütze Last mit sich. Es mag wohl wenige Invaliden geben, die alt genug werden, um sich so verstümmelt zu träumen, als sie wirklich sind; aber auch in diesen Fällen, wo bei den subjectiven Vorstellungen die Erinnerung an ihr früher besessenes Gut verloren gegangen ist, selbst in diesen Fällen tritt bei objectiven Verletzungen des Stumpfes das Integritätsgefühl hervor, und der Invalide, der sich auf Krücken träumte, fühlt bei Entzündung des Stumpfes Schmerzen in den peripherischen Theilen seines verstümmelten Gliedes.

Die neuere Chirurgie, welche sich theilweise zur Aufgabe gesetzt hat, verlorene Theile zu ersetzen, hat schon manche merkwürdige Resultate in Hinsicht der Localisation der Empfindungen geliefert. Verloren gegangene Nasen werden nach den neueren Operationsmethoden in der Weise ersetzt, daß man auf der Stirn ein dreieckiges Stück Haut ausschneidet, welches nur an der Nasenwurzel durch eine Brücke mit der übrigen Haut in Zusammenhang bleibt. Den auf diese Weise gebildeten Lappen dreht man um und heftet ihn an die wundgeschnittenen Ränder der zerstörten Nase an. Die neue Nase ist demnach aus der Stirnhaut gebildet und fühlt sich als Stirnhaut so lange, als die Brücke noch be-

fteßt, welche man an der Nafenwurzel zu dem Endzwecke gelaffen
hatte, um die Ernährung des Lappens zu unterhalten. Diefe
Brücke wird durchfchnitten, fobald der Lappen auf den Seiten an-
geheilt ift und feine Ernährung von der Wange aus gefchehen
kann. Unmittelbar nach diefer Durchfchneidung ift der Lappen
durchaus gefühllos; nach einiger Zeit aber ftellt fich allmählich
mehr und mehr die Empfindung wieder her, und in den meiften
Fällen fühlt fich der Lappen dann nicht mehr als Stirn, fondern
eben als Nafe. Es gibt indeffen auch Fälle, und man hat
vergeffen, auf diefe Gewicht zu legen, in welchen die neue Nafe
ftets ein mehr oder minder dumpfes Gefühl hat, wie wenn fie
noch in der Stirn läge. Bei einem Operirten, deffen Brücke
feit neun Wochen durchfchnitten war, hatte fich dies Gefühl auf
der einen Seite der neuen Nafe fehr deutlich erhalten. Einige
dort befindliche Erhabenheiten wurden mit Kantharidenfalbe
betupft, und jedesmal klagte der Kranke über Schmerz, deutlichen
Schmerz an derjenigen Stirnftelle, wo früher der betupfte Ort
fich befand.

Hier hängt es offenbar von dem centralen Punkte ab,
welchen die neugebildeten Nervenfafern erreichen, ob die Empfindung auf die Stirne oder auf die Nafe localifirt wird. Der
von der Stirne auf die Nafe verpflanzte Hautlappen fühlt fich als
Stirn, fo lange feine Nervenverbindung mittelft der Brücke an
der Nafenwurzel noch exiftirt. Er ift gefühllos nach deren
Durchfchneidung, weil alle feine Nerven durchfchnitten find.
Bilden fich neue Nervenfafern in ihm, welche mit den Nerven-
ftämmen der Wange und durch diefe mit den Localftellen der
Wange im Gehirn, wenn ich mich fo ausdrücken darf, in Verbindung treten, fo fühlt der Hautlappen fich als Nafe; tritt
aber die Vereinigung der neugebildeten Nervenröhren fo ein,
daß die Fafern der Stirnnerven die Leitung übernehmen, fo
wird der Hautlappen fich als Stirne fühlen. Wir kommen
fomit durch alle diefe Unterfuchungen nothwendig zu dem Schluffe,
daß in dem Bereiche des empfindenden Nervenapparates fich drei
verfchiedene Gruppen von Gebilden befinden : die einen, welche

die von der Peripherie her übertragenen Empfindungen im Inneren des Centralorganes weiter leiten (die ästhesobischen Elemente); die anderen, welche innerhalb des Centralorganes die locale Empfindung erzeugen; die dritten endlich, welche in dem allgemeinen Bewußtsein diese locale Empfindung verarbeiten. Jede dieser Nervengruppen, für sich angeregt, mag die ihnen entsprechende Empfindung erzeugen, und manche Krankheitserscheinungen können hierin ihre Erklärung finden. Die herumziehenden Schmerzen der Hysterischen und Hypochonder, die beständig den Ort wechseln, ohne daß eine locale peripherische Veränderung vorhanden sei, beruhen sicherlich auf krankhaften Erregungen der empfindenden Nervengruppen, die in dem Centralorgane stattfinden.

Die Resultate der Versuche hinsichtlich der Bewegung sind nicht so genau und überzeugend, als diejenigen, welche sich auf die Empfindung beziehen. Es sind hier zwei Reihen von Thatsachen genau zu unterscheiden, welche man wohl mit den Namen der directen und indirecten Lähmung bezeichnen könnte. Während die Beobachter einzig nur der ersteren ihre Aufmerksamkeit zuneigten, vernachlässigten sie die Erscheinungen der letzteren durchaus. Ich will mich deutlicher ausdrücken. Wenn man eine motorische Primitivröhre reizt, so ziehen sich diejenigen Muskeln zusammen, zu welchen sie sich begiebt. Reizt man einen Theil des Rückenmarkes, den man isolirt hat, um den später zu besprechenden mitgetheilten Bewegungen zu entgehen, so bewegen sich die Muskeln, zu welchen die gereizten Nervenfasern gehen. Zerstört man die Nervenfasern, so hört die Bewegung auf. Zerstört man die Bewegung leitenden Elemente (die kinesobischen Theile der Vorderstränge und der grauen Substanz), so tritt Lähmung ein. Dies ist eine directe Reizung, eine directe Lähmung, bedingt gleichsam durch Zerstörung der Brücke, auf welcher die Reaction gegen den Reiz fortschreiten muß.

Das Centralnervensystem besitzt aber, wie wir im Verlaufe dieser Untersuchungen sehen werden, besondere Eigenschaften, wodurch die Nervenkraft erhalten, die Empfindungen dem Bewußtsein zugeführt, die Bewegungen dem Willen unterworfen und in ihrer Harmonie zusammengruppirt werden. Werden die Theile, welchen diese Eigenschaften zukommen, verletzt, so hören auch die Bewegungen auf. Werden diejenigen Theile verletzt, welche dem Bewegungswillen (wenn es erlaubt ist, sich so auszudrücken) und der Ueberleitung des Willens zu den bewegenden Primitivröhren vorstehen, so können die Bewegungen zwar noch durch directe Reize hervorgerufen werden, nicht aber mehr durch den Willen des Individuums, für welches diese indirecte Lähmung eben so vollkommen ist, als diejenige, welche durch directe Zerstörung der bewegenden Nervenprimitivröhren hervorgebracht ist. Gewiß muß man auch hier noch im Centralorgane besondere Elemente unterscheiden, welche den Willen zeugen, andere, welche ihn fortleiten, andere, welche ihn übertragen. Ich beobachte gegenwärtig eine durch einen Schlagfluß (Blutaustritt im Gehirne) an der Sprache gelähmte Kranke. Sie spricht zuweilen die schwierigsten Worte, die ein Franzose niemals artikuliren könnte, deutlich aus — die bewegenden Fasern sind also nicht gelähmt; sie hat den Willen und gibt sich Mühe, dasselbe Wort zu wiederholen — die Willenselemente sind also angeschwächt —, nichts desto weniger kann sie das Wort nicht wiederholen, das sie im Augenblicke vorher hervorfließ. Muß man die Erscheinung vielleicht so auffassen, daß die Artikulirung des, stets zur Situation passenden Wortes, z. B. schrecklich! oder Herr Jesus! nur eine Reflexbewegung ist, hervorgerufen durch eine Vorstellung, daß dagegen die Willensleitung unterbrochen ist? Man denke über die später zu betrachtenden Zwangsbewegungen nach, welche sich nach Durchschneidung gewisser Hirntheile einstellen, und sage sich, ob hier nicht der Wille besteht, seine Ueberleitung aber gestört oder selbst nur gefälscht ist?

Als allgemeines Resultat läßt sich behaupten, daß keine Primitivröhre eines peripherischen Nerven weiter als bis in das Rückenmark oder den Hirnstamm vordringe, daß mithin alle Functionen der peripherischen Nerven nur im Rückenmarke und im Hirnstamme concentrirt seien. Nichts desto weniger sehen wir täglich Lähmungen der Gliedmaßen, bedingt durch Krankheitsprozesse, welche in Gehirntheilen ihren Sitz haben, deren Reizung keinen Schmerz, keine Bewegung bedingt. Weit entfernt, diese Erscheinungen aus indirecter Lähmung herleiten zu wollen, bedingt durch Vernichtung derjenigen Theile, welche den bewegenden Primitivfasern den Befehl zur Ausübung ihrer Function mittheilen, suchte man sich durch mancherlei sonderbare Hinterthüren aus der Schlinge zu ziehen. Man sagte, es finde Druck auf den Hirnstamm statt; man schloß, daß die Primitivröhren dennoch bis in die schmerzlosen Theile vordrängen, wobei man sich auf die Faserung der weißen Substanz stützte, daß sie aber ihren Character änderten, und dergleichen Erklärungsversuche mehr. Experiment und Beobachtung, wenn auch unvollständig, haben uns doch Thatsachen geliefert, die als Anhaltspunkte einer consequenten Betrachtung der Erscheinungen dienen müssen. Wagen wir einmal consequent zu sein. Stellen wir die Elemente unserer Schlüsse zusammen. Die bewegenden Primitivröhren enden im Hirnstamme. Thiere, Vögel, denen das große Gehirn fehlt, führen noch, wie wir sehen werden, zweckmäßige Bewegungen aus, aber nur auf äußeren Anstoß. Leute, die an Krankheiten der Gewölbtheile leiden, sind oft gelähmt; sie möchten die gelähmten Glieder bewegen, können aber nicht. Druck auf den Hirnstamm anzunehmen, ist in den meisten Fällen dieser Art geradezu Unsinn; wie soll eine erweichte Stelle in der Hemisphäre den Hirnstamm zusammendrücken? Doch zurück zu unseren Prämissen. Warum bewegt sich der Vogel ohne Großhirn nicht? Er empfindet kein Bedürfniß, Bewegung zu wollen; regt man die Bewegung direct an, so bewegt er sich. Die Reflexbewegungen sind ungestört, soweit sie von den vorhandenen Theilen abhängen. Warum bewegt sich der Kranke nicht? Seine bewegenden Primitivröhren sind unverletzt, denn galvanische Reizung bringt sie in Thätigkeit; er kann wollen, sich selbstständig das Bedürfniß der Bewegung hervorrufen, was der enthirnte Vogel nicht konnte, aber die Brücke fehlt, der Wille wird den bewegenden Organen nicht mitgetheilt; daher die Lähmung. Wir haben demnach, auch abgesehen von den Reflexbewegungen, drei Klassen von Theilen,

welche zur Bildung einer gewollten Bewegung nöthig sind: direct
bewegende Primitivröhren, welche der Wille oder ein Reiz treffen
muß, die aber selbstständig ihre Thätigkeit nicht hervorrufen
können; Theile, die den Willen leiten, und endlich Theile, die
den Willen bedingen, gleichsam ausarbeiten. Zerstörung eines
jeden dieser Theile kann Lähmung bedingen; in jedem vorliegenden
Falle wird es davon abhängen, zu bestimmen, welcher Art die
Lähmung sei. Wie man sieht, stimmen diese Resultate durchaus
mit denjenigen überein, die wir bei der Analyse der Empfindungen erhielten, wo ebenfalls eine dreifache Gruppirung der
Elementartheile sich herausstellte.

Kehren wir nun zur Darstellung derjenigen Resultate zurück, welche uns die Versuche über die Beziehungen der einzelnen
Hirntheile zu den Nervenfunctionen gegeben haben, so sehen wir,
indem wir im Hirnstamme von unten nach oben aufsteigen, zuerst in den Kleinhirnschenkeln eine offenbare Beziehung zu
den Muskeln der Wirbelsäule. Durchschneidet man einen dieser
Theile in der Nähe der Brücke, so rollt das Thier sich, sobald es
sich bewegen will, um seine Achse nach der verletzten Seite hin;
durchschneidet man den Kleinhirnschenkel weiter oben, so findet
das Rollen gegen die gesunde Seite hin statt. In dem ersten
Falle sind die Drehmuskeln der Wirbelsäule auf der entgegengesetzten Seite, im letzteren Falle auf der Seite der Verwundung gelähmt. Bei operirten Thieren wirken diese Rollbewegun-
gen so intensiv, daß ein Beobachter erzählt, er habe ein Kaninchen,
das man nach der Operation in Heu gesteckt, am andern Morgen
wie eine Korbflasche eingewickelt wieder gefunden; auch von
Menschen sind Fälle bekannt, wo bei Entartung der Kleinhirnschenkel der Kranke solche Drehungen um die Achse seines
Körpers besonders im Schlafe vornahm. Werden beide Kleinhirnschenkel durchschnitten, so wird die Bewegung des Körpers im
allgemeinen geschwächt, der Gang des Thieres wegen mangelnder
Fixation der Wirbelsäule schwankend und unsicher, während sonst
kein besonderes Symptom am Körper hervortritt. Wohl aber
zieht jede Verletzung der Kleinhirnschenkel eine Veränderung der

Augenstellung nach sich, indem das Auge der verletzten Seite nach vornen und unten, dasjenige der gesunden nach hinten und oben sich einstellt.

Die Brücke und die Hirnschenkel entsprechen in mancher Beziehung den Strängen des Rückenmarkes: sowie diese, sind sie empfindlich, die Brücke namentlich auf ihrer vorderen Fläche. Die Durchschneidung der Theile bewirkt ebenso wie beim Rückenmarke eine gesteigerte Empfindlichkeit in derjenigen Seite des Kopfes und des Körpers, welche der Verletzung entspricht. Auch in Krankheiten hat man dies in so fern bestätigen können, als sehr häufig Schmerzen in verschiedenen Körpertheilen beobachtet wurden, welche mit Entartungen dieser Theile in Zusammenhang standen. Außerdem zeigen sich offenbare Beziehungen zu den Bewegungen. Durchschneidet man einen Hirnschenkel oder die Brücke auf einer Seite, so entsteht eine seitliche Steuerung der Bewegungen, welche die Thiere mit ihrem Willen nicht mehr bemeistern können und wodurch sie statt in geraden Linien, sich in Kreislinien bewegen, indem sie nach der verletzten Seite hin sich etwa ganz in derselben Weise im Kreise drehen, wie ein schulgerecht zugerittenes Pferd auf der Reitbahn. Der französische Beobachter, welcher diese abnormen Bewegungen zuerst sah, hat sie deßhalb auch richtig mit dem Namen der Manège-Bewegungen bezeichnet. Zum Beweise, daß die Thiere auch gegen ihren Willen und dann, wenn sie den Körper in gerader Linie fortbewegen wollen, dennoch in dem Kreise sich bewegen müssen, erzählt ein Beobachter Folgendes: „Hat man eine Anzahl solcher operirter Thiere in einem großen geräumigen Local zusammen, so bewegen sie sich die ersten Tage beständig im Kreise. Hat man sie vor dem Versuche soweit gezähmt, daß sie herbeilaufen, wenn man ihnen Futter hinwirft, so werden sie auch jetzt noch auf dem nächsten Wege herbeizukommen versuchen, werden ihre Hinterfüße also kräftiger ausstrecken; aber dies wird nur der Drehung einen größeren Durchmesser geben, sie können sich nicht auf geradem Wege, sondern nur in spiraligen Touren dem Futter nähern. (Man kann sie die Form dieser Touren zeichnen lassen, wenn man ihre Füße mit Oel befeuchtet.) Nach wenigen Tagen aber hat ihnen die Erfahrung ein Mittel gezeigt, die ihnen offenbar lästige Kreisbewegung so viel als möglich zu vermeiden. Man sieht jetzt, daß sie sich, wenn sie das ganze Zimmer durchlaufen wollen, immer zuerst an die Wand begeben, welche der Seite der Drehung entspricht, und sich längs derselben hinbewegen. Hals und Kopf finden nun an der Wand ein Hinderniß der Abweichung und die Hinterfüße können sie gerade fortstoßen.«

Ganz in ähnlicher Weise wirken Verletzungen der Sehhügel, nur mit dem Unterschiede, daß die Thiere, wenn das hintere Drittel der Sehhügel getroffen wird, ebenso wie bei Wunden der Hirnschenkel, nach der gesunden Seite, bei Wunden der beiden vorderen Drittel hingegen nach der Schnittseite hin ihre Kreisbewegungen ausführen, so daß also in den Sehhügeln selbst eine Kreuzung stattfindet. Im übrigen haben diese Organe durchaus keine Beziehung zu den Augen, wie ihr Name glauben machen könnte.

Von diesen auf mechanische Weise hervorgebrachten Drehbewegungen, die nach Verletzung einiger Hirnstammtheile vorkommen, sind diejenigen Bewegungen wohl zu unterscheiden, welche öfters bei Verletzung des Mittelhirnes vorkommen. Dieses steht in besonderer Beziehung zu der Function des Sehens. Verletzungen der Vierhügel, welche die vordere Hälfte derselben treffen, ziehen eben so gut Blindheit nach sich, als wenn der Sehnerve selbst zerstört worden wäre, nur mit dem Unterschiede, daß die Blindheit auf dem entgegengesetzten Auge auftritt; ein Umstand, der sich leicht dadurch erklärt, daß die Sehnerven unmittelbar nach dem Austritte aus dem Gehirne sich in dem sogenannten Chiasma kreuzen. Plötzliche Blindheit auf einem oder auf beiden Augen bewirkt aber bei Thieren sehr seltsame Erscheinungen. Eine Taube, der man ein Auge mit schwarzem Taffet zuklebt, dreht sich im Kreise dem gesunden Auge nach. Ein Thier, dessen Sehnerve plötzlich durchschnitten wird, dreht in gleicher Weise. Kaninchen, deren Sehnerven man beiderseits plötzlich zerstört, schießen wie Pfeile über den Operationstisch

weg in unaufhaltsamer Flucht voran, bis sie wider die Wand
stoßen. Gleiche Beobachtungen hat man nach Durchschneidung
der Vierhügel auf beiden Seiten gemacht. Der Schrecken, verursacht durch die plötzlich eingebrochene Nacht, in welcher sich die
schon von Natur so ängstlichen Staulhasen befinden, erklärt
solche plötzliche Fluchtversuche mehr als genug. Verletzungen der
hinteren Hälfte der Vierhügel dagegen lähmen die Bewegungen
der Augen und Pupille, ohne, wie es scheint, die Sehkraft selbst
bedeutend anzugreifen.

Noch weniger als vom Hirnstamme und den denselben zunächst begrenzenden Gebilden, die wir so eben betrachteten, können
wir von den Gewölbtheilen des kleinen und großen Gehirnes
sagen. Die seitlichen Lappen des kleinen Gehirnes
zeigen zu den Kleinhirnschenkeln einen ähnlichen Gegensatz, wie die
Sehhügel zu den Großhirnschenkeln. Nach ihrer Durchschneidung
wird der Körper nach der gesunden Seite hin gerollt, während
die Augen zugleich sich so stellen, daß dasjenige der gesunden
Seite nach vornen und unten, dasjenige der kranken nach hinten
und oben gerichtet scheint. Bei Abtragung des kleinen Gehirnes selbst verliert die Wirbelsäule gänzlich ihre Fixation;
selbst beim ruhigen Stehen schwanken die Thiere hin und her,
ihr Gang ähnelt demjenigen eines Betrunkenen, die Bewegungen
werden hastig und unregelmäßig ausgeführt und ermangeln der
nöthigen Coordination. Man hat längst nachgewiesen, daß diejenige Ansicht, wonach das kleine Gehirn eine Art von Hemmungs-
apparat wäre, der die ungezügelte Bewegungskraft lenke und mäßige,
in unrichtiger Auffassung der Erscheinungen ihren Grund hatte.

Die Streifenhügel, welche anatomisch noch zu dem Ge-
hirnstamme zu gehören scheinen, ihrer Function nach dagegen
sichtlich Theile des großen Gehirnes bilden, sind selbst durchaus
nicht empfindlich und erregen auch bei Reizung keine directen Bewegungen. Ihre Verwundung und Durchschneidung bewirkt aber
höchst eigenthümliche Erscheinungen. Das Tastgefühl im ganzen
Körper ist verschwunden, das Schmerzgefühl dagegen vorhanden;
die regelrechte Bewegung und Bewegungsfähigkeit vollkommen er-

halten, jede Initiative dazu vollständig aufgehoben. Indem man die Theile vorsichtig anfaßt und langsam bewegt, kann man die Thiere in jede noch so unnatürliche und seltsame Stellung bringen, ohne daß sie im mindesten dieselbe zu verändern suchen, während gesunde Thiere augenblicklich die Stellung verändern würden. Die Krankheitslehre kennt unter dem Namen der Katalepsie eigenthümliche Krampfzustände, in welchen die vollkommen beweglichen Glieder ebenfalls in die unnatürlichsten Stellungen gebracht werden können und in denselben verharren, ohne daß der Kranke sie zu verändern suchte, während der Gesunde sie nur wenige Secunden auszuhalten vermöchte. Ganz so verhält sich das operirte Thier in der Ruhe; drückt man es aber stärker, kneipt man es bis zum Schmerze, so erhebt es sich und springt vorwärts. Anfangs nur langsam, dann schneller und schneller, endlich mit rasender Hast, bis es an ein Hinderniß anprallt und nun in derselben Stellung verharrt, in welcher es anprallte. Keine Spur von Initiative zur Aenderung, in der Ruhe wie in der Bewegung; findet das Thier kein Hinderniß, so rennt es, bis es erschöpft zusammenstürzt. Wie man sieht, wirkt hier in der Ruhe, wie in der Bewegung durchaus dasselbe passive Moment fort. Jeder Zustand wird fortgesetzt, ohne daß eine Selbstbestimmung zu seiner Aenderung möglich wäre.

Es ist schon vielen Experimentatoren gelungen, Vögel, denen man das ganze große Gehirn weggenommen hatte, bei künstlicher Fütterung Monate lang am Leben zu erhalten und so die Erscheinungen zu studiren, welche solche des großen Gehirnes beraubte Thiere darbieten. Säugethiere überleben die Operation gewöhnlich nur einige Stunden, weil meistens sich am verlängerten Marke Blut ansammelt, welches nach und nach die Centralstellen der Athmung zusammendrückt und auf diese Weise das Leben endet. Sie eignen sich deshalb weniger gut zu Beobachtungen, welche indessen, soweit man sie bis jetzt anstellen konnte, die an Vögeln gemachten vollkommen bestätigten. Tauben, die auf diese Art operirt sind, sitzen wie in beständigem Schlummer. Sie haben den Hals eingezogen, die Flügel am Leibe und ruhen anfangs zumeist auf beiden Füßen. Stößt man sie, kneipt man sie in die Füße, so erwachen sie, schütteln den Körper und die Federn, öffnen die Augen, bewegen sich schwankend ein paar Schritte weit vorwärts, fallen aber dann in den vorigen Schlummer zurück. Läßt man sie aus der Höhe herabfallen, so breiten sie die Flügel aus, fliegen auch ganz gut und in bestimmter Richtung, nur sinken sie bald auf den Boden, von dem sie sich nicht zu erheben streben. Zuweilen aber erwachen sie von selbst, und dann besteht ihr einziges Geschäft darin, ihre Federn zu putzen und zu ordnen. Die Augen sind empfindlich gegen das Licht; die Taube schließt zwar die Augenlieder nicht, sobald man ihr eine Kerze nähert, aber sie zeigt doch einige Unruhe und folgt selbst in ihren Bewegungen mit dem Kopfe einer Kerze, die man im Dunkeln vor ihren Augen umherdreht. Auch die übrigen Sinnesempfindungen scheinen, wenn auch stumpfer, erhalten, was man namentlich für den Geschmack nachweisen kann. Beim Berühren der Zehen entfernt sie den Fuß; wiederholt man mehrmals dieselbe Berührung, so birgt sie den Fuß unter den Flügel und bleibt, ohne zu wanken, im Gleichgewichte auf einem Fuße sitzen. Kneipt man nun den anderen Fuß, so zieht sie den zuerst verborgenen hervor und steckt denjenigen unter, welchen man zuletzt berührte. Hält man ihr scharf stechende, ätzende Substanzen, wie Ammoniak, an die Nase, so schüttelt sie heftig den Kopf, kratzt mit dem Fuße an der Nase, um den reizenden Körper wegzubringen. Sie ist unfähig, ihr Futter zu picken; man muß ihr den Schnabel öffnen und das Futter bis zur Zungenwurzel einbringen, worauf sie dasselbe hinunterschluckt.

Es zeigen diese Erscheinungen, daß die Bewegungen nach der Wegnahme des großen Gehirnes nicht nur in ihrer ganzen Vollständigkeit erhalten bleiben, sondern daß sie auch dieselbe Zweckmäßigkeit in ihren Combinationen behalten, welche sie in dem unverletzten Thiere besaßen, wenn gleich das ganze Verhalten der Bewegungen darauf hindeutet, daß sich das Thier in einem gewissen Traumzustande befindet, in welchem es sich weder der Empfindungen, noch der Bewegungen klar bewußt wird.

Man sieht, daß hier eine gewisse Verschiedenheit mit den Reflexbewegungen stattfindet, die darauf begründet ist, daß bei den Reflexbewegungen zwar einzelne Bewegungen eine gewisse Zweckmäßigkeit haben können, daß aber die Gruppirung und Combination mehrerer Bewegungen zu einem bestimmten Zwecke fehlt. Ein enthauptetes Thier flattert noch krampfhaft, fliegt aber nicht. Es kann weder seine Federn putzen, noch sich im Gleichgewichte auf den Füßen erhalten, aber es macht Bewegungen zur Abwehr des Schmerzes, die diesem beschränkten Zwecke angepaßt sind. Anders das enthirnte Thier, bei welchem der Hirnstamm mit dem kleinen Gehirne erhalten sind. Alles, was das Thier im Schlafe zu thun vermag, kann hier mit derselben Vollständigkeit ausgeübt werden. Die unverkennbare Stupidität und Theilnahmlosigkeit des enthirnten Thieres beweist, daß die Intelligenz hier wahrhaft verloren gegangen ist, daß keine Vereinigung der gefühlten Empfindungen zu Vorstellungen und Willensäußerungen stattfindet, daß eben, wie ein neuerer Beobachter sich ausdrückt, das Thier vor dem gefüllten Troge Hungers sterben kann, weil es das Bild der Nahrung und das Bedürfniß derselben nicht mehr zu der Freßbewegung vereinigen kann.

Trägt man die Hirnlappen nach und nach ab, so treten alle diese Erscheinungen nach und nach stets deutlicher hervor, ohne daß nach irgend einer Richtung hin ein besonderer Eingriff nachgewiesen werden könnte.

Die Abtragung einer Hälfte des großen Gehirnes hat gar keinen bemerkbaren Einfluß — die andere Hälfte vicarirt vollkommen und genügt also zur Uebernahme der normalen Gehirnthätigkeit. Dagegen erschöpft sich diese Thätigkeit viel schneller, als bei unversehrtem Gehirn — eine Erscheinung, die sich auch schon bei Menschen nach tiefen Hirnwunden mit Substanzverlust gezeigt hat.

Fragen wir nun nach den genauer begründeten Thatsachen aus der Krankheitslehre, die uns über die Gewölbtheile des menschlichen Gehirnes und die specielleren Functionen ihrer einzelnen Theile beim Menschen Aufschluß geben sollen, so bestaben

wir uns um so mehr in großer Ungewißheit, als hier nicht einmal die spärliche Quelle des Versuches fließt, sondern man einzig
auf diejenigen Versuche hingewiesen ist, welche uns durch Unglücks-
fälle oder Krankheiten entgegengeführt werden. Aus den langen
Listen von Krankheitsgeschichten und Leichenbefunden, bei denen
Entartungen des Gehirnes, Zerstörungen einzelner Theile desselben nachgewiesen wurden, läßt sich kaum eine sichere Schlußfolgerung ziehen. Selbst in Beziehung auf die Lähmungen, welche
durch Blutergießungen im Gehirn, durch die sogenannten Schlag-
flüsse erzeugt werden, sind wir noch gänzlich im Unklaren. Nur
so viel wissen wir, daß diese Lähmungen stets, ohne Ausnahme, auf
der entgegengesetzten Seite des Körpers auftreten, daß sie jedesmal
vorhanden sind, wenn der Hirnstamm von der Entartung oder dem
Drucke betroffen wird und daß die seitlichen Lähmungen, die
durch Hirnwunden oder Krankheiten des Gehirnes beim Menschen
erzeugt werden, vollkommen und dauernd sein können, während
Hirnwunden bei Thieren niemals dauernde halbseitige Lähmungen hervorbringen. Ob eine ähnliche vollständige Kreuzung
hinsichtlich der Empfindung im Gehirne stattfindet, wie hinsichtlich
der Bewegung, ist noch eine offene Frage, da die Empfindung
niemals von den Entartungen so ausgiebig betroffen wird, als
die Bewegung — der Umstand, daß man beim Zusammendrücken
einer Halsschlagader abnorme Tastempfindungen in der entgegengesetzten Körperhälfte verspürt, scheint indeß dafür zu sprechen.
In Beziehung auf die geistigen Fähigkeiten, die dem Gehirne
allein zustehen, wissen wir nichts, als was auch aus den Versuchen
an Thieren hervorgeht: zunehmende Verdummung bei zunehmender Zerstörung. Die Abnahme bestimmter Fähigkeiten nach
Verletzung oder Zerstörung bestimmter Hirntheile läßt sich nirgends mit Sicherheit nachweisen. Dies kann um so weniger
auffallen, als die beiden Seitenhälften des Gehirnes symmetrisch
gebaut sind, die Verletzungen aber fast stets nur eine Seite
treffen, wo dann, wie der Versuch lehrt, die gleiche Function der
anderen Hirnhälfte die Folgen der Verletzung wenigstens bedeutend schwächt und unmerklich macht.

Ein Reihe von krankhaften Erscheinungen, so wie zahlreiche Versuche erweisen einen bedeutenden Einfluß des Centralnerven-systemes, und namentlich des Gehirnes, auf die Bewegungen und Empfindungen der Eingeweide, deren Thätigkeit unserem Willen entzogen ist. Die Zusammenziehungen des Magens, der Ge-bärme, der Ausführungsgänge der Drüsen, wie der Harnleiter und des Gallenkanales, die wurmförmigen Bewegungen der in-neren Geschlechtstheile können durch Reizung gewisser Hirntheile angeregt und beschleunigt werden. Die Absonderungen selbst werden von den Centralorganen aus in gewisser Weise dadurch beherrscht, daß die Gefäßnerven mit einzelnen Theilen derselben in Beziehung stehen. Es ist kein Ammenmährchen, daß die Milch der Ammen durch Aufregung schädlich werden, daß Gallenerguß, Durchfälle, profuse Schweiße, Harnabsonderung durch besondere Gehirnzustände hervorgerufen werden können. Daß die Verän-derungen im vegetativen Leben häufig sehr tief greifen können, beweisen der sogenannte Diabetes-Stich, den wir früher erwähnten — nämlich die constante Erscheinung von Zucker im Harn nach Verletzung des verlängerten Markes, so wie die höchst bedeu-tenden Erscheinungen im Bereiche der Ernährung des Kopfes nach Verletzung der Brücke, auf welche wir hier nicht weiter ein-gehen können.

Nicht minder offen erscheinen zuweilen die Sensibilitätsver-hältnisse zwischen den Eingeweiden und dem Centralnervensysteme ausgesprochen. Die heftigen Stirnschmerzen bei Leberleiden, die Hallucinationen und Phantasieen, welche als Folge chronischer Unterleibskrankheiten oft vorkommen und zuweilen gänzlich das eigentliche Leiden maskiren, gehören in das Bereich solcher Er-scheinungen, die aber nur noch sehr unvollständig erforscht sind.

Dreizehnter Brief.

Nervenkraft und Seelenthätigkeit.

Die eigenthümlichen Eigenschaften des Nervensystems, über
die man freilich erst nach und nach einen den Thatsachen entsprechenden Ueberblick erhielt, haben von jeher die speculative
Richtung der physiologischen Forschung in hohem Grade angeregt. Fast jede ärztliche Schule hatte auch ihre besondere
Theorie über die Nerven, und je nachdem man ihnen einen
größeren oder geringeren Antheil an den Krankheiten zuschrieb,
wurde auch diese Theorie mit mehr oder minder lebhaften Farben ausgeschmückt. Als man die mikroskopische Structur der
Nervenröhren genauer erforscht hatte, schien die Schnelligkeit
der Mittheilung innerhalb dieser mit halbfester Substanz gefüllten Röhren in schneidendem Gegensatze mit der vollständigen
Ruhe und Bewegungslosigkeit des Nerveninhaltes selbst zu stehen.
Viele Forscher gaben sich vergebliche Mühe, in einem erregten Nerven in einem Augenblicke, wo er Schmerz erzeugte oder eine Muskelbewegung vermittelte, Bewegungen nach der einen oder nach der
anderen Richtung hin zu sehen. Selbst in dem Augenblicke, wo die
Durchleitung rasch wechselnder electrischer Schläge den Schenkel
eines Frosches in Starrkrämpfen zusammenzog, selbst in diesem
Augenblicke der höchsten Wirkung sah man nicht die mindeste Veränderung innerhalb der Nervenröhren. Es war augenscheinlich,
daß die Mittheilung der Leitung innerhalb der Nervenröhren, die
Fortpflanzung der Erregung nach einer bestimmten Richtung hin,
mit einem Worte die ganze Wirkung der Nerven, von Molecularveränderungen abhängig sein mußte, welche selbst unserem mit dem

Mikroskope bewaffneten Auge eben so unzugänglich waren, wie die Schwingungen in einem Kupferdrahte, der den electrischen Strom durch meilenweite Entfernungen leitet.

Die Untersuchungen der Neuzeit haben, indem sie einen andern Weg der Untersuchung einschlugen, auch zu weiteren Resultaten geführt. Schon aus den vorigen Briefen ging hervor, daß wir verschiedene Mittel besitzen, einen Nerven in Erregung zu versetzen; — auf mechanische Weise, durch Stechen, Kneipen, durch chemische Mittel, wie Säuren oder Aetzlaugen, und endlich durch die Electricität, welche in jeder Beziehung das mächtigste Erregungsmittel ist, und selbst dann noch Wirkungen hervorbringt, wenn die übrigen Reize gänzlich versagen. Seit der Entdeckung des Zuckens jenes Froschschenkels, dessen Nerv zufälliger Weise mit einem aus einem silbernen Löffel und einer Messerklinge zusammengesetzten electrischen Elemente in Berührung kam, seit jener Entdeckung ist der enthäutete Froschschenkel eines der wichtigsten Instrumente geworden, ohne dessen Hülfe weder die Nervenphysik noch die Electricitätsphysik selbst jemals zu ihrem heutigen Standpunkte gekommen wären; denn während der electrische Multiplicator äußerst schwache electrische Ströme nachweisen, ihre Richtung angeben und von in längeren Zeiten erfolgendem Wechsel die Stärke anzeigen kann, ersetzt ihn der Froschschenkel durch seine Zuckungen gerade in denjenigen Fällen, wo der Multiplicator seiner Trägheit wegen den Dienst versagt. Jede noch so rasche Veränderung eines Stromes, und wenn sie auch in fast unmeßbarer Zeitdauer einträte und augenblicklich vorüberginge, wird durch den Froschschenkel mit einer Zuckung beantwortet. So hat man denn in den geeigneten Fällen bald das eine künstliche, bald das andere von der Natur gebotene Instrument benutzt, um sich über die electrischen Eigenschaften der Nerven Aufschluß zu verschaffen, und hieraus auf die Molecularveränderungen in den Nerven selbst und das in ihnen wirkende Agens zurückschließen zu können. Es würde zu weit führen, wollten wir uns weitläufiger mit diesen Untersuchungen beschäftigen, deren Verständniß nothwendig ein tieferes Eingehen in die physikalische Lehre von der Electricität erfordern würde. Die Schlüsse, welche aus Reihen der delicatesten Versuche hervorgegangen sind, führen zu dem Resultate: daß jeder lebende erregbare Nerve des Körpers gewissermaßen eine geschlossene electrische Säule darstellt, deren positiver Pol gegen die Längsaxe, der negative gegen die Queraxe gerichtet ist, und dessen electrische Massen durch einen feuchten indifferenten Leiter, die Scheide, umschlossen sind. Das Nervenmark und besonders der Axencylinder ist also einzig die wahre Nervensubstanz, während alle übrigen Scheidengebilde nur zur Isolirung dieses Inhaltes dienende Organe sind. Im Zustande der Ruhe erzeugt demnach schon jeder Nerve einen electrischen Strom, den ruhenden Nervenstrom, welcher bei der Erregung in wesentlicher Weise verändert wird. Schließt man nämlich durch das Stück eines Nerven die Kette einer electrischen Säule in der Weise, daß dieser erregende Strom den Nerven in derselben Richtung durchstreicht, in welcher der ursprüngliche Nervenstrom in der weiteren Fortsetzung des Nerven läuft, so wird dieser Strom gestärkt, bei entgegengesetzter Richtung aber vermindert. Zu diesem Versuche, wie überhaupt zu jeder Fortpflanzung der Erregung und des dadurch bewirkten electrischen Zustandes der Nerven bedarf es aber des vollkommenen ununterbrochenen Zusammenhanges des Inhaltes der Nervenröhren. Hebt man diesen auf, selbst in einer Weise, daß die Electricität noch auf der Außenfläche fortgeleitet wird, so ist nichts desto weniger die Fortpflanzung im Inneren der Nervenröhren aufgehoben. Schnürt man den Nervenstamm z. B. mit einem nassen Faden zusammen, so wird hierdurch jede Fortleitung der Erregung in den Nerven aufgehoben. Ist es ein Muskelnerv, so kann man den Nerven über der Umschnürungsstelle auf jede erdenkliche Art reizen, es erfolgt keine Zuckung in den peripherischen Muskeln. Ist es ein Gefühlsnerve, so erscheint die Empfindungsleitung von den peripherischen Theilen her an dieser Stelle unterbrochen. Ganz in derselben Weise bleibt auch die Verstärkung oder Verminderung des ursprünglichen Nervenstromes in dem außerhalb des umgeschnürten Fadens gelegenen Nervenstücke aus. Die Wirkung dieser Unterbrechung des Nervenmarkes im lebenden Körper können wir aus der Jedem bekannten Erscheinung des Einschlafens der Glieder beurtheilen, das stets nur durch Druck auf die Nervenstämme erzeugt wird. Geht dieser Druck so weit, daß der Inhalt der Nervenröhren für eine Zeit lang in seiner Continuation unterbrochen wird, so versagen die Nerven jeden Dienst. Das Glied ist völlig unempfindlich und zuweilen selbst so unbeweglich, daß bei plötzlichem Aufstehen der Mensch, dessen Beine eingeschlafen sind, hinfällt. Erst allmählich stellt sich die Leitung wieder her, die dann mit abnormen Erregungszuständen, Prickeln, Ameisenlaufen und unwillkürlichen Zuckungen verbunden ist.

Die bis jetzt angestellten Untersuchungen leiten fast nothwendig zu dem Schlusse: daß der zu jeder Zeit des Lebens thätige Nerv Kräfte entwickelt, die in chemischen Umsetzungen des Nerveninhaltes ihren Grund zu haben scheinen, und daß diese Kräfte, die der Ernährungsproceß in den Nerven erzeugt, den electrischen verwandt sind. Alle Erscheinungen sprechen dafür, daß jede Einwirkung, welche die Zusammensetzung des Nerven beeinträchtigen kann, auch auf seine Erregung schwächend einwirkt, während wieder die Wirkungen der Nervenkräfte mit denjenigen der Electricität in ziemlichem Einklange stehen. Der bedeutendste Einwurf, welchen man gegen diese Ansicht vorbringen könnte, beruht auf der Verschiedenheit der Leitungsgeschwindigkeit, die bekanntlich bei der Electricität 422 Millionen Meter in der Secunde beträgt, also auf den Nerven übertragen vollkommen unmeßbar erscheint. Freilich können wir auch dem gewöhnlichen Sprachgebrauche nach die Leitung der Erregung innerhalb der Nerven eine unendlich schnelle nennen; genauere Untersuchungen haben indeß bewiesen, daß der Zeitunterschied, der durch die Leitung innerhalb der Nerven bedingt wird, zwar verschwindend klein, aber doch nicht unmeßbar ist. Man hat diese Geschwindigkeit direct in der Art gemessen, daß man einen eigenthümlichen Apparat anbrachte, der unendlich kleine Zeiträume noch mit Sicherheit angab, und man hat auf diese Weise gefunden, daß die mittlere Geschwindigkeit der Fortpflanzung in den Nerven 61,5 Meter in der Secunde beträgt. Auch auf indirectem Wege hat man solche Messungen vorgenommen, die sogar auf noch größere Geschwindigkeitswerthe führen. Hält man den Zeigefinger an ein gezahntes Rad, das sich in raschem Schwunge dreht und somit der empfindenden Hautstelle eine Reihe von einzelnen Stößen ertheilt, so empfindet man noch deutlich hundert Stöße in der Secunde, während darüber hinaus die Empfindung in einem Gesammteindruck verschwindet. Schlägt man nun den Weg der empfindenden Primitivröhren von der Spitze des Zeigefingers bis zu ihrer Einpflanzung in das Gehirn auf einen Meter an, so würde sich daraus eine Fortpflanzungsgeschwindigkeit von hundert Metern in der Secunde ergeben, vorausgesetzt, daß man die Uebertragung der Erregung auf das Bewußtsein als keiner Zeit bedürfend ansehe. Wahrscheinlich ist es aber, daß diese Uebertragung ebenfalls noch ein gewisses Zeitmoment nöthig hat, wodurch denn die Fortpflanzungsgeschwindigkeit noch größer ausfallen würde. Diese bleibt aber dennoch, wie man sieht, weit hinter derjenigen der Electricität zurück, und es würde dies ein wesentlicher Einwurf gegen die Ansicht von der Nervenkraft als einer electrischen sein, wenn nicht die übrigen Untersuchungen darthäten, daß der Nerve nicht als ein einfacher leitender Körper angesehen werden kann, sondern aus einer unendlichen Menge von Molecülen besteht, deren jedes von einem electrischen Strome umkreist ist, so daß die Leitung in der Nervenmasse nicht eine directe, sondern eine indirecte ist.

Betrachtet man die Functionen der Nerven im Ganzen, so geht schon aus dem anatomischen Verhalten hervor, daß in den peripherischen Nervenfasern zwar durchaus keine anatomische, den Functionen entsprechende Verschiedenheit gegeben ist, daß aber dennoch die Verschiedenheit ihrer Function nicht allein von den beiden Enden, dem peripherischen Organe einerseits und dem centralen Ende andererseits abhängen könne. Die Mittel, welche eine Erregung bedingen, können, wie wir gesehen haben, außer-

orbentlich verschieden sein; aber selbst wenn man den gleichen
Reiz auf verschiedene Nerven anwendet, wird die Wirkung der
Erregung dennoch schon aus dem Grunde verschieden sein, weil
das Organ, in dem der Nerve endet, und die Stelle, von welcher er im Centralnervensysteme ausgeht, verschieden sind. Man
kann deshalb wohl die Ansicht vertheidigen, daß alle Nervenfasern gleich sind, gleich leiten, und daß, wenn von bewegenden,
empfindenden und Sinnesnerven gesprochen wird, man diese Aus-
brücke nicht auf die Nervenröhren selbst, sondern nur auf die
Endpunkte beziehen darf, zwischen welchen sie ausgespannt sind.
Indessen deutet doch die schon oben erwähnte Unmöglichkeit, empfindende mit motorischen Fasern zusammen zu heilen, so wie das
Absterben der Erregbarkeit, welches in der Richtung der Leitung
vor sich geht, so daß der empfindende Nerv von Außen nach
Innen, der bewegende von Innen nach Außen sich erschöpft,
darauf hin, daß die Verschiedenheit der Leitung wie der specifischen Energie jedes Nerven nicht allein in den beiden Endbe-
zirken seines Verlaufes, sondern auch in der Natur seiner Fasern
selbst begründet sein müsse. Wenn wir also auch vollkommen
überzeugt sind, daß bei Reizen der Netzhaut und des vorderen
Theiles der Vierhügel der Kranke schon deshalb nur Lichtempfin-
dungen hat, weil eben diese Theile nur für Aufnahme dieser geeignet sind, so sehen wir auch in dem Umstande, daß der Kranke
ein Feuermeer beim Durchschneiden des Sehnerven sieht, einen
Beweis für die Ansicht, daß die Sehnervenfasern, ihres Bau's
wegen, jeden Reiz nur als Lichtempfindung leiten können, so gut
wie jede bewegende Faser den Reiz nur als Bewegungserregung
leiten kann. Wenn es gelang, im Centralorgane functionelle Verschiedenheiten zwischen empfindlichen und ästhesobischen, bewegenden und kinesobischen Fasern nachzuweisen, die Mikroskop, Electro-
skop und Scalpell noch nicht bestätigt haben, so ist nicht
einzusehen, warum ähnliche Verschiedenheiten nicht auch in peripherischen Fasern existiren sollten.

Von der Verschiedenheit der peripherischen Organe hängt
indessen gewiß großentheils die Erscheinung ab, daß die Nerven

qualitativ sehr verschiedene Empfindungen in ihrer Eigenthümlichkeit dem Centralorgane zuleiten. Die Empfindungen, welche
unsere Hautnerven uns mittheilen, sind nicht stets dieselben und
durch Abstufungen von Mehr oder Minder bedingt, sondern es
finden sich darin qualitative Verschiedenheiten der mannichfachsten
Art. Man fühlt nicht nur Schmerz, sondern man tastet auch
die Härte oder die Gestalt der Oberfläche eines Körpers, man
empfindet auch seine Temperatur und hat eine gewisse Schätzung
für sein Gewicht; man sieht nicht nur Licht und Finsterniß, sondern auch Farben und deren Nüancen; man hört nicht nur den
musikalischen Ton, dessen Schwingungen unser Ohr auffaßt, sondern man unterscheidet auch an dem eigenthümlichen Klange,
seinem Timbre, aus welchem Instrumente der Ton hervorgeht.
Legt man aber den Hautnerven in seinem Verlaufe bloß, oder
schneidet man ihn durch und reizt dann das durchschnittene Ende,
so wird nur Schmerz empfunden, selbst wenn die Reizung durch
ein Stück Eis geschieht. Ebenso erzeugt der Sehnerve bei seiner
Durchschneidung oder bei anderen Erregungszuständen nur im
Allgemeinen Licht, nicht aber bestimmte Farben.

Die Erregbarkeit der Nervenmasse selbst kann zu verschiedenen Zeiten eine äußerst verschiedene sein, und hierauf beruht
auch zum großen Theile die Verschiedenheit der Empfindungen
namentlich in subjectiver Hinsicht. Man kann leicht durch Versuche zeigen, daß die Erregbarkeit eines Nerven sich erschöpft und
nach der Erschöpfung wieder neu sich sammelt, wenn man dem
Nerven Ruhe gönnt. Setzt man z. B. die Durchleitung electrischer
Schläge durch den Nervenstamm eines Froschschenkels eine gewisse
Zeit hindurch fort, so entstehen endlich keine Zuckungen mehr;
läßt man den Froschschenkel aber einige Zeit ruhig liegen, so
antwortet er dann wieder durch Zuckungen auf wiederholte Schläge.
Alle Reize, die auf den Nerven angebracht werden, können bei
öfterer Wiederholung denselben eben so gut schwächen und erschöpfen, wie auch andererseits absolute Ruhe und Unthätigkeit
dieselbe Folge haben kann. Jeder Arzt weiß aus Erfahrung,
daß ein Kranker, der mit gebrochenem Beine ein oder zwei

Monate lang hat ruhig liegen müſſen, nach der Heilung auch das geſunde Bein nicht gehörig zu benutzen verſteht, ſchnell ermüdet und von Neuem mit demſelben gehen lernen muß. Wechſelnde Zuſtände des Organismus überhaupt üben auf die Erregbarkeit, auf den Widerſtand gegen die Erſchöpfung den größten Einfluß aus, und es iſt gar nicht geſagt, daß größere Erregbarkeit auch ſchnellere oder langſamere Erſchöpfung im Geſolge habe. Beide Zuſtände ſcheinen im Gegentheile ganz unabhängig von einander zu ſein und mit durchaus verſchiedenen Verhältniſſen in Folgebeziehung zu ſtehen. Die Erhaltung der Erregbarkeit in dem Nerven ſelbſt hängt einestheils von der Erhaltung desjenigen Wärmegrades ab, in welchem ſich der Nerv in dem Thiere befindet, anderentheils aber auch weſentlich von dem Zufluſſe des arteriellen Blutes, das, wie es ſcheint, die für einen Augenblick durch die Functionsäußerung modificirte Zuſammenſetzung der Nervenſubſtanz augenblicklich wiederherſtellt. Der Zufluß arteriellen Blutes zu dem Gehirne iſt die nothwendige, unerläßliche Bedingung für die Thätigkeit dieſes Organes, und eine Menge krankhafter Erſcheinungen beruhen einzig und allein auf dem Mangel dieſer Zufuhr. Große Blutverluſte, die plötzlich eintreten; plötzliche oder raſche Hemmung der Zufuhr des rothen Blutes zum Gehirn durch Verſtopfung oder Unterbindung der großen Schlagadern, durch Krampf der Gefäßmuskeln, der auch von dem Centralorgane aus durch Schreck oder andere pſychiſche Einflüſſe erregt werden kann; Verhinderung der Zufuhr arteriellen Blutes in die Centralorgane durch Verhinderung der Athmung auf mechaniſchem oder chemiſchem Wege; — alle dieſe Urſachen führen ſtets zur Bewußtloſigkeit, zu fallſüchtigen Anfällen mit entſetzlichen Muskelkrämpfen und zu ſchnellem Tode, wenn die Urſache nicht ſchleunig gehoben wird. Es iſt eine durch hundert Fälle beſtätigte Regel, daß man Aderläſſe, bei welchen Ohnmachten zu befürchten ſind, nur in aufrechter Stellung des Oberkörpers vornehmen ſoll, indem man dann beim Herannahen der Ohnmacht durch ſchleuniges Horizontallegen des Körpers das Mittel in der Hand hat, die Blutzufuhr zum Gehirne zu beſchleunigen und das entfliehende Leben aufzuhalten.

Klassische Untersuchungen über das Wesen der Fallsucht überhaupt haben gezeigt, daß die plötzliche Unterbrechung der Ernährung des Hirnstammes, möge sie nun durch Blutverlust oder
sonstige Verhinderung der Zufuhr arteriellen Blutes entstehen,
stets fallsüchtige Krämpfe hervorruft, während dagegen dieselbe
Ursache in dem Großhirne Bewußtlosigkeit, Unempfindlichkeit und
Lähmung erzeugt. Wenige Secunden genügen, um diese entsetzlichen, bei längerer Fortdauer unvermeidlich zum Tode führenden
Wirkungen zu erzielen, und man kann leicht bei Thieren, denen
man die zuführenden Schlagadern abwechselnd zusammendrückt
und wieder frei läßt, nachweisen, daß jede Aufhebung des Kreislaufes unmittelbar die verderbliche Wirkung erzeugt, welche mit
Blitzesschnelle verschwindet, sobald man die Zufuhr des Blutes
wieder gestattet. Aehnliche Wirkungen kann man sogar an sich
selbst hervorrufen, indem man die Halsschlagadern dauernd zusammendrückt.

Nicht minder haben die peripherischen Nerven beständige
Zufuhr nöthig; nur daß hier die Wirkungen nicht mit solcher
Schnelligkeit hervortreten, als bei dem in dieser Hinsicht außerordentlich angreifbaren Gehirne. Unterbindet man einem Thiere
die Bauchschlagader, so daß kein arterielles Blut mehr in die
hinteren Extremitäten einströmt, so sind diese nach wenigen Minuten vollständig in Empfindung und Bewegung gelähmt.

Die Wirkungsweise des Aethers und des Chloroforms beruht theilweise auch auf der Herabsetzung der Zufuhr arteriellen
Blutes, obgleich diese nicht den einzigen Grund derselben einschließt. Man hat beide Substanzen in der neueren Zeit nur
allzuhäufig bei schmerzhaften Operationen angewendet, um eben
den Schmerz gänzlich aufzuheben, und man hat dabei viel zu
sehr außer Acht gelassen, daß man dem Individuum den Schmerz
nur dadurch ersparen konnte, daß man es einer dringenden Lebensgefahr aussetzte. Früher war diese Gefahr geringer, wo man
noch Einathmung von Aether anwandte, dessen Dämpfe weit
weniger tief eingreifen, als diejenigen des Chloroform, dem man
in der neuesten Zeit wegen der Leichtigkeit der Anwendung den

Vorzug gegeben hat. Während man zum Einathmen des Aethers complicirte Apparate und eine länger fortgesetzte Einathmung bedarf und zuweilen nur unvollständige Wirkungen hervorbringt, ist man zwar bei dem Chloroform sicher, mittelst einiger auf ein Taschentuch gegossener Tropfen die Wirkung zu erzielen, kann aber auch weniger den Grad des Erfolges ermessen. Trotz aller Vorsichtsmaßregeln häufen sich die Todesfälle in bedeutendem Maße, und es heißt wirklich mit dem Leben auf die leichtsinnigste Weise spielen, wenn man wegen eines vorübergehenden Schmerzes, wie z. B. beim Zahnausreißen, das Chloroform anwendet. Die Erscheinungen sind aber bei beiden Mitteln etwa dieselben. Zuweilen geht eine kurze Aufregung vorher, während welcher die Respirationsbewegungen heftiger sind und auf den Puls, die Stärke und Höhe der Pulswellen einen bedeutenden Einfluß üben. Dann aber folgt eine längere Zeit, während welcher die Sinneseindrücke nicht mehr empfunden, die Schmerzen nicht mehr gefühlt werden und das Gehirn in dem Zustande erst eines leichten Rausches, dann eines tiefen Traumes sich befindet. In dieser Periode sinkt der mittlere Blutdruck oft bis auf die Hälfte seiner normalen Höhe, und der Einfluß der Athmung, die zugleich seltener wird, auf die Höhe der Pulswelle tritt stets weniger deutlich hervor. Die Schmerzempfindungen werden in angenehme Phantasmen verwandelt, die Tastempfindungen erhalten sich viel länger, doch auch in veränderter und abgestumpfter Weise. Schreitet die Wirkung fort, so tritt vollständige Bewußtlosigkeit, Röcheln, endlich Stillstand des Athmens und zuletzt sogar völliger Stillstand des Herzens und damit nach einiger Zeit der Tod ein. Die Lähmung schreitet von dem Gehirne nach dem Rückenmarke fort; man kann nachweisen, wie allmählich die Reflexbewegungen schwinden und die Empfänglichkeit der Nerven aufhört. Auch bei localer Application und ohne Vermittelung des Centralnervensystemes üben Aether und Chloroform diese zerstörende Wirkung auf die Nervenerregbarkeit aus, und bei allen Erscheinungen, wie namentlich auch beim Einflusse des Athmens auf die Circulation, gewahrt man stets, daß das Chloroform das tiefer eingreifende, rascher wirkende und weitaus gefährlichere Mittel ist.

Einen wesentlich verschiedenen Einfluß auf die Stimmung des Nervensystemes im Allgemeinen, seine Empfänglichkeit und Erregbarkeit, haben andere Mittel, unter welchen die Brechnuß und das in ihr befindliche wirksame Prinzip, das Strychnin, weit voransteht. Hat man einen Frosch mit Strychninlösung vergiftet, so treten bald entsetzliche Krämpfe in allen Muskeln ein. Bei der leisesten Erschütterung, bei der geringsten Berührung gerathen alle Muskeln in die heftigsten Zuckungen, die zuletzt in einen allgemeinen Starrkrampf übergehen. Die Strychninlösung wirkt eben so gut von dem Blute aus, bei directer oder indirecter Aufnahme in die Circulation, wie bei unmittelbarer Application auf die centralen Nervenorgane, und die Menge von Strychnin, welche hinreicht, diesen Zustand allgemeiner Erregung und übermäßiger Krampfzuckungen zu erzeugen, ist fast verschwindend klein. Ist die Dosis des Giftes nur sehr gering gewesen, so kann sich das Thier wieder erholen, behält aber noch lange Zeit eine übermäßige Empfindlichkeit bei. Ganz ähnliche Einflüsse, wie die erwähnten, können indeß auch durch besondere Zustände des Organismus geübt werden. Die Betäubung und die Empfindungslosigkeit gegen Schmerzen (Anästhasie) scheint bei den meisten Personen schon durch anhaltende, starke Kreuzung der Sehaxen erzeugt werden zu können, indem man sie starr und unverrückt einen glänzenden Gegenstand, z. B. einen über die Nasenwurzel gehaltenen Diamant fixiren läßt. Anderseits kann die Empfänglichkeit der Nerven in solcher Weise gesteigert sein, daß die geringste Erregung die heftigste Reaction in dem ganzen Muskelsystem, die bedeutendsten Schmerzen, die lebhaftesten Krämpfe und ähnliche Wirkungen hervorruft. Viele Erscheinungen des sogenannten thierischen Magnetismus, sowie die ganze Reihe von Unsinn, den man unter dem Titel der obischen Erscheinungen in die Welt hinein gequalmt hat, beruhen lediglich auf einer gesteigerten Nervenerregbarkeit, durch welche Empfindungen und Eindrücke, die in dem gewöhnlichen Leben spurlos vorübergehen, dem Bewußtsein mitgetheilt werden. Ich habe eine Frau beobachtet, die durch Tage langes heftiges Erbrechen an den Rand des Grabes gebracht worden war und wo man eine Magenkrankheit vermuthete, während nur beginnende Schwangerschaft die Ursache der abnormen Magenreizbarkeit war. Bei gänzlicher Erschöpfung des Körpers war das Nervensystem in einem solchen Zustande gesteigerter Erregbarkeit, daß die Kranke nicht nur die Tritte der Dorfbewohner hörte, wenn ich die betreffenden in der Ferne kaum sehen konnte, sondern auch die einzelnen Personen, welche über die Straßen gingen, ihren Tritten nach unterschied. Wie man sieht, brauchte diese Empfänglichkeit nur noch um ein Geringes sich zu steigern, um Erscheinungen herbeizuführen, die man, besonders wenn man mit betrügerischen Personen zu thun gehabt hätte, als magnetisches Hellsehen würde bezeichnet haben.

Wir sind so derjenigen Sphäre näher getreten, in welcher das letzte Räthsel der Nervenwirkungen überhaupt liegt, und wir dürfen uns fragen: in welchem Verhältnisse die Functionen der peripherischen Körpernerven überhaupt zu derjenigen Function der Centraltheile stehen, die man mit dem Namen der Seelenthätigkeit zu bezeichnen gewohnt ist.

Es kann nicht geläugnet werden, daß der Sitz des Bewußtseins, des Willens, des Denkens endlich einzig und allein in dem Gehirne gesucht werden muß; allein in welcher Weise nun dort die Räder der Maschine in einander greifen, dies zu bestimmen ist uns vor der Hand unmöglich. Wodurch es geschehen kann, daß ich meinen Willen gerade auf die Vollziehung dieser oder jener Bewegung lenke; ob dies Folge einer besonderen Localisation des Willens, ob nur das Resultat einer bestimmten, der bewegenden Thätigkeit zu verleihenden Richtung ist, dies zu entscheiden liegt außer dem Bereiche unserer heutigen Kenntnisse. Was man deshalb auch von den Beziehungen der Gehirnsubstanzen zu den Nervenverrichtungen sagen möge, es ist besser, hier unsere Unwissenheit zu gestehen und nicht weiter zu gehen, als die Erfahrung und der Versuch uns geführt haben.

Noch viel weniger können wir von den Beziehungen der Geistesthätigkeiten zu dem Gehirne sagen, wenn auch Gall'sche Phrenologie und Carus'sche Cranioskopie die Räthsel gelöst zu haben sich brüsten. Ein jeder Naturforscher wird wohl, denke ich, bei einigermaßen folgerechtem Denken auf die Ansicht kommen: daß alle jene Fähigkeiten, die wir unter dem Namen der Seelenthätigkeiten begreifen, nur Functionen der Gehirnsubstanz sind; oder, um mich einigermaßen grob hier auszudrücken: daß die Gedanken in demselben Verhältniß etwa zu dem Gehirne stehen, wie die Galle zu der Leber oder der Urin zu den Nieren. Eine Seele anzunehmen, die sich des Gehirnes wie eines Instrumentes bedient, mit dem sie arbeiten kann, wie es ihr gefällt, ist ein reiner Unsinn*); man müßte dann gezwungen sein,

*) Mit Absicht habe ich diese Stelle durchaus in ihrer ursprünglichen Gestalt gelassen, weil sie nicht bei ihrem Erscheinen, nicht während einiger Jahre, innerhalb welcher das Buch, ich kann wohl sagen, allgemeine Verbreitung und Anerkennung gefunden hatte, sondern erst lange nachher, als man glaubte einer Waffe zu bedürfen, zum Gegenstande der heftigsten Angriffe geworden ist. Die Rechtfertigung der ganzen Ansicht, auf welcher jeder Fortschritt heutigen Tages beruht, liegt freilich in ihr selbst. Da man aber behauptet hat, sie sei verabscheut, verlassen, von jedem ächten Naturforscher bei Seite gelegt, so erlaube ich mir hier, einige Stellen anzuführen, die mit jener Behauptung wohl nicht im Einklang stehen dürften.

Moleschott, nachdem er den obigen Satz angeführt, fährt fort: „Der Vergleich ist unangreifbar, wenn man versteht, wohin Vogt den Vergleichungspunkt verlegt. Das Hirn ist zur Erzeugung der Gedanken eben so unerläßlich, wie die Leber zur Bereitung der Galle und die Niere zur Abscheidung des Harns. Der Gedanke ist aber so wenig eine Flüssigkeit, wie die Wärme oder der Schall. Der Gedanke ist eine Bewegung, eine Umsetzung des Hirnstoffs, die Gedankenthätigkeit ist eine eben so nothwendige, eben so unzertrennliche Eigenschaft des Gehirns, wie in allen Fällen die Kraft dem Stoff als inneres, unveräußerliches Merkmal innewohnt. Es ist so unmöglich, daß ein unversehrtes Hirn nicht denkt, wie es unmöglich ist, daß der Gedanke einem anderen Stoff als dem Gehirn als seinem Träger angehöre." (Moleschott, der Kreislauf des Lebens, Mainz 1842, Seite 402.) Ein anderer Physiologe drückt sich folgendermaßen aus: „Sitz der Seele. Die auch eine besondere Seele für eine jede Function des Körpers anzunehmen, und käme so vor lauter körperlosen Seelen, die über die einzelnen Theile regierten, zu keiner Anschauung des

Apparate, welche die Bedingungen der seelischen Leistungen enthalten sollen, werden verschieden gedeutet. Nach der einen Gruppe der Hypothesen liegt den geistigen Functionen eine besondere Substanz, die Seele, zu Grunde, welche, dem Lichtäther ähnlich, zwischen den wägbaren Massen der Hirnsubstanz schwebt, und mit dieser so verkettet ist, daß ihre Veränderungen mit denjenigen der Hirnsubstanz Hand in Hand gehen, wie das auch der Physiker vom Lichtäther und den ihn umgebenden Stoffen annehmen muß. Damit aber diese Hypothese alle Erscheinungen erläutere, verlangt sie den nicht mehr naturwissenschaftlich zu rechtfertigenden Zusatz, daß der Seelenäther aus inneren Gründen (willkürlich) veränderlich sei. — Die Anhänger der zahllosen Abstufungen realistischer Weltanschauung haben sich, insofern sie sich überhaupt zur Bildung einer Vorstellung entschließen konnten, darüber geeinigt, daß die Seelenerscheinungen resultiren aus einer gewissen Summe im Hirn und Blut enthaltener Bedingungen, weil mit dem Wechsel in der Blutzusammensetzung Verstand, Empfindung und Wille kommen, schwinden oder sich ändern. Wer den Schluß aus Analogieen gelten läßt und durch seine Kenntnisse befähigt ist zu gründlichen Vergleichungen der Seelenerscheinungen mit den übrigen Naturereignissen, wird, wenn er wählen müßte, nicht zweifelhaft sein, welcher von beiden Meinungen er beistimmen soll; — wer aber einen unumstößlichen Beweis für eine der beiden Anschauungen verlangt, wird eingestehen, daß er noch nicht geliefert sei." (Ludwig, Professor in Wien: Physiologie des Menschen, Seite 452, Heidelberg 1858.) — Ein Dritter läßt sich also vernehmen: „Die Existenz des Nervenstrome tritt nur in zwei verschiedenen Weisen im Naturprozeß auf, indem entweder der Nervenstrom in für ihn nicht leitungsfähige Elementarcombinationen einströmt, hier mechanische Kräfte auslöst und dadurch palpable Effecte hervorbringt; oder zweitens, indem er aus der ihn leitenden Neurinsubstanz nicht heraustretend, vielmehr in besonderen Nerven-Apparaten, welche wir Gehirn nennen, sich sammelt, und denjenigen Zustand bildet, den wir alle als Bewußtsein kennen. — — — Das Haupthinderniß, welches aber der unbefangenen und natürlichen Erklärung der Innervationsphänomene des Organismus im Wege steht, ist dies, daß wir gewisse falsche Begriffe über die sogenannten Seelenthätigkeiten mit der Muttermilch aufgesogen haben, welche falsche Begriffe uns die Seelenthätigkeit als etwas mit dem natürlichen Prozeß der Welt überall nicht Zusammenhängendes, sondern als ein Ding sui generis, als etwas specifisch von der übrigen sogenannten materiellen Natur Ver-

Gesammtlebens. Gestalt und Stoff bedingen im Körper überall
die Function, und jeder Theil, der eine eigenthümliche Zusammensetzung hat, muß auch nothwendig eine eigenthümliche Function
haben.

Der Satz, daß die sogenannten Seelenthätigkeiten nur Functionen der Gehirnsubstanz sind, bildet die natürliche Basis der
Phrenologie, welche außerdem auch die einzelnen Seelenthätigkeiten auf bestimmte Hirntheile zu localisiren und von der Entwickelung dieser Hirntheile auch diejenige der Seelenthätigkeiten
selbst abhängig zu machen sucht. Merkwürdig erscheint es allerdings, daß gerade diejenigen Völker, welche dem Dogma, wenn
auch in individueller Weise ausgebildet, die größte Anhänglichkeit
zeigen, wie die Engländer und Amerikaner, sich mit Vorliebe
dieser rein materialistischen Grundlage der Psychologie zugewendet
haben, während in Deutschland die ursprünglich deutsche Lehre
nach und nach allen Boden verloren hat. Wenn man aber auch
die Ergebnisse, welche diese sogenannte Wissenschaft bis jetzt ge-

schiedenes darzustellen suchen. So kommt es, daß selbst ausgezeichnete Physiologen, sobald ihnen die Naturwissenschaft zeigt, daß das Gehirn das Organ
der Seele eben so unabweislich ist, wie die Leber das Organ der Gallen-
bildung, sobald sie also bei dem Widerspruch angekommen sind, in welchen
sich ihre Wissenschaft und ihre anerzogenen dogmatischen Vorstellungen befinden, nicht auf dem Wege der Wissenschaft fortschreiten, vielmehr stehen
bleiben und diesen Widerspruch ein den jetzigen Hülfsmitteln der Wissenschaft
noch unlösliches Problem nennen." — Dies letztere steht aber zu lesen in
einem Aufsatze : Ueber die Hirnfunction von Dr. L. Fick, P. P. O. in
Marburg und ist gedruckt in dem Archive für Anatomie, Physiologie und
wissenschaftliche Medicin, 1851, S. 414, herausgegeben von Joh. Müller,
k. preuß. geh. Rathe und Professor in Berlin. Was mich selbst betrifft, so
kann ich nur einfach hinzufügen, daß ich zwar die Behauptung aufgestellt
habe; es müsse jeder Naturforscher bei folgerichtigem Denken zu solchen
Schlüssen kommen; — daß ich aber niemals behauptet habe, daß es keine
Naturforscher ohne folgerichtiges Denken, keine blödsinnige oder vernagelte
Menschen unter den Naturforschern gebe, und daß der jetzt freilich ruhende
Streit über „Köhlerglauben und Wissenschaft," der eine zeitlang so lebhaft
loderte, mich in meinen Ansichten, sowohl über die Gehirnfunctionen, wie
über die Natur vieler Naturforscher, nur um so mehr gefestigt hat.

liefern haben soll, als durchaus unbewiesen bei Seite setzen muß, so kann man doch nicht umhin, anzuerkennen, daß die Phrenologie insofern eine feste Grundlage hat, als sie von dem Satze ausgeht: daß die Qualität und Quantität der Hirntheile auch die Art und Weise unseres Denkens bestimmen müsse, daß von dieser oder jener Bildung auch diese oder jene geistigen Fähigkeiten, Triebe und Leidenschaften nothwendig abhängen müssen; daß die Handlungen der Menschen nichts Anderes sind als Resultanten, hervorgegangen aus der physischen Grundlage und aus der jeweiligen Ernährung und Umsetzung der Hirnsubstanz. In diesen Principien liegt das Wahre der Phrenologie; das Falsche, Unerwiesene, auf unwissenschaftlichem Boden Aufgeführte liegt in der Anwendung dieser Principien im praktischen Felde.

Die Gall'sche, von vielen Anderen später theils modificirte, theils erweiterte Phrenologie bezeichnete willkürlich Regionen am Kopfe, welche die Localisation der einzelnen Fähigkeiten im Gehirne anzeigen sollten. Ein solcher Kopf, auf dem in niedlichen Feldern Muth, Diebssinn, Orißsinn und noch etwa fünfzig andere Sinne verzeichnet sind, nimmt sich gar nett und anschaulich aus. Stand eine bezeichnete Region auf irgend einem Schädel als Hügel oder Vorsprung vor, so hatte der Mensch die dort logirte Fähigkeit in hohem Grade entwickelt besessen; war die Gegend abgeflacht oder vertieft, so war besagte Fähigkeit entweder gar nicht oder nur schwach entwickelt. Schon diese Ansicht, daß der Schädel in seinen äußeren Umrissen genau die inneren Verhältnisse nachahme und somit die Conformation des Schädels auch diejenige des Gehirnes zeige; schon diese Ansicht ist durchaus unhaltbar. Der Schädel ist keine Schachtel, die in allen ihren Theilen gleichförmig dick ist; er hat bestimmte Stellen, wo er dünner, andere, wo er dicker ist, und die Verhältnisse seiner Dicke an verschiedenen Stellen schwanken in ziemlich weiten Grenzen. Bei dem Einen ist die Stirn dicker als das Hinterhaupt, bei dem Andern findet das Umgekehrte statt, und man braucht nur den ersten besten in verschiedenen Richtungen zersägten Schädel zu betrachten, um sich zu überzeugen, daß die äußeren Umrisse durchaus noch nicht diejenigen der inneren Höhlung wiederholen, sondern daß nur im Großen Aehnlichkeit stattfindet.

Wäre demnach auch die Localisation der einzelnen Fähigkeiten in den verschiedenen Gehirnstellen so, wie die Phrenologie sie annimmt, so würde es dennoch unmöglich sein, dieselben an dem äußeren Schädel auszutasten, eben weil dieser kein Abklatsch der Gehirnoberfläche ist. Leider aber ist diese Localisation nur eine Reihe von Glaubensartikeln, die, wie jeder Glaube, auf keinem factischen Beweise beruhen. Der musikalische Sinn wurde an diese oder jene Stelle gesetzt, weil es zur Zeit Gall's zufällig einen mit ihm befreundeten Musiker gab, dessen Schädel an der ausersehenen Stelle einen Höcker hatte; der Zerstörungstrieb wurde einem berühmten Mörder abgetastet, und was all der sogenannten Erfahrungen mehr sind. Die oberflächlichen Gehirnwunden, wobei oft bedeutende Mengen von Gehirnsubstanz verloren wurden, ohne sichtlichen Erfolg auf die Geistesfähigkeiten, so wie die oben angeführten Versuche, wonach beträchtliche Gehirnwunden nur allgemeine Schwächung der Function, nicht aber specielle Aufhebung einzelner Functionen herbeiführen, beweisen im Gegentheil, daß eine solche ängstliche Localisation der Geistesfähigkeiten in den Gewölbtheilen des Gehirnes durchaus nicht vorhanden ist, sondern daß hier allgemeinere Bedingungen vorwalten, deren Verhältnisse wir noch nicht zu bestimmen im Stande sind.

Die Functionen der Centraltheile des Nervensystemes sind überall in der ganzen Thierreihe an eine gewisse Periodicität gebunden, deren abwechselnde Zustände man mit dem Ausdrucke Schlafen und Wachen bezeichnet. Ich habe nie einsehen können, warum man nur dem Menschen, den Säugethieren und den Vögeln den wahren Schlaf will zukommen lassen und die übrigen Thiere schlaflos umherjagt. Die meisten Reptilien ruhen eine große Zeit des Tages über; daß die Eidechsen, die Krokodile in der Sonne schlafen, weiß Jeder, der solche Thiere beobachtet hat; Fische fängt man im Schlafe mit den Händen; Mollusken,

Krebse und andere Gliederthiere gehen meist nur des Nachts auf Nahrung aus und schlafen bei Tage. Die Zeit thut hier nichts zur Sache — ist die Eule etwa schlaflos, weil sie bei Nacht fliegt? Wenn diejenigen Thiere, welche den Meeresstrand bewohnen, beim Ablauf der Ebbe ihre Gehäuse schließen, sich einrollen und tief zurückziehen, um unbeweglich die Rückkehr der Fluth zu erwarten, glaubt man, daß sie dann wachen und philosophische Betrachtungen über den Einfluß des Mondes auf die Bewegung des Wassers anstellen? Ich weiß nicht, wie man diese und viele andere Erscheinungen bisher aufgefaßt hat; aber so viel weiß ich, daß mir noch kein Thier vorgekommen ist, bei welchem man nicht abwechselnde Zustände hätte beobachten können, die mit Wachen und Schlafen übereinkommen.

Die Erscheinungen des Schlafes sind einem Jeden bekannt; das Sandmännchen in den Augen, das Gähnen, das Suchen nach Ruhe und bequemer Lage, die allmähliche Abschließung gegen die äußeren Eindrücke sind zu oft von uns allen erfahren worden, als daß man daran zu erinnern brauchte. Ein Jeder weiß auch, daß lebhafte Sinnenreize länger wach erhalten, daß öfteres Bespritzen mit kaltem Wasser, grelles Licht, rauschende Musik am Einschlafen hindern, während ruhige Weisen, gleichförmiges Rauschen eines Wasserfalles, Murmeln eines Baches, vor allem aber langweilige monotone Unterhaltungen oder speculativ-philosophische Bücher unwiderstehlich einschläfern. Indeß giebt es auch Erscheinungen, die meist dem Schlafe vorangehen, und welche von den meisten Menschen unbeachtet gelassen werden, da sie weniger in die äußere Beachtung treten. Man sieht unbestimmte verwachsene Punkte vor den geschlossenen Augen, Nebel, leuchtende Punkte, hellere Massen, die vor dem Gesichtskreise umhergaukeln, deren Spiel den Schlaf immer mehr herbeiführt und deren Beachtung viel Selbstüberwindung und Reflexion kostet.

Im Schlafe selbst gehen alle Functionen des vegetativen Lebens ungestört vor sich; nur tritt offenbar eine gewisse Abspannung und daherige größere Langsamkeit der Bewegungen

eln. Das Herz schlägt ruhiger; die Athemzüge werden langsamer und tiefer; die Bewegungen des Darmes ohne Zweifel
langsamer und die Verdauung dadurch anhaltender; — „wer
schläft, der ißt," sagt ein altes Sprüchwort. Auffallender sind
die Erscheinungen im animalen Leben. Das Bewußtsein ist verringert, wenn auch nicht durchaus geschwunden, und gerade durch
diese Stumpfheit des Bewußtseins und den mangelnden Zusammenhang desselben mit den übrigen Thätigkeiten wird der Schlaf
bedingt. Ein Schlafender hört, fühlt und sieht in materieller
Hinsicht eben so gut, als ein Wachender; sein Hörnerve nimmt
die Schallwellen, sein Gefühlsnerve die Schmerzensempfindung
durchaus eben so auf, wie wenn vollkommenes Wachen vorhanden
wäre; aber die Vermittelung der Empfindung fehlt, und wenn sie
geschieht, so erfolgt sie falsch, unrichtig, verwirrt. Ein Gleiches
findet statt mit den Bewegungen. Wir ändern sehr gut im
Schlafe eine unbequeme Lage; schlagen im Traume um uns;
der träumende Jagdhund bewegt die Füße zum Laufen; aber die
Bewegungen sind unkräftig, unbestimmt, eben so unsicher und
ungeregelt, wie die Empfindungen.

Daß die Empfindungen im Schlafe durchaus in ihrer ganzen
Intensität von den Nerven empfangen, nicht aber von dem Bewußtsein eben so aufgefaßt werden, geht aus den vielfachsten
Erscheinungen hervor. Das leiseste ungewohnte Geräusch kann
erwecken, während starke Töne, an welche man gewohnt ist, den
Schlaf ungestört lassen. Jeder Lärmen, der anfangs wach erhielt
und den Schlummer störte, wird endlich durch die Gewohnheit
unschädlich. Die Empfindungen werden aber durch das phan-
tastische Spiel der Seele, das wir als Traum bezeichnen, nicht
in ihrer Realität, sondern in Verbindung mit Vorstellungen aufgefaßt, welche unser Gehirn daran knüpft. Auf diese Weise werden äußere wie innere Empfindungen vertauscht, in seltsame
Geschichte und Romane verwoben, welche sich meist auf bestimmte
Erlebnisse beziehen oder auf Vorstellungen, mit welchen man sich
vor längerer oder kürzerer Zeit beschäftigt hat. Jeder weiß wohl
aus seiner eigenen Erfahrung, wie folgerecht oft der Traum ein-

jelne Theile jelnes Gespinnstes abwickelt, um endlich zu der Conception der Empfindung selbst zu gelangen; wie er diese gleichsam einleitet, erklärt, begreiflich macht und ihr später eine Nachrede hält. Ich weiß aus eigener Erfahrung, daß ich viel träumte, als ich noch ein böser Junge war und mehr Ritter-romane las und Bier trank, als meiner Phantasie und meinem Körper zusagte. Ich träumte viel von Schlachten und Kämpfen, kühnen Angriffen und klugen Rückzügen, und meist endete der Traum dahin, daß ich allein noch übrig blieb, mich in ein ein-sam stehendes Haus rettete und dort in ein Bette kroch, in dem ich still und regungslos liegen blieb. Oft entschlüpfte ich so; zuweilen aber entdeckte der Feind mich und ich wurde ermordet. Ich fühlte den Dolch in der Wunde, fühlte, wie mein warmes Herzblut über mich hinabrieselte — beim Erwachen fand ich das Bette durchnäßt. Kein Zweifel, daß das ungewohnte Getränk den Blasenhals reizte und das träumende Gehirn das Bedürfniß zum Uriniren in einen Roman verwob, dessen Ausgang manch-mal meine Backe zahlen mußte.

Wenn indeß die meisten Träume sich in dieser Art an innere oder äußere Empfindungen knüpfen mögen, so ist doch nicht zu läugnen, daß es Traumvorstellungen giebt, die unabhängig hier-von, vielleicht von besonderen Verhältnissen des Gehirnbaues abhängen, und die immer wiederkehren, welches auch der Gegen-stand sei, mit dem man sich geistig oder körperlich beschäftigt hat. Solche in unbestimmten Zeiträumen immer wiederkehrenden Traumvorstellungen werden öfter lästig, schon ihrer steten Gleich-heit wegen, und sie haben das Eigenthümliche, daß man sich ihrer erinnert, wenn man auch die Erinnerung an alle andere Träume verloren hat. Ich bin bei mir selbst auf diese Erscheinungen aufmerksam geworden, und habe bis jetzt vielleicht nur ein Paar meiner Bekannten getroffen, welche nicht ähnliche, gleichsam fixe Traumvorstellungen haben, von denen sie von Zeit zu Zeit heim-gesucht werden. Bei keinem sind es dieselben, wie bei einem Andern; bei mir selbst reduciren sie sich auf zwei besondere Vor-stellungsreihen. Den Grund der einen derselben habe ich finden können; er beruht in Kopfcongestionen. Bei heftigeren Anfällen von solchem Blutandrang nach dem Kopfe tritt selbst der Traum im vollkommenen Wachen ein. Es scheint mir, als würde mein Kopf zu eng; er klappt oben auf wie eine Fallthüre und das Innere wulstet sich hervor, quillt nach allen Seiten über, bläht sich auf und verliert sich in nebelgrauer Ferne. Die andere fixe Vorstellung auf einen körperlichen Zustand zurückzuführen, ist mir bis jetzt unmöglich gewesen; sie besteht, wenn ich mich so ausdrücken darf, in einer Anschauung der Unendlichkeit. Eine Bahn, einer Kegelbahn ähnlich, streckt sich vor meinen Augen aus; eine Kugel wird darauf hingeschoben, von Gestalten, deren Umrisse ich bei größter Anstrengung nie fixiren kann. Im Rollen vergrößert sich die Kugel, wächst und dehnt sich ins Unendliche, und wenn ich schon lange sie nicht mehr als Kugel sehe, so habe ich immer noch das Gefühl des Rollens und Wachsens.

Aus der Analyse solcher Vorstellungen, die bei Gesunden nur im Traume auftreten, wird es klar, wie gewisse Organisationsfehler, in deren Gefolge diese Vorstellungen auftreten, als fixe Ideen, als Narrheit und Tollheit im kranken Zustande sich gestalten können. Es zeigen aber auch diese Beispiele, wie sehr leicht materiell krankhafte Verhältnisse unseres Körpers auf den Seelenzustand einen wesentlichen Einfluß ausüben müssen und wie dieser am Ende nur der Reflex dieser materiellen Veränderungen ist. Die falsche Vorstellung, welche der Traum im Schlafe vorführt, tritt in das Wachen über, sobald die abnorme Thätigkeit des Gehirnes überwiegt, und so wie der Amputirte auch bei der besten Ueberzeugung vom Verluste seines Fußes dennoch das Gefühl der Existenz desselben hat und im Anfange nach der Operation denselben beständig fühlt, so kann der Wahnsinnige die vollständigste Ueberzeugung von der Unrichtigkeit seiner Vorstellung haben und dennoch von derselben nicht lassen, so lange der materielle Grund dieser Vorstellung obwaltet. Es wird aber unter solchen Umständen auch klar, wie der materielle Grund zum Wahnsinn nicht nur im Gehirne, sondern auch in anderen Körpertheilen liegen kann. Eine Empfindung, die wie

alle von den Eingeweiden ausgehenden Empfindungen nur unklar
aufgefaßt wird von dem Bewußtsein, kann allmählich überwie-
gend einwirken, und so Vorstellungen erzeugen, die mit dem
richtigen Gedankengange unvereinbar sind. Man braucht hier
nur an eine bekannte Erscheinung, an das Alpdrücken, zu erinnern.
Es ist eine Beklemmung, die sich bis zur furchtbarsten Athemnoth steigern kann — ein krampfhaftes Leiden, das häufig mit
Verdauungsbeschwerden zusammenhängt und meist Schlafende
überfällt. Den Einen scheint ein Gewicht die Brust einzudrücken
— bei Andern aber wird der krankhafte Eindruck zur Vorstellung
einer Gestalt, eines widrigen Zwerges, eines Scheusals, und gar
Manche sind bereit, einen körperlichen Eid darauf abzulegen, daß
sie in vollem Wachen das Gespenst sahen, wie es allmählich, als
sie sich erhoben, von ihnen abglitt und in Nebel zerfloß. Ein
Schritt weiter und die auf solche Weise erzeugten Vorstellungen
gewinnen die Oberhand.

Bei allen diesen Erscheinungen dürfen wir niemals vergessen, daß wir, trotz aller Erkenntniß der materiellen Grundlage sämmtlicher Gehirnfunctionen, dennoch stets auf ein dunkles
Gebiet eintreten, sobald wir die einzelnen Erscheinungen näher
analysiren wollen. Wie schon oben bemerkt, liegt der Grund
der mangelhaften Analyse in der unvollständigen Kenntniß des
feineren anatomischen Baues der Centralorgane. Der Schlaf
zeigt uns, daß die verschiedenen Brücken, welche von den peripherischen Nerven bis zu dem Bewußtsein hinleiten, selbst bei
geregelter Fortdauer der vegetativen Lebenserscheinungen auf kür-
zere oder längere Zeit bei normalen Gesundheitszuständen abge-
brochen werden können; — die abnormen Stimmungs- und
Erregungszustände des centralen Nervensystemes führen noch
zu ferneren Schlüssen, wonach die verschiedenen Apparate bald
für sich vereinzelt, bald in abnormer Verbindung in Function
treten können. Die Empirie geht unter solchen Umständen meist
der Wissenschaft voraus, indem sie Thatsachen zeigt, deren
Gründe vor der Hand, bei mangelhafter Kenntniß, noch nicht

darlegbar sind und deren Erklärung meist sich von selbst ergiebt, sobald die Grundlagen der Erkenntniß hergestellt sind.

Ich will hier auf den sogenannten thierischen Magnetismus hindeuten. Die Erklärungen, welche man von dieser „Nachtseite der Natur" zu geben versucht hat, die Beziehungen, welche man in den beobachteten Erscheinungen zu Electricität und Magnetismus zu finden geglaubt hat, können nicht vor dem Richterstuhle der einfachsten physikalischen Kritik bestehen; die Abgeschmacktheiten, Lügen und Thorheiten, womit man diese Dinge verbrämt hat, erklären hinlänglich den Widerwillen solcher Beobachter, welche vor jedem Beginne einer Untersuchung einen festen Boden verlangen, von dem aus sie zu Resultaten gelangen können. Dazu kommt die Abneigung, sich mit abgefeimten, verschmitzten Betrügern und Betrügerinnen abzugeben. Alles dies hindert aber nicht, anzuerkennen, daß Thatsachen vorliegen, welche nachweisen: daß eigenthümliche Zustände im centralen Nervensystem theils durch den eigenen Willen, theils durch besondere Manipulationen Anderer, theils endlich durch krankhafte Ursachen erzeugt werden können, in welchen in einzelnen Sphären der Nervenfunctionen wie im gesammten Kreise derselben Effecte eintreten, ähnlich denen, welche durch Schlaf, Chloroform, Strychnin erzeugt werden. Oben wiesen wir darauf hin, wie erhöhte Nervenreizbarkeit Sinnesempfindungen wahrnehmen lassen kann, die bei gewöhnlicher Stimmung nicht wahrnehmbar sind. Eine große Menge der sogenannten magnetischen Erscheinungen beruht auf dieser erhöhten Reizbarkeit. Andererseits können Erscheinungen hervorgerufen werden, wie die Catalepsie, die Lähmung einzelner Körpertheile, die Empfindungslosigkeit, welche beweisen, daß gewisse Hirntheile außer Stande sind, ihre normale Function zu verrichten. Der Stoicismus eines Mädchens, welches von sich sprechen machen will, kann freilich weit gehen — die Geschichte der Medicin hat Beispiele genug der scheußlichsten Selbstqualen, welche solche Geschöpfe sich anthaten, um einen Leichtgläubigen förmlich zum Narren zu haben —; aber diese Herrschaft des Willens über den Schmerz kann nicht so weit gehen, reflectorische, dem Willen nicht unterworfene Bewegungen einzuhalten. Und doch kann man bei Magnetisirten beobachten, daß das weit geöffnete Auge unempfindlich gegen das Licht ist und die Pupille selbst beim plötzlichen Annähern einer Kerze unbewegt stehen bleibt. Hier müssen diejenigen Hirntheile, welche die Ueberleitung der Lichtempfindung zu den bewegenden Fasern der Regenbogenhaut vermitteln, temporär gelähmt sein — außer Stande, ihre Function zu üben. Wie dieser Effect und so mancher andere zu Stande kommt, ist uns freilich noch ein Räthsel.

Vierzehnter Brief.

Das Auge.

Das zusammengesetzteste Instrument des Körpers ohne Zweifel ist das Auge, durch dessen Thätigkeit das Sehen vermittelt wird. Ehe wir auf die Gesetze, welche in diesem denkwürdigen Apparate ihre Anwendung finden, näher eingehen, wird es nöthig sein, die anatomische Structur desselben übersichtlich zu beleuchten (s. Fig. 50, S. 346).

Der Augapfel an sich ist eine hohle, kugelförmige Blase, aus mehreren, zwiebelförmig über einander gelagerten Schichten von Häuten bestehend, in deren Innerem bestimmte, mehr oder minder flüssige durchsichtige Materien abgelagert sind. Abgesehen von den Schutz- und den Bewegungsapparaten, welche an dieser Kugel angebracht sind, zeigen sich daran folgende, besonders wichtige Theile. Zuerst eine äußere, schalenartige Hülle, deren hinterer Theil weiß, fest und undurchsichtig ist, während ein vorderes, kleineres Segment eine pralle, wasserklare, durchaus durchsichtige Haut darstellt, die man mit dem Namen der Hornhaut belegt und deren innere Fläche mit einer zarten, glasartig structurlosen Haut, der Wrisberg'schen, Descemet'schen oder Demours'schen Haut, ausgekleidet ist, während ihre vordere Fläche von der durchsichtigen Fortsetzung der Bindehaut des Auges überzogen wird. Die hintere weiße Haut, deren vordere Partie das Weiße des Auges bildet, zeigt die Form eines stark gekrümmten Bechers mit enger Oeffnung, etwa wie ein Römerglas, auf welchem dann die durchsichtige Hornhaut aufgesetzt ist, welche eine weit stärkere Wölbung hat und demnach einem kleineren Krümmungsradius angehört, als die weiße Haut.

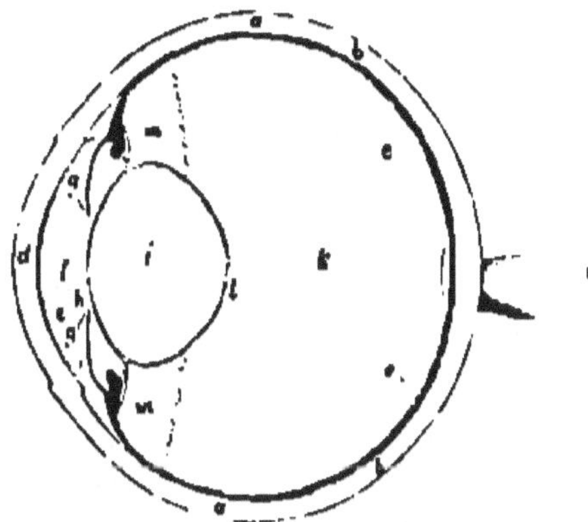

Fig. 60.

Durchschnitt des Auges in vergrößertem Maßstabe. a. Die weiße Haut, Sclerotica. b. Die Aderhaut, Choroidea, nach vorn in die schwarzen, folbigen Ciliarfortsätze übergehend. c. Netzhaut, Retina. d. Hornhaut, Cornea. e. Innere Auskleidung der Hornhaut, Brisberg'sche Haut. f. Vordere Augenkammer, von der Hornhaut und der Regenbogenhaut begrenzt und mit der wässerigen Augenfeuchtigkeit erfüllt. g. Regenbogenhaut, Iris. h. Sehloch, Pupille. i. Krystalllinse, von der Linsenkapsel umgeben. Zwischen ihrer vorderen Fläche und der Iris befindet sich die hintere Augenkammer, die durch das Sehloch mit der vorderen in Verbindung steht. k. Glaskörper. l. Hintere Linsenfläche, in der tellerförmigen Grube des Glaskörpers ruhend. m. Strahlenkörper, Corpus ciliare. n. Sehnerve.

Die ganze innere Fläche der weißen Augenhaut ist von einer sammtartigen, tief schwarzen Membran, schwarze Augenhaut, auch Aderhaut oder Choroidea genannt, ausgekleidet, welche eine große Menge von Blutgefäßen enthält und ihre Schwärze einem besonderen kohlenartigen Farbstoffe verdankt, der in eigenthümlichen Zellen abgelagert ist, und bei manchen Menschen, den s. g. Kakerlaken oder Albino's, den weißen Mäusen und Kaninchen, fehlt, wo dann statt der schwarzen Farbe des Sehloches,

ble man bei gesunden Augen sieht, eine röthliche Tinte aus dem
Grunde des Auges hervorschimmert. An dem vorderen Rande
der Sclerotica wird die Aderhaut durch einen muskulösen Streifen, das s. g. Strahlenband, mit ihrer äußeren Fläche fester
an die weiße Haut geheftet. Nach innen zu setzt sie sich in den
Strahlenkörper, Corpus ciliare, fort, ein breiter Falten-
kranz, der fest auf dem Rande der Linse und des Glaskörpers
aufliegt, mit seinem inneren Rande in die hintere Augenkammer
hineinragt und so die Ciliarfortsätze bildet, welche sich zwischen die hintere Fläche der Regenbogenhaut und die vordere der
Linse einschieben. Die Regenbogenhaut oder Iris ist ebenfalls eine Fortsetzung der Aderhaut nach innen zu, und bildet
im Auge einen senkrechten Vorhang, der hinter der Hornhaut
etwa in ähnlicher Weise angebracht ist, wie das Zifferblatt hinter
dem Uhrglase. In der Mitte besitzt dieser bewegliche Vorhang
ein kreisrundes Loch, das Sehloch oder die Pupille, das bei
grellem Lichte sich zusammenzieht, in der Dunkelheit sich ausdehnt. Die Farbe der Augen hängt von dem Pigmente ab, welches auf der vorderen Fläche der Iris abgelagert ist und das
bald mehr grau, blau, oder braun ist; — die hintere Fläche ist
stark mit schwarzem Farbstoff belegt. Die Aderhaut mit der
Iris und den hinter derselben gelegenen Ciliarfortsätzen bildet
demnach die zweite Schalenhaut der Zwiebel. Im hinteren Augen-
raume liegt sie hart an der weißen Augenhaut an; vorne aber
findet sich zwischen der kreisförmig gekrümmten Hornhaut und
dem senkrecht aufgehängten Vorhange der Iris ein halblinsen-
förmiger Raum, der durch eine wässerige Flüssigkeit erfüllt ist
und die vordere Augenkammer heißt.

Die schwarze wie die weiße Augenhaut werden an ihrer
hinteren Fläche von dem Sehnerven durchbohrt, welcher im
Inneren des Auges sich in Form einer fast durchsichtigen, grau-
lich gefärbten, sehr zarten Haut ausbreitet, welche die Netzhaut
genannt wird. Die Eintrittsstelle des Sehnerven liegt nicht
genau dem Sehloche gegenüber, sondern etwas nach innen; in
der Augenaxe selbst, die man horizontal durch die Mitte des

Sehloches legt, findet sich ein eigenthümlicher gelber Fleck auf der Netzhaut, der nur bei dem Menschen und einigen Affen angetroffen wird. Die Netzhaut kleidet die ganze innere Fläche der Aderhaut aus, sie geht vornen bis an die Gegend des vorderen Randes derselben und endet an dem hinteren Rande der Ciliarfalten mit einem wellenförmigen Rande. Die drei zwiebelartig übereinander gelegten Häute, welche den Augapfel bilden, sind demnach um so kürzer und um so weiter nach vorne offen, als sie mehr nach innen liegen; — welße Augenhaut und Hornhaut bilden ein vollkomnen geschloffenes Rund; Aderhaut und Iris zeigen eine kleinere mittlere Oeffnung, das Sehloch; die Netzhaut endlich bildet eine Art nach vorn offenen Bechers.

Das Innere des Augapfels ist, wie schon oben bemerkt, von mehreren flüßigen Theilen erfüllt, welche die eigenthümliche Prallheit dieses Organes bedingen. In der vorderen und hinteren Augenkammer, zwischen der Regenbogenhaut und der Hornhaut einerseits und der Linsenkapsel anderseits, findet sich eine klare Flüssigkeit, die fast reines Wasser ist, das nur wenige Bestandtheile aufgelöst enthält. Beim Anstechen der Hornhaut, was bei Operationen am Auge nicht selten geschieht, spritzt diese Flüssigkeit oft im Strahle hervor. Sie erneuert sich sehr rasch und ihr Verlust ist durchaus von keiner Bedeutung, eben dieser schnellen und leichten Erneuerung wegen. Hinter dem Sehloche und fast unmittelbar an die hintere Fläche der Regenbogenhaut angelegt, von der sie nur durch den kleinen Raum der hinteren Augenkammer getrennt ist, findet sich die Krystalllinse, ein aus blätterigen Schichten gebildeter Körper, dessen vordere Fläche etwas abgeplattet, die hintere aber stark gekrümmt ist, und der in seinen äußeren Schichten eine breiige Consistenz besitzt, während der innere Kern ziemlich fest ist. Die gesunde Linse ist außerordentlich klar, hell und durchsichtig; die sie bildenden blätterigen Schichten sind ihrerseits wieder aus feinen langen, platten, faserartigen Röhren zusammengesetzt, den sogenannten Linsenfasern, die eine besondere zähflüssige, eiweißartige Substanz enthalten. Die ganze Linse ist ringsum von einer feinen, glasartigen, structurlosen Kapselhaut, der Linsenkapsel, umschlossen, und liegt mit ihrer hinteren Fläche in einer tellerförmigen Grube des Glaskörpers, einer eiweißartigen, gelatinösen Flüssigkeit, welche den ganzen hinteren Augenraum ausfüllt, überall unmittelbar von der Netzhaut umschlossen wird und eine eigene Hülle, die Glashaut, besitzt, die wahrscheinlich zellenartige Räume bildet, in welchen die Flüssigkeit angesammelt ist.

Die wesentlichen Theile des Augapfels theilen sich demnach in zwei Hauptklassen: einerseits durchsichtige, mehr oder minder flüssige Medien, durch welche die Lichtstrahlen bis zum Hintergrunde des Auges gelangen können, und andererseits hautartige Ausbreitungen mit sehr verschiedenen Eigenschaften, die wir näher analysiren werden.

Wichtig für die Function des Gesichtes erscheinen die verschiedenen Apparate, welche in der Umgebung des Augapfels angebracht sind, und theils zu seinem Schutze, theils zu seiner Bewegung dienen. Sechs Muskeln bedingen durch ihre Zusammenziehungen nicht nur die Bewegungen nach oben und unten, rechts und links, sondern auch die Drehungen des Auges um seine Axe, das Rollen desselben nach außen und innen; eine ziemlich bedeutende, tief in der Augenhöhle gelegene Drüse, die Thränendrüse, erhält durch die von ihr gelieferte abfließende Absonderung die äußere Fläche des Augapfels in einem beständigen Zustande von Feuchtigkeit; zwei bewegliche, undurchsichtige Vorhänge, die Augenlider, öffnen und schließen sich vor dem Augapfel, um, je nach dem Willen und dem Bedürfnisse des Individuums, dem Lichte Zutritt zu gestatten, oder dasselbe abzuhalten; eine äußerst feine Schleimhaut, die sogenannte Bindehaut oder Conjunctiva, kleidet die Augenlider auf ihrer inneren Fläche aus und setzt dann auf die vordere Fläche des Augapfels über, die sie vollkommen überzieht, indem sie auf der Hornhautfläche selbst durchsichtig wird. In dieser Bindehaut verlaufen die feinen Gefäßchen, die man auf der Oberfläche des menschlichen Augapfels sieht. Ihre stets glatte, schlüpfrige Oberfläche gestattet das Gleiten der Augenlider über den Augapfel und das Drehen des Augapfels nach allen Richtungen hin. Diese Bindehaut ist äußerst empfindlich; wie wir gesehen haben, finden sich an ihr eigenthümliche Endkörperchen der Tastnerven, die Krause'schen Endkolben; fremde Körper mit scharfen Ecken namentlich verursachen deshalb so heftige Schmerzen, wenn sie zwischen die Augenlider gelangen. An dem inneren Augenwinkel, wo die Bindehaut in die Haut der Lider und der Nase übergeht, befinden sich die Thränenpunkte, kleine Oeffnungen, durch welche die Thränenflüssigkeit beständig in den Thränensack und den Thränengang abläuft, der die Nasenknochen durchbohrt und in die Nasenhöhle selbst sich öffnet. An dem unteren Ende dieses Ganges befindet sich eine Klappe so gestellt, daß die Thränen beständig nach der Nase abfließen, Flüssigkeiten aber auf dem umgekehrten Wege nicht nach dem Auge aufsteigen können. Es giebt Menschen, bei welchen diese Klappe weniger genau schließt, so daß sie Luft oder Tabaksdampf bei geschlossener Nase aus dem am unteren Augenlide befindlichen Thränenpunkte hervortreiben können. Noch häufiger sind krankhafte Verschließungen der Thränengänge, in Folge deren die Thränenflüssigkeit beständig, wie bei dem Weinen, über die Backen herüberfließt uud meistens die Wangenhaut selbst angreift und Schorfe darauf erzeugt.

Der wesentlich empfindende Theil des Auges ist die Netzhaut (s. Fig. 51, S. 351), deren Structur trotz ihrer Dünne und Durchsichtigkeit eine äußerst complicirte ist. Der Sehnerv, welcher in einiger Entfernung von der Augenaxe nach innen zu die beiden äußeren Augenhäute durchbricht, um sich dann in der Netzhaut auszubreiten, bildet mit seinen Fasern eigentlich nur die Grundlage der Netzhaut, den Stramin, in welchen dann die übrigen Elemente hineingestickt sind. Man unterscheidet jetzt an der Netzhaut fünf verschiedene Schichten, die sich von außen nach innen in folgender Ordnung übereinander lagern. Am weitesten nach Außen und in unmittelbarer Berührung mit der Aderhaut stehen pallisadenartig an einander gereiht helle durchsichtige Körperchen, die sogenannten Stäbchen, deren abgestutztes Ende der Aderhaut zugewendet ist, während sie nach innen, in die Netzhaut hinein, in einen langen Faden auslaufen, der äußerst leicht abbricht, wie denn überhaupt diese Fädchen wie die Stäbchen höchst empfindlich gegen Einwirkungen mechanischer, wie chemischer Art sind. Zuweilen findet sich schon an dem inneren Ende des Stäbchens ein Korn; gewöhnlich aber ist ein solches erst in dem Verlaufe des Fadens selbst eingebettet. Zwischen den Stäbchen stehen die sogenannten Zapfen, die weit dicker als die Stäbchen

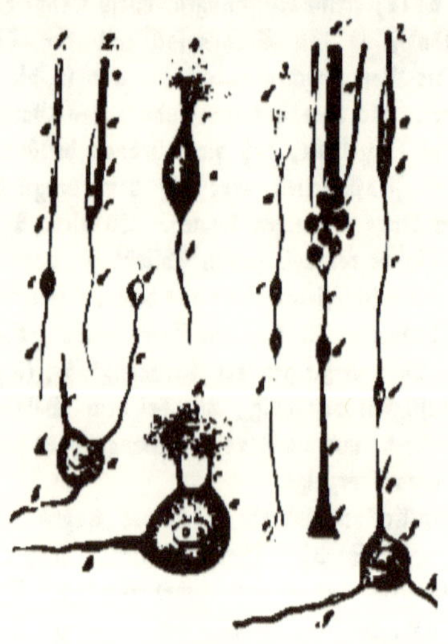

Fig. 51.

Mikroskopische Elemente der Netzhaut, isolirt. 1. Stäbchen, mit dem Stabe a, dem Faden b, der Zelle der äußeren Körnerschicht c und der Fadenfortsetzung d. 2. Zapfen. a. Zapfenstab, b. Zapfen, c. Kern, d Faden. 3. Radialfaser mit Körnern; a,b. Faden, d. obere, c. untere Endfasern, e. Körner. 4. u. 5. Ganglienzellen. a. Zelle, b. Ausläufer, c. feinkörnige Moleküle daran. 6. Zelle vom Schwein. a. Zelle, b. Ausläufer, c. Faden, d. Korn der inneren Zellenschicht. 7. Schema des Zusammenhanges zwischen Zapfen und Zellen. a. Zapfen, b. Zapfenkorn. c. Radialfaser, d. Korn der inneren Schicht, e. Faserfortsetzung, f. Zelle, g. h. Ausläufer. 8. Schema der Stäbchen. a. Stäbchen, b. äußere, c. innere Körner, d, e. Faden, f. Grenzhäutchen.

sind und an ihrem inneren angeschwollenen Ende gewöhnlich eine kleine Zelle tragen, welche, wie das Stäbchen, in einen feinen Faden ausläuft. Da die Netzhaut eine becherförmige Halbkugelgestalt hat, alle von den Stäbchen und Zäpfchen ausgehenden Fasern sie aber senkrecht durchsetzen, so folgt aus dieser Anordnung, daß alle diese Fasern wie Halbmesser der Hohlkugel gestellt sind, weshalb man sie auch Radialfasern genannt hat. Merkwürdig gestaltet sich das Verhältniß der Zapfen und Stäbchen zu einander. An dem gelben Flecke giebt es nur Zapfen; im Umkreise desselben sind die Zapfen von einfachen Reihenstäbchen umstellt; weiter nach vornen hin werden die Stäbchen stets häufiger, die Zapfen immer seltener.

Nach innen von der Zapfen- und Stäbchenschicht, die man auch die Jakob's'sche Haut genannt hat, findet sich die sogenannte Körnerschicht, welche aus drei Lagen besteht: äußeren, ganz kleinen Körnern, die mit den Stäbchen und Zapfen in Verbindung stehen; sehr feinen Zwischenkörnern und größern inneren Körnern, welche als Zellen erscheinen und ebenfalls deutlich eingelagert sind. Die Lage der inneren Körner ist am mächtigsten am gelben Flecke.

Nach innen von der Körnerschicht folgt eine Lage von multipolaren geschwänzten Nervenzellen, ganz denen der grauen Hirnsubstanz ähnlich, nach allen Seiten hin in feine Nervenfasern auslaufend. Die Nervenfasern bilden eine Art Netz und ihre Enden treten augenscheinlich, wie man namentlich beim Elephanten gesehen hat, einerseits mit den letzten Fasern des Sehnerven, andererseits mit den Radialfasern in Verbindung. Zugleich scheinen sich einige ihrer Ausläufer in eine zarte feinkörnige Substanzlage einzusenken, welche an einigen Stellen der Netzhaut gegen die Körnerschicht hin sich findet.

Die Sehnervenfasern, die vierte Schicht bildend, breiten sich auf der inneren Fläche der Nervenzellenlage aus und strahlen von dem Eintrittspunkte des Sehnerven nach allen Seiten wie von einem Wirbel aus. Sie laufen also der Krümmung der Netzhaut folgend und die Radialfasern sind senkrecht gegen sie gerichtet. Neueren Untersuchungen zu Folge setzen auch in der That die letzten Enden der Radialfasern zwischen den feinen blassen, horizontal in der Netzhaut verlaufenden Sehnervenfasern durch, um entweder auf ihrer Außenfläche zu enden, oder aber sich doch mit den letzten Enden der Sehnervenfasern zu verbinden. Wenn dem so ist, so würden die Sehnervenfasern einerseits mit den Nervenzellen, anderseits mit den Radialfasern und diese ebenfalls mit den Nervenzellen zusammenhängen.

Als letzte Lage endlich erscheint, unmittelbar an dem Glaskörper anliegend, eine feine, durchsichtige Begrenzungshaut, mit einer Lage von rundlichen Zellen nach innen zu gepflastert.

An dem in der Augenaxe gelegenen gelben Flecke, dessen Farbe durch kein besonderes mikroskopisches Element, sondern durch eine tränkende Flüssigkeit bedingt scheint, finden sich nur Zapfen, keine Stäbchen, so wie durchaus keine Sehnervenfasern, während dagegen die Zwischenkörner und inneren Körner, so wie die Lage der Ganglienzellen hier am mächtigsten entwickelt ist und man deutlich sehen kann, wie aus der Umgebung die Sehnervenfasern in den Ausläufern der Ganglienzellen verschwinden. Da nun gerade an dieser Stelle das schärfste Sehen, die klarsten Bilder ihren Sitz haben, so folgt aus der anatomischen Anordnung mit innerster Nothwendigkeit, daß die Nervenzellen und die Zapfen die wesentlichsten Licht empfindenden Theile, die Sehnervenfasern dagegen nur leitende Apparate sind, welche die in jenen Theilen entstandene Veränderung dem Gehirne zuleiten, selbst aber nicht fähig sind, mehr als bloße Lichtempfindung dem Gehirne zukommen zu lassen. Alles, was das Sehorgan als specifisches Organ constituirt, das Auffassen der Bilder und der Farben, gehört deshalb den Stäbchen, Zapfen, Radialfasern und Nervenzellen an — der Sehnerv, ohne diese analysirenden Organe, würde nur Empfindung von Licht und Dunkel gewähren können.

Daß die Netzhaut überhaupt der empfindende, der Sehnerv der dem Gehirne zuleitende Theil des Auges sei, und daß bei Krankheit oder Zerstörung beider Organe Blindheit die nothwendige Folge ist, läßt sich leicht nachweisen. Beiderlei Zustände begreifen wir unter dem Namen des schwarzen Staares oder der Amaurose. Die äußeren Augentheile sind bei solchen Zuständen meist vollkommen gesund. Das Innere des Sehloches ist klar und rein schwarz, wie bei einem gesunden Auge, und eine Operation, welche die übrigen Augentheile betreffen würde, durchaus unstatthaft. Eben so leicht läßt sich aber auch nachweisen, daß der Sehnerve als solcher keine andere als höchstens Lichtempfindung erzeugen könnte. Gerade diejenige Stelle im Auge, wo die Netzhaut nur aus Sehnervenfasern besteht, die Eintrittsstelle des Sehnerven, ist, wie wir später sehen werden, vollkommen unempfindlich gegen das Licht, so daß wir beständig einen dunklen Fleck in unserem Gesichtskreise mit uns herumtragen.

Die einzelnen Theile des Auges sind indeß nicht nur empfindend und leitend. Wir haben oben gesehen, daß viele Organe, wie die Lider, die Bindehaut, ja auch die weiße Augenhaut nur Schutzorgane sind; andere, wie die Hornhaut, die Linse, der Glaskörper und die wässerige Feuchtigkeit sind dagegen durchsichtige Medien, bestimmt, die Lichtstrahlen auf ihrem Wege nach der empfindenden Netzhaut durchzulassen und durch die Krümmung ihrer Oberflächen so zu brechen, daß sie im Grunde des Auges Bilder erzeugen, welche als solche aufgefaßt werden können. Die Untersuchung der Brechungsverhältnisse im Auge bildet einen der wesentlichsten Gegenstände der Physiologie des Auges, wie der Optik überhaupt.

Schneidet man das Auge eines weißen Kaninchens unmittelbar nach dem Tode aus und hält dasselbe, nachdem man es sorgfältig gereinigt hat, gegen ein Fenster, so erblickt man auf der hinteren Wand des durchschienenen Auges, dessen Aderhaut durchsichtig und pigmentlos ist, das sehr zierliche Bild des Fensters nebst den draußen befindlichen Gegenständen, verkleinert und verkehrt. Noch besser gelingt der Versuch, wenn man das Auge in eine zusammengewickelte Papierrolle so legt, daß seine Pupille nach vorn schaut und man nun hinten in die Röhre, welche alles seitliche Licht abhält, hineinschaut. Die umgebenden Gegenstände zeigen sich in wunderbar klaren Bildchen, mit ihren natürlichen Farben, in bestimmter Proportion verkleinert und verkehrt, so daß die Bäume z. B. oben zu wurzeln und ihre Spitze unten zu haben scheinen. Das Auge eines weißen Kaninchens ist deshalb besonders geeignet zu diesem Versuche, weil seine Aderhaut, wie bei allen Katerlaken, vollkommen durchscheinend ist, während bei den gewöhnlichen Augen dieselbe schwarz und undurchsichtig erscheint. Um bei einem normalen Auge denselben Versuch anzustellen, müßte man hinten in der Gegend der Augenaxe ein bedeutendes Stück der weißen Augenhaut oder der Sclerotica wegnehmen und dann das schwarze Pigment der Aderhaut wegpinseln, so daß nur die matt durchscheinende Rethaut überbliebe; — abgesehen von der Langweiligkeit einer solchen Operation würde aber das so behandelte Auge dennoch keine so deutlichen Bilder geben, als das weiße Kaninchenauge, dessen ursprüngliche Gestalt vollkommen erhalten ist, während durch die Wegnahme der weißen Augenhaut nothwendig die Form des Augapfels verändert und dadurch die Reinheit des Bildes gestört werden muß.

Es lehrt dieser einfache, leicht anzustellende Versuch, daß in dem Auge ein optischer Apparat verwirklicht ist, in welchem die umgebenden Gegenstände auf ein kleines, verkehrt stehendes Bild von großer Schärfe und Deutlichkeit reducirt werden, und daß die verschiedenen Theile des Auges so construirt sind, daß dieses Bild auf der Rethaut sich entwirft. Wir besitzen optische Apparate, welche zu gleichem Zwecke construirt sind und die wir dunkle Kammern, Camera obscura, nennen. Diese Vorrichtungen bestehen in ihrer einfachsten Construction aus einem inwendig schwarz lackirten Kasten, auf dessen einer Fläche eine gläserne Linse, ein Brennglas, angebracht ist. Gegenüber diesem Brennglase befindet sich, statt einer schwarzen Wand, eine matt geschliffene, durchscheinende Glasplatte. Betrachtet man diese Glasplatte, so zeichnen sich die vor dem Brennglase befindlichen Gegenstände in verkleinertem und verkehrtem Bilde auf derselben; das Bild würde sich schon erzeugen, wenn man nur in der gehörigen Entfernung hinter dem Brennglase, oder, um den wissenschaftlichen Ausdruck beizubehalten, hinter der Sammellinse die matte Glastafel anbrächte, es würde aber undeutlich, unrein ausfallen, wegen des überall einfallenden, falschen Lichtes; der innen schwarze Kasten, an welchem Sammellinse und Glastafel angebracht sind, dient nur zur Abhaltung dieses falschen Lichtes, zur Absorption aller seitlich einfallenden Strahlen, welche die Reinheit des Bildes beeinträchtigen würden.

Vergleicht man nun den Bau des Auges mit der Construction der Camera obscura, so lassen sich sogleich folgende Anhaltspunkte feststellen. Alle durchsichtigen Augentheile, die Hornhaut, die Krystalllinse und der Glaskörper, zeigen keine flachen, sondern bogenförmige Oberflächen, sie stellen in ihrer Gesammtheit eine Sammellinse dar, die aus verschieden brechenden Theilen zusammengesetzt ist. Die Netzhaut, das empfindende Gebilde, entspricht durch ihre Mattigkeit und das Durchscheinende, das sie besitzt, vollkommen der matten Glastafel, während die weiße Augenhaut mit der an ihrer inneren Fläche ausgebreiteten Aderhaut dem innen schwarz lackirten Kasten der Camera obscura sich vergleichen läßt.

Die Lichtstrahlen, welche durch eine Sammellinse mit regelmäßig gebogenen Oberflächen gehen, werden alle in der Weise gebrochen, daß sie in einem bestimmten, hinter der Linse gelegenen Punkte, welcher der Kreuzungspunkt heißt, sich vereinigen. Nur der Axenstrahl, d. h. derjenige Strahl, welcher durch das Centrum der Linse geht, wird ungebrochen in gerader Linie fortgeleitet, alle übrigen Strahlen hingegen werden von der Linse nach dem Axenstrahle hin gebrochen und vereinigen sich mit ihm in dem Brennpunkte oder Kreuzungspunkte. Faßt man daher mit einer Sammellinse das Bild der Sonne, eines kreisrunden Körpers, auf, so bilden die durch die Linse durchgehenden Strahlen einen Kegel, in dessen Spitze sie sich sämmtlich vereinigen und dadurch eine größere Hitze hervorbringen. Wer hat sich nicht schon eines Brennglases bedient, um Zunder anzustecken? Man rufe sich die zu diesem Endzwecke nöthigen Manipulationen zurück.

Anfangs hält man das Brennglas zu nahe, man sieht einen hellen Kreis auf dem Zunder. Man entfernt es; der Kreis wird immer kleiner. Ist man so weit, daß nur ein hellglänzender Punkt sich zeigt, so entbrennt der Zunder. Entfernt man das Brennglas noch mehr, so entsteht von neuem ein Kreis, der um so größer wird, je weiter es von dem Zunder absteht. Die Lichtstrahlen kreuzen sich in dem Brennpunkte und bilden von diesem an auseinandergehend einen zweiten Kegel, dessen Spitze in dem Brennpunkte liegt. Hat man nun zufällig die Sammellinse so gefaßt, daß der eine Finger seitlich auf derselben aufliegt, so daß z. B. ein Theil des linken Randes der Linse von dem Finger beschattet ist, so wird man in dem Kreise, welcher entsteht, bevor der Zunder im Brennpunkte ist, den Schatten des Fingers auf der linken Seite sehen, während bei größerer Entfernung, über den Brennpunkt hinaus, der Schatten des Fingers auf der umgekehrten, also rechten Seite sich findet. Es bedarf nicht mehr, als dieses einfachen Versuches, um sich zu überzeugen, daß die von einer Sammellinse aufgefaßten Strahlen sich wirklich in dem Brennpunkte kreuzen und hinter dem Brennpunkte demnach ein verkehrtes Bild des Gegenstandes bilden müssen, wo rechts und links, oben und unten mit einander verwechselt sind. Die Verhältnisse des Bildes bleiben die nämlichen, nur seine Stellung ist eine verschiedene.

Der oben erwähnte Versuch mit dem Kaninchenauge beweist, daß diese Verhältnisse in dem Auge verwirklicht sind. Den Gang der Lichtstrahlen mag die auf der folgenden Seite eingedruckte Figur versinnlichen. Der Pfeil a c b stelle einen zu sehenden Körper vor. Die Lichtstrahlen, welche dieser nach dem Auge absendet, sind alle zwischen den Strahlen a g und b t eingeschlossen. Die mit krummen Flächen begrenzte Hornhaut d e wird die Strahlen, welche in sie einbringen, brechen, und da sie ein größeres Brechungsverhältniß als die Luft besitzt, so werden die Strahlen gegen die punktirte Linie k l hin gebrochen. (Diese punktirte Linie ist eine senkrechte auf der Tangente i h, die ebenfalls punktirt ist.) Der Strahl a b wird also die Richtung

Fig. 52.

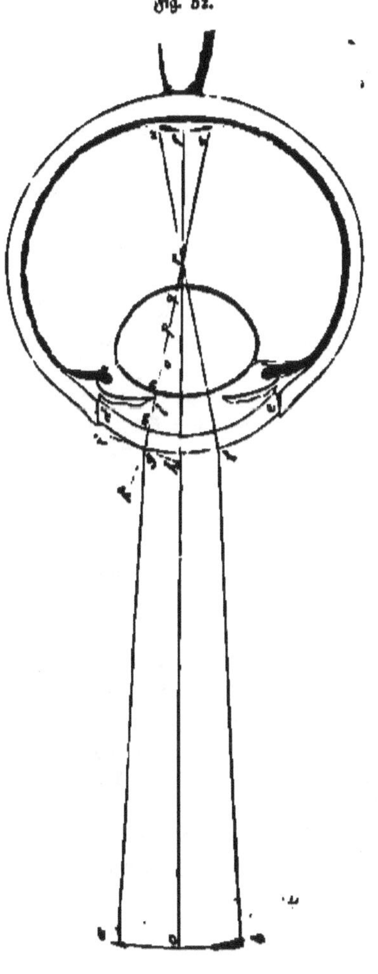

m n o p q r nehmen und in dem letzteren Punkte mit dem ebenfalls nach der Mitte zu gebrochenen Strahle b t zusammentreffen.
Der Axenstrahl c, welcher auf die Mitte der Hornhautwölbung
trifft, wird ungebrochen in gerader Linie durchgehen. Alle diese
Strahlen werden also in r, in dem Brennpunkte des Auges, zusammentreffen und von dort aus weiter nach dem Hintergrunde
des Auges gehen. In dem Brennpunkte aber werden sie sich
kreuzen, und während der Axenstrahl gerade durch nach f geht,
wird der Strahl b t nach u, der Strahl a k nach s gelangen,
das verkleinerte Bild s u f im Hintergrunde des Auges also verkehrt stehen.

Wir haben, zur Vereinfachung der Demonstration, hier angenommen, als finde nur eine einzige Brechung durch die sphärisch
gewölbte Hornhaut statt. Im Auge selbst tritt aber dadurch
eine Complication ein, daß nicht ein, sondern mehrere brechende
Körper hinter einander aufgestellt sind, deren Effecte zusammengenommen die Herstellung eines verkleinerten Bildes auf der
Netzhaut zur Folge haben. Die Hornhaut, mit ihrer kreisförmigen
Wölbung, welcher die Fläche der wässerigen Flüssigkeit natürlich
folgt, bedingt schon eine bedeutende Brechung der Lichtstrahlen
nach der Axe zu, welche noch durch die Krystalllinse verstärkt
wird. Dieses aus concentrischen Faserlagen gewobene Gebilde
ist vorne mehr flach und einer Ellipse nach gekrümmt, während die hintere Fläche den Abschnitt einer Parabel darstellt. Die
practische Optik hat bis jetzt vergebens versucht, parabolische
Linsen darzustellen; ihre Schleifung ist, wie es scheint, eine Unmöglichkeit. Es würde hier zu weit führen, und gehört auch
wesentlich einer andern Wissenschaft, der Optik, an, wenn wir
zeigen wollten, warum elliptische und namentlich parabolische
Oberflächen für Sammellinsen die geeignetsten sind. Bei Linsen,
deren Oberflächen Kugelabschnitte darstellen, tritt die sogenannte
sphärische Aberration ein; Lichtstrahlen nämlich, welche
den Rand der Linse unter einem gewissen Winkel treffen, werden
nicht genau in den Brennpunkt, sondern vor oder hinter denselben gebrochen, und solche Linsen erzeugen daher hinter dem

Brennpunkte Bilder, welche nicht rein sind. Man kann diesen Uebelständen, die selbst bei der bestgeformten sphärischen Linse sich zeigen, theilweise dadurch abhelfen, daß man den Rand der Linse den Seitenstrahlen entzieht, indem man eine Blendung vor derselben aufstellt, welche schwarz gefärbt ist und in der Mitte eine mehr oder minder große Oeffnung zeigt. Es werden durch eine solche Blendung die Axenstrahlen und die denselben zunächst liegenden, ziemlich parallelen Strahlen eingelassen, die Randstrahlen aber ausgeschlossen. Es gehört indeß eine genaue Berechnung der Brechungskraft, so wie der gekrümmten Oberfläche der Linse und zugleich eine bestimmte Entfernung des Objectes dazu, um dem Bilde die größtmögliche Schärfe zu geben, und Sammellinsen, welche in verschiedenen Weiten gebraucht werden, bedürfen demnach Blendungen von verschiedener Größe, die man je nach Beschaffenheit und Entfernung des Objectes wechseln kann. Blendungen sind indeß nie hinreichend, um die sphärische Aberration gänzlich aufzuheben; es gehören dazu noch ferner eine Abänderung der Curven in elliptische und parabolische, und endlich eine Verdünnung der Substanz der Linse selbst am Rande, wodurch die Randstrahlen eine geringere Brechung erleiden und so wieder in den Brennpunkt gelangen, vor dem sie sich vereinigt haben würden, wenn die Linse in allen ihren Theilen aus derselben, überall gleich dichten Substanz verfertigt wäre.

Die practische Optik hat diese Bedürfnisse nicht alle in gleichem Maße verwirklichen können. Es ist ihr unmöglich, parabolische Linsen herzustellen; sie kann ihre Linsen nur aus einem Materiale, etwa Glas oder Krystall, schneiden, das überall gleich dicht ist; ihre Blendungen können gewechselt, aber nicht allen möglichen Abstufungen angepaßt werden. In dem Auge hingegen sind alle Bedingungen vereinigt. Die hintere Linsenfläche ist parabolisch, die vordere elliptisch; die äußeren Schichten der Linse sind weniger dicht, brechen das Licht weniger stark, als der innere Kern, und die Randstrahlen werden deshalb um so weniger gebrochen, je mehr seitlich sie einfallen; endlich hat die Natur in dem beweglichen Vorhange der Iris oder Regenbogenhaut eine

veränderliche Blendung hergestellt, welche sich allen verschiedenen
Erfordernissen anzupassen vermag und stets der Pupille diejenige
Weite giebt, welche zur Herstellung eines scharfen Bildes erforderlich ist. Die Bewegungen der Regenbogenhaut sind unwillkürliche, durch Reflexion bedingte Bewegungen, die mit der Lichtempfindung auf der Netzhaut in Verbindung stehen. Je heftiger
der Reiz ist, der diese trifft, desto enger zieht sich die Regenbogenhaut zusammen, desto kleiner wird die Pupille; je mehr
wir die Netzhaut bei Betrachtung eines Gegenstandes anstrengen,
um so mehr zieht sich die Pupille zusammen und um desto
schärfer wird das Bild, das sich auf der Netzhaut bildet. Zerstörung
des Sehnerven, Lähmung der Netzhaut bedingen auch Unbeweglichkeit der Regenbogenhaut und starre Fixation der Pupille,
während bei gesundem Sehvermögen diese wunderbare contractile
Blendung in stetem Spiele sich befindet, um, je nach dem Bedürfnisse des Sehactes, die Oeffnung, welche den Lichtstrahlen
geboten ist, kleiner oder größer zu stellen.

Der Kreuzungspunkt, welcher durch die Vereinigung der
angeführten Mittel hergestellt wird, liegt in dem menschlichen
Auge in geringer Entfernung hinter der Linse, etwa in der
Hälfte der Länge der Augenare, in genauerem Maßen 12 Milli-
meter hinter der Vorderfläche der Hornhaut, oder vier Millimeter
hinter der Hinterfläche der Linse. Merkwürdiger Weise ist der-
selbe Punkt annähernd auch das Centrum, um welches unsere
Augen bei ihren Bewegungen sich drehen. Wie wir auch unsere
Augen stellen mögen, nach oben, unten, außen oder innen, der
Kreuzungspunkt bleibt stets an derselben Stelle, er ist zugleich der
Drehpunkt für die Bewegungen des Augapfels, der sich in der
Augenhöhle wie in einem Nußgelenke umherwälzen kann. Die
Kugel, welche sich in einem Nußgelenke befindet, kann nicht seitlich ausweichen, da sie überall in der Peripherie fixirt ist; vermöge ihrer Kugelform aber kann sie sich nach allen Richtungen
hin umdrehen, ohne daß ihr Mittelpunkt verändert wird. Es
ist eine äußerst merkwürdige Einrichtung bei dem Auge, daß der
statische Mittelpunkt, um welchen das Auge durch seine mecha-

nischen Vorrichtungen gedreht wird, fast zusammenfällt mit dem optischen Mittelpunkte des Organes. Das so eingerichtete Instrument erhält bei möglichster Beweglichkeit zugleich eine außerordentliche Präcision in seinen Bewegungen, während die Punkte der Oberfläche, welche sich über Kreisabschnitte drehen, nur sehr wenig Raumveränderung vorzunehmen haben, um eine bedeutende Axenveränderung herzustellen.

Da das Nußgelenk, innerhalb dessen sich die Kugel des Augapfels dreht, nur aus einem Fettpolster besteht, welches eine gewisse Nachgiebigkeit hat, so kann man die ganze Einrichtung auch als ein Nußgelenk ansehen, welches zugleich selbst wieder verschiebbar ist. Es scheint indessen, als ob die Wirkung der Augenmuskeln niemals so weit ginge, den Augapfel selbst zu verschieben, sondern nur zuweilen sich darauf beschränkte, ihn in der Richtung der Sehaxe weiter in die Augenhöhle zurückzuziehen oder bei Erschlaffung vortreten zu lassen. Viele Säugethiere haben zu dieser Bewegung einen eigenthümlichen Muskel, der bei dem Menschen durch das Zusammenwirken der geraden Augenmuskeln ersetzt wird.

Der schon öfter erwähnte Fundamentalversuch mit dem welßen Kaninchenauge enthält noch mancherlei Folgerungen, welche in der Construction des Auges als optisches Werkzeug begründet liegen und deren nähere Erörterung zum Begreifen des Sehprocesses höchst wichtig ist. Richtet man das präparirte Kaninchenauge gegen ein Fenster, durch welches sich Häuser, Bäume, Berge in der Ferne, kurz eine ganze Landschaft zeigt, so erhält man auf der hinteren Seite ein verkleinertes Bild, dem das Fenster als Einfassung dient. Je ferner die Gegenstände, desto kleiner erscheinen sie; ein Berg am Horizonte erscheint kaum so groß, als der Schornstein eines gegenüberstehenden Hauses. Es beruht diese Verkleinerung der entfernten Gegenstände, auf welcher unsere ganze Malerkunst, unsere Perspective beruht, einzig und allein auf der Vergrößerung oder Verkleinerung des Sehwinkels oder Gesichtswinkels, unter welchem die Gegenstände erscheinen. Man halte einen

Bleistift von einer gewissen Länge dem Auge in einer Entfernung von 5 oder 6 Zollen gegenüber, und denke sich nun von allen Punkten dieses Bleistiftes Linien nach dem Kreuzungspunkte des Auges gezogen. Das Bleistift wird so zur Basis eines Dreiecks, dessen Spitze in dem Kreuzungspunkte liegt, und wenn ich in der geometrischen Construction fortfahrend die im Kreuzungspunkte des Auges sich treffenden Linien bis zur Netzhaut verlängere, so erhalte ich auf dieser ein umgekehrtes Bild, das ebenfalls als Basis eines Dreieckes betrachtet werden kann, dessen Spitze im Kreuzungspunkte liegt und dessen Schenkel von den äußersten Strahlen gebildet werden, die von den beiden Enden des Bleistiftes herflammen. Jedes Dreieck besteht aus drei Winkeln; derjenige Winkel, welcher durch die äußersten Strahlen in dem Kreuzungspunkte gebildet wird, heißt der Sehwinkel, unter dem ich das Object erblicke.

Je weiter man die Seite eines Dreieckes von der gegenüberstehenden Ecke entfernt, desto kleiner wird der Winkel, unter welchem die beiden Schenkel des Dreieckes in der Spitze zusammentreffen. Je weiter mithin ein Gegenstand von dem Auge entfernt ist, desto kleiner wird der Sehwinkel, unter welchem seine äußersten Strahlen im Kreuzungspunkte zusammentreffen, und desto kleiner wird auch das Bild, welches er auf der Netzhaut erzeugt. Ein Object, welches in größerer Nähe einen gewissen Raum darbot, wie z. B. eine Scheibe, wird in größerer Entfernung nur wie ein Stecknadelkopf, noch weiter wie ein Punkt von kaum räumlicher Ausdehnung, endlich gar nicht mehr gesehen; weil bei zu großer Entfernung endlich der Gesichtswinkel auf ein Minimum reducirt wird und kein Bild mehr auf der Netzhaut erzeugt werden kann.

Die Bestimmung des kleinsten Sehwinkels, unter welchem ein Gegenstand noch wahrgenommen werden kann, unterliegt manchen Schwierigkeiten. So viel ich weiß, hat man noch nicht versucht, denselben objectiv zu bestimmen, indem man an ausgeschnittenen Augen versuchte, bis zu welchem Grade ein noch wahrnehmbares Netzhautbildchen im Grunde des Auges entstehen würde; sondern man hat an den Augen lebender Menschen zu bestimmen gesucht, welche Größe ein Object haben müsse, um gerade noch wahrgenommen werden zu können, und hat sodann aus den erhaltenen Resultaten, bei den bekannten Dimensionen des Auges, die Größe des Sehwinkels und des Netzhautbildchens berechnet. Es müssen solche Berechnungen etwas Schwankendes haben, da nicht nur die Augen sehr bedeutende individuelle Verschiedenheiten darbieten, sondern auch dasselbe Individuum bei günstiger Stimmung weit schärfer, genauer und klarer sieht, als zu anderen Zeiten. Eben so bieten Farbe, Beleuchtung und Abgrenzung des Körpers, welchen man besieht, die mannichfachsten Gründe zu vielfachem Wechsel. Ein scharf und hell beleuchteter weißer Punkt auf schwarzem Grunde kann eine weit geringere Größe besitzen, als ein anderer hellgrauer Punkt auf etwas dunkler grauem Grunde, und während ersterer scharf und deutlich wahrgenommen wird, läßt letzterer sich nicht mehr erkennen. Indeß bieten solche Messungen stets gewisse Grenzen dar, innerhalb welcher die Körper bei günstiger Beleuchtung wahrgenommen werden. Man hat gefunden, daß Striche, die nur 0,007 Millimeter von einander entfernt, scharf auf Glas eingerissen sind, bei günstiger Beleuchtung und gehöriger Sehweite noch vollkommen deutlich unterschieden werden können, was bei einer Sehweite von 248 Linien im gegebenen Falle ein Netzhautbildchen von etwa einem Zweimalhunderttausendtheil eines Pariser Zolles geben würde, woraus sich ein Sehwinkel von etwa 2—3 Secunden ergiebt. Gegenstände, welche noch kleinere Netzhautbildchen erzeugen würden und ebien noch kleineren Sehwinkel hätten, müßten begreiflicher Weise ganz aus dem Gesichte verschwinden und uns unsichtbar bleiben.

Die Berechnung der Entfernungen, unter welchen uns Gegenstände erscheinen, ist für uns eine oft unwillkürliche Abstraction aus dem Gesichtswinkel, unter welchem uns bekannte Gegenstände erscheinen, und Leute, für welche diese Bestimmung von Wichtigkeit ist, haben oft Regeln, nach welchen sie die Entfernungen sehr genau abschätzen können. Der Alpenjäger weiß, daß der Gemsbock erst dann sich in gehöriger Schußweite befindet, wenn seine beiden Hörner mit Deutlichkeit unterschieden werden können; dem Schützen ist aus Erfahrung bekannt, daß er bei einer bestimmten Entfernung nicht mehr die Knöpfe an der Uniform seines Feindes unterscheidet, in noch größerer den Pompon und in noch bedeutenderer die Epauletten. Man hat bekanntlich Instrumente zu militärischem Gebrauche, mittelst welcher man aus der scheinbaren Größe der Fußgänger und Reiter ihre wirkliche Entfernung in Schritten mit ziemlicher Genauigkeit abschätzt. Wir wissen ebenfalls aus ungefährer Kenntniß die etwaige Größe eines Hauses, eines Baumes, und bestimmen daraus bei dem Anblicke einer Landschaft die etwaigen Entfernungen. Täuschungen in dieser Hinsicht sind ungemein leicht in solchen Gegenden, wo uns die gewöhnlichen Maßstäbe unserer Berechnung fehlen. In den höheren Gebirgen, wo die Tanne, statt 60 Fuß Höhe, nur 20 erreicht, wo die großartigsten Felsen, die gewaltigsten Gletscher keine anderen Linien und keine anderen Farben bieten als kleine Steine und Stücke Eis, in solchen Gegenden wird das Schätzungsvermögen der Entfernung gewaltig betrogen. Man glaubt die kleinsten Ritze, die winzigsten Steinchen zu sehen, wo man nur gewaltige Klüfte und riesige Felsen vor sich hat; man vergißt die Kleinheit der Bäume und sieht so alle Gegenstände viel näher, als sie in der That sind. Wie sehr alle diese Berechnungen der Entfernung aber eben nur Folge der Uebung und der Gewohnheit sind, das zeigen die Kinder, die Blindgeborenen, denen eine Operation das Gesicht wieder giebt. Diese greifen nach dem Monde, als wäre er im Bereiche ihrer Hände, und erst nach und nach lernen sie sehen und nach den Entfernungen abmessen. Das Bild, welches auf unserer Netzhaut entsteht, ist demnach kein körperliches, sondern ein Flächenbild, welches wir mit unserem geistigen Auge, dem Verstande, ebenso zu betrachten uns einüben, als wir die Bilder, welche die Malerei uns vorführt, studiren. Die Entfernung und das Relief der Gegenstände werden uns durch unser Auge nicht unmittelbar gegeben; sie sind erst das Resultat der Uebung, die wir im

Gebrauche unseres Instrumentes erlangen, und die Beurtheilung
des Reliefs namentlich entsteht für uns theilweise nur aus der
Beobachtung der Schatten. Die eingegrabenen vertieften Buchstaben
eines Siegelringes z. B. erscheinen uns erhaben, sobald wir sie
mit einer das Bild umkehrenden Lupe betrachten. Wir kehren
dadurch die Schatten ebenfalls um.

Es gibt für jedes Auge eine gewisse Entfernung, in welcher
es die Gegenstände am schärfsten und deutlichsten wahrnimmt.
Bei gewöhnlichen guten Augen beträgt diese Entfernung etwa
acht Zoll; man nennt dies die normale Sehweite. Unwillkürlich bringen wir bei Untersuchung von Gegenständen, die
wir bis in ihre kleinsten Einzelheiten betrachten wollen, meist
auch beim Lesen, Schreiben, Handarbeiten u. s. w. unser Auge
in die Entfernung seiner Sehweite. Ungemein häufig finden sich
indeß Abweichungen der Augen von dieser normalen Sehweite.
Ist sie geringer, so ist Kurzsichtigkeit — wenn größer, Weitsichtigkeit vorhanden, und meist sogar lassen die beiden Augen
Unterschiede in ihrer mittleren Sehweite entdecken. Die Ursachen
dieser Abweichungen liegen besonders in größerer oder geringerer
Wölbung der lichtbrechenden Oberflächen des Auges. Kurzsichtige
haben meist eine stärker gewölbte, Weitsichtige eine mehr flache
Hornhaut, und sehr wahrscheinlich liegt bei solchen Individuen,
wo eine stärkere oder geringere Wölbung der Hornhaut nicht
wahrgenommen werden kann, die Ursache in der Krümmung der
Linsenoberflächen, oder auch in der größeren oder geringeren
Entfernung der Krystalllinse von der Netzhaut. Junge Leute
mit prallem Augapfel sind häufig kurzsichtig wegen zu starker
Wölbung der Hornhaut; mit zunehmendem Alter, wo diese Prallheit abnimmt, die Wölbung geringer wird, verliert sich auch die
Kurzsichtigkeit, und es begegnet nicht selten, daß solche Leute in
höherem Alter weitsichtig werden und nun Sammellinsen gebrauchen müssen, während sie in ihrer Jugend zum Tragen von
Zerstreuungsbrillen genöthigt waren. Der Kurzsichtige sieht kleine
Gegenstände, denen er sich hinlänglich nähern kann, besser als
der Weitsichtige, weil er eben bei größerer Näherung zum Auge

einen größeren Gesichtswinkel für dieselben erhält; er braucht aus demselben Grunde weniger Licht als der Weitsichtige, und für solche Beschäftigungen, die scharfes Sehen in der Nähe verlangen, ist der Kurzsichtige offenbar begünstigt, während ihm namentlich im Freien der Genuß der Landschaften und Aussichten, die dem Weitsichtigen vergönnt sind, bedeutend verkürzt ist.

Die Beschäftigung des Menschen, sein Stand und seine Lebensart üben, abgesehen von dem Alter, den größten Einfluß auf die Sehweite der Augen aus. Die sitzende Lebensart unserer Jugend, die stete Beschäftigung mit Lesen und Schreiben haben die Kurzsichtigkeit allgemein verbreitet und leider! droht die körperliche Infirmität auch in eine geistige auszuarten. Der Gebrauch von Wandtafeln, Wandkarten und anderweitigen Hülfsmitteln der Art, welche den Schüler zwingen, den Blick zuweilen auf etwas entferntere Gegenstände, als Buch und Heft, zu richten, kann nicht ausreichen, obgleich auch dieses geringe Mittel nicht zu verschmähen ist. Beschäftigung in der freien Natur, eifrigeres Betreiben der Naturwissenschaften, nicht nur in einem Schulsaale bei pedantischen Büchern, trockenem Pflanzenheu und vermoderten Thierbälgen, sondern draußen bei Wind und Wetter, in Feld und Wald, wäre das rechte Mittel, der Kurzsichtigkeit entgegen zu arbeiten. Statt dessen aber erfindet man Apparate griechischen Namens, worin sieben O's mit einigen Ypsilons abwechselnd sich bestreben, eine Verrenkung der Kinnbacken zu erzeugen! Wie dem auch sei, statistische Untersuchungen haben herausgestellt, daß im Durchschnitte unter hundert Schülern und Studenten von 16—25 Jahren 94 Kurzsichtige sich befinden; daß unter den Gelehrten dies Verhältniß etwas nach Alter und Beschäftigung abnimmt, so daß theoretische Bücherwürmer 84, praktischer beschäftigte Gelehrte nur 63 Procent Kurzsichtige zählen, während Männer höherer Stände eine noch höhere Verhältnißzahl, nämlich 87 bekommen. Kaufleute, die den größten Theil ihres Lebens am Bureau zubringen, haben 63 Procent Kurzsichtige, während Ladendiener, Commis, Magazinbeamte, die weniger sitzende Lebensart im Kaufmannsstande führen, 48 Procent Weitsichtige zählen. Soldaten, Künstler, Schuster und Schneider zählen mehr als die Hälfte Weitsichtiger; Jäger und Ackerbauer endlich zeigen die günstigsten Verhältnisse für die Weitsichtigkeit, indem sich unter ihnen 74 auf hundert finden.

Der so deutlich ausgeprägte Einfluß der Beschäftigung auf die Sehweite der Augen beweist zugleich, daß diese sich in gewisser Grenze den Entfernungen anzupassen vermögen, welche gewöhnlich ihnen dargeboten werden. Es giebt für jedes Auge eine gewisse Entfernung, in welcher es am schärfsten und genauesten sieht; von dieser Sehweite an nehmen die Bilder in der Nähe wie in der Ferne an Deutlichkeit ab. Unser Auge kann sich aber verschiedenen Entfernungen anpassen; es besitzt ein Accommodationsvermögen, nach welchem es, noch innerhalb der Grenzen der deutlichen Bilder, sich den verschiedenen Entfernungen anzupassen vermag. Ein Individuum, das lange aufmerksam gelesen oder geschrieben hat und nun plötzlich durch das Fenster nach einem entfernteren Gegenstande, etwa einer Thurmuhr blickt, auf welcher es die Stunde zu sehen gewohnt ist, sieht in dem ersten Augenblicke das Zifferblatt verwaschen, die Zahlen und Zeiger verschwimmend, und erst nach einigen Secunden gestaltet sich das Bild schärfer und schärfer, bis man deutlich Ziffern und Zeiger erkennt. Das Auge hat sich hier den verschiedenen Entfernungen, die ihm geboten wurden, angepaßt, und es muß offenbar eine innere Veränderung im Auge vor sich gegangen sein, wodurch die Verhältnisse der optischen, lichtbrechenden Medien zu der Netzhaut in dem Grade verändert wurden, daß nun das Bild der entfernteren Gegenstände deutlich auf derselben entworfen wird. Mittelst des Helmholtz'schen, jetzt von vielfachen Verfassern modificirten und verbesserten Augenspiegels, durch den man die Bilder erblicken kann, die sich auf der Netzhaut eines lebenden Menschen abspiegeln, kann man sich überzeugen, daß das Auge stets nur auf eine gewisse Entfernung eingestellt ist. Die Bilder der Körper, welche in dieser Entfernung liegen, sind deutlich — alle anderen aber undeutlich. Faßt der Mensch einen vor oder hinter dem Körper liegenden

Gegenstand ins Auge, so wird das Bild dieses Gegenstandes deutlich, dasjenige des ursprünglich betrachteten Körpers dagegen undeutlich — ein deutlicher Beweis, daß keine Veränderung der Sehaxe, keine Augenbewegung nöthig ist, um die Einstellung zu bewirken, und daß diese im Inneren des Auges vor sich gehe.

Man hat vielfach zu bestimmen gesucht, auf welcher inneren Veränderung dies Accommodationsvermögen beruhe, ohne zu ganz genügenden Resultaten zu kommen. Die Verhältnisse der kurz- und weitsichtigen Augen mußten zuerst auf die Vermuthung bringen, daß die Hornhaut beim Anpassen an entfernte Gegenstände abgeplattet, beim Nahesehen gewölbt würde; allein unmittelbare Beobachtung scheint diese Annahme nicht zu bestätigen. Eben so wenig hat die Zusammendrückung des Augapfels durch die Muskeln einigen Grund für sich. Die wahrscheinlichste Annahme bleibt noch die, daß die Krystalllinse selbst im Inneren des Auges etwas Weniges vor- und rückwärts bewegt werden könne und daß durch diese Veränderung der Entfernung zwischen Krystalllinse und Netzhaut die Accommodation vermittelt werde. Man hat berechnet, daß es nur eines Vorrückens der Linse von etwa einem Zehntel einer Linie bedürfe, um das Auge allen möglichen Entfernungen anzupassen, und es ist leicht einzusehen, daß bei der Undurchsichtigkeit der seitlichen Wände des Augapfels, der großen Beweglichkeit desselben und der ziemlich freien Lage, Bewegungen, welche in dem Inneren dieses Organs vor sich gehen und innerhalb des zehnten Theiles einer Linie spielen, kaum thatsächlich nachgewiesen werden können. Die Möglichkeit einer solchen Bewegung ist aber allerdings gegeben durch die Art und Weise, mit welcher die Linse an der ihr angewiesenen Stelle im Auge befestigt ist, und namentlich durch die Wirkung des muskulösen Strahlenbandes, combinirt mit der größeren oder geringeren Anfüllung der Choroidealgefäße, durch welche der Raum im Inneren des Augapfels verengert und erweitert werden kann. Durch die Veränderung der Spiegelbilder des Auges hat man außerdem sich überzeugt, daß die vordere Wölbung der Krystalllinse beim Einstellen auf nahe Gegenstände vergrößert, auf entfernte dagegen verflacht wird. Betrachtet man nämlich mit Aufmerksamkeit das Auge eines Menschen, vor welches man im Dunkeln eine brennende Kerze hält, so sieht man drei Spiegelbilder im Auge, die verschiedene Helligkeit besitzen: das hellste, vorderste steht aufrecht und rührt von der Vorderfläche der Hornhaut; das mittlere, umgekehrte von der Hinterfläche der Linse und das am wenigsten deutliche ebenfalls aufrechte von der Vorderfläche der Linse her. Aus der Verschiedenheit der Stellung dieser beiden Linsen-Spiegelbilder zu einander hat man nun den obigen Schluß gezogen. Die Beobachtungen sind allerdings schwierig anzustellen, doch immerhin genau genug, um das Resultat zu sichern.

Durch mannichfache Versuche läßt sich zeigen, daß die Entfernung der Krystalllinse von der Netzhaut, bei sonst gleich bleibender Beschaffenheit der übrigen Augentheile, einen wesentlichen Einfluß auf die Beschaffenheit der Netzhautbilder üben müsse, und daß die Stellung dieser Bilder bei Entfernung oder Näherung der Gegenstände eine sehr verschiedene sei. Der sogenannte Scheiner'sche Versuch, den Jeder leicht anstellen kann, ist in dieser Beziehung wohl einer der einfachsten Fundamentalversuche. Man sticht mit einer nicht zu dicken Stecknadel in ein Kartenblatt zwei Löcher, welche höchstens zwei Millimeter von einander abstehen, und hält nun das Kartenblatt so vor das Auge, daß man durch beide Löcher zugleich mit dem Auge sieht. Betrachtet man nun eine Stecknadel, die man in verschiedene Entfernungen vor- und rückwärts bewegt, so sieht man dieselbe in der normalen Sehweite des Auges, bei etwa 6—10 Zoll Abstand, einfach. In jeder andern Entfernung, näher und entfernter von dem Auge, wird die Stecknadel doppelt gesehen, und zwar entfernen sich die Doppelbilder um so mehr von einander, je näher oder weiter von dem Auge man die Stecknadel hält. Bringt man dieselbe dem Auge zu nahe und hält man nun das Loch auf der rechten Seite zu, so verschwindet das Doppelbild auf der linken Seite und umgekehrt; hält man aber die Stecknadel über die Sehweite hinaus und verstopft man nun das Loch auf der rechten Seite, so verschwindet das Doppelbild auf der rechten Seite und nicht auf der linken, wie es bei zu großer Näherung der Fall war.

Die Erklärung dieses Versuches läßt sich bei einigem Nachdenken leicht finden. Die Lichtstrahlen, welche von dem linien- oder punktförmigen Objecte ausgehen, gelangen durch die beiden Löcher des Kartenblattes in das Auge, sie bilden mithin einen Winkel, dessen Spitze in der Stecknadel liegt und dessen Oeffnung von der Entfernung der beiden Löcher von einander abhängt. Durch die Linse werden die Lichtstrahlen nach innen gebrochen, so daß sie sich in einem gewissen Punkte hinter der Linse wieder schneiden müssen. Steht nun die Stecknadel in der richtigen Sehweite, so fällt der Vereinigungspunkt der Lichtstrahlen genau auf die Netzhaut; es entsteht somit auf dieser nur ein einzelnes Bild und es wird demnach auch nur ein einfaches Bild empfunden und gesehen.

Wird hingegen die Stecknadel zu weit von dem Auge entfernt, so wird die Brechung der eintretenden Strahlen so gering, daß sie erst weit hinter der Netzhaut einander schneiden werden. Die Lichtstrahlen treffen demnach auf verschiedene Stellen der Netzhaut und entwerfen dort Bilder, die als verschieben aufgefaßt und empfunden werden. Das Gegentheil findet statt bei zu großer Näherung; die unter starkem Winkel einfallenden Strahlen werden stark gebrochen und schneiden einander im Inneren des Auges, noch ehe sie zur Netzhaut gelangen, so daß sie auf dieser gekreuzte Bilder entwerfen. Aus dieser Kreuzung im Inneren des Auges erklärt sich dann auch der Umstand, daß bei zu großer Näherung des zu betrachtenden Gegenstandes und beim Zuhalten des einen Loches das Doppelbild der entgegengesetzten Seite verschwindet, während bei übermäßiger Entfernung, wo sich die Strahlen erst hinter der Netzhaut kreuzen würden, das Doppelbild derselben Seite verschwindet.

Dieser einfache Versuch liegt allen denjenigen Einrichtungen zu Grunde, welche man zur Messung der deutlichen Sehweite gebraucht. Diese ist ganz einfach durch den Raum

begrenzt, innerhalb dessen man die Stecknadel einfach und deutlich sieht. Man bezeichnet die Grenzpunkte dieses Raumes, der
stets eine gewisse Länge hat, als Nähe- und Fernpunkt der deutlichen Sehweite. Die genauere Bestimmung dieser Entfernung
ist nicht nur für den Gebrauch optischer Instrumente, wie z. B.
des Fernrohres und Mikroskopes, sehr wichtig, sondern auch von
practischem Werthe, z. B. für die Feststellung der Kurzsichtigkeit
bei Recruten. Zu diesem letzteren Zwecke wird, um Betrug zu
vermeiden, der Versuch in etwas abgeänderter Weise innerhalb
eines Apparates angestellt, in welchem man das Object, ohne
daß es der Beobachter merkt, hin und her rücken kann. Bei
solchen genaueren Messungen hat sich denn auch ergeben, daß
unser Auge wegen der ungleichen Krümmung der brechenden
Flächen niemals gleichzeitig für alle einfallenden Lichtstrahlen
eingestellt ist, so daß wir die Körper, welche in horizontalen und
verticalen Ebenen gleich weit von dem Auge entfernt sind, nicht
mit gleicher Deutlichkeit sehen. Gewöhnlich ist unser Auge für
die Strahlen der horizontalen Ebene und zwar für die Ferne
eingerichtet, so daß zu der Nahsicht und zum Erblicken der
Gegenstände in gleicher Entfernung, aber in der verticalen Ebene,
eine Accommodation gehört.

Die Schärfe des Sehens oder die Fähigkeit des Auges,
jeden Punkt eines Gegenstandes als genau begrenzt zu unterscheiden, hängt durchaus von der genauen Krümmung der brechenden Flächen ab, wodurch die sämmtlichen Strahlen, die von einem
Punkte ausgehen, auch auf demselben Punkte der Netzhaut wieder gesammelt werden. Da indessen diese Bedingung nicht
genau für alle Punkte im Raume hergestellt sein kann, so sehen
wir nur von einzelnen Punkten richtig construirte Bilder, von
anderen aber mehr oder minder große, aus Zerstreuungskreisen
bestehende, verwaschene Bilder. Diese Zerstreuungskreise zeigen
sich besonders an den Contouren der Gegenstände, sobald diese
nicht vollkommen innerhalb der Sehweite liegen. Ihre Auffassung und richtige Darstellung in der Malerei bedingt die Weichheit der Contouren, welche den ausgebildeten Künstler von dem

Anfänger unterscheidet. Gegenstände, deren Ränder besonders auch bei Beleuchtung von verschiedenen Seiten her undeutlich erscheinen, werden dann deutlicher, wenn man eine feine Oeffnung vor das Auge schiebt und so die Zerstreuungskreise aufhebt, die besonders bei stark leuchtenden Körpern in Gestalt von Strahlenbüscheln sich darstellen und so die Auffassung der Form wesentlich stören. Viele bewerkstelligen dies durch starkes Blinzeln, indem sie das Auge bis auf eine geringe Spalte schließen. Bei Augen, welche, wie das meinige, für Lichtbüschel außerordentlich empfindlich sind, genügt aber dieses Mittel nicht, und man muß sich dann durch geeignetes Zusammendrücken der Fingerspitzen eine solche feine Oeffnung herstellen.

Eine sehr wesentliche Bedingung zum deutlichen Sehen ist ferner die Stellung der Bilder auf der Netzhautfläche selbst. Nur diejenigen Axenstrahlen, welche den gelben Fleck und dessen nächste Umgebung treffen, werden deutlich und genau aufgefaßt, so daß also diejenigen Körper, deren Strahlen nur um zehn Grade von der Sehaxe abweichen, schon verwaschen, die weiter abweichenden kaum mehr gesehen werden. Die meisten Menschen haben sich so vollkommen daran gewöhnt, nur die deutlichen, in den gelben Fleck fallenden Bilder aufzufassen, die übrigen schwächeren aber unbeachtet zu lassen, daß der Raum ihres directen deutlichen Sehens nur ein äußerst kleiner ist. Ebenso aber, wie man sich durch Aufmerksamkeit und festen Willen daran gewöhnen kann, viele Erscheinungen zu sehen, welche der gewöhnlichen Auffassung entgehen, kann man sich auch daran gewöhnen, diese verwaschenen und undeutlichen Bilder, welche außerhalb des gelben Fleckes und der unmittelbaren Umgebung der Augenaxe fallen, mit größerer Bestimmtheit aufzufassen. Man wird diese Fähigkeit z. B. bei Schulmeistern, die eine zahlreiche Klasse böser Jungen zu beobachten haben, in ausgezeichneter Vollkommenheit entwickelt finden.

Es giebt eine Stelle in der Netzhaut, die zwar innerhalb der Grenze der verwaschenen Bilder liegt, welche aber dennoch vollkommen unempfindlich für die Lichtstrahlen ist. Der alte

Physiker Mariotte, dem wir die Bestimmung des Gesetzes
vom Luftdrucke und dessen Abnahme nach oben verdanken, hatte
schon durch Versuche diese Stelle ermittelt. Um sich von der
Thatsache zu überzeugen, bedarf es nur zweier Punkte, die man
auf einen weißen Bogen in einer horizontalen Entfernung von
zwei bis drei Zollen aufträgt. Man fixire von den drei hier
in einer horizontalen Linie angebrachten Punkten den Punkt a

●   ●   ●

a   b   c

mit dem rechten Auge, während man das linke schließt, so wird
man bald nach einigem Suchen und Verändern der Kopfstellung,
nach einigem Nähern und Entfernen die richtige Distanz finden,
in welcher man den Punkt c nicht mehr sieht. Bei normal-
sichtigen Menschen wird dies Verschwinden des Punktes c etwa
in einer Entfernung von 8 Zollen und besonders dann eintreten,
wenn sie etwas links über den Punkt a fixiren. Rückt man nun
das Papier näher, so wird der Punkt c wieder sichtbar, während
dagegen der Punkt b vollkommen verschwindet. Genauere Bestimmung lehrt nun, daß der von dem verschwindenden Punkte
ausgehende Lichtstrahl mit der Sehaxe einen Winkel von 13—17
Graden machen muß, wenn er nicht empfunden werden soll, und
daß die Verlängerung des nicht empfundenen Lichtstrahles genau
auf die Eintrittsstelle des Sehnerven fällt. Diese Stelle befindet sich etwa 1,8 Pariser Linien von der Sehaxe nach innen,
und die ganze blinde Stelle hat im Auge selbst nicht ganz den
Durchmesser einer Pariser Linie und eine rundliche Gestalt.
Uebertrögt man dies nach Außen, so findet man, daß die absolut
dunkle Stelle in unserem Sehfelde etwa sechs Grade, d. h. einen
Platz einnimmt, auf dem etwa eilf einander berührende Voll-
monde Raum haben würden. Wie ist es möglich, wird der
Leser fragen, daß ein dunkler Fleck von solcher Größe bei unserem
gewöhnlichen Sehen gänzlich unserer Auffassung entgeht, während
er doch, wenn wir den Himmel betrachten, uns als ein rund-
liches Loch in dem blauen Gewölbe erscheinen müßte? — Drei
verschiedene Umstände verhindern diese Auffassung des unempfind-

lichen, blinden Fleckes im Sehfelde. Wir sind gewöhnt, die verschwommenen, außerhalb der Sehaxe liegenden Bilder nur dann aufzufassen, wenn sie etwas Außerordentliches darbieten, eine auffallende Lichtstärke, eine schnelle Bewegung, eine ungewöhnliche Form. Alle diese Charactere fehlen dem blinten Flecken — das Fehlen der Objecte in diesem Raume, von deren Dasein wir uns durch eine veränderte Augenstellung überzeugen, wird von uns unserem Mangel an Aufmerksamkeit zugeschrieben. — Beim Sehen mit beiden Augen fallen die Lichtstrahlen, welche in dem einen Auge den blinden Fleck treffen, im andern auf eine empfindliche identische Stelle und werden, wie wir im Folgenden sehen werden, deshalb bei der Combination beider Augenbildchen zu einer Empfindung als von beiden Augen gesehen aufgefaßt. — Endlich aber ergänzt unser Bewußtsein die an der blinden Stelle fehlende Empfindung durch die Empfindung der Nachbartheile — es überzieht den blinden Fleck mit den benachbarten Bildern. Deshalb erscheint uns das Loch im Himmel nicht schwarz — unser Bewußtsein streicht ihn mit der umgebenden blauen Himmelsfarbe an. Macht man einen schwarzen Fleck, so groß als der blinde Fleck nach Außen übertragen sein würde, auf ein weißes Papier, so erscheint der Fleck weiß — zieht man eine Linie, die dem blinden Fleck entsprechend unterbrochen ist, so erscheint uns die Linie als ununterbrochen, weil das Bewußtsein ihre Fortsetzung über die unempfindliche Stelle hinaus ergänzt. Wir sehen, wie einer der bewährtesten Forscher sich ausdrückt, den Zusammenhang der Dinge, welche in die nicht sichtbare Region des Sehfeldes hineinragen, überhaupt so, wie er am einfachsten und wahrscheinlichsten ist, und es ist dies ein neuer Beweis zu der Erfahrung, daß Vorstellungen, zu denen wir durch Schlüsse, die wir aus unseren Empfindungen ziehen, veranlaßt werden, so mit den Empfindungen selbst verschmelzen können, daß wir sie nicht mehr zu unterscheiden wissen und das wirklich zu empfinden glauben, was wir uns nur vorstellen.

Wir haben in dem Vorhergehenden das Sehen in einer Weise abgehandelt, als wenn es sich nur auf ein einziges Auge bezöge; zwei Augen zu besitzen ist indeß durchaus kein Luxus, und die Natur hat Vorrichtungen getroffen, welche dahin zielen, diese beiden Instrumente in steter Uebereinstimmung zu erhalten. Wir besitzen zwei Augen und sehen dennoch nur einfach; es fragt sich: wie es komme, daß die beiden, auf unseren Netzhäuten entworfenen Bilder nur als ein einziges aufgefaßt werden? Man hat durch Versuche gefunden, daß alle Bilder einfach empfunden werden, sobald sie in beiden Augen so auf den Netzhäuten sich darstellen, daß sie in gleicher Entfernung von der Sehaxe auf entgegengesetzte Seiten fallen. Ein Gegenstand, dessen Bild im linken Auge eine Linie weit nach außen von dem Ende der Seh-axe (dem gelben Flecken) sich entwirft, wird nur dann einfach gesehen, wenn sein Bild in dem rechten Auge eine Linie weit nach innen sich spiegelt. Man nennt diese Punkte die identischen Punkte der Netzhaut, und alle diejenigen Punkte der beiden Netz-häute sind identisch, die einander decken würden, wenn man die Augen beider Seiten nach der Mittellinie hin übereinander schie-ben würde. Die innere Seite des einen Auges würde dann die äußere decken, während die beiden Axen dieselben sein würden.

Bei dem gewöhnlichen Sehen richten wir indeß stets unsere Augen so, daß ihre Axen in demjenigen Punkt convergiren, wel-chen man genauer firiren will, und es läßt sich leicht durch den einfachsten Versuch beweisen, daß diese Convergenz der beiden Augenaxen wirklich bei dem Firiren irgend eines Gegenstandes eintritt. Heftet man den Blick auf das Kreuz eines Fensters, hinter welchem in der Ferne ein Thurm steht, so erscheint das Kreuz einfach, der Thurm doppelt, und hält man nun noch den Finger in einiger Entfernung gerade vor die Nase, so erscheint auch dieser doppelt. Schließt man nun das rechte Auge, so ver-schwindet das Doppelbild des Fingers auf der linken Seite und das Doppelbild des Thurmes auf der rechten Seite, ein Beweis, daß eine wirkliche Kreuzung der Sehaxen stattfindet.

Die Convergenz der beiden Sehaxen wird uns gewöhnlich dadurch bewußt, daß wir die Entfernung eines Gegenstandes nach ihr abschätzen. Je näher ein Punkt unseren Augen liegt, desto stärker müssen wir die Augenaxen gegen einander richten, um sie auf diesem Punkte sich schneiden zu lassen. Je entfernter der Punkt, desto mehr wird die Richtung der Augenaxen dem Parallelismus sich nähern. Außer der Abstraction, die wir von der Kenntniß der Größe der Gegenstände und ihrer Abnahme unter einem gewissen Gesichtswinkel entnehmen, ist sicherlich diese gewissermaßen bewußte Auffassung der Convergenz der Augenaxen eines der wesentlichsten Mittel zur Beurtheilung der Entfernung der Gegenstände. Wir sind in der That weit unsicherer in dieser Schätzung, wenn wir nur mit einem Auge einen unbekannten Körper sehen; — da es uns aber gelingt, auch hier ein richtiges Urtheil uns zu bilden, so muß diese Schätzung noch von weiteren Umständen abhängen. Schon oben erwähnten wir, daß bei bekannten Körpern uns die Größe des Sehwinkels, unter welchem wir den Körper sehen, den Maßstab zur Schätzung der Entfernung abgiebt. Außerdem aber haben wir gewiß eben so, wie von der Convergenz der Augenaxen, so auch von der Ausübung des Accommodationsvermögens im Auge eine bewußte Vorstellung, die sich als Auffassung der Entfernung ausprägt. Endlich helfen wir uns noch durch Beobachtung der Lichtstärke und der Farbe, die freilich äußerst trügerisch sind, bei bekannten Gegenständen aber einen ziemlichen Grad von Sicherheit erreicht. Stärker leuchtende Gegenstände erscheinen uns näher, schwächer leuchtende entfernter. Wird das Medium, durch welches wir bekannte Gegenstände sehen, undurchsichtiger, so erscheinen uns diese ferner. Jedermann weiß aus täglicher Erfahrung, daß nahe Gegenstände beim Nebel in scheinbar weit größerer Entfernung sich zeigen. Die Anwohner von Bergketten benutzen die Durchsichtigkeit der Luft als Barometer. »Die Berge scheinen nahe, es wird bald Regen geben«, hört man oft in Bern oder ähnlichen Orten auf die Frage nach dem Wetter antworten.

Ein ähnliches Zusammenwirken verschiedener Reflexionen findet bei der Beurtheilung der Körperlichkeit eines Gegenstandes statt. Gewöhnlich folgt diese daraus, daß man zur Auffassung der verschiedenen Flächen auch verschiedener Einstellungen der

beiden Augen bedarf und die abweichenden Bilder zu einem
Ganzen combinirt. Betrachtet man mit dem linken Auge allein
einen Körper, so sieht man etwas mehr von seiner linken Fläche;
betrachtet man ihn mit dem rechten, so sieht man etwas mehr
von der rechten Fläche — das Zusammenfallen beider Bilder
bedingt den Eindruck der Körperlichkeit, des Reliefs. Hierauf
beruht die Einrichtung der sogenannten Stereoskope, in welchen
man vor jedes Auge das gesonderte Bild eines Körpers bringt,
das perspectivisch für dieses Auge entworfen ist, und wo dann
durch das Zusammenfallen der beiden Bilder diese als ein einziger körperlicher Gegenstand aufgefaßt werden. Sieht man z. B.
einen Kegel, dessen Spitze beim Anblicken mit beiden Augen gerade auf uns zu gerichtet scheint, bei unverrückter Kopfstellung nur
mit einem Auge an, so erscheint uns seine Spitze nach innen
gegen die Nase gerichtet; entwirft man sich nun zwei perspec-
tivische Bilder dieses Kegels für beide Augen, so wird in dem
für das linke Auge berechneten Bilde die Spitze nach rechts, in
dem für das rechte Auge gezeichneten nach links gerichtet erscheinen; — bringt man nun diese Bilder in der richtigen Sehweite in einem Kasten z. B. an, wo durch eine mittlere Scheidewand jedes Auge das ihm zugehörige Bild abgesondert sieht, so
werden beide Bilder gemeinschaftlich als ein körperliches aufgefaßt.
Die jetzt allgemein als Spielzeuge verbreiteten Stereoskope sind
aus zwei halben Sammellinsen gemacht, welche schon zur Ueber-
einanderschiebung der Bilder wirken. Die zu den Stereoskopen
gefertigten Zeichnungen, Bilder und Photographieen sind nun in
der Art aufgenommen, daß das eine Bild vom Standpunkte des
linken, das andere von demjenigen des rechten Auges aus aufgefaßt ist. Der Eindruck des Körperlichen kann aber auch beim
Sehen mit nur einem Auge durch eine Reihenfolge schneller Blicke
erzeugt werden, welche die verschiedenen Flächen auffassen und
die gesonderten Eindrücke als ein Ganzes erscheinen lassen. Endlich erscheint aber auch der Eindruck des Körperlichen bei der
unmeßbar kurzen Beleuchtung durch den electrischen Funken, den

Blitz, bei welcher eine Wiederholung mehrerer Blicke nicht stattfinden kann.

Die Kreislinie hat die Eigenschaft, daß alle möglichen Dreiecke, welche eine gemeinschaftliche Sehne des Kreises zur Basis haben und deren Spitze in der Peripherie liegt, auch gleiche Winkel an der Peripherie haben. Bei der Einstellung beider Sehaxen auf einen gewissen Punkt aber bilden die beiden Sehaxen die Schenkel eines Dreiecks, dessen Basis durch die Entfernung der Kreuzungspunkte beider Augen bestimmt ist und dessen Spitze eben in dem Schneidepunkte der Sehaxen liegt. Nimmt man nun diese Entfernung der Kreuzungspunkte beider Augen als die Sehne eines Kreises, dessen Peripherie noch ferner durch den Schneidepunkt der Sehaxen bestimmt ist, so müssen alle Dreiecke, welche man innerhalb dieses Kreises auf der gegebenen Sehne construirt, an der Spitze gleiche Winkel haben, folglich ihre Schenkel unter gleichen Winkeln in die Augen einfallen und an identischen Netzhautstellen gebrochen werden. Man nennt diesen Kreis, welcher durch die Kreuzungspunkte beider Augen und den Schneidepunkt der Augenaxen gelegt ist, den Horopter oder Sehkreis, und es geht aus dem angeführten geometrischen Gesetze hervor, daß alle an der Peripherie des Horopter gelegenen Gegenstände einfach gesehen werden, während die innerhalb sowohl als außerhalb gelegenen Objecte Doppelbilder erzeugen, weil ihre Bilder auf differente Netzhautstellen fallen. Sobald die Sehaxen einander in keinem Punkte schneiden, kann auch kein Horopter geometrisch construirt und folglich kein einfaches Bild erzeugt werden; wir wissen in der That, daß beim Hinstarren auf einen Gegenstand, wo wir die Augenaxen allmählich parallel mit einander stellen, alle Gegenstände doppelt gesehen werden.

Zu scharfem, deutlichem Einfachsehen mit beiden Augen gehört demnach nothwendig die vollkommene Beweglichkeit der beiden Augäpfel, wodurch die Sehaxen mit gleicher Leichtigkeit nach demselben Punkte gerichtet werden können. Bei verschiedener Schärfe beider Augen gewöhnt man sich indeß sehr leicht,

nur das beffere Auge zu gebrauchen und das fchwächere gar
nicht auf den Gegenftand einzuftellen; hierauf, fo wie auf manchen anderen krankhaften Verhältniffen, beruht fehr oft das
Schielen. Es würde zu weit führen, hier auf die urfächlichen
Bedingungen der abnormen Augenftellungen, welche man unter
diefem Ausbrucke begreift, einzugehen; — es ift leicht einzufehen,
welchen Nachtheil eine folche krankhafte Stellung der Augen,
wobei beide Augenaxen nicht auf denfelben Punkt eingeftellt find,
auf den Sehproceß im Allgemeinen ausüben müffen.

Jedes auf der Netzhaut erzeugte Bild bedarf einer gewiffen
Zeit, während welcher es empfunden wird; die Dauer, fo kurz
fie auch fein mag, läßt fich durch mechanifche Verrichtungen be-
ftimmen. Jeder weiß, daß eine glühende Kohle, die man mit
großer Gefchwindigkeit im Kreife fchwingt, nicht als runder
Körper, fondern als glühender Kreis erfcheint. Jedenfalls ent-
ftehen eben fo viele Netzhautbildchen bei dem Umfchwunge, als
die Kohle Puncte im Raume berührt; die Kohle hat aber ihren
Umfchwung vollendet und ein letztes Netzhautbildchen erzeugt,
ehe die Empfindung des erften noch verfchwunden ift, und fo erfcheint fie als feuriger, zufammenhängender Kreis. Eine Menge
niedlicher Spielwerkzeuge beruhen auf diefer Dauer des Netzhautbildchens. Man malt auf eine Scheibe, die man fchnell drehen
kann, z. B. einen Seiltänzer in zwölf verfchiedenen Stellungen.
Auf dem erften Bildchen fteht er aufrecht, im zweiten erfcheint
er etwas über dem Seile, im dritten höher, im vierten noch
höher, und fo fort bis zum letzten, fo daß alle verfchiedenen
Bilder die einzelnen, im Sprunge und Tanze auf dem Seile
ausgeführten Bewegungen in rhythmifcher Reihenfolge darftellen.
Dreht man nun fchnell die Scheibe, fo fcheint der Seiltänzer
in lebhafter Tanz- und Sprungbewegung, weil jedes neue Bildchen erfcheint, ehe der Eindruck des alten verfchwunden war, und
fo die Verfchmelzung der Bilder den Gefammteindruck der Bewegung hervorruft. Durch Beftimmung der Drehungsgefchwindig-
keit folcher Apparate hat man berechnet, daß die Dauer eines
Netzhautbildchens etwa 2—3 Tertien betrage, mithin jeder Ein-

druck, der sich innerhalb dieser Zeit wiederholt, als mit dem
vorigen verschmolzen empfunden wird.

Unser Auge ist ein vollkommen achromatisches Werkzeug,
d. h. es sieht die Gegenstände in den Farben, welche ihnen zu-
gehören. Indeß kommen nicht selten Menschen vor, welche einzelne Farben nicht unterscheiden können und der bekannte Physiker
Dalton namentlich war in diesem Falle. Das Grün eines
Buchbaumes, welcher in frischem Blätterschmucke des Frühlinges
prangte, schien ihm genau dieselbe Farbe, wie der rothe Uniform-
rock eines englischen Officiers. Meistens indeß findet sich diese
Unmöglichkeit der Farbenunterscheidung nur bei schwächerem Grade
der Färbung, und diese Menschen sind unfähig, solche Grade zu
unterscheiden, ohne sich dessen bewußt zu werden. Einer meiner
Freunde lernte seinen Fehler erst durch die Frage seiner Frau
kennen, welcher er während einer Abwesenheit stets auf rosen-
rothem Papier geschrieben hatte. Er stand in dem festen Glauben, weißes Papier benutzt zu haben, während die Gattin die
Wahl der Farbe als eine zarte symbolische Anspielung betrachtete.
Am leichtesten werden die Nuancen des Gelb unterschieden, am
schwierigsten die des Roth und des Grün, und bei dem Verwechseln der Farben, welches seltener vorkommt als die mangel-
hafte Auffassung des Grades und der Nuance, sind es ebenfalls
Roth und seine Mischungen, welche am leichtesten der Auffassung
entgehen. So giebt es viele Personen, die Ziegelroth, Rost-
braun und Dunkelolivengrün nicht zu unterscheiden vermögen,
andere Rosenroth, Lila, Bleistgrau und Himmelblau, und bei
genauerer Untersuchung findet man, daß im Durchschnitte der
zehnte bis zwanzigste Mensch an diesem Fehler des mangelhaften
Farbensehens leidet. Ich habe sogar merkwürdiger Weise unter
meinen Bekannten Landschaftsmaler gefunden, die den Unterschied zwischen Grün und Roth nicht kannten, die Abstufungen dieser Farben nur nach den Nuancen des Grau beur-
theilten, das sie wirklich sahen, und dennoch in ihren Bildern
keine Verstöße gegen die Harmonie und Stimmung der Farbe
machten.

Das Verhalten unseres Auges zu den Farben der Körper hat zu den vielfältigsten Untersuchungen Veranlassung gegeben, die großentheils nicht ohne Gefahr für das Auge selbst sind. Bekanntlich besteht das weiße Licht aus einer Anzahl verschiedener Strahlen, die durch das Prisma von einander getrennt und isolirt aufgefaßt werden können. Die verschieden gefärbten Strahlen dieser Regenbogenfarben hängen von Wellenschwingungen des Lichtäthers ab, die von verschiedener Länge sind. Der rothe Strahl hat die längsten, der violette die kürzesten Wellen. Die einzelnen Nuancen werden durch Mischungen dieser Grundfarben hervorgebracht und die Zusammenmischung aller giebt wieder das weiße ungefärbte Licht.

Man glaubte nun früher, daß die Mischfarben, welche aus der Vermengung verschiedener Farbestoffe entstehen, demselben Gesetze folgen, wie die Mischung der gefärbten Lichtstrahlen selber. Für den Maler existiren nur drei Grundfarben: Gelb, Blau und Roth. Die Mischung dieser drei in verschiedenem Verhältniß erzeugt alle Farben vom tiefsten Schwarz durch sämmtliche Töne hindurch. Blau und Gelb bildet Grün; Grün mit Roth Braun u. s. w. Neuere Untersuchungen haben aber gezeigt, daß die Mischfarbe, welche wir bei dem Mengen zweier Farbestoffe erblicken, nicht von der Vermischung zweier verschiedener Farbestrahlen abhängt, sondern von der Durchlassung gefärbter Strahlen durch das Gemenge. Die Mischung der Farbestrahlen des Prisma's, die man auch durch den sogenannten Farbenkreisel erzeugen kann (eine Scheibe, auf die man verschiedene Farben aufträgt und die hernach in so schnellem Schwunge herumgedreht wird, daß die Eindrücke dieser Farben sich mischen); diese Mischung liefert das Resultat, daß man fünf Grundfarben: Roth, Gelb, Grün, Blau, Violett, annehmen muß, und daß die Mengung dieser Farbestrahlen ganz andere Töne giebt, als die Mengung der Farbestoffe. Jeder, der sich ein bischen mit Malerei beschäftigt hat, wird sogleich sehen, wie außerordentlich verschieden die nachstehenden Mischungs-tabellen sind:

Farben	Mischung prismatischer Farbenstrahlen	Mischung von Farbestoffen bei der Malerei.
Roth und Violett giebt	Purpur	Purpur
„ „ Blau „	Rosa	Violett
„ „ Grün „	Mattgelb	Grau
„ „ Gelb „	Orange	Orange
Grün „ Blau „	Blaugrün	Blaugrün
Gelb „ Violett „	Rosa	Grau
„ „ Blau „	Weiß	Grün
„ „ Grün „	Gelbgrün	Gelbgrün
Grün „ Violett „	Blaßblau	Grau
Blau „ „ „	Indigoblau	Dunkelviolett.

Gelb und Blau giebt hier Weiß, bei Mischung der Farbestoffe dagegen Grün. Die Erklärung für diesen Unterschied beruht auf dem Durchlassen des Lichtes. Blaue Körper lassen grünes, violettes und blaues Licht durch; gelbe Körper dagegen sind für grünes, rothes und gelbes Licht durchgänglich. In dem gemischten Farbestoffe wird das rothe und gelbe Licht von den blauen Farbetheilchen, das blaue und violette dagegen von den gelben Farbetheilchen zurückgehalten, und nur die grünen Farbestrahlen gehen ungehindert durch beide. Man könnte also wohl sagen, daß bei der Mischung von Farbestrahlen eine directe positive Mischfarbe erzeugt wird, bei der Mischung von Farbestoffen dagegen eine indirecte negative, bedingt durch die Ausschließung der anders gefärbten Strahlen.

Von besonderer Wichtigkeit für die Beurtheilung der Farben ist nun die Nebeneinanderstellung derselben in der Art, daß verschieden gefärbte Lichtstrahlen gleichzeitig verschiedene Orte der Netzhaut berühren, wodurch Empfindungen und Auffassungen erzeugt werden, welche durchaus verschieden sind von denen, die jeder dieser Lichtstrahlen erzeugt haben würde, wenn er zu verschiedenen Zeiten die Netzhaut getroffen hätte. Der Laie, welcher dem Maler beim Beginnen eines Bildes zuschaut, begreift oft nicht, wie dieser einen Farbenton für einen bestimmten Gegenstand wählen könne, der mit seiner Auffassung der Farbe in directem Widerspruche steht. Erst wenn das Bild fertig und die

anderen Farben durch ihren Contrast jenen Ton hervorgehoben
haben, sieht er, daß dieser der richtige war. Zur Hervorbringung
dieser Wirkungen gehören indeß mancherlei, zum Theil noch uner-
forschte Bedingungen. Das weiße Licht nimmt nur dann Neben-
farben oder sogenannte Ergänzungsfarben an, wenn die Farbestrahlen selbst noch mit weißem Lichte gemischt und das Weiß
ebenfalls gedämpft ist. Unter diesen Bedingungen sieht man folgende Ergänzungsfarben:

Weißes Licht erscheint Grün, wenn gleichzeitig Roth auffällt
   „   „   „ Violett, „   „   Gelb „
   „   „   „ Blau, „   „   Orange „

und umgekehrt, es erscheinen die weiß erleuchteten Stellen Roth,
Gelb, Orange, wenn andere Orte desselben Auges gleichzeitig
von Grün, Violett, Blau getroffen werden. Da aber bei unseren Farbenmischungen niemals rein weißes Licht angewandt wird
und wir stets nur verschieden gefärbte Strahlen zusammen auffassen, so verwickelt sich die Untersuchung weit mehr, und man
kann im Allgemeinen nur den Satz aufstellen: daß die schwächere Farbe, je näher sie dem Weiß steht, um so mehr mit dem
Ergänzungstone der stärkeren Farbe sich mischt, so daß also z. B.
ein helles Rosa neben einem tiefen Roth eine grünlich-graue Tinte
annimmt. Trotz vielfacher Untersuchungen hängt hier noch Alles
von gewissen practischen Regeln und von dem ästhetischen Farben-
sinne nicht nur der Individuen, sondern auch ganzer Volks-
stämme ab, die in dieser Beziehung mancherlei bemerkenswerthe
Verschiedenheiten bieten.

Der Eindruck, den eine lebhafte Farbe auf die Netzhaut
macht, verliert sich nach und nach durch eine Reihe von Nach-
bildern, die in bestimmten, vielleicht nach den einzelnen Individuen verschiedenen Farbenreihen abklingen, und die um so stärker
sind, je stärker und länger andauernd der Eindruck war. Zuerst
erscheinen diese Nachbilder in den Ergänzungsfarben, später
klingen sie unmerklich ab, so daß man nur bei speciell gesteigerter Aufmerksamkeit sie verfolgen kann. Betrachtet man einen
hellrothen oder hellgelben Gegenstand lange auf weißem Grunde,

bis das Auge ermüdet, und blickt man weg, so erscheint das Ergänzungsbild in grüner oder blauer Farbe. Man hat diese Reaction der Netzhaut zu mancherlei Spielwerken benutzt, indem man namentlich Portraits mit den Ergänzungsfarben schreiend anmalt, das Gesicht grünlich, den Rock roth, u. s. w. Starrt man solche Bilder längere Zeit an und wirft dann den Blick gegen die Decke des Zimmers, so sieht man das Nachbild des Portraits in seinen natürlichen Farben, welche die complementären der bizarren Färbung sind.

Auf eine eigenthümliche Reihe von Erscheinungen, die mehr oder minder fast in jedem Auge vorkommen, verdient hier noch besonders aufmerksam gemacht zu werden. Es versteht sich wohl von selbst, daß nicht nur von den äußeren Objecten, sondern auch von den im Auge selbst befindlichen Gegenständen Bilder auf der Netzhaut entworfen und empfunden werden, die freilich meist undeutlich und vage sein müssen, da die Gegenstände nicht in gehöriger Sehweite liegen. Sind die verschiedenen vor der Netzhaut gelegenen Theile, welche Lichtstrahlen durchlassen können, vollkommen durchsichtig und wasserklar, so können sie keine Bilder entstehen lassen, während jeder trübe oder undurchsichtige Körper sogleich muß wahrgenommen werden. Die meisten Leute haben kleine Unvollkommenheiten in den durchsichtigen Medien des Auges, welche beim aufmerksamen Schauen in den Himmel oder beim Spähen durch Mikroskope und Fernröhre sich störend in die Sehaxen stellen, meist durch einen Ruck entfernt werden können, zuweilen aber selbst sehr lästig für das Sehen werden. Es stellen sich diese Körper in Gestalt von Perlschnüren, Rosenkränzen, geschlängelten Fäden dar, die stets in derselben Form wieder erscheinen und besonders bei Reizung und beginnender Ermüdung der Netzhäute sehr deutlich in das Gesichtsfeld treten. Wohl alle Mikroskopiker, deren Bekanntschaft ich gemacht, besaßen eine solche Figur, auf welche die Beschäftigung aufmerksam gemacht hat; ich selbst besitze eine solche in Form eines fliegenden Drachen, wie man deren als Spielwerk in die Höhe steigen läßt, und ich erinnere mich, schon in meiner frühesten Jugend auf diese Figur aufmerksam geworden zu sein, die mich damals sehr quälte, da ich sie mit allerlei kindlichen Vorstellungen über den Teufel in Zusammenhang brachte.

Nicht zu verwechseln mit solchen Figuren sind die wirklichen subjectiven Gesichtsphänomene, welche von Reizungen und partiellen Lähmungen der Netzhäute und Sehnerven ausgehen. Der Sehnerve reagirt auf jeden Reiz durch Empfindung seines specifischen Gebietes, durch Lichtempfindung; was für den Gefühlsnerven der Schmerz ist, das ist für den Sehnerven das Licht, und so wird es begreiflich, daß bei beginnenden Krankheiten der Sehnerven und der Netzhäute, bei großer Reizung derselben allerlei sonderbare Lichtphantome erscheinen, glänzende Punkte, dunkle Stellen, sogenannte fliegende Mücken, welche meist Vorläufer gänzlicher Lähmungen, des schwarzen Staares sind. Schon Mancher, der kleine Trübungen auf der Hornhaut, in der Linse, im Glaskörper besaß, die ihn nur einigermaßen genirten, aber nicht sehr im Sehen hinderten, hat ein gequältes Leben zugebracht, weil er die Bilder, die auf diese Weise erzeugt wurden, für fliegende Mücken und Vorboten des schwarzen Staares und völliger Blindheit ansah, während eine genauere Kenntniß der Gesetze des Sehens ihn leicht über diese Unvollkommenheit seiner Augen getröstet haben würde.

Fünfzehnter Brief.

Die übrigen Sinne.

Wenn die Mechanik des Auges eben so klar und offen unserem wissenschaftlichen Streben vorliegt, als das Organ selbst an dem Kopfe sich zeigt, so theilt das Gehörorgan mit seiner tiefen, versteckten Lage auch die Verborgenheit seiner Functionen. Wir wissen, daß wir mit den Ohren hören; — auf welche Weise aber das Hören zu Stande komme, ist bei weitem noch nicht klar, und die vielfachsten Versuche zur Erklärung dieser wichtigen Function haben theils an der Unvollkommenheit der Akustik, theils auch an der Mangelhaftigkeit unserer anatomischen Kenntnisse unübersteigliche Hindernisse gefunden. Der größte und wichtigste Theil des Gehörorganes ist in starre Knochen eingeschlossen; tief verborgen wie es ist in der Basis des Schädels, entzieht es sich allen unmittelbaren Beobachtungen während des Lebens. Während wir die Bewegungen, die Veränderungen des inneren Auges, den Gang der Lichtstrahlen in demselben leicht im Leben oder in dem herausgenommenen Auge beobachten können, während unsere Instrumente überall Zugang finden, ist es bei dem Ohre unmöglich, durch Vivisectionen sich Auskunft über die Function der einzelnen Theile zu verschaffen, da die zu solchen Untersuchungen nothwendigen Eingriffe so bedeutend auf andere, wichtige Theile in der Umgebung einwirken, daß es unmöglich ist, reine Schlüsse aus den Resultaten zu ziehen.

Fig. 58.

Die Gebilde des Gehörorgans in vergrößertem Maßstabe. Das äußere Ohr führt in den Gehörgang a, der mit dem scheibenförmigen Trommelfelle endet. Die Paukenhöhle ist aufgeschnitten, um die in ihr enthaltenen Theile zu sehen. Aus ihr führt die Eustachische Trompete b in die Rachenhöhle. Die Gehörknöchelchen sind in ihrer Lage. Auf dem Ambose c ist der Kopf des Hammers d eingelenkt, dessen langer Stiel in das Trommelfell eingelassen ist. Der Steigbügel f steht in dem eirunden Fenster des Vorhofes, über welchem die drei halbzirkelförmigen Kanäle sich erheben. Das runde Fenster o führt in die Schnecke, hinter welcher der Hörnerve n zu dem Labyrinthe tritt. Die Proportionen zwischen äußerem und innerem Ohr sind zu Gunsten des letzteren übertrieben.

Das äußere Ohr bildet einen eigenthümlich gewundenen, knorpeligen Halbtrichter, in dessen Mitte sich der Eingang einer

Röhre, des Gehörganges befindet, welche quer nach innen in den Kopf hineinführt. An seinem inneren Ende ist der Gehörgang vollkommen durch eine elastische, quergespannte Haut, das sogenannte Trommelfell, geschlossen. Eine rohe Nachbildung des ganzen äußeren Ohres, Ohrmuschel, Gehörgang und Trommelfell, würde also etwa in der Art auszuführen sein, daß man die Röhre eines gewöhnlichen Blechtrichters an seinem unteren Ende mit einem Stückchen Blase verbände. Offenbar ist das ganze äußere Ohr nur ein Zuleitungsapparat der Schallwellen. Man hat gefunden, daß der Winkel, unter welchem die Muschel vom Schädel absteht, ziemlichen Einfluß auf das Hören hat, daß platt anliegende Ohren nicht so scharf hören, als solche, welche etwa um 30 oder 40 Grad von den Schädelknochen abstehen. Verstopfung des äußeren Gehörganges durch fremde Körper, zu große Anhäufung des Ohrenschmalzes, Unreinlichkeit oder Entzündung zieht Verminderung des Hörens, oft selbst völlige Taubheit nach sich.

Das Trommelfell, welches nach außen etwas convex, nach Innen concav ist, scheidet den äußeren Gehörgang von einer zweiten Höhle, der Paukenhöhle ab. welche im Ganzen betrachtet ähnliche Verhältnisse darbietet, wie der äußere Gehörgang. Es ist ein im Knochen ausgehöhlter, rundlicher Raum, der durch eine ziemlich lange Röhre, die Eustachische Trompete genannt, sich in dem oberen Theile der Rachenhöhle, hinter den Nasenöffnungen, am hinteren Gaumen öffnet. Führt man eine eigenthümlich gekrümmte Sonde in ein Nasenloch ein und horizontal weiter, bis man hinten an der Wölbung des Rachens anstößt, so trifft man leicht bei einiger Uebung in die offene Mündung der Eustachischen Trompete, deren enger Kanal schief nach außen und oben in die Paukenhöhle oder Trommelhöhle einführt. Diese ist demnach kein durchaus geschlossener Raum, sondern mittelbar, durch Mund und Nase, mit der äußeren Luft in Verbindung gesetzt. Verstopfungen der Trompeten durch Entzündungen und andere krankhafte Veränderungen erscheinen von wesentlichem Einflusse auf das Gehör, welches dadurch dumpfer

und schwächer wird; in welcher bestimmten Beziehung sie aber
zu den Functionen des Hörens stehen, ist noch nicht hinlänglich
aufgeklärt. Es scheint indessen, als seien die Eustachischen Trompeten besonders wesentlich als Resonanzapparate und anderntheils
als Auswege für die in der Trommelhöhle befindliche Luft bei
starken Erschütterungen des Trommelfelles. Bei starken Tönen
und Klängen, dem Abfeuern einer Kanone z. B., öffnen wir
unwillkürlich den Mund; sicher in der Absicht, um der heftigen
einseitigen Erschütterung, welche das Trommelfell bei alleinigem
Offensein des äußeren Gehörganges erleiden würde, durch Er-
öffnen eines von entgegengesetzter Seite herzuführenden Kanales
entgegen zu wirken.

Mit der Trommelhöhle in offener Communication stehen
einige in den umliegenden Knochen befindliche Zellen, die namentlich den Zitzenfortsatz des Schläfenbeines anfüllen. Im übrigen
ist die Trommelhöhle, mit Ausnahme der Eustachischen Röhre,
vollkommen geschlossen und unabhängig von den übrigen Theilen
des Gehörorganes. So wie sie von dem äußeren Gehörgange
durch eine straffe Haut, das Trommelfell, geschieden ist, so finden sich dem Trommelfelle gegenüber, im Hintergrunde der Höhle,
zwei andere, ebenfalls nur durch sehnige Häute geschlossene Oeffnungen, deren eine, von eiförmiger Gestalt und deshalb das
ovale Fenster genannt, in einen bedeutenden Theil des inneren Ohres, den Vorhof führt, während die andere kleinere
Oeffnung, oder das runde Fenster, zur sogenannten Schnecke
hinleitet.

Eine merkwürdige Reihe kleiner Knöchelchen, der Gehörknöchelchen, ist zwischen dem Trommelfelle einerseits und dem
ovalen Fenster anderseits durch die ganze Länge der Trommelhöhle durchgespannt. Das vorderste dieser Knöchelchen, der
Hammer, steckt mit seinem Stiele mitten in der Membran
des Trommelfelles, so daß dieses nicht im Mindesten erschüttert
werden kann, ohne daß der Hammer ebenfalls in Schwingung
gerathe; mit seinem hinteren Ende, dem dickeren Kopfe, ist der
Hammer an ein zweites, kleineres Knöchelchen eingelenkt, welches

der Ambos heißt und etwa die Form eines Backenzahnes mit weit auseinander stehenden Wurzeln hat. Die eine dieser Wurzeln liegt horizontal, an ihrem Ende befindet sich ein kleines loses Knöpfchen, das Linsenknöchelchen, welches zwischen den Ambos und den Kopf des letzten Knochens, des Steigbügels, eingeschoben ist. Der letzte Name ist gewiß der glücklichst gewählte von allen Bezeichnungen der Ohrknöchelchen; der Steigbügel hat in der Thal durchaus die Form, wie sie in Europa gebräuchlich ist. Der Knopf des Steigbügels ist mit dem Linsenknöchelchen und durch dieses mit dem Ambos eingelenkt; der Tritt, worauf der Fuß zu stehen kommen würde, ist ebenso in die Membran des eirunden Fensters eingewoben, wie der Hammerstiel in dem Trommelfelle sitzt. Es ist mithin quer durch die Trommelhöhle eine Reihe von beweglich in einander eingelenkten Knöchelchen ausgespannt, mittelst welcher eine directe Verbindung des Trommelfelles und des ovalen Fensters hergestellt ist; eine Verbindung, welche, wie wir später sehen werden, von der höchsten Wichtigkeit für das Hören selbst ist. Verschiedene kleine Muskelchen gehen von den Knochenwänden der Paukenhöhle an diese beweglichen Knöchelchen, besonders an Hammer und Steigbügel heran, und können ohne Zweifel durch ihre Zusammenziehung die verschiedenen Häute spannen, mit welchen die Knöchelchen in Verbindung stehen.

Das innere Ohr endlich oder das Labyrinth bildet eine nach allen Seiten hin vollkommen geschlossene Höhle, die von den härtesten Knochen des Kopfes, den Felsenbeinen, eingeschlossen ist und mancherlei seltsam gewundene Kanäle darbietet. Höhle und Kanäle sind von schleimigen Häuten ausgekleidet, welche geschlossene Säcke bilden und mit Flüssigkeit erfüllt sind. Als einzelne Theile unterscheidet man daran den Vorhof, eine längliche Höhle, in welche alle übrigen Theile des inneren Gehörorganes einmünden, drei Kanäle in Kreisform, die halbzirkelförmigen Kanäle, welche wie gekrümmte Röhren mit ihren beiden Enden in den Vorhof einmünden, und endlich ein sonderbar gewundenes Organ, die Schnecke, die vollkommen einer aufgewundenen

Schneckenschale gleicht, in deren Innerem noch ein Blatt liegt, welches die gewundene Höhle in zwei Abtheilungen theilt. Ein weiteres Eingehen auf die feinere Structur aller dieser Theile und besonders der höchst complicirt gebauten Schnecke würde hier um so weniger am Platze sein, als die Beziehung der einzelnen Theile zu dem Gehör selbst durchaus noch nicht erörtert werden konnte.

Das Verhalten der Gehörorgane in der Thierreihe kann schon gewissermaßen einen Maßstab für die verhältnißmäßige Wichtigkeit der einzelnen Theile desselben abgeben. Zuerst verschwindet die Ohrmuschel, dann der Gehörgang, so daß das Trommelfell nackt und frei auf der äußeren Haut liegt. Bei den Wassersäugethieren und den Vögeln fehlt schon das äußere Ohr. Dann verschwindet in der Reihe der Reptilien und Amphibien das mittlere Ohr nach und nach, Paukenhöhle und Eustachische Trompete und Gehörknöchelchen, und man muß bei den Fischen das innere Gehörorgan tief in den Kopfknochen versteckt aufsuchen. Die Verkümmerung und Abnahme der Schnecke hält mit derjenigen der Paukenhöhle gleichen Schritt, zuletzt nehmen die halbzirkelförmigen Kanäle einer nach dem andern ab und verschwinden, bis von dem ganzen Gehörorgan nur noch ein einfaches Bläschen, der reducirte Vorhof, übrig bleibt, zu welchem der Hörnerve tritt.

So wie am Auge durch die verschiedenen brechenden Medien desselben, Hornhaut, Linse und Glaskörper, ein Zuleitungsapparat hergestellt ist, durch welchen die Lichtstrahlen erst dem eigentlich empfindenden Apparate, der Netzhaut, zugeleitet werden, so sind auch in dem Gehörorgane äußeres Ohr und Paukenhöhle nur Leitungs- und Verstärkungsapparate der Schallwellen, welche dem Hörnerven zugeführt und von diesem empfunden werden. Es können im Gehörorgan demnach nur diejenigen Theile wirklich schallempfindend sein, auf welchen der Hörnerve sich verzweigt, nämlich die innerste Membran des Vorhofes und das Spiralblatt, welches in der Schnecke sich befindet. Die Bogengänge des Labyrinthes erhalten durchaus keine Nervenfasern; diese gehen

nicht weiter als an die blasenartigen Enden, womit die Bogengänge am Vorhofe beginnen und welche man Ampullen nennt.
Weiter erstrecken sich die Nerven nicht; die Röhren der halbzirkelförmigen Canäle sind demnach keine schallempfindenden Organe,
sondern eines andern, bis jetzt durchaus unbekannten Zweckes
wegen vorhanden.

Die angestellten Untersuchungen haben seither nur wenige Resultate über die Endigungen der Nervenfasern des Hörnerven im
Inneren des Gehörorganes bei Rochen ergeben; doch deuten

Fig. 54.

Präparation von der Scheidewand einer Ampulle des Keulen-Rochen (Raja clavata). a. Auf der Innenfläche aufsitzende Cylinderzellen mit Kernen. b. Auf der knorpeligen Grundlage aufsitzende Grundzellen, die in Fäden auslaufen. c. Kernzellen der Hörstäbchen d, welche zwischen den Cylinderzellen stecken und nach unten in den Faden e auslaufen. f. Zwei durch den Knorpel hindurchtretende Fasern des Hörnerven, die sich bei g baumartig verästeln und deren Ausläufer wahrscheinlich mit den Fäden e der Hörstäbchen zusammen verschmelzen.

diese Resultate darauf hin, daß hier ähnliche Verhältnisse herrschen, wie in der Netzhaut des Auges. Die Rochen, wie die
meisten übrigen Fische, besitzen nämlich in den Ampullen eine
Art unvollständiger Scheidewand, auf welcher die Nervenenden sich
finden. Einfache Cylinderzellen bilden einen Ueberzug dieser
Scheidewand; zwischen ihnen aber finden sich Stäbchen, welche
an ihrem inneren Ende Zellen tragen, wie in feine Fäden ausgehen, zuweilen wohl auch noch mit einer zweiten Grundzelle in
Verbindung stehen und endlich mit den höchst feinen Ausläufern
der plötzlich sich verzweigenden Nervenfasern zu verschmelzen
scheinen. Die specifisch empfindenden Organe scheinen demnach
auch hier eigenthümliche, mit Zellen in Verbindung stehende Stäb-

chen zu sein, ähnlich den Stäbchen und Zapfen der Netzhaut, ähnlich den Stäbchen, die sich auch in der Riechgegend der Nasenschleimhaut wiederfinden.

Ein elastischer Körper, welcher von einem anderen gestoßen wird, geräth in wellenartige Schwingungen, welche von unserem Gehörorgane als Schall aufgefaßt werden. Jeder einfache Stoß erzeugt eine einfache Welle und somit auch nur eine einfache Schallempfindung; werden die Stöße und die dadurch erzeugten Wellen häufiger, so entsteht das Geräusch und endlich, wenn die Stöße so häufig werden, daß das Gehörorgan sie nicht mehr in seinen Einzelheiten unterscheiden kann, so entsteht der Ton, der mithin stets das Resultat einer bestimmten Anzahl von Wellenbewegungen eines durch Stöße in schwingende Bewegung versetzten Körpers ist. Je mehr Schwingungen der Körper in einer bestimmten Zeit macht, desto höher ist der Ton, welchen er hervorbringt. Unser Gehörorgan hat gewisse Grenzen, unterhalb und oberhalb welcher es den Ton nicht mehr vernimmt; der tiefste wahrnehmbare Ton beträgt etwa 14 bis 16 Schwingungen in der Secunde, und bei dieser Zahl schon gleicht er mehr einem brummenden Geräusch, als einem wahren Tone. Der höchste Ton, welchen unser Gehörorgan aufzufassen vermag, wird wohl an 70,000 Schwingungen in der Secunde erreichen. Es mag wohl keinem Zweifel unterliegen, daß noch höhere Töne existiren, deren Auffassung unserem Ohr unmöglich ist, und viele Erscheinungen lassen darauf schließen, daß die Ohren mancher Thiere gerade auf solche feinere Töne eingerichtet sind. Schon bei den einzelnen Menschen zeigen sich deutliche Verschiedenheiten, selbst wenn sonst ihr Gehör so ziemlich an Schärfe gleich ist, und während der Eine noch einen sehr hohen Ton hört, entgeht dieser dem Andern durchaus. Der Schrei der Fledermaus steht fast an der Grenze des menschlichen Auffassungsvermögens und gar Viele haben ihn nie gehört; — es ist wohl nicht wahrscheinlich, daß die Natur einem Geschöpfe einen Lockton gegeben habe, der an der Grenze des Auffassungsvermögens überhaupt steht.

Die Schallwellen, welche ein schwingender Körper erzeugt, theilen sich allen Körpern in seiner Umgebung mit, allein nicht überall in gleichem Grade. Schwingungen fester Körper theilen sich am leichtesten wieder festen Körpern mit, in welchen auch die Schallwellen am Vollständigsten fortgeleitet werden; Uebertragung von Tonschwingungen fester Körper auf flüssige geschieht schon schwerer, und am Unvollständigsten findet sie von festen auf luftförmige Körper statt. Ein gleiches Verhältniß findet sich, wenn die Uebertragung in umgekehrter Reihe geschehen soll. Atmosphärische Luft, in Schwingungen versetzt, theilt dieselbe nur sehr schwer flüssigen und festen Körpern mit, während in Flüssigkeiten erzeugte Schwingungen sich sehr stark auf feste Körper übertragen. Die Mittheilungsfähigkeit wird indessen bedeutend erhöht, sobald gespannte, elastische Membranen und nicht durchaus solide Körper die Vermittler bilden. So theilen sich die Schallwellen der Luft dem Wasser sehr leicht mit, wenn sie erst durch eine gespannte Haut aufgefaßt werden; ebenso geschieht die Mittheilung von der Luft aus an feste Körper sehr leicht und vollständig, wenn diese letzteren mit einer gespannten Membran in Verbindung gesetzt werden.

Betrachtet man nun die Bildung des Gehörorganes im Vergleiche zu den angeführten Gesetzen der Leitung des Schalles, so erscheint dasselbe vorzüglich darauf berechnet, in seinem äußeren und mittleren Theile eine möglichst vollständige Leitung der Schallwellen nach dem inneren Labyrinthe, dem eigentlich empfindenden Apparate, herzustellen. Die von der Ohrmuschel aufgefaßten Tonschwingungen der Luft werden durch ein Hörrohr, den Gehörgang, nach innen gegen eine ausgespannte elastische Membran, das Trommelfell, geleitet, welches offenbar den Zweck hat, die möglichst vollständige Uebertragung der Schallwellen auf die aus festen Körpern zusammengesetzte Kette der Gehörknöchelchen zu vermitteln. Diese setzen die Schallwellen nach innen bis zu dem ovalen Fenster fort, einer zweiten gespannten Membran, welche die Schallwellen mit großer Leichtigkeit der Labyrinth-

Flüssigkeit mittheilt, durch welche dann endlich der Hörnerv afficirt wird.

Im Ganzen liegt die genauere Analyse des Hörens noch sehr im Argen, da namentlich die Akustik noch nicht weit genug vorgeschritten ist, um über eine Menge Fragen, welche Anatomie und Functionenlehre aufwerfen, Rechenschaft geben zu können. Man hat sich viel damit abgequält, zu untersuchen, wie es zugehen könne, daß man mehrere Töne zugleich höre; welche Function einzelne Theile, wie Schnecke und Kanäle, haben — die Entscheidung dieser Fragen ist jetzt noch unmöglich.

Die Nasenhöhle ist bekanntlich der Sitz des Geruchsinnes, der indessen bei weitem nicht in ihrer ganzen Ausbreitung,

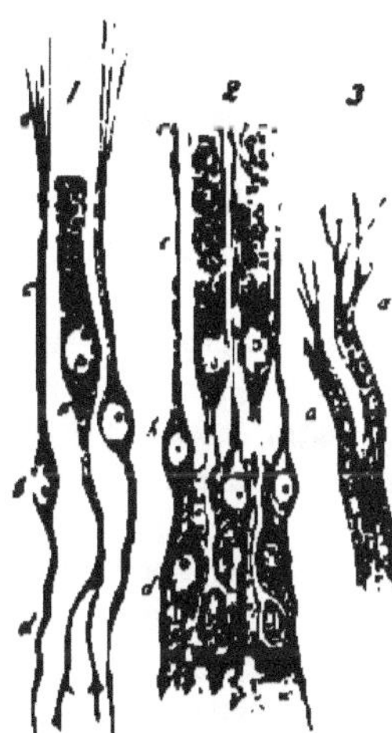

Fig. 55.

Mikroskopische Elemente der Riechgegend. 1. Vom Frosche. a. Kernhaltige Cylinderzelle des Epitheliums, nach innen in einen verästelten Faden auslaufend. b. Zelle des Riechstäbchens a, nach unten in den Faden d auslaufend und mit dem Büschel langer Wimpern e versehen. 2. Vom Menschen. a. Die geschwänzten Cylinderzellen, dazwischen die Stäbchen c mit dem Aufsatze o, der Zelle b und dem inneren Faden d. 3. Vom Hunde. Fasern des Riechnerven, in seine Aestchen zerfallend.

sondern nur in dem oberen Theile der Nasescheidewand und den beiden oberen Muscheln durch die Fasern des ersten Paares, des Geruchsnerven, vermittelt wird. Der untere Nasengang, durch welchen bei dem Athmen die Luft gewöhnlich streicht, ist eben so unempfindlich für die Geruchseindrücke, wie die mannichfaltigen Nebenhöhlen der Nase, die zwischen den beiden Platten des Stirnbeines hinter und über den Augenbrauen, sowie in den Aushöhlungen des Wangenbeines und des Keilbeines an der Schädelbasis gelegen sind. Die ganze Ausbreitung der Nasenhöhle und dieser Nebenhöhlen ist mit der sogenannten Schneider'schen Haut ausgekleidet, als deren wesentlichstes Element sich ein Flimmerüberzug zeigt, der in beständiger Bewegung einen fortdauernden Strom der Flüssigkeiten auf der Schleimhaut unterhält. Die Zellen, auf welchen die schwingenden Wimpern stehen, sind außerordentlich empfindlich gegen Reagentien aller Art, sogar im Wasser verändern sie augenblicklich durch Aufquellen ihre Gestalt. Eben so leicht lösen sich diese Zellen los; man braucht nur mit einer Federspule die Nasenschleimhaut ein wenig zu kratzen, um dann im Schleime eine Menge losgelöster, noch wirbelnder Zellen zu finden. Beim Schnupfen lösen sie sich in Haufen los, sobald die Periode des stärkeren Ausflusses eingetreten ist. Doch fehlen diese Wimpern den Zellen gerade an der zur Aufnahme der Gerüche bestimmten beschränkten Stelle an dem oberen Theile der Scheidewand und der Muscheln, wo sich die Fasern des Geruchsnerven verbreiten, welcher man den Namen der Riechgegend gegeben hat und die sich durch eine gelbliche Färbung auszeichnet. Hier finden sich lange cylindrische wimperlose Zellen, unten mit einem Kerne versehen, von welchem ein Faden ausläuft, der mit seinen Berästelungen in der Schleimhaut sich verliert. Zwischen diesen Zellen stehen lange dünne Stäbchen, beim Menschen mit einem krystallhellen Aufsatze, beim Frosche mit ungemein langen Wimperhaaren versehen, deren tief nach unten gelegene Zellenkerne ebenfalls in knotige Fasern ausgehen, welche zuletzt mit den Ausläufern der Fasern des Riechnerven in Verbindung treten. Wir sehen demnach hier, wie in den beiden übrigen specifischen Sinnesorganen, denselben Grundtypus der anatomischen Bildung, nämlich stäbchenartige Gebilde, welche die letzten Ausläufer der Nervenfaser darstellen und zur Aufnahme der specifischen Sinnesempfindung bestimmt sind.

Die Schleimhaut der Nase, die Schneider'sche Haut, nimmt also nur Tastempfindungen, keine Sinnesempfindungen auf.

Ein einfacher Versuch bestätigt dies Ergebniß. Man kann die Nasenhöhlen eines auf dem Rücken liegenden Menschen, der den Kopf hintenüber hängen läßt, vollständig mit Wasser füllen, ohne daß dieses durch die hinteren Gaumenöffnungen abfließt, und ohne daß dadurch eine Geruchsempfindung bedingt würde.

Nimmt man statt reinen Wassers ein riechendes Wasser, z. B. solches, worin man einige Tropfen kölnischen Wassers geschüttet hat, so hat der Mensch dennoch schon bei dem Eingießen nicht die mindeste Geruchsempfindung. Die Riechstoffe müssen demnach, wenn sie einen Eindruck erzeugen wollen, stets in luftförmigem Zustande der Riechgegend zugeführt werden, und nur solche Körper werden gerochen, welche eine gasförmige Ausdünstung von sich geben. Man hat Messungen angestellt, um die Grenzen der Empfindung einzelner stark riechender Körper zu bestimmen, und ist dabei zu wirklich erstaunlichen Resultaten für die Schärfe dieses Sinnes gekommen. Ein Luftraum, der höchstens ein Zehn-Milliontel seines Volumens von dem Dampfe des Rosenöles enthält, riecht noch sehr deutlich, und eine Flüssigkeit, die ein Zwei-Milliontel eines Milligrammes feinen Moschus enthielt, ließ ebenfalls noch deutlich den Geruch erkennen. Mancherlei Nebenbedingungen unterstützen aber die Empfindung. Dahin gehört namentlich die Bewegung des Luftstromes, besonders durch Schnüffeln, und die Erhaltung einer gewissen Temperatur. Wir halten den Athem an, wenn wir die Gerüche nicht empfinden wollen, und können auf diese Weise je durch Verstärkung oder Verminderung des hin- und herziehenden Luftstromes auch die Empfindung verstärken oder vermindern.

Mit den eigentlichen Geruchsempfindungen, deren genauere Wirkung uns durchaus unbekannt ist, darf man die feinen Tastempfindungen nicht verwechseln, welche in der Nasenschleimhaut ihren Sitz haben und dort durch den Nasenast des fünften Nervenpaares vermittelt werden. Die eigenthümliche Empfindung, welche der Salmiakgeist z. B. erregt, ist nicht eine Geruchsempfindung, sondern ein Tasteindruck, bedingt durch das Aetzen der Nasenschleimhaut. Viele Empfindungen mögen gewissermaßen aus beiden Eindrücken, aus Geruchs- und Tastempfindung, andere aus Geschmacks- und Geruchsempfindungen combinirt sein.

Die Rolle, welche der Geruchsinn dem allgemeinen Befinden gegenüber spielt, ist individuell außerordentlich verschieden. Menschen mit stumpfer Nase tragen den Geruchsempfindungen meist gar keine Rechnung, während bei anderen dieser Sinn vor allen anderen über Lust und Unlust, Behagen und Unbehagen entscheidet. Verschiedene Stimmungen des Centralnervensystemes ändern wesentlich das Verhalten gegenüber verschiedenen Geruchsempfindungen. Schon Mancher hat mit Erstaunen wahrnehmen müssen, daß Frauen, welche Blumen leidenschaftlich liebten, dieselben verabscheuten, nachdem sie hysterisch geworden waren und dagegen den Geruch des Teufelsdreckes oder gebrannter Federn allen anderen vorzogen.

Schon in einem früheren Briefe berührten wir die verschiedenen Verhältnisse, welche zur Geschmacksempfindung mitwirken. Wir sahen, daß die Zunge nicht allein der Verbreitungsort des eigentlichen Geschmacksnerven, sondern auch der Sitz eines höchst feinen Tastgefühles sei, und daß dasjenige, was wir als Geschmack bezeichnen, meistens eine Combination von Tastempfindung und eigentlicher Geschmacksempfindung sei. Der wahre Geschmack wird erst in den hinteren Theilen der Mundhöhle, sowohl an der Zunge, als auch an dem Gaumenbogen erzeugt, und eine wesentliche Mitbedingung für seine Empfindung scheint die Bewegung dieser Theile zu sein. Alle Geschmacksempfindungen, die man durch einfaches Betupfen der unbeweglich gehaltenen Theile erzeugt, sind durchaus unbestimmt, verwaschen, oder selbst so undeutlich, daß man sich keine Rechenschaft von ihnen geben kann. In demselben Augenblicke aber, in welchem eine Schluckbewegung gemacht oder die Zunge im Munde herumgewälzt wird, tritt auch die Empfindung auf das Deutlichste hervor. Jedenfalls besitzt die Zungenwurzel nicht nur die größte Empfänglichkeit für Geschmackseindrücke überhaupt, sondern auch die feinste Unterscheidungsfähigkeit, weshalb denn auch z. B. Weintrinker, welche die feineren Geschmäcke unterscheiden wollen,

bie Zungenwurzel mit dem Weine gurgeln, bevor sie ihn hinabschlucken. Die Feinheit des Geschmackes selbst ist außerordentlich
verschieden, je nach den Individuen und nach den schmeckenden
Körpern, die stets in wässeriger Lösung geboten werden müssen.
Eine Flüssigkeit, die $^1/_{100}$ ihres Gewichtes Rohrzucker enthält,
schmeckt nicht mehr süß. Die Grenze des Geschmackes für das
Kochsalz findet sich etwa bei $^1/_{500}$, für wasserfreie Schwefelsäure
und schwefelsaures Chinin etwa bei $^1/_{1000000}$. Bei allen solchen
Messungen muß man indeß berücksichtigen, daß auch die absolute
Menge einen Einfluß hat, und daß deshalb ein Tropfen einer
solchen verdünnten Flüssigkeit weniger geeignet ist, eine Geschmacksempfindung hervorzurufen, als wenn man die ganze Mundhöhlung
mit der Flüssigkeit füllt.

Wir müssen den Tastsinn, welcher übrigens in unserer
ganzen Haut ausgebildet ist, wohl unterscheiden von dem allgemeinen Schmerzgefühl, welches jeder Empfindungsnerve erzeugt,
und das auch zu Stande kommen kann, wenn das tastende
Organ, die Haut, entfernt ist. Schon früher, als wir von den
Eigenschaften der Nerven sprachen, machten wir darauf aufmerksam, daß die Verwundung oder Erregung eines empfindenden
Nerven stets nur Schmerz erzeuge, der von dem Auffassungs-
vermögen an dem Orte der Nervenausbreitung selbst localisirt
werde. Ebenso zeigten wir, daß im Centralorgane besondere
Fasergruppen nur die Tastgefühle, nicht die Schmerzensempfindungen leiten. Weitere Vorstellungen, wie sie bei dem Tasten,
dem Fühlen auf der äußeren Haut entstehen, sind mit den Schmerzempfindungen nicht verbunden, und es sind demnach diese Tast-
vorstellungen wesentlich an den Bau der äußeren Haut und die
im Centralorgane befindlichen besonderen Fasern geknüpft. Ueber
diesen aber streitet man noch theilweise hin und her. Wie schon
früher bemerkt, finden sich an den feinfühlendsten Stellen, wie
in der Innenfläche der Finger, eigenthümliche, Tastkörperchen genannte, rundliche Gebilde, die wie aus aufeinander liegenden
Blättern aufgeschichtet aussehen und zu welchen die Nervenenden
hintreten.

Fig. 56. Die Haut des Menschen in senkrechtem Durchschnitte. a. Aeußere verhornte Schicht der Oberhaut. b. Innere Schicht (Malpighi'sches Schleimnetz). c. Hautwärzchen. d. Gefäße der Lederhaut. e, f. Ausführungsgänge der Schweißdrüsen g. h. Fettanhäufungen. i. Nerven.

Fig. 57. Zwei Tastwärzchen der Haut. a. Von der Lederhaut gebildete Schicht. b. Inneres Polster von Bindegewebe. c. Eintretende Nerven.

Daß den Tastkörperchen weder Tastsinn noch Drucksinn allein zugeschrieben werden kann, geht einfach aus dem Umstande hervor, daß alle verschiedenen, durch die Haut vermittelten Empfindungen auch an solchen Stellen sich finden, wo keine Tastkörperchen vorkommen — es scheint aber aus Versuchen hervorzugehen, daß sie namentlich den Drucksinn erhöhen und der ungünstigen Dicke der Oberhaut entgegenwirken, indem sie eine härtere Unterlage für die Nervenenden herstellen, durch welche ein Druck, welcher anderwärts nicht empfunden werden würde, zur Auffassung gelangt.

Die Schärfe des Tastsinnes ist nicht nur bei den verschiedenen Individuen, sondern auch an den verschiedenen Hauttheilen großen Ungleichheiten unterworfen. Wie ausgezeichnet fein die Blinden fühlen, wie genau sie sich durch Beachtung der geringfügigsten Eindrücke, welche ihre Haut treffen, von verschiedenen Raumverhältnissen Rechenschaft geben können, welche wir durch unser Gesicht zu ermessen gewohnt sind, weiß Jedermann; der Tastsinn, durch seine feine Ausbildung, ersetzt hier gewissermaßen den Gesichtssinn, und der Blinde hat sich gewöhnt, von ihm Vorstellungen aufzunehmen, die uns nur durch den Gesichtssinn vermittelt werden. Man hat indessen, so viel ich weiß, noch keine vergleichende Beobachtung über die absolute Schärfe des Tastsinnes bei Blinden gemacht, welche in der Art, wie die Untersuchungen über die einzelnen Körpertheile, ein genaues Maß für den Tastsinn derselben abgäben. Es würden solche Untersuchungen nicht unwichtig sein für die Ansicht, welche man überhaupt sich von dem Tastsinne zu machen hat; es würde sich dabei herausstellen, ob die Sinne in materieller Hinsicht einer Verfeinerung fähig sind, oder ob das feinere Tastgefühl, welches wir bei den Blinden beobachten, nur eine Folge der Ausbildung des Vorstellungsvermögens ist, wodurch der Blinde die Eindrücke, die er empfängt, zu einem objectiven Anschauungsbilde umwandelt. Wir Sehenden, wenn wir eine Münze bei geschlossenen Augen betasten, fühlen vielleicht alle Vorsprünge der Buchstaben, des geprägten Kopfes eben so gut als ein Blinder, allein wir vermögen nicht die einzelnen Eindrücke zu einem Gesammtbilde zu vereinigen, wie der Blinde es thut.

Man hat die Schärfe des Tastgefühles an verschiedenen Theilen des Körpers in der Weise gemessen, daß man einen Zirkel aufsetzte, dessen Spitzen mit kleinen Korkstückchen maskirt waren. Man maß nun, wie weit man die Zirkelspitzen auseinander setzen mußte, um ihre beiden Eindrücke als getrennte zu empfinden, und indem man diese Methode über den ganzen Körper ausdehnte, konnte man eine vergleichende Tabelle der Schärfe des Tastgefühles unserer Hautoberfläche aufstellen, die indeß immer noch viel Willkürliches hat, da nicht nur die Werthe auf beiden Körperhälften verschieden ausfallen, sondern auch die Richtung des Aufsetzens der Zirkelspitzen, so wie die Methode selbst, manche Irrthümer herbeiführen können. So unterscheidet man an den meisten Theilen, besonders den Extremitäten, die beiden Zirkelspitzen weit leichter, wenn sie in der Quere gestellt werden, als wenn sie in der Längenaxe des Gliedes die Haut berühren. Ebenso ist der Uebergang von dem Gefühle als einfacher Punkt zu der Unterscheidung der beiden Zirkelspitzen ein allmählicher; der Punkt scheint sich bei Oeffnung der Spitzen auszudehnen, zu wachsen, eine elliptische Gestalt anzunehmen, bis endlich die beiden Endpunkte der Axe der Ellipse sich trennen und als zwei selbstständige Punkte gefühlt werden.

Die Zungenspitze ist der feinfühlendste Theil des Körpers; man unterscheidet noch die Zirkelspitzen, wenn ihre Entfernung nur eine halbe Linie beträgt. Nach der Zungenspitze folgen die inneren Flächen der letzten Fingerglieder, mit welchen wir gewöhnlich tasten und deren Schärfe im Mittel sieben Zehntel einer Linie beträgt; die rothen Theile der Lippen, die inneren Flächen der zweiten und dritten Fingerglieder fühlen eine Entfernung von anderthalb Linien im Durchschnitte; die Nasenspitze, Seite und Rücken der Zunge, die äußeren Theile der Lippen schwanken zwischen 2—3 Linien, die Rückenfläche der Finger, die Wangen zeigen eine Verhältnißzahl von 4 Linien und etwas mehr. Weitere ungefähre Verhältnißzahlen sind: Stirne 6 Linien. Scheitel 9½ Linien.

Kniescheibe 10 Linien. Fußrücken 12 Linien. Oberarm 14 Linien. Hinterbacke 13 Linien. Oberer Theil des Rückens in der Mittellinie 10 Linien. Rückenwirbelsäule in der Mitte 24 Linien. Man sieht demnach, daß auf der Mitte des Rückens eine Unsicherheit von mehr als zwei Zollen für einen Eindruck existiren muß, und wir wissen sehr wohl aus eigener Erfahrung, daß diese wirklich existirt. Auch auf den anderen Körpertheilen herrscht eine je nach Verhältniß größere oder kleinere Unsicherheit in der Empfindung, und es liegt nur in dieser Unsicherheit der Grund, daß wir einen Floh z. B., der uns sticht, nicht unmittelbar fangen, sondern meist daneben tappen, wenn wir ihn nicht sehen, eben weil das punktgroße Geschöpf der Unsicherheit in der Localisation der Empfindung nicht entspricht.

Durch den Druck, welchen schwerere Körper auf eine Stelle unserer Haut ausüben, wird eine Empfindung erzeugt, deren Größe wir gewissermaßen abzuschätzen vermögen, so daß man, wenn auch nicht ganz mit Recht, von einem Drucksinn der Haut reden kann. Ueberall, wo eine Tastempfindung stattfinden soll, muß zwar ein gewisser, wenn auch je nach den Hautstellen verschiedener Druck angewendet werden, dessen Wahrnehmung namentlich dann, wenn er sehr schwach ist, durch die Gegenwart der feineren Härchen auf der Haut begünstigt wird, während andererseits die Dicke der Oberhaut dieser Wahrnehmung entgegenwirkt. Die Feinheit des Drucksinnes ist indessen bei weitem nicht so bedeutend, als diejenige der Tastgefühle, und deshalb der Unterschied zwischen den einzelnen Körperstellen auch bei weitem weniger bedeutend. Unterschiede zwischen verschiedenen Gewichten, die eine gleiche Grundfläche haben, werden bei ruhig gehaltenem Arme z. B. nur dann einigermaßen genauer gefühlt, wenn der Wechsel schnell vorgenommen wird. Ist einmal einige Zeit verstrichen, so darf man nicht erwarten, bei einem Zweipfundsteine z. B. einen Unterschied von mehreren Lothen abschätzen zu können. Die Bestimmung des absoluten Gewichtes von Körpern, die wir mit der Hand vornehmen, beruht weit weniger auf diesem Drucksinne, als auf der Abschätzung der Kraft, die wir zum Heben einer Last nöthig haben. Auch diese Abschätzung ist durchaus ungenau, kann aber durch Uebung innerhalb gewisser Grenzen bis zu einer gewissen Vollkommenheit gebracht werden. Die Größe des Druckes wirkt weder auf die Wahrnehmung zweier gleichzeitiger Eindrücke auf unsere Haut, welche man als Raumsinn bezeichnet hat, noch auf die Bestimmung der Lage eines empfindenden Punktes auf der Haut, die man den Ortsinn genannt hat, noch auch auf die Wahrnehmung der Richtung von Bewegungen, welche auf unsere Haut ausgeführt werden.

Die Wärmeempfindung, deren die Haut fähig ist, bezieht sich besonders auf die Schwankungen der äußeren Temperatur, nicht aber auf einen constanten Grad derselben. Innerhalb der Grenzen von 10° C. bis zu 46° C. vermag die Haut noch Unterschiede von einigen Zehntel Graden mit ziemlicher Genauigkeit anzugeben: doch steht die Empfindlichkeit der einzelnen Hautstellen nicht ganz in directem Verhältnisse zu dem Nervenreichthum und der Feinheit der Tastempfindung. Schon früher machten wir darauf aufmerksam, daß unsere Haut nicht nur empfindlich ist für die Verschiedenheit der Wärmegrade, von denen sie getroffen wird, sondern auch für die absolute Menge von Wärme, die in einer gewissen Zeit in sie überströmt, was von der Leitungsfähigkeit der Körper abhängt. Deshalb werden wir auch empfindlicher von der Wärme und Kälte getroffen, je nachdem die Fläche der Haut, welche die Empfindung vermittelt, größer oder geringer ist. Heißes Wasser erscheint uns weniger heiß, wenn wir die Spitze des Fingers, als wenn wir die ganze Hand hineintauchen. Im Uebrigen aber hängt die Empfindung von Wärme oder Kälte außerordentlich von dem Temperaturgrade ab, an den man sich gerade gewöhnt hat. Ein Keller, der tief genug ist, um während des ganzen Jahres eine constante Temperatur zu zeigen, erscheint uns im Sommer kalt, im Winter warm; und Humboldt erzählt, daß er in Caracas vor Kälte schlotterte, als einmal das Thermometer während weniger Stunden etwa um zehn Grade gefallen war, wobei es sich aber dennoch auf der Höhe der Blutwärme erhielt.

Die Haut mit ihren verschiedenen Empfindungen ist von jeher der Spielraum für alle möglichen Träumereien gewesen. Man glaubte sich berechtigt, den Tastsinn als den Mutterboden aller anderen Sinne aufzufassen und ihn sogar für diese Ersatz leisten zu lassen. Man sollte mit der Haut wirklich hören, sehen, riechen und schmecken, und man erzählte die wunderlichsten Geschichten zur Unterstützung dieser Behauptung. Es unterliegt keinem Zweifel, daß die Hautempfindungen bei gewissen Stimmungen des Centralnervensystemes eben so gesteigert werden können, wie diejenigen der anderen Sinne; — daß die Haut für Luftströmungen, Wärmeunterschiede und ähnliche Eindrücke empfindlich werden kann, die wir in gewöhnlichen Zuständen nicht auffassen, und daß aus solchen an uns vorübergehenden Eindrücken das gereizte Gehirn Vorstellungen combiniren kann, deren Grundlagen uns entgehen müssen. Eine Fledermaus, welcher man die Augen ausgestochen hat, weicht seinen Fäden im Fliegen eben so geschickt aus und stößt sich eben so wenig an die Wände des Zimmers, als eine andere, die ihre Augen noch hat. Die großen nackten Hautflächen an dem Kopfe dieser Thiere sind gewiß einer äußerst gesteigerten Empfindung fähig, durch welche die feinsten Luftströmungen unterschieden werden können. Von diesem Punkte an bis zu der specifischen Sinnesempfindung ist aber ein weiterer Schritt, den die Natur nicht ohne die Schaffung specifischer Sinnesorgane zurücklegen kann.

Leider sind noch keine genaueren Untersuchungen über die krankhaft gesteigerte Empfänglichkeit der Haut für Eindrücke der genannten Art angestellt worden. Das Glaubwürdige, was man von hysterischen und somnambülen Frauenzimmern in dieser Hinsicht erzählt, bezieht sich sichtlich nur auf solche gesteigerte Empfänglichkeit. Der Widerwille aber, welchen Männer der Wissenschaft von jeher gegen solche Untersuchungen gezeigt haben, beruht auf der ganz einfachen Beobachtung, daß die einfachen krankhaften Erscheinungen durch verschmitzten Betrug entstellt werden. Dieser ist denn auch überall vorhanden, wo Somnambülen durch die Herzgrube oder andere, mehr oder minder interessante Theile ihres Körpers bei verbundenen Augen gelesen haben sollen. Nie hat eine solche Person bei vollkommen undurchsichtigen Verbänden mit der Herzgrube oder den Händen lesen können; es bedurfte der Tastbänder, welche die Mutter, der Vater oder eine andere vertraute Person so umlegte, daß die magnetisch Schlafende gar prächtig hindurchsehen konnte, und die Geschichte des Burdin'schen Preises muß dem Gläubigsten die Augen geöffnet haben. Als so viel Spektakel vor einigen Jahren gemacht wurde von Somnambülen, welche mit verbundenen Augen lesen sollten, legte dieser Arzt einen versiegelten Brief bei der Academie nieder nebst einer Summe von 2000 Franken für Diejenige, welche lesen würde, was in dem Briefe stand. Noch keine hat den Preis verdient.

Sechszehnter Brief.

Die Bewegungen.

Jedermann weiß, daß in unserem Körper eine Menge verschiedenartiger Stücke, Knochen und Knorpel, zu einem Gerüste
zusammengefügt sind, welches den übrigen Theilen als Stütze dient
und das Skelett genannt wird. Betrachtet man dieses starre
Gerüste näher, so erscheinen dabei zwei wesentliche Bedingungen
erfüllt, einerseits eben die Stützung und Umhüllung der weicheren
Theile, die Vorzeichnung der Höhlen, worin Hirn und Rückenmark,
so wie die Eingeweide des Bauches und der Brust verborgen
sind, und anderntheils die Mithülfe zur Ausführung von Bewegungen, indem die einzelnen Stücke des Skelettes mehr oder minder beweglich an einander gefügt und durch Gelenke mit einander
verbunden sind. Die Art dieser Zusammenfügung ist äußerst
mannichfaltig und wechselt je nach den verschiedenen Zwecken
des Gelenkes, der Größe seines Spielraumes und der Art der
Bewegung, welche es ausführen soll. An einigen Orten, wo nur
eine gewisse elastische Verbindung, eine geringe Nachgiebigkeit
gegen äußere oder innere Gewalt stattfinden soll, sehen wir selbst
nur mehr oder minder zusammendrückbare elastische Knorpelstücke
zwischen die Knochen eingeleimt, ohne daß sich besondere Gelenkflächen darböten, welche auf einander hergleiten könnten. Solcher
Art sind die Verbindungen der einzelnen Wirbelkörper unter sich,
die Anheftung der Rippen an das Brustbein und andere mehr.
In dem ersten Falle ist die Beweglichkeit der einzelnen runden,
säulenartig auf einander geschichteten Wirbelstücke durch elastische,

aus Faserknorpeln gewebte Kissen, welche, wie die Federkissen eines Stuhles, einem gewissen Drucke nachgeben und sich beim Nachlasse desselben wieder aufrichten; bei den Rippen dagegen findet die Beweglichkeit dadurch statt, daß die beweglichen Stäbe, womit sie sich an das Brustbein ansetzen, wie Degenklingen durch angebrachten Druck oder Zug gebogen werden und beim Aufhören desselben in ihre alte Lage zurückspringen.

In allen übrigen beweglichen Gelenkverbindungen finden wir stets zwei Knochenflächen, welche über einander hergleiten können und deshalb mit glatten Knorpelstücken belegt und mit feuchtem Schleime überzogen sind; ein Verhältniß, das wir in der Mechanik durch glatte Drehflächen und Einölung der Gelenke nachahmen. Das Herstellen ganz ebener Flächen, welche über einander gleiten und einzig durch geradlinige Verschiebung wirken können, findet äußerst selten im Körper statt; meist bedingt die Art der Bewegung die Einrichtung verschieden gekrümmter Flächen, wodurch Drehungen aller Art ausgeführt werden. Die Natur hat sich äußerst erfinderisch in Herstellung dieser Gelenkverbindungen gezeigt; von dem freiesten Kopfgelenke, wo ein rund abgedrehter Gelenkkopf sich auf einer fast ebenen Fläche dreht und somit fast vollständig nach allen Richtungen umhergerollt werden kann, bis zu dem beschränkteren Nußgelenke, wo der Kopf in einer ihn umschließenden runden Kapsel spielt; von dem beschränktesten Charniergelenke, welches nur einseitiges Auf- und Zuklappen gestattet, bis zu den freiesten Charnieren, wo auch seitliches Ueberkippen und drehende Bewegung möglich ist, finden sich die mannichfachsten Modificationen, theils durch sinnige Abänderung der aufeinander spielenden Gelenkflächen, theils durch Anordnung der benachbarten Theile bedingt, welche den Spielraum des Gelenkes hemmen und einschränken. Es genügt, hier auf diese Verhältnisse aufmerksam gemacht zu haben; Jeder kann am eigenen Körper sich leicht überzeugen, wie sehr verschieden die Beweglichkeit des Oberarmes von derjenigen des Ellenbogens und der Hand sei; wie er den Oberarm frei im Kreise gleich der Speiche eines Rades schwingen, nach vorne und hinten führen kann, während er im Ellenbogengelenk einzig auf das Auf- und Zuklappen des Charnieres beschränkt ist; wie er im Handgelenke drehende und seitliche Bewegungen ausführen, mit dem ersten Fingergelenke, namentlich des Zeigefingers, ebenfalls Kreisbewegungen vornehmen kann; während das zweite und dritte Fingergelenk nur klappender Charnierbewegungen fähig sind. Man wird so bei Vergleichung der oberen mit der unteren Extremität finden, daß hier die entsprechenden Bewegungen im Grunde zwar ähnlich, aber weil beschränkter sind; daß die Bewegungen des Oberschenkels denen des Oberarmes entsprechend nach allen Richtungen hin weit geringer sind, weil eben der Gelenkkopf des Oberschenkels in einer nußartigen Gelenkhöhle eingekapselt ist, während der Kopf des Oberarmes auf einer kleinen, fast ebenen Gelenkfläche spielt; daß die Bewegungen der Fußwurzel, der Zehen, eine Wiederholung der Hand- und Fingerbewegungen in geringerer Ausdehnung darstellen.

Die Gelenkflächen der einzelnen Knochen sind durch Kapselhäute und Bänder an einander befestigt, durch deren Anordnung meist der Spielraum der Gelenke, so wie er durch die Natur der Gelenkflächen gegeben wäre, mehr oder minder beschränkt, zugleich aber auch die Verbindung in allen Richtungen befestigt und das Ausgleiten der Gelenke, die Verrenkung derselben, mehr oder minder erschwert wird. Je freier ein Gelenk ist, je größeren Spielraum es besitzt, desto schlaffer müssen auch diese Haltbänder angespannt sein und desto leichter sind auch Verrenkungen möglich.

Die innerste Kapsel, welche unmittelbar die Gelenkflächen einhüllt, bildet stets einen vollkommen hermetisch geschlossenen Sack, der aus festem Fasergewebe gewoben und auf seiner innern Seite mit mehr oder minder zähem Schleime überzogen ist, welcher beständig zwischen die glatten Gelenkflächen eindringt und die Reibung derselben auf ein sehr geringes Maß beschränkt.

Eine nothwendige Folge des hermetischen Verschlusses der Gelenkkapseln ist die Ausschließung der atmosphärischen Luft, die Herstellung eines Raumes im Innern der Gelenke, welcher keine Luft, sondern nur Flüssigkeit enthält und somit keinen Gegendruck auszuüben im Stande ist. Es ist bekanntlich der Druck der Luft,

welcher das Wasser in einer luftleer gemachten Röhre 32 Fuß
hoch emportreibt, welcher im Barometer einer Quecksilbersäule von
28 Zoll das Gleichgewicht hält; in unserem Körper erhält der
Druck der Luft die Gelenkflächen in unmittelbarer Berührung,
und die Größe der einzelnen Gelenkflächen ist so berechnet, daß
der Luftdruck, welcher darauf ausgeübt wird, allen daran aufgehängten Theilen das Gleichgewicht hält. Man hat diesen Satz
namentlich an dem Hüftgelenke auf die überzeugendste Weise dargethan und durch Versuche bewiesen, daß beim Schweben des
Beines in freier Luft weder die Muskeln noch die Bänder dasselbe
halten, sondern einzig der Druck der Luft auf das Hüftgelenk
hinreicht, dasselbe fest am Becken schwebend zu erhalten. Legt man
einen Leichnam auf den Bauch, so daß die Beine frei schwebend
von dem Tische herabhängen, und trennt nun durch einen Kreis-
schnitt sämmtliche Muskeln bis auf die Bänder des Hüftgelentes
und bis zur Kapsel desselben, so hängt das Bein noch eben so
fest im Hüftgelenke, als zuvor. Die Gelenkflächen des Kopfes
einerseits und der Pfanne anderseits sind sogar so genau auf ein-
einander gepaßt, daß man die Kapsel selbst einschneiden kann,
ohne daß das Bein aus dem Gelenke herausfällt. Bohrt man
aber von innen, von dem Unterleibe aus, ein Loch in das Gelenk
ein, so bringt in dem Augenblicke, wo der Bohrer die innere
Gelenkfläche durchstößt, die Luft mit zischendem Geräusche ein und
der Gelenkkopf sinkt aus seiner Pfanne heraus, soweit als es das
im Innern des Gelenkes angebrachte sogenannte runde Band des
Hüftgelentes gestattet, welches von der Spitze des Gelenkkopfes zu
dem tiefsten Punkte der Pfanne geht. Drückt man nun das Bein,
indem man es aufhebt, wieder in die Pfanne hinein und schließt
das im Becken angebrachte Bohrloch mit dem Finger, so bleibt
das Bein von neuem schwebend hängen und der schließende Finger
wird von dem Bohrloche wie von einem Schröpfkopfe angezogen.
Im Augenblicke, wo der Finger entfernt wird, fällt das Bein
herab. Man hat die Versuche in der Art wiederholt, daß man
das Schenkelgelenk herauspräparirte, den Oberschenkel absägte, die
Beckenknochen rund herum wegnahm, so daß nur die beiden durch

das Gelenk verbundenen Knochenfläche überblieben, und nun das Ganze unter die Glocke der Luftpumpe brachte, nachdem man an den Schenkelknochen ein paar Pfundsteine aufgehängt hatte. Der Schenkelkopf war fest im Gelenke eingefügt; sobald man aber auspumpte und einen luftleeren Raum erzeugte, sank er aus den Gelenkhöhlen heraus; ließ man von Neuem Luft zu, so stieg er wieder in die Höhe, und man konnte so das abwechselnde Spiel des Auf- und Absteigens des Schenkelkopfes in seinem Gelenke wiederholen, je nachdem man Luft auspumpte, oder zuließ.

Berechnet man, nach der Größe der Oberfläche des Hüftgelenkes, die Größe des Druckes, welchen die Luft auf dasselbe ausübt, so zeigt sich, daß derselbe etwa 22 bis 26 Pfund beträgt, während ein Bein im Durchschnitte 18 bis 20 Pfunde wiegt. Bei gewöhnlichem Luftdrucke hält demnach der auf das Hüftgelenk ausgeübte Druck der Luft dem Gewichte der Extremität das Gleichgewicht, und es bedarf durchaus keiner Anstrengung von Seite der Muskeln, um das Bein schwebend zu erhalten. Gleiche Verhältnisse finden sich am Kniegelenke, am Oberarme, an den Fuß- und Handgelenken verwirklicht; überall sind die Kapseln der Gelenke hermetisch abgeschlossen und überall die Größe der Oberflächen in ein bestimmtes Verhältniß zu dem Gewichte der Theile gebracht, welche daran aufgehängt sind, so daß erst bei Vergrößerung des an den Gelenken bewirkten Zuges eine entsprechende Thätigkeit der Muskeln und Bänder zur Aneinanderhaltung der Gelenkflächen nöthig wird.

Betrachtet man das Skelett des Menschen (siehe Fig. 58, S. 413) im Vergleich zu demjenigen der Säugethiere, so stellt sich schon in der Anfügung der einzelnen Knochen und ihren Verhältnissen zu einander die wesentliche Beziehung zu dem aufrechten Gange heraus. Das Gelenk zwischen dem Hinterhaupte und dem ersten Halswirbel, welches das Vor- und Rückwärtsbeugen des Kopfes vermittelt, ist bei gut entwickeltem Schädel so angebracht, daß sich der Kopf förmlich auf seiner Unterlage balancirt. Die leichte Krümmung der Halswirbelsäule nach vorn

Fig. 38.

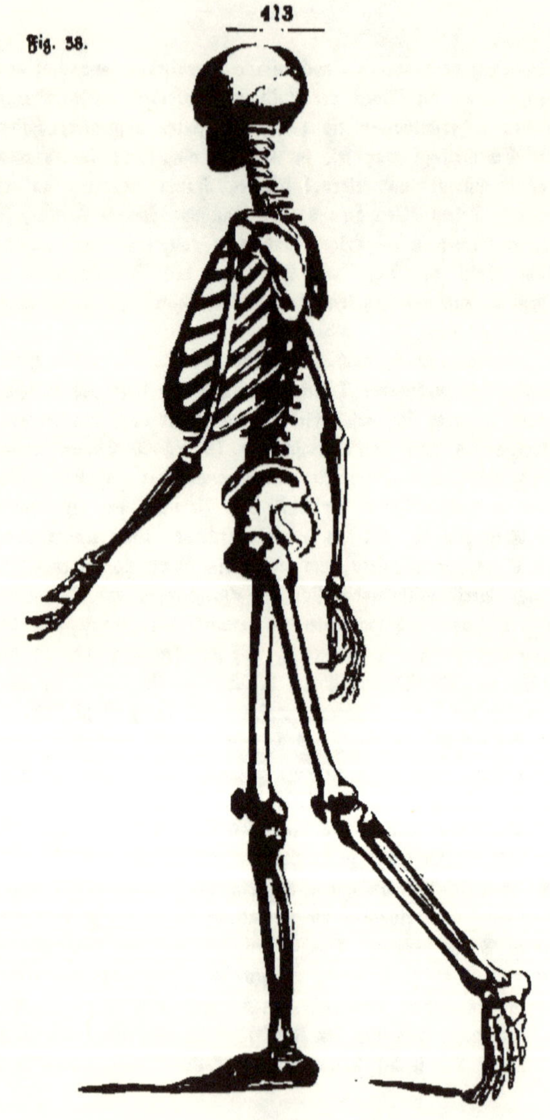

trägt das Ihrige dazu bei, den so im Gleichgewichte schwebenden
Kopf in der allgemeinen Schwerlinie des Körpers zu erhalten.
Die Rückenwirbelsäule zeigt im Gegentheile eine Krümmung nach
hinten; die Lungen und das Herz, sowie der ganze Rippenkorb,
sind an der vorderen Fläche der Wirbelsäule angebracht und
würden ein Ueberkippen der Schwerlinie nach vorn bedingen,
wenn nicht durch diese Einbiegung entgegengewirkt wäre. Im
Becken endlich schließt sich die Bauchhöhle nach unten, während
zugleich durch die Krümmung der Schwanzwirbelsäule Raum für
die Eingeweide hinter der Schwerlinie geschafft wird. Durch
alle diese Einrichtungen wird denn als Endresultat die Lage der
Schwerlinie des Oberkörpers so hergestellt, daß sie bei der Profil-
stellung des Menschen senkrecht durch den Schenkelknorren läuft.
Die vorderen Extremitäten, zur Ausführung freierer Bewegungen,
nicht aber, wie bei allen Vierfüßern, zum Tragen des Rumpfes
bestimmt, sind überall mit viel freieren Gelenken und größerer
Beweglichkeit der einzelnen Knochenstücke gegen einander ausge-
rüstet. Bei den Beinen dagegen wiegt in Uebereinstimmung mit
ihrer Bestimmung zum Tragen des Körpers die Festigkeit und
die damit zusammenhängende größere Starrheit der Gelenke vor
der freieren Beweglichkeit vor. Die springenden Thiere, bei
welchen andere Verhältnisse obwalten, ausgenommen, hat der
Mensch das längste und stärkste Bein im Verhältniß zu der vorderen Extremität, und der eigenthümliche Character des menschlichen Knochenbaues ruht, wie man sehr schön nachgewiesen hat,
in keinem anderen Theile so sehr, als in dem Fuße. Die menschliche Hand ist kein eigenthümliches Gebilde; die Hände der
menschenähnlichen Affen sind durchaus eben so frei beweglich, zu
eben so kunstvollen Combinationen geeignet, als die Hand des
Menschen; der Arm aber ist meistens länger im Verhältniß zu
den Beinen, als bei dem Menschen, was mit der Lebensart auf
Bäumen und der Stellung als Kletterthier zusammenhängt.
Hierauf beruht auch die Ausbildung des hinteren Affenfußes zur
Hand, was manche Naturforscher irriger Weise für einen Vorzug
haben ansehen wollen. Durch die enge Verbindung seiner Zehen,

die gewölbartige Zusammenfügung der Mittelfußknochen, die eigenthümliche Anordnung des Fußgelenkes unterscheidet sich der Mensch eben so scharf und bestimmt von allen anderen Thieren, als durch die Ausbildung der knöchernen Gehirnkapsel, und durch diese Bildung allein ist es ihm möglich, den aufrechten Gang als normale Stellung zu behaupten, während alle übrigen Thiere nur ausnahmsweise und auf kurze Zeit sich in dieser Stellung erhalten können.

Durch ihre eigenthümliche Structur bilden die Knochen bei den Bewegungen die starren Hebel, an welchen die Muskeln gleich Zugseilen arbeiten. Von sich aus kann ein Knochen sich nie bewegen; es gehören hierzu besondere Fasern, welche der Zusammenziehung fähig sind und deren Bündel eben mit dem Namen der Muskeln oder im gemeinen Leben des Fleisches belegt werden. Jedermann kennt das faserige Gewebe dieser Theile; eben so bekannt ist einem Jeden, daß die Fasern eines Muskels parallel neben einander liegen, und daß man demnach einen Muskel nicht mit Unrecht einem Bündel von einzelnen Fasern vergleichen kann, die durch eine gemeinschaftliche zellgewebige oder sehnige Hülle zu einem Ganzen vereinigt sind und zwischen denen die Blutgefäße und die Nerven verlaufen. Betrachtet man die letzten Fasern, in welche sich die rothen Muskeln unter dem Mikroskope spalten lassen, so sieht man, daß eine jede derselben von einer einfachen, glashellen, dünnen und höchst zarten Scheide gebildet wird, in welcher wieder ein Bündel von feinen Fäden steckt, so daß das Ganze etwa wie Zündhölzchen in einer langen Schachtel aussieht. Auf der Hülle zeigen sich äußerst feine, oft wellenförmige dunkle Querstreifen, welche durch solche Mittel, die eine Gerinnung des Eiweißes veranlassen, wie z. B. Weingeist, stärker hervortreten. Da diese Querstreifen überall bei den höheren Thieren mit großer Evidenz hervortreten, so hat man deshalb auch die Muskeln dieser Art überhaupt die quergestreiften Muskeln genannt. Ueber die Bildung der in der Scheide steckenden letzten Fäden herrschen noch manche Zweifel. Viele Forscher glauben, daß sie aus einfacher homogener Substanz mit abwechselnden Knotenreihen bestehen; — andere dagegen, gestützt auf das Zerfallen der Muskelfasern in einzelne scheiben-artige Stücke nach Behandlung mit verschiedenen Reagentien, sind der Ansicht, daß die contractile Substanz aus einzelnen Körnchen bestehe, welche durch eine leichter auflösliche Zwischen-substanz gleichsam zusammengeleimt sei und somit auch leicht in einzelne Querscheiben oder Längsfasern zerfalle. Jede Faser ist in den quergestreiften Muskeln unabhängig; nur am Herzen findet man zuweilen Verbindungen zweier Fasern mit einander. In der eigenthümlichen Contractilität dieser Fasern beruht nun die Zusammenziehung dieser Muskeln, durch welche die einzelnen Knochen in verschiedene Stellungen zu einander gebracht und so die Bewegungen ausgeführt werden. Die Muskelfasern selbst heften sich theils direct, theils durch die vermittelnden Faden-stränge der Sehnen an die Knochen selbst an. Die Sehnenfasern können sich selbstständig nicht zusammenziehen; sie dienen haupt-sächlich zur Uebertragung der ziehenden Kraft an ferne Orte, wo das Volumen der Theile nicht allzu sehr vermehrt werden soll. So ziehen die Muskelmassen des Vorderarmes durch die dünnen, über das Handgelenk laufenden Sehnen an der Hand selbst und an den Fingern; die Muskeln des Unterschenkels in ähnlicher Weise an den Knochen des Mittelfußes und der Zehen.

Untersucht man die Muskelfaser unter dem Mikroskope im Augenblicke der Zusammenziehung, so sieht man die feinen Querstreifen, welche die Hülle darbietet, näher aneinander rücken, sich stärker runzeln und dadurch offenbar andeuten, daß die Elemente der Fasern sich stärker zusammenschieben und in sich verkürzen. Die feinen Querrunzeln der Hülle finden sich überhaupt nur dann deutlich ausgesprochen, wenn die Faser wirklich einigermaßen zusammengezogen ist, und je größer die Zusammenziehung, desto deutlicher ist auch die Querrunzelung, während vollkommen schlaffe Muskelfasern eine fast glatte, run-zellose Scheibe darbieten. Bei kleinen durchsichtigen Thieren, die man ganz ohne Verletzung unter das Mikroskop bringen kann,

z. B. jungen Fischlein, lassen sich diese Verhältnisse auf das Deutlichste beobachten. Meist sieht man auch bei stärkerer Zusammenziehung wellenförmige oder Zickzackbiegungen der einzelnen Muskelfasern, welche früher als der Ausdruck der wirklichen Zusammenziehung angesehen wurden. Jetzt hat man sich überzeugt, daß diese Biegungen entweder durch vereinzelte Zusammenziehungen benachbarter Muskelfasern entstehen, bei welchen die noch ausgedehnten Fasern eingeknickt werden, oder daß sie eine Folge der Elasticität sind, welche mit der lebendigen Zusammenziehung in Kampf tritt. Bei dieser letzteren wird die Muskelfaser in allen ihren Querdurchmessern bedeutender, während ihr Längsdurchmesser abnimmt. Der vorher lang ausgedehnte Muskel wird breiter, dicker, schwillt bedeutend an und erscheint beim Anfühlen hart und fest; an der innern Muskelmasse des Oberarmes, welche den Ellenbogen beugt, hat wohl Jeder schon dies Anschwellen des Muskels an sich selber beobachtet. Man nahm früher zuweilen an, daß bei der Zusammenziehung wirklich eine geringe Verdichtung der Muskelsubstanz vorhanden sei, und daß der zusammengezogene Muskel einen absolut kleineren Raum einnehme, als im Zustande der Erschlaffung; genauere Versuche haben indeß nachgewiesen, daß eine solche Verdichtung wirklich nicht stattfinde, und daß der Muskel demnach an Breite und an Dicke gewinnt, was er an Länge bei der Zusammenziehung verliert.

Die Zusammenziehung ändert die moleculare Beschaffenheit der Muskelmassen in jeder Weise. Die Härte, welche der zusammengezogene Muskel darbietet, rührt nur von der Spannung seiner Fasern, nicht von einer Verdichtung seiner Masse her, die in der That, wie genauere Beobachtungen nachgewiesen haben, im Gegentheile welcher wird. Nicht minder ändern sich auch die electrischen Verhältnisse. Die Längenfläche eines ruhenden Muskels ist stets positiv, der natürliche oder künstliche Querschnitt desselben dagegen negativ electrisch, so daß in dem Muskel gewissermaßen beständig ein schwacher Strom von den positiven Seiten der Molecüle nach den negativen Enden geht. Man

kann deßhalb auch eine wahrhaft galvanische Kette in der Weise
construiren, daß man geeignete Muskelmassen, wie z. B. diejenigen des Oberschenkels des Frosches, so in einander schachtelt,
daß der Querschnitt des einen Stückes die Außenfläche des
nächsten berührt. Eine solche aus lebendigen Muskeln gebaute
Schenkelsäule wirkt wie eine schwache galvanische Säule, welche
einen präparirten Froschschenkel zur Zusammenziehung bringen
kann. In den zusammengezogenen Muskeln dagegen ist dieser
Molecularstrom so geschwächt, daß seine Anwesenheit kaum noch
nachzuweisen ist.

Die willkürliche Zusammenziehung steht unter dem Einflusse
der Nerven, welche zu den Muskeln gehen und deren Primitivröhren sich zwischen den einzelnen Fasern derselben durchschlän-
geln, um durch ihre letzten Ausläufer mit ihnen zu verschmelzen.
Sobald ein Muskelnerve durchschnitten ist, so daß sein Zusammenhang mit dem Centralnervensysteme aufgehoben ist, hört, wie
schon oben angeführt wurde, der Einfluß des Willens auf denselben gänzlich auf. Reizt man nun das peripherische Ende des
Nerven, welcher noch mit dem Muskel zusammenhängt, so zieht
sich dieser zusammen, ganz so, wie wenn der Wille auf ihn ein-
gewirkt hätte. Läßt man das Glied, welches mittelst Durchschneidung seiner Nerven gelähmt wurde, ruhig, so verliert sich
allmählich die Reizbarkeit von dem Stamme des Nerven nach
der Peripherie hin. Anfangs zieht sich der Muskel noch jedesmal zusammen, wenn der Nervenstamm gekneipt wird; später
erfolgt Zuckung nur auf Anwendung der galvanischen Electricität, welche unter allen Reizen der wirksamste für die Muskelnerven ist; nach einiger Zeit muß die galvanische Reizung auf
die feineren Zweige applicirt werden, wenn sie wirksam sein soll,
und zuletzt muß der Muskel selbst unmittelbar von den Dräh-
ten der galvanischen Kette berührt werden, um noch schwache
Zuckungen zu veranlassen, die endlich auch verschwinden, so daß
der Muskel dann durchaus unthätig ist und auf keinerlei Weise
mehr reagirt.

Die Ernährung der Muskeln, welche auf irgend eine Weise gelähmt wurden, leidet auf die mannichfachste Weise. Sie werden blaß, schlaff, schwinden allmählich, und man kennt sogar Beispiele, wo sie gänzlich in Fett umgewandelt und vernichtet wurden. So wie aber bei dem gesunden Menschen durch Uebung die Muskeln stärker und kräftiger werden, ihre Ernährung besser von Statten geht, so geschieht es auch bei Gliedern, deren Nerven durchschnitten wurden. Leitet man durch solche gelähmte Glieder täglich galvanische Ströme, um Zuckungen zu veranlassen und die Muskeln nicht durchaus in Unthätigkeit zu lassen, so erhält sich die Reizbarkeit derselben weit länger, ja sie verschwindet durchaus gar nicht und der Muskel bleibt in gleichmäßiger Ernährung, ohne zu erblassen und zu schwinden.

Wenn schon diese Thatsache darauf hinweist, daß die Reizbarkeit der Muskelfaser eine ihr eigenthümlich inwohnende Lebenserscheinung ist, welche nur durch die Nervenreize in Thätigkeit versetzt wird; so erscheint dies noch deutlicher durch den Einfluß nachgewiesen, welche die Abschneidung der Muskelernährung auf die Reizbarkeit hat. Ein Thier, dessen Bauchschlagader unterbunden ist, läuft anfangs noch ganz ordentlich — nach kurzer Zeit aber beginnt es zu schwanken, und bald erscheint es eben so vollständig an beiden Hinterfüßen gelähmt, als wenn man ihm die Nerven derselben durchschnitten hätte. Anfangs bringen galvanische Reizungen noch Zuckungen in den Extremitätenmuskeln hervor, nach einiger Zeit aber nicht mehr, und wenn man vergleichende Versuche an demselben Thier macht, indem man an dem einen Fuße den Blutkreislauf, den Träger aller Ernährung, aufhebt, an dem andern hingegen den Nerven durchschneidet, so zeigt sich, daß der durch Unterbindung der Gefäße und durch Abschluß aller Blutzufuhr gelähmte Fuß bei weitem schneller seine Reizbarkeit verliert, als der durch Nervenzerschneidung gelähmte.

Die Fähigkeit der Zusammenziehung ist demnach eine mit der Muskelfaser unzertrennlich verbundene Lebenseigenschaft, die ihr nicht erst durch die Nerven ertheilt wird; die Nerven dienen lediglich dazu, dieselben unserem Willen zu unterwerfen, indem der von dem Centralnervensystem ausgehende Impuls zur Bewegung auf die Muskeln übertragen wird. Genauere Versuche der Neuzeit haben in der That gezeigt, daß die Muskelfasern bei mechanischer Reizung, Druck, Ueberstreichung mit dem Messerstiele, selbst dann noch eine eigenthümliche selbstständige Zusammenziehung zeigen, wenn die Leitungsfähigkeit der Nerven gänzlich bis in ihre kleinsten Theile erschöpft ist. Es gleicht aber diese idiomuskuläre Zusammenziehung durch ihr langsames An- und Abschwellen mehr der Wirkung der unwillkürlichen Muskeln und läßt sich dadurch leicht von der durch die Nerven bedingten Zuckung (der neuromuskulären Zusammenziehung) unterscheiden.

Fragen wir nun nach den mechanischen Bedingungen, welche an dem Körper zur Vermittlung der Bewegung realisirt sind, so ergiebt sich vor allen Dingen ein leicht vorauszusehendes Verhältniß zwischen den Knochen und Muskeln. Erstere können gleich Stützpunkten und Hebeln betrachtet werden, an welchen die Muskeln wie Zugseile befestigt sind, und meist sogar tritt das Verhältniß ein, daß je nach Bedürfniß oder Zufall der eine Knochen als Stützpunkt dient, auf welchem der andere sich bewegt, und daß wieder in anderen Momenten derjenige Knochen, welcher vorher festgestellt war, als bewegender auftritt und der andere die Rolle des stützenden übernimmt. Strecken wir, während wir im Lehnsessel sitzen, den Fuß gerade aus, der auf dem Boden stand, so bewegt sich der Unterschenkel auf dem festgestützten Oberschenkel; stehen wir dagegen von dem Stuhle auf, so wird das Unterbein festgestemmt, der Oberschenkel auf demselben bewegt und so der Körper in die Höhe gehoben. Selten nur treten solche Verhältnisse ein, wie an den meisten Gesichtsmuskeln, wo nur das eine Ende der Muskelfasern fest an Knochen geheftet ist, während das andere frei an der Haut und an weichen verschiebbaren Theilen sich endet, und demnach auch nur Bewegung an dem einen Ende des Muskels als Endresultat der Zusammenziehung auftreten kann. Endlich giebt es nur einige wenige Muskeln am menschlichen Körper, welche fast vollkommene

Ringe darstellen und zum Verschließen und Oeffnen von einigen Oeffnungen angebracht sind, wie am Munde und After, wo die ganze Spalte durch die gleichförmige Zusammenziehung von allen Seiten zugeklemmt werden kann.

Ein altes Vorurtheil zieht sich noch durch manche Ansichten über die Art und Weise, wie man sich die Anheftung der Muskeln an den Knochen angeordnet denkt. Die Knochen bilden natürlicher Weise in den meisten ihrer Bewegungen wahre Hebel, und die Gesetze ihrer Wirkung sind durchaus dieselben, wie bei den auf gleiche Weise construirten Hebeln, die wir in der Mechanik gebrauchen. So bildet unser Vorderarm einen einseitigen Hebel, dessen Anheftungspunkt in dem Ellenbogen gegeben ist, und wo die ziehenden Seile, die Muskeln, zwischen dem Anheftungspunkte und dem Punkte, wo die Last angebracht ist, sich anheften. Es würde zu weit führen, hier auf die Gesetze des Hebels einzugehen, welche der reinen Statik und Mechanik, der Physiologie aber nur in so fern angehören, als dieselben Gesetze an der Maschine des Körpers in Ausführung gekommen sind; aber erwähnen müssen wir, daß schon aus dem angeführten Beispiele erhellt, wie die Muskeln meist unter den ungünstigsten Verhältnissen für die Kraftentwickelung angebracht sind. Wenn wir eine Last mit möglichster Ersparniß von Kraft in die Höhe heben wollen, so bringen wir sie auf einen möglichst kurzen Hebelarm und verdoppeln in wachsender Proportion unsere Kraft, indem wir diese Kraft an einem langen Hebelarme anbringen; wollen wir einen Stein, welcher der Anstrengung von zehn Männern nicht weichen würde, allein fortwälzen, so schieben wir die Spitze einer langen Stange unter seine Kante und stützen die Stange unmittelbar auf einen kleineren Stein, während wir an dem langen Ende der Stange unsere Kraft wirken lassen. Wollen wir ein Gewicht an einem einarmigen Hebel in die Höhe ziehen und dabei Kraft ersparen, so hängen wir das Gewicht so nahe als möglich an den Befestigungspunkt des Hebels und ziehen an dem andern Ende. So hat die Natur in unserem Körper nicht verfahren. Die Muskeln sind im Gegentheile meist in der Art angebracht, daß sie eine ungeheuere Kraft verschwenden müssen, um eine kleine Wirkung hervorzubringen. Wir wissen dies schon aus unserer täglichen Erfahrung. Ein Sack, den wir in der Hand tragen sollen bei gekrümmtem Arme, ermüdet uns bald; hängen wir denselben um die Mitte des Armes, so ermüdet er schon weniger, und in dem Ellbogengelenke selbst können wir ihn eben so viele Stunden tragen, als wir ihn Minuten in der ausgestreckten Hand gehalten hätten. Man hat diese Verhältnisse genauer berechnet und gefunden, daß die Wadenmuskeln eines Mannes, der auf dem einen Fuße stehend die Ferse emporhebt und sich auf die Zehen stellt, achtzigmal mehr Kraft entwickeln müssen, als ihre Wirkung beträgt, daß sie mithin statt 140 Pfund, die wir als Gewicht des Mannes annehmen wollen, in Wahrheit ein Gewicht von 11,200 Pfund tragen. Man sieht aus diesem einzigen Beispiele, welches man bedeutend vervielfältigen könnte, daß es der Natur durchaus nicht darauf ankam, Kraft zu sparen, und daß die kleinen Vortheile, welche sie durch Ausbildung von Knorren und Vorsprüngen erzielt, gar nicht in Betracht kommen gegen eine wahre Verschwendung, welche auf der andern Seite stattfindet.

Es liegt meistens in dem Bereiche unseres Willens, ob wir einen Muskel allein oder in Gesellschaft mit einigen andern wirken lassen wollen. Viele Bewegungen, und gerade die wichtigeren, beruhen aber auf dieser gemeinschaftlichen Wirkung der Muskeln und auf der regelmäßigen Aufeinanderfolge der Zusammenziehung eines jeden einzelnen Muskels. Oft verlangt eine solche regelmäßige Folge von einzelnen Bewegungen, welche eine combinirte Bewegung hervorbringen sollen, ziemliche Uebung, zumal wenn die Bewegung stätig und nicht in einzelnen Absätzen ausgeführt werden soll. Nur Wenigen möchte es gelingen, ein mit Wasser gefülltes Glas im Kreise herum zu führen, ohne davon zu verschütten; es gehört eben zu dieser Bewegung ein allmähliches Ueberführen des Willens von einem Muskel zum andern, wodurch jeder zuckende Anstoß, jeder Anhalt vermieden wird, und diese Bedingung läßt sich erst nach einiger Uebung erfüllen. Es giebt indeſſen manche combinirte Bewegungen, die von Anfang an mit einander unauflöslich verknüpft ſcheinen und über welche die Vereinzelung des Willens keine Kraft auszuüben vermag. Die meiſten Combinationen eignen wir uns erſt durch die allmähliche Gewöhnung an; wir lernen gehen, laufen, ſchwimmen erſt nach längerer Uebung und Anſtrengung; alle dieſe erſt erzogenen Combinationen ſind wir ebenfalls durch Uebung fähig wieder zu zerſetzen und in ihre Einzelbewegungen zu zerlegen. Die meiſten Menſchen können bei geſtreckter Hand den Ringfinger oder den kleinen Finger nicht allein beugen; die Uebung am Claviere lehrt ſie bald, einen jeden Finger allein zu gebrauchen. Jede längere Uebung in gewiſſen Bewegungen bedingt allmählich eine Gewöhnung an dieſe wiederkehrenden Combinationen, die zuletzt unbewußt werden, die aber eben ſo leicht wieder durch Angewöhnung anderer Combinationen vertilgt werden können. Die relative Geſchicklichkeit in allen Handwerken und Gewerben beruht größtentheils auf dieſem Grundgeſetze der allmählichen Bildung von Bewegungscombinationen. Der Arbeiter, welcher heute in ein Geſchäft eintritt, das er noch nicht kennt, bringt bei dem beſten Willen und der größten Anſtrengung nicht ſo viel vor ſich, als der Geübte, welcher ſeit Jahren das Handwerk treibt. Der eine muß die nöthigen Combinationen durch den ſpeciell auf jeden einzelnen Muskel gerichteten Willen hervorbringen, während bei dem Andern die combinirten Bewegungen in ihrer Reihenfolge ausgeführt werden, ohne daß es einer beſondern Aufmerkſamkeit von ſeiner Seite bedarf.

Zu den gewöhnlichſten combinirten Bewegungen gehört das Gehen, deſſen mechaniſche Bedingungen durch ausgezeichnete Unterſuchungen vollſtändig erörtert ſind. Bei dem ruhigen Stehen in militäriſcher Stellung auf das Commando : Achtung! ruht unſer Oberkörper auf den ſäulenartig ſtützenden Beinen in der Art, daß ſeine Schwerlinie zwiſchen die beiden Ferſen fällt. Natürlicher aber, weniger ermüdend und darum auch wohl als die ungezwungenſte Stellung des Körpers iſt diejenige zu betrachten, wo der Körper auf den zwei Beinen zwar ruht, aber doch weſentsich nur auf dem einen, hinteren, während das andere, etwas vorangestellt, nur leicht den Boden berührt und so die Schwer-linie, statt zwischen die Fersen beider Füße, etwa auf den Ballen des hinteren Fußes fällt. Das Gehen beruht auf einer ab-wechselnden Uebertragung des Körpers auf das eine oder andere Bein, während welcher Uebertragung zugleich die Beine den Ort wechseln und voran sich bewegen. Bei jedem Doppelschritte kommt demnach einmal das linke, einmal das rechte Bein an die Reihe, vorwärts bewegt zu werden, und umgekehrt stützt zuerst das rechte, dann das linke Bein den Körper, während das andere vorwärts schwingt. Das vorwärts sich bewegende, ausschreitende Bein wird etwas im Kniegelenke gebogen, um bei seiner Be-wegung den Boden nicht zu berühren, und schwingt nun wie ein Pendel, einzig durch den Druck der Luft getragen, vorwärts, während das stützende Bein sich vorwärts neigt und der Körper so wörtlich voran fällt. Ehe aber der Körper fällt, hat das schwingende Bein seine Pendelschwingung vollendet, und stützt, auf den Boden stemmend, von neuem den Körper. Nun wird das hinten gelassene Bein gehoben; zuerst wickelt sich die Ferse, dann der Ballen vom Boden ab, und bei dieser Abwickelung wird durch Streckung des Fußes dem Körper eine Wurfbewegung ertheilt, wodurch er nach vornen geschleudert wird. Indem der Körper während dieser Wurfbewegung auf dem zuerst ausgeschrit-tenen Beine stützt, vollzieht das zweite seine Pendelschwingung und hält den Körper zu rechter Zeit im Falle auf.

Es ergiebt sich aus dieser Analyse des menschlichen Ganges, daß derselbe wirklich ein beständiges Vorwärtsfallen des Körpers darstellt, welches eben so regelmäßig durch die vorwärts schwin-genden und unterstützenden Beine verhindert wird. Bei dem Gehen findet demnach eine Abwechselung zwischen zwei Momenten statt. In dem einen beschreibt der Körper, auf das eine Bein gestützt, eine Wurfbewegung, in dem andern stützt er sich auf beide Beine zugleich. Je langsamer der Schritt ist, desto länger dauert der zweite Moment, desto länger ruht der Rumpf auf beiden Beinen; je schneller man geht, desto mehr wird dieses

Moment verkürzt und beim Laufen ist es auf Null reducirt. Der Lauf unterscheidet sich dadurch vom Schritt, daß stets nur ein Bein den Körper stützt, daß beide Füße mit einander vollkommen abwechseln, somit der eine in demselben Augenblicke den Boden verläßt, wo der andere ihn berührt. Die Wurfbewegung des Körpers ist natürlich bei dem Laufe viel größer, und es wird dieser mitgetheilten Geschwindigkeit halber um so unmöglicher, sich im Laufe aufzuhalten, als dieser schneller ist. Sobald der Lauf schneller wird, giebt es sogar eine gewisse Zeit, während welcher der Körper frei in der Luft schwebt, ohne auf irgend eine Weise gestützt zu sein, und wo er demnach förmlich, wie beim Sprunge, vorwärts geschleudert ist. Der Lauf ist demnach ein Uebergang vom Gange zum Sprunge, und wir unterscheiden nur deshalb zwischen diesen beiden Bewegungen, weil wir beim Laufe eine Menge kleiner Sprünge zu einer horizontal fortschreitenden Bewegung verbinden, während wir unter Sprung mehr eine einzelne größere Kraftanwendung verstehen, bei welcher wir die verschiedenen Gelenke des Fußes und selbst des Körpers zusammenbeugen, um sie dann gleich gebogenen Federn plötzlich auseinander zu schnellen und dadurch dem Körper eine gewaltige Wurfbewegung zu ertheilen, in welcher dann die Beine nachgezogen werden. Die verticale Erhöhung, welche der Rumpf beim Sprunge erreichen kann, ist indeß nicht so bedeutend, als man von vorn herein glauben sollte. Ein geübter Springer kann ohne Benutzung von Sprungbrettern und ähnlichen Apparaten, welche durch ihre Federkraft die Wurfbewegung erhöhen, über eine Barriere springen, die so hoch als er selbst ist. Diese Höhe erscheint freilich beträchtlich; bedenkt man aber, daß bei solchem Sprunge die Beine dicht an den Leib angezogen werden, und daß somit von der Höhe des Sprunges die ganze Länge der Beine abgezogen werden muß, so wird unsere Bewunderung um vieles geringer. Die verticale Höhe, in welche ein Mensch seinen Körper im Sprunge schleudern kann, erreicht im Ganzen höchstens fünf Fuß, und es muß dieselbe nicht nach der Höhe, über welche man setzt, sondern nach der Höhe geschätzt werden, welche der Scheitel erreicht. Der Unterschied zwischen der Höhe des Scheitels bei aufrechtem Stehen und der Höhe, welche der Scheitel im Sprunge erreicht, drückt eigentlich die wahre Sprunggröße aus. Ein Gleiches findet bei den Thieren statt. Man beobachte ein Reh, einen Hirsch, wenn er über eine Hecke setzt. Die Vorderbeine werden so unter den Leib geschlagen, daß sie fast an den Seiten besselben anliegen, die Hinterbeine, nachdem sie den Schwung gegeben haben, gerade ausgestreckt, so daß die ganze Unterfläche des Thieres eine horizontale Linie bildet. Gesetzt, der Hirsch hätte drei Fuß lange Beine, so wird er, wenn sein Körper im Sprunge sechs Fuß hoch emporgeschnellt wird, über ein neun Fuß hohes Hinderniß wegspringen können.

Ein Schritt kann im Durchschnitte auf die Länge von zwei Fußen oder 65 Centimetern angenommen werden. Das schnellere Gehen, so wie das Laufen, bringt nicht durch Verlängerung der Schritte, sondern vielmehr durch Beschleunigung derselben eine bedeutende Zeitersparniß bei gleicher Distanz. Man hat berechnet, daß der französische Soldat bei gewöhnlichem Marschiren 76 Schritte in der Minute macht, während der Geschwindschritt 100 und der Sturmschritt 116 Schritte in der Minute zählt. Bei der preußischen Armee dürften des dort eingeführten unnatürlichen Hahnenschrittes wegen diese Verhältnißzahlen etwas geringer ausfallen. Es ergiebt sich daraus, daß der Soldat im gewöhnlichen Schritte etwa zwei und einen halben Fuß in der Secunde zurücklegt, während er im Sturmschritte etwa drei und einen halben Fuß in der Secunde durchmißt. Geübte Läufer sollen vierzehn, andere sogar selbst dreißig Fuß in der Secunde zurückgelegt haben, eine Schnelligkeit, welche fast denen der besten Pferde gleichkommt. Es ist leicht einzusehen, daß die Bewegungen bei solcher Schnelligkeit in anderer Weise ausgeführt werden müssen, als bei den oben angeführten Normalverhältnissen; daß die Schwingung des Beines namentlich in gar keinen Betracht kommen kann und durch Muskelthätigkeit ersetzt werden muß, indem die durch Pendelschwingung erforderliche Zeit viel zu lange dauern würde. Indessen läßt sich aus der genaueren Betrachtung des Fußes zeigen, daß der Mensch in der That nicht zu langem Laufen bestimmt ist, weshalb man auch keine Lebensthätigkeit oder Profession findet, welche auf eine solche Bewegung gegründet wäre.

Es würde zu weit führen, wollten wir die übrigen Bewegungen des Menschen eben so behandeln, wie das Gehen. Indem wir diese am Vollständigsten untersuchte combinirte Bewegung auswählten, wollten wir nur zeigen, in welcher Weise solche Combinationen geschehen, und wie der Wille noch einen bedeutenden Einfluß auf dieselben üben kann, indem er im Stande ist, jedes einzelne Moment derselben zu modificiren. Es giebt indessen gewisse Bewegungscombinationen, über welche wir nur bis zu einem gewissen Grade Herr sind; dahin gehören unter andern die Athem- und Schlucbewegungen. Wir können länger oder kürzer, tiefer oder oberflächlicher athmen, den Athem anhalten oder beschleunigen, ganz nach unserem Belieben, so gut als wir gehen oder laufen, springen oder hüpfen können; allein es ist uns unmöglich, durchaus den Athem anzuhalten, alle Athembewegungen aufzuheben, und wenn es nur auf wenige Minuten wäre. Nach kurzem Anhalten des Athmens tritt Beängstigung, Herzklopfen, Zittern der Glieder ein, und wenn auch der Wille sich noch so sehr dagegen sträubte, er wird überwunden und ein Athemzug vollbracht, der wieder frisch die Respiration bethätigt. Eben so verhält es sich mit den Schlucbewegungen. Dieselben sind durchaus freiwillig; wir können schlucken, wenn wir wollen; wenn aber ein Bissen in die hinteren Theile des Rachens gelangt ist, so mag man sich anstellen wie man will, man muß unwillkürlich schlucken.

Die Emancipirung einzelner Bewegungen vom Willen bleibt indeß nicht bei der theilweisen Befreiung stehen, die wir an den eben angeführten Beispielen sahen, sondern sie geht noch weiter. Es giebt im Körper eine ganze Reihe von Bewegungen, die der Herrschaft unseres Willens entzogen sind. Die Bewegungen des Herzens, der Gedärme, der ausführenden Gänge der Drüsen gehören zu dieser Klasse der unwillkürlichen Bewegungen, welche

28*

auch meist durch eigenthümliche, sogenannte glatte Muskelfasern
bedingt werden. Das Herz besitzt noch Muskelfasern mit quer-
gestreifter Scheidenhülle; der Darm hingegen, die Drüsengänge
zeigen nur einfache Primitivfäden, welche nicht bündelweise in
Scheiben eingehüllt sind und deshalb auch keine Querstreifen
zeigen. Wir haben schon oben gesehen, daß diese Bewegung in
Folge der eigenthümlichen Stellung des sympathischen Nervensystemes auch in ganz besonderen Beziehungen zu dem Centralnervensysteme und den peripherischen Ausstrahlungen desselben
steht. In der regelmäßigen Fortsetzung der wurmförmigen Bewegungen von oben nach unten, der Zusammenziehungen des
Herzens von den Vorhöfen nach den Kammern, muß man ähnliche nothwendige Combinationen erkennen, wie diejenigen, welche
wir so eben bei den willkürlichen Muskeln erwähnten.

Durch die tanzenden Tische und die Klopfgeister ist man in
der neuesten Zeit auf eine Reihe von Erscheinungen aufmerksam
geworden, die lediglich von der Thätigkeit des Muskelsystemes
abhängen. Der Wille übt auf die Muskeln einen ähnlichen
Einfluß, wie der galvanische Strom: er dient als Reiz, um
eine Zuckung hervorzubringen. Eine jede stetige Bewegung, die
wir auszuführen haben, ein jedes Verharren in irgend einer
Muskelzusammenziehung beruht eigentlich nur auf einer Reihe
kleinerer Zusammenziehungen, deren Spielraum die von uns selbst
gesetzte Grenze nicht überschreitet. Die dauernde Contraction
eines Muskels oder einer Muskelgruppe läßt sich demnach mit
dem Starrkrampfe vergleichen, der in Folge der Einwirkung einer
electrischen Rotationsmaschine oder eines Magnetelectromotors
deshalb eintritt, weil die einzelnen electrischen Schläge, die eine
Zuckung veranlassen, zu schnell auf einander folgen, um eine
zwischenliegende Erschlaffung zu gestatten. Die dauernde Zusammenziehung eines Muskels ist ebenfalls nur eine Summirung
solcher in sehr geringer Zeit auf einander folgender Willensstöße,
welche keine zwischenliegende Erschlaffung aufkommen läßt. Man
kann sich hiervon auf das Deutlichste überzeugen, wenn man nur
die Zusammenziehung so lange anhalten läßt, daß Ermüdung

eintritt. Die Reizbarkeit der Muskeln, die Leitungsfähigkeit der Nerven, vielleicht auch die Empfänglichkeit derjenigen Hirnstelle, von welcher der Willensanstoß ausgeht, erschöpfen sich allmählich, und statt des anhaltenden Starrkrampfes treten gewissermaßen Wechselkrämpfe ein. Die einzelnen Willensstöße werden langsamer, der Muskel antwortet langsamer darauf; dieselbe Bewegung, die früher stetig war, wird zitternd, unstet und zeigt deutlich ihre Zusammensetzung aus einzelnen Contractionen. Bei noch stärkerer Ermüdung bedarf es einer Ueberwindung des Willens, um diese Wechselzusammenziehungen zu heben. Die Willen erzeugende Hirnstelle kommt in einen Zustand krankhafter Ueberreizung.

Die Anwendung dieser unmerklichen, in geringen Zeitfolgen rasch sich folgender Bewegungen auf ein günstiges Kraftmoment, indem man die Contractionen mehrerer Personen summirt, liegt bei unerfahreneren Tischdrehern der Erscheinung zu Grunde. Man muß hier mit ausgespreizten Händen, in unbequemer Stellung so lange warten, bis die erste Periode der Ermüdung, die zeitlich wahrnehmbaren Muskelstöße eintreten. Das Schließen der Kette durch Berührung der Finger und die übrigen Vorsichtsmaßregeln dienen nur dazu, durch Häufung der Unbequemlichkeiten und durch Fesselung der Aufmerksamkeit diese Periode schneller herbeizuführen. Die Uebertragung dieser kleinen Kräfte auf den Tisch zur Erzeugung eines mechanischen Kraftmomentes ist jetzt zu genau nachgewiesen, als daß es in dieser Beziehung weiterer Ausführung bedürfte.

Hierzu kommt noch, und namentlich bei Erfahrenen und Geübten, ein zweites Moment: die unbewußte Herrschaft unseres Willens über unsere Bewegungen, der erste Grad einer Kette von Erscheinungen, die auf ihrem Endpunkte an dem Schlafwandeln ankommen. Jeder feste Willensvorsatz übt einen solchen Einfluß aus, daß er auch unbewußt die Bewegungen in gewisser Weise beherrscht. Je nervenschwacher, reizbarer die Personen sind, desto leichter tritt dieser unbewußte Willenseinfluß hervor, und ihm ist es zu verdanken, daß die Tische durch Klopfen Vor-

stellungen und Gedanken von Personen, welche betheiligt sind, in
für Laien überraschender Weise kund geben. Darum ist es jetzt
eine festgestellte Thatsache, daß die Tische nur in solchen Sprachen
reden und Antwort geben, welche von den Anwesenden oder
wenigstens Einem der Anwesenden verstanden werden; daß sie
aber stumm bleiben oder nur sinnlose Buchstaben abklopfen, wenn
sie in deutscher Gesellschaft russisch oder arabisch antworten sollen.

Dies die einfachen Gründe der Erscheinungen, auf welche
gestützt unsägliche Narrheit aufs Neue den Weg durch die ganze
Welt gemacht und damit den Beweis geliefert hat, daß der Unverstand und die Unfähigkeit, Thatsachen als solche aufzufassen
und ihrem Wesen nach zu untersuchen, noch immer bei dem
Menschengeschlecht vorwiegen und den Hemmschuh der weiteren
Entwickelung bilden. Auch bei dieser Gelegenheit hat man sich
wieder überzeugen müssen, daß der Aberwitz desto weiter sich
verbreitet und desto längere Geltung behält, je weiter er sich von
jeder vernünftigen Grundlage entfernt, und daß der Grundsatz
des heiligen Augustin „credo, quia absurdum" noch immer
die unbewußte Richtschnur der auf verfehlter Grundlage Erzogenen bildet. Von den Betrügereien, die bei all diesen kleinen
Familiencomödien mit unterlaufen, und die um desto sicherer
geübt werden, je weniger erstaunte und betroffene Verwandte sich
vor ihnen in Acht nehmen, will ich ganz schweigen. Meiner
Erfahrung zufolge sind es junge, in der Geschlechtsentwickelung
begriffene Mädchen, welche die ausgezeichnetsten „Media" für
solche Farcen bilden. Man braucht aber nur einigermaßen in
der Geschichte der medicinischen Täuschungen und auch in der
gerichtlichen Medicin bewandert zu sein, um zu wissen, welch
unerschöpflicher Schatz von Espieglerie auch in den unschuldigst
erscheinenden Mädchen dieses Alters verschlossen ist.

Zum Schlusse dieses Briefes sei noch kurz einer eigenthümlichen Erscheinung erwähnt, deren Existenz eigentlich nur bekannt
ist, ohne daß wir uns einen Begriff von ihrem Nutzen machen
können. Ich meine die sogenannte Flimmer- oder Wimperbewegung.

Fig. 59.
Isolirte Flimmerzellen. a. b. kegelförmig;
c. verlängert, kurzgeschwänzt; d. langgeschwänzt
mit zwei Kernen.

Die Schleimhaut der Nase, der Luftröhre, der inneren weiblichen Geschlechtstheile ist beim Menschen von einer eigenthümlichen Lage einer Oberhaut überzogen, die aus kleinen Zellen besteht, deren jede mehrere unendlich kleine Wimperhaare trägt, welche in beständig schwingender Bewegung sind. Nur die Zerstörung der Zelle oder der Wimpern hemmt die Bewegung, jeder andere Einfluß ist unwirksam; sie hängen weder von dem Nervensysteme, noch von dem Kreislaufe ab; die Wimpern abgeschabter, isolirter Zellen flimmern so lange fort, bis die Zelle sich zu zersetzen anfängt. In dem Thierreiche ist diese Erscheinung ungemein weit verbreitet, und man kann wohl sagen, daß um so mehr Oberflächen des Thieres flimmern, je tiefer das Thier selbst in der Reihe steht. Das Phänomen ist indeß nicht blos auf das Thierreich beschränkt; die Samenkörner oder Sporen der meisten niederen Wasserpflanzen, der Algen und Tange besitzen ebenfalls einen Ueberzug von Flimmerhaaren, womit sie sich sehr behende im Wasser nach allen Richtungen hin bewegen, und zwar in einer Art bewegen, daß die Zweckmäßigkeit und man möchte fast sagen die Willkürlichkeit dieser Bewegungen kaum in Abrede zu stellen ist. Die willkürliche Bewegung mittelst eigener Bewegungsorgane war bisher das letzte Criterium für den Unterschied zwischen Thieren und Pflanzen in jenem Bereiche der niedersten Geschöpfe, wo die beiden sonst so verschiedenen Typen der organischen Wesen einander die Hand zu reichen scheinen; die Beobachtungen der letzten Zeit haben dieses früher so leicht erfaßliche Kennzeichen untauglich gemacht. Es ist wahrlich unmöglich, an den Bewegungen allein zu unterscheiden, ob man die Spore einer Alge oder ein grünes Infusionsthierchen vor sich habe; erst wenn man die Algenspore sich setzen und fadenartig verlängern sieht, erst dann erkennt man ihre pflanzliche Natur. Das Beispiel des größten Infusorienkenners unserer Zeit beweist, wie unmöglich die aus der Bewegung entnommene Unterscheidung ist. Sein Buch wimmelt von pflanzlichen Organismen, die als Thiere beschrieben sind.

Bei vielen niederen Thieren ist die Flimmerbewegung das einzige Bewegungsmittel; bei anderen bewegt sie die Nahrungsmittel im Innern des Darmes, das Blut im Innern der Gefäße. Auch bei dem Menschen muß auf der Oberfläche der flimmernden Schleimhäute ein beständiger Strom stattfinden, da die Wimperhaare, welche sich auf einer Membran befinden, nach derselben Richtung hin schlagen. Man hat geglaubt, daß dieser Strom die Beförderung des Schleimes nach außen übernehmen könne, daß er auf anderen Häuten durch Beförderung von außen nach innen besondere Zwecke erfülle; allein es hat sich gezeigt, daß er meist in entgegengesetzter Richtung lief, als man voraussetzte. Bis jetzt kann man nicht einmal eine Vermuthung haben, weshalb die Natur einzelne Schleimhäute mit solcher Flimmerbewegung versehen habe und andere nicht; der Zweck derselben ist uns gänzlich unbekannt.

Siebzehnter Brief.

Die Stimme und Sprache.

Die Veredlung des Menschengeschlechtes, seine selbstständige
Fortbildung ist einzig möglich gemacht worden durch die Fähigkeit,
mittelst der Sprache die Gedanken mittheilen zu können, welche
dadurch Gemeingut Aller werden müssen, während sie bei den
Thieren größtentheils auf den Besitz des Individuums einge-
schränkt, mit der Vernichtung desselben untergehen und keinen
weiteren Einfluß auf die Veredlung der Art ausüben. Ich will
damit nicht behaupten, daß die Thiere nicht fähig seien, einander
Mittheilungen zu machen, die mehr oder weniger umfassend sind,
je nach dem Gesichtskreise ihrer Ideen; ich glaube im Gegentheile,
daß die Sprache der Thiere kein leeres Spiel der Phantasie ist,
sondern daß eine solche existirt, die aber etwa eben so beschränkt
ist, als die Sprache der Cretins, welche nur fähig sind, die ge-
wöhnlichsten Thatsachen und Vorkommnisse einander durch gewisse
articulirte Töne mitzutheilen. Hund Scipio und Braganza sind
Schöpfungen der Phantasie; wenn aber Jagdhunde mit einander
jagen gehen, erst eine Zeitlang gesenkten Kopfes neben einander
hertrotten, dann plötzlich sich trennen und nun der eine schnurstracks nach einem bekannten Wechsel läuft, während der andere
im Walde sucht und den Hasen nach dem Orte hintreibt, wo
sein Kamerad wartet — will man dann läugnen, daß Verab-
redung zwischen den Hunden stattgefunden und beide überein

gekommen ſind, der eine zu jagen und der andere an beſtimmter
Stelle zu warten?

Die Beobachtungen Huber's über die Ameiſen namentlich
haben nachgewieſen, daß dieſe intelligenten Thierchen eine Zeichenſprache haben, die gewiß eben ſo ausgebildet und vollſtändig iſt,
als die Zeichenſprache der Taubſtummen. Die Töne, welche
viele Thiere von ſich geben, ſind durchaus den verſchiedenen
Lebenszwecken angepaßt. Hier dienen ſie als Warnung, dort als
Lockung, ſo daß eine vollſtändige Reihe von Empfindungen und
Seelenzuſtänden mitgetheilt werden kann. Wir verſtehen meiſt
dieſe Zeichen- und Tonſprache nur deßhalb nicht, weil wir durch
längeren Umgang und genauere Analyſe der einzelnen Zeichen
und ihrer Folgen uns nicht daran gewöhnt haben, ihre Bedeutung
aufzufaſſen. Der Fremde, der in ein Taubſtummeninſtitut eintritt, iſt ebenfalls unfähig, die Unterhaltung der Zöglinge zu
begreifen, die dem Lehrer vollkommen geläufig iſt. Faßt man
die Entwickelung der Sprache und der entſprechenden Schrift-
zeichen, ſo wie ſie uns hiſtoriſch vorliegen, oder die Ausbildung
bei dem Kinde von der Geburt an ihren verſchiedenen Phaſen
nach zuſammen, ſo unterliegt es keinem Zweifel, daß in der
Thierwelt eine durchaus ähnliche Stufenfolge der Mittel zur
Gedankenmittheilung exiſtirt, die aber nur auf einem weit tieferen Punkte, auf demjenigen der Geberdenſprache oder der einfachen Lautſprache ſtehen bleibt, in Uebereinſtimmung mit den
geringeren geiſtigen Fähigkeiten der Thiere. Die Sprache des
Menſchen iſt deßhalb eben ſo wenig ein abſoluter, in dem Bau
des Kehlkopfes bedingter Vorzug, als Malerei und Bildhauer-
kunſt ein in der Ausbildung der Hand begründeter Vorzug ſind.
Es giebt überhaupt keine einzige Function des menſchlichen
Körpers und ſomit auch keine einzige Eigenſchaft des Geiſtes,
die dem Menſchen allein zukäme und die ihn abſolut von allen
anderen Geſchöpfen unterſcheiden könnte. Die Ueberlegenheit des
Menſchen beruht in der zweckmäßigen Vereinigung der Fähigkeiten und der weiteren Höherbildung der thieriſchen Grundlage.

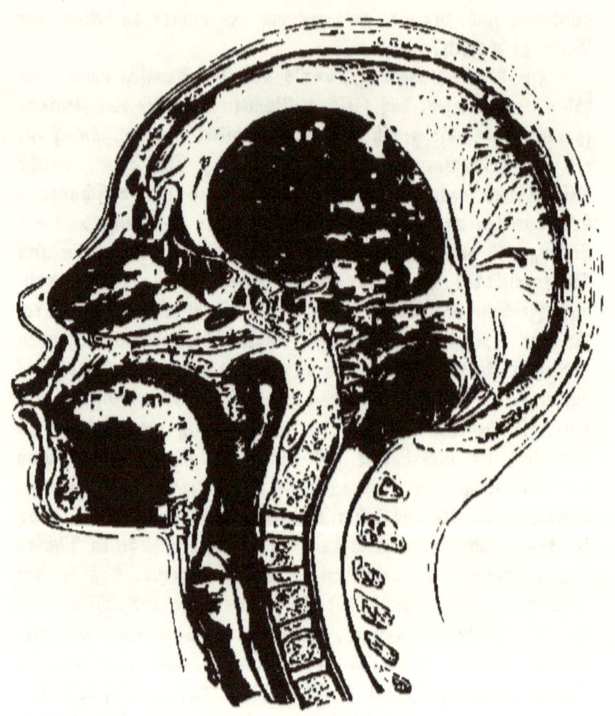

Fig. 80.

Durchschnitt des Kopfes, um die Stimmorgane zu zeigen. a. Lippe, a'. Nasenscheidewand. b. Knöcherner Gaumen. c. Zunge. d. Weiches Gaumensegel. e. Zäpfchen. f. Hintere Nasenöffnung. g. Rachenhöhle. h. Kehldeckel. i. Stimmritze. k. Schildknorpel. l. Schlund.

Das Organ der Stimmbildung ist der Kehlkopf, den das gewöhnliche Leben auch mit dem Namen des Adamsapfels belegt. Bei Männern bildet er meist einen deutlichen Vorsprung an der vorderen Seite des Halses, und die Tradition behauptet, Adam habe bei dem bekannten Apfelbiß sich heftig gegen das Zureden

Eva's gesträubt, bis diese endlich ihm den Apfel halb mit Gewalt in den Mund gestopft habe, wobei ihm der Krutzen in die Luftröhre gerathen und dort stecken geblieben sei. Der Kehlkopf bildet den oberen Theil der Luftröhre; durch eine Längsspalte, die sogenannte Stimmritze, öffnet er sich in dem hinteren Theile des Rachens an der Wurzel der Zunge in die Rachenhöhle. Blickt man bei geöffnetem Munde, während man die Zunge mittelst eines Löffelstiels tief niederdrückt, in den Spiegel, so erblickt man im Hintergrunde der Mundhöhle auf beiden Seiten zwei spitzbogenartig gewölbte häutige Vorsprünge, die Gaumenbogen, welche Coulissen gleich nach der Mitte hin vorgeschoben und wieder zurückgezogen werden können. Von dem Dache der Mundhöhle herab senkt sich ein häutiger Vorhang mit einer mittleren beweglichen, hakenartigen Verlängerung, das Gaumensegel mit dem Zäpfchen. Alle diese im Hintergrunde der Mundhöhle angebrachten Gebilde schließen dieselbe bei geschlossenem Munde meist förmlich nach hinten ab, und hinter ihnen findet sich eine geräumige Höhle, die Rachenhöhle, in welche die Luftröhre durch die Stimmritze des Kehlkopfes, der Schlund und die Nasenhöhle durch ihre hinteren Oeffnungen einmünden. In diesem Punkte kreuzen sich mithin die beiden Wege für die Luft einerseits und die Nahrungsmittel anderseits. Der normale Weg für die Ein- und Ausathmung geht durch die Nase, den Kehlkopf, die Luftröhre; der normale Weg für die Nahrungsmittel durch Mund, Schlundkopf und Schlund. Während demnach bei ruhigem Athmen der Luftzug durch die beweglichen Gaumengebilde von dem Nahrungswege abgeschnitten ist, findet sich über der Stimmritze ein klappenartiger Deckel, der Kehldeckel oder die Epiglottis, durch welche beim Hinabschlingen der Speisen die Stimmritze verdeckt und somit der Luftweg geschlossen werden kann, während die Speisen an seiner Oeffnung vorbei in den Schlund gleiten, welcher hinter der Luftröhre sich öffnet. Bei dem Bilden artikulirter Töne endlich stehen beide Wege in ihrem vorderen Theile offen, und die beweglichen Gaumentheile, die Zunge und der Mund, nehmen den lebhaftesten

Antheil an der Bildung und Modificirung einzelner Töne und Buchstaben. Vor allen Dingen wird es nöthig sein, die Bedingungen zu untersuchen, welche der Tonbildung zu Grunde liegen, und dann erst nachzuforschen, inwiefern die gebildeten Töne bei der Sprache benutzt werden.

Den Kehlkopf bildet das obere angeschwollene Mundstück der Luftröhre, die durch ihre elastischen Knorpelringe beständig offen erhalten wird. Aus mehreren beweglichen Knorpeln zusammengesetzt, welche durch vielfache Bänder zusammengehalten, durch Muskeln sowohl einzeln gegen einander, als auch in ihrer Gesammtheit bewegt werden können, bietet der Kehlkopf ein äußerst veränderliches bewegliches Organ dar, dessen physikalische Verhältnisse nur äußerst schwer dem Versuche zugänglich waren. Erst der Scharfsinn und die Ausdauer neuerer Beobachter haben über diese Schwierigkeiten triumphiren und uns ein, freilich auch jetzt noch unvollständiges Bild der an dem Kehlkopfe stattfindenden Thätigkeiten aufstellen können.

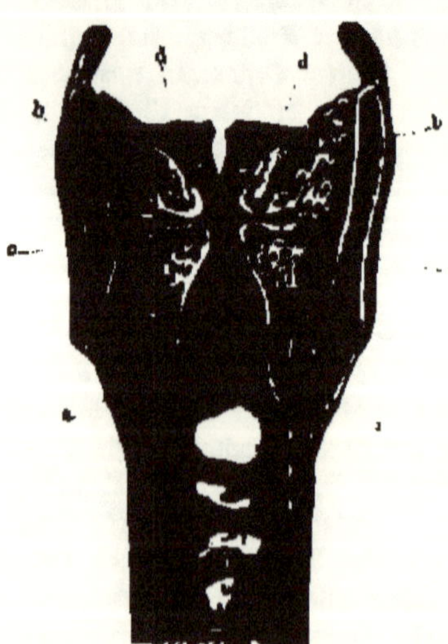

Fig. 61.
Senkrechter Durchschnitt des Kehlkopfes, so geführt, daß man in die vordere Hälfte hineinsieht.
a. Durchschnitt des Ringknorpels, b. des Schildknorpels, c. der unteren, d. der oberen Stimmbänder.

Auf dem letzten Ringe der Luftröhre sitzt ein vollständiger fester Knorpelring, der Ringknorpel, der vorne nur schmal ist, hinten aber breit wird, so daß er etwa wie ein großer Siegelring sich darstellt, bei welchem die breite Fläche des Siegels der Wirbelsäule und dem Schlunde zugekehrt ist, während die schmale Handfläche nach außen schaut. Auf diesem Ringe ruht vorne ein großer, winkelförmiger Knorpel, aus zwei unregelmäßig dreieckigen seitlichen Stücken bestehend. Dies ist der Schildknorpel, und die vordere Kante, in welcher sich seine beiden flügelartigen Seitenhälften vereinigen, bildet jenen Vorsprung am Halse der Männer. An der hinteren Seite dieser Flügel, zwischen ihnen und dem breiten Theile des Ringknorpels, finden sich zwei kleine, äußerst bewegliche Knorpel, die Gießkannenknorpel, welche so nach oben den Kehlkopf zurunden. Ueber dem Schildknorpel endlich steht aufrecht der zungenartig gestaltete Kehldeckel, der nach hinten überklappen und die obere Oeffnung des Kehlkopfes, die Stimmritze, schließen kann.

Die hauptsächlichsten Organe der Tonbildung sind zwei faserig elastische Bänder, welche von hinten nach vorn zwischen den Gießkannenknorpeln einerseits und der inneren Wand des Schildknorpels so ausgespannt sind, daß sie eine mittlere, mehr oder minder weite Spalte zwischen sich lassen. Diese elastischen Bänder sind die unteren Stimmbänder, ohne deren Mitwirkung kein Ton entstehen kann. Betrachtet man den Kehlkopf von unten her, nachdem man ihn von der Luftröhre losgetrennt hat, so sieht man die Höhlung des Ringknorpels oben geschlossen durch den feinen Spalt der Stimmritze (s. Fig. 62 u. 63, S. 439), welche zwischen den unteren Stimmbändern liegt; in ähnlicher Weise zeigt sich die Stimmritze von oben, sobald man den Kehldeckel zurückgebogen und die sogenannten oberen Stimmbänder entfernt hat, welche indessen nur Haltbänder sind und zur Erzeugung der Töne in keiner Weise beitragen. Schneidet man bei einem lebenden Thiere ein Loch in die Luftröhre oder in den Ringknorpel unterhalb der Stimmbänder, so daß die ausgeathmete Luft nicht mehr durch die Stimmritze, sondern durch die künst-

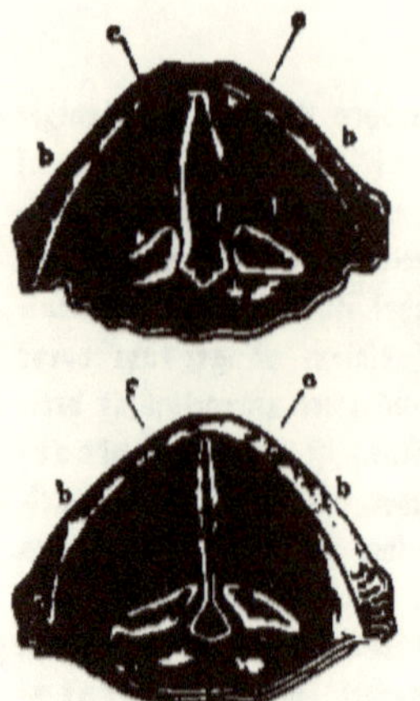

Fig. 82 u. 83.

Horizontale Querschnitte des Kehlkopfes zwischen oberen und unteren Stimmbändern geführt und von Oben gesehen, Fig. 82 bei geöffneter, Fig. 83 bei geschlossener Stimmritze. b. Durchschnitt des Schildknorpels, c. untere Stimmbänder, o. die zum Athmen offen bleibende Stelle der Stimmritze, daneben die Gießkannenknorpel, durchschnitten.

liche Oeffnung entweicht, so ist jede Hervorbringung von Tönen unmöglich; — sobald man das Loch aber mit dem Finger schließt und so die Luft zwingt, von neuem die Stimmritze zu durchströmen, werden auch wieder Töne erzeugt. Versuche an Thieren, so wie Beobachtungen an Selbstmördern, deren Schnitt an dem Halse zu hoch angebracht war, führten ebenfalls zu dem Resultate, daß die Tonbildung nur durch die Stimmbänder geschehe. Man hat öfter solche Unglückliche behandelt, welche unmittelbar über dem Schildknorpel oder an dessen oberem Theile den Schnitt geführt und den Kehldeckel oder gar die obere Hälfte des Schildknorpels abgetragen hatten, so daß die Stimmbänder frei gelegt waren. Tonbildung war dann nach wie vor möglich, und nur wenn die Stimmbänder selbst verletzt waren, zeigte sich vollkommene Stimmlosigkeit.

Aus diesen Thatsachen schon geht hervor, daß die Luftröhre mit dem Ringknorpel eine Röhre darstellt, deren oberes Ende durch eine Ritze gebildet wird, an welcher zwei elastische Bänder angebracht sind, die mehr oder weniger gespannt werden können und die beim Blasen durch die Röhre (Ausathmen) den Ton hervorbringen. Das stimmbildende Organ stellt demnach eine Zungenpfeife dar, in welcher die Töne durch Schwingungen häutiger elastischer Zungen hervorgebracht werden und deren Ansprachrohr die Luftröhre ist. Die über den schwingenden Zungen, den Stimmbändern, gelegenen Theile, nämlich die welchen Theile des oberen Kehlkopfes, Kehldeckel, Rachen-, Mund- und Nasenhöhle, bilden ein mannichfach complicirtes Aufsatzrohr oder Verlängerungsrohr, in welchem theils durch Resonanz der Ton verstärkt, theils eigenthümlich modificirt wird.

Die verschiedene Höhe und Tiefe der Töne, welche an dem Kehlkopfe hervorgebracht werden, hängt von verschiedenen Bedingungen ab. Eine der wesentlichsten ist die größere oder geringere Spannung der Stimmbänder und die dadurch bedingte Häufigkeit der Schwingungen, welche sie in einer bestimmten Zeit ausüben. Die Weite der Stimmritze hat auf die Höhe oder Tiefe der Töne keinen Einfluß; indeß ist es doch nothwendig, daß die Stimmritze eine seine linienförmige Spalte von höchstens einem Zehntel Zoll querem Durchmesser bilde. Ist die Stimmritze weiter, als eine Linie, so entsteht kein Ton mehr, sondern nur ein Röcheln und Rasseln; die Luft brodelt zwischen den Stimmbändern durch, ohne daß sie hinlänglich dieselben in Schwingung versetzen könnte, um einen wahren Ton zu erzeugen.

So wie aber der Ton einer schwingenden Saite dadurch erhöht werden kann, daß man ihre Länge verkürzt, so ist dies auch mit den Stimmbändern der Fall. Je kürzer diese schon von Natur sind, oder je mehr sie am lebenden Kehlkopfe verkürzt werden, desto mehr erhöht sich der Ton. Auf diesem Grunde schen beruht der Unterschied zwischen den Tönen der männlichen Kehlköpfe einerseits und denjenigen der Frauen und Kinder andererseits. Die mittlere Länge der Stimmbänder des Mannes beträgt in der Ruhe 18¼ Millimeter, in der größten Spannung 23¼ Millimeter; beim Weibe zeigen die Stimmbänder in der Ruhe eine mittlere Länge von 12²⁄₃ Millimeter, in der größten Spannung 15²⁄₃ Millimeter. Bei einem Knaben von 14 Jahren verhielten sich beide Maße in folgender Art : Länge in der Ruhe

10½ Millimetre, bei der größten Spannung 14½ Millimeter. Zu dem Unterschiede zwischen den verschiedenen Geschlechtern und dem Kindesalter trägt dann noch die verschiedene Geräumigkeit des Kehlkopfes, die Festigkeit seiner Wände, die Starrheit seiner Bänder bei. Der Kehlkopf des Mannes ist weit größer, der Winkel, unter welchem die beiden Flügel des Schildknorpels in der Mittelkante zusammenstoßen, stärker, die Knorpel dicker und fester, die Bänder starrer. Daher dann auch die größere Unbeholfenheit in der schnellen Hervorbringung der Töne bei dem männlichen Geschlechte, der tiefere Klang, die eigenthümliche Farbe der hervorgebrachten Töne. Besonders die Starrheit der Bänder, Knorpeln und Muskeln scheint hier einen wesentlichen Einfluß zu üben, da die Singfertigkeit in geradem Verhältnisse mit der Stimmhöhe steht, vorausgesetzt, daß Uebung und Schule sonst gleich seien. Der Bassist bedarf im Durchschnitt mehr Zeit zur Hervorbringuug einer Roulade, einer Tonfolge, als der Tenorist, und die Weiber sind in diesem Verhältnisse weit mehr bevorzugt, als die Männer. Die Musiker haben dies weit eher gewußt, als die Physiologen; die Baßstimmen bewegen sich meist in vollen Noten, während die Tenore Achtel anschlagen und die Soprane Zweiundbreißigstel trillern; und wenn zuweilen in komischen Opern scheinbare Ausnahmen vorkommen und zänkische Alte in raschen Noten sich vernehmen lassen, so bleibt die Stimme meist auf demselben Tone liegen und nur die Aussprache zerstückelt den langen Ton in viele einzelne.

Die elastischen Bänder, zu welchen eben die Stimmbänder gehören, haben indeß vor den Saiten, mit welchen sie öfter verglichen wurden, noch ein Verhältniß voraus, wodurch der Ton, welchen sie geben, erhöht oder erniedrigt werden kann. Bei sonst gleicher Spannung, die indeß nicht zu stark sein darf, kann eine elastische Zunge zwei sehr verschiedene Töne geben, je nachdem sie in ihrer ganzen Breite oder nur an ihrem Rande schwingt; in dem letzteren Falle ist der Ton weit höher, heller als in dem ersteren Falle. Bei dem menschlichen Stimmorgane ist diese Eigenthümlichkeit der elastischen Bänder in Anwendung gezogen und dadurch der Unterschied der Brusttöne und der Falsettöne bedingt. Beim Hervorbringen des Brusttones schwingen die Stimmbänder in ihrer ganzen Breite und Länge in wellenförmigen Biegungen; bei dem Falsettone schwingt nur ihr innerster Rand, ebenfalls in seiner ganzen Länge. Je stärker das Stimmband gespannt ist, desto schwieriger ist es in seiner ganzen Breite zum Schwingen zu bringen; mit zunehmender Spannung wird der schwingungsfähige Rand stets schmäler und schmäler, der Ton stets höher und höher. Wir können daher die oberen Töne unserer Stimme nur mit dem Falsetregister, d. h. mit randlich schwingendem Stimmbande geben, während wir in den Mitteltönen einen gewissen Umfang von Tönen besitzen, welche wir, je nach unserer Absicht oder Bequemlichkeit, entweder als Brustton oder als Falsetton ansprechen können. Singen wir die Tonleiter unserer Stimme von ihren tiefsten Tönen an, wo die Stimmbänder in ihrer ganzen Breite schwingen, so geben wir die höheren Töne weit leichter mit der Bruststimme, indem wir eben die Spannung nur nach und nach verstärken, das Stimmband aber bis zur letzten Grenze in seiner ganzen Breite schwingen lassen, um es dann in eine andere Stellung zu bringen, wo nur der Rand schwingt; fangen wir im Gegentheile die Tonleiter von oben an, mit nur randlich schwingenden Stimmbändern, so sprechen wir gewisse Töne im Falsettone an, welche wir von unten auf im Brusttone nahmen. Der Unterschied des Jodelns von dem gewöhnlichen Singen beruht wesentlich auf dem schnellen Wechsel zwischen Brustregister und Falsetregister; der Jodeler giebt die meisten Mitteltöne, welche ein anderer Sänger mit dem Brusttone singt, mit dem Falsetregister an, und bei dem schärferen Klange der Falsettöne erscheinen dieselben im Gegensatze zu den volleren Brusttönen weit höher und der Abstich bedeutender. Vielen Sängern ist es unmöglich, zu jodeln, weil ihnen der schnelle Absprung von Brustregister auf Falsetregister und umgekehrt nicht möglich ist, und die meisten Sänger wissen sehr gut, in welcher Tonfolge ihnen ein hoher Ton gegeben werden muß, damit sie ihn voll und tönend ansprechen können.

Eine letzte Möglichkeit der Erhöhung des Tones, welchen eine schwingende Zunge giebt, liegt in der Stärke des Windes, womit dieselbe angeblasen wird. Bei gleicher Spannung kann dadurch an den menschlichen Stimmbändern der Ton im Umfange einer Quinte erhöht werden. Man sieht leicht ein, daß diese Wirkung des Windes lediglich auf der durch ihn bedingten Spannung der Stimmbänder beruht. Je stärker die ausgeathmete Luft gegen dieselben bläst, desto mehr werden die Stimmbänder hervorgetrieben und bei sonst gleicher Stellung der spannenden Knorpel wie ein Segel stärker angeschwellt und so ihr Ton erhöht. Es zeigt aber dies Verhältniß, daß das An- und Abschwellen der Töne beim Singen nicht so einfach ist, als manche Singlehrer sich vorstellen, sondern daß es eines wirklichen Studiums und vieler Uebung bedarf, bis der Sänger denselben musikalischen Ton bei Veränderung seiner Stärke genau inne hält. Je mehr er den Ton verstärkt durch heftigeres Ausathmen, desto mehr muß er die Stimmbänder abspannen, um die durch Verstärkung des Windes bewirkte Erhöhung zu compensiren. Nicht Jedem aber ist es gegeben, diese beiden Kräfte stets in vollkommenem Gleichgewichte zu halten, und sobald dies Gleichgewicht gestört ist, detonirt die Stimme beim Schwellen des Tones.

Durch verschiedene Spannung der Stimmbänder läßt sich allein schon ein Wechsel von Tönen im Umfange von etwa 2 Octaven bei gewöhnlichen Kehlköpfen hervorbringen. Der gewöhnliche Umfang einer Stimme beträgt 2, höchstens 2½ Octaven von Tönen, welche rein und musikalisch angegeben werden können; die meisten Menschen besitzen noch einige Töne darunter oder darüber, welche entweder schreiend oder zu dumpf sind, als daß sie beim Gesange benutzt werden können. Ausgezeichnete Sänger und Sängerinnen erreichen einen weit bedeutenderen Umfang — daß es Jemand bis zu 4 Octaven gebracht habe, ist nicht bekannt.

Wenn wir aus den Versuchen an todten Kehlköpfen bis jetzt mit ziemlicher Genauigkeit die Bedingungen der Tonbildung

ermitteln konnten, so fehlen uns dagegen noch alle näheren Angaben über das Verhalten der höheren Theile des Stimmappa-
rates, zum Gesange namentlich. Daß dieselben den größten
Einfluß auf die Tonfarbe, den Klang, die Fülle und Rundung
des Tones haben müssen, kann nicht in Abrede gestellt werden;
wir wissen aber nicht, welchen Beitrag der Kehldeckel, die Geräumigkeit der Rachenhöhle, der Nasenröhre, der Mundhöhle,
die Bildung der Zunge, des Gaumens und der Lippen auf alle
die Nebenverhältnisse haben, welche dem Gesange erst seine wahre
Vollendung verleihen.

Die Sprache besteht in der Benutzung der verschiedenen
Theile, welche mit den Luftwegen in Verbindung stehen, zu Ge-
räuschen oder Klängen, die von der Stellung dieser Theile und
dem durchstreifenden Luftstrome abhängen. Die Hervorbringung
der Sprachtöne an sich ist durchaus unabhängig von dem Kehlkopfe und der Stimmritze. Man kann bekanntlich vollkommen
deutlich und vernehmlich mit der Flüsterstimme sprechen, ohne
daß ein musikalischer Ton dabei hervorgebracht wird. Einem
Taubstummen gegenüber ist es vollkommen gleichgültig, ob man
laut und vernehmlich spricht, oder ob man nur flüstert, indem
man die Sprachwerkzeuge in bestimmte Stellungen bringt. Wenn
demnach selbst neuere Forscher aus der Anatomie des Kehlkopfes
und der Anwesenheit einiger Muskelchen mehr an dem Kehlkopfe
einer Affenart dieser letzteren eine materielle höhere Bildung der
Sprachwerkzeuge vindicirten, so zeigt dies nur, daß diese Herren
über Sprachbildung selbst noch nicht einmal nachgedacht hatten.
Bei den Consonanten betheiligt sich der Kehlkopf und die Stimmritze niemals; bei den Vocalen treten diese Theile nur dann in
Mitwirkung, wenn laut gesprochen wird; allein auch dann bringen sie nur den musikalischen Ton hervor, der erst durch die
verschiedenen Modificationen des Mundnasenrohres artikulirt und
in einen Vocal umgewandelt wird. Die Stimmritze allein kann
nie einen Vocal hervorbringen, ihre Schwingungen erzeugen nur
den musikalischen Ton; wäre dies nicht der Fall, so könnte man
nicht jeden Vocal in jedem beliebigen Tone singen. Man wählt

freilich bei Singübungen meist das a; allein dies nur aus dem einfachen Grunde, weil das a eben eine bedeutende Oeffnung des Mundes und der Zahnreihen verlangt und deshalb den Ton in seiner größten ursprünglichen Reinheit läßt, während alle anderen Vocale mehr oder minder eine Verkleinerung der Mundspalte, des Mundraumes oder der Gaumenhöhle verlangen, und dadurch den Ton mehr oder minder verhüllen und unklar machen. Nationen, welche das reine a in ihrer Sprache nicht besitzen, weil sie zu faul sind, den Mund gehörig zu öffnen, wie z. B. die Engländer, besitzen deshalb auch stets einen gequetschten unangenehmen Gesang, dessen sie nur durch größte Anstrengung sich entledigen können.

Es würde zu weit führen, hier nachweisen zu wollen, in welcher Weise die verschiedenen Theile der Sprachwerkzeuge arbeiten, um die einzelnen Buchstaben, seien es nun Vocale oder Consonanten, hervorzubringen. Der einzige Unterschied zwischen diesen beiden Reihen von Buchstaben besteht darin, daß bei den ersteren die Stimmritze wirklich einen musikalischen Ton hervorbringt, bei den letzteren aber nicht, und die Tonbildung, wenn eine solche vorhanden, in den vorderen Theilen der Sprachwerkzeuge geschieht. Meist indeß können die Consonanten nur als bestimmte Geräusche, bald durch diese, bald durch jene Organe hervorgebracht, aufgefaßt werden, und die Sprachen der civilisirten Völker besitzen nur solche Consonanten, welche Geräusche bilden. Bei geringeren Graden der Cultur werden indeß auch Schnalz- und Knalllaute mit den Lippen und der Zunge hervorgebracht, denen man den Charakter des Tones nicht versagen kann, und man braucht wahrlich nicht zu den Hottentoten zu gehen, um solche Töne anwenden zu hören. Die Appenzeller Bauern schnalzen sehr oft mit der Zunge, statt Ja zu sagen, und ich kann versichern, daß ein solcher Schnalz nicht minder kräftig klingt, als ein guter Peitschenknall.

Mit Ausnahme des h, welches nur ein plötzliches rascheres Hervorstoßen der Luftströmung bezeichnet, zeigen alle Consonanten die Uebereinstimmung, daß bei unveränderter Stellung des Zungen-

keines zum Kehlkopfe der Luftweg von der Stimmritze bis zur
Mundöffnung irgendwo verengert wird, so daß die vorbeiströ-
mende Luft ein Geräusch bildet. Nach dem Orte der Verengerung
kann man so die Consonanten in drei Gruppen theilen: in der
ersten, p, b, f, w, m umfassend, sind es entweder die beiden
Lippen, oder eine Lippe mit einer Zahnreihe, welche einen mehr
oder minder vollständigen Verschluß herstellt. Bei der Gruppe
d, t, s, sch, j, l, n und dem Zungen-r wird der mehr oder
minder vollständige Verschluß von dem vorderen Zungenende
hervorgebracht, das sich an die Zähne oder den vorderen harten
Gaumen anlegt. Bei g, k, ch und dem Nasen-n, sowie bei
dem Gutturalen r wird der Verschluß an dem hintren Theil der
Zunge, zwischen diesem und den weichen Theilen des hinteren
Gaumens hergestellt.

Der gegenseitige Umsatz der verschiedenen Vocale und Consonanten, der Uebergang der einen in die anderen hat zu einer
ganzen Wissenschaft, der vergleichenden Sprachwissenschaft, geführt,
auf deren weiser Benutzung gar viele unserer Kenntnisse über die
Ausbreitung der verschiedenen Stämme und Arten des Menschengeschlechts auf der Erde beruhen. Ich sage, bei weiser Benutzung;
denn wenn man, auf die zufällige Aehnlichkeit einiger Laute gestützt, die Neger aus einem gemeinschaftlichen Stamme mit uns
Kaukasiern ableiten will; so stellen sich solche Bemühungen ganz
in dieselbe Reihe mit denjenigen der Naturphilosophen, welche
den Menschen aus dem Infusorium construirten. Man kann
auch Aehnlichkeiten finden zwischen einem Kameel und einem
Berge, und bei einiger Gewandtheit das Wort Verstand von dem
griechischen Nus ableiten. Die Sprache ist das unmittelbare
Erzeugniß des schöpferischen Geistes eines Volkes; sie steht im
engsten Zusammenhange mit der Art und Weise seines Denkens,
und wie der Einzelne, je nach der Eigenthümlichkeit seiner ganzen
Individualität, sich in dieser oder jener Art auszudrücken pflegt,
je nachdem seine Geistesbildung eine bestimmte Richtung hat; so
drückt sich auch der Character und die Fortbildung eines Volkes
wesentlich in den eigenthümlichen Zügen und dem Fortschritte

seiner Sprache aus. Diejenigen Völker aber sind unabweislich zur Sterilität verdammt, bei denen eine fremde Sprache sich auf eine verschiedene Nationalität gepfropft hat, bei welchen Character und Bildung in wesentlichem Widerspruche mit ihrer Sprache stehen. Erst wenn der Widerspruch sich in einem Mischmasche gelöst hat, erst dann kann wieder eine eigenthümliche Richtung entstehen. Wir sehen dies deutlich in unserem Europa, wo politische Verhältnisse Manches anders geordnet haben, als es sein sollte. Die Engländer haben sich aus dem Chaos ihrer Sprachmischung zu einem eigenthümlichen Idiome erhoben, dessen Kürze und einförmige langweilige, tonlose Modulation ihrem Character entspricht, in welchem sie mithin productionsfähig sind; im Elsasse hingegen, wo französisch und deutsch noch im Kampfe liegen, und das eine von oben, das andere vom Kerne des Volkes aus genährt wird, kann nichts Rechtes aufkommen, weil ein Element das andere erstickt. Solche Verhältnisse hallen lange nach; — das Waadtland spricht französisch, bildet sich französisch, will französisch sein; aber trotz dem empfindet es deutsch, hat deutsche Art zu schließen und zu denken und wird deshalb ewig steril bleiben, weil eben die Sprache dem geistigen Bedürfnisse nicht entspricht. Wie unsinnig deshalb eine Universalsprache ist, muß dem Befangensten einleuchten. Sie würde dem Bedürfnisse Niemandes entsprechen und bald wieder so gemodelt werden, wie der große indo-germanische Sprachstamm seine Dialecte modelte: zu unabhängigen Sprachen, in deren Keimen nur der gemeinschaftliche Ursprung ersichtlich ist.

Physiologische Briefe

für

Gebildete aller Stände.

Physiologische Briefe

für

Gebildete aller Stände

von

Carl Vogt.

Dritte vermehrte und verbesserte Auflage.

Gießen, 1861.

J. Ricker'sche Buchhandlung.

Einleitung zur ersten Auflage.

Ein eigener Geist weht durch die Naturforschung unserer
Tage. Wer so das Leben und Treiben innerhalb des großen
Bienenhauses in der Nähe ansieht, der erstaunt ob des geschäftigen
Brummens, des rastlosen Eifers der Arbeitenden, wie sie Honig
und Wachs von allen Seiten herzutragen, einander drängen und
stoßen, oft sogar sich gegenseitig ereifern und den Platz streitig
machen. Dort erobert sich Einer eine Zelle, die er allein aus-
bauen will; hier führen ein paar Andere gemeinschaftlich ein
Stück Wabe aus; diese schwitzen als Handlanger, jene ordnen
als Baumeister, und nirgends scheint noch für kommende Kräfte
Raum. Und die Hälfte dieser Zellen sind schadhaft, die einen
unausgebaut, die anderen verlassen, jene wieder übermäßig ausgedehnt und der Beschauer mit Loupe und Vergrößerungsglas
verliert sich unter den Einzelheiten all; er weiß nicht, wohin das
Gewirre und Getreibe führen soll und geht kopfschüttelnd von
bannen. In einiger Entfernung aber dreht er noch einmal sich
um und nun gewahrt er die künstliche Anordnung der Waben,
die sinnige Benutzung des angewiesenen Platzes, die regelrechte
Verfolgung eines gewissen, vorgesteckten Planes. In ähnlicher
Weise treiben die Naturwissenschaften vorwärts. Anhäufung
unendlichen Materials von allen Seiten her und Anerkennung

dieses Strebens nach Mehrung unserer positiven Kenntnisse bilden den wesentlichen Theil der Förderungen, welche sie erhalten; aber gewisse Zielpunkte geben sich überall kund, nach welchen man strebt, um welche man, als Centren, die Massen zu gruppiren sucht. Gerade das Aufstecken solcher Zielpunkte, das Ordnen der neu zu beginnenden Untersuchung ist es, welches das naturwissenschaftliche Streben unserer Zeit auszeichnet, und es kann nur der Ausdruck einer allgemein verbreiteten Ueberzeugung sein, wenn ein berühmter Chemiker sagt: „Jede naturwissenschaftliche Arbeit, welche einigermaßen den Stempel der Vollendung an sich trägt, läßt sich im Resultate in wenig Worten wiedergeben. Allein diese wenigen Worte sind unvergängliche Thatsachen, zu deren Auffindung zahllose Versuche und Fragen erforderlich waren; die Arbeiten selbst, die mühsamen Versuche und verwickelten Apparate fallen der Vergessenheit anheim, sobald nur die Wahrheit ermittelt ist; es sind die Leitern, die Schachte und Werkzeuge, welche nicht entbehrt werden konnten, um zu dem reichen Erzgange zu gelangen; es sind die Stollen und Luftzüge, welche die Gruben von Wassern und bösen Wettern frei halten. Eine jede, auch die kleinste Arbeit, wenn sie auf Beachtung Ansprüche macht, muß heut zu Tage diesen Charakter an sich tragen; aus einer gewissen Anzahl von Beobachtungen muß ein Schluß, gleichgültig, ob er viel oder wenig umfasse, gezogen werden können."

Sind wir in der Physiologie so weit gekommen, daß wir diese Worte auch auf uns anwenden können? Haben wir die Gesetze des Lebens so weit erforscht, daß wir sagen können, wir besitzen sichere Resultate? Die Antwort auf eine solche Frage ist schwer. Bejahung könnte für Uebermuth, Verneinung für Mißachtung des Geschehenen gehalten werden.

Die Aufgabe der Physiologie ist verwickelter, als die irgend einer anderen Wissenschaft. Ist ja doch der Organismus an sich, sei er nun pflanzlich oder thierisch, und vor Allem der letztere, das Meisterstück des schöpferischen Gedankens, und seine Existenz, sein Leben nur durch das Zusammenwirken der mannichfachsten

Kräfte möglich. Die kunstreiche Anordnung des menschlichen Körpers im Aeußern wie im Innern, die Menge der verschiedenen Organe, welche wir an ihm sehen, das harmonische Ineinandergreifen seiner Muskeln, Gefäße und Nerven erscheinen noch als rohe Verhältnisse, wenn man mit dem Mikroskope in die Geheimnisse der Structur unserer Körpertheile eindringt, wenn man die tausend und aber tausend Fäden untersucht, aus denen ein einziger Muskel, eine dünne Sehne gewebt ist, wenn die Millionen Kügelchen und Zellen der Oberhäute und Flüssigkeiten vor das erstaunte Auge treten, und in allen diesen kleinsten Theilen, deren Einzelnheiten oft selbst unsern vervollkommneten Instrumenten entgehen, eine Gesetzmäßigkeit des Baues, eine innere Zweckmäßigkeit erkannt wird, die bei dem Untersucher, der ihr gegenüber tritt, nur das Gefühl seiner Ohnmacht zurücklassen kann. Es ist wohl schon manchem begegnet, daß er kleinmüthig Messer und Loupe auf die Seite gelegt und seufzte: All unser Streben ist eitel und unser Wissen Stückwerk!

Indeß wenn auch Einzelne unter den Schwierigkeiten gebeugt werden, so sind diese doch für die Forscher im Ganzen mehr Reize zu größeren Anstrengungen. Nach allen Seiten hin sieht man sich um Hülfe in anderen Wissenschaften um, und diese sind dann auch nicht karg, sie überall zu gewähren, wo sie vernünftiger Weise gefordert werden kann. Es hat der Physiologie unendlich viel Schaden gebracht, daß sie sich abschließen wollte, daß sie behauptete, das Leben kenne die Gesetze der organischen Natur nicht; es könne nur aus sich selbst und durch sich selbst begriffen werden. Mit solchen Ansichten war ferneren Fortschritten die Bahn abgeschnitten, denn wo man auf eine unerklärliche Thatsache, eine räthselhafte Erscheinung stieß, da war gleich die Eigenthümlichkeit der Lebenskraft, das unerforschliche Walten des organischen Lebens da, um die Wißbegierde aufzuhalten und ihr zu sagen: begnüge dich damit, daß das organische Leben nur seine eigenen Gesetze kennt. Erst seitdem man diese Richtung verlassen und angefangen hat, überall zuerst die Erscheinungen aus den analogen der anorganischen Natur zu erklären, und die

Gesetze, welche in dieser letzteren gelten, auch in den Erscheinungen des organischen Lebens aufzusuchen sich bestrebt, erst seit
dieser Zeit hat die Physiologie wahrhafte Fortschritte in der
Richtung gemacht, die wir oben bezeichneten. Und weit davon
entfernt, in einen todten Mechanismus zu verfallen, wie man
der neueren physiologischen Richtung so oft vorwarf, ist sie es
gerade, welche uns zu der tiefsten Ehrerbietung vor den im
organischen Reiche herrschenden schöpferischen Gedanken zwingt.
Wahrlich, wenn man dem Spiele der auf so einfache Art ange-
wendeten Kräfte seine Aufmerksamkeit widmet, wenn man sieht,
wie die Gesetze, welche die Bewegung des Weltalls und seiner
Gestirne regieren, auch bei unseren Bewegungen ihre Anwendung
finden, wie alle Ressourcen, die nur erdacht werden können, mit
unendlicher Weisheit an der Maschine des Organismus angebracht sind, dann wird man zur Verehrung des Planes hinge-
rissen, der so folgerecht aus den einfachsten Ursachen die herrlichsten
Wirkungen zu entwickeln vermag.

Diesen einfachen Kräften und ihrem Spielraume in dem
Organismus nachzuspüren ist die Aufgabe der Physiologie, der
Lehre vom Leben. Zu ihrer Erforschung wendet sie theils die
Beobachtung, theils den Versuch an, und jeder Fortschritt in den
hülfreichen Doctrinen kann nicht ohne Rückwirkung auf die physiologische Wissenschaft bleiben. Der Physik entlehnt sie die
Erklärung der Bewegungen, der Sinneseindrücke. Bei ihr findet
sie die Gesetze des Pendels, nach welchen unsere in Bewegung
gesetzten Glieder schwingen; bei ihr die Statik des Hebels, auf
welcher die Erklärung der Bewegung unserer Knochen beruht.
Bei der Physik holen wir uns Rath über die mechanische Seite
des Kreislaufes, über die Thätigkeit des Herzens, der Gefäße;
von dort aus erhalten wir unsere Resultate über die optischen
Gesetze des Auges, die akustischen Einrichtungen des Gehör- und
Stimmorganes. Der Physik verdanken wir die wichtigen Thatsachen über die Anwendung des luftleeren Raumes bei der Construction unserer Gelenke. Die Chemie öffnet noch ein weiteres
Feld der Untersuchung. Verdauung und Aufsaugung, Ernährung,

Abſonderung und Athmung, alle vegetativen Prozeſſe im Allgemeinen, welche die Erhaltung des Individuums bezwecken, alle
dieſe Prozeſſe gehören dem Chemiker als gemeinſchaftliches Gebiet
an und können nur mit ſeiner Beihülfe erläutert und verſtanden
werden.

Den bedeutendſten Einfluß indeß hat das morphologiſche
Studium der Organismen. Anatomie und Phyſiologie gehen mit
einander Hand in Hand; die eine kann keinen Schritt vorwärts
thun, ohne daß ihn die andere mit macht. Allein nicht blos die
äußeren Verhältniſſe der Lage, Geſtalt und Verbindung der
Theile unter einander kann dem Phyſiologen genügen. Der
ganze Körper muß nicht nur für ihn, wie für den guten Chirurgen, durchſichtig ſein, ſo daß er die Lage der Theile kennt, er
muß den Körper auch in ſeinen kleinſten Theilen vergrößert vor
Augen ſehen, um einem jeden Blutkörperchen auf ſeinem Wege
folgen und einer jeden Nervenfaſer in ihren Schlingenzügen
nachgehen zu können. Nur wenn er auf dieſem Punkte ſteht,
nur dann kann er ſich zu wirklich freier Anſchauung der durch
die morphologiſchen Verhältniſſe bedingten Umſtände erheben.
Man hat das Mikroſkop viel und oft verdächtigt; man hat auf
die Streitigkeiten hingewieſen, welche bei gewiſſen Unterſuchungen
entſtanden, und namentlich diejenigen, welche keinen Begriff von
dem Inſtrumente und ſeiner Behandlung hatten, ſchrieen am
ärgſten ihr Verdammungsurtheil in die Welt hinein. Und dennoch
wäre ohne dies unſchätzbare Inſtrument unſere ganze heutige
Phyſiologie noch nicht einmal geboren, geſchweige denn in fröh-
lichem Wachsthum. Es giebt freilich nichts Vollkommenes auf
Erden; allein wenn wir falſch ſehen, ſo liegt dies nicht an dem
unſchuldigen Glaſe, ſondern an uns ſelbſt und an unſerer Inter-
pretation des Geſehenen. Wie mancher bittere Streit iſt nicht
über Dinge entſtanden, die nur mit den natürlichen Augen unterſucht waren und wo dennoch die größten Brobachtungsfehler
mit unterliefen. Sollen wir deshalb unſere Augen als unbrauchbar ausreißen oder wegwerfen?

Nicht minderen Eifer, als das Mikroskop unter den älteren Bekennern der Wissenschaft, haben oft die physiologischen Versuche in dem Publikum erregt, und es gibt wohl wenig Universitätsstädte, wo nicht der Professor der Physiologie die Angriffe der Anti-Thierqualvereine oder ihrer stillschweigenden Verehrer auszuhalten gehabt hätte. Der physiologische Versuch ist der nothwendige Prüfstein unserer Ansichten, und die Gewandtheit im Experimentiren, die ein wesentliches Bedingniß für das Gelingen des Versuches ist, wird nur durch häufige Uebung errungen. Die Anstellung von Versuchen und Bivisectionen ist demnach dem wissenschaftlich thätigen Physiologen eben so unbedingt nöthig, als dem Astronomen das Betrachten des Himmels. Freilich hat man dieses Bedürfniß an einigen Orten ins Luxuriöse getrieben; wohl mancher wird sich erinnern, gewissen Vorlesungen in Frankreichs Hauptstadt beigewohnt zu haben, wo nach der Stunde der Professor von Dutzenden verstümmelter Thierleiber umgeben war und wo die Stärke des Beweises nach der Zahl der Schlachtopfer, die er gekostet, abgeschätzt wurde. Wir haben uns glücklicher Weise in Deutschland von solchen Extremen fern gehalten und wir benützen als Herren der Schöpfung unser Recht oder Unrecht über die Thiere mit mehr Mäßigung. Nichts desto weniger erkennen wir, namentlich für die nur während des Lebens statthabenden Prozesse der Nervenwirkungen und des Blutlaufes, den Versuch, die Section und die Untersuchung lebender Thiere als eine unentbehrliche klare Quelle unserer Kenntnisse an.

Zwar springt uns eine solche auch in der Pathologie, in der Betrachtung der krankhaften Zustände des menschlichen Körpers; — allein leider fließt sie meist nur trübe. Man sollte glauben, es sei nichts leichter, als das Ziehen klarer physiologischer Schlüsse aus den krankhaften Erscheinungen. Man beobachtet diese oder jene Abweichung von dem Normalzustande, man entdeckt, welches Organ des Körpers dabei angegriffen und verletzt ist; — was natürlicher als nun zu schließen, daß die abnorme Function auch dem abnormen Organe angehöre? Allein die Natur stellt ihre Experimente nicht rein an, sie greift mehre Organe zugleich an oder, wenn nur ein einzelnes vorzugsweise leidet, so wird durch die Organisation des Körpers an sich schon das Ganze in Mitleidenschaft gezogen. Es gibt ein einziges Feld in der Physiologie, wo wir einzig und allein auf die aus der Pathologie zu entnehmenden Thatsachen angewiesen sind. Dies ist die Frage über den Zusammenhang der Gehirntheile mit den Geistesthätigkeiten; eine Frage, die man unheilvoller Weise durch die sogenannte Phrenologie ihrem wissenschaftlichen Standpunkte entrückt und in das Gebiet des Charlatanismus hinüber gepflanzt hat. Den Einfluß des Gehirnes und seiner einzelnen Theile auf die Functionen des Körpers können wir auch an Thieren untersuchen; allein ein Hund, ein Kaninchen gibt uns keinen Aufschluß über die Veränderungen, welche in seinen geistigen Fähigkeiten vorgehen, nachdem man ihm diesen oder jenen Hirntheil weggenommen hat. Dies könnte einzig nur der Mensch und an dem darf nur die Natur allein experimentiren. Hirnkrankheiten, organische Fehler des Seelenorgans sind nicht selten, sie werden häufig von den Aerzten beobachtet; allein den Sitz der Desorganisation kann man nur an den krankhaften Erscheinungen erkennen, welche sich im Körper zeigen, an den Lähmungen der einzelnen Körpertheile, niemals an den vorkommenden Störungen der Geistesfunctionen. Wir wissen durchaus nichts Positives, absolut Nichts über die Beziehung der einzelnen Gehirntheile zu den Geistesthätigkeiten; in dem einzigen Punkte, wo die Pathologie auf sich selbst angewiesen war, hat sie nichts geleistet. Darf man sich wundern, wenn der Physiologe nur mit Mißtrauen sich ihrer bedient?

Auf solchen Stützen nun, theils wankenden, theils sicheren, ruht das Gebäude der Physiologie. Wir haben uns hier die Aufgabe gestellt es zu durchwandern. Allein schon der größeren Zimmer findet sich eine Legion; der kleinen dunkeln Kämmerchen nicht zu gedenken, die überall zerstreut sich anbauen. Sie alle zu besuchen ist eine Unmöglichkeit, noch weniger dürfen wir daran denken, den Schmuck der Zimmer, ihre mehr oder minder reiche Ausstattung, uns näher ins Auge zu fassen. Ein Menschenleben würde hiezu nicht hinreichen.

Ich habe versucht, in den nachfolgenden Briefen den Stand unserer Wissenschaft mit einzelnen skizzenartigen Zügen zu zeichnen. Nur die fester begründeten Resultate, nur die, so viel wir bis jetzt beurtheilen können, wahren Thatsachen durften hier eine Stätte finden und subjective Ansichten mußten so viel möglich in den Hintergrund gestellt werden. Die Art und Weise der Auffassung freilich wird für einen Jeden eine andere sein; namentlich werden die aus den Thatsachen zu ziehenden allgemeinen Schlüsse über Leben und Lebenskraft stets, je nach der Individualität des darüber Nachdenkenden, bei aller Anerkennung des Thatsächlichen, oft sehr bedeutend abweichen. Es ist unsere Sache nicht, diesem Urtheile der Einzelnen vorzugreifen. Wir stehen vor dem Geschwornengerichte der öffentlichen Meinung, wo unsere Thatsachen mit mehr oder minderem Scharfsinne gewogen und abgeurtheilt werden. Freilich gelingt es manchmal durch glänzende Beredsamkeit oder andere bestechende Mittel, diese öffentliche Meinung zu gewinnen; allein lange Zeit hält solche Täuschung nicht an. Die Wissenschaft, sollte man sich auch hinter den Wällen einer todten Sprache verschanzen, dringt doch allmählich in die große Menge ein und man wird bei aufmerksamer Betrachtung stets finden, daß diese sich über alle größeren wissenschaftlichen Fragen ihre eigenthümliche unabhängige Ansicht bildet. Deshalb habe ich auch nicht, wie es sonst wohl der Brauch ist, allgemeine Grundbegriffe und Ansichten über die Wissenschaft der Physiologie vorausschicken mögen. Daß die Physiologie sich mit dem Leben des Menschen und mit dessen Erscheinungen befaßt und zwar vorzüglich das leibliche Leben im Auge behält, dies lehrt schon die Bedeutung des Wortes; was das Leben sei und warum der Organismus lebe, das kann nicht von vornherein begriffen werden, sondern so wie das Leben erst das Resultat aller einzelnen Functionen der Körpertheile ist, so muß auch seine Kenntniß erst aus derjenigen aller einzelnen Verrichtungen hervorgehen.

Um die Darstellung, welche für ein größeres Publikum berechnet sein sollte, so sehr als möglich im objectiven Felde zu halten, habe ich vermieden, Namen als Gewährsmänner der Thatsachen oder Ansichten anzuführen. Die Autoritäten haben nicht mehr das Gewicht wie früher; eine Thatsache gilt heut zu Tage nicht deshalb, weil sie von diesem oder jenem Forscher ist aufgefunden worden, sondern darum weil sie wahr ist. Was auch hätte es geholfen, wenn ich hinter jedem Satze fast eine Reihe von Namen aufgeführt? Von Bär, Ch. Bell, Burdach, Edwards, Henle, Kürschner, Liebig, J. Müller, Magendie, Purkinjé, Tiedemann, Valentin, R. Wagner — alle diese Namen klingen überall in der Wissenschaft mit, wo man auch anklopfen möge; es sind die treuen Bergleute, welche mit Mühe und Schweiß, ja mit Hintansetzung ihrer Gesundheit das reine Gold aus den Schachten der Bergwerke hervorgeholt haben. Sollen wir die große Menge darum schelten, daß sie meist erst bei der Todesnachricht sich an ihre Koryphäen der Wissenschaft erinnert, und daß sie sie unter dem Drange der Zeitumstände schneller vergißt, als diejenigen, welche unmittelbareren Einfluß auf die Weltbegebenheiten hatten? Es mag genügen, die Namen einmal genannt zu haben; — stehen sie doch in dem goldenen Buche der Wissenschaft mit unauslöschlichen Zügen.

C. V.

Zur zweiten Auflage.

Zehn Jahre sind verflossen, seit ich die Worte schrieb, welche
populären Briefen über die Physiologie zur Einleitung dienen
sollten, über deren Veröffentlichung die Redaction der allgemeinen
Zeitung mit mir übereingekommen war. Die Arbeit wurde zu
umfangreich und die Verlagshandlung beschloß sie als eigenes
Werk herauszugeben, das, wenn ich mich nicht sehr täusche, mit
vielem Beifalle aufgenommen wurde. Denn schon im Jahre
1847 wurde ich zur Vorbereitung einer neuen Auflage aufge-
fordert, deren Erscheinen indeß sich bis jetzt durch äußere Umstände verzögerte. Die Wissenschaft hat seit dieser Zeit nach
allen Richtungen hin anerkennenswerthe Fortschritte gemacht.
Dieselbe Thätigkeit, deren ich oben erwähnte, setzte sich vielleicht
mit noch größerer Intensität fort, da die Fragen, je weiter man
ins Einzelne bringt, um so schwieriger, die Beantwortung um
so verwickelter wird. Von den Trägern der Wissenschaft, die
ich damals nannte, wirken noch Einige in ungeschwächter Kraft
fort, Andere sind gestorben, noch Andere verdorben. Ob in
Folge der allgemeinen Erscheinung der rückschreitenden Metamorphose im höheren Alter, oder durch Einwirkung geistiger Fäulniß-
Erreger von außen, will ich nicht weiter untersuchen. Eine
Menge neuer Kräfte sind aufgetaucht, und namentlich hat die

physikalische Schule auf den beschwerlichsten Wegen oft bedeutende Strecken zurückgelegt. Jeder Schritt vorwärts, der dort mit dem Mikroskope, hier mit der Wage oder der Magnetnadel in der Hand gethan wird, erhellt ein Stück des Dunkels, welches sich vor die geheimnißvollen Kräfte lagert, die man wie der Fürchtende die Gespenster deshalb annimmt, weil man sie nicht sieht und nicht sehen kann.

Das Verdienst dieses Werkchens, wenn es überhaupt welches hat, kann weder in der genauen Aufzählung sämmtlicher Thatsachen, noch in der gleichmäßigen Durchdringung des Stoffes liegen. Wenn ich auch gesucht habe, so viel möglich ein Bild des Lebensprozesses im Ganzen zu geben, so mußte dieser Versuch doch deshalb unvollkommen bleiben, weil die Voraussetzungen, die ich mir von meinem Publikum machte, dadurch weit überschritten wurden. In der ursprünglichen Naivität, in welcher ich zuerst diese Briefe schrieb, hatte ich kaum eine Ahnung davon, in welche Kreise sie eindringen würden. Ich wurde, oft zu meinem nicht geringen Erstaunen, hie und da durch Fragen belehrt, daß Mancher sich zu ihrem Verständniß abgemüht hatte, auf dessen geringe Vorkenntnisse ich wenig Rücksicht genommen. Unterdessen hat sich die Grundlage, auf welcher diese Briefe wurzeln, in größere Breite und Tiefe ausgedehnt. Die Naturwissenschaften haben in allen Zweigen Bearbeiter gefunden, welche die Wahrheiten in einfacher Sprache so darzustellen suchten, daß sie auch ohne höhere Vorbildung begriffen und anerkannt werden konnten. Man ist auf diese Weise an die Behandlung solcher wissenschaftlichen Gegenstände gewöhnt worden. Man hat sich nach und nach die Schlußfolgerungen angeeignet, welche aus den Thatsachen mit innerlicher Nothwendigkeit abgeleitet werden müssen. Man erschrickt nicht mehr, wenn diese Schlußfolgerungen zu einer Erkenntniß führen, die mit der jetzigen Welteinrichtung in schneidendem Gegensatze steht.

Die Grundsätze, welche auf der genauen Erforschung der Thatsachen und der daraus abgeleiteten Naturgesetze beruhen, haben seit dem Erscheinen der ersten Auflage keine Aenderung

erlitten. Sie find nur durch die Fülle neuen Stoffes, welcher
von allen Seiten herangebracht wurde, neu gekräftigt und stärker
gestützt worden. Derjenige, der sich die Mühe nehmen will,
früher und jetzt Gegebenes zu vergleichen, wird trotz gegnerischer
Behauptung finden, daß nichts in dieser Hinsicht geändert wurde;
daß vielmehr das Ziel, welches schon damals gesteckt war, unverrückt dasselbe geblieben ist. Neue Streiter haben sich seither um
dasselbe Banner geschaart, Manche vielleicht geweckt durch die
Anregung, welche sie in diesen Briefen fanden. Wer weiter sich
belehren, den Kreis der Thatsachen, auf die er fußen soll, erweitern,
und sich so immer mehr in seinen Ansichten befestigen will, dem
kann ich aus vollster Ueberzeugung die Werke von Moleschott
in Heidelberg empfehlen. Der Leser des „Stoffwechsels“, des
„Kreislaufes des Lebens“, der „Nahrungsmittel für das Volk“
wird reiche Fülle der Thatsachen, anziehende Behandlung des
Gegenstandes und strenge Folgerichtigkeit der gewonnenen Schlüsse
sicherlich nicht vermissen.

So mögen denn auch diese Bogen hinauswandern und manchem Vortrefflichen nachstreben, das ihnen vorausgeeilt. Jeder
trägt in seiner Weise bei zu dem Gemenge, welches, geläutert
in dem Schmelztiegel des Volksbewußtseins, später als flüssiges
Metall an das Licht tritt — glücklich, dessen Beitrag nicht ganz
als schaumige Schlacke zurück bleibt, sondern sich sagen kann:
Auch du hast deinen Antheil an ächtem Schrote und Korne.

Genf, den 1. December 1853.

C. Vogt.

Vorrede zur dritten Auflage.

Trotz mannichfacher Anforderungen der verschiedensten Art, welche Zeit und Leben an mich seit Jahren gestellt haben und noch beständig stellen, habe ich dennoch mit Eifer gesucht, in dieser neuen Auflage den Fortschritten der Wissenschaft gerecht zu werden. Ich habe verbessert, verändert, zugesetzt, weggeschnitten, hie und da auch nur gefeilt, wie es das Bedürfniß der Zeit oder mein eigenes Gefühl zu erfordern schienen. Wenn auch vielfach Abschnitte gänzlich umgestaltet werden mußten, so ist nichts desto weniger der Kern des Ganzen geblieben. Möge er auch jetzt, in dieser neuen Gestalt, den Lesern eben so munden, wie die früheren Auflagen gemundet zu haben scheinen.

Manche Forscher und Fachgelehrte mögen wohl finden, daß ich den neuesten Richtungen, die sich die physikalischen nennen, nicht genug in der Darstellungsweise Rechnung getragen habe. Es kann wohl sein und ich will darüber mit Niemanden rechten. Die Resultate, welche diese Forscher durch Anwendung der genauesten physikalischen Methoden, der subtilsten Versuche, der verwickeltsten Rechnungen erhalten haben, sind oft staunenswerth und verdienen vollste Anerkennung und ungetheiltes Lob. Aber es hat mir geschienen, als ob man deshalb nicht ausschließlich nur dieser einen Richtung folgen und Jedem den Stein schleudern müsse, der es wagen will, auf den noch nicht völlig abgegrasten Fluren der Formenlehre auch ein bescheidenes Sträußchen zu pflücken. Noch weniger habe ich mich aber zu der Darstellungsweise bekehren können, welche jetzt in manchen, sonst so achtbaren Lehr- und Handbüchern vorherrscht und wo der menschliche Körper und seine Verrichtungen fast nur als zufällige Beispiele physikalischer und chemischer Gesetze und Vorgänge dienen. Ist es ja doch, als pflanze man absichtlich vor den Weg üppiges theoretisches Gestrüpp und verwickeltes, abstractes Schlinggewächs, durch das man sich erst mit dem schärfsten Messer des Verstandes einen Weg hauen muß, ehe man zu den frischen Plätzen des duftenden Waldes gelangen kann. Solche Arbeit mag recht sein für den Squatter, der neue Wege sucht, für den Förster, der seinen Wald regelrecht bewirthschaften will — sie behagt aber weder dem Spaziergänger, noch dem Sonntagsjäger — und auch diese wollen leben und genießen! Im Beginne mag es nöthig sein, jeden Nachfolgenden dieselben Leitern Stufe für Stufe hinaufklimmen zu machen, die man selbst ersteigen mußte — für Diejenigen aber, die nicht Zeit noch Muße haben, denselben Weg zu machen, kann es auch wohl genützen, sie plötzlich auf die Höhe zu stellen.

So weit ist es schon gut, wenn es nur nicht mit dem Verlangen des unbedingten Gehorsams geschieht. Aber je kritischer der Menschengeist fortschreitet, je mehr er bestrebt ist, Methoden zu erfinden, welche ihn vor Irrthümern bewahren können, desto mehr bemüht sich anderseits die Partei der Autorität, mit der Wucht des Glaubenssatzes ihm entgegenzutreten und mit ihrem „Friß, Vogel, oder stirb!" ihn anzudonnern. Merkwürdig, aber wahr, daß auch in der Wissenschaft dies Bestreben stets wieder auftaucht, daß es sich bei jeder Gelegenheit neu erzeugt und, dem Antäus gleich, stets neue Kräfte aus der Erde zu saugen scheint, sobald man glaubt es niedergeworfen zu haben.

Ich lese in einem neueren Buche: „Die Basis unserer und „aller Untersuchungen auf diesem Wege, bilden bis jetzt die „beiden Sätze, daß einmal der Harnstoff nur ein Umsetzungs-

„product der stickstoffhaltigen Körperbestandtheile, nie ein bloßes
„Oxydationsproduct des Eiweißes im Blute ist und zweitens, daß
„aller Stickstoff der umgesetzten Körperbestandtheile wenigstens
„zum bei weitem größten Theile und etwa unter Berücksichtigung
„des Stickstoffes in den Fäces, als Harnstoff ausgeschieden wird.
„Wer diese beiden Sätze nicht anerkennt und wo sie
„nicht festgestellt sind, der mag sich aller Unter-
„suchungen dieser Art enthalten."

Wir hatten bis jetzt geglaubt, erst aus der Untersuchung
gehe die Feststellung, der Satz, die Anerkennung des Satzes hervor; — wir hatten geglaubt, das gerade sei das Edle in unserer
Wissenschaft, daß sie sich Fragen stellt, aber die Beantwortung
derselben erst durch die Thatsache sucht. In München wird
uns jetzt vor den Tempel der Physiologie das Eingangs-Portal
des umgesetzten Harnstoffes gebaut — der Ketzer, der nicht
durch dasselbe eingehen will, mag draußen bleiben, sich aller
Untersuchungen enthalten! Wer aber Physiologie treiben will,
der schwöre zuerst den harnstofflichen Glaubenseid, dann mag er
eintreten!

Es genügt, auf solche Auswüchse physiologischer Hierarchie
mit dem Finger zu zeigen, um die Empörung gegen sie wachzu-
rufen. Wenn ich indessen dennoch, trotz meines Freiheitsgefühles,
in der Darstellung der Functionen des Nervensystemes wesentlich
der Autorität meines Freundes Moritz Schiff in Bern gefolgt bin, so möge man mich nicht unter diejenigen zählen, die
sich nur deshalb frei fühlen, weil sie den Fetisch ihres Neben-
menschen nicht anbeten, sondern einen andern. Nur derjenige,
der die unendliche Sorgfalt und Hingebung kennt, womit Schiff
seinen Versuchen folgt, kann das Zutrauen bemessen, welches man
ihnen schenken darf.

Die Ausgabe der dritten Abtheilung hat sich so lange verzögert, weil ich der Versuchung nicht widerstehen konnte, meinen
Lesern die Resultate mitzutheilen, welche in Kölliker's „Entwickelungsgeschichte des Menschen" so reichlich gegeben sind.

Meinem Freunde in Würzburg, wie seinem Verleger Engelmann in Leipzig, schulde ich den wärmsten Dank für die bereitwillige Weise, womit mir sogar die Correcturbogen der zweiten, noch nicht brendeten Hälfte mitgetheilt und die Holzschnitte zur Benutzung und Verfügung gestellt wurden. Leider konnte ich den Schluß der zweiten Hälfte dieses vortrefflichsten Buches, das den reichsten Schatz von eigenen Untersuchungen enthält, nicht abwarten, um danach noch einige meiner Briefe zu überarbeiten — der Norden winkt und ich muß mir sagen: Fort mußt Du — deine Uhr ist abgelaufen!

Genf (Plainpalais) den 1. Mai 1861.

C. Vogt.

Inhalt.

Erste Abtheilung.

Das vegetative Leben.

Zweite Abtheilung.

Das animalische Leben.

Dritte Abtheilung.

Zeugung und Entwickelung.

Dritte Abtheilung.

Deugung und Entwickelung.

Achtzehnter Brief.

Das Geschlecht.

In den vorhergehenden Abschnitten wurde der Mensch als
einzelnes Individuum betrachtet und die verschiedenen Functionen
zergliedert, welche das Leben des menschlichen Organismus im
Allgemeinen zusammensetzen. Wir suchten, an der Hand der auf
mancherlei Art gewonnenen Thatsachen, uns klar zu machen, wie
diese verschiebenen Functionen des Lebens in einander greifen.
Wir sahen Ernährung, Kreislauf und Absonderung einander
wechselseitig die Hand bieten, um die verschiedenen, der Außenwelt entnommenen Stoffe dem Körper anzueignen, ihnen diejenige Form zu geben, welche dem menschlichen Typus angehört,
und das Unbrauchbare auszuscheiden. Ferner untersuchten wir,
in welchen Beziehungen das Individuum sich zu seinen Umgebungen befinde, und welche Organe des Körpers dazu bestimmt
seien, Empfindung, Bewegung, so wie die Functionen des Geistes
zu vermitteln. Dort die doppelte Buchhaltung des Lebens mit
ihren Einnahmen und Ausgaben, ihrer Kasse, Gewinn und Verlust — hier die Correspondenz mit dem Copirbuche und dem
innersten Geheimbuche, welches die letzten Resultate enthält. In
allen diesen Untersuchungen wurde der fertige Mensch im erwachsenen Zustande betrachtet, abgesehen von seinem Geschlecht und
von seiner allmähligen Entfaltung bis zu dem Höhepunkte seiner
physischen Entwickelung : es wurde nur Rücksicht genommen auf

30 *

zu sein scheint, wird der abgeschmackteste Unsinn unter alle Welt verbreitet und Vorurtheile in Menge gesäet, deren Ausrottung kaum möglich ist. Es schien mir deshalb damals an der Zeit, die Resultate der neueren Wissenschaft, welche sich vorzugsweise und mit großem Erfolg in der jüngsten Zeit mit der Zeugung und Entwickelung des Menschen und der Thiere beschäftigt hat, in meiner Schrift niederzulegen, in der Hoffnung, daß ich das Meine zur Verbreitung richtiger Ansichten werde beitragen können. Denn mehr als alle andern der Physiologie angehörigen Gegenstände beschlägt, der hier zu behandelnde das Wohl und Wehe der Menschheit im Ganzen. Es mag erlaubt sein, durch Unkenntniß oder Vernachlässigung der physiologischen Gesetze den eigenen Leib zu Grunde zu richten; — allein dies giebt noch nicht die Berechtigung, der Nachkommenschaft seine physischen Gebrechen aufzubürden. Man klagt allgemein über zunehmende Verkrüppelung des Menschengeschlechtes und thut Nichts, um vernünftige Ansichten über die Zeugung zu verbreiten; — ja, man öffnet einer nichtsnutzigen Literatur Thüre und Thor, und bedenkt nicht, daß die nachstehende Generation auch das Recht zu blühender und gesunder Existenz hat!

Die Fortpflanzung der Gattung ist bei den Menschen und den meisten Thieren durch den Gegensatz zweier Geschlechter möglich gemacht, welche man als männlich und weiblich bezeichnet. Bei den höheren Thieren ganz allgemein sind die Geschlechter auf verschiedene Individuen vertheilt, welche sich meistens nicht nur durch den Bau der speciell zu dieser Function bestimmten Zeugungsorgane, sondern auch durch mancherlei andere Eigenthümlichkeiten der gesammten Organisation unterscheiden. Nur in den niederen Sphären des Thierreichs findet man die Vereinigung beider Geschlechter in einem und demselben Thiere, den sogenannten Hermaphroditismus, und zwar in der Art, daß vollständige männliche und weibliche Zeugungsorgane in einem und demselben Individuum vereinigt sind. In den niedersten Organismen allein, welche durch ihren auf die höchste Einfachheit reducirten Bau die unterste Stufe des Thierreiches einnehmen,

scheint die geschlechtliche Zeugung die Ausnahme, die ungeschlecht-
liche die Regel zu sein. Bevor wir indeß hierauf näher eingehen, wird es nöthig sein, den Bau der Zeugungsorgane im
Allgemeinen und derjenigen des Menschen im Besondern etwas
näher anzugeben. Die Geschlechtsunterschiede im Bau des Gesammtkörpers weitläufiger auseinanderzusetzen, halten wir für
überflüssig; kennt ja doch Jeder die Verschiedenheit der männlichen und weiblichen Formen, deren ins Einzelne gehende Be-
schreibung mehr dem Gebiete der darstellenden und bildenden
Kunst, als demjenigen der Physiologie angehört.

Weibliche Geschlechtsorgane nennt man diejenigen
besonderen Organe des thierischen Körpers, in welchen ein Keim
bereitet wird, der sich unter gewissen Verhältnissen zu einem
neuen Individuum entwickelt. Dieser Keim oder das Ei wird
in allen Fällen in einem speciell dazu bestimmten Organe, dem
Eierstocke, vorgebildet, und zur Zeit seiner Reife aus diesem
ausgestoßen, um sich zu entwickeln und außerhalb des mütterlichen Organismus ein eigenes, individuelles Leben fortzusetzen.
Bei den meisten Thieren befinden sich besondere röhrenförmige
Organe, durch welche das Ei allmählich nach außen geleitet wird,
und zugleich, je nach den speciellen Verhältnissen der Fortpflanzung, verschiedene Stoffe zu Schutz und Nahrung umgebildet
erhält. Diese Eileiter münden zuweilen unmittelbar in die
äußeren Geschlechtsorgane, während sich in anderen Fällen ein
Mittelglied, eine Brutstätte, bildet, in welchem das Ei noch
innerhalb des mütterlichen Organismus eine weitere Ausbildung
erlangt. Die meisten Thiere entstehen, sowie der Mensch, aus
Eiern. Das menschliche Weib erzeugt eben so gut Eier, als der
weibliche Vogel oder Fisch, und der Unterschied zwischen lebendig-
gebärenden und eierlegenden Thieren besteht, wie wir bald sehen
werden, nur darin, daß das Ei bei den Einen in unentwickeltem
Zustande ausgeworfen wird, während es sich bei den Anderen
innerhalb der mütterlichen Geschlechtsorgane weiter entwickelt,
und erst das aus ihm entstandene Individuum nach außen gebracht wird. Der Unterschied zwischen »eierlegenden« und »leben-

biggebärenden" Geschöpfen ist demnach kein ursprünglicher, sondern nur ein durch spätere Ausbildung des Keimes gewordener.
Er fällt aber deshalb leicht in die Augen, weil bei den Eierlegern
das Ei durch die Schutzgebilde, die es erhält, so wie durch das
Nahrungsmaterial, das darin für das werdende Junge aufgehäuft wird, eine ansehnlichere Größe erhält.

Die männlichen Geschlechtsorgane bereiten den
Samen, d. h. eine Flüssigkeit, ohne welche das Ei nicht zur Entwickelung würde gelangen können. Die Berührung beider Producte, und zwar die unmittelbare Berührung derselben, ist in der
Regel nothwendig zur Erzeugung eines neuen Individuums. Bei
denjenigen Thieren, bei welchen das Ei noch in unentwickeltem
Zustande als Ei aus dem weiblichen Organismus ausgestoßen
wird, findet die Berührung der beiderseitigen Zeugungsproducte
meist auch außerhalb des Organismus statt, und die geschlechtliche Function beschränkt sich einzig auf diese Befruchtung. Bei
denjenigen Thieren aber, bei welchen das Ei innerhalb des mütterlichen Organismus sich entwickelt, müssen auch die beiderseitigen
Zeugungsstoffe innerhalb des mütterlichen Organismus einander
berühren und deshalb eine wahre Begattung statt haben, durch
welche eben der Samen in die weiblichen Zeugungsorgane eingeführt wird. Auch in den männlichen Zeugungsorganen unterscheidet man samenbereitende Organe, oder die Hoden, und
ausführende Röhren, die Samenleiter, wozu sich noch bei
vielen anderen und bei allen höheren Thieren besondere äußere
Begattungsorgane gesellen.

Das samenbereitende Organ oder der Hoden besitzt
bei allen Thieren ohne Ausnahme einen drüsigen Bau, indem er
aus einzelnen, mehr oder minder langen Röhren zusammengesetzt
ist, welche meistentheils sich mannichfach unter einander verwickeln
und verschlingen, am Ende aber sämmtlich in einen einzigen
Kanal münden, der meist vielfach geschlängelt nach außen verläuft. Die Hoden sind, mit nur geringen Ausnahmen, doppelt
vorhanden und symmetrisch zu beiden Seiten der Körperaxe gelagert; bei der Mehrzahl der Wirbelthiere findet man sie im

Innern der Bauchhöhle zu beiden Seiten der Wirbelsäule. Auch
bei dem menschlichen Embryo behaupten sie diese Lage, steigen
aber gegen die Zeit der Geburtsreife aus der Bauchhöhle durch
einen besonderen Kanal, den Leistenkanal, hinab in den Hoden-
sack. Die außerordentlich langen und engen Samenröhren, welche
in ihrer Verschlingung den Hoden bilden, sammeln sich zuerst in
eine gewisse Zahl ausführender Gänge, welche, auf's Neue sich
verknäuelnd, ein eigenthümliches kolbenförmiges Organ, den
Nebenhoden, zusammensetzen, aus dem dann erst der Samenleiter
entspringt. Jeder dieser Samenleiter läuft nach oben gegen den
Leistenkanal hin, tritt durch denselben in die Bauchhöhle ein und
erweitert sich sodann zu einer seitlichen Aussackung, der Samen-
blase, die von muskulöser Haut umsponnen und deshalb kräftiger
Zusammenziehung fähig ist. In diesen sogenannten Samenbläschen sammelt sich die von dem Hoden gebildete und die von
dem Samenleiter fortgeleitete Zeugungsflüssigkeit allmählich an,
bis sie im Momente der Begattung entleert wird. Der gemeinschaftliche Gang der Samenbläschen und Samenleiter öffnet sich
jederseits durch eine äußerst feine Oeffnung in das hintere oder
innere Ende der Harnröhre, welche also sowohl zur Entleerung
des Urins, als auch des Samens bestimmt ist.

Am Wichtigsten erscheint für uns die Zusammensetzung der
befruchtenden Flüssigkeit, oder des Samens. Untersucht man
einen Tropfen desselben unter dem Mikroskop bei hinreichender
Vergrößerung, so zeigt sich in der klaren, durchsichtigen Flüssigkeit eine außerordentliche Menge unendlich kleiner, sehr eigenthümlich gestalteter Körper, die man auf den ersten Blick für
Thiere halten sollte, da sie lebhaft bewegt in dem Sehfelde des
Mikroskops sich herumtummeln. Diese Samenfäden (siehe
Fig. 64, S. 457), wie wir sie vor der Hand nennen wollen,
zeigen bei dem Menschen einen umgekehrt birnförmigen, abgeplatteten Körper, der nach hinten in einen langen dünnen Schwanz
ausläuft, welcher sich peitschenartig hin- und herbewegt. Der
Schwanz selbst ist so dünn, daß er meist nur wie eine Linie
erscheint, jedenfalls aber keine innere Organisation wahrnehmen

läßt. Eben so wenig ist dieses bis jetzt an dem Körper der Samenfäden gelungen. Die Gestalt der Samenfäden, ihre Größe, das Verhältniß zwischen Körper und Schwanz wechselt bei den

Fig. 64.
Samenfäden des Menschen, a. von der breiten, b. von der schmalen Fläche gesehen.

verschiedenen Gattungen und Arten der Thiere auf das Mannichfaltigste, und zwar in der Weise, daß jede Species eigenthümlich geformte Samenfäden besitzt, die sich von denjenigen anderer Arten ziemlich leicht unterscheiden lassen. Die seltsamsten Formen unter den Säugethieren findet man bei den Nagern, den Mäusen und Ratten, wo der Körper meist scheibenförmig oder selbst halbmondförmig gestaltet ist, und der Schwanz nicht von der Peripherie der Scheibe, sondern von der Fläche derselben ausgeht. Bei anderen Thieren, und zwar namentlich bei den meisten Amphibien und Vögeln, ist der Körper des Samenfadens nicht platt, sondern cylindrisch, und geht allmählich in den dünneren Schwanz über. Der cylindrische dickere Körper selbst ist oft ganz wie ein Pfropfenzieher spiralförmig aufgewunden. Bei seinen Bewegungen dreht sich der Samenfaden um die Axe seines spiralförmig aufgewundenen Körpers und schraubt sich also gleichsam in der Flüssigkeit vorwärts. Die größten Samenfäden unter allen finden sich bei den Molchen und Tritonen, Thieren, welche sich auch durch die Größe ihrer Blutkörperchen auszeichnen. Diese ungemein großen Samenfäden haben ebenfalls einen korkzieherartig gestalteten Körper, und außerdem ist noch der fadenförmige Schwanz mit einer breiten, äußerst zarten Flosse umsäumt, deren wellenförmige Bewegungen ein eigenthümliches Flimmern erzeugen, das man früher einem wahrhaften Flimmerepithelium zuschrieb.

Die größte Abweichung in Form und Verhalten der Samenelemente zeigt sich bei den krebsartigen Thieren, bei welchen sie
in Form von Tönnchen oder Fäßchen erscheinen, von welchen
starre Spitzen auslaufen, an denen man noch keine Bewegung
bemerkt hat.

Diese Bewegung, welche im Uebrigen den ausgebildeten
Samenfäden aller Thiere zukommt, ist meistens wellenförmig durch
die Schwingungen des Schwanzes hervorgebracht, und läßt sich
am besten mit den Schwimmbewegungen eines Aales oder einer
Schlange vergleichen. Wenn indeß auch diese Schwingungen mit
ziemlicher Schnelligkeit ausgeführt werden, so ist doch die dadurch
bewerkstelligte Ortsbewegung selbst nur äußerst langsam. Messungen, welche man unter dem Mikroskop vorgenommen hat,
zeigen, daß die Samenfäden in einer Minute etwa den Raum
einer Pariser Linie durchlaufen können. Diese Bewegungen werden durch Substanzen gehemmt, welche den Samenfaden in seiner
chemischen Zusammensetzung angreifen, erhalten sich hingegen in
solchen Flüssigkeiten, deren Mischung oder Concentrationszustand
keinen nachtheiligen Einfluß ausübt. Meistens bewegen sich die
Samenfäden einzeln, mit dem Körperende voran; bei vielen
Thieren bemerkt man indeß, daß sie sich büschelförmig zusammen-
legen, und zwar alle in derselben Richtung, Körper an Körper,
Schwanz an Schwanz, und daß diese Bündel wie ein einziger
Faden wellenförmig schwingend sich fortbewegen. Bei den Heuschrecken schließen sogar diese Bündel um eine gemeinsame Längenaxe an, und bilden so federartige Gestalten, welche sich wellen-
artig fortbewegen und unter dem Mikroskope einen überraschend
schönen Anblick gewähren.

Es war natürlich, daß man die eben beschriebenen Elemente
des Samens so lange für Thiere ansah, als man noch keine
anderen selbstständig bewegten Formelemente des Körpers kannte.
Sobald indeß die Flimmerbewegung entdeckt wurde und bei dieser
Zellen nachgewiesen wurden, deren Verlängerungen in selbstständiger Weise zu schwingen befähigt sind, mußte der Glaube
an die thierische Natur der Samenelemente stark erschüttert wer-

ben, und feitdem man gar die eigenthümliche Entwickelung derfelben im Hoden kennen gelernt hat, ift diefe Anficht allgemein
verlaffen worden. Es finden fich nämlich bewegliche Samenfäden nur in den zeugungsfähigen Individuen. Ihr Erfcheinen
bezeichnet den Eintritt der Mannbarkeit, mit deren Erlöfchen
fie wiederum verfchwinden. Bei denjenigen Thieren, welche einer
periodifchen Wiederkehr der Brunft unterworfen find, zeigen fich
die Samenfäden auch nur zur Paarungszeit und verfchwinden
nach dem Aufhören diefer Periode. Bei diefen Thieren alfo
konnte man gegen den Eintritt der Paarungszeit hin die Entwickelungsgefchichte der Samenfäden verfolgen, und fobald man
einmal die Entwickelungsgefchichte derfelben bei einem Thiere
kannte, war es fehr leicht möglich, bei folchen Thieren, die das
ganze Jahr hindurch zeugungsfähig find, die unausgebildeten
Samenelemente zu erkennen und deren Entwickelung zu betrachten.
Diefe Unterfuchungen, welche feither noch auf viele Thiere ausgedehnt wurden, haben etwa Folgendes ergeben.

Bei Säugethieren und beim Menfchen findet man in der
Jugend innerhalb der Samenkanälchen nur kleine helle Zellen,
ähnlich denen anderer Drüfengebilde. Beim Eintritte der Ge-
fchlechtsreife aber find diefe Zellen bedeutend größer geworden
und enthalten eine Menge rundlicher, heller Kerne, meift bis
zehn, zuweilen aber felbft bis zwanzig, die an der Zellenwand
anliegen. Jeder Kern hellt fich auf, wird länglich, wächft an
einem Ende zu einem Samenfaden aus und legt fich, wenn viele
Kerne vorhanden find, mit den übrigen büfchelförmig gekrümmt
zufammen. Nach einiger Zeit löfen fich auch die Mutterzellen
auf und die Samenfäden liegen dann frei in der Flüffigkeit, —
anfangs erft in Bündeln vereinigt, dann aber gänzlich frei und
bewegt. Im Hoden felbft find die Samenfäden faft immer noch
in den Zellen eingefchloffen, die erft in den Gängen des Neben-
hodens und der Samenleiter verfchwinden, und je weiter gegen
den Anfang man eine Hodenröhre unterfucht, defto weniger entwickelt find die Kerne und die einzelnen Samenfäden. Es lehrt
diefe Entftehungsweife auf das Klarfte, daß die Samenfäden

keine selbstständig organisirten Thiere sind, welche etwa in demselben Verhältnisse zu dem Organismus stehen, wie Schmarotzer
und Eingeweidewürmer, sondern daß sie bewegliche Formelemente
darstellen, ähnlich den Flimmerzellen. Man hat in dem Gehörorgane der Lampreten Flimmerzellen gefunden, an deren rund-
lichem Körper nur ein einziger peitschenförmiger Anhang sich
befindet, der eine bedeutende Länge besitzt und wellenartige Bewegungen macht. Eine solche isolirte Flimmerzelle sieht einem
Samenfaden auf das Täuschendste ähnlich und läßt sich auch in
der That durchaus mit demselben vergleichen.

Die Samenfäden sind die einzigen Formelemente des
Samens, welche wesentlich für die Befruchtung sind. Ihr
Auftreten zur Zeit der Mannbarkeit, ihr Verschwinden nach
dieser Epoche, liefert schon hierfür einen Beweis; — noch mehr
aber bezeugten dies directe Versuche, die wir später anführen
werden. Die Flüssigkeit, in welcher die Samenfäden schwimmen,
und welche theils von den Hoden, theils von einigen Neben-
drüsen geliefert wird, ist einzig dazu bestimmt, die Ausführung
und Fortbewegung der Samenfäden zu vermitteln. Sie hat
selbst keine befruchtende Eigenschaft.

Die weiblichen Zeugungsorgane, welche in durchaus
analoger Weise gebaut sind, wie die männlichen, und sogar in
ihrem ursprünglichen Zustande beim Beginne der Entwickelung
nicht von denselben unterschieden werden können, liegen sämmtlich in der Bauchhöhle, und zwar in dem tiefsten Grunde derselben, sobald man sich das Weib in aufrechter Stellung denkt.
Die keimbereitenden Organe oder die Eierstöcke sind zwei
bohnenförmige plattgedrückte Körper, die an einigen Fallen des
Bauchfells beweglich aufgehängt sind. Ein festes faseriges Gewebe bildet bei dem Menschen und vielen Säugethieren die
Hauptmasse dieser Organe. Untersucht man die Eierstöcke aufmerksamer, so findet man innerhalb dieses Gewebes unregelmäßig zerstreut eine große Menge rundlicher Höhlungen oder
Käpselchen, welche mit klarer, wasserheller Flüssigkeit erfüllt
scheinen. Die größten dieser Kapseln, welche man nach ihrem

Entdecker die Graaf'schen Bälge zu nennen pflegt, befinden sich an der Oberfläche des Eierstockes, unmittelbar unter dem glänzenden Ueberzuge, womit ihn das Bauchfell umhüllt, während die kleineren, unentwickelteren Follikel mehr in dem Innern vergraben liegen. Man hielt diese Bläschen früher für die wirklichen Eier, und erst der neueren Zeit war es vorbehalten, den wahren Bau dieser Theile näher zu erforschen, und festzustellen, daß das eigentliche Ei der Säugethiere und des Menschen erst im Innern dieser Kapseln liege, und höchstens ¹/₁₀ Linie im Durchmesser habe, während der Graaf'sche Balg oder der Follikel, wie wir ihn fortan der Kürze halber benennen wollen, oft bis zur Größe einer kleinen Erbse anschwillt.

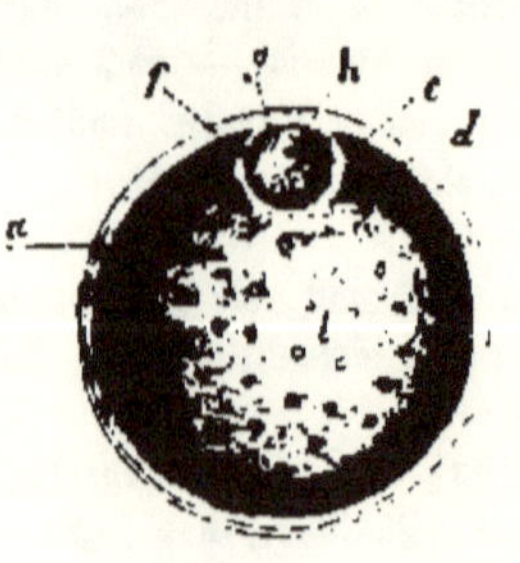

Fig 83. Idealer Durchschnitt eines Graaf'schen Follikels bei starker Vergrößerung. a. Die äußere Faserhaut des Balges. b. Der mit gallertartiger Flüssigkeit angefüllte Hohlraum des Balges. c. Innere Zellenlage des Follikels, die sich in der Umgebung des Ei's zur Keimscheibe d. (Discus proligerus) verdickt. e. Die Zona oder Dotterhaut, in Form eines hellen Ringes sich darstellend. f. Der Dotter. g. Das Keimbläschen. h. Der Keimfleck.

Es ist von der höchsten Wichtigkeit, die Structur des Follikels sowohl, als auch diejenige des Eies genauer kennen zu lernen, bevor man auf die Veränderung eingeht, welche dieselben bei der Entwickelung durchlaufen. Vor allen Dingen ist stets wohl zu beachten, daß das Eichen der Menschen wie der Säugethiere eine außerordentlich kleine Kugel ist, die man nur bei sehr günstiger Lichtbrechung mit dem bloßen Auge gerade noch als Punkt wahrnehmen kann, zu deren genaueren Erforschung es aber mikroskopischer Beobachtung bedarf. Bei Anwendung gehöriger Vergößerung sieht man indeß folgende Theile. Die äußere Hülle des durchaus kugelförmigen Eichens wird von einer dicken, glashellen Haut gebildet, welche unter dem Mikroskope als ein voll-

kommen durchsichtiger, krhstallhell glänzender Ring erscheint, in
dem man keine Schichten oder sonstige Structur wahrnehmen
kann. Wir nennen diese durchsichtige Hülle, die verhältnißmäßig
sehr fest und elastisch ist, die Zona, und bemerken im Voraus,
daß sie demjenigen feinen Häutchen analog ist, welches in dem
Ei des Vogels den Dotter umschließt und deßhalb die Dotterhaut genannt wird.

Der Inhalt der Zona wird zum größten Theile von dem
Dotter gebildet, der bei den Säugethieren aus einer körnigen,

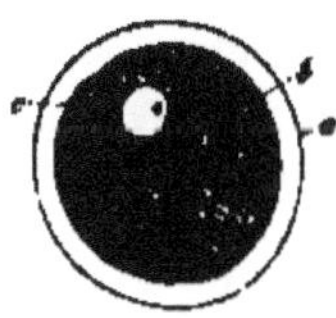

Fig. 66.

Eierstocks-Ei vom Menschen, 350mal vergrößert. a. Zona. b. Dotter. c. Keimbläschen
mit Keimfleck.

gelblichen Masse besteht, welche bei auffallendem Lichte milchweiß
erscheint und eine talgartige Consistenz hat. Beim Drucke zwischen zwei Glasplatten verhält sich dieser Dotter etwa so, wie
eine aus frischem Brode geknetete Kugel, die ebenfalls gerade
Zusammenhang genug hat, um sich zwischen den Fingern in
mancherlei Formen bringen zu lassen. Der Dotter selbst ist zum
Theile fettartiger Natur, und wahrscheinlich bestehen die feinen
Körnchen, welche in seiner Substanz zerstreut sind, aus sehr
kleinen Fetttröpfchen, welche in einer eiweißartigen Masse zerstreut sind. Es ist überhaupt ein allgemeines Gesetz in der Thierwelt, daß der Eidotter aus zweierlei verschiedenen Reihen von
Stoffen, eiweißartigen und fettigen, zusammengesetzt ist. Indessen
erfüllt der Dotter die Höhle der Zona nicht durchaus. An einem
Punkte seiner Oberfläche, und meistens hart an der innern Wand
der Zona, liegt ein kleines, vollkommen durchsichtiges, mit wasserheller Flüssigkeit gefülltes Bläschen, welches etwa ¹/₆₀ Linie im
Durchmesser mißt, und eine äußerst feine zarte Hülle besitzt,
welche die erwähnte wasserhelle Flüssigkeit in sich schließt. Dieses

feine Bläschen, das Keimbläschen oder Purkinje'sche Bläschen, wie es nach seinem Entdecker benannt wird, findet sich in allen, noch im Eierstocke befindlichen Eiern, ohne Ausnahme in dem ganzen Thierreiche, und stellt sich dadurch als ein durchaus conflantes Element des unbefruchteten Eies dar. Außer der wasserhellen Flüssigkeit zeigt sich in seinem Innern bei dem Säugethiere und dem Menschen ein kleiner rundlicher, dunkler Fleck, der etwas körnig aussieht, allein zu klein ist, um sonstige Structur erkennen zu lassen. Bei vielen anderen Thieren findet sich statt dieses einfachen Keimfleckes eine größere oder geringere Zahl bläschenartiger Gebilde, welche oft wie platte Fetttröpfchen aussehen und hier und da an der Innenwand der Keimbläschenhülle zerstreut liegen.

Fassen wir demnach noch einmal die einzelnen Theile des menschlichen Eies übersichtlich zusammen, so zeigt sich dasselbe aus zwei excentrisch in einander geschachtelten, kugelförmigen Bläschen gebildet, nämlich aus einem inneren kleineren, dem Keimbläschen, und einem umhüllenden größeren, der Zona. Jedes dieser Bläschen hat einen besonderen Inhalt; das Keimbläschen einen wasserhell flüssigen, in welchem der körnige Keimfleck sich findet, die Zona einen festeren, den Dotter, in welchem an einer Stelle, nahe an der Peripherie, das Keimbläschen eingebettet liegt.

Das Eichen selbst befindet sich, wie schon oben bemerkt wurde, im Inneren des Graaf'schen Follikels. Dieser ist von einer eiweißartigen, klebrigen Flüssigkeit erfüllt, und von einer mehr oder minder dicken Haut umschlossen, welche einen Sack um diese Flüssigkeit bildet. Die Innenfläche dieser Haut ist mit einer Lage rundlicher Zellen gepflastert, welche um das Ei herum sich vermehren und dasselbe seitlich umhüllen, so daß also das Ei von einer Lage dieser Zellen umfaßt und einigermaßen in seiner Lage befestigt wird. Oeffnet man den Follikel, um das Ei austreten zu lassen, so reißen sich diese Pflasterzellen, welche ziemlich fest an der Oberfläche der Zona ankleben, von der Innenwand des Follikels los und begleiten das Ei, welches dann unter dem Mikroskop etwa wie von einem Strahlenkranze oder einem Heiligenscheine umgeben scheint, in der That aber allseitig von diesen Zellen umgeben wird. Man glaubte eine Zeit lang diesen Zellen eine besondere Wichtigkeit zuschreiben zu müssen, weshalb man diesen Strahlenkranz mit dem Namen der »Keimscheibe« (Discus proligerus) bezeichnete. Neuere Beobachtungen haben indeß dargethan, daß diese Zellen bei der Entwickelung des Eies durchaus keine Rolle spielen, im Eileiter bald abgestreift werden und gänzlich verloren gehen, mithin eher als ein zu dem Follikel gehöriges Gebilde angesehen werden müssen.

Betrachtet man die Structur des Eies in dem Eierstocke, sowohl bei wirbellosen als bei Wirbelthieren, so zeigt sich dasselbe überall aus denselben Theilen gebildet. Man findet überall als äußere Hülle eine Dotterhaut, welche in den meisten Fällen aber nur zart und fein ist, und einzig bei den Säugethieren als Zona eine bedeutende Dicke erreicht. Ueberall findet sich auch ein Dotter, dessen Consistenz und Farbe sehr häufigen Verschiedenheiten unterworfen ist, während seine Zusammensetzung insofern überall dieselbe ist, als er stets, wie schon oben bemerkt, aus zweierlei Stoffen, einem eiweißartigen und einem fettartigen, besteht. Das Fett selbst ist bald mehr oder minder flüssig, wie in dem Dotter des Hühnereies, bald mehr fest. Oft bildet es nur mikroskopische Körnchen, wie in den Säugethiereiern, während der Dotter der Fische Tropfen enthält, die man schon mit bloßen Augen wahrnehmen kann. In vielen Fällen ist dies Fett durchaus farblos, sehr häufig aber auch gelb oder orange, zuweilen selbst von grüner, hochrother oder violetter Farbe, die sich dann dem ganzen Dotter mittheilt. Das Keimbläschen mit einfachen oder mehrfachen Keimflecken ist ebenfalls ein constantes Gebilde in denjenigen Eiern, welche noch innerhalb des Eierstockes befindlich sind. Es liegt stets in der Nähe der Peripherie des Dotters und meist an der Innenwand der Dotterhaut angelagert. Das Ei innerhalb des Eierstockes zeigt demnach durchaus beständige, unzweideutige Charaktere, und wenn es nicht früher bei den Säugethieren entdeckt wurde, so lag die Schuld daran, daß man erwartete ein Gebilde zu finden, welches mit bloßen Augen sich leicht entdecken ließe und einige Aehnlichkeit mit dem so wohl bekannten Vogelei besäße. Durch die Existenz der Follikel irre geleitet, vergaß man den Inhalt derselben genauer zu untersuchen.

Jeder meiner Leser kennt das Hühnerei, und es mag deshalb nicht unstatthaft sein, einen Augenblick auf die Structur desselben einzugehen, um zu zeigen, in welchem Verhältnisse der Bau desselben zu demjenigen des Säugethiereies steht. Es ist leicht, durch Oeffnung einiger frischen und einiger hartgekochten Eier sich eine Anschauung dieser Verhältnisse zu verschaffen, ein Verfahren, welches wesentlich zum Verständnisse des Vorigen beitragen möchte. Die Kalkschale, welche das Hühnerei umschließt, ist in ihrem Innern von einer dünnen, milchweiß gefärbten Haut ausgekleidet, welche die Schalenhaut heißt. Auf diese folgt das Eiweiß, das nach innen, gegen den Dotter hin, stets dickflüssiger wird, und in dessen Innern man zwei spiralartig gedrehte Stränge unterscheidet, welche von den beiden Polen des Eies gegen den Dotter hinlaufen und diesen in seiner Lage zu erhalten scheinen. Diese beiden Stränge, die sogenannten Hagelschnüre oder Chalazen, sind nur aus festerem Eiweiß gebildet und ein Resultat der spiraligen Drehung des Eies im Eileiter. Alle die genannten äußeren Theile des Hühnereies: Kalkschale, Schalenhaut, Eiweiß und Hagelschnüre, finden sich nicht an dem Säugethiereie und eben so wenig an dem Vogeleie, so lange dieses noch in dem Eierstocke eingeschlossen ist. Sie werden erst später, nach der Lostrennung des Eies von dem Eierstocke, während der Wanderung der Dotterkugel durch den Eileiter, umgebildet, und können deshalb bei einer Vergleichung des Hühnereies mit dem Eierstockei des Säugethieres nicht in Betracht gezogen werden.

Im Innern des Eiweißes schwimmt bei dem Hühnereie eine orangegelbe Kugel, die Dotterkugel (s. Fig. 67, S. 466), deren dickliche Flüssigkeit beim Kochen erstarrt. In frischem Zustande wird diese Flüssigkeit in Kugelform erhalten durch eine feine, aber doch ziemlich feste Haut, die **Dotterhaut**, von deren Existenz man sich leicht überzeugen kann, indem man den Dotter von dem Eiweiße befreit und ihn dann ansticht, so daß die Flüssigkeit herausläuft. Man sieht dann die Dotterhaut sich kräuseln und Falten werfen. Der Dotter besteht deutlich aus zweierlei Substanzen, wie man leicht sehen kann, wenn man einen senkrechten Schnitt durch ein hartgekochtes Ei führt.

Fig. 67.

Schematischer Durchschnitt durch den Dotter des Hühnerei's. a. Dotterhaut. b. Hahnentritt (Keimschicht, Bildungsdotter) mit dem Keimbläschen. a. Gelber, geschichteter Nahrungsdotter. d. Hals d'. Mittlere Ansammlung des weißen Dotters.

Im Innern findet sich eine weißlichere Masse, während die äußere Dottersubstanz stets fester und gelber erscheint. Der innere, weißliche Dotter hat eine flaschenförmige Gestalt — der Boden der Flasche nimmt den Mittelpunkt des Eies ein — der Hals würde an derjenigen Stelle des Dotters, welche von demselben nach oben gekehrt wird, nach außen münden. An dieser Stelle, die sich stets, wie man auch das Ei drehen mag, beim Oeffnen zeigt, sieht man einen weißlichen Ring, der meist in der Mitte durchsichtig ist und zuweilen mehre concentrische Kreise um sich hat. Man nennt diese Stelle den **Hahnentritt**, die **Keimschicht** oder den **Bildungsdotter**. In der Mitte des Hahnentrittes liegt bei noch unentwickelten Eiern das **Keimbläschen** mit dem **Keimflecke** eingebettet. Auch in dem Vogel ist das Keimbläschen außerordentlich klein und nur unter dem Mikroskope sichtbar, meistens auch schon verschwunden, wenn das Ei gelegt ist, während es in dem Ei, das noch nicht den Eierstock verlassen hat, deutlich erkannt werden kann. Die weißlichen Ringe, zwischen denen das Keimbläschen eingebettet ist, sind von eigen-

thümlich gestalteten Dotterelementen gebildet. Verfolgt man nun
die Entwickelung des Hühnereies innerhalb des Eierstockes nach
rückwärts, so zeigt sich Folgendes: Betrachtet man den Eierstock eines Huhnes, der, wie jedem bekannt, eine traubenförmige
Gestalt hat, einfach ist und hart an der Wirbelsäule etwas mehr
an der linken Seite liegt, so erscheinen die Eier um so weißlicher, je kleiner sie sind. Der Hahnentritt wird immer undeut-
licher, je jüngere Eier man betrachtet, und es erscheint das
primitive Ei aus einem hellen, großen Keimbläschen und einem
körnigen weißlichen Dotter zusammengesetzt. Die bildenden Bestandtheile sind demnach durchaus dieselben, wie bei dem Säugethierei, und dies Ei liegt ebenso in dem vom Eierstocke gebildeten Eisacke, wie das Säugethierei in seinem Follikel. Nun
aber tritt ein Unterschied ein. Es bilden sich bedeutende Absätze
schichtenweiser Lagen von Zellen, die sich auf den körnigen Dotter
niederschlagen und so allmählich als gelber Dotter sich darstellen
und die Hauptmasse des Eies ausmachen. Der innere körnige
weißliche Dotter des Vogeleies mit dem Keimbläschen und dem
darum angehäuften Bildungsdotter ist demnach der primitive
Dotter; die gelbe Hauptmasse erst eine spätere innere Ablagerung.
Auf diese Weise entsteht der Unterschied, welcher sich zwischen
dem Hahnentritte, dem gelben Dotter an der Peripherie und
dem weißen im Innern schon dem bloßen Auge bemerklich macht.
Diese Verschiedenheit entwickelt sich erst gegen die Reife des Eies
hin; in dem unreifen Eierstockseie zeigt sich der Dotter eben so
gleichförmig in allen seinen Theilen, wie in dem Säugethierei,
und erst durch die Ausbildung des Eies wird eine Verschiedenheit gegeben, die wir mit den Worten: »Bildungsdotter« und
»Nahrungsdotter« bezeichnen können, indem der primitive Dottertheil wesentlich zur ersten Bildung des Embryo's in Beziehung
steht, während der gelbe spätere Dottertheil zum weiteren Ausbau
und zur Nahrung des schon gebildeten Embryo's verwendet wird.
Bei den Säugethieren fehlt eine solche Trennung zwischen Bildungsdotter und Nahrungsdotter durchaus, da hier der Embryo
wesentlich durch von der Mutter zugeführten Stoff ernährt wird.
31 *

Man glaubte früher, die Follikel im Eierstocke der Säugethiere und Menschen für die eigentlichen Eier halten zu müssen, während sie doch wirklich den traubenförmigen Säcken entsprechen, in welchen die Eier des Vogels und der meisten eierlegenden Thiere eingehüllt sind. In der That sind auch die Eisäcke innerlich mit Zellen gepflastert, welche große Aehnlichkeit mit denjenigen besitzen, die das Ei der Säugethiere im Innern des Follikels umhüllen und die sogenannte Keimscheibe bilden. Der Follikel der Säugethiere und des Menschen unterscheidet sich demnach nur dadurch von dem Eisacke anderer Thiere, daß er verhältnißmäßig zu dem Eie eine ungemeine Größe erreicht und viele Flüssigkeit enthält, in welcher das klein bleibende Ei schwimmt, während bei den eierlegenden Thieren der Eisack das Ei, welches ein bedeutendes Volumen erreicht, von allen Seiten dicht umschließt. Ebenso erscheint der Eierstock des Menschen nur deshalb nicht traubig, wie derjenige der Vögel und vieler Säugethiere, weil die faserige Zwischensubstanz zwischen den Eisäcken bei letzteren nur sehr wenig entwickelt ist, während sie in dem menschlichen Eierstocke alle Zwischenräume der Follikel erfüllt.

Die Entwickelung des Eies innerhalb des Eierstockes erschien von jeher als ein äußerst wichtiges Problem, und ist bis jetzt noch nicht ganz vollständig gelöst werden. Bei den Säugethieren ist dies Verhältniß schwer zu ermitteln, da die große Menge der faserigen Grundsubstanz des Eierstockes die jungen Eier zu sehr umhüllt. Betrachtet man aber die dünnen häutigen Blätter, aus welchen die Eierstöcke der Fische gebildet sind, so zeigen sich in diesen die kleinsten Eier ganz hüllenlos zwischen den Fasern eingebettet, und erst um die größeren findet man deutliche Eisäcke. Man möchte hier fast versucht werden, anzunehmen, daß entstehende Ei verhalte sich etwa so, wie ein eingedrungener fremder Körper, um welchen sich allmählich ein Balg bildet, der ihn einhüllt und abschließt von der umgebenden Substanz der Organe und in dem Verhältniß wächst, als der durch den fremden Körper verursachte Reiz zunimmt. Bei den Säugethieren und dem Menschen erscheinen die Graaf'schen Bälge sehr früh. Sie zeigen

sich als ein Zellenhaufen um eine centrale Zelle, das Keimbläschen des werdenden Eies. Der Zellenhaufe umgiebt sich sehr
bald mit einer Haut — der Haut des Follikels —, um das
Keimbläschen lagert sich Dottermasse und die anfangs äußerst
feine Dotterhaut, und das Gebilde erscheint nun als ein Balg,
innen mit Zellen gepflastert, der ein primitives Ei ganz eng
umschließt. Später wird der Balg größer und das Ei, das
ihn Anfangs ganz ausfüllte, lagert dann an seiner Peripherie.
Diese Beobachtung enthält auch schon die Geschichte der einzelnen
Elemente des Eies — man sieht, daß das Keimbläschen vor dem
Dotter vorhanden ist. Bei vielen anderen Thieren hat man
dasselbe beobachtet. So hat man namentlich in den röhrenförmigen Eierstöcken der Insecten gesehen, daß die äußersten
feinen Enden dieser Organe noch freie, isolirte Keimbläschen
enthalten, während im weiteren Verlaufe der Röhre sich vollständig entwickelte Eier mit Dotterhaut, Dotter und eingeschlossenen Keimbläschen befinden. Bei einer ganzen Ordnung
der Eingeweidewürmer, den Trematoden, findet sich der Eierstock
in zwei besondere Organe zerspalten. In dem einen dieser
Organe, dem Keimstocke, werden nur die Keimbläschen gebildet,
die später in das zweite Organ, den Dotterstock, übertreten und
dort Dotter und Dotterhaut umgebildet erhalten. Es kann also
nach diesen Beobachtungen nicht bezweifelt werden, daß das
Keimbläschen sich zuerst bildet, daß aber je in der Succession
der Dottergebilde und des Eisackes Verschiedenheiten auftreten
können, indem bald hier der Eisack, bald dort der Dotter mit
der Dotterhaut sich früher um das primitive Keimbläschen um-
bildet.

Bei vielen Thieren setzt sich der Eierstock unmittelbar in
den Eileiter fort, der die Producte nach außen führt. Bei
dem menschlichen Weib hingegen ist der Eierstock vollkommen
isolirt und von dem Eileiter getrennt. Dieser letztere bildet
seinerseits eine enge Röhre, welche sich gegen den Eierstock hin in
Form eines Trichters öffnet. Der Rand dieses Trichters ist mit
Falten und Fransen besetzt, welche den Eierstock umfassen und

das aus demselben herausfallende Eichen auffangen können. Die Wandungen der Eileiter sind überall aus muskulösen Fasern ge- sponnen und dadurch energischer Zusammenziehungen fähig, welche, wie diejenigen des Darmes, sich wurmförmig von dem Trichter nach unten hin fortsetzen und auf diese Weise einen innerhalb des Eileiters befindlichen Körper von dem Trichter weg nach unten fortbewegen können. Auf der innern Fläche des Eileiters befindet sich eine große Anzahl von Drüsen, welche das Eiweiß absondern. Außerdem aber ist noch diese innere Fläche mit einer

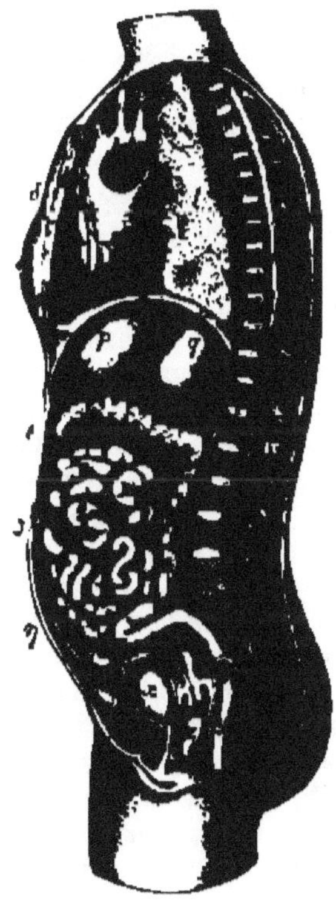

Fig. 69.

Durchschnitt des weiblichen Körpers.

w. Die Gebärmutter, in der Mitte durchschnitten, so daß man ihre innere Höhle sieht, welche die Fortsetzung der Scheide u bildet. Eileiter und Eierstöcke, als seitliche symmetrische Organe, sind nicht sichtbar. x. Harnblase. y. Mast- darm. z. Schambein.

sehr lebhaften Wimperbewegung ausgestattet, deren Richtung von dem Trichter aus abwärts geht. Es ist somit sowohl durch die wurmförmigen Zusammenziehungen als durch die Richtung der Wimperbewegung Alles darauf eingerichtet, daß in dem Eileiter enthaltene Körper, und zwar namentlich die Eier, durch die Röhre nach außen geschafft werden können.

Beide Eileiter münden mit ihrem unteren Ende bei dem Menschen in einen mittleren Körper ein, der die Gebärmutter oder der Uterus heißt. Im gewöhnlichen jungfräulichen Zustande hat dieser Körper eine plattgedrückte, birnförmige Gestalt, sehr dicke, aus eigenthümlichen Fasern gewebte Wände, und nur eine kleine innere Höhlung, welche eine dreieckige Gestalt hat, und in deren beide hintere Zipfel die Eileiter ausmünden. Die Gebärmutter ist der Behälter, in welchem bei den Säugethieren der Fötus sich entwickelt. — Die Gestalt dieses Behälters wechselt außerordentlich bei den verschiedenen Säugethieren. Nur bei der geringen Minderzahl derselben ist die Gebärmutter einfach, wie bei dem Menschen; bei den meisten ist sie mehr oder minder tief in zwei seitliche Theile, sogenannte Hörner gespalten, an deren Ende der Eileiter einmündet. Im Innern der doppelten oder einfachen Höhle bettet sich das Ei ein, sobald es durch den Eileiter hindurchgegangen ist, und verbleibt darin bis zu seiner Ausstoßung im Momente der Geburt. Der Uterus ist deshalb einer außerordentlichen Ausdehnung fähig. Er erfüllt gegen das Ende der Schwangerschaft fast gänzlich die Bauchhöhle, indem die übrigen Eingeweide auf den kleinsten Raum zurückgedrängt werden. Die Frucht selbst tritt in einen organischen Zusammenhang mit den Wänden der Gebärmutter, aus deren Blutgefäßen sie, wie wir später sehen werden, ihre Nahrung zieht. Zu diesem Endzwecke vergrößern sich die Blutgefäße des Uterus in demselben Verhältnisse, wie sich sein Umfang vergrößert und seine Fasern an Masse zunehmen. Die Zusammenziehungen dieser Fasern sind es, welche bei der Geburt die Frucht aus der Höhle des Uterus hinaustreiben und nachher die Gebärmutter wieder

allmählich auf einen Umfang zurückführen, welcher dem ursprünglichen jungfräulichen Zustande nahe kömmt.

Es ist zu unserm Zwecke unnöthig, hier näher auf Gestalt
und Structur der äußeren Zeugungsorgane einzugehen, welche
hauptsächlich nur dem Zwecke der Begattung entsprechend gebaut
sind, und die Berührung der beiderseitigen Zeugungsstoffe, des
Samens und des Eies, vermitteln sollen. An welchem Orte
diese Berührung bei den Säugethieren zu Stande kommt und
welcher Art die Vorgänge seien, die sich zur Berührung dieses
Zweckes die Hand bieten, dies darzustellen soll der Gegenstand
der folgenden Briefe sein.

—

Neunzehnter Brief.

Die Zeugung der Thiere.

Alle Organismen ohne Ausnahme haben eine bestimmte Lebensdauer, während welcher sie sich entwickeln, eine Zeit lang auf einem gewissen Höhepunkte erhalten, nachher von diesem zurücksinken, der endlichen Auflösung und dem Tode verfallen. Es würde sonach, da der Tod allen Organismen unvermeidlich bevorsteht, und bei den Thieren, im Verhältniß zu den Pflanzen, die Lebensdauer nur sehr kurz ist, die Ausrottung der Art unvermeidlich sein, wenn nicht die Zeugung und Fortpflanzung das Mittel an die Hand gäbe, auch nach dem Untergange der gerade lebenden Individuen durch Fortpflanzung die Art zu erhalten. Wenn wir uns umschauen in dem Thierreiche, so sehen wir die Fortpflanzung in mannichfacher Art bewerkstelligt, und die Vergleichung dieser verschiedenen Vorgänge mit demjenigen beim Menschen ergiebt viele der wichtigsten Resultate, die wir dem Leser nicht vorenthalten dürfen.

Oft und viel hat man, namentlich in älteren Zeiten, von der Urzeugung oder geschlechtlosen Zeugung gewisser Thiere gesprochen. Man verstand darunter die unmittelbare Erzeugung lebender Wesen aus organischen Stoffen, welche in keiner durch Fortpflanzung bedingten Beziehung zu diesen Wesen standen. Je mehr indeß die Fackel der Wissenschaft in das Dunkel leuchtete, welches die Entstehungsweise der thierischen

Organismen umhüllte, desto mehr wurden diese Ansichten von einer Generatio aequivoca, wie man die Urzeugung auch ziemlich allgemein nannte, zurückgedrängt. Wenn man indessen auch bald einsah, daß die Aale nicht, wie der alte Aristoteles noch glaubte, aus dem Schlamme der Gewässer oder die Maden aus den faulenden Leichnamen entstünden, so behielt man dennoch hinsichtlich einiger Thierklassen die alte Meinung bei, und noch mancher Naturforscher unserer Tage sucht dieselbe zu vertheidigen und mit Gründen zu belegen. Es waren namentlich die Infusionsthierchen, die Eingeweidewürmer und einige schmarotzende Insecten, bei welchen man die Urzeugung aus ungleichartigen Stoffen, nicht aber aus vorher vorhandenen Keimen annehmen zu müssen glaubte, und in der That sprechen manche Erscheinungen für eine solche Annahme, die wir um so ausführlicher besprechen müssen, als es leicht gelingt, den Laien oder den flüchtigen Beobachter für dieselbe zu gewinnen.

Uebergießt man irgend einen organischen Stoff, welcher Art er auch sei, mit Wasser und läßt ihn einige Zeit an der freien Luft stehen, so entwickeln sich alsbald eine Menge mikroskopischer Pflanzen und Thiere, welche in der faulenden Materie wuchern und aus derselben entstanden zu sein scheinen. Die große Menge dieser mikroskopischen Pflanzen und Thierchen, ihre so äußerst schnelle Entstehung und die Gleichartigkeit derselben unter gleichen Verhältnissen schienen die Annahme zu rechtfertigen, daß diese schmarotzenden Organismen unter der gleichzeitigen Einwirkung von Luft, Wasser und organischer Substanz entstanden seien. Es bedurfte entscheidender Versuche, um zu zeigen, daß diese Infusionsthierchen und Schimmelpflanzen entweder lebend, aber im vertrockneten und eingekapselten Zustande, oder auch als Keime und Sporen in der Luft umherschwebten, und in dem Aufgusse einen geeigneten Mutterboden fänden, in welchem sie sich entwickelten. Man mußte zeigen, daß die Entstehung solcher Organismen unmöglich sei, sobald die Keime derselben in der Luft, in dem Wasser und in der organischen Substanz, welche man zum Aufgusse wählte, vollkommen zerstört waren, und auf

der andern Seite mußte man beweisen, daß die Fortpflanzungs-
fähigkeit dieser niederen Organismen wirklich hinreichend groß sei,
um in wenigen Stunden oder Tagen Tausende von Individuen
erzeugen zu können.

Die Untersuchungen über Infusorien und Schimmelpflanzen
beweisen in der That, daß die Fortpflanzungsthätigkeit derselben
außerordentlich sei. Ein Schimmelfaden, welcher in wenigen
Stunden aus einem Keimkorne, einer Spore hervorwuchert,
streut nach Verlauf dieser Zeit Hunderttausende von unendlich
kleinen Sporen aus, die eben so schnell wuchern und sich vervielfältigen. Niedere Infusorien theilen sich der Länge und Quere
nach, und jedes aus der Theilung hervorgegangene Thier kann
sich nach Verlauf weniger Stunden von neuem theilen, so daß
die Fortpflanzung in geometrischer Reihe sich vervielfältigt;
Räderthierchen, welche einer eigenen, höher organisirten Klasse
von wurmartigen Geschöpfen angehören, pflanzen sich durch Eierlegen so ungemein schnell fort, daß ein einziges Mutterthier binnen weniger Tage eine Nachkommenschaft von mehreren tausend
Individuen haben kann. So ist demnach die äußerst schnelle
Vermehrung solcher Organismen durch mütterliche Zeugung eine
erwiesene Thatsache, und nicht minder groß ist die Lebensfähigkeit
dieser Thiere und Pflanzen, sowie ihrer Keime. Räderthierchen,
Bärthierchen und Infusorien leben wieder auf beim Uebergießen
mit Wasser, nachdem sie Jahre lang in vertrocknetem Zustande
scheintodt zugebracht hatten. Selbst nach zweimonatlichem scharfem Trocknen im luftleeren Raume, oder wenn sie so getrocknet
kurze Zeit einer Hitze von mehr als hundert Graden ausgesetzt
wurden, leben die Thierchen wieder auf, während sie in heißem
Wasser von etwa 50 Grad Wärme sterben. Sie können also
einen hohen Grad trockener Hitze ertragen. Im vertrockneten
Zustande aber sind diese Thierchen so leicht, daß der geringste
Luftzug sie entführt. Man hat in der neuesten Zeit nachgewiesen,
daß eine Menge Infusorien beim Austrocknen des Wassers, in
welchem sie leben, sich einkapseln, und so, gegen die vollständige
Austrocknung geschützt, lange Zeit hindurch dem günstigen Momente

entgegenharren können, wo frische Feuchtigkeit ihren Lebensproceß
von Neuem unterhält. Nicht nur in dem gewöhnlichen Staube,
sondern auch in dem Passatstaube, der durch die in höheren Regionen
der Atmosphäre herrschenden regelmäßigen Winde oft auf ungeheuere Strecken verführt wird, hat man eine Menge von Schäl-
chen und Panzern solcher mikroskopischer Thierchen und Pflänzchen
gefunden, welche auf diese Weise aus den vertrockneten Gewässern
aufgehoben und über einen bedeutenden Theil der Erdoberfläche
ausgestreut wurden. Man kann deshalb wohl sagen, daß die
Luft beständig mit unendlich kleinen Keimen und vertrockneten
Thierchen erfüllt ist, daß die Stäubchen, welche uns im Strahle
der Sonne sichtbar werden, großen Theils nichts anderes sind,
als trockene Keime und organische Wesen, welche nur des günstigen
Mutterbodens harren, um sich auf demselben zu vervielfältigen.

Den directen Beweis dieser Annahme liefert ein einfacher
Versuch, welcher vielfach modificirt stets dasselbe Resultat giebt.
Der Zweck dieses Versuches ist der, in einem Aufgusse organischer Substanz alle Keime zu zerstören, und nachher nur solche
Luft zuzulassen, in welcher ebenfalls alle Keime auf irgend eine
Weise zu Grunde gerichtet worden sind. Bildeten sich unter
diesen Gegenständen Infusorien oder Schimmelpflanzen, so war
der Beweis geliefert, daß sie auch ohne Mithülfe von Keimen,
also durch Urzeugung entstehen konnten; — im Gegentheile mußte
man die Erzeugung derselben den in der Luft oder im Wasser
vorhandenen Keimen zuschreiben. Man stellte nun den Versuch
in der Art an, daß man Fleisch z. B. in einem Kolben mit
Wasser kochte, und nach längerem Kochen den Kolben so ver-
stopfte, daß man einen Luftzug nach Belieben durch denselben
streichen lassen konnte. Durch das längere Kochen wurden alle
mikroskopischen Keime, Thiere und Pflanzen ertödtet, welche sich
im Wasser oder auf dem Fleische befanden. Die durchstreichende
Luft aber leitete man vorher durch ein glühendes Rohr, durch
Schwefelsäure, Aetzkali oder irgend eine andere Substanz, und
zerstörte auf diese Weise alle in dem Luftstrome enthaltenen und
mit ihm weggeführten Keime, ohne die Zusammensetzung der

Luft selbst im Geringsten zu ändern. Das Fleisch zersetzte sich, faulte, ohne daß je eine Spur von Infusorien entstand. Oeffnete man aber den Kolben, oder ließ man selbst durch eine winzige Oeffnung Luft einbringen, welche nicht auf die angegebene Weise behandelt war, so erzeugten sich in wenigen Stunden große Mengen von pflanzlichen und thierischen Organismen, Schimmelpflanzen und Infusorien.

Dieser Versuch ist so schlagend und in seiner Einfachheit so überzeugend, daß man die Urzeugung der Infusorien in jetziger Zeit vollen Ernstes nicht mehr behaupten kann. Wenn auch noch in neuester Zeit zu wiederhollen Malen Einspruch gegen das Resultat dieser Versuche erhoben wurde, so hat sich doch jedesmal gezeigt, daß entweder Beobachtungsfehler oder Vernachlässigung nothwendiger Vorsichtsmaßregeln die Forscher zur Aufstellung irriger Schlüsse verleitet hatten.

Eine andere Klasse von Thieren, für welche man bisher die Urzeugung vindicirte, ist diejenige der **Eingeweidewürmer**, der inneren Schmarotzer, welche auf Kosten anderer Thiere leben. Man findet Eingeweidewürmer nicht nur in dem Darme und in dessen Nebenhöhlen, in welche sie von außen her gelangen können, sondern auch in dem Innern von Organen, welche durchaus geschlossen sind und in die man nicht ohne gewaltsame Zerstörung und Durchbohrung einbringen kann. Die Drehkrankheit der Schafe wird von einem eingekapselten Bandwurm, einem Blasenwurm, erzeugt, der sich im Innern des Gehirnes einnistet; in dem Innern der Fischaugen, mitten in dem Glaskörper, leben sehr oft Würmer in großer Anzahl; in dem Muskelfleische vieler Thiere und des Menschen, in den inneren Häuten, ja selbst in Knorpeln und Knochen findet man zuweilen Eingeweidewürmer, die unmöglich unmittelbar von außen her in die überall geschlossenen Organe gelangt sein können. Welche andere Annahme scheint hier möglich, als die, daß sich diese Schmarotzer auf Kosten der Substanz des lebenden Thieres erzeugt haben und nun an dem Orte ihrer Entstehung fortleben? Hierzu kommt noch, daß jede Thierart ihre eigenthümlichen Schmarotzerthiere besitzt, und daß es nur ſehr wenige Arten von Eingeweidewürmern giebt, welche mehreren Thieren gemeinſchaftlich ſind. Wie ſollten dieſe Schmarotzer aus einem Individuum in das andere übergehen, da ſie außerhalb der Organismen, in welchen ſie leben, meiſt baldigſt zu Grunde gehen und ſterben? Iſt es nicht viel wahrſcheinlicher, daß die Schmarotzer ſich in dem Thiere ſelbſt erzeugen, und beweiſt nicht ihr Tod beim Uebergange in ein anderes Thier oder ins Freie, daß ſie nur in demjenigen Organismus leben können, in welchem ſie erzeugt ſind?

Die neuen Unterſuchungen über Eingeweidewürmer haben auf alle dieſe Fragen ſo vollſtändige Antworten gegeben, daß man den Glauben an eine Urzeugung derſelben nur mit Mühe feſthalten könnte. Zuerſt hat die Anatomie derſelben gezeigt, daß ſowohl die Geſchlechtsorgane, als auch die Keime und Eier bei den Eingeweidewürmern in ungeheurer Zahl ſich vorfinden. Ein Bandwurm z. B. hat in jedem ſeiner Glieder, deren er mehrere Tauſende beſitzen kann, einen vollſtändigen männlichen und weiblichen Geſchlechtsapparat, und jedes Glied enthält Hunderte, ja Tauſende von Eiern, die ſelbſt in faulenden Flüſſigkeiten und in chemiſch ätzenden Subſtanzen ſich unverſehrt erhalten und auch durch Austrocknen nicht verändert werden. Ein einziger Spulwurm erzeugt in ſeinen fadenförmigen Eierſtöcken während eines Jahres etwa ſechs Millionen mikroſkopiſcher Eichen, deren Lebenzähigkeit ebenfalls ungemein groß zu ſein ſcheint. Weshalb nun ſolche unendliche Häufung der Keime in dieſen und vielen anderen Schmarotzerthieren, wenn dieſelben nicht zur Ausſaat beſtimmt wären? Wenn es wahr wäre, daß die Schmarotzer auf Koſten der ſie beherbergenden Organismen entſtünden, ſo wären die Millionen von Eiern, die ein einziges Individuum bei ſich führt, eine nutzloſe Verſchwendung von Seiten der Natur, und wozu dann in dieſem Falle die Ausſtoßung dieſer Keime nach außen, die bei vielen Arten ſogar zu regelmäßigen Zeiten wiederkehrt? Man weiß, daß die Bandwürmer gewiſſer Fiſche ihre mit Eiern erfüllten Glieder im Frühjahre abſtoßen, daß dieſe Glieder nach außen entleert werden, während der gliederlofe Kopf im Darme sitzen bleibt. Hinter diesem Kopfe erzeugen sich während des Sommers und Herbstes neue Glieder, die im Winter sich allmählich mit Eiern füllen und im Frühjahre aufs Neue abgestoßen werden. Bei dem breitgliederigen Bandwurme des Menschen, dem sogenannten Grubenkopfe (Botriocephalus latus), zeigen sich ähnliche Perioden der Gliederabstoßung, die nach meiner eigenen Erfahrung zweimal im Jahre, im Frühlinge und Herbste, wiederkehren. Zu dieser Zeit treten meist die Beschwerden, welche ein Bandwurm erzeugen kann, periodisch mit größerer Heftigkeit auf, und endigen mit der Ausstoßung von Gliedern, die mit reifen Eiern vollgepfropft sind. Bei den Hunden, ja den meisten mit Bandwürmern geplagten Thieren findet fast beständige Abstoßung einzelner reifer, mit Eiern vollgepfropfter Glieder statt, die mit dem Kothe abgehen. Spulwürmer und andere Rundwürmer kriechen, wenn sie reife Eier oder lebendige Junge haben, aus dem After ihrer Wohnthiere hervor — es findet also bei den meisten, im Darme lebenden Schmarotzer Auswanderung der Thiere oder ihrer Jungen und Eier in normaler Weise statt.

Diese Thatsachen schon machen es wahrscheinlich, daß die Eier der Eingeweidewürmer, welche in so ungeheueren Massen ausgestoßen werden, auch nur deshalb in so großer Zahl erzeugt wurden, damit Hunderttausende davon zu Grunde gehen können, ohne daß darum die Art ausstürbe. Ein oder das andere Ei findet durch Zufall einen günstigen Mutterboden, in welchem es zu weiterer Entwickelung gelangen kann, während die übrigen, welche nicht so begünstigt werden, umkommen, ohne zur Entwickelung zu gelangen. Ja man kann dreist behaupten, daß die schädlichen Einflüsse, welche die Eichen bedrohen, ungemein zahlreich und verheerend in ihrer Wirkung sein müssen, wenn sie eine wahre Ueberschwemmung mit Eingeweidewürmern verhindern sollen. Ein Mensch, ein Kind, das ein Dutzend Spulwürmer beherbergt, was doch wahrlich nicht allzuselten ist, liefert in einem Jahre 72 Millionen Eier in die Abtrittsflüssigkeit. Diese wird in vielen Ländern beim Garten- und Feldbau benutzt, in anderen

fließt sie unbenutzt in Bäche und Flüsse. Millionen und Millionen
dieser Eier werden zu Grunde gehen, aber das eine oder andere
wird, vielleicht mit einem Salatblatte, vielleicht mit einem Trunk
Wasser, wieder verschluckt, und das einzige Individuum, welches
sich aus diesem Eie entwickelt, genügt, um aufs Neue Millionen
von Eiern zu erzeugen, welche gleichem Ungefähr anheimfallen.

Die Untersuchungen über die Erzeugung der Bandwürmer
haben die Wege, durch welche dieselben in die Organismen gelangen, wenigstens so weit aufgeklärt, daß man für viele derselben
jetzt vollkommen genau den ganzen Cyclus ihrer Entwicklung kennt.
Zu diesen genauer bekannten Arten gehört der schmale Bandwurm oder Kürbiswurm des Menschen (Taenia solium), der
namentlich in Frankreich und in Deutschland vorkommt, in der
Schweiz, Polen und Holland dagegen durch eine andere Art, den
breiten Bandwurm oder Grubenkopf (Bothriocephalus latus)
ersetzt wird. Der schmale Bandwurm lebt in dem Darme des
Menschen; seine geschlechtsreifen, mit Eiern gefüllten Glieder
werden von Zeit zu Zeit abgestoßen und gelangen so mit dem
Kothe in die Abtrittsgruben. Das Schwein ist als nicht allzu
reinliches Hausthier bekannt; es wühlt in der That in jeglichem
Unrathe umher und es ist deshalb nicht zu verwundern, wenn
es mit der aus dem Miste hervorgewühlten Nahrung zugleich
Bandwurmglieder und Bandwurmeier in reichlicher Menge ver-
schlingt. In den Verdauungswerkzeugen des Schweines aber
beginnt das Ei sich zu entwickeln, der Embryo sich auszubilden,
so daß er bald die Eihülle sprengen und in seiner wahren Gestalt hervortreten kann. Der frei gewordene Embryo besteht
aber aus einem außerordentlich kleinen mikroskopischen Substanz-
kügelchen, das sich bedeutend zusammenziehen und ausdehnen kann
und an der Vorderfläche mit sechs Häkchen bewaffnet ist, welche nach
allen Seiten hin bewegt werden können. Mittelst dieser Häkchen
arbeitet sich nun das Thierchen zwischen den Geweben des Körpers
hindurch und wandert so nach demjenigen Orte, der ihm zur Entwicklung angewiesen ist. Vielleicht, daß es auf seiner Fahrt theilweise
die Blutbahn benutzt, wie dies von anderen Arten nachgewiesen

ist, welche sich in die Gefäße einbohren und gleich Blutkörperchen innerhalb derselben kreisend an den zu ihrer Entwicklung bestimmten Ort gelangen; vielleicht, daß es sich auch direct durch die Gewebe durchbohrt, wie man denn bei anderen Thieren, namentlich in der Leber und in dem Gehirne der Kaninchen und der Schafe u. s. w. die feinen Gänge beobachtet hat, welche diese Minirer zurücklassen. Der Bestimmungsort des Bandwurmjungen im Schweine aber ist das Zellgewebe unter der Haut und zwischen dem Muskelfleische des Schweines. Dort setzt sich das mikroskopische Junge fest; dort wächst es, indem es einen Bandwurmkopf mit einem kurzen Halse bildet, welcher nach unten in einen weiten, mit Wasser gefüllten Sack übergeht. Das Junge wird so nach und nach zu einem Blasenwurme, und den Blasenwurm des Schweines kennt Jedermann unter dem Namen der Finne. Die Gesundheitspolizei verbietet in den meisten Ländern den Ausverkauf finnigen Schweinefleisches; es gehört jedoch eine große Naivetät dazu, zu glauben, dasselbe werde weggeworfen. Freilich werden die Finnen durch das Kochen und Braten getödtet; allein nichts destoweniger gerathen sie häufig in lebensfähigem Zustande aus dem frischen Fleische in den menschlichen Magen. Man hat darauf aufmerksam gemacht, daß die orthodoxen Juden, welche kein Schweinefleisch essen, niemals von dem Bandwurme befallen werden; man hat nicht minder nachgewiesen, daß diejenigen Leute, welche durch ihr Handwerk viel mit frischem Fleische zu thun haben, wie Metzger, Köche u. s. w., welche beim Schlachten und Wurstmachen die Messer in den Mund zu nehmen und das frische Gehäck zu versuchen pflegen, am häufigsten vom Bandwurme geplagt werden.

Die Finne gelangt also in den Magen des Menschen; dort angekommen, stößt sie die Blase ab, wird mit dem Speisebrei in den Dünndarm befördert, heftet sich dort mittelst ihres Hakenrüssels und ihrer Saugnäpfe an und wächst nach und nach zu dem ellenlangen Bandwurme aus, der endlich geschlechtsreife Glieder und Eier abstößt, welche denselben Entwickelungskreis von Neuem beginnen.

Man hat Milchschweine, die sonst niemals finnig sind, mit menschlichen Bandwurmgliedern gefüttert und sie über und über finnig gemacht; man hat frische Finnen von Menschen verzehren lassen und ihnen auf diese Weise die Bandwurmkrankheit gegeben; man hat dieselben Beobachtungen bei anderen Thieren angestellt und überall dieselben Resultate erhalten. Man weiß jetzt, daß das Schaf drehkrank wird, indem ein eigener Blasenwurm, die Quese (Coenurus cerebralis), sich in seinem Gehirne entwickelt, weil es die mit dem Kothe des Schäferhundes auf dem Grase zerstreuten Bandwurmeier mit hinabschluckte; während der Hund bandwurmkrank wird, indem er die weggeworfenen Quesen der gefallenen oder geschlachteten Thiere mit Begierde verzehrt. Man weiß, daß der Jagdhund durch eine andere Bandwurmart erkrankt, weil ihm, nach altem Jagdbrauche, das Gewölde des Wildes gehört, in welchem, namentlich bei Hasen und Kaninchen, häufig Blasenwürmer vorkommen, während das Wild wieder Blasenwürmer bekommt, weil es mit seiner Aesung zerstreute Glieder und Eier vom Kothe des Jagdhundes hinabschluckt. Man weiß, daß die Katze, indem sie die Maus frißt, zugleich die in der Leber derselben befindlichen Bandwürmer hinabschlingt, welche in ihrem Darme zu Bandwürmern werden.

Wie unendlich häufig die mikroskopischen Embryonen und Blasenwürmer sein können, lehrt uns folgendes Beispiel. Die Mehlkäfer und ihre Larven, die Mehlwürmer, welche überall in Getreidehaufen sich finden, sind im Inneren vollgepfropft mit jungen Bandwürmern, die meist in eigene Kapseln eingeschlossen, innerhalb der Leibeshöhle an die Außenfläche des Darmes und Magens angeheftet sind. »Die Käfer und Larven,« sagt der Entdecker dieser Thatsache, »welche ich auf dem Getreideboden meines väterlichen Hauses sammelte, waren im strengsten Sinne des Wortes so mit Jungen, auf den verschiedensten Entwickelungsstufen stehenden Bandwürmern gespickt, daß ich die Zahl der auf dem Getreideboden vorhandenen Bandwurmindividuen, ohne mich einer Uebertreibung schuldig zu machen, weit in die Millionen schätzen muß.« Sieht man sich da nicht vollständig umgeben von

Keimen, Puppenhülsen, Kapseln und jungen Bandwürmern, von welchen Millionen zu Grunde gehen können, bis ein Individuum in den Darm eines Thieres gelangt, wo es sich entwickeln kann? Unser Hausgeflügel pickt mit Begierde die Mehlwürmer auf; unser Mastvieh, das Kleie, Schrot u. s. w. erhält, schlingt mit dieser Nahrung nicht nur eine Menge von Mehlwürmern, sondern auch deren Excremente hinab. In dem Mehle, womit die Bäcker das tägliche Brod zu bestreuen pflegen, in dem Mehlpulver, welches beim Herumwälzen der eben gebackenen Laibe an der Unterfläche hängen bleibt, verzehren die Hausthiere eine Menge von Excrementen der Mehlwürmer, in denen ohne Zweifel Bandwurmeier und junge Bandwürmer sich finden. Wo sie sich festsetzen, wissen wir noch nicht, allein daß sie auf einem der angedeuteten Wege zu ihrem Bestimmungsorte gelangen können, unterliegt keinem Zweifel.

Die vorstehenden Beobachtungen werfen ein Licht auf das Vorkommen schmarotzender Thiere in völlig geschlossenen Organen, zu welchen kein Weg nach außen führt, wie z. B. mitten in den Muskeln, im Gehirne, in den Augen u. s. w. Die Embryonen, die jungen Thierchen bohren sich auf die leichteste Weise durch die Gewebe des sie beherbergenden Thieres durch und sind meistens sogar mit besonderen Stacheln, Haken oder ähnlichen Vorrichtungen versehen, welche später abfallen, sobald der Ort der weiteren Entwickelung erreicht ist. Man hat viele Beobachtungen über Wanderungen dieser Art, von welchen ich nur einige erwähnen will.

So findet man in den Fröschen zu einer gewissen Zeit sehr häufig eine Art von Fadenwürmern, die sich frei in der Bauchhöhle bewegen, und meistens in der Nähe der großen Gefäßstämme, welche aus der Leber in das Herz treten, sich aufhalten. Dieser Fadenwurm gebiert lebendige Junge; — seine inneren Geschlechtstheile, welche oben Eier enthalten, sind gegen ihr unteres Ende hin strotzend angefüllt mit Jungen, die sich sehr lebhaft bewegen und vollkommen den Essigälchen gleichen, welche Jedermann wohl aus eigener Anschauung kennt. Untersucht man nun das

Blut eines Frosches, in welchem solche trächtige Fadenwürmer
sich finden, so sieht man die Jungen in großer Anzahl innerhalb der Blutgefäße umhertreiben und mit den Blutkörperchen
durch den Körper kreisen. Ich habe Frösche gefunden, wo man
in jedem kleinsten Haargefäße der Schwimmhäute oder der
durchsichtigen Nickhäute des Auges solche junge Fadenwürmchen
antraf, die sich lebhaft schlängelten und vollkommen in ihrem
Elemente zu befinden schienen. Nach einiger Zeit verschwinden
diese Würmchen aus dem Blute. Allein nun findet man sämmtliche Baucheingeweide, besonders aber die drüsigen Organe und
das Bauchfell, mit unzähligen kleinen weißen Punkten durchsäet,
welche man unter dem Mikroskope als Kapseln erkennt. Diese
Kapseln liegen im Inneren der Gewebe, aber stets in der Nähe
von Blutgefäßen, und manchmal sieht man sie fast wie Perlschnüre
längs den kleineren Blutgefäßstämmchen aufgereiht. Jede dieser
Kapseln enthält einen aufgerollten Fadenwurm, der nach einiger
Zeit die Puppenhülse durchbricht, um in die Bauchhöhle zu gelangen und dort bis zur vollständigen Größe anzuwachsen.

Betrachtet man die Vertheilung der Schmarotzer, welche
im Inneren von Organen sich aufhalten, so sieht man dieselben
fast immer in der Nähe größerer oder kleinerer Blutgefäßstämme,
und zwar an solchen Orten, wo die Blutgefäße nur dünne Wandungen besitzen und demnach leicht durchbohrt werden können.
Die Puppenhülsen sitzen stets ganz in der Nähe der Blutgefäße
im Inneren der Gewebe. Es kann somit keinem Zweifel unterworfen werden, daß viele Schmarotzer, welche im Inneren von
Organen leben, durch die Blutgefäße dorthin gelangen, daß sie
als Junge in mikroskopischer Kleinheit in die Blutgefäße sich
einbohren, eine Zeit lang in denselben mit dem Blute umher-
kreisen, und an den zu ihrer Entwickelung geeigneten Orten die
Blutbahn aufs Neue verlassen, um sich im Inneren der Gewebe
anzubauen. Die erwähnten Beobachtungen sind nicht die einzigen, welche solches Kreisen der Eingeweidewürmer mit dem
Blute dorthun; man hat dergleichen in Fischen, Hunden und
anderen Thieren gesehen.

Vor einigen Jahren machte die Entdeckung eines fast mikroskopischen Fadenwurmes, der eingekapselt in unzähligen Mengen in den Muskeln einiger Leichen gefunden wurde, vieles Aufsehen. Das Muskelfleisch war mit kleinen weißen Punkten, stecknadelkopfgroßen Kapseln durchsäet, in deren Innerem der Wurm spiralig zusammengerollt lag. Die Trichina spiralis, so nannte man diesen Wurm, ist jetzt hinsichtlich ihrer Naturgeschichte wohl bekannt. Sie lebt in Kaninchen, Schweinen, Menschen, nicht aber in Hunden, zu Millionen im Muskelfleische. Wird das inficirte Fleisch gegessen, so wird der noch geschlechtslose Wurm im Magen frei, bohrt sich durch die Darmwände in die Bauch- und Brusthöhle ein, erhält Geschlechtstheile und Eier und endlich lebendige Jungen, welche sich bis in die Muskeln durchbohren und oft durch ihre Menge eine tödtliche Krankheit verursachen. Daß solche mikroskopische kleine Thierchen, wenn sie die Gewebe durchbohren, weder Löcher noch Narben hinterlassen, welche die Durchbohrungsstelle angeben, ist wohl von vorne herein ersichtlich. Wäre es ja doch unmöglich, die Narbe eines Nadelstiches aufzufinden, wie viel weniger die Spur einer solchen Durchbohrung, die von einem Thierchen gemacht wurde, von welchen mehrere Hundert zusammengebunden werden müssen, um die Dicke einer einzigen Nadel zu erreichen! Das oben angeführte Beispiel von dem Frosche weist eine Circulation nach, die in demselben Thiere stattfindet; die Trichina geht von einem Individuum derselben Art zum anderen; das Kaninchen, welches mit Trichinen besetztes Kaninchenfleisch frißt, wird selbst inficirt; — bei den meisten Blasenwürmern findet die unfreiwillige Wanderung, gewöhnlich von einem Pflanzenfresser auf den Fleischfresser, in der Weise statt, daß das inficirende Thier vom inficirten gefressen wird und wieder in dessen Koth seine Infection findet.

Seitdem man einmal aufmerksam geworden war auf die mikroskopischen Würmchen, welche im Blute kreisen, auf die eingekapselten Schmarotzer, welche in allen Eingeweiden, in den Falten des Bauchfelles u. s. w. sich finden, wurde es durch wiederholte Beobachtung zum fast durchgreifenden Gesetz erhoben: daß die schmarotzenden Würmer in ihren Jugendzuständen namentlich sich durch die Gewebe hindurch Wege bahnen können. Man fand auch bald, daß dies namentlich dann geschah, wenn die Schmarotzer aus einem Wohnthiere in ein anderes übergeführt wurden, und man überzeugte sich ebenso, daß die Entwickelung vieler Schmarotzer einzig auf die Wanderung durch verschiedene Thiere hindurch berechnet ist. Der Schmarotzerwurm, der in einem gewissen Wohnthiere sein Leben beginnt, kommt gewöhnlich in demselben nur bis zu einem gewissen Grade der Entwickelung, auf dem er stets innerhalb dieses Wohnthieres stehen bleibt. Wird aber dieses Wohnthier von einem anderen gefressen und gelangt hierdurch der Schmarotzer in den Darm eines anderen Thieres, so entwickelt er sich in demselben weiter. In den meisten Fällen ist die geschlechtliche Ausbildung an eine solche Ueberpflanzung aus einem Wohnthiere in das andere geknüpft. So findet man in dem gemeinen Stichling, einem kleinen Fische, der in allen Gewässern und Pfützen Mitteleuropas wohnt, einen besonderen Bandwurm, dessen Geschlechtstheile, so lange er sich im Fische befindet, stets in unentwickeltem Zustande bleiben. Wird aber der Stichling von warmblütigen Thieren, Wasservögeln, Wasserratten oder dergleichen Bestien gefressen, so setzt sich der Bandwurm im Darmkanale dieser Geschöpfe fest und entwickelt sich nun so vollständig, daß man ihn früher für eine andere Art ansah. Seine Glieder enthalten dann vollkommen ausgebildete Geschlechtsorgane mit reifen Eiern, welche durch den Koth der Vögel in das Wasser gelangen, dort von den Stichlingen, die sich großen Theils von faulenden thierischen und pflanzlichen Stoffen nähren, gefressen werden, und aufs Neue in dem Darmkanale dieser Letzteren den Cyclus ihres Lebens beginnen.

Es zeigen diese Beispiele, die ich noch bedeutend vervielfältigen könnte, daß viele Parasiten ihren Lebenscyclus in verschiedenen Thieren durchlaufen müssen, und zwar in solchen, welche einander zum Raube dienen, so daß der Schmarotzer aus einem Thiere unmittelbar in das andere übergeht und dort allmählich seine Metamorphose erleidet. Es giebt hingegen auch Arten von Schmarotzern, welche längere Zeit frei wie andere Thiere leben und nur gewisse Perioden ihres Daseins als Schmarotzer hinbringen. Man trifft häufig in Gewässern aller Art einen ellenlangen Wurm, der drehrund und nicht dicker als ein Zwirnsfaden, und bei dem Volke unter dem Namen des Wasserkalbes (Gordius aquaticus der Zoologen) bekannt ist. Wie lange dieses Thier frei im Wasser zubringe, weiß man nicht mit Bestimmtheit; so viel aber ist gewiß, daß man es Monate lang lebend in einem Glase mit Wasser erhalten kann und daß es lange Zeit als Schmarotzer in der Bauchhöhle der Heuschrecken sich aufhält. Mehrere Beobachter schon sind Zeugen gewesen, wie solche Wasserkälber aus dem Leibe anscheinend kranker Heuschrecken hervorbrachen, und sogar erst dann vollständig dieselben verließen, als sie außerhalb einen feuchten Boden oder Wasser fanden, in welchem sie fortleben konnten. Andere Beobachter haben sich überzeugt, daß die Wasserkälber wirklich wie Schlangen an den Rändern der Tümpel auf Heuschrecken und ähnliche Insecten lauern, in deren Leib sie sich einbohren, um eine Zeit lang darin zu verweilen.

Noch auffallender, als die erwähnten Thatsachen, ist diejenige Fortpflanzungsart mancher Eingeweidewürmer, welche man in der neuesten Zeit unter dem Namen der Ammenzeugung oder des Generationswechsels kennen gelernt hat. Wir wollen eine dieser Metamorphosen näher beschreiben, da eine bloße Definition nicht hinreichen würde, den Begriff des Generationswechsels vollständig darzulegen. In den Lungen und Luftröhren vieler Wasservögel finden sich eigenthümliche Schmarotzer, Monostomen genannt, welche lebende Junge zur Welt bringen, die durchaus infusorienartig gestaltet sind und mittelst eines Ueberzuges von Flimmerhaaren im Wasser schwimmen können. Das Merkwürdigste an diesem wimpernden Jungen des Monostomums ist, daß die hinteren zwei Drittel des durchsichtigen, eingeweidelosen Körpers von einem weißlichen, mehr undurchsichtigen Körper

erfüllt werden, welcher anfangs wie ein Organ des Jungen aussieht, da er stets dieselbe Lage hat und immer in derselben Weise
in allen Jungen angetroffen wird. Bald aber sieht man, daß
dieser weißliche Körper sich bewegt, und daß es in der That ein
sackförmiger Wurm mit zwei Seitenzipfeln und einem spitzen
Hinterende ist, welcher sich träge hin und her bewegt, zusammenzieht, ausdehnt und endlich das Junge, in dem er lag, förmlich
sprengt, um frei hervor zu treten. Die flimmernde Hülle bleibt
zurück und zersetzt sich bald. Aus dem frei schwimmenden Jungen
ist ein träger Wurmsack hervorgegangen, der in seiner Natur
freilich schon mehr auf das Mutterthier hinweist.

Man besitzt jetzt durch Mehrung der Beobachtungen die
Kenntniß einer ganzen Stufenleiter derartiger Wurmschläuche,
die sich meistens in Wasserthieren, Schnecken und Muscheln
finden. Die Einen sind vollständig organisirt, besitzen ein Kopfende, eine Mundöffnung, einen Schlundkopf und einen kurzen
Darmkanal; die Anderen, die am entgegengesetzten Pole der
Reihe stehen, sind stellenweise angeschwollene, lange, oft seltsam
verfilzte und meist regungslose Hohlfäden. Zwischen diesen beiden
Endpolen finden sich eine Menge Zwischenstufen jeglicher Ausbildung, contractile Schläuche ohne bestimmte Organe, träge
Säcke mit ganz verkümmerten Eingeweiden und von mannich-
faltiger Gestalt. Alle diese Wurmsäcke kommen aber darin
überein, daß in ihrem Inneren sich freie Knospen bilden, welche
bei ihrem ersten Auftreten einem geballten Häufchen körniger
Substanz gleichen und die sich nach und nach zu einer besonderen
Wurmform ausbilden, welche man Cercarien genannt hat. Es
besitzen diese Cercarien zwei Saugnäpfe an der Bauchfläche, mit
denen sie sich anheften können, einen Mund, gabelförmigen Darmkanal und gewöhnlich einen langen Schwanz, welcher von dem
vorderen Körper deutlich abgesetzt ist. Der Körpertheil ohne
den Schwanz gleicht durchaus jenen Plattwürmern, die man
unter dem Namen der Doppellöcher oder Distomen kennt und
von denen der sogenannte Leberegel der Schafe ein bekanntes
Beispiel bietet. Meist besitzen auch die Cercarien eine eigen-

thümliche Mundbewaffnung, einen Stachel oder Hakenkranz, der ihnen zur Einleitung ihres ferneren Lebens wesentliche Dienste leistet. Sobald nämlich die Cercarien ihre vollständige Ausbildung erlangt haben, verlassen sie den Wurmschlauch durch eigene Oeffnungen und gelangen so in die inneren Höhlungen der Schnecken und Muscheln. Der Wurmschlauch, den man auch, um eine allgemeine Bezeichnung für ähnliche Vorgänge zu haben, eine Amme genannt hat, bleibt nach der vollständigen Ausbildung seiner Cercarienbrut als todtes Gebilde zurück. Es war nur ein Mittelglied, bestimmt, durch reichliche Knospung im Inneren die Keime außerordentlich zu vermehren.

Die aus dem Wurmschlauche befreiten Cercarien suchen aus den Höhlen des Schneckenkörpers einen Ausweg ins Freie, den sie meist durch die Oeffnungen der Wasserkanäle finden. Die Zusammenziehungen der Schnecke befördern diesen Ausgang. Deshalb sieht man denn auch oft in der Nähe solcher Schnecken, welche Ammen und Cercarien beherbergen, bei plötzlichem Zusammenziehen und Rückweichen in die Schale eine förmliche Wolke um das Thier entstehen, wie wenn ein gelblicher Dunst, von der Schnecke ausgehend, sich im Wasser verbreitete. Diese Wolke ist nichts Anderes als ein Schwarm von Cercarien, welche durch die plötzliche Zusammenziehung mit der Flüssigkeit, welche die Wasserkanäle erfüllte, ins Wasser gepreßt wurden und nun sich um die Schnecke herum tummeln. Sie schwimmen dabei auf die drolligste Weise, indem sie einerseits den Körper zusammenziehen und ausstrecken, anderseits den Schwanz in Achterfiguren hin und her schleudern, so daß es stets aussieht, als befinde sich eine liegende ∞ hinter dem Thiere. In dieser Weise tummeln sich die Cercarien eine Zeit lang in dem Wasser umher, dann aber heften sie sich an Insecten und andere Wasserthiere an und bohren sich mittelst ihrer am vorderen Ende angebrachten Mundwaffen in das Innere dieser Thiere ein. Bei diesem Einbohren verlieren sie den Schwanz, das Bewegungsorgan, mittelst dessen sie frei in dem Wasser umherschwimmen konnten, und kriechen nun als träge kleine Würmchen, als Doppellöcher, deren

Ausbildung noch nicht vollendet ist, in das Innere der Thiere; dort verpuppen sie sich, umgeben sich mit einer durchsichtigen Kapsel, und bleiben in dieser Puppenhülse so lange, bis ein Vogel oder ein anderes geeignetes Thier die Insectenlarve frißt, in welcher sie sich eingepuppt haben. Dann schlüpft aus der Puppenhülse, die durch die Verdauung des Fressers frei geworden ist, das Doppelloch aus, welches nun seine geschlechtliche Reife erlangt und eine Menge von Eiern erzeugt, in welchen sich Junge bilden, die den nämlichen Entwickelungscyclus von Neuem beginnen, indem sie Ammen und Cercarien erzeugen.

Wir sehen demnach, daß in der Natur zwei Wesen gegeben sind, welche die Fortpflanzung der Eingeweidewürmer sichern: einestheils eine Vermehrung der Eier und Keime, welche an das Unglaubliche grenzt, andererseits die merkwürdigsten freiwilligen oder unfreiwilligen Wanderungen und Metamorphosen, durch welche die Erhaltung der Gattung auch unter den sonderbarsten und verwickeltsten Umständen gesichert wird. Wenn auch unsere Untersuchungen über diese Verhältnisse noch jetzt im Zustande der Kindheit sich befinden, so können wir doch schon so-viel sagen, daß bei den meisten Eingeweidewürmern eine Ueberwanderung durch verschiedene Wohnthiere oder ein Stadium freien Lebens stattfindet, welches meist in Gewässern oder wenigstens an feuchten Orten zugebracht wird. Keime, Eier, Larven und Junge sind überall in Gräben und Tümpeln, in Mooren und Wiesengründen, in der Nahrung, bestehe sie nun aus lebenden Thieren oder aus Pflanzen, und im Wasser verbreitet, und überall bieten sich Wege, wodurch wenigstens eines oder das andere Individuum an das Ziel seiner Bestimmung gelangt, während Tausende und Millionen seiner Mitbrüder zu Grunde gehen müssen, ohne diesen Wohnsitz erreichen zu können. Oft scheinen diese Wege auf die reinsten Zufälle berechnet, und man sieht auch hier wieder, wie nur bei Verhältnissen im Großen der Entwickelungsgang des Einzelnen gewahrt wird. Für die einzelne Schnecke ist-es gewiß ein Zufall, daß sie gefressen wird, während hundert andere ihr Leben auf andere Weise beschließen, und für den einzelnen Eingeweidewurm ist es wieder ein Zufall, daß er durch einen solchen Vorgang die Möglichkeit der weiteren Ausbildung erhält, die anderen abgeschnitten ist. Für die Fortpflanzung und Erhaltung einer gewissen Wurmgattung aber ist es durchaus nothwendig, daß eine bestimmte Menge von Schnecken von einer gewissen Anzahl von Thieren gefressen werde, und sicher würde man bei statistischer Feststellung der Verhältnisse im Großen eben so gewiß eine bestimmte Proportion und ein regelmäßiges Wiederkehren dieser Zufälle finden, wie z. B. die Zahl der Beinbrüche constant dasselbe Verhältniß Jahr aus Jahr ein der Bevölkerung gegenüber darbietet. Alle diese Erfahrungen und Versuche beweisen auf das Entschiedenste, daß selbst bei denjenigen Vorgängen, bei welchen man eine Urzeugung annehmen könnte, es stets eines zeugenden Organismus bedarf, um ein anderes organisches Wesen hervorzubringen.

Allein auch hier giebt es mancherlei Variationen der Entwickelungsweise, und erst als die höhere Blüthe kann man die Trennung der Geschlechter, die Fortpflanzung, welche aus der Vereinigung zweier Individuen getrennten Geschlechtes hervorgeht, bezeichnen. Bei den niederen Thieren kommen mancherlei Fortpflanzungsweisen vor, deren wir hier in der Kürze erwähnen wollen, und es tritt hier zugleich eine gewisse Abhänglgkeit dieser Fortpflanzungsweisen von den äußeren Verhältnissen auf, die bei den höheren Thieren nicht mehr vorkommt. Viele niedere Thiere nämlich können sich in mehrfacher Weise vervielfältigen, und je nach den Verhältnissen oder den Jahreszeiten wird bald die eine, bald die andere Art der Fortpflanzung vorgezogen.

Viele meiner Leser kennen ohne Zweifel die kleinen gallertartigen Thiere, welche man an den Stengeln der Wasserlinsen findet, die mit dem einen Ende ihres Körpers an den zarten Wurzeln festsitzen, während an dem anderen Ende mehrere nach Willkür einziehbare Arme eine Art von Busch um den Mund bilden. Diese Thiere, Armpolypen oder Hydren benannt, haben eine Menge von Verwandten, welche im Meere leben und dort ganze Stöcke bilden, die sich auf mancherlei Körper festsetzen.

Es bestehen diese Stöcke aus einer gallertartigen Grundmasse, die sich etwa wie eine Flechte über die Oberfläche der Körper hinzieht und einen gemeinschaftlichen Mutterboden bildet, auf welchem die einzelnen Polypen aufsitzen. Dieser Mutterboden verbreitet sich immer mehr und mehr aus, er sendet wuchernd, etwa wie Erdbeerenstöcke, Schößlinge aus, auf welchen sich neue Polypen erheben, und sehr häufig beschränkt sich die Fortpflanzung und Vermehrung eines solchen Polypenstockes auf die bloße Aussendung von solchen Stolonen oder Ausläufern.

Die einzelnen Polypen selbst vermehren sich indeß ebenfalls zuweilen auf eigenthümliche Art. Seitlich an ihrem Körper entsteht eine Aussackung, die allmählich länger wird, sich öffnet, und am Ende einen länglichen Schlauch darstellt, an dessen vordere Oeffnung Arme hervorsprossen. Der junge Polyp löst sich nach und nach von dem Körper der Mutterpolypen ab und setzt sich irgendwo an, um ein selbstständiges Leben zu beginnen. Diese Fortpflanzung durch Knospenbildung ist die gewöhnlichere bei den gemeinen Armpolypen des süßen Wassers.

Bei den im Meere lebenden Armpolypen zeigt sich indessen noch eine dritte Art der Entwickelung, die mit der oben erwähnten Ammenzeugung der Schmarotzer theilweise zusammenfällt. Auch hier bildet sich freilich an dem Polypen eine Knospe, die allmählich heranwächst zu einem gallertartigen Geschöpfe, das einen runden scheibenartigen Körper hat, der etwa einem gewölbten Schilde oder einer Glocke ähnlich gestaltet ist. An dem Rande dieser Glocke hängen zahlreiche, zum Schwimmen dienende Fäden, und im Inneren der Glocke zeigt sich der centrale Mund, der in weitere Magensäcke und vielfach verästelte Safttröhren führt. Jeder, der den Meeresstrand besucht hat, kennt diese seltsamen Geschöpfe, welche zu Tausenden, mit den zartesten Farben prangend, auf dem weiten Meere dahin wogen, von den Wellen hülflos an den Strand gespült werden und den Badenden oft durch ihre nesselnde Eigenschaft lästig sind. Diese Quallen oder Medusen erzeugen in ihrem Inneren Eier und Junge, welche anfangs die Gestalt von Infusorien besitzen, mittelst eines Wimperüberzuges ihres Körpers frei in dem Meere umherschwimmen, bald aber sich ansetzen und zu einem vollständigen Polypen sich ausbilden. Auf diese Weise ist den Polypen die Möglichkeit gegeben, sich in größere Entfernungen hin fortzupflanzen, da die Qualle frei in dem Meere schwimmt und auch die von ihr erzeugten jungen Polypen im Anfange freie Ortsbewegung besitzen.

Alle diese verschiedenen Verhältnisse, Theilung, Knospung, Ammenzeugung, kann man unter dem Namen der geschlechtslosen Zeugung und Fortpflanzung zusammenfassen. Es existiren hier keine besonderen Zeugungsstoffe, keine speciellen Keime, aus welchen sich das neue Individuum entwickelt. Bei der geschlechtlichen Zeugung hingegen sind besondere Zeugungsstoffe entwickelt, die wir oben als Eier und Samen unterschieden. Hier bedarf es, wie schon oben angeführt wurde, in den meisten Fällen der unmittelbaren Berührung von Ei und Samen, um den Keim, welcher in dem erstern schlummert, zu wecken und die Einwickelung des neuen Individuums anzuregen. Das eigentlich Befruchtende des Samens sind ohne Zweifel die Samenfäden, und wenn dies schon daraus hervorgeht, daß sie nur zur Zeit der Mannbarkeit sich bilden, so liefert ein directer Versuch den vollständigsten Beweis. Der Samen des Frosches kann filtrirt werden, ohne daß die Samenfäden mit der Flüssigkeit durch das Filtrum gehen. Mit der filtrirten Flüssigkeit ist die Befruchtung unmöglich, während die auf dem Filter zurückgebliebene Masse, welche die Samenfäden enthält, unverändert ihre Kraft beibehalten hat.

Bei vielen Thieren, besonders aber bei den Mollusken, sind die männlichen und weiblichen Zeugungsorgane in demselben Individuum vereinigt, und meistens sogar in der Art, daß Hode und Eierstock gleichsam wie zwei Handschuhe in einander gesteckt sind. Meist indeß sind die Ausführungsgänge bei den keimbereitenden Organen so angeordnet, daß die ausgeführten Stoffe auf ihrem Wege einander nicht begegnen können, und daß es einer wechselseitigen Befruchtung bedarf, um die Eier entwickelungsfähig zu machen. Bei unseren gewöhnlichen Gartenschnecken sehen wir deshalb stets eine solche wechselseitige Befruchtung erfolgen.

Bei allen höheren Thieren, den Insecten, Spinnen, Krusten-thieren, sowie bei allen Wirbelthieren fast ohne Ausnahme, sind die Geschlechter auf verschiedene Individuen vertheilt und eine Vereinigung dieser Individuen nöthig, um die Befruchtung zu erzielen. Zugleich ist eine bestimmte Periode anberaumt, in welcher das Begattungsgeschäft vorgenommen wird. Die Eier be-dürfen einer gewissen Zeit zu ihrer Entwickelung innerhalb der Eierstöcke, sie vergrößern sich allmählich und werden, wenn sie reif sind, ausgetrieben und durch den Eileiter nach außen geleitet, um mit dem männlichen Zeugungsstoffe in Berührung zu kommen. Dieser hat sich indessen correspondirend innerhalb der männlichen Geschlechtswerkzeuge entwickelt und ist zur Zeit der Reife der Eier vollständig ausgebildet. Die Geschlechtsreife ist zugleich die Periode der höchsten Blüthe des individuellen Lebens, und viele Insecten existiren während ihrer letzten kurzen Lebenszeit einzig nur zu diesem Zwecke der Fortpflanzung, und sterben fast un-mittelbar, nachdem sie demselben genügt haben.

Ueber die Einwirkung des Samens auf das Ei war man bisher noch immer im Unklaren, und auch jetzt noch sind bei Weitem noch nicht alle Fragen in dieser Hinsicht gelöst. Trotz-dem, daß bei der größeren Mehrzahl der Thiere das Ei sich erst außerhalb des mütterlichen Organismus entwickelt und auch erst außerhalb desselben befruchtet wird, trotzdem, daß man bei den meisten Eiern in den äußeren Schalengebilden Wege fand, durch welche Flüssigkeiten und auch wohl so feine Elementarkörper, wie die Samenfäden, bis zu der Dotterkugel gelangen konnten; trotz aller dieser Kenntnisse war man noch nicht dazu gekommen, ein bestimmtes materielles Verhältniß der Samenfäden zu dem sich entwickelnden Embryo zu constatiren. Man mußte eine Zeitlang nothwendig die älteren Ansichten, wonach der Samenfaden in die Dotterkugel hineinschlüpfen und die erste Embryonalanlage bilden sollte, um so entschiedener verwerfen, als man die Bildung dieser

Embryonalanlage aus besonderen Gewebetheilen, aus Zellen, genauer kennen gelernt hatte.

Die Untersuchungen der Neuzeit haben indessen gezeigt, daß in der That die Samenfäden, sei es nun durch besondere, in den Eihüllen vorhandene Oeffnungen, sei es indem sie sich einbohren, bis in das Ei selbst gelangen und dort mit dem bildungsfähigen Dotter verschmelzen. Die Thatsache ist jetzt vollkommen festgestellt und bei den meisten Thierklassen, selbst da, wo keine Oeffnungen in den Eihüllen nachweisbar sind, wurden die Samenfäden sogar im Inneren der befruchteten Eier gesehen. Der anfängliche bogenreiche Widerspruch in Quartformat, der einige Gereiztheit blicken ließ, hat sich endlich, trotzdem, daß die ersten Beobachter der unbequemen Thatsache keine Professoren waren, in Zustimmung auflösen müssen. Berücksichtigt man den Umstand, daß bei vielen Thieren ganz besondere Taschen oder Reservoirs angebracht sind, aus welchen stets, nach einmal geschehener Begattung, die Eier innerhalb des mütterlichen Organismus befruchtet werden können, so muß man allerdings zu der Ansicht kommen, daß in den meisten Fällen das Einbringen der Samenfäden in das Ei ein höchst wichtiges Moment ist, wenn auch die Umwandlung, welche der Samenfaden im Ei erleidet, noch nicht genauer bekannt ist. Da wo besondere Oeffnungen (sogenannte Mikropylen) am Ei in den Hüllen angebracht sind, durch welche die Samenfäden in das Innere eindringen können, zeigt sich ebenfalls unverkennbar die Absicht, Wege zur unmittelbaren Berührung des Dotters und der Samenfäden herzustellen.

Jedenfalls sind diese Beobachtungen von äußerstem Werthe für die ganze Ansicht von der Entstehung des neuen Wesens. Das Mysteriöse geht dabei freilich zu Grunde und an die Stelle einer Unbegreiflichkeit wird eine handgreifliche materielle Thatsache gesetzt. Jedes der Eltern giebt bei dem Zeugungsacte einen bestimmten Antheil von Stoff zu dem neuen Wesen: der mütterliche Organismus das Ei, der väterliche den befruchtenden Samenfaden. Es kann deshalb auch nicht auffallen, daß das Resultat dieser Mischung verschiedenartigen Stoffes ein Mischprodukt ist und daß die Kinder von den Eigenthümlichkeiten der beiden Zeugenden eine gewisse Summe vereinigt an sich tragen.

Doch darf man die Bedeutung des Begegnens der beiderseitigen Zeugungsstoffe, den Beobachtungen der letzteren Jahre zufolge, nicht zu einem allgemeinen Gesetze ausdehnen wollen, indem man jetzt eine Reihe von Thatsachen entdeckt hat, welche darauf hinweisen, daß selbst vollständige Eier befruchtungs- und begattungsfähiger Weibchen auch ohne stattgehabte Befruchtung sich in vollkommen normaler Weise zu Jungen entwickeln können. Beobachtungen über diese Jungfrauengeburten (Parthenogenese) sind bis jetzt hauptsächlich an Gliederthieren angestellt worden, während die Wirbelthiere überhaupt noch kein Beispiel derselben geliefert haben. Bei den Insecten ist diese Fortpflanzungsweise weit verbreitet und bei den Bienen namentlich ein höchst wichtiges Moment für das Fortleben der Bienengesellschaft überhaupt, indem aus allen befruchteten Eiern Weibchen oder Arbeiterinnen, aus allen unbefruchteten dagegen Drohnen oder Männchen sich entwickeln. Während bei anderen Insecten gerade der umgekehrte Fall eintritt, daß nämlich aus befruchteten Eiern Männchen, aus unbefruchteten dagegen Weibchen entstehen, scheint bei noch anderen, wie z. B. dem Seidenschmetterlinge, die Parthenogenese gewissermaßen nur eine Aushilfe bei mangelnder Befruchtung darzustellen, indem aus den unbefruchteten Eiern sich sowohl Männchen, wie Weibchen entwickeln. Es ist demnach unmöglich, ein allgemeines Gesetz über die Einwirkung des Samens bei diesen Vorgängen aufzustellen, indem dieselbe allerdings in einigen Fällen einen specifischen Einfluß auf das Geschlecht des werdenden Individuums übt, in anderen dagegen desselben gänzlich entbehrt.

Nichts desto weniger liefern diese Beobachtungen den Beweis, daß die materielle Verschmelzung der Samenelemente mit dem Ei in der That auch die Vermischung der charakteristischen Eigenthümlichkeiten der Eltern bedingt. Man kennt bei den Bienen zwei Rassen, welche beide zur Honiggewinnung gezüchtet werden: die gelbe italienische und die braune nördliche Rasse. Läßt man

nun eine Königin von einem Männchen der anderen Rasse be-
fruchten, so zeigen die aus den befruchteten Eiern hervorgehenden
Individuen, die Königinnen und Arbeiterinnen, Mischlingscharaktere,
sind wirkliche Bastarde, während die aus den unbefruchteten Eiern
hervorgehenten Drohnen die Charaktere der Mutter rein und
unverfälscht an sich tragen. Hier ist also in der That der Beweis geliefert, daß durch die Befruchtung die Charaktere des
Vaters in wahrhaft materieller Weise durch den Samen auf das
von dem mütterlichen Organismus erzeugte Ei übertragen werden, indem nur diejenigen Eier, in welche wirklich Samenelemente
eingedrungen sind, auch Junge erzeugen, welche die Charaktere
des Vaters an sich tragen.

Zwanzigster Brief.

Die Zeugung des Menschen.

Die Geschlechtsreife kündigt sich namentlich bei den weiblichen Säugethieren durch die periodische Wiederkehr gewisser Erscheinungen an, welche wir unter dem Namen der Brunst kennen. Die Thiere werden traurig, in ihrem Benehmen zeigt sich eine eigenthümliche Unruhe, und meistens findet man bei der Untersuchung die äußeren Geschlechtstheile stärker geröthet, angeschwollen und in einer Art entzündlicher Aufregung. Diese Erscheinungen beginnen allmählich und steigern sich bis zu einem gewissen Höhepunkte, von welchem aus sie wieder zurücktreten. Während dieser Höhezeit der Brunst wehrt das weibliche Thier das Männchen ab, welches ihm eifrig nachstrebt, und erst nach Abnahme der entzündlichen Erscheinungen, bei welcher sich oft sogar Abgang blutigen Schleimes gewahren läßt, wird das Männchen angenommen. Die eben erwähnten Aeußerungen der Geschlechtslust bei den Thieren, welche periodisch wiederkehren, beruhen offenbar auf einem tieferen Grunde, und zwar ausschließlich auf der gesundheitsgemäßen Function der Eierstöcke. Weibliche Thiere, welchen man diese Organe ausgerottet hat (wie dies namentlich sehr häufig bei Schweinen, welche zur Mästung bestimmt sind, geschieht), werden nicht wieder brünstig, während die Ausschneidung der Eileiter oder der Gebärmutter, wenn sie auch die Zeugungsfähigkeit absolut aufhebt, dennoch der regelmäßigen

Wiederkehr der Brunst keinen Eintrag thut. Diese ist demnach
ohne Zweifel durch das Leben der Eierstöcke, durch die Entwickelung der in ihnen gebildeten Eier bedingt. Allein die Erscheinungen, welche hervorgerufen werden, erstrecken sich über die
gesammte Sphäre der Geschlechtsorgane. In der That findet
man bei brünstigen Thieren die ganze Ausdehnung der inneren
Schleimhäute, welche von der Gebärmutter aus in die Eileiter
übergehen und diese auskleiden, lebhaft geröthet, die Blutgefäße
dieser Organe, so wie diejenigen des Eierstockes strotzend erfüllt,
und an dem Eierstocke selbst höchst merkwürdige Veränderungen
in dem Verhalten der Follikel und der Eichen.

Man nahm früher ziemlich allgemein an, daß die Brunst
der Säugethiere gleichsam das Zeichen sei, wodurch sich die Reife
einiger im Eierstocke enthaltenen Eier kund gebe. Die Begattung, glaubte man, bilde das erregende Moment, wodurch die
Loslösung der Eier vom Eierstocke bedingt werde, so daß dann
die Zeugungsstoffe einander im Innern der weiblichen Organe
begegneten. Man glaubte also, einen Unterschied annehmen zu
dürfen zwischen den Säugethieren und den übrigen Thieren, bei
welchen die Eier durchaus unabhängig von der Begattung sich
von dem Eierstocke loslösen und ausgestoßen werden. Die Untersuchungen der Neuzeit haben indessen gelehrt, daß diese Ansicht
falsch sei, und daß bei den Säugethieren eben so gut, wie bei
allen anderen Thieren, die Eier sich periodisch, auch ohne Einfluß
der Begattung, vom Eierstocke loslösen und zur Zeit der Brunst
nach außen geführt werden. Die Resultate der oben erwähnten
Versuche sind in ihren Folgerungen für die menschliche Zeugung
zu wichtig, als daß wir hier nicht näher darauf eingehen sollten.
Bevor wir dies indeß thun, müssen wir den Mechanismus der
Ablösung der Eier von dem Eierstocke einer näheren Betrachtung
unterwerfen.

Meine Leser erinnern sich, daß das Ei der Säugethiere und
des Menschen, welches kaum $\frac{1}{10}$ Linie im Durchmesser hat,
hart an der Oberfläche des Follikels gelagert ist, und daß der
Follikel selbst um so mehr nach außen drängt, je entwickelter er

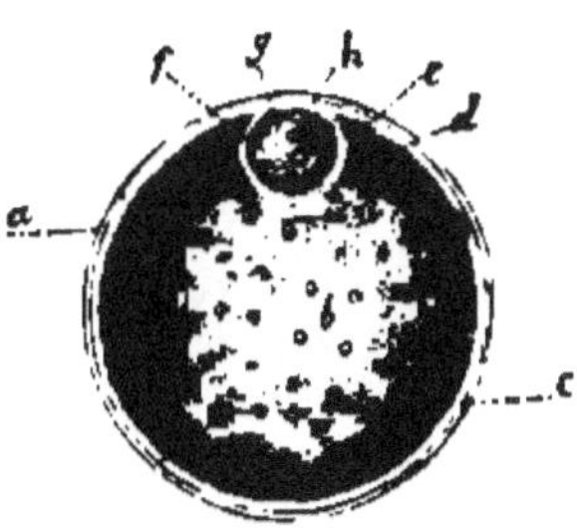

Fig 69. Idealer Durchschnitt eines Graaf'schen Follikels bei starker Vergrößerung. a. Die äußere Faserhaut des Balges. b. Der mit gallertartiger Flüssigkeit angefüllte Hohlraum des Balges. c. Innere Zellenlage des Follikels, die sich in der Umgebung des Ei's zur Keimscheibe d. (Discus proligerus) verdickt. e. Die Zona oder Dotterhaut, in Form eines hellen Ringes sich darstellend. f. Der Dotter. g. Das Keimbläschen. h. Der Keimfleck.

ist. Die Oberfläche des Eierstockes ist von einer dünnen zarten Haut, einer Doppelfalte des Bauchfelles, überzogen, und diese Haut wird von den entwickelten Follikeln halbkugelförmig in die Höhe gehoben. Vermöge seiner Lagerung innerhalb des Follikels befindet sich das Eichen auf dem höchsten Punkte dieser Erhöhung, hart an der Innenwand des Bauchfellüberzuges. Mit dem Beginne der Brunst zeigt sich erhöhter Blutandrang nach dem Eierstock und eine lebhaftere Ausschwitzung der Flüssigkeit, welche den Follikel erfüllt. Die Wandungen des Follikels selbst erscheinen geröthet, entzündet, und sehr oft sieht man auf seiner Oberfläche zierliche Geflechte von überfüllten Blutgefäßen. Der Bauchfellüberzug des Follikels erweicht sich allmählich unter dem Einflusse dieser entzündlichen Thätigkeit mehr und mehr an der dem Eichen gegenüberliegenden Stelle. Der Follikel füllt sich zugleich prall mit weißlicher, eiweißartiger Flüssigkeit an, öffnet sich am Ende an seiner höchsten Stelle, da wo die umhüllenden Häute am dünnsten sind, und läßt das Eichen austreten, welches dann in den geöffneten Trichter des Eileiters fällt und von diesem weiter geleitet wird. Man hat diesen Vorgang so dargestellt, als berste der Follikel förmlich durch die übermäßige Anfüllung mit ausgeschwitzter Flüssigkeit, und lasse beim Zerplatzen das Eichen austreten. Man hätte sich schon durch Beobachtung an eierlegenden Thieren überzeugen können, daß diese Auffassung des Herganges eine falsche sei. Bei diesen Thieren nämlich ist fast gar keine Flüssigkeit zwischen dem Ei und dem Eisacke ergossen. Der Eisad, der dem Ei überall fest anliegt, ist nur von einer dünnen Membran gebildet, welche in wirkliche entzündliche Erweichung übergeht, und unmittelbar nach dem Austritte des Eies nicht mehr Consistenz darbietet, als eine dickliche Gallerte, welcher die Blutgefäße einigen Halt verleihen. Die Austrittsstelle des Eichens aus dem Follikel bei dem Säugethiere und dem Menschen zeigt sich unmittelbar nach diesem Austritte niemals wie ein durch Platzen entstandener Riß, sondern als ein kleines, mit freiem Auge kaum wahrnehmbares Löchlein, welches meist von einem deutlichen Gefäßkranze umgeben ist. Offenbar wirkt demnach das Eichen auf die Wand des entzündeten Follikels gleichsam wie ein fremder Körper, der einen bestimmten Druck erzeugt, und dadurch die Auffaugung an dem Orte dieses Druckes begünstigt. Der Follikel berstet demnach nicht durch die gewaltsame Anhäufung der in ihm befindlichen Flüssigkeit, sondern öffnet sich durch Auffaugung an der Stelle, wo das Eichen einen bestimmten fortwährenden und genau umgrenzten Druck ausübt.

Nach der Austreibung des Eichens steigert sich meist die Entzündung in dem Follikel so sehr, daß wirkliche Blutergießung in demselben stattfindet und zugleich plastische Masse ausgeschwitzt wird, welche häufig schwammartig aus der Oeffnung hervorwuchert. Durch eine Reihe allmählicher Metamorphosen bildet sich dann diese wuchernde Masse nach und nach wieder zurück und läßt sich nach langer Zeit als ein rundlicher Körper erkennen, welcher meistens eine gelbliche Farbe besitzt und deshalb von den Anatomen auch als gelber Körper bezeichnet wurde. An der Spitze dieses gelben Körpers, an der Austrittsstelle des Eichens, zeigt sich dann eine, meist strahlige Narbe, im Inneren ein Blutpfropf, der von einer mannigfach gefalteten, dicken Haut eingeschlossen ist, welche aus der allmählichen Umbildung der inneren Zellenlage des Follikels hervorging. Der Blutpfropf nimmt allmählich ab, die gefaltete Haut wuchert fort, verdickt sich, wird fester, zieht sich zusammen, schwindet mehr und mehr, und endlich bleibt nur eine Narbe, an deren innere Seite eine kleine, zackig verbichtete Stelle grenzt. Die Bildung eines gelben Körpers ist demnach die unvermeidliche Folge des Austrittes eines Eichens aus dem Follikel. Wir werden indeß später sehen, daß der Umfang eines solchen gelben Körpers bedeutend größer ist, und daß seine Narbe meist das ganze Leben hindurch sich erhält, wenn wirkliche Befruchtung erfolgte, ein Umstand, der sich leicht durch den erhöhten Erregungszustand der inneren Geschlechtstheile während der Schwangerschaft erklären läßt; — während dagegen diejenigen gelben Körper, welche durch Austritt eines Eies ohne nachfolgende Befruchtung und Schwangerschaft entstanden sind, sehr bald gänzlich verschwinden und keine bleibende Narbe zurücklassen.

Um die frühere Ansicht, daß die Loslösung der Eier bei den Säugethieren eine Folge der Anregung sei, welche durch den in die inneren Geschlechtstheile gelangten Samen bewirkt werde, zu widerlegen, bedurfte es des Beweises, daß die Eier auch bei geschlossenen Leitungsorganen, wo der Samen nicht bis zum Eierstocke verbringen kann, sich loslösen, und daß sie auch bei denjenigen Thieren in den Eileiter gerathen, bei welchen gar keine Annäherung des Männchens erfolgt ist. Die angestellten Versuche beweisen nun auf das Entscheidendste, daß bei weiblichen Hunden und Kaninchen, denen man Stücke des Uterus ausgeschnitten hatte, nach Verheilung der Wunde dennoch die Brunst wiederum eintrat, wie wenn nichts vorgefallen wäre. Untersuchte man nun nach stattgehabter Begattung die inneren Geschlechtstheile, so fand man, daß der Samen und die lebhaft sich bewegenden Samenfäden einerseits bis zu der Stelle vorgedrungen waren, wo die Höhle des Uterus durch eine Narbe verschlossen war, und daß andererseits das Eichen den Eierstock verlassen und die Wanderung innerhalb des Eileiters begonnen hatte. Die Untersuchung solcher Thiere, welche brünstig waren, die man aber während der ganzen Zeit der Brunst von dem Männchen entfernt gehalten hatte, wies nach, daß auch hier die Eier ausgetreten und im Eileiter befindlich waren; — ja selbst bei solchen Weibchen, die noch nie geboren hatten und zum ersten Male brünstig waren, zeigten sich ausgestoßene Eier im Eileiter und beginnende Bildung gelber Körper in den Follikeln. Es ist demnach jetzt unumstößlich bewiesen, daß die Eier der Säugethiere sich periodisch, nachdem sie zur vollständigen Reife gelangt sind, bei dem Auftreten der Brunsterscheinungen von dem Eierstocke loslösen und ihren Weg durch die Eileiter nach der Gebärmutter hin fortsetzen. Aeußerlich wird diese Reise und der Beginn ihrer Wanderung durch die Brunst angedeutet. Erhält der dadurch angeregte Geschlechtstrieb seine Befriedigung, wird die Begattung zu rechter Zeit vollzogen und werden die Eier auf ihrem Wege noch innerhalb des Eileiters von dem Samen erreicht, so werden sie befruchtet und entwickeln sich weiter. Ist dieses nicht der Fall, so gehen sie zu Grunde und werden wahrscheinlich innerhalb der Geschlechtstheile selbst aufgelöst und vernichtet.

Bei dem menschlichen Weibe zeigen sich eigenthümliche Verhältnisse, welche die Anwendung des eben erwähnten Gesetzes bedeutend erschweren. Die Geschlechtsreife desselben kündigt sich durch jenen eigenthümlichen, periodisch wiederkehrenden Blutfluß an, den wir mit dem Namen der Menstruation oder der monatlichen Reinigung bezeichnen. Im normalen Zustande kehrt diese Absonderung je nach dem Verlaufe eines Mondsmonats oder nach 28 Tagen wieder; ihren Eintritt bezeichnet meist leichtes Unwohlsein, Abgespanntheit, während nach ihrem Verschwinden erhöhtes Wohlbefinden und zugleich lebhaftere Geschlechtslust eintritt. Die Menstruation hängt eben so, wie die Brunst bei den Thieren, von dem normalen Befinden der Eierstöcke ab. Bei Eierstockskrankheiten, welche beide Organe befallen, bei verkrüppeltem Zustande und unvollständiger Ausbildung der Eierstöcke fehlt auch die Menstruation, und ebenso verschwindet sie alsbald mit dem Aufhören der Geschlechtsthätigkeit. Es zeigt sich also eine große Analogie zwischen der Menstruation einerseits und der Brunst der Säugethiere anderseits, eine Analogie, die nur dadurch einigermaßen gestört wird, daß die Menstruation sehr häufig wiederkehrt und keine so absolute

Grenze in der Ausübung der geschlechtlichen Function zieht, als dies bei der Brunst der Fall ist. In der That übt das weibliche Säugethier nur unmittelbar nach dem Ablaufe des Höhepunktes der Brunst, nicht aber in der Zwischenzeit die Begattung aus, während bei dem Weibe die Befriedigung der Geschlechtslust an keine Zeit gebunden ist. Indeß ist dieser Unterschied wohl in der ursprünglich freieren Natur des Menschen begründet, der in allen Verhältnissen weit weniger an Zeit und Ort gebunden erscheint, als dies bei dem Thiere der Fall ist.

Man glaubte früher, daß die Existenz eines gelben Körpers an dem Eierstocke stets ein untrügliches Zeichen stattgehabter Empfängniß sei. Die neuen Untersuchungen haben indeß gelehrt, daß jedesmal bei der Menstruation ein Follikel sich öffne, mit ihm ein Ei austrete, und ein gelber Körper als Zeugniß dieses Austrittes zurückbleibe. Indessen erscheint dieser gelbe Körper, welcher sich nach der Menstruation entwickelt, kleiner und unvollständiger ausgebildet, und die Narbe, die er verursacht, verschwindet weit früher, als diejenige, welche in Folge stattgehabter Empfängniß an dem Eierstocke sich findet. Bedenkt man aber, daß die Empfängniß und die Entwickelung des Fötus einen fortdauernden Reizzustand in den inneren Geschlechtsorganen erhält, daß der Blutandrang Monate lang in bedeutendem Maße fortführt, so wird man begreiflich finden, daß auch die Ausschwitzung von Narbenmasse in dem entzündeten Follikel bedeutend größer ist während des Monate lang andauernden Reizzustandes der inneren Geschlechtsorgane, welchen die Schwangerschaft unterhält, und daß deshalb ein weit ansehnlicherer gelber Körper zurückbleiben muß, als nach der Menstruation, wo die Aufregung der Organe nicht ferner fortdauert und bald Alles in den normalen Zustand zurückkehrt.

Aus dem Vorhergehenden erhellt, daß regelmäßig bei dem Eintritte der Menstruation die Eichen sich loslösen und ihre Wanderungen beginnen. Der erhöhte Congestionszustand, in welchem sich die inneren Geschlechtsorgane während der Periode der Ausstoßung befinden, äußert sich auch namentlich in dem

Leibe und in den Franſen des Trichters, der die innere Mündung des Eierſtockes bildet. Dieſe Franſen richten ſich auf und
umfaſſen den Eierſtock ſo von allen Seiten, daß das Eichen in
die innere Höhle fallen muß. In den Röhren des Eileiters
ſelbſt angelangt, wird es von den wurmförmigen Zuſammen-
ziehungen derſelben, ſowie von der Wimperbewegung weiter nach
unten beförbert, und trifft, im Falle Begattung erfolgt, innerhalb
des Eileiters mit dem Samen zuſammen. Dieſer letztere kommt
ihm ſonach auf halbem Wege entgegen, und es fragt ſich, durch
welches Mittel dieſe Fortbewegung des Samens bewerkſtelligt
werde.

Unterſucht man die inneren Geſchlechtsorgane von Thieren,
welche unmittelbar nach der Begattung getödtet wurden, ſo zeigt
ſich die ganze Gebärmutter bis in ihre hinteren Enden mit
Samenfäden erfüllt, welche ſich auf das Lebhafteſte bewegen.
Nach und nach dringen auch die Samenfäden in den Eileiter ein
und man kann ſie in demſelben um ſo weiter vorgerückt finden,
je längere Zeit nach der Begattung verfloſſen iſt. Oftmals begegnet es ſogar, daß die Begattung ſchon ziemlich lange vor dem
Austritte der Eier ſtattfindet, und daß deshalb die Samenfäden
bis zu dem Eierſtocke ſelbſt vorbringen können. Es ſind mehrfache unzweifelhafte Beobachtungen vorhanden, in welchen man
Samenfäden auf dem Eierſtocke ſelbſt fand; — in den meiſten
Fällen jedoch muß zugeſtanden werden, daß ſie nicht bis dahin
gelangen, ſondern unterwegs die Eier antreffen. Meiſtens findet
man die Eier, welche in dem mittleren oder unteren Dritttheil
des Eileiters ſich befinden, runbum mit Samenfäden bedeckt, und
oft ſogar ſind dieſe letzteren inmitten der Eiweißſchichten, welche
ſich im Eileiter bilden, eingelagert.

Bei dem menſchlichen Weibe ſcheinen ganz vollkommen gleiche
Verhältniſſe obzuwalten. Auch hier iſt es wahrſcheinlich, daß in
der Regel eine fruchtbare Begattung nur dann ſtattfindet, wenn
der Same bei der Begattung ſelbſt bis in die Höhle der Gebärmutter eingebracht wird. Aus dieſem Grunde ſchon iſt die
leichtere Befruchtung unmittelbar nach der Menſtruation wahr-

scheinlich, weil während des Blutflusses der Muttermund erweicht
und geöffnet ist. Indessen beweisen auch viele, unzweifelhaft
wahre Thatsachen, daß manchmal Empfängniß erfolgte, wenn
auch der Same nur an die äußeren Geschlechtstheile gebracht
wurde. Ein alter Berliner Arzt, dessen liebenswürdige Persönlichkeit das unbedingte Vertrauen seiner Clienten sich erwarb,
hat aus seiner reichen Erfahrung mehrere schlagende Fälle dieser
Art mitgetheilt, welche beweisen, daß in seltenen Fällen auch nur
von den äußeren Geschlechtstheilen aus die befruchtende Flüssigkeit bis in das Innere vordringen kann. Indeß, wie gesagt,
dies sind nur seltene Ausnahmen von der Regel.

Wenn somit die Fortwanderung der Samenfäden innerhalb
der weiblichen Geschlechtstheile unbezweifelt ist, so kann auf der
anderen Seite nicht in Abrede gestellt werden, daß kein besonderer
Bewegungsapparat für den Samen innerhalb der Geschlechtstheile existire, sondern daß die Samenfäden selbst durch ihre
kriechenden und schlängelnden Bewegungen sich allmählich weiter
schieben. Von den Hunderttausenden, welche in das Innere der
Gebärmutter gelangen, finden vielleicht nur wenige ihren Weg
in den Eileiter, allein auch diese wenigen genügen zu der Erreichung
des vorgesteckten Zweckes. Bei vielen Thieren finden sich freilich
weit complicirtere Anstalten, um den Samen an den Ort seiner
Wirksamkeit zu bringen, und bei manchen Mollusken und Krusten-
thieren namentlich zeigen sich wahrhafte Samenmaschinen, in
deren schlauchartigen Behältern gelatinöse Substanzen angehäuft
sind, welche bei der Berührung mit Wasser anschwellen und zuletzt
den Samenschlauch so ausdehnen, daß er berstet und den Samen
ausschleudert.

Es steht im Allgemeinen fest, daß die Frauen unmittelbar
nach der Beendigung der Menstruation am Leichtesten empfangen,
weßhalb man denn auch den Termin der Schwangerschaft auf
die Art am Sichersten berechnet, daß man die Epoche der Empfängniß acht Tage nach der letzten Menstruation annimmt;
Erfahrung und Theorie weisen aber gleichmäßig darauf hin, daß
in dem Zeitraume zwischen je zwei Menstruationen eine mehr oder

minder lange Epoche liegen müsse, innerhalb welcher zwar Empfängniß statthaben kann, aber doch nur in selteneren Fällen erfolgt. Ueber die Länge dieses Zeitraums, sowie über seine Stellung innerhalb der angegebenen Zeit, können freilich die verschiedensten Meinungen geltend gemacht werden, da das Endresultat, die Empfängniß, von mehreren Factoren abhängt.

Das erste Verhältniß, welches hier in Rechnung gezogen werden muß, liegt in der zeitlichen Beziehung der Loslösung des Eichens zu dem Eintritte der Menstrualblutung. Die Erfahrungen, welche man durch Zergliederung von Mädchen und Frauen gesammelt hat, die innerhalb der Menstruationsperiode starben, liefern hier eben so wenig einen genauen zeitlichen Anhaltspunkt, als die Zergliederung brünstiger Thiere. Man ersieht daraus nur so viel, daß Menstrualfluß, Brunst, Platzen der Follikel und Wanderung der Eichen in dem Eileiter zwar mit einander in engster Verknüpfung stehen; daß aber Menstrualfluß und Brunst oft schon vorübergegangen oder ihrem Ende nahe sind, während der Follikel zwar zum Bersten reif, aber noch nicht geplatzt ist, während in anderen Fällen die Eichen schon vor dem Beginne des Flusses oder der sichtbaren Brunst in den Eileiter eingedrungen waren. Begreiflicher Weise können diese wechselnden Verhältnisse auch eine Schwankung von mehreren Tagen in der Befruchtung herbeiführen.

Ein zweites Moment steht mit der Wanderung der Eier in dem Eileiter und den dortigen Entwickelungsvorgängen in Beziehung. Wir werden in der Folge dieser Untersuchungen sehen, daß der Samen und das Ei nothwendig einander innerhalb der Eileiter begegnen müssen, und daß eine Befruchtung nicht mehr möglich ist, sobald das Ei einmal den Eileiter durchwandert und innerhalb der Gebärmutter angelangt ist. Bis jetzt ist es nur zwei Beobachtern geglückt, menschliche Eichen in dem Eileiter aufzufinden, und diese Beobachtungen, so schätzbar sie auch sonst sein mögen, liefern durchaus kein Material zu der Entscheidung der Frage, wie lange Zeit das Eichen brauche, um bei dem Menschen den Eileiter zu durchwandern. Bei den Thieren ergeben sich abweichende Verhältnisse. Das Ei des Kaninchens braucht durchschnittlich 3 Tage, das der Schafe und Kühe 4—5, das des Hundes 8—12 Tage, um die Länge des Eileiters zu durchwandern, und wahrscheinlich schließt sich das menschliche in dieser Beziehung zunächst demjenigen des Hundes an. Man sieht, daß hier ein weiter Spielraum schon für die Befruchtung des Eichens gegeben ist, indem in denjenigen Fällen, wo das Eichen erst nach dem Aufhören der Menstruation seine Wanderung beginnt, die Befruchtung 12—14 Tage nach dem Aufhören derselben möglich wäre, während in den entgegengesetzten Fällen, wo das Eichen seine Wanderung schon vor dem Eintritte der Menstruation beginnt, die Befruchtung selbst nur innerhalb der Menstruationszeit stattfinden könnte.

Noch eines dritten Factors müssen wir bei diesen Berechnungen erwähnen. Es betrifft die Lebensdauer der Samenthierchen innerhalb der weiblichen Geschlechtstheile, innerhalb der Gebärmutter und der Eileiter. Bei vielen Insecten ist diese Lebensdauer fast unbeschränkt; bei allen denjenigen Arten, bei denen die Weibchen überwintern, werden diese im Herbste befruchtet und der Samen in einer eigenen Nebentasche aufbewahrt, in welcher er sich bis zum nächsten Sommer, wo das Eierlegen stattfindet, vollkommen lebensfähig erhält. Es bedarf stets einer gewissen Zeit, bis der Same durch die weiblichen Geschlechtstheile hindurch gewandert ist, und es unterliegt keinem Zweifel, daß man 5—8 Tage nach geschehener Begattung im Inneren der Geschlechtstheile weiblicher Säugethiere noch lebende Samenfäden antrifft, wenn auch ihre Anzahl in den letzten Tagen sich bedeutend verringert hat. Vielleicht dauert diese Periode der Erhaltung in den Geschlechtstheilen des Weibes noch länger, so daß selbst eine Menstruationsperiode dadurch überbrückt werden könnte. Es läßt sich der Fall denken, daß der Samen, der durch eine Begattung eine geringe Zeit vor dem Eintritte der Menstruationsperiode eingeführt wurde, schon bis in die Eileiter vorgedrungen war, ehe der Blutfluß begann, der ihn aus der Gebärmutter weggespült haben würde, so daß das herabsteigende

Eichen dennoch befruchtet werden konnte. Nimmt man alle diese Punkte zusammen, so würde die Befruchtung einige Tage vor und etwa 12—14 Tage nach Eintritt der Menstruation am Leichtesten stattfinden können, in der Zwischenzeit nur in selteneren Fällen erfolgen, aber doch zu jeder Zeit möglich sein.

Man hat durch statistische Untersuchungen die Frage in der Weise zu lösen gesucht, daß man aus den Civilregistern die Daten der Hochzeitstermine mit den dazu gehörenden Erstgeburten verglich, und daraus einen Schluß zu ziehen suchte, indem man sich dabei auf die Thatsache verließ, daß die meisten Ehen zwischen je zwei Menstruationsperioden, etwa 2—18 Tage nach dem Aufhören des Menstrualflusses, geschlossen werden. Wie begreiflich haben diese Untersuchungen, die zudem nur über eine geringe Anzahl von Fällen ausgedehnt wurden, und bei denen der Verfasser höchst sonderbarer Weise auch noch eine Auswahl der Fälle traf, und lediglich aus mittleren und höheren Classen wählte, nur höchst schwankende Resultate gegeben. Die meisten Erstgeburten fallen freilich in zwei Perioden, die eine 270—280 Tage, die andere 287—294 Tage nach dem Schlusse der Ehe. Der Zwischenraum zwischen beiden Perioden ist aber ebenfalls, wenn auch mit einer geringeren Zahl von Fällen, ausgefüllt. Freilich muß man bei Berechnungen dieser Art auch in Betracht ziehen, daß die Schwangerschaftsperiode nicht überall genau dieselbe ist, und auch hierdurch ein Schwanken in das Resultat eingeführt werden muß, das nur bei Betrachtung einer sehr großen Anzahl von Fällen auf ein Minimum reducirt wird.

Einundzwanzigster Brief.

Das Ei im Eileiter. Die Zellenbildung.

In dem oberen Dritttheile des Eileiters zeigt sich das Ei bei den Säugethieren ganz in derselben Gestalt, wie wir es in dem Eierstocke kennen lernten. Es hat noch immer einen kugeligen homogenen Dotter, an dessen einer Stelle man zuweilen noch das Keimbläschen unterscheidet, obgleich in den meisten Fällen dasselbe verschwunden ist und dann der Dotter als durchaus gleichförmige Kugel erscheint. Es hat ferner seine Zona als äußere Hülle. Anfangs sitzen auf dieser noch ringsum, einem Strahlenkranze gleich, die aus dem Graafschen Follikel mitgebrachten Zellen der Keimscheibe. Diese letzteren streifen sich indessen sehr bald ab, so daß die Zona vollkommen nackt und bloß erscheint.

Bei dem Kaninchen und, wie es scheint, bei den meisten niederen Säugethieren, sondert der Eileiter eine helle, durchsichtige, halbfeste Masse ab, die sich schichtenweise um das Ei herumlegt und in ihrem äußeren Verhalten vollkommen dem Eiweiße der Vogeleier gleicht. Zwischen den Schichten dieser Masse sieht man sehr häufig Samenthierchen in Menge eingeschlossen, die vielleicht auf dem Wege nach dem Inneren des Eies zwischen dem sich absondernden Eiweiße eingelebt wurden. Bei den höheren Säugethieren, dem Hunde z. B., fehlt diese Eiweißbildung durchaus, und es steht demnach zu erwarten, daß auch bei dem höchsten Säugethiere, dem Menschen, bei welchem man bis jetzt noch kein Ei im Eileiter gesehen hat, keine solche Eiweißbildung angetroffen werden dürfte.

In der unteren Hälfte des Eileiters, in welcher das Ei anlangt, umgeben von seiner Eiweißschicht, befreit von den Zellen der Keimscheibe, und wo das Keimbläschen schon untergegangen ist, treten die merkwürdigen Veränderungen des Dotters ein, die man unter dem Namen der Furchung oder des Theilungs-processes bezeichnet hat. Es beginnt dieser Theilungsproceß, aus welchem allmählich die bildenden Elemente des Embryos hervorgehen, auch in Eiern, welche nicht befruchtet wurden; er schreitet aber nicht vorwärts in der normalen Weise, die wir bald beschreiben werden, sondern wird unregelmäßig, wenn die Befruchtung nicht baldigst erfolgt. Deshalb führten wir auch oben als nothwendige Bedingung der Befruchtung an, daß die Begegnung des Samens und des Eies noch innerhalb des Eileiters stattfinden müsse. Da die Furchung stets im unteren, oft aber auch schon im mittleren Theile des Eileiters beginnt und die Befruchtung ihre Regelmäßigkeit nicht wieder herstellen kann, sobald diese einmal gestört ist, so erscheint unsere Behauptung vollkommen gerechtfertigt.

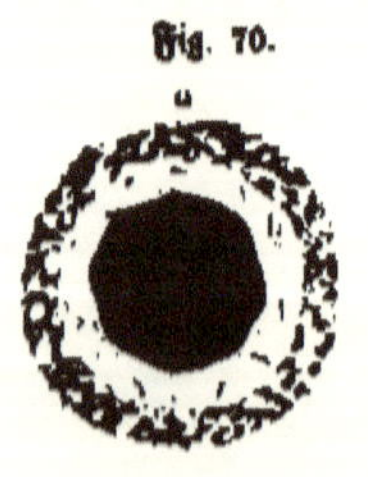

Fig. 70.

Ein Hühnerei aus dem untersten Theile des Eileiters, unmittelbar vor dem Beginne der Furchung. Die mit diesem Vorgange verbundene Contraction hat dem Dotter eine vieleckige Form gegeben. Die Zellen der sogenannten Keimscheibe, welche bei dem Hunde während der ganzen Wanderung durch den Eileiter an dem Eie hängen bleiben, sind schon sehr ausscheinbar geworden. Auf dem hellen Kreise der Zona sieht man zahlreiche Samenthierchen.
a. Zellen der Keimscheibe. b. Zona mit Samenthierchen. c. Innerer Eiraum. d. Dotter.

Die Furchung selbst wird durch eine Contraction der ganzen Dottermasse eingeleitet, die sich in den Eiern mit fester Dotterhaut dadurch zu erkennen giebt, daß die Dottermasse von der Innenfläche der Dotterhaut etwas zurückweicht. Dann spaltet sich der Dotter, indem ein größter Kreis in Gestalt einer Furche sich über den Dotter herüber legt. Die Furche gräbt sich stets tiefer und tiefer ein. Betrachtet man nun ein Säugethierei,

Fig. 71.

Ein Hühnerei einige Stunden später. Die Zellen in der Umgebung sind noch mehr geschwunden, der Dotter in zwei Hälften, Furchungskugeln, zerlegt. Zwischen diesen sieht man die ausgetretenen hellen Bläschen.

a. Zellen der Keimscheibe. b. Zona. c. Eiraum. d. Furchungskugeln. e. Helle Bläschen (Richtungsbläschen).

welches in das erste Stadium der Theilung eingetreten ist, unter dem Mikroskope, so erscheint der Dotter aus zwei vollkommen isolirten, von einander getrennten Hälften zusammengesetzt, welche eine eiförmige Gestalt haben und nur durch den Einschluß in der Zona zusammengehalten werden, da sie bei dem Oeffnen des Eies mittelst einer scharfen Nadel auseinander fallen und sich leicht isolirt untersuchen lassen. Der Dotter hat sich demnach in zwei Hälften getheilt, deren jede wieder in gewisser Beziehung der ursprünglichen Dotterkugel ähnlich ist. Denn eine jede dieser beiden Furchungskugeln enthält wieder in ihrem Inneren ein helles Bläschen, von einer feinen Haut gebildet und mit wasserklarer Flüssigkeit gefüllt, welches einigermaßen dem Keimbläschen ähnlich sieht, jedoch mit dem Unterschiede, daß man meist keine inneren Bildungen darin nachweisen kann, welche etwa dem Keimflecke analog wären. So viel ich und andere genaue Beobachter auch diese hellen Bläschen im Inneren der Furchungskugeln bei Säugethieren und Fröschen untersuchten, so haben wir uns doch bei diesen Thieren nicht von der Existenz derartiger Gebilde im Inneren derselben überzeugen können, sondern stets nur einen vollkommen homogenen, wasserklaren Inhalt in denselben gesehen. Andere, des Vertrauens nicht minder würdige

Beobachter versichern, im Inneren dieser Bläschen bei verschiedenen Thieren körnige Kerne gesehen zu haben, und wollen nicht nur deren constantes Vorkommen behaupten, sondern auch den ganzen Vermehrungsproceß der Furchungskugeln von diesen Kernen ableiten, indem zuerst der körnige Kern im Inneren des hellen Bläschens doppelt wird, dann das Bläschen selbst in zwei Bläschen zerfällt und um jedes dieser Bläschen sich wieder eine Dotterkugel zusammenballt.

Beobachtet man das Ei einige Zeit später, so sieht man statt zweier Furchungskugeln viele kleinere, meist vollkommen runde kugelförmige Gebilde, deren jedes ebenfalls ein helles Bläschen in seinem Inneren zeigt. Jede dieser Kugeln ist vollkommen isolirt von der anderen und gleicht wieder in ihrer ganzen Bildung, abgesehen von der Größe, der primitiven Dotterkugel. Die Theilung schreitet nun streng gesetzmäßig in einer geometrischen Reihe fort, deren Exponent die Zahl 2 ist. Man

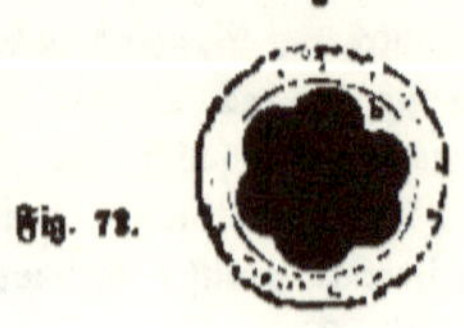

Noch einige Stunden später. Die Zellen der Keimscheibe sind ganz verschwunden; der Dotter in zwölf Furchungskugeln zerlegt.
a. Zona. b. Eiraum. c. Furchungskugeln.

Ein Ei gegen das Ende der Furchung, gesprengt, so daß die mit ihren hellen Kernen ausgestatteten Furchungskugeln austreten. Auf der Seite ein verschwindendes Richtungsbläschen, das körnig geworden ist. a. Zona. b. Eiraum. c. Furchungskugeln. d. Richtungsbläschen.

findet Eier aus 8, 16, 32, 64 u. s. w. Furchungskugeln zusammengesetzt, und jede dieser Furchungskugeln besitzt ein helles Bläschen in ihrem Inneren, und besteht aus einem Aggregat von körniger Dottersubstanz, welches um dieses Bläschen gruppirt ist. Der einzige Unterschied dieser zahlreicheren Furchungskugeln von den ursprünglichen besteht in ihrem kleineren Volumen und in der geringeren Größe des in ihnen enthaltenen hellen Bläschens. Der Dotter erhält durch diese fortschreitende Furchung und Verkleinerung der Kugeln, die in der Zona eingeschlossen sind, je nach dem Stadium der Furchung die Gestalt einer Traube, einer Maulbeere oder Himbeere. Sobald man indeß das Ei öffnet, gelingt es leicht, die einzelnen Furchungskugeln von einander zu trennen und als selbstständige Elemente darzustellen.

Der Vorgang, wie wir ihn eben an dem Säugethiere dargestellt haben, war schon früher an anderen Thiereiern, namentlich an denjenigen der Frösche, beobachtet worden, und in der jetzigen Zeit ist es einzig die Classe der Vögel, bei welchen die Furchung noch nicht vollständig beobachtet ist, während in dem ganzen übrigen Thierreich entweder totaler oder doch theilweiser Theilungsproceß des Dotters bekannt ist. Es konnte nicht fehlen, daß diese merkwürdige Erscheinung, dieses Auftreten eines streng numerischen Verhältnisses bei den ersten Lebensäußerungen des Eies, die Aufmerksamkeit der Naturforscher im höchsten Grade auf sich zog. Wenn man nun auf der einen Seite den Vorgang selbst in seinen äußeren Erscheinungen verfolgte und mancherlei beträchtliche Modificationen in demselben entdeckte, so suchte man auf der anderen Seite zu ermitteln, welcher tiefere Grund der Erscheinung zu Grunde liege, und in welcher Beziehung die Furchungskugeln sowohl zu den ursprünglichen Theilen, welche das Ei zusammensetzen, als auch zu den späteren Bildungselementen des Embryos ständen.

Die erste Frage, welche man zu lösen versuchte, war diejenige nach dem Schicksale des Keimbläschens. Dieses in allen Eierstockseiern so constant vorkommende Gebilde war nach der Befruchtung, sobald einmal die Furchung sich einzuleiten begann, nicht mehr zu finden, und auch der körnige Keimfleck oder die vielfachen bläschenartigen Keimflecke ließen sich nirgends entdecken. Auch jetzt herrscht noch über diesen Punkt manches Dunkel, welches aufzuklären späteren Beobachtungen anheimgestellt ist. Ob die hellen Bläschen, welche sich in den Furchungskugeln zeigen, durch eine Theilung des Keimbläschens hervorgegangen, also directe Nachkommen desselben sind; oder ob das Keimbläschen, so wie es ursprünglich bestand, vor dem Beginne der Furchung zu Grunde gehe und die Kerne der Furchungskugeln frei entstehen, ist noch nicht vollständig erörtert, indem bei manchen Thieren der Theilungsproceß, bei anderen dagegen das Schwinden des Keimbläschens und die Neubildung der Furchungskerne Platz zu greifen scheint. Die Frage läßt sich um so schwerer entscheiden, als es in den Eiern mit totaler Furchung oft schwer hält, zu bestimmen, an welchem Orte das Keimbläschen ursprünglich gelegen habe. Es giebt indeß Thiere, bei welchen die Dottertheilung keine totale ist, sondern wo nur ein mehr oder weniger beschränkter Theil des Dotters an der Furchung Antheil nimmt, der Rest desselben dagegen in seiner ursprünglich formlosen Gestalt zurückbleibt. Dies ist der Fall bei den meisten Fischen und den Dintenfischen oder Cephalopoden, während die Eier der übrigen Mollusken, wie die der Säugethiere, totale Furchung besitzen. Bei den Thieren mit partieller Furchung erhebt sich nur ein Theil des Dotters hügelartig und bildet wulstartige Erhöhungen, in welchen helle Bläschen sich zeigen, die sich mehr und mehr zerspalten, meist aber nach innen hin nur unvollkommen gegen die formlose Dottersubstanz abgegrenzt sind. Die Furchung schreitet in diesem Falle von einem bestimmten Punkte aus allmählich um sich greifend fort, und überzieht, je nach den speciellen Verhältnissen, entweder das gesammte Ei, oder auch nur einen Theil desselben. Hier zeigt es sich nun auf das Deutlichste, daß der Mittelpunkt, von welchem aus die Furchung fortschreitet, an demjenigen Orte liegt, den das Keimbläschen in dem unbefruchteten Eie behauptete, und daß dieser selbe Punkt auch den Mittelpunkt der embryonalen Entwickelung bildet. Ein gleiches Verhältniß findet sich aller Wahrscheinlichkeit nach auch bei den Eiern mit totaler Furchung. Das Keimbläschen zeigt somit in dem unbefruchteten Eie jedesmal die

Stelle an, von welcher aus die embryonale Entwickelung fortschreitet.

Das Schicksal des einfachen Keimflecks oder der vielfältigen
Keimflecke ist ebenfalls noch sehr in Dunkel gehüllt. Dieses
Dunkel wird in Beziehung zu dem einfachen körnigen Keimfleck,
wie er sich bei den Säugethieren zeigt, auch nur sehr schwer
gelichtet werden können. Wenn, wie es in manchen Fällen wahrscheinlich ist, die zarte Haut des Keimbläschens sich auflöst und
die in demselben enthaltene Flüssigkeit sich wirklich mit der Dottersubstanz mischt, so wird es mit unseren jetzigen Hülfsmitteln der
Untersuchung geradezu unmöglich sein, den Keimfleck unter den
zahlreichen körnigen Dotterelementen herauszufinden und wieder
zu erkennen. Indessen ist es jetzt durch wiederholte Beobachtungen mehr als wahrscheinlich geworden, daß auch der Keimfleck
oder die Keimflecke in durchaus keiner engeren Beziehung zu der
Bildung der Embryonalgewebe selbst stehen, und daß sie sogar
in einzelnen Fällen schon innerhalb des Keimbläschens sich auflösen, ehe noch dieses selber verschwindet. Offenbar sind Keimbläschen und Keimfleck mehr Theile des werdenden Eies, als
wesentliche Organe des fertigen Keimes. Sie sind nöthig zur
Entstehung des Eies; sie sind die bedingenden Elemente zur Bildung desselben; ihre Bedeutung nimmt aber ab, je mehr sich
das Ei seiner Reife nähert. Das Ei wird erst entwickelungsfähig durch die Befruchtung; damit diese statthabe und erfolgreich
sei, ist das Keimbläschen mit seinem Inhalte nicht mehr nöthig.
Versuche haben zu klar erwiesen, daß die Befruchtung stattfinden
könne, wenn auch schon das Keimbläschen verschwunden und die
Einleitung zur Zellenbildung im Ei getroffen ist. Man kann
demnach das Keimbläschen mit seinem Keimflecke eher ein Bil-
dungsorgan des Eies nennen, welches zur Zeit der Reife des
Eies als unnütz geworden eingeht, wie so manche Organe, im
werdenden Thiere von großer Wichtigkeit, bei der späteren Entwickelung eingehen.

Mit der Einleitung der Furchung ist immer eine bedeutende
innere Molecularbewegung des Eies gegeben, die sich besonders

durch eine bedeutende Zusammenziehung ausspricht. Begreiflicher Weise ist diese Zusammenziehung um so bedeutender, je tiefer die Furchung in das Ei selbst eingreift, und bei den Eiern mit vollständiger Furchung greift sie so weit ein, daß Tröpfchen der flüssigen Dottersubstanz aus dem Furchungspole herausgepreßt werden. Man glaubte, als man mit dieser Erscheinung noch nicht vollständig vertraut war, auch hier einen bedeutenden Einfluß dieser Richtungsbläschen (s. Fig. 71, S. 512), wie man sie nannte, annehmen zu müssen, konnte sich aber später überzeugen, daß ihre Gegenwart eben nur jene bedeutendere Concentration der Dottermassen, die sich zur Furchung anschickten, anzeigte. Es verschwinden diese Bläschen spurlos in der Flüssigkeit, welche die Furchungskugeln umgiebt.

Die sämmtlichen Vorgänge, welche bis zur Einleitung des Furchungsprocesses innerhalb des Eies selbst stattfinden, das Verschwinden des Keimfleckes und des Keimbläschens, die Zusammenziehung der Dottermasse und das Auspressen eines Theiles ihrer Flüssigkeit zielen demnach darauf hin, aus dem Dotter selbst ein einförmiges, homogenes Bildungsmaterial zu schaffen, aus welchem heraus der Embryo mit seinen verschiedenen Organen sich aufs Neue differenziren könne. Mit den äußeren Erscheinungen gehen innere Veränderungen Hand in Hand, die zuerst nur durch die concentrirende Molecularbewegung sich kund geben, später aber auch da sichtlich in die Augen treten, wo Dotterelemente vorhanden sind, deren Veränderungen mit den Augen aufgefaßt werden können. Diese Veränderungen schreiten später bei der weiteren Entwickelung der Furchungskugeln und der aus ihnen hervorgehenden Embryonalzellen freilich noch rascher fort; sie beginnen aber schon bei dem ersten Aufleben der inneren Bildungsvorgänge, und bestehen, wenn ich mich so ausdrücken darf, in einer allmählichen Reduction und Verfeinerung der anfänglich größeren Dotterelemente. Die Oeltropfen, die Körner, die festeren fettigen oder eiweißartigen Körper, welche sich innerhalb der Dottersubstanz vieler Thiere finden, verkleinern sich allmählich und verflüssigen sich mehr und

mehr, so daß nach beendigtem Vorgange dieser Art das Bildungsmaterial weit heller und durchsichtiger geworden ist. Meist unterscheidet man in den Eiern die Embryonalanlage auf den ersten
Blick durch ihre größere Durchsichtigkeit von der übrigen Masse.
Diese innere Durchbildung hängt von dem Dotter selbst und
nicht von dem entstehenden Embryo ab, denn sie findet auch da
statt, wo das Bildungsmaterial des Dotters einen abnormen
Weg der Entwickelung einschlägt. Bei gewissen Würmern hat
man beobachtet, daß es vielleicht von zufälligen Umständen abhängt, ob ein einziges Ei, eine einzige Dotterkugel sich durch
Spaltung in mehrere Theile theilt, deren jeder einen vollständigen Embryo hervorbringt. Bei vielen Mollusken, deren Dotterkugeln, von keiner Haut umgeben, in einer gemeinschaftlichen
Hülle gelegt werden, hängt es wieder von einzelnen Umständen
ab, ob mehrere dieser Dotterkugeln sich zur Bildung eines einzigen Embryos vereinigen, oder ob sie isolirt bleiben. So reißen
sich auch oft von dem Dotter der Mollusken einzelne Theile los,
welche selbstständig sich zu Elementargebilden entwickeln, die in
keiner Beziehung zu dem Embryo selbst stehen.

Kehren wir zu den Furchungskugeln zurück, um deren weiteres Schicksal zu erforschen, so sehen wir ihre Zahl immer
größer, ihren Umfang immer geringer werden. Aus der geometrischen Reihe, mit dem Exponenten zwei, welche durch diese
Vermehrung gebildet wird, geht schon hervor, daß jede bestehende
Furchungskugel sich in zwei kleinere Kugeln theilen, und eine
jede dieser kaum entstandenen Furchungskugeln wieder neue
Theilungsfähigkeit besitzen müsse. Es fragt sich aber, von welchen Bildungselementen der Furchungskugel diese stets erneuerte
Spaltung in zwei Hälften ausgehe, ob es das helle centrale
Bläschen sei, welches auf irgend eine Weise sich theile und hernach als Anziehungsmittelpunkt diene, um welchen herum die
einzelnen Dotterelemente sich in Form von Kugeln gruppiren,
oder ob vielmehr in der formlosen Dottersubstanz selbst diese
Tendenz zu kugelförmiger Gruppirung liege, und erst secundär
in den vorgebildeten Kugeln das helle Bläschen sich entwickele.

Eine ausreichende Antwort läßt sich nach den bis jetzt vorhandenen Beobachtungen auf diese Fragen nicht geben. Einerseits läßt sich durchaus nicht daran zweifeln, daß man zuweilen, namentlich bei gewissen Thieren, Furchungskugeln antrifft, welche zwei helle Kerne oder sogar einen biscuitförmigen Kern enthalten, so daß man hier unmittelbar durch die Beobachtung darauf hingewiesen wird, das Primitive der Vermehrung in der Theilung des Kernes, mag dieser nun eine zähflüssige Masse oder ein Bläschen sein, zu suchen. Um den so getrennten und in zwei Hälften auseinander weichenden Kern würde sich die Dottermasse wieder neu in zwei Kugeln gruppiren. Auf der anderen Seite stehen eben so wohl constatirte Beobachtungen, nach welchen man schuhsohlenförmige Furchungskugeln gesehen hat, wo nur in der einen Hälfte ein Kern sich befand, wo also die Furchungskugel sich theilte, ohne daß der Kern die Einleitung dazu gab. Wahrscheinlich ist es demnach, daß eben so wenig, wie für andere Organtheile, auch hier eine einheitliche Art der Vermehrung angenommen werden dürfe, und daß man bald die eine, bald die andere Entstehung in der Natur gegeben finde.

Die genauere Feststellung dieser Verhältnisse erscheint besonders deshalb von Wichtigkeit, weil der Furchungsproceß die Einleitung darstellt zu der Bildung der Elementartheile, aus welchen der Embryo sich aufbaut. Der Embryo selbst besteht zu einer gewissen Zeit seiner ganzen Masse nach aus Zellen, d. h. aus bläschenartigen Gebilden, welche in ihrem ganzen Verhalten denjenigen Elementartheilen gleichen, aus welchen das Gewebe der Pflanzen aufgebaut ist. Erst aus diesen ursprünglichen Elementarzellen, welche den Embryo zusammensetzen, entstehen die einzelnen so mannichfaltigen Gewebtheile, aus welchen die Organe des Erwachsenen gebildet sind. Die Erkenntniß dieser ursprünglichen Uebereinstimmung in der Structur der Pflanzen und Thiere ist eines der schönsten Resultate, welches die neuere Wissenschaft zu Tage gefördert hat. Sie ist der Ausgangspunkt gewesen zu den fruchtbarsten Arbeiten im Felde der mikroskopischen Forschung und läßt auch jetzt noch die weitsichtigsten Ergebnisse erwarten. Die ganze embryonale Entwickelung beruht auf dem Leben der Zellen, auf deren Entstehung und allmählicher Ausbildung, und jede Thatsache, welche auf diese Entstehung und auf die Function der Zelle im Allgemeinen Bezug hat, ist deshalb von der größten Wichtigkeit. Die Geschichte der Entstehung und Vermehrung der Furchungskugeln ist zugleich die Entstehungsgeschichte der thierischen Zellen im Allgemeinen, denn die Furchungskugeln sind nur werdende Zellen und bilden sich augenblicklich zu wirklichen Zellen aus, sobald sie durch fortschreitende Theilung diejenige Größe erreicht haben, welche die Elementarzellen des Embryos besitzen sollen. Da alle Organe des Embryo ohne Ausnahme ursprünglich aus wahren Zellen zusammengesetzt sind, so wird es, um unnöthige Wiederholungen zu vermeiden, hier ersprießlich sein, das Leben der Zellen im Allgemeinen, ihre Entstehung, Fortbildung und endliches Schicksal darzustellen, und in kurzen Umrissen die Zellentheorie so zu geben, wie der heutige Stand der Wissenschaft dieselbe ausgebildet hat.

Die Furchungskugeln haben wir in dem Vorhergehenden als kugelige Körper kennen gelerut, deren Substanz um ein Bläschen als Mittelpunkt gruppirt ist. Diese Substanz, welche stets einen gewissen Halt hat und meistens sogar noch größere Festigkeit besitzt als die ursprüngliche Dottersubstanz, wird in ihrer kugeligen Form durch ihre eigene Zähigkeit, nicht aber, wie man etwa glauben könnte, durch Umhüllung mit einer besondern Membran erhalten. Man hat viel und oft über diese Existenz von umhüllenden Membranen an den Furchungskugeln gestritten, dabei aber vergessen, daß man sich besonders in dem Fall nicht einigen konnte, wo man von Furchungskugeln verschiedenen Alters sprach, indem die anfänglich hüllenlosen Kugeln sich allerdings zu einer gewissen Zeit mit einer Membran umkleiden. Die gelatinöse Grundsubstanz, in welcher die Körnchen der Dottermasse und der Masse der Furchungskugeln zerstreut sind, verdichtet sich allmählich an der Peripherie der Furchungskugel und erhärtet endlich zu einer structurlosen einfachen Membran, deren Existenz und bestimmte Abtrennung von dem Inhalte um so leichter nachgewiesen werden kann, je längere Zeit die Membran bestanden hat. Man kann sich den Vorgang dieser Erhärtung etwa versinnlichen, wenn man die Bildung einer festeren geronnenen Schicht auf gekochtem Leim z. B. ins Auge faßt. Auch hier läßt sich im Anfang nur erkennen, daß an der Oberfläche unter dem Einflusse der Luft eine consistentere Schicht sich gebildet hat, die allmählich in die innere flüssige Masse übergeht und sich von dieser nicht scheiden läßt; nach und nach gerinnt diese Schicht zu einem einfachen Häutchen, das man trennen und abziehen kann. Ganz so verhält es sich auch mit den Furchungskugeln. Je kleiner diese werden, desto bestimmter spricht sich die Trennung zwischen umschließender Haut und innerer, eingeschlossener Substanz aus. Ist diese Trennung einmal nachweisbar vollendet, so nennen wir die Gebilde, die wir vor uns haben, Zellen, und wir erkennen dann gewisse Lebenserscheinungen, welche ihren Sitz hauptsächlich in der die Zelle einschließenden Membran oder in der Zellenwand haben.

Indem wir die allmähliche Bildung der Furchungskugeln und die Ausbildung der Zellenwand verfolgten, haben wir zugleich die Entstehungsgeschichte der Zelle selbst kennen gelernt, sowie deren einzelne Theile bezeichnet. Alle aus Furchungskugeln hervorgegangenen Zellen, und da diese es sind, welche den Embryo zusammensetzen, alle primitiven Embryonalzellen werden aus folgenden Theilen gebildet.

1) Aus einer äußeren umhüllenden, structurlosen Membran, der Zellenwand, welche die Form eines kugeligen Bläschens besitzt und durch Condensirung der peripherischen Schicht einer Furchungskugel entstanden ist.

2) Aus einem mehr oder minder flüssigen oder weichen körnigen Inhalt, gebildet von der ursprünglichen Dottersubstanz, welche nach ihrer Gruppirung in kugeliger Form von der allmählich an der Peripherie sich verdichtenden Zellenwand umschlossen wurde, und

3) endlich aus einem inneren hohlen, mit wasserheller Flüssigkeit gefüllten Bläschen, dem Kerne, der ursprünglich in der

Mitte des Körnerhaufens sich befindet, und zuweilen, wenn auch nicht in allen Fällen, ein körniges Kernchen umschließt.

Welches Gebilde bei dem beschriebenen Vorgange der Zellenbildung aus Furchungskugeln das primäre sei, ob der körnige zur Kugel geballte Inhalt, das in demselben eingeschlossene Bläschen, der Kern, oder das in dem Kerne gelegene Kernchen, kann vor der Hand noch nicht mit Sicherheit ausgemacht werden. So viel ist aber festgestellt, daß die Zellenwand eine secundäre Bildung um die vorher bestehende Substanzkugel mit ihrem Kerne ist, und daß fast in allen Fällen sich die drei integrirenden Bestandtheile: Kern, Inhalt und Zellenwand, deutlich in diesen primitiven Embryonalzellen unterscheiden lassen. Es fragt sich aber, ob alle Zellen des Thierkörpers auf eine und dieselbe Weise entstehen.

Als man die große Idee von der primitiven Zellenbildung aller thierischen Gewebe zuerst aufstellte, glaubte man nach den vorhandenen, besonders an Pflanzen angestellten Beobachtungen ein allgemeines Schema der Zellenbildung geben zu müssen. Von dem Grundsatze ausgehend, daß gleichartige Dinge auch auf gleiche Weise entstehen müßten, behauptete man die Allgemeinheit dieses Schemas für alle Zellen ohne Ausnahme. Die innere Nothwendigkeit der gleichartigen Entstehungsweise aller Zellen ist indeß damit durchaus noch nicht dargethan, daß man in bläschenartigen Gebilden, welche sehr verschiedener Form, verschiedenen Inhalts und verschiedenen Endschicksals sein können, Lebenserscheinungen nachweist, welche uns berechtigen, dieselben unter einem gemeinsamen Begriffe, demjenigen der Zelle, zusammenzufassen. Wenn Jemand behaupten wollte, daß alle Thiere auf die gleiche Weise entstehen müßten, so würde man eine solche Ansicht eben einfach mit Hinweisung auf die Erfahrung zurückweisen, die uns mehrfache Entstehungsarten der Thiere kund giebt, und wenn Jemand, um ein näher liegendes Beispiel zu wählen, den Satz aufstellte, daß alle verschiedenen Arten von Fasern, welche sich in den thierischen Geweben finden, auch wirklich in gleicher Weise entstanden sein müßten, so würde man sich ebenfalls genöthigt sehen, mit Hindeutung auf die Erfahrung ihn zurückzuweisen. Ganz so verhält es sich auch mit den Zellen; wenn wir auch eine gewisse Gruppe von Elementartheilen Zellen nennen und diese Zellen in gewissen Punkten mit einander übereinstimmen, so können dieselben doch in anderen Verhältnissen von einander abweichen, und jetzt schon beweist uns die Erfahrung, daß es Entstehungsweisen von Zellen giebt, welche von der oben beschriebenen in ihrem Mechanismus durchaus verschieden sind.

Nach der von dem Begründer der Zellentheorie zuerst aufgestellten Ansicht sollten sich die Zellen bei den Pflanzen und Thieren in folgender Weise bilden und vermehren. In der formlosen, körnigen Grundsubstanz, die man an vielen Orten in werdenden Gebilden findet, und welche man Cytoblastem (Zellenbildungsstoff) nannte, sollte ein besonderes Körnchen sich vergrößern und einen Anziehungspunkt, ein Kernchen (Nucleolus) bilden, um welchen herum die Körnchen der Grundsubstanz sich zu einem rundlichen oder linsenförmigen Körper, einem Kerne (Nucleus) gruppirten. Auf der einen Seite dieses Kernes sollte sich nun eine membranartige Schicht niederschlagen, welche anfangs dem Kerne eng anliege, allmählich wüchse, sich ausdehne und zu einem Bläschen entwickele, an dessen innerer Seite der Kern dann anhängend gefunden werde. Dieses Bläschen, die entstehende Zellenwand, sollte anfänglich etwa in einem Verhältnisse zu dem Kerne stehen wie das Uhrglas zu dem Körper einer Uhr, und erst durch das allmähliche Eindringen flüssigen Inhalts sollte dies Bläschen sich vergrößern und nach und nach die Größe erhalten, welche es in gewöhnlichen Zellen besitzt, wo der Kern nur in unbedeutendem Verhältnisse zu der Zelle steht. Es ist klar, daß bei dieser Annahme der Zellenbildung anfänglich nur flüssiger Inhalt durch Endosmose in das Innere der Zelle gelangen konnte, und in der That hielt man auch die häufig in dem Zelleninhalte befindlichen Körnchen für Producte späteren Niederschlags.

Die Bildungsweise der Zellen aus den Furchungskugeln beweist schon eine durchaus verschiedene Entstehungsweise der ersten thierischen Zellen. Betrachtet man das primitive Ei als eine Zelle, so besteht die Vermehrung in einer Theilung des zähen Zelleninhaltes, die so weit fortschreitet, bis diese Klumpen sich mit Zellenhäuten umgeben und selbst Zellen werden, ohne daß sich die Dotterhaut (Zellenwand) daran betheiligte.

Die fortschreitende Theilung freier Zellen hat man an den Blutkörperchen junger Embryonen nachgewiesen. Der runde Kern wird schuhsohlenförmig, theilt sich, so daß zwei Kerne in den Polen der elförmig gewordenen Zelle liegen, welche sich immer mehr in der Mitte einschnürt und endlich in zwei Zellen zerfällt, deren jede ihren Kern hat. Die Zellenwand folgt also hier der Theilungsbewegung des Kernes. In anderen Fällen zeigt sich eine ursprüngliche Knospung oder Mehrtheilung des Kernes, welcher dann ebenfalls die Zellenwand zu folgen scheint.

So ist es denn in der gegenwärtigen Zeit zur Gewißheit erhoben worden, daß man weder in normalen Bildungs- und Vermehrungs-Processen, noch in krankhaften Gebilden jemals Zellen hat entstehen sehen ohne die Mitwirkung vorher vorhanden gewesener Zellen; daß also die ursprüngliche Zellentheorie, wonach dieselben frei im Cytoblastem entstehen sollten, bis jetzt noch durch keine genügend festgestellten Beobachtungen erwiesen ist. Mit anderen Worten: Alle im thierischen Organismus entstehenden Zellen sind nach den jetzt vorliegenden Beobachtungen Nachkommen existirender Zellen, so wie alle Thiere Nachkommen von Thieren, von Eltern sind. Zellen erzeugen Zellen, Thiere erzeugen Thiere — es giebt weder eine Urzeugung von Thieren noch von Zellen.

Man sieht leicht ein, daß dieses Gesetz nur der Ausdruck der bis jetzt ganz sicher festgestellten Thatsachen ist, daß aber jede entgegenstehende Thatsache die Allgemeinheit desselben aufheben oder beschränken kann.

Wir beobachten in den Zellen eine Menge eigenthümlicher Erscheinungen, welche hauptsächlich der Zellenwand angehören und darauf hinführen, die Zelle gleichsam als einen für sich bestehenden Organismus anzusehen, der ein eigenthümliches Leben hat, welches sich durch Wachsthum in bestimmten Richtungen, durch Veränderungen der im Inneren enthaltenen Gebilde, durch Aufnahme und Abgabe gewisser Stoffe, endlich sogar manchmal durch Bewegungserscheinungen und durch einen bestimmten Lebensrhythmus kund giebt, in Folge dessen die Zelle entsteht, sich ausbildet, in andere Elementartheile übergeht, oder auch der endlichen Auflösung anheimfällt. Freilich entwickelt sich eine jede Zelle nach dem Typus des Organismus, welchem sie angehört, und in Beziehung zu dem Organe, von welchem sie einen Theil ausmacht; allein ihr Leben ist dennoch in manchen Beziehungen unabhängig von der Existenz dieses Organismus, und kann oft noch eine Zeit lang auch ohne den Zusammenhang mit demselben fortbestehen. Ich weiß kein besseres Bild zur Versinnlichung des Lebens eines aus Zellen zusammengesetzten Organismus, als die Vergleichung mit einem Bienenstocke. Jede Arbeiterbiene ist durch ihren Instinct, durch die Organisation ihres gesammten Körpers darauf angewiesen, die Honigkuchen nach einer bestimmten Norm zu verfertigen und aufzubauen. Jede derselben ist an ihren Stock gefesselt und baut nur dann in diesem Stocke, wenn ihre Königin darin weilt. Trotz dieser Unterordnung unter das Ganze ist dennoch jede Biene frei, den Honig, das Wachs, kurz alle nöthigen Materialien da zu holen, wo es ihr gefällt, und in solcher Menge herbeizubringen, als sie zweckmäßig findet. In gewisser Weise ähnlich verhalten sich auch die Zellen, welche einen werdenden Organismus bilden. Sie entwickeln sich nach bestimmten Normen, die dem Typus, welchem der Organismus angehört, entsprechen; allein in diesem Streben, in diesem Zusammenwirken zur Bildung des Ganzen führt eine jede Zelle ein mehr oder weniger beschränktes individuelles Leben, das je nach besonderen Verhältnissen modificirt werden kann.

Von wesentlicher Wichtigkeit für das Leben der Zellen sind die Veränderungen, welche wir im Inneren derselben erfolgen sehen, die Umwandlungen, welche der Inhalt selbst erfährt;

Erscheinungen, die besonders von der Zellenwand auszugehen scheinen. Schon die einfachen endosmotischen Processe, welche bei allen thierischen Membranen vorkommen, zeigen sich auch bei den Zellen, die in nicht concentrirten Flüssigkeiten aufschwellen und selbst bersten, in concentrirten dagegen durch Abgabe von Flüssigkeit einschrumpfen und sich runzeln; allein außer diesen Phänomenen kommt der Zellenwand auch noch eine eigenthümliche Einwirkung auf die Flüssigkeiten zu, von denen die Zelle umspült wird. Wir haben schon bei der Betrachtung der Absonderungsthätigkeit die Frage besprochen, ob die in den Drüsengängen vorhandenen Zellen die Secretionsstoffe in sich erzeugen, oder sie nur einfach aus der allgemeinen Ernährungsflüssigkeit aufnehmen. Wir haben uns für die letztere Annahme erklärt für einige Fälle aus dem Grunde, weil man einzelne Secretionsstoffe im Blute nachweisen kann; zu gleicher Zeit aber zeigten wir, daß diese Anziehungskraft für einzelne Stoffe, welche die Zellenwand besitzt, von der Fähigkeit, diese Stoffe neu zu bilden, nur sehr wenig abstehe, und daß diese Bildung von Stoffen in der That in anderen Fällen stattfinde. Jede Zelle ist so gleichsam ein specifisches Filtrum wie ein besonderer Bildungsheerd für gewisse Stoffe, und zeigt ihre Lebensthätigkeit eben darin, daß sie in einer Auflösung verschiedenartiger Stoffe nur diejenigen anzieht und in sich hinein filtrirt, welche ihrer Natur nach zu der Zellenwand in einem gewissen Verhältniß stehen und zu der Bildung des specifischen Zelleninhaltes beitragen. So ziehen die Blutkörperchen aus dem Blute allen Blutfarbestoff an sich, die Nierenzellen aus demselben Blute den Harnstoff, die Leberzellen den Zucker und den Gallenfarbstoff — alles Stoffe, welche man im normalen Zustande nur in diesen Zellen findet und die oft nur in unbestimmbarer Menge in dem Blute enthalten sind.

Nicht nur bei dieser Aufnahme besonderer specifischer Stoffe zeigt sich aber die Zellenwand besonders interessirt, sondern auch bei manchen anderen Erscheinungen. So geht die allmähliche Verflüssigung des Inhaltes bei den mit grobkörnigem Gehalte versehenen Zellen stets von der Zellenwand aus; die Körner ver-

schwinden zuerst in der Nähe derselben, so daß platte Zellen wie
ein Ring aussehen, der mit einem hellen Rande umgeben ist, und
zuletzt erst lösen sich diejenigen Körner auf, welche den Kern umgaben. Der Niederschlag von körnigen Massen in Zellen mit
anfänglich flüssigem Inhalt geht den umgekehrten Weg; zuerst
sammeln sich die Körner um den Kern und allmählich nur nähern
sie sich der Peripherie. Oft verdicken sich die Zellen in der Art,
daß sich allmählich neue Schichten an die Zellenwand anlegen;
die Zellenwand selbst leistet mit dem Alter größeren Widerstand
gegen chemische Reagentien, löst sich z. B. schwerer in Essigsäure
auf. Alle diese Thatsachen beweisen, daß die Zellenmembran in
den Lebenserscheinungen der Zellen die bedeutendste Rolle spielt
und daß sie besonders der Sitz derselben ist.

In gewissen Zellen erreicht die Zellenwand den höchsten
Grad der Ausbildung, indem sie wirklich Contractilität erhält
und bewegungsfähig wird. Die Wimpern der Flimmerzellen sind
nur Ausfaserungen der Zellenwand, welche beweglich werden. Die
Unabhängigkeit solcher Wimperzellen kann so weit gehen, daß sie
förmlich sich losreißen und frei umher bewegen, wie man dies
namentlich bei den Wimperzellen von Schneckenembryonen beobachtet hat. Von dieser freien Beweglichkeit der Wimperzellen zu
der gänzlichen Befreiung der Zellen ist nur ein Schritt, der in
der That in der Natur auch gethan scheint. Schon die oben
erwähnten losgerissenen Wimperzellen gleichen so vollkommen
manchen Infusorien, daß ihr Entdecker sie wirklich als Thiere
betrachten wollte. Die neueren Untersuchungen haben nun gelehrt,
daß es in der That manche niedere Thiere und Pflanzen giebt,
welche nur von einer einzigen Zelle gebildet werden, so daß die Zelle
also nicht nur Bewegung, sondern auch Empfindung besitzt. Die
Gregarinen und manche andere mikroskopische Organismen sind
Zeitlebens nichts anderes als eine einfache Zelle. Andere Thiere
sind nur während einer gewissen Zeit auf dieser Stufe der Bildung, über die sie sich später hinausschwingen. So sind die
meisten sogenannten beweglichen Keimschläuche, deren wir oben
bei der Ammenzeugung gedachten, Anfangs nur einfache thierische

Zellen, welche in ihrem Inneren die Brut der Jungen erzeugen. Das Ei endlich ist in seinem ursprünglichen Zustande ebenfalls nichts anderes als eine Zelle: der Keimfleck das Kernchen, das Keimbläschen der Kern, der Dotter der Inhalt, die Dotterhaut die Zellenwand. Es zeigt sich aber in diesen Verhältnissen, die wir nur andeuten können, wieder recht deutlich die allmähliche Unterordnung der Zelle unter das Ganze des Organismus. Bei den niedersten Thieren ist die Zelle selbst der Gesammtorganismus; eine Stufe höher bildet die Zelle den Organismus nur während einer Uebergangsperiode, besitzt aber auch dann noch alle animalischen Functionen, Empfindung und Bewegung, wenn gleich in sehr unausgebildetem Zustande; noch weiter aber ist der Organismus ursprünglich eine unbewegte Zelle, dann ein Zellenhaufen, dessen einzelne Glieder sich trennen, Bewegung erhalten und eine Zeit lang ein eigenes Leben führen können; endlich bei den höchsten Thieren wird die Eizelle nicht beweglich, aus dem späteren Zellenhaufen können sich die einzelnen Elemente nicht loslösen, um ein selbstständiges Leben während einiger Zeit zu führen, und die Bewegung wird nur einzelnen bestimmten Zellen zuertheilt, während die meisten durch Metamorphosen ihrer ursprünglichen Natur entfremdet und in andere Gewebtheile übergeführt werden, die mehr noch als die einfache Zelle von dem Organismus im Ganzen abhängig sind.

Diese Umwandlungen der Zellen im Einzelnen zu verfolgen, würde uns hier zu weit führen. Es kommen dieselben zu Stande theils durch einseitiges Auswachsen nach verschiedenen Richtungen, wodurch geschwänzte, birnförmige, spindelförmige, chlindrische Gestalten erzeugt werden, die endlich in solide Fasern sich spalten oder auch durch Aneinanderwachsen in Röhren sich umwandeln; theils auch durch äußere oder innere Anlagerung von Schichten und Fasern, und theils wieder durch Aufnahme verschiedener Stoffe, Auflösung der Wände, der Kerne und dergleichen mehr. Alle diese Verwandlungen bieten einen großen Reichthum an Erscheinungen dar; sie sind in jedem Gewebe anders, und ich müßte die mikroskopische Anatomie sämmtlicher einzelner Organe und die Entstehungsgeschichte der einzelnen Gewebtheile darstellen, wenn ich alle diese Metamorphosen näher berühren wollte, die im Ganzen darauf hinauslaufen, die selbstständigen Lebenserscheinungen, welche die Zelle zeigte, zu vernichten und dieselbe ganz dem allgemeinen Leben des Organismus unterzuordnen.

Mit dieser Vernichtung des speciellen Zellenlebens im Organismus gewinnen aber die außerhalb der Zelle befindlichen Stoffe eine größere Bedeutung. Die Zellen sind, bei den Thieren sowohl wie bei den Pflanzen, durch eine formlose, bei ersteren mehr flüssige Substanz mit einander verbunden, die sogenannte Intercellularsubstanz. Bei den Pflanzen spielen ferner die Intercellularräume eine große Rolle, leere Räume, welche sich zwischen den einzelnen Zellen hinziehen und meist mit circulirendem Safte gefüllt sind. Diese Substanzen und Räume zwischen den Zellen bekommen bei den Thieren größtentheils erst dann ihre Wichtigkeit, wenn die Zellennatur der Gewebe durch die späteren Metamorphosen zu schwinden beginnt. Die größeren Blutgefäße nämlich, die Drüsengänge ohne Ausnahme, sind ihrer Entstehung nach nur Intercellularräume, entstanden durch das Auseinanderweichen ursprünglich compacter Zellenmassen, und das Blut, wie die verschiedenen Secretionsflüssigkeiten, sind, ihrem Ursprunge nach, nur flüssige Intercellularsubstanz. Wir werden bei der Bildung der Blutgefäße, bei der Entstehung der Drüsengänge näher hierauf eingehen und namentlich sehen, daß die Circulation des Blutes erst dann in ihre, für den Körper so wichtige Stelle eintritt, wenn die ursprüngliche Zellenstructur des Embryo untergeht, und daß die Anlagen der Organe ganz ohne Intervention der Circulation sich aus Zellen aufbauen, welchen in der ersten Zeit alle Functionen zukommen, die. später durch die Blutflüssigkeit vermittelt werden.

Zweiundzwanzigster Brief.

Das Ei und seine Hüllen in der Gebärmutter.

Wir haben in dem vorigen Briefe das Ei bis zu dem Augenblicke verfolgt, wo die Furchungskugeln, auf ihren kleinsten Durchmesser reducirt, sich mit Membranen umgaben und so als wirkliche Zellen hinstellten. Die Dottermasse im Ganzen hat in
diesem Momente, wo das Ei in den Uterus eintritt, ihre ursprüngliche kugelige Gestalt wieder gewonnen, und nur die warzen-
artigen Erhöhungen auf der Oberfläche deuten bei dem unverletzten
Eie darauf hin, daß der Dotter auf diesem letzten Stadium der
Furchung noch aus kugeligen Elementen zusammengesetzt sei.
Sobald die Furchungskugeln sich einmal in Zellen umgewandelt
haben, treten bald die Functionen der Zellenwände auf, wodurch
die äußere Structur der Zellen und die Natur ihres Inhaltes
verändert wird. Die Zellen der Säugethiereier drängen mehr
und mehr nach der Peripherie, während im Inneren Flüssigkeit
sich ansammelt und das Ei durch Einsaugung von außen an Umfang zunimmt. Die Zellen haften zugleich durch ihre Oberfläche
fester an einander, wie wenn sie mittelst einer lebenden Intercellularsubstanz an einander geleimt wären. Sie zerfallen nicht
mehr bei dem Oeffnen des Eies, wie früher die Furchungskugeln,
sondern bilden nun eine zusammenhängende, hautartige Ausbreitung, in welcher sie sich durch den gegenseitigen Druck abplatten
und sechseckige Gestalten annehmen, so daß eine solche Zellenlage,

von der Fläche aus gesehen, etwa das Ansehen eines alten
Fensters bietet, in welchem kleine sechseckige Scheiben durch Blei-
stäbe mit einander verbunden sind. Dieses Hindrängen der Zellen
nach der Peripherie erreicht seinen endlichen Gipfelpunkt in der
Bildung der erwähnten hautartigen Ausbreitung, welche der inneren Fläche der Zona hart anliegt und aus den schönsten sechseckigen
plattgedrückten Pflasterzellen besteht, die man sehen kann. Jede
dieser Zellen hat einen centralen hellen Kern, das ursprüngliche
helle Bläschen der Furchungskugel. Der körnige Inhalt ist anfangs gleichmäßig in der Zelle vertheilt, bald aber beginnt die
allmähliche Aufsaugung dieser dunkleren Körnchen von der Zellenwand her, und da die Zelle selbst abgeplattet ist, so zeigen sich
die am längsten persistirenden Körner in Gestalt eines Ringes
körniger Substanz, welcher um den hellen Kern gruppirt ist.

Während diese Veränderungen in den Zellen selbst vorgehen,
hat sich das Ei durch Aufnahme von Flüssigkeit in das Innere
mehr und mehr vergrößert und die Zona selbst in bedeutendem
Grade ausgedehnt. Wenn die Zona anfangs unter dem Mikroskope
als ein verhältnißmäßig sehr dicker, glänzender Ring erschien, der
sich um die Dotterkugel legte, so zeigt sie sich jetzt, wo das Ei
in dem Uterus befindlich ist, als eine zarte Membran, die so

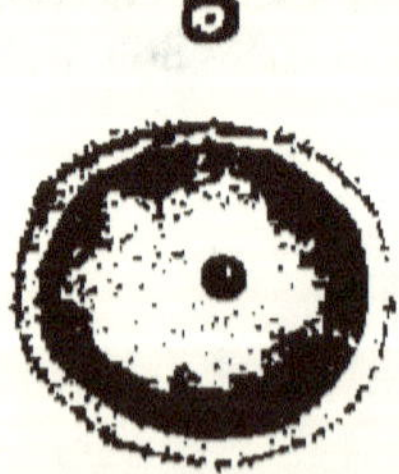

Fig. 74. Ein Hundeei aus dem Uterus, in
natürlicher Größe und vergrößert. Das Ei besteht aus zwei ineinander geschachtelten häutigen
Blasen — die äußere, die übermäßig ausgedehnte Zona, ist mit den Anfängen der Zotten
besetzt und wird von nun an das Chorion genannt; die innere oder Keimblase ist durch einen
Zwischenraum vom Chorion getrennt. Man sieht
in der Mitte die dunkle Zellenanhäufung (Fruchthof), wo der Embryo sich entwickelt.
a. Zottige Zona. b. Keimblase. c. Fruchthof.

dünn ist, daß sie keine doppelten Contouren mehr bemerken läßt.
Durch diese allmähliche Ausdehnung der Zona, welche sich während des Furchungsprocesses ausbildete, durch die Umwandlung
der Furchungskugeln in Zellen und die Anlagerung dieser Zellen

zu einer continuirlichen peripherischen Schicht, zu einem Haut-
sacke, welcher eine helle Flüssigkeit einschließt, hat das Ei in dem
Uterus ein durchaus verändertes Ansehen bekommen. Es ist
fast durchsichtig, von der Größe eines Stecknadelkopfs und aus
zwei dünnen, in einander geschachtelten Membranen zusammengesetzt, von welchen die äußere, structurlose, die sehr verdünnte
Zona darstellt, welche jetzt Chorion heißt, während die innere
aus den zusammengebackenen Zellen besteht. Wir nennen diese
innere aus Zellen zusammengesetzte Membran die Keimblase,
oder noch besser, um Verwechselung mit den Keimbläschen zu
verhüten, die Keimhaut, indem in dieser Zellenausbreitung die
ersten Embryonalbildungen sich entwickeln.

Das Ei des Meerschweinchens, welches überhaupt manche
sonderbare Eigenthümlichkeiten vor anderen Säugethieren voraus
hat, zeichnet sich auch dadurch besonders aus, daß seine äußere
Hülle, die Zona, in der Gebärmutter gänzlich verloren geht, so
daß das Ei dann nur einen einfachen Zellenkörper darstellt, der
mit der Schleimhaut der Gebärmutter selbst verwächst, ohne daß
sich eine äußere Hülle um ihn herum bildete.

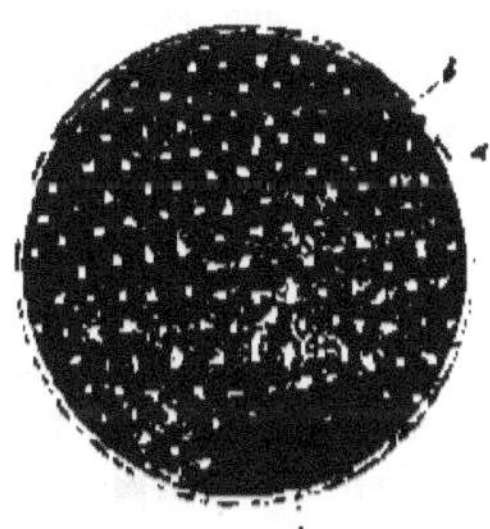

Fig. 75.

Kaninchenei aus dem Uterus. a. Die Zona. b. Die Keimblase oder
Keimhaut, aus sechseckigen Zellen bestehend. c. Der Haufen noch unver-
brauchter Zellen.

Von Anfang an, sobald einmal die Keimhaut in der ganzen
Peripherie des Eies gebildet ist, erkennt man, daß nicht alle

Zellen zur Bildung derselben verwendet wurden, sondern daß an einem gewissen Orte noch Material in dunklen Zellen angehäuft ist, welches einen rundlichen, unbestimmt begrenzten Haufen an der inneren Wand der Keimhaut bildet. Während in den abgeplatteten Zellen der Keimhaut die dunklen Körnchen bis auf eine Ringschicht um den Kern verschwunden sind, zeigen sich in dieser Anhäufung die Zellen noch in ihrer ursprünglichen Form als rundliche Blasen, die mit körniger Masse durchaus angefüllt sind, so daß sie noch den ursprünglichen Furchungskugeln in jeder Beziehung weit mehr gleichen, als die hellgewordenen abgeplatteten Zellen der Keimhaut. Die erwähnte Zellenanhäusung, die wir fortan den Fruchthof nennen werden, ist die Bildungsstätte des zukünftigen Embryo. Sie ist der Mittelpunkt, von welchem aus die Bildung des neuen Wesens fortschreitet, und die dort angehäuften Zellen sind das Material, aus welchem die ersten Formgestaltungen des Embryo sich aufbauen. Alle Neubildungen, welche wir in dem Folgenden beschreiben werden, und aus deren fortschreitender Auseinanderfolge der Embryo sich zusammensetzt, beginnen zuerst im Fruchthofe, und viele sogar überschreiten denselben nie. Die sonstige, von dem Dotter übrig gebliebene Flüssigkeit, welche innerhalb der Keimblase abgelagert ist und eine gelatinöse dickliche Beschaffenheit zeigt, ist, wie es scheint, nur dazu bestimmt, bei dem Aufbaue des Zellenmaterials hülfreiche Hand zu leisten. Sie wird allmählich bis auf einen kleinen Rest aufgesaugt, während dem sich stets neue Zellenschichten zur Bildung der Organe in dem Fruchthofe ablagern.

Diese successive Anlagerung, dieses Wuchern der Zellenmassen, welche den Körper des Embryo zusammensetzen sollen, zeigt offenbar eine fortschreitende Ausbildung von Außen nach Innen. Die peripherischen Zellen sind stets in ihrem Ganzen weit mehr vorangeschritten, als die nach innen gegen das Centrum des Eies gelegenen, und man kann im Durchschnitt behaupten, daß in der ganzen embryonalen Entwickelung ein Organ oder eine Zellenschicht um so weiter fortgeschritten sei, je näher nach der Peripherie zu sich dieselbe befinde. Betrachtet man diese Tendenz in Bezug auf das Ei in seinem Ganzen, so ergäbe sich daraus das Fortschreiten der bildenden Kraft von außen nach innen, von der Peripherie nach dem Centrum hin. Allein es ist wohl zu bedenken, daß überhaupt die embryonalen Bildungen ihren Mittelpunkt nicht in dem Inneren des Eies, sondern an der Stelle finden, wo das Keimbläschen im unbefruchteten Eie eingebettet lag, und daß, der früheren Bildung des Eies zufolge, der Dotter excentrisch um diesen Ort der Embryonalbildung herumlag. Für die embryonalen Bildungen ist diese Stelle der Mittelpunkt, von welchem aus sie nach allen Richtungen hin fortschreiten, sowohl gegen das Centrum des Eies hin, als auch strahlenförmig nach allen Richtungen auf der Oberfläche der Keimhautblase. In dem Ei läßt sich somit eine doppelte Bildungsrichtung unterscheiden — die Herstellung des Materials, welche, von Außen nach Innen fortschreitend, stets neue Schichten an den Embryo anlegt — und der Aufbau dieses Materials zu Organen, der von der Embryonalage nach der Peripherie hin ausstrahlt. Nicht mit Unrecht kann man deshalb den Embryo einem parasitischen Wesen vergleichen, dessen Keim an einer gewissen Stelle in das Ei eingebracht wurde, und der sich nun von dieser Stelle aus nach allen Seiten hin wuchernd über das Ei ausbreitet, dasselbe in seinem kräftigen Wachsthume umschlingt und allmählich in sich aufnimmt.

Die erste Bildung, welche man in der dunklen Zellenanhäufung des Fruchthofes unterscheiden kann, ist eine Spaltung desselben in zwei concentrisch über einander liegende Zellenanhäufungen. Der Fruchthof besteht alsdann aus einer doppelten Lage von Zellen, deren jede am Fruchthofe selbst dicker ist, als an der Peripherie. Die äußere dieser Lagen, welche die dickere ist, geht an den Rändern unmittelbar in die polyedrischen, abgeplatteten Zellen der Keimhaut über, so daß diese letztere, die in der ganzen Peripherie des Eies aus einer einfachen Zellenlage besteht, in dem Fruchthofe gleichsam schildförmig verdickt erscheint. Die innere Lage von Zellen läßt sich anfangs nur an dem Fruchthofe unterscheiden, bald aber dehnt sie sich aus,

wuchert unter der äußeren Keimhautlage fort und überzieht allmählich das ganze Ei, bis sie an dem dem Fruchthofe gegenüber
liegenden Pole sich zu einer sackförmigen Blase zusammenschließt.
Die Zellen dieser inneren Lage sind dunkler, körniger, als die
der äußeren, und ihre Grenze läßt sich sonach ziemlich leicht
unterscheiden. Man hat Eier beobachtet, in welchen diese innere
Zellenlage nur ein Drittel oder die Hälfte der Kugel bedeckte,
während sie an anderen Eiern dieselbe gänzlich umschloß. Sobald
diese Umschließung beendigt ist, findet sich demnach die Keimhaut
aus zwei ineinander geschachtelten Säcken zusammengesetzt. Das
Ei besteht sonach, sobald die Bildung dieser beiden Blätter
vollendet ist, aus einer inneren klaren, zähen Dotterflüssigkeit,
welche von drei concentrischen Säcken in Kugelgestalt eingeschlossen
wird. Der äußerste dieser Säcke ist eine structurlose feine
Membran, die übermäßig ausgedehnte Zona, die jetzt schon mit
Zöttchen besetzt ist. Die beiden inneren Säcke sind aus Zellenlagen gebildet, welche beide an der Stelle des Fruchthofes verdickt sind, und diese beiden nur sind es, welche an der Bildung
des Embryo Antheil nehmen.

Die Entwickelungsgeschichte des Embryo hat erst in der
neuern Zeit mit dem Anfange unseres Jahrhunderts diejenige
Anerkennung gefunden, welche ihr gebührt. Da man im Anfange
die Schwierigkeiten, welche sich der Untersuchung des Säugethiereies entgegenstellen, nicht gehörig zu überwinden verstand, so
wählte man das Ei des Vogels und namentlich des Huhns zu
den Beobachtungen, weil man durch zweckmäßige Bebrütung sich
stets Eier in einem gewissen Stadium der Entwickelung verschaffen konnte. Auch hier erkannte man die Anlage der Keimhaut und ihre Bildung aus mehreren Blättern, und da man zugleich
bemerkte, daß jedes dieser Blätter eine besondere Gruppe von
Organen des embryonalen Leibes aus sich entwickelte, so stellte
man für die einzelnen Blätter allgemeine Schemata auf und
behandelte die Entwickelungsgeschichte der Embryonen nach dieser
schematischen Grundabtheilung. Die Beobachtung, die seither
von allen vorurtheilsfreien Forschern bestätigt wurde, hatte ge-

lehrt, daß die Keimanlage anfänglich aus zwei Blättern, einem oberen und einem unteren, bestehe, daß aber bald nach dem Beginne der Bebrütung, durch Verdickung und Spaltung des unteren Blattes, ein oberes oder äußeres, ein mittleres und ein unteres oder inneres Blatt hergestellt werde, die an den Rändern des Fruchthofes mit einander verschmelzen. Nach mancherlei Schwankungen in den Ansichten über die Beziehung dieser Blätter nennt man jetzt das obere das Sinnesblatt, das mittlere das Bewegungsblatt (motorisch-germinatives Blatt), das untere das Darmbrüsenblatt. Aus dem oberen Blatte entwickeln sich die äußere Haut, die Sinnesorgane und das centrale Nervensystem; aus dem mittleren Skelett Muskeln und Geschlechtsorgane; aus dem unteren der Darmkanal mit seinen Anhängen.

Um das Verhältniß dieser einzelnen Blätter zu der Lagerung der Organe sich näher zu veranschaulichen, stelle man sich einen Augenblick vor, der Körper des Menschen sei von dem Munde an bis zu der Schambeinfuge durch einen senkrechten, in der Mittellinie geführten Schnitt aufgeschlitzt, und die Höhlen der Brust und des Unterleibes auf diese Weise geöffnet worden. Man stelle sich vor, als sei so mit einem menschlichen Leichnam verfahren worden, wie man einem geschlachteten Thiere den ganzen Leib aufbricht, um die Eingeweide herauszunehmen. Zur Vervollständigung des Bildes endlich nehme man an, daß der so behandelte Leichnam mit der aufgeschnittenen Bauchfläche über eine Kugel hinübergespannt sei, welche von den aufgeschnittenen Wänden der Brust und des Bauches zum Theil umfaßt wird. In welcher Lagerung werden sich nun nach solcher Behandlung des menschlichen Körpers die einzelnen Theile zeigen?

Als äußere Theile werden sich zu erkennen geben die äußere Haut mit den darauf geöffneten Sinnesorganen, der Rückgrat mit dem Kopfe, mit den Gliedern, mit den Muskelmassen und Knochen, welche den Stamm zusammensetzen. Gehirn und Rückenmark erscheinen als die äußersten Organe, nur überdeckt von der Haut, von den Muskeln und den Knochen, welche ihnen zur Umhüllung dienen. Unmittelbar unter dem Rückenmark nach

innen gegen die Kugel zu krümmt sich die Wirbelsäule um diese
herum, und als seitliche Ausstrahlungen dieser gekrümmten Aze
zeigen sich die Glieder, Arme und Beine. Alle diese Organe
entsprechen den beiden äußeren Blättern der Keimhaut; sie entstehen aus denselben und zeigen deshalb auch eine äußerliche
Lage, sobald man eben den Leib des Erwachsenen in diejenige
Lage bringt, welche der Lage des Embryo im Verhältniß zu
dem Dotter entspricht. Zwischen den erwähnten Organen und
der Kugel, auf welcher wir den Leib ausbreiteten, befinden sich
nun die Eingeweide, welche die Höhlen der Brust und des Bauches erfüllen, nach vornhin das Herz in unmittelbarer Berührung
der Kugel, und über ihm die Lungen, Luft- und Speiseröhre,
weiter nach hinten hin der Darm mit seinen Drüsen. Alle diese
Eingeweide sind zwischen den animalen Organen und der Kugel
ausgebreitet. Sie bilden eine Schicht, die im Verhältniß zu den
animalen Organen eine innere Schicht ist und somit dem Darm-
drüsenblatte der Keimhaut entspricht.

Die Präparation und Lagerung des Körpers, welche wir
bisher beschrieben, sollte jeder meiner Leser sich wohl veranschaulichen und in das Gedächtniß prägen, da sie ein Bild der embryonalen Lagerung giebt und stets die verschiedenen Verhältnisse
klar machen hilft, welche bei der successiven Entwickelung der
Organe auftreten. Die Kugel, über welche wir uns den Leib
gespannt dachten, soll den Dotter repräsentiren. Die Embryonen
aller Wirbelthiere ohne Ausnahme sind mit der Bauchfläche um
den Dotter herum gekrümmt, während die Rückenfläche in Beziehung zu der Dotterkugel eine peripherische Lagerung hat. Der
Embryo der Wirbelthiere wächst also mit seiner Bauchfläche
um den Dotter herum, und je nach der Verschiedenheit der
Verhältnisse wird die Dotterkugel bald ganz von den Bauchwandungen umschlossen, bald nur theilweise, und der Rest in
Form einer Blase von dem Organismus gleichsam abgezwackt,
um als Dottersack außerhalb der Leibeswand liegen zu bleiben.
Diese Lagerung des Embryo im Verhältnisse zum Dotter ist
nicht dieselbe bei allen Thieren. Bei den Insecten z. B. krümmt

sich der Embryo mit der Rückenfläche um den Dotter, und die Bauchfläche ist im Verhältniß zu diesem peripherisch gelagert. Bei den Kopffüßlern oder Dintenfischen liegt der Dotter in der Axe des Körpers, ist kopfständig, während bei den übrigen Weichthieren ein solcher Gegensatz sich nicht nachweisen läßt.

Man hat eine Abweichung von dieser für die ganze Thierwelt characteristischen Lagerung der Embryonalgebilde im Verhältniß zu dem Dotter bei dem Meerschweinchen finden wollen, bei welchem allerdings der Embryo mit dem Rücken gegen eine Blase gekehrt ist, welche aber von den Beobachtern fälschlich für die Eiblase gehalten wurde, während sie doch aus der Verwachsung des ursprünglichen Schleimblattes mit der Uteruswand hervorgegangen ist. Die scheinbare Ausnahme, welche das Meerschweinchen macht, beruht nur darauf, daß die später zu erwähnende Nabelblase sich nicht als Blase ausbildet, sondern im Umkreise mit den von der Gebärmutter ausgehenden Gebilden verwächst und so eine nach allen Seiten herabgebogene Haut darstellt. Im Uebrigen schließen sich die Bauchwandungen bei dem Meerschweinchen ganz in derselben Weise gegen den Nabelstrang und die Dottergefäße ab, wie wir dies im Verlaufe dieses Briefes von den übrigen Säugethieren und den Menschen darstellen werden, so daß diese Ausnahme also nur scheinbar, nicht wirklich ist und auch in der That jetzt wiederholte Beobachtung nachgewiesen hat, daß der erste Untersucher durchaus falsche Resultate zu Tage förderte.

Kehren wir nach dieser Abschweifung zu den Blättern der Keimhaut zurück, so sehen wir, daß die schematischen Uebertreibungen, womit man diese getrennten Lagen organischer Zellen, diese Keimblätter, zur Bildung der Organe benutzte, oft selbst der Annahme derjenigen Thatsachen schadeten, auf welchen die weit ausgesponnenen Theorieen beruhten. Man behandelte diese Blätter, statt ihre Masse nach verschiedenen Richtungen hin wachsen, hie und dort durch neue Zellenanhäufungen und Anlagerungen vom Dotter her sich vergrößern zu lassen, fast wie Tücher oder Teppiche, die man auf verschiedene Weise faltete, dehnte und zerrte, um dort eine Drüse, hier eine Röhre, an einem anderen Orte eine hautartige Umhüllung hervorgehen zu lassen. Solche Uebertreibungen sind bei fortgesetzten Untersuchungen unserer Zeit fremd geworden, und wir erkennen jetzt in den Keimblättern flächenartig ausgebreitete Zellenanhäufungen, welche anfangs ganze Gruppen von Organen in sich repräsentiren. Diese Organe aber bilden sich aus durch Wachsthum an bestimmten Orten, durch Anhäufung verschiedenartig thätiger Zellen, welche allmählich die Elementartheile so aus sich herausbilden, wie es die Structur und Gestalt der betreffenden speciellen Organe erheischt. Wenn wir aber dies rege Zellenleben in dem Fruchthofe und der Keimhaut nicht verkennen, so gehen wir damit nicht so weit, die Theilung der Keimhaut in Blätter zu läugnen; Eines schließt das Andere nicht aus und die Theilung der Keimhaut ist jetzt so evident, so unwiderleglich bewiesen, daß ein Läugnen derselben aus theoretischen Gründen eine wahre Absurdität in sich schließt.

Das Ei der Säugethiere befindet sich schon in dem Uterus, sobald die oben beschriebenen Veränderungen damit vorgehen. Es beginnt nun die Einleitung zu einer genaueren Verbindung mit der Gebärmutter selbst, und zwar in der Weise, daß sich auf der äußeren Fläche der so sehr verdünnten Zona eigenthümliche Zotten (Fig. 74, S. 531) bilden, welche in die Zotten und Vertiefungen eingreifen, die an der Schleimhaut des Uterus im normalen Zustande erblickt werden. Man kann sich diese Verbindung etwa so vorstellen, daß die auf der Zona entwickelten Zotten mit denjenigen des Uterus etwa wie Sägezähne oder wie die Finger zweier in einander verschobener Hände in einander greifen und durch klebende Substanz mit einander verbunden sind. Anfangs ist die ganze Oberfläche der Zona mit solchen Zöttchen besetzt, die aber allmählich je nach den verschiedenen Thiergattungen an verschiedenen Stellen bei der zunehmenden Ausdehnung des Eies weiter von einander rücken und verschwinden, während sie an anderen Stellen sich häufen, auswachsen und in innigere Verbindung mit dem Uterus treten. Durch die Gefäße, welche sich in ihnen entwickeln, werden diese Zotten später die wahren Ernährungsorgane des Fötus. Bei dem Menschen bleiben sie nur an einer bestimmten, meist mehr oder minder elliptischen Stelle des Eies stehen, und bilden hier durch Verwachsung mit den vom Uterus ausgehenden Zotten ein festes kuchenartiges Gebilde, den **Mutterkuchen**, die **Placenta** oder **Nachgeburt**. Aus diesem Mutterkuchen entspringen einerseits die Blutgefäße, welche dem Embryo Nährstoffe zuführen, und anderseits finden sich in diesem Gebilde die Endmaschen der Uteringefäße, aus welchen der Fötus seine Nahrung zieht. Wir werden in der Folge dies wichtige Gebilde noch näher betrachten, machen aber aufmerksam, daß es eben aus den Zotten entsteht, deren erste Anfänge auf der Zona überall herum zerstreut sich finden.

Fig. 76.

Ein durch Fehlgeburt abgegangenes menschliches Ei von etwa zwei Monaten. Die hinfällige Haut bildet einen doppelten, abnormer Weise mit Blut unterlaufenen verdickten Sack. In diesem und am oberen Theile mit ihm verwachsen liegt das zottige Chorion, das durch eine zellig-gelatinöse

Substanz vom Amnion oder Schafhäutchen getrennt ist. In diesem Raum liegt das Nabelbläschen, das mit seinem Stiele in den Embryo übergeht, der in der geöffneten Höhle des Schafhäutchens eingeschlossen ist. a. Aeußerer, b. innerer Sack der hinfälligen Haut. c. Mit zelliger Sulze erfüllter Raum zwischen Chorion und Amnion. d. Innere, e. äußere zottige Fläche des Chorion. f. Nabelbläschen. g. Embryo, unmittelbar vom Amnion eingehüllt.

Der menschliche Uterus bereitet sich zum Empfange des Eies noch auf eine eigenthümliche Weise vor, welche sich in der Thierwelt nur bei den Affen in derselben Art wiederfindet, während bei den übrigen Säugethieren eigenthümliche Modificationen dieses Bildungsvorganges sich zeigen. Es bildet sich nämlich in der inneren Höhle der Gebärmutter eine eigenthümliche Haut von flockigem Aussehen, welche man mit dem Namen der hinfälligen Haut oder der Decidua bezeichnet. Man hat vielfach über die Structur und Anordnung dieser hinfälligen Haut gestritten, scheint aber endlich in unserer Zeit sich dahin vereinigt zu haben, daß man dieselbe für die innere Schleimhautschicht des Uterus hält, welche die ihr eigenthümlichen Drüsen stärker entwickelt und dadurch jenes weiche netzförmige Aussehen erhält, welches der hinfälligen Haut zukommt. Die Decidua ist auf ihrer äußeren, den Uteruswänden zugekehrten Fläche stets glatt, während ihre innere Fläche zottig und rauh erscheint. Bei genauerer Untersuchung entdeckt man in ihr zahlreiche zarte Blutgefäße und längliche, meist cylindrische Schläuche, die sich auf ihrer Oberfläche in die innere Höhlung öffnen. Offenbar sind diese Schläuche nichts anderes als die sehr entwickelten Drüsenschläuche, welche sich in der inneren Haut des Uterus befinden, bei der nicht schwangeren Gebärmutter aber so klein und unausgebildet sind, daß sich ihre Existenz bei den meisten Thieren kaum mit Bestimmtheit nachweisen läßt.

Die Bildung der Decidua beginnt und vollendet sich in dem Uterus, auch in denjenigen abnormen Fällen, wo das befruchtete Ei nicht bis in die Höhle der Gebärmutter gelangt. Man kennt Fälle, wo das Ei nicht von dem Eileiter aufgenommen wurde, sondern befruchtet in die Bauchhöhle fiel und dort sich entwickelte (sogenannte Bauchschwangerschaften); andere, wo das Ei im

Eileiter zurückblieb und sich in diesem ausbildete, ohne bis in den Uterus vorzurücken; in allen diesen Fällen fand man dennoch eine hinfällige Haut in der Höhle des Uterus. Diese ist das Product des entzündlichen Zustandes, in welchen die Gebärmutter durch die Befruchtung versetzt wird; sie ist eine selbstständige Bildung des Uterus, und das Eichen findet bei seiner Ankunft in der Höhle desselben vor der Oeffnung des Eileiters die dort ausgebildete hinfällige Haut, in welche es sich gleichsam einsäet, wie ein Samenkorn in aufgelockertes Erdreich. Das Eichen ist bei der Ankunft in dem Uterus noch außerordentlich klein, indem es, wie wir oben sahen, kaum die Größe eines kleinen Stecknadelkopfes besitzt. Es kann also bei seinem Eintritte in den Uterus wohl schwerlich einen bedeutenden mechanischen Eindruck auf die hinfällige Haut ausüben. Es schlüpft in eine der Falten oder Vertiefungen der weichen, aufgelockerten Schleimhaut, vielleicht auch in eine Drüsenhöhle, bettet sich dort ein und wird von den Wucherungen der hinfälligen Haut auf allen Seiten umgeben, so daß diese eine vollständige neue, sogar doppelte Hülle um das Ei bildet, die bei dem Menschen durchaus in weiter kein engeres Verhältniß zu den Embryoalbildungen selbst kömmt, sondern nur als in sich selbst zurückgezogene, aus doppeltem Sacke bestehende Hülle und Einbettung des Ganzen sich erhält, weshalb wir sie auch fernerhin gänzlich außer Acht lassen können.

Das Ei, welches während der Zeit, wo die Keimhaut sich bildet, sicherlich auch beim Menschen nicht größer ist, als ein mäßiger Stecknadelkopf, wächst in den ersten Zeiträumen seines Aufenthaltes in der Gebärmutter noch hauptsächlich durch Endosmose, durch Einsaugung der Flüssigkeit, welche in seinem Umkreise durch die entzündliche Aufregung der Geschlechtstheile in die sulzigweiche Masse der hinfälligen Haut ergossen ist. In den späteren Zeiten aber genügt diese Einsaugung nicht mehr, sondern es wird eine organische Verbindung eingeleitet zwischen dem Ei und der Gebärmutter mittelst der Zotten beider Organe, in welche sich Gefäße hineinbilden. Da wir beabsichtigen, im

Laufe dieses Briefes noch eine kurze Uebersicht der Entwickelung des Eies im Allgemeinen zu geben, so wird es nöthig sein, auf die Bildung des Fruchtkuchens und die Function dieses Gebildes etwas näher einzugehen.

Wir sahen oben, daß die Zellen, welche auf der äußeren Oberfläche des Eies sich entwickeln, zwischen diejenigen der Uterinschleimhaut, also der Decidua, eingreifen, und zwar daß sie bei dem menschlichen Eie nur an einer beschränkten Stelle diese organische Verbindung eingehen. An dieser Stelle ist also anfänglich nur die äußere Hülle des Eies, die ursprüngliche Zona, welche man jetzt, nachdem sich die Zotten entwickelt haben, das Chorion nennt, an den Uterus befestigt, während die innerhalb des Chorions befindliche Keimhaut durchaus von aller organischen Verbindung mit dem Uterus ledig ist. Nach und nach, während der Embryo sich in später zu beschreibender Weise entwickelt, löst sich eine Schicht von Zellen in hautartiger Ausbreitung auf der ganzen äußeren Fläche der Keimhaut los, verwächst mit der

Fig. 77. Schematischer Durchschnitt eines Säugethiereies, um die Bildung der verschiedenen Hüllen zu veranschaulichen. a. Kopftheil. b. Schwanztheil des Embryo's. c. Die Dotterhülle, allmählich zur Nabelblase auswachsend. d. Der Dotter. e. Der Dottergang, der in den Darm des Embryo's überführt und zum Stiel des Nabelbläschens auswächst. f. Vordere, g. hintere Falte des Amnions (Kopf- und Schwanzkappe). h. Der Harnsack. Das Ganze ist vom zottigen Chorion umgeben.

Zona überall und bildet zugleich in höchst merkwürdiger Weise
einen ringsgeschlossenen Sack um den Embryo. Dieser Sack,
auf dessen Bildung wir später näher eingehen werden, füllt sich
mit Flüssigkeit und wird das Amnios oder die Schafhaut
genannt. Das äußere Blatt der Keimhaut aber, welches sich
eng an die Zona anlegte und sich von der übrigen Dotterkugel
entfernte, verwächst vollständig mit der Zona, so daß es mit
dieser gemeinsam nur eine einzige dünne Haut darstellt, auf welcher außen die Zotten aufsitzen. Bei denjenigen Säugethieren, in
deren Eileiter das Ei eine Schicht von Eiweiß umgebildet erhält,
verwächst auch dieses mit der Zona, so daß demnach die Zottenhaut, welche das Chorion heißt, aus der Verwachsung des Eiweißes,
der Zona und einer von der Keimhaut gelieferten Zellenschicht
hervorgegangen ist. Dieser äußere Eisack, das Chorion, die
Zottenhaut oder Elhaut (denn alle diese und noch mehr
verschiedene Namen trägt diese Haut) ist demnach seiner Entstehung nach ein sehr complicirtes Gebilde, indem ein Theil des
ursprünglichen Eies, die Zona, ein von dem mütterlichen Organismus umgebildeter Stoff, das Eiweiß und endlich eine von
der Embryonalanlage herkommende Zellenschicht Antheil an seiner
Zusammensetzung nehmen. Die Zotten selbst, die im Stadium
ihrer höchsten Ausbildung dem Ei ein Ansehen geben, als sei es
über und über mit Moos überzogen, entstehen aus dem Ansatze
eigenthümlicher Molecule, welche auf der äußeren Fläche des

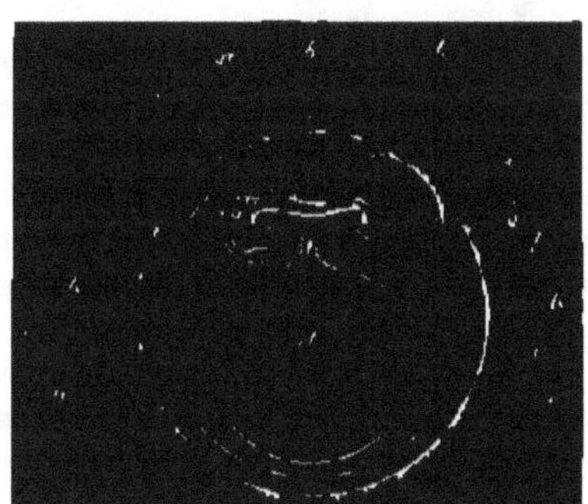

Fig. 78. Schematische Figur, ähnlich der vorigen, nur bei weiterer Ausbildung der Hüllen. a. bis g. haben dieselbe Bedeutung wie in der vorigen Figur. h. Verwachsungsstelle der Amniosfalten über dem Rücken. i. Innerer Sack der Schafhaut. k. Aeußerer Schafhautsack, der sich an die innere Wand des Chorion o. anlegt und mit ihm verwächst. l. Stiel des Harnsackes. m. Harnsack. n. Zotten des Harnsackes, aus denen sich die Placenta bildet.

Chorions sich niederschlagen. Der Embryo bedarf zu seiner weiteren Ausbildung der Zufuhr von Stoffen von der Mutter, und um diese Zufuhr zu bewerkstelligen, bildet sich aus seinem hinteren Theile eine anfänglich doppelte, dann einfache Blase hervor, welche äußerst gefäßreich ist und gegen die Stelle hin verwächst, wo die Zotten des Chorion zwischen diejenigen der Gebärmutter sich hineingebildet haben. Diese gefäßreiche Blase, die Allantois, der Harnsack oder die Harnhaut genannt, enthält zwei Arterien, welche Blut aus dem Gefäßsysteme des Embryo erhalten. Diese Nabelarterien verzweigen und verästeln sich auf der Oberfläche der Harnhaut, und sammeln sich endlich wieder in eine oder zwei Nabelvenen, welche das Blut in die Hohlvene des Embryo zurückführen. Sobald der Harnsack die Zotten des Chorions erreicht hat, legt er sich an diese an, und nun bilden sich Büschel von Haargefäßen in die einzelnen Zotten hinein. Jede Zotte bildet so, ähnlich einer Darmzotte, gleichsam eine vielfach in sich gewundene Schlinge von Capillargefäßen, durch welche das Blut durchgeht, um aus den Nabelarterien in die Nabelvenen zu gelangen.

Während diese Gefäßschlingen von dem Embryo her sich in die Zotten des Chorions hineinbilden, hat sich auch von Seiten des Uterus das Gefäßsystem bedeutend entwickelt und in die von der Uterinschleimhaut ausgehenden Zotten hineingebildet. Hier indeß scheint sich die Ausbildung der Gefäßkanäle in einigermaßen verschiedener Weise zu gestalten. Die Arterien der Gebärmutter verästeln sich freilich, wie gewöhnlich, in stets feinere Capillargefäße, allein diese Capillargefäße gehen nicht durch allmähliche Erweiterung und Sammlung ihrer Stämmchen in größere Venenzweige über, sondern sie erweitern sich plötzlich zu ziemlich bedeutenden Höhlen, welche die Zotten des Chorion und die darin befindlichen Büschel von Capillargefäßen von allen Seiten umhüllen. Die schwammige poröse Substanz des Mutterkuchens besteht also ihrer inneren Struktur nach aus den Gefäßbüscheln des Chorions, den arteriellen Gefäßbüscheln der Uterinzotten und den venösen Hohlräumen, in welche diese ihr Blut ergießen, um es sodann durch die Venen der Gebärmutter in die Blutcirculation der Mutter zurückkehren zu lassen.

Man sieht aus dieser Darstellung, daß das Blut der Mutter mit demjenigen des Embryo in keinem directen Zusammenhange steht. Die Blutbahn des Embryo ist überall geschlossen, seine Capillaren bilden in den Zotten der Placenta eben so vollkommen geschlossene Röhren oder Schlingen, wie in allen übrigen Organen. Nicht minder ist die Blutbahn der Mutter durchaus in sich abgeschlossen, und eine Wechselwirkung zwischen dem Blute der Mutter und demjenigen des Embryo ist demnach nur möglich mittelst endosmotischen Austausches durch die Gefäßwände beider Circulationssysteme. Es können demnach nur flüssige Stoffe aus dem Blute der Mutter in dasjenige des Embryo oder umgekehrt übergehen, und die Ernährung des Embryo kann nur auf die Weise geschehen, daß ein steter Austausch auf endosmotischem Wege Statt findet. Die Wände aller Gefäße aber, welche sich in der Placenta finden, sind außerordentlich dünn und zart, und durch die vielfache Schlängelung der embryonalen Capillaren, sowie durch die allseitige Umspülung ihrer Büschel, sind alle Bedingungen zu einer äußerst raschen und vollständigen Endosmose gegeben. Wir haben in dem Briefe über die Aufsaugung gesehen, daß möglichste Vergrößerung der Oberfläche und Beschleunigung der Strömung die Endosmose außerordentlich befördern. Beide Momente sind durch die eben beschriebenen Einrichtungen in hohem Grade erzielt. Es kann deshalb keinem Zweifel unterliegen und ist auch durch Versuche bestätigt worden, daß die Stoffe, welche im Blute der Mutter aufgelöst sind, äußerst schnell in dasjenige des Embryo übergehen, und daß der Embryo sämmtliche zu seiner Vergrößerung und

Entwickelung nöthigen Stoffe der mütterlichen Blutflüssigkeit entzieht.

Die gesammte Ernährung und Absonderung des Embryo beruht demnach auf der Blutcirculation in dem Fruchtkuchen. Der Embryo hat keine andere Vermittelung mit der Außenwelt, er kann mit der atmosphärischen Luft weder in Berührung kommen, noch Stoffe von Außen aufnehmen, da er gänzlich von einem mit Flüssigkeit erfüllten Sacke, dem Amnios, umhüllt ist. Seine Ernährung geschieht in ganz analoger Weise, wie die eines jeden Körpergewebes. Wir sahen oben bei der Schilderung der einzelnen Vorgänge der Ernährung, daß sowohl die unbrauchbar gewordenen Stoffe, als auch die Gasarten, welche aus der Umwandlung der organischen Substanz hervorgehen, durch die in den Capillaren Statt findenden endosmotischen Vorgänge in die Blutbahn aufgenommen, innerhalb dieser weggeführt und in den Absonderungsorganen aus derselben wiederum abfiltrirt werden. Der Harnstoff und die Kohlensäure, welche aus der Zersetzung des Muskelfleisches hervorgehen, werden durch das Blut weggeführt, und zum Ersatz dafür Sauerstoff und Proteinsubstanzen herbeigeführt. Ganz so verhält sich auch der Austausch zwischen dem Blute des Fötus und demjenigen der Mutter, welcher in der Placenta Statt hat. Die durch das Wachsthum und die Ernährung der embryonalen Organe gebildeten unbrauchbaren Stoffe und Gasarten werden in aufgelöstem Zustand durch den Blutstrom der Nabelarterien in die Placenta gebracht, und dort mittelst endosmotischer Strömung gegen die im Blute der Mutter enthaltenen brauchbaren aufgelösten Stoffe und gegen den hergeführten Sauerstoff vertauscht. Wer unsere Darstellung der Ernährung der Körpersubstanzen begriffen und gefaßt hat, der braucht an die Stelle dieser Substanzen nur eine flüssige Substanz, das Blut des Embryo, zu substituiren und die Function der Placenta wird ihm völlig klar sein. Der Streit, ob die Placenta ein Organ der Ernährung, der Absonderung oder der Respiration sei, beruht demnach auf einer völligen Verkennung aller physiologischen Vorgänge. Sie ist Alles zusammen, ein Organ des Austausches nämlich für alle Stoffe, welche, seien sie nun gasförmig oder flüssig, in dem Blute des Embryo einerseits und demjenigen der Mutter anderseits aufgelöst sind; — sie ersetzt die Thätigkeit der Lunge und der Nieren, ja auch diejenige der Leber, da, wie man neuerdings gefunden, auch Zucker in besonderen Theilen derselben bereitet wird.

Der Harnsack, durch welchen die Nabelgefäße zu den Zotten des Chorion geleitet werden und der deshalb ein äußerst wichtiges Gebilde für den Embryo ist, verliert bei den Menschen sehr bald seine blasenförmige Beschaffenheit und verwandelt sich in einen sulzigen festen Strang, welcher sich auf eine eigenthümliche Weise windet, die Nabelgefäße in sich enthält und der Nabelstrang genannt wird. Durchschneidet man den Nabelstrang eines menschlichen Embryo in die Quere, so sieht man, daß derselbe aus einer gesulzlösen Substanz gebildet ist, in der man die Lumina dreier durchschnittener Gefäße, der beiden Nabelarterien und der meist einfachen Nabelvene, erblickt. Durchschneidet man aber den Nabelstrang eines Thieres, so sieht man außer diesen drei Gefäßöffnungen noch in der Mitte des Stranges einen Kanal, der nicht mit Blut, sondern mit einer wässerigen Flüssigkeit erfüllt und nichts anderes als der hohle Stiel des Harnsackes ist. Bei den meisten Thieren nämlich bleibt der Harnsack während des ganzen Embryonallebens als Blase bestehen,

Fig. 79. Schematische Figur, den Durchschnitt eines Säugethiereies darstellend. a. Kopftheil. b. Schwanztheil des Embryo's. c. Nabelblase oder Dotterblase. d. Inhalt derselben, Dotter. e. Dottergang, vom Dotter in den Darm führend. f. Vorderer Theil des Amnios, Kopfklappe. g. Hinterer Theil desselben, Schwanzklappe. h. Verbindungsstelle des Amnios. i. Höhle des Amnios, den Embryo umgebend und mit dem Schafwasser gefüllt. k. Aeußere Falte des Amnios, mit dem Chorion o. verwachsend. l. Stiel des Harnsackes. m. Höhle des Harnsackes, mit Flüssigkeit gefüllt. n. p. Mutterkuchen, aus den Gefäßzotten des Harnsackes und denen der Gebärmutter gebildet.

und je nach den einzelnen Ordnungen der Säugethiere entwickelt diese Blase sich mehr oder minder bedeutend. Bei den Nagern, den Kaninchen und Hasen bildet der Harnsack eine mehr oder minder flaschenförmige Blase, welche etwa in dem verhältnißmäßigen Umfange bleibt, den der Harnsack bei dem menschlichen Embryo in der frühesten Zeit erhält. Deshalb haben diese Thiere auch wie der Mensch eine einfache kuchenförmige Placenta, die sich an der Stelle entwickelt, wo der birnförmige Harnsack sich an das Chorion anlegt. Bei den Hunden und Katzen wächst der Harnsack viel bedeutender aus, er wuchert an der inneren Fläche des Chorion von rechts nach links herum, so daß er mit seinem Ende den Ausgangspunkt wieder erreicht und so um das spindelförmige, nach oben und unten hin zugespitzte Ei einen Gürtel bildet, in dessen Bereich die Zotten überall in den röhrenförmigen Uterus sich hineinbilden und so eine ringförmige Placenta erzeugen. Der Harnsack bildet bei diesen Thieren also schon den größten Theil des Eies. Noch weiter geht seine Entwickelung bei den Schafen, Rindern und Pferden. Hier wächst der Harnsack so bedeutend aus, daß er in kurzer Zeit nicht nur den ganzen inneren Raum des Chorion erfüllt, sondern sogar baldigst an beiden Polen die Eihaut sprengt und über dieselbe hinauswächst, so daß das Ei eine halbmondförmige Gestalt hat und zwei lange gekrümmte Hörner nach oben und unten hin ausschickt. Die Zotten und Gefäßbüschel stehen dann bei diesen Thieren auf der ganzen Oberfläche des Eies herum zerstreut und bilden nicht einen zusammenhängenden Kuchen, sondern einzelne

Haufen, welche in entsprechende Stellen der Uterinfläche eingreifen und Kotyledonen genannt werden.

Die Literatur der Entwickelungsgeschichte ist angefüllt mit Streitigkeiten über die Existenz eines Harnsackes bei dem Menschen, die indeß jetzt durch sichere Beobachtungen an sehr jungen Embryonen vollständig dahin geschlichtet sind, daß man mit Bestimmtheit einen Harnsack nachgewiesen hat, welcher sich an der Stelle der Placenta anlegt, nachher aber sehr bald obliterirt und zu einem soliden Strange zusammenschrumpft. Der menschliche Embryo entbehrt deßhalb durchaus derjenigen Hülle, welche bei den Thieren von dem Harnsacke aus geliefert wird.

Eine ähnliche vorübergehende Rolle spielt in dem menschlichen Eie ein anderes blasenartiges Gebilde, welches man unter dem Namen der Nabelblase kennt. (Fig. 78, S. 644 und Fig. 79, S. 648.) Um die Entwickelung dieses Theiles zu verstehen, muß man sich in das Gedächtniß zurückrufen, daß die Keimhaut oder Keimblase aus zwei Blättern besteht, welche die Dotterflüssigkeit einschließen, und daß das innerste dieser Blätter, das Darmdrüsenblatt, welches unmittelbar mit der Dotterflüssigkeit in Berührung steht, zur Bildung des Epitheliums des Darmes bestimmt ist. Man muß sich ferner erinnern, daß nur der verdickte Theil der Keimhaut, welchen wir den Fruchthof nannten, zur Bildung des embryonalen Leibes verwandt wird. Man kann daher mit vollem Rechte behaupten, daß die ursprüngliche Anlage des Darmes weiter nichts sei, als eine schildförmige Ausbreitung auf der Oberfläche der Dotterblase. Damit hieraus die Röhre des Darmes werde, muß sich diese schildförmige Ausbreitung allmählich von den Seiten her umkrempen und eine Halbrinne bilden, deren Ränder nach und nach verwachsen. Dies geschieht auch in der That (vgl. Fig. 87). Die zur Bildung des Darmes bestimmte Masse erhebt sich, krempt sich gegen den Dotter hin um, bildet auf diese Weise eine in der Längsare des Körpers liegende, gegen den Dotter hin offene Rinne, deren Ränder sich von vornen und hinten her gegen die Mitte hin zur Röhre zusammenschließen. Es bleibt demnach auf diese Weise ein großer

Theil der Dotterflüssigkeit mit dem sie umhüllenden Schleimblatte der Keimhaut als Blase zurück, welche anfangs durch eine weite, in der Längsrichtung verlaufende Spalte, später durch einen offenen Kanal mit dem Darme in Verbindung steht. Dieser Kanal mündet etwa in der Mitte des Darmes in den Dünndarm ein. Er ist anfangs sehr kurz und weit offen, allein je mehr die Bauchwände des Embryo's sich in der Mittellinie schließen, desto mehr verlängert sich der Stiel der Nabelblase, der mit den Nabelgefäßen und dem Stiele des Harnsackes aus dem Körper des Embryo durch die Nabelöffnung hervortritt, um gegen die Peripherie des Eies hin sich bläschenförmig zu erweitern. Bei manchen Thieren, wie z. B. den Kaninchen, bleibt dieser Gang der Nabelblase sehr lange offen, und die Blase selbst zeigt während des ganzen Lebens des Embryo eine ziemlich bedeutende Größe und ist durch ihre Gefäße für die Ernährung des Fötus wichtig. Bei dem Menschen zieht sich der Stiel der Blase sehr lang aus, schließt sich aber sehr bald und verschwindet gänzlich in dem Nabelstrange, ebenso wie die Nabelblase selbst, ohne daß in den meisten Fällen eine Spur davon zurückbleibt. Wenn ich daher oben sagte, daß der Nabelstrang außer den Gefäßen auch noch den solid gewordenen Stiel des Harnsackes enthalte, so hatte ich damit seine Zusammensetzung noch nicht vollständig bezeichnet, indem er außerdem noch den verschrumpften Stiel der Nabelblase in sich schließt. Wollten wir den Nabelstrang in Gedanken so wiederherstellen, wie er sein müßte, wenn diese verschiedenen Gebilde nicht zusammengeschrumpft und geschlossen wären, so müßten wir in ihm außer den drei Gefäßen auch noch zwei hohle Kanäle finden, deren einer dem Harnsacke, der andere der Nabelblase angehörte.

Der Embryo des Menschen entbehrt demnach mehrere Hüllen, aus bläschenartigen Gebilden hervorgegangen, welche bei den Thieren sich finden, und besitzt dagegen eine von dem Uterus aus gelieferte äußere Hülle, die früher erwähnte hinfällige Haut, welche den meisten Thieren fehlt. Untersucht man die Bildung des Eies in dem Leichname einer Schwangeren, die schon in vorgerücktem Zeitpunkte der Schwangerschaft gestorben ist, so findet man den Embryo von folgenden Hüllen eingeschlossen. Zunächst längs der Wände des Uterus findet man die zusammengedrückte, theilweise selbst durch Aufsaugung wieder vernichtete hinfällige Haut, die an dem Ansatzpunkte der Placenta unter-

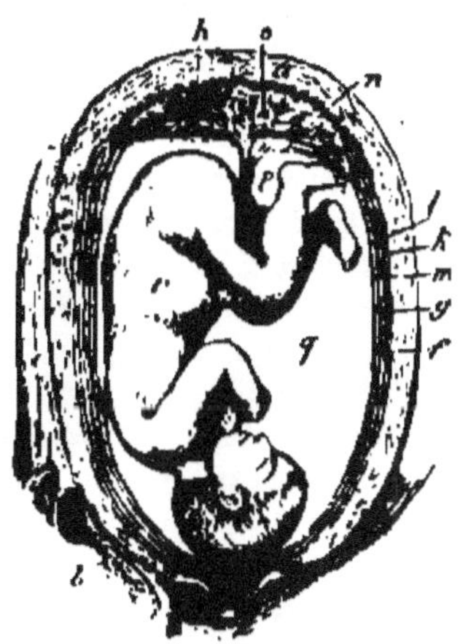

Fig. 80. Durchschnitt einer Gebärmutter mit der reifen Frucht. a. Wandung der Gebärmutter. b. Durchschnitt der Harnblase. c. Scheide. d. Raum zwischen Gebärmutter und Mastdarm. e. Bauchwandung. f. g Aeußeres und inneres Blatt der hinfälligen Haut. h. Gränze zwischen Uteruszotten und Placentarzotten. i. Mutterkuchen. k. Chorion. l. Amnios. m. Eiweißartige Flüssigkeit zwischen beiden. n. o. Umgeschlagenes Blatt des Amnios, den Mutterkuchen auf seiner inneren Fläche überziehend. p. Nabelstrang. q. Höhle des Amnios, vom Schafwasser ausgefüllt. r. Embryo.

brochen ist. Auf diese nach innen hin folgt das Chorion, welches in die Placenta selbst übergeht und innerhalb dieser nicht isolirt werden kann. Unmittelbar an dem Chorion und von diesem kaum durch eine geringe Schicht eiweißartigen Stoffes getrennt, liegt eine dritte Hülle, die Schafhaut oder das Amnios, welche eine bedeutende Masse von Flüssigkeit, das Schafwasser oder

Fruchtwasser, enthält. Dieses letztere ist wesentlich seiner Zusammensetzung nach eine Auflösung von Eiweiß und Kochsalz in Wasser, die im Beginne der Schwangerschaft concentrirter ist, als in späteren Zeiten. In dieser Flüssigkeit schwimmt der Embryo ganz frei, einzig aufgehängt mit der Bauchfläche an dem Nabelstrange, der von dem Nabel aus nach dem Fruchtkuchen sich hinzieht. Die äußere Haut des Embryo setzt sich an dem Nabel in verdünntem Zustande auf dem Nabelstrange fort und bildet so für diesen eine häutige Scheide, die an der inneren Oberfläche des Fruchtkuchens unmittelbar in das Amnios übergeht. Dieses bildet demnach einen vollkommen geschlossenen Sack um den Embryo, der ringsum von der Flüssigkeit des Schafwassers umspült wird. Bei der Geburt wird der Sack der Schafhaut zersprengt und durch den Riß des Chorion und des Amnios tritt der Embryo heraus.

Die Bildung und Entstehung der Schafhaut läßt sich kaum ohne Beihülfe schematischer Figuren anschaulich machen und gehört überhaupt zu den schwierigsten Punkten in der Entwickelungsgeschichte. Erst die neuesten Untersuchungen an Embryonen aus frühester Zeit haben diese Entstehungsgeschichte unwiderleglich aufgeklärt und bewiesen, daß der vollkommen geschlossene Sack der Schafhaut durch eine merkwürdige Faltung des peripherischen, serösen Blattes der Keimhaut entstanden sei.

Fig. 81. Schematischer Durchschnitt eines Säugethiereies, um die Bildung der verschiedenen Hüllen zu veranschaulichen. a. Kopftheil, b. Schwanztheil des Embryo's. c. Die Dotterhülle, allmählich zur Nabelblase auswachsend. d. Der Dotter. e. Der Dottergang, der in den Darm des Embryo's überführt und zum Stiel des Nabelbläschens auswächst. f. Vordere, g. hintere Falte des Amnions. h. Der Harnsack. Das Ganze ist vom zottigen Chorion umgeben.

Man erinnert sich, daß dieses Blatt im Anfange überall unmittelbar der inneren Fläche des Chorion anlag. Es verwächst nun mit dieser inneren Fläche des Chorion überall an der ganzen Peripherie des Eies, ausgenommen an derjenigen Stelle, wo sich der Fruchthof, also der werdende Embryo, befindet. Während sich nun der Embryo entwickelt, entfernt er sich von dem Chorion und zieht dadurch eine Falte des serösen Blattes nach sich, die sich mehr und mehr ausbildet. Wir haben gesehen, daß die äußere peripherische Fläche des Fruchthofes der Rückenfläche des Embryo entspricht. Der werdende Embryo liegt also mit seiner Rückenfläche anfänglich hart der inneren Fläche des Chorion an. Je mehr er sich aber von derselben entfernt, desto größer wird die Falte, die von dem serösen Blatte der Keimhaut gebildet wird. Der Embryo ist sonach in dieser Falte gleichsam aufgehängt wie ein Gegenstand, den man flach auf einem Tuche trägt. Nach und nach, je mehr sich der Embryo von dem Chorion entfernt, bildet sich auch die flache Falte zu einem vollständigen

Fig. 83. Schematische Figur, ähnlich der vorigen, nur bei weiterer Ausbildung der Hüllen. a. bis g. haben dieselbe Bedeutung wie in der vorigen Figur. h. Verwachsungsstelle der Amnionfalten über dem Rücken. i. Innerer Sack der Schafhaut. k. Aeußerer Schafhautsack, der sich an die innere Wand des Chorion o. anlegt und mit ihm verwächst. l. Stiel des Harnsackes. m. Harnsack. n. Zotten des Harnsackes, aus denen sich die Placenta bildet.

Sacke aus, und der Embryo hängt nun darin, wie in einem Tuch, das man oben zusammengefaßt hat und dessen Zipfel man ringsum an das Chorion angewachsen denken muß. Der so gebildete Beutel, welcher anfangs in der Rückengegend noch gegen das Chorion hin offen ist (vgl. Fig. 86), schließt sich allmählich vollständig durch Verwachsung seiner Ränder und bildet auf diese Weise den geschlossenen Sack der Schafhaut. Diese liegt anfangs dem Embryo überall ziemlich enge an, vergrößert sich aber schnell, indem sie sich mit Flüssigkeit füllt, und stellt so allmählich den weiten Sack her, in dessen Flüssigkeit der Embryo schwimmt.

Es hält außerordentlich schwer, sich diese Bildungsweise der Schafhaut zu veranschaulichen, es mag indeß noch auf folgende Weise gelingen : Man stelle sich vor, die äußere Haut des Erwachsenen, statt an dem Nabel geschlossen zu sein, gehe von hier aus in eine gewaltig große Blase über, die an dem Nabel befestigt wäre. Legt man nun den menschlichen Körper mit seiner Bauchfläche auf diese Blase, die hinlänglich groß sein muß, um den Körper nach allen Seiten hin zu überragen, so wird die Blase ringsum an ihrem Rande eine Falte bilden, an welcher die dem Körper zugekehrte Hälfte der Blase in die peripherische Fläche übergeht. Man denke sich nun, daß diese Blase groß genug sei, um auf dem Rücken über den Kopf und die Beine hinüber zusammengefaßt werden zu können. Näht man nun die so zusammengefaßte Blase über dem Rücken zusammen, so wird der Mensch in einem doppelten Sacke eingeschlossen sein, dessen Zusammenheftungsstelle der Mitte des Rückens entspricht. Der äußere dieser Säcke entspricht dem äußeren Blatte der Keimhaut. Man schneide diesen äußeren Sack weg (die Natur entfernt ihn

durch Verwachsung mit dem Chorion), und es wird der innere
Sack, die Schafhaut, übrig bleiben. Man kann die eben beschriebenen Verhältnisse plastisch ausführen, indem man eine zugebun-
dene Schweineblase nimmt, den Körper des Embryo durch irgend
einen festen Gegenstand, etwa ein Kreuzerbrödchen, versinnlicht
und nun verfährt, wie wir oben angaben. Es giebt kein besseres
Mittel, um sich den Vorgang in der Natur, wie er durch Beobachtungen nachgewiesen ist, anschaulich zu machen, wie es denn
überhaupt zum richtigen Verständniß der Entwickelungsgeschichte
stets solcher plastischer Versuche bedarf, die weit mehr begreiflich
machen, als die besten Figuren thun können.

Dreiundzwanzigster Brief.

Der Embryo, seine Uranlagen und sein Verwandtsystem.

Wir verließen das Ei in dem Momente, wo an einem bestimmten Punkte desselben sich der länglich-runde Fruchthof oder Embryonalfleck gebildet hat. Die Zusammensetzung dieses Embryonalfleckes aus gehäuften Zellen, welche in drei Blätter getheilt werden können, wurde ebenfalls schon besprochen. Die erste Anlage des Embryo zeigt sich nun mitten in diesem Fruchthofe in Gestalt eines länglich eiförmigen erhabenen Schildchens, in welchem die Zellenmasse mehr zusammengedrängt ist, als in der Umgebung, weshalb es dunkler erscheint. Bei der Bildung dieses Schildchens sind einzig und allein die beiden oberen Blätter der Keimhaut interessirt; das Darm-Drüsenblatt nimmt an seiner Bildung durchaus nicht den mindesten Antheil. An demjenigen Ende, welches die nachfolgende Entwickelung des Embryo's als das vordere erkennen läßt, ist dieses Schildchen breiter als nach hinten zu; seine Umgränzung ist nicht sehr scharf, sondern verliert sich in der umgebenden Zellenmasse des Fruchthofes. Offenbar beruht die Erhebung dieses Schildchens nur auf der stärkeren Wucherung und Vermehrung der Zellenmassen, welche die oberen Blätter des Fruchthofes zusammensetzen und zur Bildung der Embryonalanlage sich um eine Längsaxe zu gruppiren beginnen.

Kaum hat sich dieses Schildchen deutlicher erhoben und abgegränzt, so zeigt sich in seiner mittleren Längsaxe ein heller
durchsichtiger schmaler Streifen, welcher vorn und hinten in geringer Entfernung von dem Rande des Schildchens aufhört und
sich als eine seichte Rinne zu erkennen giebt, die nur dadurch
heller erscheint, daß das Zellenmaterial zu beiden Seiten in dem
Schildchen stärker angehäuft ist, als in der Rinne selbst. Während nun diese Primitivrinne sich allmählich tiefer eingräbt,
genauer nach oben und unten begränzt und ihre Ränder zugleich
sich wulstförmig erheben, zieht sich das Schildchen von allen
Seiten her gegen die Rinne stärker zusammen, wird zusehends
länglicher und schnürt sich in der Mitte etwas ein, während zugleich seine beiden Enden breiter erscheinen. Das Schildchen zeigt
sich so bald nach dem ersten Erscheinen der Primitivrinne in
Gestalt einer länglichen Erhabenheit, welche in dem Durchmesser
des fast kreisförmigen Fruchthofes liegt, die Form eines Bis-
cuit oder einer Schuhsohle hat, und auf ihrer oberen Fläche
durch einen Riß bis in eine gewisse Tiefe gespalten ist. Diese
Spalte, die Primitivrinne oder Rückenfurche, ist an ihren

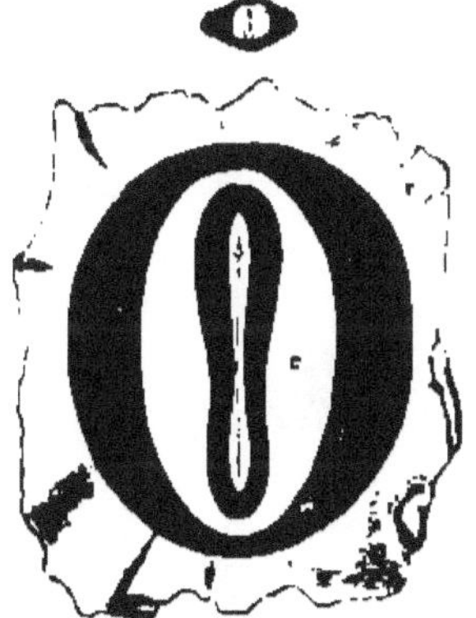

Fig. 88. Ein Hühnerei mit der ersten schuhsohlenförmigen Anlage des Embryo's. Oben das Ei in natürlicher Größe, darunter die Embryonalanlage, stärker vergrößert. Die Primitivrinne mit der Rückensaite sind angelegt; die Embryonalanlage (Rückenplatten) erst von einem hellen Hofe (Bauchplatten), dann von einem dunklen, dem Fruchthofe, umgeben.

a. Primitivrinne. b. Rückenplatten. c. Heller Hof. d. Dunkler Fruchthof. e. Haut der Keimblase.

beiden Enden etwas breiter als in der Mitte, so daß sie durchaus die Gestalt des biscuitförmigen Schildchens nachahmt. Wir

können das Schildchen nun schon mit dem Namen des Embryo
bezeichnen, dessen Körper es in der That entspricht, und können
somit feststellen, daß die erste Anlage des Embryo des Menschen,
sowie aller Wirbelthiere ohne Ausnahme, aus einer länglichen
Erhabenheit in Biscuitform besteht, auf deren Rückenfläche in
der Längsaxe eine Rinne eingegraben ist, welche aufgewulstete
Ränder besitzt. Kein anderer Embryo aus dem Reiche der
wirbellosen Thiere zeigt diese ursprüngliche Gestalt, während
alle Wirbelthier-Embryonen bei ihrem ersten Auftreten durchaus
auf ähnliche Weise gebildet sind, und dadurch bethätigen, daß
sie alle einem und demselben Organisationsplane angehören.

Ein Durchschnitt durch einen Embryo in dieser Periode
stellt die Theile in der Weise dar, wie sie hier vom Huhne gezeichnet sind. Die ursprüngliche Rückenfurche mit der Primitivrinne in der Mitte hat sich stark vertieft, während die Seiten,
welche das Medullarrohr bilden werden, wallartig emporge-
hoben sind und unmittelbar in die seitliche Fortsetzung, welche
die Haut des Körpers bilden wird, in das Hornblatt übergeht.
Unter der Primitivfurche, deutlich getrennt und für sich bestehend,
zeigt sich die später zu erwähnende Rückensaite (Chorda); zu
ihren beiden Seiten das körnig gezeichnete motorisch-germinative
Blatt, welches sich schon in die Urwirbelplatten mit ihrer Höhle
zu sondern beginnt, und darunter, ungetheilt in gleichmäßiger
Dicke das Darmdrüsenblatt, welches den Embryo gegen den
Dotter abgränzt.

Fig. 84.

Durchschnitt durch einen Hühnerembryo von 24 Stunden, 90 mal vergrößert. R. f. Rückenfurche. P. v. Primitivrinne. m. Medullarrohr in der
Bildung. h. Hornblatt. (Alle diese Theile dem Sinnesblatt angehörig.)
ch. Rückensaite. u. w. p. Urwirbelplatte. u. w. h. Urwirbelhöhle. sp. Seitenplatten — (Alles dem motorischen Blatte angehörig). dd. Darmdrüsenblatt.

Wir wenden uns nun zunächst, nach Feststellung dieser Thatsache, daß die Rückenfurche mit ihren seitlichen Wällen, die sich zum Medullarrohre schließen werden, nur dem Hornblatte angehört, zu der Entwickelung des Nervensystems selbst, indem wir die anderen im Durchschnitte dargestellten Theile einstweilen auf sich beruhen lassen.

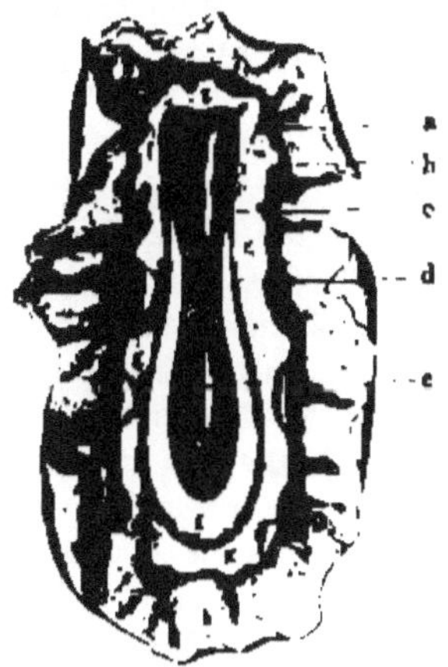

Fig. 85.

Die Embryonalanlage in einem Hunde, etwa 20 Tage nach der Befruchtung. Der über die Keimblase mit der Bauchfläche hingebogene, werdende Embryo ist losgelöst und mit den ihn umgebenden Häuten flach ausgebreitet worden, daß man ihn vom Rücken aus sieht. Die Primitivrinne klafft noch weit auseinander — sie ist überall mit einem hellen Streifen umgeben, der ersten Ablagerung von Substanz an den Wänden der Rinne. In der Tiefe der Rinne sieht man die Rückensaite als dunkleren Streifen. a. Vorderhirn. b. Mittelhirn. c. Hinterhirn — alle drei noch in Gestalt von Ausbuchtungen der Primitivrinne. e. Lanzettförmige hintere Erweiterung der Primitivrinne. (Rhombische Bucht, sinus rhomboidalis) d. Urwirbelkörper. f. Sehenplatten. g. äußeres und mittleres Blatt der Keimblase, zusammengeheftet. h. Darmdrüsenblatt. i. Körper des Embryo.

Sobald die Primitivrinne einmal angelegt ist, erweitert sie sich besonders an ihrem vorderen Ende und bildet hier mehrere seitliche Aussackungen, deren man ursprünglich drei zählt. Auch

In dem hinteren Theile erweitert sich die Rinne ein wenig, so daß sie hier eine lanzettförmige Gestalt erhält. Sobald die vorderen Ausbuchtungen und die hintere lanzettförmige Erweiterung der Rinne sich ausgebildet haben, bildet sich auch auf dem Boden und längs den Rändern der Rinne eine dünne, zarte Schicht glasheller Substanz, welche durch ihre Durchsichtigkeit auffallend von der dunkleren Masse der wulstigen Ränder absticht. Diese helle Substanz, welche, wie gesagt, nur in dünner Schicht die Rinne auskleidet, ist die Uranlage des centralen Nervensystems. Es ist also das Central-Nervensystem, das Gehirn und Rückenmark, welches sich zuerst auf dem Boden einer auf der Rückenfläche offenen Rinne differenzirt. Die Wülste, welche diese Rinne umgeben, entsprechen den noch ungeschiedenen Hüllen des Central-Nervensystemes, der Haut, den Knochen, Muskeln und übrigen Gebilden, welche den ganzen Körper mit Ausschluß der Eingeweide zusammensetzen. Das Central-Nervensystem ist also das erste unter allen Organen des Körpers, welches sich in bestimmter Form darstellt, und es giebt sich sonach als das wichtigste primärste Organ des Wirbelthieres überhaupt zu erkennen. Ehe wir seine weitere Entwickelung genauer verfolgen, wird es geeignet sein, überhaupt einige Bemerkungen über die Art und Weise, wie die einzelnen Organe des Leibes sich bilden, hier einzustreuen.

Wir haben gesehen, daß der Fruchthof ursprünglich nur eine einzige Zellenanhäufung darbot, die sich später in zwei und sogleich in drei Blätter spaltete, ein äußeres für die Oberhautgebilde und das centrale Nervensystem, ein mittleres für Knochen- und Muskelsystem, Geschlechtsorgane und Kreislaufsorgane, ein inneres für den Darm und die Drüsen. Wir sahen ferner, daß das erste dieser Blätter anfangs eine homogene Zellenmasse darstellte, welche, in bestimmten Richtungen fortwuchernd, die Formanlage einer Rinne bildete, und daß in dieser Rinne nun die erste Anlage eines differenten Organes, des Central-Nervensystemes, sich entwickelte, die sich durch eine eigenthümliche Structur ihrer Bildungsmasse von den Zellen in der

Umgebung unterschied, welche noch ihre durchaus homogene Zusammensetzung beibehielten. Was an dem Nervensysteme geschieht, zeigt sich überall bei dem Entstehen der ersten Anlagen anderer Organe. Es erscheinen stets zuerst ganz allgemeine Gesammtanlagen für ganze Gruppen von Organen, welche sich aus der indifferenten Bildungsmasse hervorbilden, und diese Gesammtanlagen theilen sich wieder durch Differenzirung ihrer Elemente in die Anlagen der einzelnen Organe. Die Entwickelung des Embryo schreitet demnach nicht in der Art fort, daß ein bestimmtes Organ zuerst sich ausbildete, dann ein anderes, dann ein drittes u. s. w.; daß also ein einzelnes Organ gleichsam den Mittelpunkt darstellte, um welchen dann die anderen Organe nach und nach sich gruppirten und so den Organismus vervollständigten. Es werden im Gegentheile allgemeine, ganze Organgruppen zusammenfassende Uranlagen gebildet, und diese nach und nach stets mehr und mehr gesondert und in einzelne Organe zerlegt. Das Ei bildet gleichsam den aufgelösten Embryo; — man kann es vergleichen mit einer Auflösung verschiedenartiger Salze, die man durch Krystallisation zu trennen sucht. Wenn auch die Auflösbarkeit dieser einzelnen Salze verschieden ist, so weiß doch der Chemiker gar wohl, daß namentlich diejenigen, welche sich in diesem Punkte näher stehen, vereinigt sich ausscheiden, daß ein Salz das andere mit zu Boden reißt. Erst durch wiederholtes Umkrystallisiren und Reinigen kann man diese Gruppen gemeinschaftlich niedergefallener Substanzen in die einzelnen Salze trennen. Ganz so verhält sich auch die embryonale Entwickelung. Sie bildet erst Gruppen von Organen in unbestimmter Form, welche durch keinen Unterschied ihrer elementaren Bestandtheile sich in einzelne heterogene Organe trennen lassen. Nach und nach tritt dieser Unterschied in den elementaren Zellen auf. Sie bilden sich aus je nach der eigenthümlichen Natur des Organes, welchem sie angehören sollen, und mit dieser Ausbildung der Elementarbestandtheile geht auch diejenige der äußeren Form Hand in Hand, bis endlich das ganze Organ nach äußerer

Form und innerer Structur so ausgebildet ist, wie wir es in dem Erwachsenen antreffen.

Es ist deßhalb thöricht und zeigt von einer gänzlichen Unkenntniß der Gesetze der Entwickelung, wenn man über die Bedeutung der Gesammtanlagen, welche in dem Embryo auftreten, sich abquält und dieselben einem oder dem andern bestimmten Organe vindiciren will. Man hat endlose Streitigkeiten geführt über die Bedeutung der Primitivrinne, welche sich zuerst in der Uranlage des Embryo's zeigt. Die Einen behaupteten, diese hohle, mit Flüssigkeit gefüllte Rinne sei die Uranlage des Nervensystems, und die Wülste, welche sie begränzen, entsprächen den Hüllen des centralen Nervensystems; — die Andern glaubten, die Wülste entsprächen der centralen Nervensubstanz selbst und stellten deren Uranlagen dar. Keines von beiden ist richtig. So lange noch die dünne Schicht von Nervensubstanz sich nicht auf dem Boden der Rinne differenzirt hat, entsprechen eben die homogenen Wülste mit dem Schildchen, in welches sie nach den Seiten hin ohne bestimmte Demarcationslinie übergehen, allen Organen des oberen Blattes ohne Ausnahme, und so wie zuerst die Nervensubstanz aus dieser Gesammtanlage sich ausscheidet, so differenziren sich später aus dem mittleren Blatte die Knochen, die Muskeln, die äußere Haut u. s. w.

Betrachten wir nun die Entwickelung des Central-Nervensystemes im Zusammenhange, so ist es vor allen Dingen nöthig, uns wohl die Gestalt desselben bei seinem ersten Auftreten in das Gedächtniß zurückzurufen. Es bildet eine dünne homogene Schicht, die den Boden einer an der Rückenfläche offenen Rinne auskleidet, an deren vorderem Ende drei seitliche Ausbuchtungen zu bemerken sind, während hinten eine lanzenförmige Erweiterung sich zeigt. Derjenige Theil des Central-Nervensystemes, welcher, wenn man sich den Menschen auf dem Bauche liegend denkt, dem Boden des Wirbel- und Schädelrohres anliegt, zeigt sich demnach zuerst in der Anlage. Dieser Theil aber ist, wie wir früher sahen, der **Hirnstamm**, der bewegende und empfindende Theil des Central-Nervensystemes, von welchem die peripherischen

Nerven entspringen. Der Hirnstamm zeigt sich also in seiner ersten Anlage vor allen anderen Organen des Körpers, namentlich vor den Nerven, die noch nirgends in der umgebenden Masse des Körpers differenzirt sind. Diese besteht noch durchaus aus vollkommen homogenen Zellen, in welchen die genaueste Beobachtung keinen Unterschied zu erkennen vermag. Die Ausbuchtungen, welche man an dem Kopfende der Rinne bemerkt, und die ebenfalls ihrem Boden entlang mit einer solchen dünnen Schicht von Nervensubstanz ausgekleidet sind, entsprechen den späteren Hauptabtheilungen des Gehirnes, der mittlere engere Theil der Rinne dem Rückenmark, und seine hintere Erweiterung einer eigenthümlichen Spaltung des Rückenmarkes in der Lendengegend, die bald verschwindet, bei manchen Thieren aber, z. B. den Vögeln, sich bleibend erhält und auch zuweilen bei neugeborenen Kindern abnorm entwickelt in Form eines wasserhaltigen Sackes an der angegebenen Stelle sich findet.

Die erste Tendenz der Bildung in dem Central-Nervensysteme geht dahin, die Rinne zuzuwölben und zu einer Röhre zu schließen, welche ringsum von Nervensubstanz ausgekleidet ist. Man beobachtet, wie zu diesem Endzwecke die Wülste, welche die Rinne und ihre Ausbuchtungen begränzen, sich erheben und allmählich, gleich den Bogentheilen eines Tunnels, den man zuwölbt, von beiden Seiten nach der Mittellinie hin gegen einander streben. Die Wülste bestehen dann noch gänzlich aus gleichartigen Zellen, und in gleichem Maße, wie dieses Mauerwerk von Zellen sich überwölbt und in der Mittellinie schließt, wölben sich auch im Inneren die Ränder der Nervensubstanz einander entgegen und schließen sich an den meisten Stellen ebenfalls in der Mittellinie zusammen. Während dieses Vorganges verschwindet schon die hintere linsenförmige Ausweitung der Rinne so ziemlich. Dagegen erhalten sich die vorderen Kopfausbuchtungen und verwandeln sich durch die Ueberwölbung in Blasen. Nur an einer einzigen Stelle, nämlich in dem Nacken, da wo wir bei dem Erwachsenen das verlängerte Mark sehen, wölbt sich die Nervensubstanz nicht zu einer Röhre zusammen, sondern behält hier die ursprüngliche Gestalt einer Hohlkehle, die nach oben offen oder nur von einem sehr dünnen Blättchen überzogen ist. Die Wülste, welche sich später in die Hüllen und Bedeckungen des centralen Nervensystemes verwandeln, wölben sich indeß auch an dieser Stelle zu einem vollständigen Schlusse, so daß die weitere Ausbildung des Central-Nervensystemes in einem durchaus geschlossenen Rohre statthat, welches vornen drei primitive Gehirnblasen erkennen läßt.

Bei dieser Zuwölbung trennt sich die äußerste Schicht des Hornblattes von dem darunter liegenden, nun geschlossenen Medullarrohre, so daß nun bei einem Durchschnitte die Theile sich schon wesentlich verändert darstellen. Das Hornblatt, welches auf dem früheren Durchschnitte (Fig. 84) in das Medullarrohr überging, läuft nun continuirlich über dasselbe weg; das Medullarrohr ist vollständig zum Rohre geschlossen mit großer Höhle im Inneren; die dem mittleren Blatte angehörigen Theile haben sich mehr differenzirt, während das Darmdrüsenblatt noch unverändert geblieben ist.

Fig. 85.
Querschnitt eines Hühnchens vom 2. Tage, 90 mal vergrößert.
h. Hornblatt, über der Vereinigungsstelle verdünnt. m. r. Medullarrohr, jetzt schon zum hohlen Rückenmarke geschlossen. ch. Rückensaite. uw. Urwirbel mit der ausgefüllten Höhle uwb in der Mitte. hpl. Hautplatten und df. Darmfaserplatten, durch Differenzirung der ursprünglichen Seitenplatten entstanden und durch den Spalt sp getrennt; ao. Ur-Aorten; ung. Urnierengänge.

Das vorderste Ende der Primitivrinne erscheint bei dem ersten Auftreten der seitlichen Ausbuchtungen leicht nach innen eingedrückt, so daß die vorderste Hirnblase gleichsam die Gestalt eines Kartenherzens hat, dessen eingeschnittene Seite nach vorn,

die Spitze nach hinten schaut, während die beiden Flügel seitlich
sich ausdehnen. Diese vordere Ausbuchtung bleibt aber nicht
lange; sie verstreicht sich, wölbt sich allmählich im Bogen nach
vorn hervor und bildet bald eine hervorspringende Ecke, welche
sich von den seitlichen Flügeln der Blase mehr und mehr abschnürt. Je weiter diese Abschnürung vorschreitet, desto mehr
bildet sich auch diese vorspringende Ecke aus. Sie wird allmählich zu einer blasenförmigen Vorragung, die sich endlich in

Fig. 86. Fig. 87. Fig. 89.

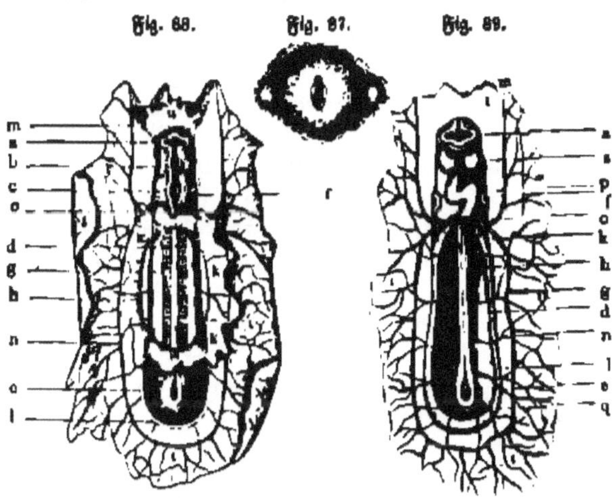

Fig. 87. Ein Hühnei von etwa 23 Tagen in natürlicher Größe. Man
unterscheidet deutlich die äußere Eihaut (Chorion), dicht mit Zotten
besetzt, und die innere, aus den Embryonalblättern gebildete Eiblase. In
der Mitte sieht man den Embryo, welchen die Figuren 88 und 89 zehnmal
vergrößert vom Rücken und vom Bauche her darstellen. Das Hirn und
Rückenmarksrohr sind bis auf die Hirnblasen und die hintere Rhombenbucht geschlossen; die Kopfbeuge bildet sich aus, so daß schon das Kopfende
des Embryo's mit den beginnenden Augenbuchten gegen die Bauchseite eingebogen ist. Die Ohrbläschen sind angelegt; das Amnios ist von allen
Seiten her über den Embryo hergewachsen, aber über der Mitte des Rückens
noch offen, so daß hier ein ovaler Raum ist, wo der Rücken frei liegt; das
Herz und der erste Kreislauf, so wie der erste Kiemenbogen sind ausgebildet, die Bauchplatten noch nicht geschlossen, sondern noch weit offen, so

daß der hintere Theil des Embryo, von der Bauchseite aus, einer seichten Wanne ähnlich sieht. Die Buchstaben sind für beide Figuren gleich.

a. Vorderhirn mit den beiden seitlichen Augenbuchten. b. Mittelhirn. c. Hinterhirn. d. Rückenmark. e. Rhombenbucht. f. Ohrbläschen. g. Wirbelkörper. h. Rückenplatten. i. Umgekrempter Rand derselben, zum Schluß der Bauchwände. k. Das rundum abgerissene Amnios, noch offen über dem Rücken. l. Die den Embryo umgebende Falte des Amnios. m. Vordere Dottervene. n. Hintere Dottervene, mit der von der entgegengesetzten Seite einen Kranz bildend. o. Große hintere Herzvene, in der sich beide Venen vereinigen und so in den S förmig gewundenen Herzschlauch p. eintreten. q. Hintere Wirbelarterien, die Dotterarterien abgebend. r. Der erste Kiemenbogen, der sich später zum Unterkiefer ausbildet. t. Das Darmdrüsenblatt. u. Vorderer Eindruck desselben, durch die Kopfbeuge verursacht.

der Mittellinie mehr und mehr einschneidet und so zwei seitliche Hälften darstellt, welche mit großer Schnelligkeit sich bedeutend ausdehnen und zwei vordere Blasen bilden, die übermäßig wachsen und über die anderen Hirnblasen hinüberwuchern. Diese beiden vorderen Blasen bilden das Vorderhirn, sie entwickeln sich zu den Hemisphären des großen Gehirns. Das Vorderhirn ist demnach in den primitiven Ausbuchtungen der Rinne in den drei primitiven Hirnblasen gar nicht enthalten, sondern es entwickelt sich erst nach der Anlage derselben aus dem anfänglich eingedrückten vorderen Ende der Nervenröhre, welches zwischen den beiden seitlichen Flügeln der vordersten Hirnblase hervorsproßt.

Dieses vordere Paar seitlicher Flügel mit dem sie verbindenden Mittelstücke, die erste primitive Gehirnblase, nennen wir das Zwischenhirn oder Sehhirn, weil aus ihm die Augen hervorsprossen. Je mehr nämlich die Bildung der Nervensubstanz fortschreitet, desto mehr schnüren die seitlichen Flügel oder Ausbuchtungen dieser Blase, indem sie zugleich seitlich sich ausdehnen, von dem Mittelstücke sich ab, und stellen sich bald als zwei runde Säcke dar, deren jeder durch eine kurze weite Röhre mit dem Mittelstücke in Verbindung steht. Diese beiden seitlichen gestellten Säcke sind die Rudimente der Augen, die man oft die Augenbuchten nennt, und der hohle Stiel, welcher jede dieser Augenbuchten mit dem Mittelstücke verbindet, ist der

urſprüngliche Sehnerv. Die mittlere Blaſe, in welcher dieſe
Sehnerven münden, wölbt ſich zu einem unpaaren, anfänglich
röhrenartigen Theile zuſammen, in welchem ſich ſpäter die
Sehhügel entwickeln. Die zweite primitive Hirnblaſe erfährt
nie eine ſolche Ausbildung, wie die erſte, ſondern bleibt ſtets
auf einer mäßigen Stufe der Entwickelung ſtehen. Indem ſie ſich
in der Mittellinie zuſammenwölbt und an der Vereinigungsſtelle
bedeutend einſenkt, entſtehen die Vierhügel, deren wir ſchon
früher bei der Behandlung der Functionen des Nervenſyſtemes
als mit der Function des Sehens weſentlich betraut gedachten.

Die dritte primitive Hirnblaſe endlich kann füglich in zwei
Theile getheilt werden. In dem vorderen Theile, der Hinter-
hirn- oder Kleinhirnblaſe, wölbt ſich die Nervenſubſtanz
vollſtändig zuſammen und läßt ſo das kleine Gehirn entſtehen, während in der Nachhirnblaſe die Nervenſubſtanz nur
auf dem Boden wuchert, ſich aber nicht zu Gewölbtheilen erhebt.

Bei den höheren Wirbelthieren und dem Menſchen bilden
ſich während der Entwickelung des Gehirns zwei, oder, wenn
man will, ſelbſt drei äußerſt merkwürdige Einknickungen aus,
die bei den niederen Wirbelthieren nur ſchwach angedeutet ſind.
Beim Beginne ſeiner Entwickelung krümmt ſich nämlich der Embryo gleichmäßig im Bogen um die Kugel des Eies herum, und
es bedarf nur der Ablöſung von demſelben, um ihn völlig horizontal und platt auf ſeine Bauchſeite ausbreiten zu können.
Sobald aber die primitiven Hirnblaſen ausgebildet ſind, ändert
ſich dieſes Verhältniß. Der Embryo beugt ſich mit ſeinem
Kopfe, deſſen Unterfläche von der Peripherie des Eies ſich losge-
löſt hat, nach innen gegen daſſelbe ein und knickt den vorderen
Theil des Kopfes gegen die Bruſt hin nieder. Dieſe Einknickung
findet ſich an der Stelle der ſpäteren Brücke, an der Gränze
zwiſchen dem Mittelhirne und dem Nachhirne, und iſt ſo bedeutend, daß ſie mehr als einen rechten Winkel beträgt. Die
Baſis des Nachhirnes und diejenige des Mittelhirnes, welche
uranfänglich in gleicher Ebene lagen, ſind, ſobald die Kopf-
beugung den höchſten Grad erreicht hat, nur durch einen ſchmalen

Fig. 90. Ein etwa 16 Tage alter Hundeembryo, fünfmal vergrößert, von der Seite gesehen.

a. Vorderhirn mit der Scheitelbeuge. b. Zwischenhirn. c. Mittelhirn. d'. kleines Gehirn. d. Nachhirn. e. Auge. f. Ohrbläschen, durch einen Stiel (Hörnerven) mit dem Nachhirn zusammenhängend. g. Oberkiefer. h. Unterkiefer (erster Kiemenbogen). i. Zweiter Kiemenbogen. k. Rechte Vorkammer des Herzens. l. Linke Kammer. m. Rechte Kammer. n. Dottergang. o. Leber. p. Herzbeutel. q. Darmschlinge, in welche das Nabelbläschen s. mit seinem Stiele r. einmündet. t. Allantois. u. Amnios. v. Vordere Extremität. w. Hintere Extremität. x. Wirbelsäule. y. Schwanz. z. Nase. 1. Kopfbeuge oder Brückenkrümmung. 2. Nackenbeuge.

Sporn von Zwischensubstanz von einander getrennt. Man hat diese Einknickung die Kopfbeuge oder Brückenkrümmung genannt; ihr entspricht an der Außenfläche eine höckerartige Vorragung; das Mittelhirn behauptet gerade die Spitze dieses Kopfhöckers.

Eine zweite Beugung, die zwar nicht so scharf ist, als die vorige, aber dennoch fast einen rechten Winkel beträgt, zeigt sich bei dem Uebergange des Rückenmarkes in das Nachhirn. Auch diese Beugung, die man unter dem Namen der Nackenbeuge und des Nackenhöckers kennt, ist den höheren Wirbelthieren eigenthümlich, indem sie bei den niederen nur angedeutet ist. Endlich zeigt sich dann noch eine dritte Einbiegung am Zwischen-

und Vorderhirn, die gegen den Dotter hingebogen sind, und die man die Scheitelbeuge und den Scheitelhöcker nennen kann. Sobald diese drei Biegungen sich vollständig entwickelt haben, kann man den vordern Theil des Embryo's in seiner Gestalt sich nicht besser versinnlichen, als wenn man den Finger, den Zeigefinger z. B., so stark wie möglich in seinen sämmtlichen Gliedern beugt; die Beugefläche des Fingers entspricht dann der Bauchfläche des Embryo: das erste Gelenk der Scheitelbeuge, das zweite Gelenk der Kopfbeuge und das Handgelenk des Fingers der Nackenbeuge des Embryo.

Diese Einknickungen sind nicht etwa vorübergehender Art, so daß sich der Embryo leicht auf einer horizontalen Unterlage gerade legen ließe. Sie sind vielmehr auf tiefwurzelnden organischen Verhältnissen begründet, und zwar hauptsächlich auf der Ausbildung der festeren Theile des Skelets und des Kleinhirnzeltes, über welche die Hirntheile hinauswuchern. Durch die Existenz dieser beiden Einknickungen, welche das Studium der an der Bauchfläche des Halses gelegenen Theile sehr erschweren, theilen sich die Embryonen der Wirbelthiere in zwei große Abtheilungen. In der einen dieser Abtheilungen, zu welcher die Säugethiere, die Vögel und die beschuppten Reptilien gehören, sieht man eine starke Kopf- und Nackenbeuge; man findet bei diesen Embryonen die Entwickelung eines Amnios, zur Umhüllung des Embryo, und ferner diejenige einer Allantois oder eines Harnsackes, zur Ausbildung ernährender Gefäße für den Fötus. In der zweiten großen Abtheilung, derjenigen der niederen Wirbelthiere, bei den Fischen und nackten Amphibien, sind Kopf- und Nackenbeuge nur sehr unbedeutend entwickelt und kaum angedeutet, zugleich fehlt die von dem Embryo ausgebildete Hülle oder Schafhaut und nicht minder der Harnsack vollkommen. Wie leicht einzusehen, ist durch diese Unterschiede ein sehr verschiedener Plan der embryonalen Entwickelung angedeutet, und es rechtfertigt sich dadurch vollkommen die Ansicht derjenigen Naturforscher, welche in dem Wirbelthierreiche nicht vier, sondern fünf Klassen annehmen, und die beschuppten Reptilien oder die Schildkröten, Schlangen und Eidechsen, von den nackten Amphibien, den Fröschen und Molchen trennen. Es ist hier nicht der Ort, weiter auf die Verhältnisse einzugehen, die äußerst interessant sind, sowohl für die Entwickelung des Embryo im Allgemeinen, als auch in Beziehung auf die Schlüsse, welche man daraus für die Zoologie entnehmen kann.

Verfolgen wir noch kurz die Entwickelung der einzelnen Hirntheile, so ist vor Allem darauf aufmerksam zu machen, daß die Anlage und Ausbildung der festeren Nervensubstanz hauptsächlich von dem Boden und den Seitentheilen her geschieht, und so die ursprünglich ungemein großen Höhlen der verschiedenen Gehirnblasen nach und nach ausgefüllt und auf dasjenige geringe Verhältniß reducirt werden, welches sie in dem Erwachsenen behaupten. Es erscheinen demzufolge die festen Theile der Gehirnsubstanz anfänglich nur in Gestalt äußerst dünner blättchenartiger Schichten, welche den Boden, die Wände und die Decken der Hirnblasen überkleiden, und deren große Weichheit und Zartheit der Untersuchung viele Hindernisse entgegenstellen. Diese werden im Anfange einigermaßen aufgewogen durch die glashelle Durchsichtigkeit, welche die Nervensubstanz sowohl als auch die sie umgebenden noch indifferenten Zellenmassen besitzen. Später aber, wenn theils die Hüllen des Schädels und die Wirbelsäule undurchsichtiger und dunkler geworden sind, theils auch die Nervensubstanz sich selbst in größerer Masse angehäuft und dadurch ihre Durchsichtigkeit verloren hat, später, sage ich, ist diese Zartheit der Substanz, ihr Zerfließen gleichsam unter ihrem eigenen Drucke, ein wesentliches Hinderniß der Untersuchung. Wir haben deshalb auch erst in den neuesten Zeiten genügende Aufschlüsse über die fernere Ausbildung der einzelnen Hirntheile erhalten.

Die Hemisphären des großen Gehirns bilden sich, wie schon bemerkt, aus der vordern unpaaren Einbiegung des primitiven Nervenrohrs, die nach und nach zu einer blasenartigen Erhebung anschwillt. Die Entwickelung der Nervensubstanz schreitet anfänglich hauptsächlich nach hinten hin fort und bewirkt dadurch die zunehmende Sonderung dieses Theiles von den Augenbuchten,

die anfänglich nur unvollständig abgetrennt find. Während nun
die Gewölbtheile in der Mitte zusammenwachsen, bildet sich hier
eine Einsenkung, wodurch die ursprünglich einfache Hemisphärenblase in zwei Hälften zerlegt wird, die anfänglich noch durch
eine gemeinschaftliche Höhle mit einander verbunden sind. Die
Wucherung der Nervenmasse ist nun namentlich in den Hemisphären äußerst bedeutend. Diese dehnen sich immer mehr nach
hinten aus, wuchern über das Zwischenhirn, dann über das
Mittelhirn seitlich weg und überdecken diese beiden Hirnblasen so,
daß sie endlich mit an dem Hinterhirn anstoßen. Anfänglich
findet diese Ueberwölbung der mittleren Hirntheile durch die
Hemisphären nur mehr seitlich statt, so daß man bei der
Ansicht des Gehirnes von oben das Mittelhirn noch in der
Mittellinie erblicken kann, während später bekanntlich dieses nicht
mehr der Fall ist. Der vordere Theil des Mittelhirnes, die
Sehhügel, werden bei dem menschlichen Embryo gegen das
Ende des dritten Monates, der hintere Theil oder die vier
Hügel etwa in dem fünften Monate überwölbt, und gegen das
Ende des siebenten Monats überragen die Hemisphären schon
das kleine Gehirn eben so vollständig, wie im Erwachsenen. Eine
Folge dieser außerordentlich raschen Entwickelung der Gewölbtheile der Hemisphären ist die anfängliche Zusammenfaltung derselben, so daß Furchen der Oberfläche entstehen, welche inneren
Vorsprüngen der Substanz entsprechen. Später, wenn die Hirn-
wandungen dicker geworden sind, glätten sich diese Furchen wieder,
um noch später jene Windungen der Oberfläche entstehen zu
lassen, die um so mehr an Zahl und Tiefe abnehmen, je weiter
wir in die Reihe der Säugethiere zurückgehen. Die Windungen
bilden sich erst gegen das Ende der Schwangerschaft vollständig
aus, und sind offenbar theilweise dadurch bedingt, daß das Gehirn
stärker wächst, als die es einschließende Kapsel des Schädels.
Während diese Wucherung der Gewölbtheile stattfindet, vermehrt
sich auch die Nervenmasse auf dem Boden, an den Seiten und
an der gewölbten Decke der Hemisphärenhöhle mit großer Schnelligkeit. Die Falte, welche beide Hemisphären von einander trennte,

senkt sich immer tiefer hinab, und bildet endlich eine Scheidewand, wodurch die ursprünglich einfache Hirnhöhle in zwei seitliche Höhlen getrennt wird. Auf dem Boden dieser seitlichen Höhlen erheben sich nun zwei ursprünglich bohnenförmige Anschwellungen, die Rudimente der gestreiften Körper oder der Streifenhügel, und der Raum, welcher zwischen dieser und der Hemisphärendecke übrig bleibt, wird endlich so verringert, daß die Nervensubstanz sich fast durchaus berührt, und die Hirnhöhlen im normalen Zustande bei dem Erwachsenen kaum einen Theelöffel voll Flüssigkeit enthalten können. Es geht somit aus der Entwickelungsgeschichte der Hemisphären hervor, daß die Streifenhügel wesentlich zum Hirnstamme der Hemisphären gehören, daß sie eine Wucherung, eine specielle Entwickelung des Bodens der Hemisphärenblase bilden, und daß sie niemals außerhalb dieser Hemisphärenblase gesucht oder gefunden werden können.

Die Entwickelung des Mittelhirns ist in jeder Beziehung weit einfacher, als diejenige des Vorderhirns, und namentlich ist die Ausbildung der Gewölbtheile hier durch die Wucherung der Hemisphären bedeutend beschränkt. Betrachtet man den Hergang der Entwickelung des Zwischenhirnes genauer, so zeigt es sich, daß dasselbe gar nicht gewölbartig sich schließt, sondern daß nur der Hirnstamm an dieser Stelle stärker wuchernd vom Boden aus den Raum ausfüllt, welchen ihm die Hemisphären übrig lassen. Die ursprüngliche Höhle bleibt deshalb in Form einer Spalte bestehen, in welche man offen von oben hineinschauen würde, wenn nicht die Hemisphären dieselben überwölbten. Zu beiden Seiten dieser Spalte liegen die Sehhügel, welche sich demnach als wesentliche Theile des Hirnstammes zu erkennen geben.

Complicirter Art sind die Bildungen, welche außer den Sehhügeln auf dem Boden, oder vielmehr an der Unterfläche des Zwischenhirnes sich entwickeln und dort den Hirntrichter mit dem Hirnanhange ausbilden. Der Hirntrichter selbst sollte nach frühern Angaben eine Aussackung dieses Bodens der Zwischenhirnhöhle sein, welche unmittelbar vor dem Ende der Axe des knöchernen Skelettes, der Wirbelsäule oder Chorba, sich gegen die Mundhöhle hinabsenkte. Man muß hier bedenken, daß bei jüngeren Embryonen, wo diese Aussackung des Hirntrichters sich bildet, die Nasenhöhle mit ihren hinteren Gängen noch nicht gebildet ist, und daß demnach das Dach der Mundhöhle zugleich den Boden bildet, auf welchem die Basis des Gehirnes aufruht. Man denke sich den knöchernen Gaumen weggebrochen, daburch die Mund- und Nasenhöhle in eine einzige geräumige Höhle verwandelt, und man wird etwa eine Anschauung dieser Verhältnisse haben. Indem nun der Boden des Zwischenhirnes sich ein wenig nach unten einsenkt, sollte ihm eine Aussackung des Daches der Mundhöhle entgegenkommen, die sich mehr und mehr erhebt, und so endlich einen Beutel bildet, dessen Grund nach oben, gegen das Gehirn, schaut, während von unten her, von der Mundhöhle aus, ein offenes Loch in die Höhle dieses Beutels führt. Dieses Loch schlöße sich allmählich; der Beutel schnüre sich ab, verwachse mit der trichterförmigen Aussackung, welche ihm von dem Gehirne aus entgegenkomme, und bilde so den Hirnanhang, welchen man bei dem Erwachsenen an der Basis des Gehirnes unmittelbar hinter der Kreuzung der Sehnerven steht. Der Hirnanhang sei demnach kein ursprünglicher Theil des Gehirns, sondern eine Production des Daches der Mundhöhle, welche sich von diesem ablöst, und mit der ihm entgegenkommenden Basis des Hirntrichters verwächst. Neuere Untersuchungen haben zwar den größten Theil der Thatsachen, auf welchen diese Darstellung beruht, bestätigt, gegen die Art der Bildung selbst aber gewichtige Zweifel erheben lassen.

Außerordentlich einfach sind die Umwandlungen, welche das eigentliche Mittelhirn, oder die Vierhügelblase erfährt. Der Ansatz der Nervensubstanz geschieht fast gleichmäßig von allen Seiten, so daß die ursprüngliche Höhle in einen feinen Kanal, die Sylvische Wasserleitung, umgewandelt wird, welcher in der Mittellinie zwischen den vier Hügeln sich hinzieht, die eigentlich nur eine einzige, durch eine oberflächliche, kreuzförmige Einsenkung geschiedene Masse bilden.

In der Zelle des Hinterhirns bleibt die Ueberwölbung der nur durch Hüllensubstanz geschlossenen Röhre anfangs lange zurück, bis endlich an dem vorderen Theile die Nervenmasse von den Seiten und von oben her sich zusammenwölbt, und so eine Lamelle darstellt, welche senkrecht auf dem Hirnstamme aufsitzt und, von der Seite gesehen, wie ein gerader Pfeiler aussieht. Dieser Pfeiler, die erste Anlage des kleinen Gehirnes, wächst nun zuerst hauptsächlich nach hinten hin aus, und zwar nur in seiner oberen Partie, so daß er, von der Seite gesehen, wie ein dicker, kurzer, gekrümmter Haken erscheint. Allmählich legt sich nun dieser Haken, der sogar in eine Art Deckplatte über der Rautengrube auszulaufen scheint, bei stetem Fortwachsen über die auf dem Boden der Nachhirnblase angesammelte Nervenmasse herüber, die sich nie zuwölbt, und bedeckt diese etwa in ähnlicher Art, wie die Hemisphären des großen Gehirnes das Mittelhirn bedecken. Während auf diese Weise das kleine Gehirn in seinem mittleren Theile sich ausbildet und auch nach den Seiten hin auswuchert, um seine Hemisphären zu bilden, wächst auch zugleich die Nervensubstanz in dem Stamme des Hinterhirnes und des Nachhirnes, und bildet dort jene verschiedenen Stränge, grauen Knoten und queren Fasermassen, welche die Anatomen unter dem Namen der Brücke, der Oliven und der Pyramiden kennen.

Die Ausbildung des Rückenmarkes in seiner ganzen Länge ist äußerst einfach. Die ursprüngliche Nervensubstanz zeigt hier die Gestalt einer dünnen Hohlkehle, die von dem Boden aus nach den Seiten wuchert, sich allmählich mehr und mehr verdickt, endlich sich zuwölbt, und zuletzt, nachdem die innere Höhlung sich fast vollständig geschlossen hat, auch oben längs der Mittellinie zusammenwächst. In Folge dieser Schließung bleibt noch am längsten in der Mitte des Rückenmarkes ein feiner Agenkanal übrig, der indessen auch noch vor der Geburt des Embryo mit Nervensubstanz erfüllt wird.

Die Entwickelung der Elemente des Nervensystemes ist je nach der Natur dieser Elemente selbst verschieden. Die Nervenzellen, mögen sie nun in dem Gehirne oder in den Ganglien vorkommen, sind stets nur directe Umwandlungen von Embryonalzellen, welche in Fortsätze auswachsen, die sich mit den Nervenröhren verbinden. Diese entstehen in den peripherischen Nerven aus spindelförmigen kernhaltigen Zellen, die sich zu blassen, platten Röhren verbinden, welche anfangs grau erscheinen, dann aber nach und nach dunklere Ränder erhalten und das fettige Mark, sowie den Axencylinder erkennen lassen. Die Nervenendigungen endlich entstehen aus spindelförmigen oder sternförmigen Zellen, die in höchst feine, blasse, verästelte Fäserchen auslaufen, welche mit einander ein weitmaschiges Netz bilden. Diese Fasern verdicken sich allmählich, und sobald sie auf einen gewissen Grad der Dicke angelangt sind, differenzirt sich ihre Masse in der Weise, daß man in ihrem Inneren eine zwar dünne, aber doch dunkelrandige Primitivröhre sieht. Da diese Differenzirung von dem Centrum nach der Peripherie hin fortschreitet, so sieht es gerade so aus, als wüchse die Primitivröhre in die blasse embryonale Faser hinein. Dies ist indeß um so weniger der Fall, als auch in solchen Organen, bei welchen durch Mißbildung eine Trennung vom Gehirne und Rückenmarke stattfindet und bei Embryonen, denen das Centralnervensystem gänzlich fehlt, dennoch in den peripherischen Organen sich Nerven bilden.

Vierundzwanzigster Brief.

Die Sinnesorgane.

Die Entwickelung der drei hauptsächlichsten Sinnesorgane des Kopfes: des Auges, des Ohrs und der Nase, steht in bestimmten Beziehungen zu derjenigen des Gehirnes, und es zeigt sich hier eine gewisse Abstufung in diesen Beziehungen, welche gewiß nicht ohne Bedeutung für den Werth dieser einzelnen Organe ist. Die Uranlage des Auges ist ursprünglich ein Theil des Gehirnes selbst, und die äußeren Theile, welche das Auge zusammensetzen helfen, treten erst später zu dieser Uranlage hinzu. Das Ohr zeigt sich bald nach dem Auge; — seine Uranlage scheint im Anfange isolirt und tritt erst in späterer Zeit, wenn gleich noch immer ziemlich früh, mit dem Centralnervensysteme in Verbindung. Die Nase endlich entwickelt sich erst viel später, als die beiden andern Sinnesorgane, und tritt auch nur sehr spät durch die Riechnerven in Verbindung mit dem Gehirne.

Was nun zuerst das Auge betrifft, so haben wir gesehen, daß die Uranlagen der beiden Augen in den seitlichen Ausbuchtungen der ersten primitiven Hirnblase, der Zwischenhirnblase, gegeben sind. Die Beobachtung bestätigt sonach keineswegs die Annahme, welche man aufgestellt hat, daß die Augen aus einem einzigen unpaaren Rudimente entstünden, welches sich bei fortschreitender Entwickelung in zwei Hälften trenne, deren jede sich zu einem Auge entwickele. Man glaubte durch diese Anwendung jene Mißgeburten erklären zu können, welche man unter dem Namen der Cyclopen bezeichnet, und wo, statt zwei seitlicher, nur ein einziges mittleres Auge existirt. Es kann indeß keinem Zweifel unterliegen, daß diese Ansicht eine falsche ist, da die Beobachtungen unwiderleglich darthun, daß die zwei ursprünglichen Rudimente der Augen seitlich in Form blasenförmiger Ausbuchtungen auftreten, freilich aber allmählich mehr nach unten rücken und eine Zeitlang durch ihre hohlen Stiele mit einander zusammenhängen.

Die seitliche Blase, welche das Urrudiment des Auges darstellt, überwölbt sich von oben und von den Seiten her schon früh mit Nervensubstanz, und hat nun die Gestalt einer hohlen Birne, deren Stiel in das Zwischenhirn einmündet. Auf der unteren Seite aber zeigt die Augenblase einen von Anfang an existirenden Längsspalt, welcher sich später zwar schließt, aber auf die Bildung der sämmtlichen hinteren Augentheile, Netzhaut, Glaskörper, Gefäßhaut und harte Haut den entschiedensten Einfluß äußert, indem diese alle anfänglich an der Bildung der Spalte Theil haben und erst später in derselben mit ihren nach unten gewandten Rändern verschmelzen. Die ursprüngliche Augenblase selbst ist mit Flüssigkeit gefüllt, welche mit derjenigen in der Hirnhöhle durch den hohlen Stiel communicirt. Da diese Flüssigkeit durchaus wasserklar, die Nervensubstanz aber ebenfalls sehr durchsichtig ist, so erblickt man in diesem frühen Entwickelungsstabium die Augen bei der Seitenlage des Embryo als zwei sehr helle Doppelringe, deren Mitte wie ein rundes Loch erscheint. Die birnförmigen Blasen drängen nun bei fortschreitender Entwickelung, zumal da die Hemisphären sich zwischen ihnen wölben, mehr und mehr nach Außen hin. Ihr hohler, in Folge des Spaltes ursprünglich rinnenförmiger Stiel, der zukünftige Sehnerv, verlängert sich mehr und mehr, und so kommt es denn, daß wir bei den jungen Embryonen die Augen ganz seitlich an dem Kopfe, etwa wie bei einem Rinde, gestellt sehen. Die Augen besitzen zugleich schon bei ihrem ersten Auftreten eine verhältnißmäßig ungeheuere Größe, so daß schon mancher Anfänger in der Entwickelungsgeschichte sie bei den ersten Embryonen, welche ihm unter die Hand fielen, verkannt haben mag.

Die Augenblasen sind in Folge ihres Hervordrängens nach Außen an der Peripherie nur von einer dünnen Schicht embryonaler Substanz überzogen, während an dem Grunde einer jeden Blase, zwischen ihr und dem Gehirne, in der Umgebung des hohlen Sehnervens eine größere Masse von Bildungsmaterial angehäuft ist. Die Schicht pflasterartiger heller Zellen, welche die Oberhaut des Embryo's bildet, geht glatt über sie weg, ohne Spur von Falten oder Einsenkungen. Der Bildungsgang im Großen ist nun der, daß sich im Innern der Blase, aus der dort vorhandenen Flüssigkeit, wie beim Gehirn, die Nervensubstanz der Netzhaut niederschlägt, während aus der umgebenden Embryonalsubstanz sämmtliche andere Augentheile, besonders aber die Hüllen, sich differenziren, und zwar in der Weise, daß das Hornblatt durch eine Einstülpung die Linse mit dem Glaskörper liefert, während das mittlere Keimblatt die weiße Augenhaut und die Hornhaut entstehen läßt.

Das nächste Organ, welches sich bildet, ist die Linse. In der Mitte der zarten Zellenhaut nämlich, welche die Augenblase als Fortsetzung der äußeren Haut überzieht, gewahrt man schon sehr früh eine tellerförmige Grube, deren Grund sich stets mehr und mehr nach Innen hin vertieft. Bald stellt diese Grube einen Beutel dar, in welchen von Außen her eine Oeffnung führt, die, Anfangs weit, sich stets mehr und mehr verengert und endlich sich ganz verschließt, so daß dann der ursprüngliche Beutel in Gestalt eines kugelförmigen Säckchens, das rundum abgeschlossen ist, an der Innenfläche der äußeren Haut zurückbleibt. Dieses Säckchen, das in seinem ganzen Umfange aus ebenso abgeplatteten polyedrischen Zellen besteht, wie die äußere Haut selbst, ist nichts anderes als die Linse. Diese, ursprünglich eine sehr dickwandige Kapsel darstellend, füllt sich im Inneren mit Zellen, aus welchen dann später die eigenthümlichen Linsenfasern sich entwickeln. Die Linse ist demnach nichts anderes, als eine sackförmige Einstülpung der äußeren Haut, welche dem von dem Nervensysteme ausgehenden Augenrudimente etwa in ähnlicher Weise entgegenkommt, wie die oben beschriebene Einstülpung des Mundbaches, welche den Hirnanhang bilden soll, dem von der zweiten Hirnhöhle aus sich entwickelnden Hirntrichter entgegenwächst. In Folge dieser eigenthümlichen Entstehungsweise des Linsensystemes, die jetzt in übereinstimmender Weise durch mehrere Beobachter bei dem Hühnchen, den Fischen und den Sepien aufgefunden wurde, zeigt sich die Linse auch stets bei jungen Embryonen hart an der Innenfläche der äußeren Haut anliegend. Erst in späterer Zeit trennt sie sich von dieser Verbindung mit der äußeren Haut und drängt mehr gegen den Grund des Auges hin, bis sie diejenige Stelle etwa in der Mitte des Augapfels erreicht, welche sie in dem Erwachsenen einnimmt.

Den neueren Untersuchungen zu Folge entsteht der Glaskörper ebenfalls durch eine Einstülpung der äußeren Haut, aber von unten her, welche sich zwischen die Linsen-Einstülpung und die primitive Hirnblase hineinschiebt, letztere so zusammendrängt, daß sie jetzt einem doppelwandigen Römerglase ähnlich sieht, und zugleich einen Spalt herstellt, der von unten her in den Raum zwischen Linse und Netzhaut hinein führt.

Während dieser Vorgänge hat sich die Netzhaut im Inneren der Augenblase differenzirt. Sie zeigt sich als eine dicke, weißliche, flockige Schicht, mit groben gewundenen Falten, ganz wie ein Stück Gehirn, das man in die Augenblase hineingestopft hätte. Der zu ihr führende Sehnerve ist Anfangs eine nach unten offene Rinne, dann ein hohler Kanal, in welchem die Centralarterie verläuft. Die Spalte des Sehnerven setzt sich Anfangs über die Netzhaut nach vorn hin fort, verwächst aber bald in einer Art Naht, während sich zugleich die Netzhaut selbst mehr und mehr glättet, ihre Falten verliert, dünner wird, die Ausstrahlungen der Sehnervenfasern und endlich auch ihre eigenthümlichen Formelemente erkennen läßt. Aus dem ursprünglich plumpen gewundenen Hirntheil wird auf diese Weise eine Haut in Gestalt eines Spitzglases erzeugt, dessen Fuß dem Sehnerven, der Becher der Netzhaut entspräche, eine Form, welche in der That diejenige der Netzhaut in dem ausgebildeten Auge ist.

Die Gefäßhaut des Auges oder die Choroidea scheint nach den neuesten Untersuchungen sich aus zwei verschiedenen Lamellen zusammen zu setzen. Die innerste, der Netzhaut zugekehrte Schicht, welche den schwarzen Farbstoff enthält, schlägt sich in der äußeren Schicht der ursprünglichen Augenblase nieder, gehört also ihrem Ursprunge nach der Netzhaut an; die äußere oder Gefäßlamelle dagegen differenzirt sich aus der Masse, welche die Hornhaut und weiße Augenhaut (Sclerotica) bildet. Es erklärt sich vielleicht aus dieser gesonderten Bildung der beiden Schichten, welche später zu einer einzigen Haut verwachsen, die abnorme Structur der Augen der Kakerlaken, bei welchen das Pigment gänzlich fehlt, während die Gefäßschicht vorhanden ist und noch durch die Pupille durchschimmert.

Anfangs geht die Aderhaut nur bis zu dem Linsenrand und erscheint auch nicht in ihrem ganzen Umfange gefärbt, indem der Absatz des Pigmentes von oben und vorn her nach unten und hinten fortschreitet. Eine Lücke bleibt aber in der Pigmentirung lange Zeit in Form eines ungefärbten Streifens, welcher schief von unten und hinten nach oben und vorn verläuft, sich besonders bei der Ansicht des Kopfes von unten deutlich zeigt

Fig. 91. Kopf eines Hühnchens von unten. n. Nasengrube. o. Oberkiefer. u. Unterkiefer. k‴ zweiter Kiemenbogen. sp. Choroidealspalt. s. Schlund.

und der Choroidealspalt genannt wird. Die Stelle dieses farblosen Streifens entspricht der Einstülpung des Glaskörpers und bleibt zuweilen abnormer Weise nicht nur offen, sondern setzt sich auch in die aus der Aderhaut hervorwachsende Regenbogenhaut (Iris) fort, wo dann der Spalt eine wahre Lücke darstellt, welche von den Augenärzten mit dem Namen des Colobom's der Iris bezeichnet worden ist.

Unterſucht man alſo das Auge eines Embryo's aus der frühſten Zeit, ſo zeigt ſich dies in folgender Weiſe zuſammengeſetzt. Es exiſtirt eine äußere Hülle, welche Hornhaut, weiße Haut, Gefäßſchicht der Aderhaut und Muskeln zuſammen in ſich enthält und eine anſehnliche Dicke beſitzt. Hart an der Wand

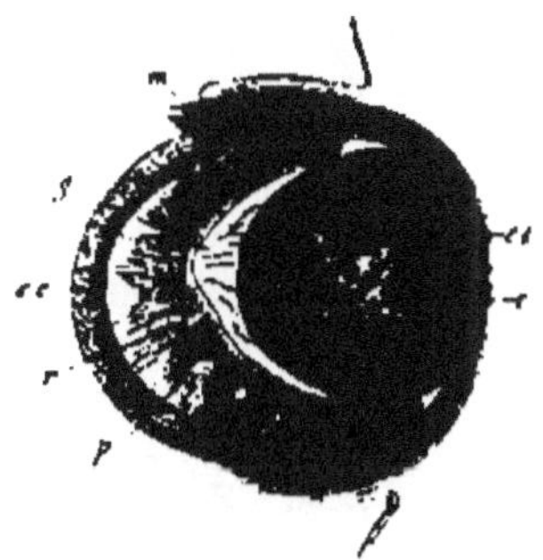

Fig. 93. Stark vergrößertes Auge eines Kalbsembryo's. o. o. Zellenüberzug des Auges (Oberhaut). (c. Hornhaut, sc. Sclerotica und Gefäßſchicht der Aderhaut, m. Muskeln) zu einer gemeinſamen Hülle verſchmolzen. e. Linſe. g. Glaskörper p. Schwarzes Pigment.

dieſer Hülle liegt die ungeheuer große Linſe, hinter dieſer der Glaskörper mit Blutgefäßen durchzogen und hinter dieſem die ungemein dicke, becherförmige Netzhaut. Später, wenn die Differenzirung der Aderhaut vollendet iſt, findet man auch noch keine vordere Augenkammer wie bei dem Erwachſenen, keine Iris in Geſtalt eines beweglichen ſenkrechten Vorhanges, ſondern man ſieht, daß die weit ausgeſchnittene Aderhaut unmittelbar an der äußeren Augenhaut anliegt, daß die Linſe mit der inneren Fläche der äußeren Augenhaut in Berührung iſt und in ihrer Peripherie von dem ausgeſchnittenen Rande des in der Choroidea ausgeſchnittenen Sehloches berührt wird. Es beginnt nun die genauere Differenzirung der Hornhaut und der Sclerotica als äußere Hüllen des Augapfels, die im Anfange von der umgebenden Bildungsmaſſe nicht gehörig getrennt werden konnten und bei ihrem ersten Auftreten einander sehr ähnlich sehen, weil die Sclerotica anfangs ganz durchsichtig ist, wie die Hornhaut, und erst später ihre eigenthümlichen Fasern sich ausbilden.

Die letzte Bildung des inneren Augapfels bezieht sich auf das Zurückweichen der Linse nach dem Grunde des Auges hin und die damit verbundene Entwickelung der vorderen Augenkammer, der Iris und der Häute, welche bei dem Embryo die Pupille verschließen und mit der Kapselwand in Verbindung setzen. Der freie Vorhang der Iris entsteht offenbar auf die Weise, daß der vordere Rand der Choroidea sich theilweise von seiner Berührung mit der Hornhaut ablöst und zuerst sägenartige Falten und Vorsprünge entstehen läßt, die sich auf die Linsenkapsel auflegen und die Ciliarfortsätze bilden. Dann erst wächst an dem inneren Rande des Ringes die Iris als anfangs durchsichtiges Häutchen hervor, das sich stets mehr vergrößert und dann auch Farbestoff erhält. Sobald die Iris gebildet ist, wird ihre mittlere Oeffnung, die Pupille, mittelst einer durchsichtigen aber gefäßreichen Haut verschlossen, die sich bis gegen die Geburt hin erhält und erst zu dieser Zeit allmählich durch Auffaugung verschwindet. Diese Haut, welche den Namen der **Pupillarmembran** trägt, ist eigentlich nur der vordere Theil eines Sackes, der nach Innen durch das Sehloch hindurch auf die Linsenkapsel sich fortsetzt und diese gänzlich umhüllt. Dieser gefäßreiche Sack, den man den **Kapsel-Pupillarsack** genannt hat, dessen Existenz heftig bestritten wurde, aber jetzt mit der evidentesten Gewißheit dargethan ist, bildet sich ebenfalls allmählich gegen die Geburt hin zurück und verliert sich vollständig. Da er die Linse gänzlich umhüllt und nach vorn hin zu der Pupille gehend an dem Rande derselben sich befestigt, so scheint seine Entstehung mit dem Zurückweichen der Linse in gewisser Beziehung zu stehen, die noch nicht näher ermittelt ist.

Ueberblicken wir die Entstehungsgeschichte des Augapfels noch einmal im Ganzen, so sehen wir, daß die verschiedenen Theile desselben in durchaus verschiedener Weise sich ausbilden, und daß fünf verschiedene Organanlagen sich mit einander com-

biniren, um die so verwickelte Bildung des Augapfels herzustellen:
die Netzhaut mit dem Sehnerven, der Glaskörper, die Linse mit
ihrer Kapsel, die Aderhaut mit der Iris, die Hornhaut mit der
Sclerotica, entstehen alle gesondert für sich und in unabhängiger
Weise von einander.

Bis zu dem Anfange des dritten Monates etwa liegen die
Augen noch ganz frei an der äußeren Fläche des Kopfes und
die äußere Haut geht glatt über sie weg. Die Augenlider
beginnen dann sich in Form zweier schmaler Hautfalten zu zeigen,
die sich schnell vergrößern, über die vordere Fläche des Augapfels hinüber einander entgegen wachsen, schon gegen Ende des
dritten Monates den Augapfel ganz bedecken und sogar in der
Augenlidspalte mit einander verwachsen. Bei dem menschlichen
Embryo löst sich diese Verwachsung schon ziemlich lange vor der
Geburt. Bei vielen Thieren hingegen, wie z. B. den Fleisch-
fressern, kommen die Jungen mit geschlossenen Augen zur Welt
und öffnen sie erst einige Tage nach der Geburt.

Das Ohr und zwar das innere Ohr oder das Labyrinth
zeigt sich in seiner ersten Anlage auf jeder Seite des Nackens
als ein vollkommen rundes, wasserhelles Bläschen, das eine
dicke Wandung hat, welche unter dem Mikroskop sich als Ring
darstellt. Jedes Bläschen ist vollkommen kugelig und durchaus
abgeschlossen von der Nachbarzelle, zu deren Seiten es liegt.
Man glaubte früher, das ursprüngliche Ohrbläschen verdanke
seine Entstehung einer ähnlichen Wucherung, wie diejenige, welche
dem Rudimente der Augen das Dasein giebt. Neuere Untersuchungen haben indessen nachgewiesen, daß das Bläschen, ähnlich
wie die Linse, aus einer Einstülpung der Haut entstehe, daß es
zuerst eine Grube, dann einen nach Außen mündenden Beutel,
endlich einen geschlossenen Sack darstelle, also von Anfang an
durchaus isolirt sei und erst später durch einen hohlen, selbstständig
entstehenden Stiel, den Gehörnerven, mit dem Nachhirne in
Verbindung trete. Da der Kopf bei dem Embryo verhältnißmäßig

ungeheuer groß ist und sich erst später durch Verkürzung seiner Basis zusammenschiebt, so scheint das Ohrsäckchen anfangs ungemein weit von der Augenblase entfernt. Es begegnet jungen Embryologen sehr häufig, die Kopfbeuge, welche sich doch erst in der Mitte des Kopfes befindet, für dessen Ende zu halten, und sich dann zu wundern, daß die beiden primitiven Ohrbläschen so weit hinten am Halse liegen, während sie in der That unmittelbar neben dem Anfange des Nachhirnraumes fast senkrecht über dem vorderen Ende des Herzens sich befinden; eine Lagerung, die sich durch die starke Ueberbeugung des Kopfes gegen die Brust hin erklärt.

Das Ohrbläschen wächst sehr rasch nach allen Seiten hin aus und verwandelt allmählich seine kugelige Gestalt in diejenige einer dreiseitigen Pyramide, deren Spitze nach oben gekehrt ist. Die obere Spitze dieser Pyramide schnürt sich nun an ihrer Basis etwas von dem Ohrbläschen ab und bildet eine besondere Höhle, die sich lange Zeit erhält, später aber spurlos zu verschwinden scheint. Das Ohrbläschen, das wir nun schon das Labyrinth heißen können, wächst nun aus, treibt an seiner, dem erwähnten Fortsatze entgegengesetzten Seite zuerst einen beutelförmigen Anhang hervor, der sich nach und nach zur Schnecke umgestaltet, bildet zugleich an der Stelle der späteren Kanäle erst rundliche Erweiterungen und Aussackungen, die in der Mitte verwachsen, sich abschnüren und so die drei Bogengänge oder halbzirkelförmigen Kanäle aus dem ursprünglichen Ohrbläschen hervorgehen lassen, während die Basis der Pyramide als Säckchen überbleibt und den Vorhof des Labyrinthes bildet. Es steht mit dieser Ansicht die Bildung der Kanäle selbst in Einklang, welche im Anfang kurz, verhältnißmäßig sehr weit, nur sehr wenig gebogen, nur durch geringe Zwischensubstanz von einander getrennt sind und dem Vorhofe eng anliegen. Gleichzeitig entwickelt sich auch aus der Schädelbasis selbst eine wuchernde Zellenmasse, die später Knorpel wird, das Gehörorgan umhüllt und sich zwischen die einzelnen Theile desselben gewissermaßen eindrängt. Mit der Zunahme dieser knorpeligen Zwischenſubſtanz entwickelt ſich die Biegung der Kanäle immer mehr, während die Kanäle ſelbſt zugleich dünner und ſchlanker werden. Nur die Einmündungsſtellen der Kanäle in den Vorhof bleiben in ihrer urſprünglichen Weite und ſacken ſich ſogar aus, um die Ampullen zu bilden. Auf dieſer Stufe der Bildung bleibt bei den meiſten Fiſchen das Ohr Zeitlebens ſtehen, indem es bei dieſen Thieren nur aus den halbzirkelförmigen Kanälen, dem Vorhofe und einem unteren Kalkſacke beſteht, der größtentheils dem Hörnerven zur Ausbreitung dient. Dieſes ganze Ohr bleibt ſtets in den Knochen und Knorpeln des Kopfes verborgen und erhält nie äußere Theile. Bei den höheren Thieren bildet ſich an dem urſprünglichen Ohrlabyrinthe zuerſt noch die ſtumpfe Kapſel der Schnecke, deren genauere Ausbildung wir hier nicht weiter verfolgen können.

Das mittlere und äußere Ohr, welche der Zuleitung der Schallſtrahlen beſtimmt ſind, entwickeln ſich ganz abgeſondert von dem inneren Ohr aus den urſprünglichen Kiemenbogen und Kiemenſpalten des Embryo's. Wir werden ſpäter ſehen, daß der Embryo der höheren Thiere in der That bei der erſten Entwickelung des Geſichtes und des Halſes dort förmliche Kiemenſpalten beſitzt, welche durch bogenartig gekrümmte Fortſätze, die Kiemenbogen, von einander getrennt ſind. Der vorderſte dieſer Kiemenbogen wird großentheils zum Unterkiefer, und das obere Ende der Spalte, welche ihn von dem zweiten Kiemenbogen trennt, bildet ſich zum mittleren und äußeren Ohr um. Dies ſcheint auf den erſten Anblick kaum glaublich, und in der That haben erſt die Unterſuchungen der neueren Zeit dieſe Vorgänge mit größerer Beſtimmtheit kennen gelehrt. Betrachtet man den Schädel eines Erwachſenen, an welchem der Unterkiefer abgenommen iſt, ſo ſieht man hinter der äußeren Ohröffnung eine länglich griffelartige Spitze herabgehen, an welcher urſprünglich das Zungenbein befeſtigt iſt, und die ſelbſt einen Theil des Schläfenbeines ausmacht, in welchem das mittlere Ohr vergraben liegt. Stellt man ſich nun vor, daß der Unterkiefer, ſtatt beweglich in ſeinem Gelenk aufgehängt zu ſein, in demſelben angewachſen

wäre, so würde man zwischen dem Unterkiefer und dem Griffel-
fortsatze eine Spalte sehen, die in den hinteren Theil der Rachenhöhle führt, und über deren oberem Ende sich der Gehörgang
und das mittlere Ohr befänden. Es bedürfte nur eines Ham-
merschlages, um mit dem Meisel diese geschlossene Trommelhöhle
zu öffnen und in das obere Ende der Spalte zu verwandeln.
Eine solche Bildung findet sich aber Anfangs beim Embryo.
Statt eines beweglich angehefteten Unterkiefers findet sich ein
Streifen von Bildungsmasse, welcher ununterbrochen von der
Schädelbasis aus nach unten sich fortsetzt. Statt eines mehrfach
gegliederten Zungenbeinhorns und eines Griffelfortsatzes findet
sich ein zweiter solcher Streifen von Bildungsmasse, der von
dem ersten durch eine tiefe Spalte getrennt ist, welche in die
Rachenhöhle führt.

Das obere Ende dieser Spalte schließt sich nun durch Wu-
cherung der Bildungsmasse ab und bildet eine Röhre, die von
Außen nach Innen führt und durch die besondere Entwickelung
der Theile im Knie gebogen wird. Das Knie selbst erweitert
sich blasenartig und wird zur Trommelhöhle, das äußere
Ansatzstück wird äußerer Gehörgang, das innere nach der
Rachenhöhle führende Stück Eustachische Trompete. Die
Knöchelchen des inneren Ohres entstehen theils aus den beiden
Kiemenbogen selbst, theils aus der Bildungsmasse, welche das
mittlere Ohr von dem unteren Theile der Kiemenspalte abschließt.
Der Hammer mit dem Ambos entstehen aus dem ersten Kiemenbogen, und ersterer bildet, wie wir sehen werden, gleichsam
die Grundlage des ganzen Unterkiefers; — der Steigbügel
bildet sich aus dem zweiten Kiemenbogen und ist nichts anderes
als die abgelöste obere Fortsetzung des Griffelfortsatzes; — der
Trommelfellring endlich nebst dem Trommelfelle entwickeln sich aus dem Schließungsmaterial der Kiemenspalten.

Das äußere Ohr bildet sich aus einer Hautfalte, die sich
allmählich mehr und mehr erhebt, und die Form der Muschel
annimmt, die wir bei dem Erwachsenen kennen.

Es geht aus dem Gesagten zur Genüge hervor, daß auch das Ohr seiner Entstehung nach ein complicirtes Organ sei, welches sich im Laufe der Entwickelung aus mehreren anfänglich streng geschiedenen Theilen zusammensetzt. Das Labyrinth entsteht selbstständig für sich als Einstülpung der äußeren Haut; die Nervensubstanz kommt ihm von Innen her entgegen und bildet sich in dasselbe als Hörnerve hinein, während das mittlere Ohr von Außen her sich an das Labyrinth anlegt und mit ihm verbindet. Wollte man nach Vergleichungspunkten zwischen dem Ohre und dem Auge suchen, so würde man erkennen müssen, daß das Linsensystem in ähnlicher Weise sich von Außen nach Innen fortschreitend entwickelt, wie das Labyrinthbläschen, daß aber für die Entstehung des Hörnerven die Analogie im Auge fehlt, während die Bildung des mittleren und äußeren Ohres mit derjenigen der Augenlider einige, wenn auch nur sehr entfernte Aehnlichkeit besitzt.

Die Nase zeigt sich zuerst in Form zweier meist länglich eiförmiger Grübchen, welche an der vorderen Fläche des Kopfes nahe an der Mittellinie sich befinden. Eine Linie, welche man von einer Augenblase zur andern ziehen würde, träfe auf diese beiden äußeren Nasengruben, die Anfangs ganz flach und sogar durch ihre aufgewulsteten Ränder etwas über die Fläche des Kopfes erhaben sind. Einer jeden dieser grubenförmigen Einsenkungen wächst von der unteren Fläche der Hemisphären, und zwar von der Stelle, wo sich auf dem Boden der Großhirnzelle der Streifenhügel erhebt, ein kolbenartiges Gebilde entgegen, welches sich allmählich der inneren Seite der Nasengrube nähert, mit dieser verwächst und dann den Riechnerven darstellt. Die erste Anlage der Nase wird demnach jederseits aus einer äußerlichen, nach hinten geschlossenen Grube gebildet, an deren Innenfläche die hohlen Riechnerven ansitzen.

Es ist durch die neueren Untersuchungen zur völligen Gewißheit erhoben worden, daß diese Nasengruben nicht den äußeren Nasenöffnungen, sondern vielmehr dem Orte entsprechen, wo der Riechnerv durch die Siebbeinplatte an die Nasenschleimhaut herantritt, und daß demnach die ganze äußere Nase und die nach hinten sich öffnenden Nasengaumengänge um diese ursprünglichen Nasengruben herumgebildet werden und gleichsam einem Vorbaue derselben entsprechen. Zuerst setzen sich die Nasengruben mittelst einer seichten Furche, die an ihrer unteren Fläche in schiefer Richtung sich hinzieht und die man die Nasenfurche genannt hat, mit der Mundhöhle in Verbindung. Zugleich wächst die wallartige Umgrenzung der Nasengrube besonders oben wulstig hervor und bildet einen äußeren und einen inneren Nasenfortsatz, die sich mit dem Oberkiefer einerseits und mit einer von der Stirn herabsteigenden, zapfenartigen Verlängerung, dem Stirnfortsatze, verbinden und so die ursprüngliche Nasenfurche in einen, nach innen in die Mundhöhle sich öffnenden Nasengang umwandeln, welcher später durch Anbildung des Gaumens noch nach hinten verlängert wird.

Aus der Bildungsweise des knöchernen Gaumens durch allmähliches Vorwachsen nach Innen erklärt sich sehr leicht eine Mißbildung, die man unter dem Namen des Wolfsrachens kennt. Sehr häufig nämlich entwickelt sich der Oberkiefer nur unvollständig. Er erreicht nicht die innere Scheidewand der Nasengruben, und es bleibt dann eine Längsspalte, welche die Mundhöhle mit der Nasenhöhle in Verbindung setzt. Eine äußere Andeutung dieser unvollständigen Vereinigung ist die Hasenscharte, welche zuweilen doppelt, meist nur auf einer Seite entwickelt ist.

Fünfundzwanzigster Brief.

Das Skelett.

Die Entstehung der ersten Anlage des Skelettes führt auf die früheste Zeit der embryonalen Entwickelung zurück, nämlich zu derjenigen Epoche, wo sich in dem serösen Blatte der Keimhaut die Primitivrinne gebildet hat, innerhalb welcher, wie wir gesehen haben, das Nervensystem sich ausbildet. Unmittelbar nach dem Auftreten dieser Rinne erblickt man in der Längenaxe des Körpers einen mehr oder minder dunkeln cylindrischen Strang, der den Boden der Primitivrinne zu bilden scheint, in Wahrheit aber auch nach oben von einer geringen Menge embryonaler Substanz bedeckt ist. Man nennt diesen Strang, der durchaus cylindrisch ist, die Rückensaite oder Chorda. Sie zeigt sich bei allen Embryonen äußerst früh, bildet sich aber bei den niedern Wirbelthieren weit mehr aus, als bei den Säugethieren. Sie entsteht auf die Weise, daß anfänglich mit dunkeler Körnermasse gefüllte Zellen sich linear aneinanderreihen und später zu einer homogenen Masse zusammenschmelzen. In dieser Masse entwickeln sich nun kleine, vollkommen durchsichtige, wasserhelle Zellen, die sich allmählich mehr und mehr vergrößern, die körnige Ursubstanz verdrängen und so dem Strange ein vollkommen durchsichtiges Ansehen geben; daher kommt es denn auch, daß die Chorda unmittelbar nach ihrem Entstehen dunkeler erscheint, als die umgebende Embryonalmasse, während in späterer Zeit gerade der umgekehrte Fall eintritt.

Zu gleicher Zeit, wie sich diese Zellenmasse in der Chorda selbst entwickelt, differenziren sich auch von Außen um dieselbe eigenthümliche vierseitige dunkle Flecken, welche stets paarig erscheinen und sich vermehren und deren erste Spuren den hinteren Halswirbeln entsprechen. Man nennt diese würfelförmigen Stücke die Urwirbel. Sie bestehen aus dunkler körniger Zellenmasse und sind offenbar eine Differenzirung des mittleren Bewegungsblattes, aus dem mehrere Gebilde hervorgehen.

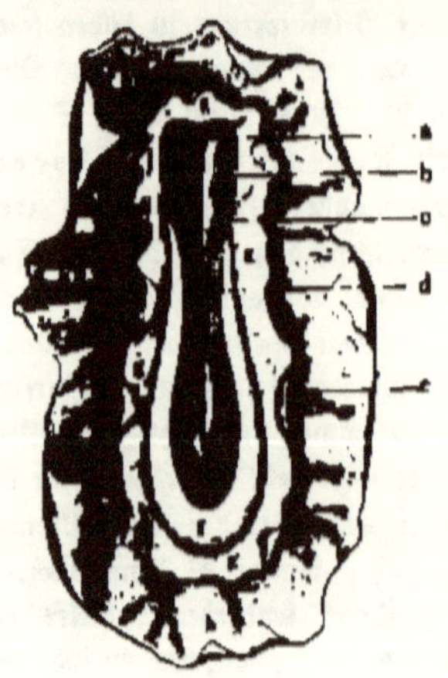

Fig. 98.

Die Embryonalanlage in einem Hundeei, etwa 20 Tage nach der Befruchtung. Der über die Keimblase mit der Bauchfläche hingebogene, werdende Embryo ist losgelöst und mit den ihn umgebenden Häuten flach ausgebreitet worden, daß man ihn vom Rücken aus sieht. Die Primitivrinne klafft noch weit auseinander — sie ist überall mit einem hellen Streifen umgeben, der ersten Ablagerung von Substanz an den Wänden der Rinne. In der Tiefe der Rinne sieht man die Rückenseite als dunkleren Streifen. a. Vorderhirn. b. Mittelhirn. c. Hinterhirn — alle drei noch in Gestalt von Ausbuchtungen der Primitivrinne. e. lanzettförmige hintere Erweiterung der Primitivrinne. (Rhombische Bucht, sinus rhomboidalis.) d. Urwirbel. f. Peripherischer Theil des Embryo (Bauchplatten), in deren Umkreis das animale Blatt g. und das vegetative Blatt h. mit einander zusammengeheftet sind. i. Körper des Embryo (Rückenplatten).

In der That spaltet sich zuerst der Urwirbel durch Bildung einer inneren Höhle in zwei Theile, eine obere Muskelplatte und eine untere eigentliche Wirbelplatte, welche letztere dann nicht nur die Chorda, sondern auch das Rückenmark nach und nach umwächst und, Anfangs häutig, in dieser Weise eine häutige Wirbelsäule und häutige Wirbelbogen bildet, welche indessen ohne Gliederung als Scheibe um die Chorda und als Rohr um das Rückenmark sich zeigen. In diesen continuirlichen Röhren differenziren sich nun die knorpeligen Grundlagen der Wirbelkörper, der Wirbelbogen, welche nicht mit einander zusammenfallen, der Wurzeln und Ganglien der Rückenmarksnerven, und zwar so schnell, daß beim Menschen schon in der achten Woche die Wirbelkörper knorpelig sind, während die Verknöcherung der Wirbelsäule im Anfange des dritten Monats beginnt. Die Reste der Chorda lassen sich noch lange im Inneren der Wirbelkörper und der Zwischenwirbelbänder gewahren, selbst nach der Geburt.

Jeder Wirbelkörper bildet demnach in seinem ursprünglichen Zustande einen Ring um die Chorda, der bei den höheren Wirbelthieren zu beiden Seiten angeschwollen ist. Bei dem ferneren Fortwachsen des Wirbelkörpers nach Innen wird die von ihnen umschlossene Chorda allmählich verdrängt und bei den höheren Wirbelthieren fast gänzlich verzehrt, während sie bei den Fischen noch als gallertartige Substanz in den Höhlungen der Wirbelkörper übrig bleibt. Bei den Fischen und nackten Amphibien zeigt sich indeß auch noch der Unterschied in der Entwickelung der Wirbelkörper, daß dieselben nicht zu beiden Seiten der Chorda in Gestalt quadratischer Plättchen auftreten, sondern daß sie gleich vom ersten Augenblicke an vollständige Ringe um die Chorda bilden, welche überall eine gleichmäßige Dicke besitzen.

Ferner sondern sich auch in der Embryonalmasse, welche die Bauchwände bilden soll, selbstständige Skeletstückchen aus, welche sich bogenförmig nach unten krümmen und die Eingeweide zu umfassen streben. Auch diese Stücke, welche je nach den einzelnen Wirbeln zu Rippen, queren oder schiefen Fortsätzen werden, entstehen selbstständig für sich in dem Bewegungsblatte der Embryonalsubstanz und vereinigen sich erst später mit dem Wirbelkörper. Man hat öfter die Entstehung der Wirbel und der Wirbelfortsätze in der Art dargestellt, als entstehe zuerst der Wirbelkörper und als strahlten dann aus diesem centralen Punkte die einzelnen Fortsätze hervor und krümmten sich bogenförmig einerseits nach oben um das Rückenmark, anderseits nach unten um die Eingeweide und die großen Gefäße herum, so daß also das Schema des Wirbeltypus eine 8 sei, in deren Verschlingungspunkt der Wirbelkörper liege, während nach oben und unten hin die Fortsätze zur Umfassung der angegebenen Theile vorhanden wären. Das Bild ist allerdings richtig; — die Entstehungsweise der 8 aber darin verschieden, daß jedes Stück für sich selbstständig entsteht und erst später mit den andern zusammenschießt.

Die wesentliche Bedingung zur Entstehung eines Wirbels ist die Chorda, und man kann als Grundsatz aussprechen, daß nirgends ein Wirbelkörper sich entwickelt, wo nicht vorher eine Chorda ihm als Grundlage gedient habe. Deßhalb sieht man auch bei den Embryonen, deren Hintertheil sich zu einem Schwanze verlängert, die Chorda nach und nach in den Schwanz sich fortsetzen und dort gleichsam die Wirbelbildung anregen. Bei vielen Thieren bleibt die Chorda das ganze Leben hindurch in dem ursprünglichen embryonalen Zustande. Das niederste Wirbelthier, welches man bis jetzt kennt, der Amphioxus, besitzt gar keinen andern Skelettheil. Bei den Lampreten und Neunaugen, sowie bei den Stören gesellen sich zu dieser persistirenden Chorda selbstständige knorpelige Bogenstücke, und wenn man die Reihe der Wirbelthiere aufwärts verfolgt, so lassen sich alle Stadien der Entwickelung, welche man bei den Embryonen kennt, in dem Baue der Wirbelsäule erwachsener Thiere nachweisen.

Wir haben oben bemerkt, daß die vorderste Wirbelplatte unmittelbar hinter dem Ende der Nachhirnzelle sich zeigt. Die Chorda ragt indeß weiter nach vorn über diesen ersten Wirbelkörper des Halses hinaus. Ihr vorderes Ende, das wie ein zugespitzter Pfahl in der umgebenden Embryonalmasse steckt, findet sich zwischen den beiden Ohrbläschen in der Gegend, wo die Blase des Mittelhirnes beginnt. Man hat noch nie einen Embryo entdeckt, bei welchem das vordere Ende der Chorda weiter nach vornen über das Mittelhirn hinausgeragt hätte.

Die Embryonalmasse, in welcher die Spitze der Chorda steckt und die wir als Belegungsmasse bezeichnen können, setzt sich in die welchen Massen fort, welche das Gehirn umhüllen und bildet so einen häutigen Primordialschädel, der durchaus keine Abtheilungen noch Spalten zeigt und auch von den umgebenden Zellenlagen nicht wohl getrennt werden kann.

Aus dem häutigen Primordialschädel entwickelt sich nun durch Differenzirung der Elemente der Gewebe der knorpelige Primordialschädel in folgender Weise.

Die Belegungsmasse der Chorda, in welcher, wie wir oben gesehen haben, die ersten Wirbelanlagen sich differenziren, bildet von dem vorderen Ende der Wirbelsäule aus zwei eigenthümliche, geradeaus gerichtete Fortsätze, welche sich um den Hirnanhang herumkrümmen und vor demselben zusammenstoßen. Diese beiden Fortsätze, welche cylindrisch sind und die seitlichen Schädelballen genannt werden, gehen von einer etwas breiteren Platte der Belegungsmasse der Chorda aus, welche unter der Nachhirnzelle sich entwickelt. Sie stellen in ihrer Gesammtheit mit der Chorda etwa die Figur einer Raquette dar, wie man sie zum Schlagen des Federballes benutzt. Der Stiel dieser Raquette wird von der Chorda, die Seitentheile von den beiden seitlichen Schädelballen repräsentirt. Von der breiteren Platte, welche man die Nackenplatte nennt, erhebt sich senkrecht ein knorpeliger Sporn, der in die Stelle der Kopfbeuge zwischen zweiter und dritter primitiver Hirnzelle eindringt und gleichsam die Axe bildet, um welche diese Kopfbeuge sich herstellt. Dieser Sporn, den man den mittleren Schädelballen genannt hat, entspricht dem Kleinhirnzelle und verknöchert nicht, während die seitlichen Schädelballen eine wichtige Rolle in der späteren Entwickelung des knöchernen Schädels spielen.

Um das ganze Gehirn differenzirt sich eine Schicht von Knorpelsubstanz, welche eine continuirliche Kapsel bildet, die die Nervensubstanz von allen Seiten her einhüllt. Diese knorpelige Gehirnkapsel steht mit den eben angeführten Theilen, namentlich mit der raquettenförmigen Schädelbasis, in keiner organischen Verbindung und läßt sich leicht von denselben loslösen. Sie bildet ein continuirliches Ganze, und man kann sich nicht besser eine Vorstellung davon verschaffen, als wenn man den Schädel eines Haifisches untersucht. Dieser ist ebenfalls ein aus dem Ganzen gegossenes Stück, welches das Gehirn von allen Seiten umhüllt und keinerlei Abtheilungen zeigt. Ebenso verhält sich auch die primitive Gehirnkapsel des Embryo; — sie besteht aus einem einzigen Stücke, welches auf den Schädelbalken aufliegt, ohne Anfangs selbst mit denselben zu verwachsen.

Man sieht aus dieser Darstellung, daß der primitive Schädel des Embryo aus sehr verschiebenen Stücken zusammengesetzt ist, die vollkommen getrennt von einander bestehen, und somit auch nicht einem und demselben Entwickelungstypus angehören können. Mit der Chorda oder dem Wirbelsysteme in näherer Beziehung stehen allein die seitlichen Schädelbalken, die Nackenplatte, von welcher die Schädelbalken ausgehen, und die Gesichtsplatte, in welcher sie sich unmittelbar vor dem Gehirnanhange wieder vereinigen. Die knorpeligen Kapseln des Gehirnes, der Gehörorgane und der Nase sind in ihrer Anlage dem Wirbelsysteme durchaus fremd und haben mit demselben auch nicht das Geringste gemein. Wenn man die Entwickelung der einzelnen Theile des knöchernen Schädels verfolgt, so ist aus diesem Grunde wohl darauf zu achten, aus welcher dieser verschiedenen knorpeligen Grundlagen ein specieller Knochen hervorgehe, da sich hieraus von selbst ein Schluß über die Natur und die Beziehung eines jeden einzelnen Knochens ergiebt.

Im Allgemeinen muß hier bemerkt werden, daß jedem oder wenigstens den meisten Knochen eine knorpelige Grundlage vorangeht, auf deren Kosten sich erst die Knochensubstanz entwickelt. Ich habe gesagt, den meisten Knochen, weil man schon einige

Beispiele von Knochen kennt, die unmittelbar, ohne vorläufige Bildung einer knorpeligen Grundlage, aus der embryonalen Bildungsmasse hervorgehen. Daß die Verknöcherung nicht durch Umwandlung des Knorpelgewebes in Knochengewebe geschieht, sondern daß vielmehr überall, wo Knochenpunkte sich bilden, dieselben aus Bindegewebe hervorgehen und durch ihre Vergrößerung das sie begränzende Knorpelgewebe verdrängen, indem sie seine Schmelzung und Aufsaugung bewirken, scheint aus den Untersuchungen der Neuzeit als allgemeines Gesetz hervorzugehen. Wenn demnach auch die embryonalen knorpeligen Grundlagen durchaus dieselbe Gestalt haben, wie die nachfolgenden Knochen (was indessen selten der Fall ist), so hat sich dennoch das Knorpelgewebe nicht in Knochen umgewandelt, sondern ist durch das Knochengewebe ersetzt worden. Indessen findet, wie gesagt, diese Ersetzung in derselben Form selten statt, indem die knorpeligen Grundlagen meist continuirliche Massen darstellen, welche die Verknöcherung, die aus einzelnen Knochenpunkten hervorgeht, in Stücke zerlegt.

Man hat früher auf das Erscheinen dieser Knochenpunkte vieles Gewicht gelegt, nach mancherlei Streitigkeiten über deren Zahl und Lagerung in den einzelnen knorpeligen Elementen aber bald einsehen müssen, daß diese Untersuchungen nur sehr wenige Resultate liefern konnten, welche von allgemeinerem Interesse wären. Nicht minder hat man sich vielfältig abgequält, um die Epoche, in welcher die einzelnen Knochen bei dem menschlichen Fötus verknöchern, zu bestimmen, und hat sich dabei überzeugt, daß die Verknöcherung durchaus nicht in derselben Reihenfolge geschieht, als die knorpeligen Grundlagen auftreten, und daß demnach manche Stücke des Skelettes sehr lange knorpelig bleiben, während andere fast unmittelbar nach ihrem Erscheinen verknöchern oder selbst ursprünglich als Knochen auftreten.

Die raquettenförmige Grundlage, die aus den seitlichen Schädelbalken und deren Endplatten und Anfangsplatten besteht, umfaßt von allen Seiten den Hirnanhang, der, wie wir oben sahen, aus einer Aussackung der Mundschleimhaut hervorgegangen ift. Betrachtet man den knöchernen Schädel eines Erwachsenen, von welchem die Decke abgehoben ift, so daß man die innere Fläche, auf welcher das Gehirn ruht, erblicken kann, so sieht man, daß der Hirnanhang in einer tiefen Grube des Keilbeines verborgen liegt, welche man den Türkensattel genannt hat. Diese Grube entspricht also ohne Zweifel dem Raume, in welchen das vordere Ende der Chorda frei vorragt, und der von den beiden seitlichen Schädelbalken umschlossen ift. Der Türkensattel ift mit einem Worte der Reft jenes senkrechten Loches, durch welches die Mundschleimhaut sich beutelartig hervorstülpt, um den Hirnanhang zu bilden. Dieses Loch ift anfangs bedeutend größer als der Hirnanhang, verengert sich aber allmählich um denselben durch Verknöcherung der seitlichen Schädelbalken, die auf diese Weise in dem knöchernen Schädel einen einzigen Knochen, den Körper des Keilbeines, bilden. Der Körper des Keilbeines umfaßt demnach niemals einen Theil der Wirbelsäule; er stellt vielmehr eine horizontale Platte dar, welche anfangs durch ein senkrechtes Loch in der Mitte durchbohrt war. Die Entwickelung des Keilbeinkörpers hat sonach nicht die mindeste Aehnlichkeit mit der normalen Entwickelung eines Wirbelkörpers, wenn man auch anerkennen muß, daß der Keilbeinkörper aus der über die Chorda hinaus verlängerten Belegungsmasse der Wirbelsaite entstanden ift.

Vollständigen Wirbeltypus bietet in seiner Entstehung das Hinterhauptbein dar. Der Körper desselben entwickelt sich als Ring um die Chorda, die er nach und nach umschließt und gänzlich absorbirt. Die Seitentheile, welche das verlängerte Mark umfassen, entstehen, wie die Bogenstücke der Wirbel, als getrennte Stücke in dem Umhüllungsrohr des verlängerten Markes.

Der vordere Theil der knorpeligen Schädelbasis, in welchem sich die beiden seitlichen Schädelbalken vereinigen, stellt anfänglich eine schmale Platte dar, welche kaum breiter ift, als die Schädelbalken selbft. Diese Gesichtsplatte verknöchert ebenfalls so wie die seitlichen Balken, und bildet einen Knochenkern, der sehr bald mit dem eigentlichen Keilbeine verwächst, zuweilen aber als vorderer Keilbeinkörper getrennt bleibt. Die von der

Chorda ausgehende Belegungsmasse bildet also einzig und allein
in dem knöchernen Schädel das Hinterhauptbein und die nächste
Umgebung des Türkensattels, so wie dessen Boden. Die große
Mehrzahl der Schädelknochen hat durchaus nicht das Mindeste
mit dieser von der Belegungsmasse der Chorda ausgehenden
knorpeligen Schädelbasis zu thun, ein Umstand, auf welchen wir
sogleich ausführlicher zurückkommen werden.

Ein zweites primitives Gebilde waren die beiden Knorpelkapseln, welche die Gehörblasen umhüllen. Diese verknöchern
durchaus für sich und bilden das Felsenbein, welches bei dem
Neugeborenen noch als vollständig getrennter Knochen existirt und
später erst mit den Schläfenbeinen verwächst. Die Felsenbeine
sind demnach ihrer Entstehung zufolge durchaus für sich bestehende
isolirte Theile, die mit keinem andern Stücke des Skelettes in
näherer Beziehung stehen.

Bei der Entwickelung der Nase schon wurde darauf aufmerksam gemacht, daß die ursprünglichen Knorpelkapseln, welche
die Nasengruben umhüllen, eine isolirte Entstehungsweise zeigen
und erst später in Verbindung mit anderen Knochen treten.
Das Siebbein und die Nasenbeine, das Pflugscharbein und der
Zwischenkiefer gehören ohne Zweifel dieser ursprünglichen knorpeligen Nasenkapsel an und stehen in keiner Beziehung weder zu
der knöchernen Schädelbasis, noch zu der primitiven Gehirnkapsel.

Die Gehirnkapsel selbst verknöchert niemals, unter keinen
Umständen, bei keinem Thiere. Es entwickelt sich nie ein Knochen
in derselben, und die verschiedenen Stücke, welche das knöcherne
Gewölbe des Schädels bilden, die Stirnbeine, die Scheitelbeine,
die Schuppe des Hinterhauptes, die Schläfenbeine und die Flügel
des Keilbeines sind besondere Knochen, sind Belegungsplatten, welche von außen her sich auf die knorpelige Gehirnkapsel
gleichsam niederschlagen und eine äußere Knochenkapsel bilden,
welche die innere Knorpelkapsel vollständig einschließt und allmählich durch ihr fortdauerndes Wachsthum zu Grunde richtet. Man

kann bei Embryonen zu gewissen Zeiten die knorpelige Hirnkapsel, welche man auch den **Primordialschädel** genannt hat, aus diesen äußeren Belegungsplatten herausschälen und mit leichter Mühe von den Knochen loslösen. Bei vielen Fischen bleibt diese knorpelige Kapsel zeitlebens, und die genannten Knochen stets in ihrer ursprünglichen Beziehung zu derselben. Man braucht, um sich von diesem Verhältnisse zu überzeugen, nur den Kopf eines gekochten Hechtes zu untersuchen. Das Kochen hat hingereicht, um die Fasern zu lösen, welche die Knochen mit den Knorpeln verbinden, und man wird ohne weiteres die meisten Schädelknochen ablösen können, und als Rest eine innere Knorpelkapsel zurückbleiben sehen, welche das Gehirn unmittelbar umhüllt. Wenn auch der Werth dieser Thatsachen dadurch verringert wird, daß überhaupt kein Knorpel sich direct in Knochen umwandelt, so ist doch wenigstens der Umstand wichtig, daß die Grundknochen der Schädelbasis sich in der Belegungsmasse der Chorda bilden, die Belegungsplatten dagegen a u f derselben.

Die Entwickelung des Gesichtes und der dazu gehörigen Knochen ist nicht minder complicirt, als diejenige des Schädels, und wo möglich ist die Zersplitterung der Uranlagen, aus welchen sich die einzelnen Knochen hervorbilden, noch größer und mehr im Einzelnen durchgeführt. Während indeß bei der Anlage der Wirbelkörper und des Primordialschädels die Ausbildung in der Mittellinie, um eine mittlere Axe, ein wesentliches Moment darstellt, ist im Gegentheile bei dem Gesichte die paarig symmetrische Anlage und die Entwickelung von beiden Seiten her gegen die Mittellinie hin unverkennbar und dadurch erzeugt, daß alle Theile des Gesichtes ursprünglich dazu bestimmt sind, Ringe um das Anfangsstück des Darmrohres, um den Munddarm zu bilden. Diese Ringe aber werden durch das allmähliche Gegeneinanderwachsen bogiger Stücke von Embryonalsubstanz gebildet, die gegen die Mittellinie zu sich krümmen und endlich in derselben vereinigen.

Schon in früherer Zeit hatte man an sehr jungen Embryonen seitlich am Halse quere Spalten gesehen, ohne daß man dieſer Beobachtung diejenige Aufmerkſamkeit ſchenkte, welche ſie verdient hätte. Später beſchäftigte man ſich genauer mit dieſer Erſcheinung; man erkannte, daß dieſe Querſpalten durch bogenförmige Streifen von einander getrennt ſeien, in welchen Gefäßbogen verliefen, die von dem Herzen aus nach oben ſich krümmten und unmittelbar unter der Chorda ſich vereinigten, um die großen mittleren Körperarterien zu bilden. In dieſer Anordnung erkannte man mit Recht große Aehnlichkeit mit Structurverhältniſſen, welche die Kiemen der Fiſche darbieten. Bei dieſen Thieren erblickt man, ſobald man die Kiemendeckel (die ſogenannten Ohren) aufhebt, in der Tiefe die Kiemen, welche durch ihre ſchön rothe Farbe allen Fiſchliebhabern bekannt ſind, da man an der hellen Röthe dieſer Theile erkennt, ob der Fiſch wirklich friſch ſei, oder nicht. Unterſucht man dieſe Kiemen näher, ſo findet man, daß ſie aus ſtrahlenartigen, ſpitzen Blättchen beſtehen, die auf knöchernen Bogen auffitzen. Dieſe knöchernen, gegliederten Kiemenbogen ſind durch Spalten von einander getrennt, welche in die Mundhöhle führen. Man braucht bei dem erſten beſten Weißfiſche nur den Kiemendeckel abzuſchneiden und mit der Scheere die rothen Kiemenblättchen abzutragen, um eine Anſchauung dieſer knöchernen Bogen und der zwiſchen ihnen befindlichen Spalten zu erhalten. Ueber jeden dieſer Bogen läuft eine große, faſt unmittelbar aus dem Herzen entſpringende Arterie, die ſich an die Kiemenblätter vertheilt und wieder in einen Stamm ſammelt, der unmittelbar unter der Wirbelſäule mit demjenigen der entgegengeſetzten Seite ſich vereinigt und den Stamm der Aorta bilden hilft. Die Aorta entſteht alſo bei den Fiſchen aus den Gefäßen der Kiemenbogen, und alles Blut, welches aus dem Herzen ausgetrieben wird, muß durch dieſe Gefäße der Kiemenbogen laufen.

Ganz dieſelbe Structur findet ſich zu einer gewiſſen Zeit beim Embryo. Alles Blut läuft, indem es aus dem Herzen ausgetrieben wird, durch die Gefäßbogen der erwähnten krummen Streifen von Embryonalſubſtanz und vereinigt ſich nachher in der Mittellinie. Deshalb nannte man dieſe Streifen die K i e m e nbogen, die sie trennenden Spalten die Kiemenspalten, um die Analogie anzuerkennen, welche in der Bildung dieser Theile offenbar gegeben ist. Zur Zeit jener Entdeckung war die Naturphilosophie noch in ihrer höchsten Blüthe, und es konnte nicht fehlen, daß diese Thatsache in mannichfacher Art der Richtung jener Zeit zufolge benutzt wurde; allein deshalb fiel es doch nie irgend einem Forscher in der Entwickelungsgeschichte ein, behaupten zu wollen, daß diese Kiemenbögen wirklich der Respiration dienten. Man wußte zu wohl, daß das Athmen der Fische eine Function der Capillarnetze ist, welche die Kiemenblättchen überziehen, hatte sich aber durch Beobachtung überzeugt, daß auf den Kiemenbogen der Embryonen höherer Thiere nie solche respiratorische Kiemenblättchen sich entwickelten. Es gleicht daher dem Gefechte Don Quixote's gegen die Windmühlen, wenn ein französischer Phantast in der Entwickelungsgeschichte, dessen wir schon früher erwähnten, eine große Abhandlung gegen die respiratorische Function dieser Kiemenbogen der Embryonen schrieb, da kein Mensch je eine Behauptung dieser Art aufgestellt hatte.

Fig. 94. Ein menschliches Ei etwa aus der fünften Woche der Schwangerschaft. Das Amnios ist abgeschnitten; das Chorion dagegen mit seinen Zotten und das Nabelbläschen nebst dem Embryo wohl erhalten. a. Chorion. b. Amnios, den Nabelstrang c. umhüllend. d. Nabelbläschen mit langem Stiele.

Fig. 95. Der Embryo dieses Eies stärker vergrößert. a. Vorderhirn. b. Mittelhirn. c. Hinterhirn. d. Wirbelsäule. e. Schwanz, anfangs stark entwickelt, später schwindend. f. Auge. g. Oberkiefer. h. Erster Kiemenbogen. i. Zweiter Kiemenbogen. k. Arm. l. Bein. m. Herz, in den Brustdecken eingeschlossen. o. Bauch, hauptsächlich von der Leber ausgefüllt. p. Nabelstrang. q. Kopfbeuge. r. Nackenbeuge.

Bei den Säugethieren zeigen sich in frühester Zeit, aber doch erst nach Ausbildung der Augenbuchten, des Ohrbläschens und der Kopfbeuge, auf jeder Seite des Halses fünf Kiemenspalten, wodurch vier Kiemenbogen abgetrennt werden, die von vorn nach hinten an Größe und Bedeutung abnehmen. Alle diese Kiemenbogen entstehen nach und nach, der vorderste zuerst, der hinterste zuletzt; sie wachsen in Form kleiner Warzen hervor, welche sich allmählich vergrößern und einander nach der Bauchseite hin in der Mittellinie entgegenkommen.

Der vorderste Kiemenbogen ist der bedeutendste in jeder Hinsicht, sowohl an Größe, als auch hinsichtlich der Bildungen, zu welchen er später Gelegenheit giebt. Wir haben bei dem

Fig. 96. Ein etwa 26 Tage alter Hundeembryo, fünfmal vergrößert von der Seite gesehen.

a. Vorderhirn mit der Scheitelbeuge. b. Zwischenhirn. c. Mittelhirn. d'. kleines Gehirn. d. Nachhirn. e. Auge. f. Ohrbläschen, durch einen Stiel (Hörnerven) mit dem Nachhirn zusammenhängend. g. Oberkiefer. h. Unterkiefer (erster Kiemenbogen). i. Zweiter Kiemenbogen. k. Rechte Vorkammer des Herzens. l. Linke Kammer. m. Rechte Kammer. n. Aortenstiel. o. Leber. p. Herzbeutel. q. Darmschlinge, in welche das Nabelbläschen s. mit seinem Stiele r. einmündet. t. Allantois. u. Amnios. v. Vordere Extremität. w. Hintere Extremität. x. Wirbelsäule. y. Schwanz, z. Nase. 1. Kopfbeuge oder Brückenkrümmung. 2. Nackenbeuge.

Ohre schon von diesem Kiemenbogen gesprochen und den Antheil bezeichnet, welchen er an der Bildung des mittleren Ohres nimmt. Aus diesem Bogen entstehen einerseits der Oberkiefer, das Jochbein, die Gaumen- und Flügelbeine, indem von dem oberen Theile desselben, da wo er von der Schädelbasis ausgeht, eine wuchernde Bildungsmasse nach vorn und innen gegen die Mitte zuwächst, und durch endliches Anlegen an die Scheidewand der Nasenkapsel ein horizontales Dach bildet, wodurch die Nasenhöhlen von der Mundhöhle geschieden werden. Man hat bisher diese ganze Masse, in welcher sich vereinzelt die genannten Knochen bilden, bei den Säugethieren als einen inneren Fortsatz des Bogens angesehen, aus welchem sich der Unterkiefer entwickelt, vielleicht aber dürfte die Analogie mit tieferstehenden Wirbelthieren später darauf führen, diesen Fortsatz als einen selbstständigen Kiemenbogen zu betrachten.

Der äußere Theil des ersten Kiemenbogens, welcher sich in weiter Krümmung von beiden Seiten her um die vordere Oeffnung des Munddarmes herumschlingt, entwickelt in seiner Masse den Unterkiefer, und zwar in Folge höchst eigenthümlicher Vorgänge. Es bildet sich nämlich ein cylindrischer, gekrümmter Knorpelstab, welcher als ununterbrochenes Ganze von der Schädelkapsel, an die er anstößt, bis zur mittleren Vereinigung unter dem Darme sich fortzieht. Das oberste Ende dieses Knorpelstabes verknöchert und bildet den Hammer, das Wesentlichste der Gehörknöchelchen; das untere Ende aber verknöchert nie, sondern bildet gleichsam nur eine Axe, auf deren äußerer Fläche sich der Unterkiefer als eine Belegungsplatte entwickelt. Man hatte schon früher beobachtet, daß bei den Embryonen, und zwar beim menschlichen Fötus im dritten oder vierten Monate, auf der inneren Fläche des Unterkiefers in einer eigenen Rinne ein Knorpelstab sich befinde, welcher aus der Paukenhöhle hervorkommt und an seinem oberen Ende mit dem Hammer in Verbindung steht. Man nannte diesen Knorpelstab nach dem Entdecker den Meckel'schen Fortsatz des Hammers. Bei vielen Thieren bleibt dieser Knorpelstab das ganze Leben hindurch, und man braucht nur

an einem gekochten Hechte auf der inneren Seite des Unterkiefers
mit der Gabel das Fleisch wegzunehmen, um sich eine Anschauung
der Verhältnisse zu verschaffen, wie sie bei dem Embryo sind.
Man wird dann sehen, daß der Unterkiefer ein Knochenblatt
darstellt, welches in Form einer Hohlkehle nach innen eingerollt
ist, und daß innerhalb dieser Hohlkehle ein Knorpelstab sich
befindet, der die ganze Länge des Unterkiefers durchsetzt.

Der zweite Kiemenbogen, welcher weil kleiner ist als
der erste, nimmt in seinem obersten Theile Antheil an der Bildung der Paukenhöhle, und entwickelt in seinem Inneren ebenfalls
einen Knorpelstab, welcher in seinem oberen Theile verknöchert
und den Steigbügel, so wie den Griffelfortsatz des Schläfenbeines
bildet. Der mittlere Theil dieses Knorpelstabes verschwindet
oder verknorpelt sich vielmehr in ein faseriges Band, an welchem
die vordere verknöcherte Hälfte, die das kleine Horn des Zungenbeines bildet, aufgehängt ist.

Der dritte Kiemenbogen enthält ebenfalls im Anfange
einen Knorpelstab, welcher aber nur in seinem unteren Theile
Veranlassung zu Knochenbildung giebt, indem er das große Horn
des Zungenbeines, sowie dessen Körper bildet. Außerdem scheint
dieselbe Masse des dritten Kiemenbogens an ihrer Vereinigungsstelle den Kehlkopf, diejenige des zweiten die Zunge hervorgehen
zu lassen. Man hat behauptet, die Zunge sei eine Ausbildung
der Vereinigungsstelle des ersten Kiemenbogens, allein es scheint
mir, als weise die Anatomie der niederen Wirbelthiere hier einen
kleinen Fehler der Beobachtung nach, der bei der Schwierigkeit
der Untersuchung leicht begangen werden konnte. Der vierte
Kiemenbogen entwickelt keine knöchernen Theile; er wird zur
Bildung der fleischigen Bedeckungen des Halses verwendet.

Die ursprünglichen Kiemenspalten verschwinden durch Zusammenwachsen der einzelnen Bogen alle bis auf die erste Spalte,
welche sich in die Mundöffnung umwandelt, und bis auf den
oberen Theil der zweiten, die zur Bildung des mittleren Ohres
verwendet wird. Die Verwachsung der Kiemenbogen selbst geht
äußerst rasch vor sich, während die Verknöcherung nur langsam

vorschreitet. Es ist aber ein allgemeines Gesetz der Knochenbildung in den Kiemenbogen, daß sich zuerst ungetheilte Knorpelstäbe bilden, um welche herum knöcherne Belegungsstäbe sich
ablagern, die von außen her den primitiven Knorpel einhüllen.
Bei dem Unterkiefer haben wir dies speciell nachgewiesen, es gilt
auch, wie man bei niederen Wirbelthieren ersehen kann, für die
übrigen Kiemenbogen, welche sich bei diesen Thieren in weit
größerer Ausdehnung entwickeln.

Wenn wir nun noch einen kurzen Blick auf die Entwickelung der Extremitäten werfen, so geschieht dies hauptsächlich nur,
um zu zeigen, wie aus der ursprünglich plumpen Form die all-
mählige Sonderung der speciellen Gestaltung hervorgeht. Die
Extremitäten erscheinen in Gestalt rundlicher Flossen ohne irgend
welche Sonderung in Finger oder einzelne specielle Abtheilungen.
Erst später bildet sich die Spaltung der Finger aus, und zwar
in der Weise, daß im Inneren der schaufelförmigen Flosse Knorpelstreifen entstehen, zwischen welchen allmählich die Substanz
aufgesaugt wird. Es ist aus dieser Entstehungsweise erklärlich,
daß oft Kinder geboren werden, bei welchen die Finger durch
eine Art von Schwimmhaut mit einander verbunden sind.

Die Entwickelung des Skelettes im Ganzen giebt über
mehrere Fragen von allgemeinerem Interesse Aufschluß, deren
Erörterung hier um so mehr am Platz sein dürfte, als man sich
oft und vielfach zu Begründung derselben auf die Entwickelungsgeschichte berufen hat. Mit dem Anfange unseres Jahrhunderts
entwickelte sich zuerst in Deutschland ziemlich allgemein, dann
auch in Frankreich bei einigen Männern die Ansicht, daß ein gemeinschaftlicher Urtypus sämmtlichen Skelettbildungen zu Grunde
liege, und daß dieser Typus in dem Wirbel zu suchen sei. Den
Schädel betrachtete man als eine eigenthümliche Ausbildung
mehrerer Kopfwirbel, bei welchen hauptsächlich die oberen Bogenstücke in abnormer Weise zur Umhüllung des Gehirnes ausgebildet seien. In den Knochen der Schädelbasis suchte man die
Körper dieser Wirbel, deren Zahl man je nach den verschiedenen
Ansichten auf drei bis sechs oder gar noch mehr bestimmte.

Man ging in diesen Bestrebungen so weit, nicht nur die Kopfwirbel selbst in allen ihren Stücken zu restauriren, sondern auch
die Kiefer, die Kiemenbögen und die Gliedmaßen als seitliche
Ausstrahlungen der Kopf- und Rumpfwirbel zu betrachten. Bald
sollten die Kiefer Gliedmaßen, bald Rippen sein, und nicht nur
auf die Wirbelthiere beschränkte sich die Speculationswuth der
Wirbeltheoretiker, sondern auch auf die wirbellosen Thiere trug
man diese Ansichten über, und suchte auf diese Weise, wenn ich
mich so ausdrücken darf, das ganze Thierreich zu verwirbeln.
Wenn man heutzutage einige jener Foliobücher zur Hand nimmt,
welche von Urwirbeln, Zwischenwirbeln, Secundär- und Tertiar-
wirbeln handeln, so begreift man wirklich kaum, wie es möglich
gewesen sei, daß die Naturforscher eine zeitlang auf diese Weise
im Dunkeln umhertappen konnten. Auch wurden diese roman-
tischen Uebertreibungen baldigst von den besonnenen Naturforschern
gewürdigt. Allein wenn man auch gegen dieselben protestirte, so
blieb wenigstens so viel übrig, daß man allgemein annahm, der
knöcherne Kopf sei nur eine modificirte Fortsetzung der Wirbelsäule.
Man berief sich hierbei hauptsächlich auf die Resultate der Entwickelungsgeschichte, und es ist deshalb unsere Pflicht, hier in
kurzem darzuthun, inwiefern diese Theorie durch Thatsachen
unterstützt werde, oder nicht.

Es fragt sich hier zuerst, ob man an dem knöchernen Kopfe
in der That Bildungen nachweisen könne, welche ihrer Entstehung nach durchaus in keinem Zusammenhange weder mit der
Axe des Wirbelsystemes, der Chorda, noch mit den von denselben
ausgehenden Belegungsmassen stehen, und die ebenfalls in ihrer
Grundlage keine Beziehung zu dem Central-Nervensysteme zeigen?

Die Kiemenbogen mit den aus ihnen entstehenden Skelett-
theilen zeigen eine völlige Unabhängigkeit von dem Wirbelsystem
und durchaus selbstständige Ausbildung. Man hat dieselben als
modificirte Rippen ansehen wollen, ohne indeß dafür andere Belege beibringen zu können, als die Thatsache, daß sie den Munddarm eben so umfassen, wie die Rippen die Brusteingeweide.
Betrachtet man aber die Entstehung beider Theile in Verglei-

dung zu einander, so ergiebt sich eine so völlige Verschiedenheit, daß diese Ansicht als unhaltbar aufgegeben werden muß. Die Bildungsmasse, in welcher die Rippen entstehen, ist ein zusammenhängendes Gebilde, eine plattenförmige Ausbreitung von Embryonalmasse, in welcher die einzelnen Knorpelstäbe der Rippen sich sondern und später verknöchern. Niemals sind diese Rippen durch Spalten getrennt, niemals entsteht eine Rippe für sich gesondert in ihrer Anlage und verbindet sich erst später zu einem Ganzen; die Kiemenbogen dagegen gehen als isolirte Wärzchen hervor, die nach und nach einander entgegenkommen, durch Spalten getrennt sind, und deren Knorpelstreifen hauptsächlich durch Belegung mit Deckplatten verknöchern. Das System der Kiemengebilde ist demnach ein vollkommen eigenthümliches, das mit den Wirbeln in durchaus keiner Beziehung steht, was namentlich auch daraus hervorgeht, daß die Zahl dieser Bogen eine wechselnde ist bei verschiedenen Thieren, während die Zahl der Rippen genau der Zahl der Wirbel entspricht, welchen sie angehören.

Wie man die Extremitäten als Ausstrahlungen der Wirbel betrachten könne, ist einem gesunden Sinne vollends unbegreiflich, denn mit eben so vielem Rechte könnte man auch die Lungen, die Leber oder Gott weiß welche Organe als Ausstrahlungen der Wirbel betrachten, da alle diese Eingeweide eben so viel mit den Wirbeln zu thun haben, als die Extremitäten, nämlich durchaus gar Nichts.

Es bleiben uns also von den zahlreichen Knochen, die das Skelett zusammensetzen, nur die eigentlichen Wirbel und diejenigen Knochen, die an dem Schädel in näherer Beziehung zu der Chorda oder dem Gehirne stehen. Um hier eine sichere Basis der Vergleichung zu gewinnen, fragt es sich zuerst, wie der Wirbel entstehe, und welche Kriterien man aufstellen müsse, um die Wirbelnatur irgend eines Gebildes zu erkennen.

Die Beantwortung dieser Frage ergiebt sich ganz von selbst aus dem Vorhergehenden. Ein Wirbelkörper entsteht nur aus der Belegungsmasse um die Chorda; ohne Wirbelsaite ist seine Entstehung nicht denkbar; wo keine Chorda ist, kann auch kein Wir-

bei sich bilden. Der hintere wie der vordere Keilbeinkörper entstehen zwar aus einer horizontalen, senkrecht durchbohrten Knor-
pelmasse; da aber dieselbe noch mit der Belegungsmasse der
Rückenfalte zusammenhängt, so kann man sie noch, wenn auch
als stark von dem Typus abweichende, Wirbelkörper ansehen.

Die Belegungsplatten der primitiven Gehirnkapsel bilden
ebenfalls ein eigenes System. Bei den Säugethieren entstehen
sie nur oben und an den Seiten; bei den Fischen ist eine solche
Bildung von Belegplatten auch unten, unterhalb der Schädelbasis, zwischen ihr und der Mundschleimhaut, nachgewiesen, und
die Knochen, welche man bei den gewöhnlichen Fischen als Keil-
bein und Pflugschar bezeichnet (das Schwert in dem Hechtskopfe),
sind solche untere Belegungsplatten.

Man hat demnach Unrecht, den ganzen Schädel als eine
modificirte Wirbelsäule zu betrachten. Das Ende der Wirbelsäule ist in dem Hinterhauptbeine und den beiden Keilbeinkörpern
gegeben, die man als modificirte Wirbel ansehen kann; — die
übrigen Theile gehören verschiedenen Systemen an, sind Ansätze,
welche dem Wirbeltypus durchaus fremd sind.

Die Eingeweide.

Die Entwickelung der Eingeweide, und zwar vor allen Dingen diejenige des Darmrohres, als der primitiven Axe dieser sämmtlichen Gebilde, führt uns wieder in die ersten Zeiten der Embryonalbildung zurück, wo wir den Fruchthof aus drei Blättern bestehend fanden, deren Inneres, das Darmdrüsenblatt, unmittelbar die Dotterflüssigkeit berührte und einen Sack darstellte, der an der Stelle des Fruchthofes durch Zellenanhäufung verdickt war. Die Ausbildung dieser flächenartigen Verdickung zu einem geschlossenen Rohre, welches anfangs einem ganz geraden Hohlcylinder gleicht, geschieht in der Weise, daß der Embryo sich allmählich von dem Dotter abhebt und gegen diesen letzteren abschnürt. Die Schließung der Bauchhöhle und ihrer Wandungen sowohl als auch diejenige des Darmrohres sind die Folgen dieses Prozesses. Der Embryo liegt nämlich im Beginn seiner Entwickelung, wie wir schon früher erwähnten, flach auf der Dotterflüssigkeit auf, und der Fruchthof geht in seiner ganzen Umgebung rundum in die Fortsetzungen der Keimblätter über. Sobald nun der Embryo sich mehr und mehr ausbildet, hebt sich zuerst der Kopf des Embryo vollständig von dem Dotter ab. Die Abschnürung schreitet an der unteren Fläche des Halses durch das Hervorsprossen der Kiemenbogen nach hinten zu fort. Mit der ganzen Bauchfläche des Stammes liegt nun der Embryo anfangs noch flach auf dem Dotter auf, allmählich erhebt er sich aber auch hier und schließt sich von vorn und hinten, so wie von den Seiten her gegen die Mitte hin fortschreitend von dem Dotter ab. Ich kann kein besseres Bild dieses Vorganges geben, als indem ich meine Leser ersuche, mit beiden Händen an einem Strickstrumpfe, der theilweise über eine Stopfkugel gebreitet ist, eine Falte zu bilden. Die Stopfkugel stellt hier die Dotterflüssigkeit vor, der Strickstrumpf die Keimhaut, welche diese Dotterflüssigkeit einschließt. Nähme man zwei Strümpfe über einander, so würde der innere Strumpf dem Darm-Drüsenblatte, der äußere dem Bewegungs- und Hornblatte entsprechen. Indem man mit beiden Händen in diesen Strümpfen eine Falte zu ziehen versucht, wird man genöthigt sein, die Strümpfe etwas von der Kugel abzuziehen und in die Höhe zu heben. Wenn man sich nun vorstellt, daß die Ränder dieser Falte, da wo man sie zuerst gefaßt hat, mit einander zusammengenäht würden, und daß dieses Zusammennähen von allen Seiten her gegen den Mittelpunkt der Falte fortgesetzt würde, bis man die Falte in ihrer ganzen Ausdehnung zusammengenäht hätte, so wird diese ganze Handlung ein richtiges Bild von den Entwickelungsvorgängen bei dem Embryo geben. Im Anfange, wo man das Zusammennähen der Falte begann, bildete diese, von der Stopfkugel her betrachtet, eine lange Rinne, die nur an beiden Enden abgeschlossen war und so etwa im Ganzen die Gestalt eines Weberschiffchens bot. Je mehr man mit dem Zunähen gegen die Mitte hin fortfuhr, desto mehr wurde diese Rinne geschlossen, zuletzt blieb nur noch ein mittleres Loch, nach dessen endlicher Zusammennähung die ganze Falte in ein Doppelrohr verwandelt war, welches nach der Stopfkugel hin keine Oeffnung mehr zeigte.

Indem sich nun der Embryo zuerst mit seinem Kopfe von dem Dotter abhebt und die Seitenwände zum Abschlusse gegeneinander wachsen, bildet sich eine Anfangs nach hinten blinde Höhle, die sich aber bald in die Darmrinne hinein öffnet und nun mit dieser eine continuirliche Höhle bildet. Man hat diese

Höhle die Kopfdarmhöhle oder auch die vordere Darmpforte genannt. Ihre Wandung wird aus allen drei Blättern
zusammengesetzt, spaltet sich aber später in ihrem vorderen Theile
und bildet hier eine Höhle, in welcher das Herz sich entwickelt.
Der hintere, abgezweigte Theil entspricht dann, nach der Anlage
des Herzens, der Rachen- und Schlundhöhle, so wie dem Schlunde
selbst.

Ganz in ähnlicher Weise entsteht auch von dem hinteren
Ende des Embryo's her eine hintere Beckendarmhöhle
und eine hintere Darmpforte, welche ebenfalls nach dem
Darme führt. Das Darmrohr bildet demnach, sobald es einmal auf dieser Stufe angelangt ist, eine nach beiden Körperenden
hin in Röhren sich fortsetzende Rinne, welche in der Längsaxe
des Körpers liegt. Die Wände desselben sind verhältnißmäßig
außerordentlich dick, die innere Höhlung nur gering, und das
ganze Rohr eigentlich nur ein gerader, aus Zellen zusammenge-
setzter hohler, in der Mitte aufgeschlitzter Cylinder.

Zu der Bildung des Mitteldarmes wirkt sowohl das Darm-
drüsen- als auch das Bewegungsblatt mit. Letzteres spaltet sich der
Dicke nach in zwei Schichten, deren innere, die Darmfaserschicht,
sich mit dem Drüsenblatte zur Einrollung des Darmes verbindet,
während die äußere die Bauchwandung bildet. Indem diese
beiden Schichten sich stets mehr von einander entfernen, die
erstere sich ganz zur Bildung des Darmes verwendet, die letztere
die äußeren Bauchwandungen schließt, verfolgen sie auch unabhängig von einander ihren Weg zur Abschließung gegen den
Dotter. Die Darmrinne bildet, sich stets mehr schließend, den
Darmnabel, der sich zum Dottergang auszieht, durch welchen noch lange nach dem vollständigen Abschlusse des Darmrohres, die Darmhöhle mit dem Dotter communicirt; die Bauchwandung schließt sich bis auf den Bauchnabel, durch welchen
bis zur Geburt die zur Ernährung des Embryo's dienenden
Blutgefäße hindurchtreten.

Sobald das Darmrohr bis auf den Darmnabel geschlossen
ist, beruht die weitere Entwickelung des Darmes hauptsächlich

auf schnellem Auswachsen der Röhre, wodurch diese sich verlängert und schlingenartig zusammenlegt. An einer Stelle, und zwar
nahe an der vorteren Eingangsstelle des ursprünglichen geraden
Darmrohres, bläst sich dieses etwas auf und bildet auf diese
Weise den Magen, der ursprünglich in der Längsaxe des Körpers gelegen ist, allmählich aber sich dreht und eine quere Stellung einnimmt. In das Einzelne der Schlingenbildung des Darmrohres, die Verwickelung des Gekröses und der Netze hier einzugehen, würde einestheils zu weit führen, anderntheils auch durchaus unfruchtbar sein, da diese Vorgänge wirklich nur dann
begriffen werden können, wenn man sie an Embryonen selbst
untersucht. Figuren führen hier durchaus zu keinem klaren Verständnisse, und noch weniger können dies Beschreibungen thun,
die selbst demjenigen, der die Anatomie des Erwachsenen vollkommen genau kennt, kein anschauliches Bild zu geben vermögen.

Mit dem Darmrohre in Verbindung stehen einige Drüsen,
unter welchen die Leber und die Bauchspeichelbrüse die wichtigsten
sind. Da man sehr richtig erkannte, daß die Schleimhaut, welche
die Gänge dieser Drüsen auskleidet, gleichsam nur eine Fortsetzung der inneren Darmschleimhaut sei, so glaubte man hieraus folgern zu dürfen, daß diese Drüsen nur Ausstülpungs-
bildungen des Darmes seien. Wenn man schon durch die Faltungen der Keimhautblätter die Bildungen mancher Organe zu
erklären suchte, so kostete es Nichts, anzunehmen, daß das Darmrohr an einer gewissen Stelle einen seitlichen Blindsack treibe,
daß dieser Blindsack allmählich auswachse, sich mehr und mehr
verästele und so nach und nach die zahlreichen Blindgänge und
Kanäle des Drüsengewebes darstelle. Diese Theorie der Drüsen-
ausstülpung, welche man bald generalisirte, stützte sich indeß auf
Thatsachen, welche ihr einigen Halt gaben. Man hatte beobachtet, daß die Drüsen in ihrer ursprünglichen Anlage kleine
knotenförmige Hügel bildeten, welche dem Darmrohre unmittelbar aufgesetzt waren, daß sie nur wenige und kaum verästelte
Kanäle im Inneren zeigten, und daß die Zahl dieser Kanäle

und ihre Veräftelung mehr und mehr mit der Entwickelung des Embryo zunahm.

Die neuere Zeit, indem sie uns mit dem Zellenleben bekannt machte, konnte auch den richtigen Schlüffel zu diesen Erscheinungen geben, und während sie die mechanischen Vorstellungen, die sich mit der Ausstülpungstheorie verbunden hatten, zurückwies, zeigte sie zugleich, daß der Ausstülpung selbst einige Wahrheit zu Grunde liege. Man hat in neuerer Zeit hauptsächlich bei Fischen und Säugethieren die Bildung der Leber verfolgt, und wenn auch in dem Einzelnen einige Verschiedenheiten sich zeigen, so ist doch im Ganzen der Prozeß der nämliche.

Bei den so durchsichtigen Fischembryonen bemerkte man, daß nach der theilweisen Schließung des Darmrohres am vorderen Ende deffelben eine ziemlich bedeutende compacte Zellenanhäufung sich zeigte, in welcher anfangs durchaus keine Höhlung zu bemerken war. Nach und nach entstehen in dieser Zellenmaffe durch Auseinanderweichen zwei blindfackähnliche Höhlen, deren eine in gerader Richtung nach vorn hin sich ausbildet, während die andere, nach unten abweichend, sich krümmt. Die vordere dieser Höhlen bildete die bei den Fischen so kurze Speiseröhre; der mehr nach unten gerichtete Blindfack, um welchen sich die größere Menge von Zellen anhäufte, entsprach der Leber. Die Bildung der Drüfenkanäle schritt nun in der Weise fort, daß die anfangs compacten Zellenmaffen auseinanderweichen und stets mehr und mehr verzweigte Gänge bildeten, die sich endlich so veräftelten, daß man ihrer ferneren Entwickelung kaum mehr folgen konnte. Diefen Beobachtungen zufolge find demnach die Drüfengänge unzweifelhaft Intercellulargänge, entstanden durch des Auseinanderweichen ursprünglich compacter Zellenmaffen des Darmdrüfenblattes. Man kann in gewiffer Beziehung sagen, daß sich die Darmhöhle allmählich in die compacte Zellenmaffe der Drüfe hineingebildet habe, und in diesem Sinne kann man auch die Ausstülpung des Darmes in die Drüfe hinein vertheidigen.

Bei den Säugethieren hat man, in der letzten Zeit namentlich, die Entwickelung der Leber in ihrem Uranfange ebenfalls

beobachtet. Die Wände des Darmrohres sind hier aus äußerst
dicken Zellenlagen gebildet, und längs der inneren Fläche scheidet
sich schon sehr frühe eine aus helleren Zellen bestehende dünne
Schicht ab. Die erste Anlage der Drüse zeichnet sich nun als
eine kaum bemerkbare Verdickung aus, welcher eine kleine Ausbiegung der hellen, inneren Darmlage entspricht. Je mehr sich
nun dieser Höcker entwickelt, desto weiter bringt auch diese Ausbiegung vor und bildet fortwachsende, sich veräftelnde Höhlungen,
die von der ursprünglichen Ausbiegung der inneren Darmlage
ausgehen. Diese Aushöhlungen entstehen stets auf Kosten compacter Zellenmassen, welche anfangs schon im Inneren des Ge-
sammthaufens als solide Stränge erscheinen, die späteren Hohl-
gänge gleichsam vorzeichnen und sich durch Auseinanderweichen in
der Are aushöhlen. Man sieht also, daß auch hier die Drüsenkanäle anfänglich hohle Intercellularräume darstellen, und daß
ihre Haut, welche den Drüsenkanal auskleidet, wahrscheinlich auf
die Weise entsteht, daß die auseinandergewichenen Zellen mit
einander verschmelzen und eine membranöse Schicht bilden.

In denjenigen Drüsen, welche von Anfang an in keinem
Zusammenhange mit dem Darmrohre stehen, wie z. B. in den
Hoden, entwickeln sich die Drüsenkanäle dennoch auf ganz analoge
Weise. Diese Organe stellen anfänglich eine compacte Zellenmasse
dar, in welcher sich nach und nach durch Auseinanderweichen verzweigte Intercellularräume bilden, die erst später mit dem Aus-
führungsorgane in Verbindung treten.

Die Leber ist von allen drüsigen Organen der Bauchhöhle
dasjenige, welches bei dem Embryo in weit bedeutenderem Maße
entwickelt ist, als selbst im Erwachsenen. Diese verhältnißmäßig
so ansehnliche Größe der Leber, die um so bedeutender ist, je
jünger die Embryonen sind, erklärt sich leicht aus der innigen
Beziehung, in welcher diese Drüse bei dem Fötus zu der Entwickelung des Blutes steht; eine Beziehung, von welcher wir
später, bei dem Blutsysteme, einiges Nähere angeben werden.

Die Lungen sind hinsichtlich ihrer Entwickelung noch nicht
so genau bekannt, als dies wohl wünschbar wäre. Sie scheinen

mit dem Kehlkopfe, der Luftröhre, dem Schlundkopfe und der Speiseröhre aus einer und derselben Zellenmasse zu entstehen, die sich erst nach und nach differenzirt. Bei den jüngsten Säugethierembryonen, bei welchen man überhaupt die Lungen erkennen konnte, sah man hinter der Kiemenhöhle in einer ziemlich dicken Zellenmasse eine blasenförmige Erweiterung, die nach hinten zu in zwei seitliche flaschenförmige Blindsäcke endigte, zwischen welchen in der Mitte die gerade Speiseröhre herabstieg. Es war also etwa hier ein Verhältniß, wie man es bei den Fröschen bleibend ausgebildet findet, wo ebenfalls unmittelbar aus einer gemeinschaftlichen Höhle die blasenförmigen Lungensäcke und die Speiseröhre ausgehen. In späteren Zeiten sah man bei den Embryonen die beiden Lungen in Form kolbiger Hügel, die unmittelbar der Speiseröhre aufzusitzen schienen, bei genauerer Untersuchung aber mit einer isolirten Luftröhre in Verbindung standen, die hart an der vorderen Wand der Speiseröhre anlag, durch Druck aber sich von derselben trennen ließ. Es scheint demnach, daß anfänglich nur eine gemeinschaftliche Anlage für diese Organe vorhanden ist, und daß die ursprünglich einfache Röhre, in welche die Lungen und die Speiseröhre münden, sich bei fortschreitender Entwickelung in Luftröhre und Kehlkopf einerseits, Schlundkopf und oberen Theil der Speiseröhre anderseits trenne.

Die Verzweigungen der Kanäle, welche das Lungengewebe durchsetzen, scheinen in ähnlicher Weise sich auszubilden, als in den Drüsen, obgleich ihre vollständige Ausbildung nur erst spät eintritt, wie denn die Lungen überhaupt während des Embryonallebens durchaus nicht diejenige Bedeutung haben, welche ihnen später zukommt. Bei den Erwachsenen geht, wie wir früher gesehen haben, das sämmtliche Blut durch die Lungen, um hier in Berührung mit der atmosphärischen Luft die gasförmigen Stoffe auszutauschen. Bei dem Embryo kann kein Zutritt der atmosphärischen Luft stattfinden, und die Lungen haben deshalb keine größere Blutzufuhr, als diejenige, welche nöthig ist, das Organ zu ernähren. Die große Masse des Blutes geht, wie wir

später sehen werden, an den Lungen vorbei durch einen eigenen
Kanal, welcher aus der Lungenarterie in die Aorta führt. Bis
zu der Geburt erscheinen daher die Lungen mehr als compacte
drüsige Organe, welche die Brusthöhle nur zum Theil ausfüllen,
und namentlich im Verhältniß zu dem Herzen um so kleiner sind,
je jünger der Embryo ist.

Die Harn- und Geschlechtsorgane, als die letzte Gruppe
der Baucheingeweide, haben von jeher den Embryologen sehr viel
zu schaffen gemacht, da sowohl die äußeren Metamorphosen,
welche sich im Bereiche dieser Organe zeigen, äußerst mannig-
faltig sind, als auch die inneren Theile derselben sehr merkwürdige successive Veränderungen eingehen. Es war zuerst in der
Sphäre dieser Organe, daß man von der Unvollständigkeit jener
Theorie sich überzeugen mußte, welche alle Organe ohne Ausnahme durch Faltungen der ursprünglichen drei Blätter der Keimhaut entstehen lassen wollte. Man wußte nicht, welchem von
den verschiedenen Blättern sie zuschreiben, und wenn man auch
jetzt das Bewegungsblatt großentheils mit ihrer Bildung beauf-
tragt, so sind damit die einzelnen Vorgänge und Beziehungen
bei Weitem noch nicht aufgeklärt.

Schon bei sehr jungen Embryonen, bei welchen die Darmrinne kaum angelegt ist, zeigt sich auf der inneren Fläche der
entstehenden Wirbelsäule über der Darmrinne eine lang gestreckte
Anhäufung von Bildungsmaterial, welche sich in Form zweier
seitlicher Streifen von dem Herzen bis gegen das Rumpfende hin
fortzieht. Betrachtet man diese Bildungsmasse näher, so sieht
man, daß jeder Streifen aus einer Reihe kolbiger Fortsätze besteht, die etwa aussehen wie die Zähne eines Kammrades. Die
abgerundeten Enden dieser Kammzähne sind gegen die Mittellinie
hingewendet, während man zu beiden Seiten nach Außen zwei
compacte Streifen bemerkt, in welchen die Basen der Kammzähne
zusammenfließen. Anfangs sind diese beiden Streifen mit ihren
Kammzähnen solid, Aggregationen compacter Zellenmassen, die
sich aber später aushöhlen, und nun, wie leicht begreiflich, eine
Reihe von queren Blindsäcken darstellen, deren kolbige Enden

gegen die Mittellinie zugekehrt sind, während sie sich sämmtlich in zwei gemeinschaftlichen, auf der äußeren Seite verlaufenden Ausführungsgängen öffnen. Nach und nach verknäueln sich diese queren Schläuche so unter einander, daß sie ein compactes Organ darstellen, eine förmliche symmetrische Drüse, welche zu beiden Seiten der Wirbelsäule durch die ganze Länge der Bauchhöhle sich hinabzieht, und deren Ausführungsgang sich in die Allantois oder den Harnsack öffnet.

Man hat diese Organe nach ihrem ersten Entdecker die Wolffischen Körper, die Ur- oder Primordial-Nieren genannt. Sie finden sich bei allen Embryonen in der angegebenen Weise, doch in größerer oder geringerer Erstreckung, und sind um so stärker entwickelt, je jünger der Embryo ist. Merkwürdiger Weise entwickeln sich ihre Ausführungsgänge anfänglich ganz abgesondert von den Drüsen selbst mehr an der Rückenseite in dem Bewegungsblatte, wo sie zuerst als solide Zellenstränge erscheinen, die sich später aushöhlen, gegen die Bauchseite rücken und schließlich mit den Urnieren verbinden.

Es war natürlich, daß man sich vom Anfang an mit der Frage nach der Bedeutung dieser räthselhaften Organe beschäftigte, welche nur eine embryonale Existenz besitzen und mit dem Auftreten der eigentlichen Nieren zu Grunde gehen. Jetzt, wo man weiß, daß sie zugleich mit der Allantois entstehen und daß, bei den Säugethieren wenigstens, die Urnierengänge in den Harnsack münden, dessen Flüssigkeit Harnbestandtheile enthält, jetzt kann es wohl keinem Zweifel mehr unterliegen, daß sie wirkliche Drüsen sind, welche ein Secret liefern, das durch seine chemische Zusammensetzung Aehnlichkeit mit dem Urine hat und Harnsäure enthält. Der Bau dieser Wolffischen Körper ist sogar durch Entwickelung Malpighischer Gefäßknäuel mit Flimmerung darin demjenigen der Nieren durchaus analog. Die Function der Wolffischen Körper steht demnach in der nämlichen Beziehung zu dem embryonalen Leben, in welcher diejenige der Nieren zu dem Leben des Erwachsenen sich befindet. Der Harnsack ist das ursprüngliche Reservoir, in welches bei den höheren Wirbelthieren

das Secret der Wolffischen Körper sich ablagert, und seine Ent-
wickelung steht in gewissem Verhältniß zu der Ausbildung der
Urnieren. Deshalb sehen wir auch bei dem Menschen, wo der
Harnsack so früh verschwindet und nur eine sehr geringe Aus-
bildung erlangt, die Urnieren nur eine äußerst geringe Stufe der
Entwickelung erreichen.

Die Nieren stehen ohne Zweifel in einem bestimmten
Wechselverhältnisse zu den Wolffischen Körpern, obgleich auch
daraus durchaus noch nicht folgt, daß sie auf Kosten und aus
der Substanz der Wolffischen Körper sich entwickelten. Sie entstehen vielmehr aus einer besonderen Bildungsmasse, welche sich
auf der Rückenfläche der Wolffischen Körper zwischen diesen und
der Wirbelsäule ansammelt, und dort zwei ovale solide Zellenanhäufungen bildet, die man von der Bauchfläche her erst an-
sichtig wird, sobald man die Wolffischen Körper entfernt hat.
Die Harnkanäle entstehen in den Nieren durchaus so, wie in den
übrigen Drüsen, durch Auseinanderweichen der ursprünglich soliden
Zellenmassen. Schon von Anfang an scheint von der ovalen
Zellenanhäufung der Nieren ein solider Zellenstrang auszugehen,
der nach unten hin sich erstreckt, sich später aushöhlt und den
Harnleiter mit dem Nierenbecken bildet. Erst wenn die Entwickelung der Nierenkanäle im Inneren der soliden Zellenanhäufung einen gewissen Grad erreicht hat, erhält die Niere ein
traubiges oder lappiges Ansehen, das dadurch hervorgebracht wird,
daß das Zellenmaterial sich mehr um die einzelnen Drüsenkanäle
zusammendrängt und dort dichter erscheint, als in den Zwischenräumen. Man hat behauptet, dieses lappige Aussehen der Nieren,
welches bei manchen Thieren, wie z. B. dem Bären, während
des ganzen Lebens sich erhält, bezeichne die primitive Anordnung
dieser Drüse, die aus einzelnen Läppchen zusammenwachse, und
auf diese falsche Ansicht gestützt hat man noch vor nicht langer
Zeit gewagt, die schwindelndsten Theorieen hinsichtlich der Vergleichung des Embryo mit niederen Säugethieren aufzustellen.
Man sieht, daß diese Phantasieen durchaus durch die Beobachtungen widerlegt werden.

Die leimbereitenden Geschlechtsorgane, Hoden und Eierstöcke, scheinen etwa in gleicher Zeit mit den Nieren, oder selbst kurz vor diesen aufzutreten. Sie entwickeln sich aus einem isolirten Häufchen von Zellenmaterial, welches einen länglichen Streifen bildet, das an dem inneren Rande der Wolffischen Körper, und zwar auf der Bauchfläche derselben, sich ablagert. Durch diese Lagerung ist es allein möglich, die leimbereitenden Geschlechtsorgane von den Nieren zu unterscheiden, da sehr bald die ursprünglich längliche Form derselben mehr rundlich wird und dadurch derjenigen der Nieren näher tritt. Es ist begreiflicher Weise in den ersten Zeiten unmöglich, Hoden und Eierstöcke von einander zu unterscheiden, da beide aus einem Häufchen Zellenmaterial zusammengesetzt sind, das noch keine specifisch gesonderten Gewebtheile in sich entwickelt hat. Indeß bildet sich diese Verschiedenheit schon sehr bald aus, indem der Hoden mehr rundlich wird und im Inneren die röhrigen Samenkanäle zeigt, während der Eierstock platt und länglich bleibt, zugleich sich schief stellt und nach und nach die quere Stellung einnimmt, welche er bei dem Erwachsenen hat. In den Eierstöcken der höheren Thiere entwickeln sich ferner niemals solche Röhren, wie in den Hoden, sondern im Gegentheile die von Anfang an in sich abgeschlossenen Follikel, welche nach den neuesten Beobachtungen unmittelbar um das primitive Keimbläschen sich bilden und später bei Anlagerung des Dotters sich vergrößern. Die ausführenden Geschlechtstheile, nämlich Samenleiter und Eileiter, entwickeln sich zur Seite des Ausführungsganges des Wolffischen Körpers in der Weise, daß sie anfänglich solide Stränge darstellen, die an der inneren Seite dieser Ausführungsgänge sich hinziehen, dann hohl werden und an dem vorderen Ende, wo sie an die leimbereitenden Organe anstoßen, eine längliche Spalte als Mündung besitzen. Bei dem weiblichen Geschlechte bleibt diese offene Spalte als Trichter des Eileiters zurück; — bei dem männlichen Geschlechte hingegen verwächst das anfangs offene vordere Ende auf noch nicht näher erörterte Weise mit dem Hoden und bildet so wahrscheinlich den Nebenhoden mit dem Samengang. Die ausführenden Geschlechtsorgane entwickeln sich demnach durchaus isolirt von den keimbereitenden, mit denen sie erst in späterer Zeit bei dem männlichen Geschlechte wenigstens zusammentreten.

Es läge uns hier noch ob, des Genaueren einzugehen auf die Bildung der äußeren Geschlechtstheile, sowie der Reservoirs, die sich an den Harn- und Geschlechtsorganen in verschiedener Weise ausbilden. Die Entstehung der Harnblase verdient hier vor allem eine nähere Berücksichtigung, da sie mit derjenigen des Harnsackes in näherer Beziehung steht, der, wie wir oben gesehen haben, zur Ausbildung der Placenta so Vieles beiträgt und für die Ernährung des Fötus eine höchst wichtige Rolle spielt. Der Harnsack selbst scheint aus zwei ursprünglich getrennten Zellenmassen zu entstehen, welche aus dem hinteren Körperende hervorwuchern und ursprünglich durchaus solide Massen darstellen. Diese beiden Zellenhügel vereinigen sich indeß sehr bald, werden hohl und treten nun mit dem Darmkanal in nähere Verbindung, so daß die Höhle des Harnsackes in das hintere Ende des Darmes einmündet. Man glaubte aus diesem Grunde früher, wo man die anfängliche Entstehungsweise des Harnsackes noch nicht kannte, daß derselbe eine blasenartige Ausstülpung der Bauchfläche des Darmrohres sei. Der Harnsack wächst, wie wir früher gesehen haben, sehr schnell über den Embryo hinaus, legt sich mit seinem kolbigen Ende an die zottige Fläche des Chorion an, und leitet auf diese Weise die Nabelgefäße zu der Ansatzstelle der Placenta. Indem nun die Bauchdecken des Embryo von allen Seiten her gegen den Nabel sich schließen, wird der Harnsack in seiner Mitte zusammengeschnürt und, gleich einem Zwerchsacke, in zwei Hälften getheilt: eine äußere, die vom Nabel zur Placenta reicht, bei den Menschen sehr bald verkümmert und den soliden Nabelstrang bilden hilft, und eine innere, welche in den Bauchdecken eingeschlossen von dem Nabel bis zu dem hinteren Darmende sich erstreckt. Die hintere Portion dieses inneren Sackes wird zur Harnblase, während die vordere ebenfalls in einen soliden Strang sich umwandelt, welchen man bei dem Erwachsenen unter dem Namen des **Harnstranges** oder **Urachus** kennt.

Es geht aus dieser Darstellung hervor, daß ursprünglich für den ganzen unteren Theil der Geschlechts- und Harnorgane, sowie des Darmes, nur eine gemeinschaftliche Höhle existirt, in welche die Allantois auf der vorderen Fläche einmündet. Zuerst trennt sich nun der Darm von dem Harnsacke und den ausführenden Harn- und Geschlechtstheilen, welche in den Harnsack einmünden. Es hat demnach dann der Fötus eine gemeinschaftliche Ausmündung für die Harn- und Geschlechtsorgane, eine andere für den Darm. Diejenigen Theile, welche wir bei den Erwachsenen als äußere bezeichnen müssen, fehlen durchaus. Die Entwickelung derselben, namentlich aber ihr Verhältniß zu den ausführenden Organen, ist noch in manches Dunkel gehüllt, und wir können um so weniger in dieselbe eintreten, als sie eine Kenntniß der Anatomie dieser Theile voraussetzen würde, die wir aus leicht begreiflichen Gründen nicht näher behandelt haben. So viel muß indeß hier bemerkt werden, daß die Form der äußeren Geschlechtstheile ursprünglich bei beiden Geschlechtern außerordentlich ähnlich ist, und daß es nur leichter Hemmungen in der Entwickelung dieser oder jener Theile bedarf, um jene mannigfaltigen Mißbildungen zu erzeugen, die man öfter als Hermaphroditen ausgegeben hat. Bei den meisten dieser Mißbildungen ist das Geschlecht sehr deutlich durch die Structur der inneren keimbereitenden Organe zu erkennen, wenn auch die äußeren Theile noch so sehr abweichen. Daß beide Geschlechter auf einem und demselben Individuum vereinigt sein könnten, ist bei den höheren Säugethieren und dem Menschen durchaus undenkbar, weshalb man auch bei diesen Geschöpfen nicht von Hermaphroditismus im eigentlichen Sinne des Wortes reden kann. Aus der früheren Aehnlichkeit der äußeren wie der inneren Geschlechtstheile, aus der Unmöglichkeit, Hoden und Eierstöcke von Anfang an zu unterscheiden, hat man eine Menge der lächerlichsten Ansichten über anfängliche Geschlechtslosigkeit, ursprüngliche Weiblichkeit des Embryo u. s. w. ausgesponnen, die be-

greiflicher Weise keiner Beachtung werth sind. So gewiß als
das Ei ursprünglich die Anlage zu allen Organen des Embryo
in sich schließt, wenn dieselben auch nicht sichtlich hervortreten,
so gewiß befindet sich auch von Anfang an in ihm die Anlage
der speciellen Geschlechtsorgane, die dann in die äußere Erscheinung treten, wenn es der Typus der Gattung erfordert.

Siebenundzwanzigster Brief.
Das Blutgefäßsystem.

Bei der Entwickelung des Blutgefäßsystemes kommen so
mannigfach verwickelte Processe in Betracht, daß es nothwendig
erscheint, die Ausbildung dieses so wichtigen Systemes je nach
seinen verschiedenen Elementartheilen zu betrachten. Es wird
deshalb ersprießlich sein, zuerst von der Entstehung des Herzens,
des ersten Kreislaufes, des Blutes und der Gefäße zu sprechen,
und dann erst anzudeuten, in welcher Weise die ursprünglichen
Anlagen des Blutsystemes sich umgestalten, um diejenige Form
des Kreislaufes hervorzubringen, die wir schon früher aus dem
Erwachsenen kennen gelernt haben.

Die älteren Beobachter hielten so ziemlich allgemein dafür,
daß das Herz das erste Organ sei, welches bei dem Embryo
sich bilde, und in Folge dieses Beobachtungsfehlers glaubten sie,
daß von dem Herzen als Centralpunkt aus eigentlich die Entstehung sämmtlicher anderer Organe bedingt werde, und das
Herz demnach eben so wichtig für die Embryonalbildung sei, als
es für das spätere Leben erscheint. Der Irrthum in der Beobachtung rührte hauptsächlich von dem Umstande her, daß die
älteren Beobachter die so durchsichtigen Uranlagen des Nervensystemes übersahen, das Herz dagegen seiner rothen Farbe und
lebhaften Bewegungen wegen bald unterschieden. Wenn indeß
diese Ansicht auch durch spätere Untersuchungen sich als falsch

erwiesen hat, so kann dennoch das frühzeitige Erscheinen des Herzens als ein wesentlicher Charakter der Wirbelthiere angesehen werden. Bei vielen wirbellosen Thieren ist das Herz das letzte Organ, dessen Anlage man unterscheiden kann; bei allen ohne Ausnahme sind die meisten Organe des Leibes schon auf einer bedeutenden Stufe der Ausbildung angelangt, ehe das Herz sich zu zeigen beginnt. Bei den Wirbelthierembryonen hingegen muß man, um die erste Bildung des Herzens zu sehen, auf die früheste Zeit der embryonalen Entwickelung zurückgehen, auf diejenige Zeit nämlich, wo der Embryo noch ganz flach mit der Bauchfläche über dem Dotter ausgebreitet ist, die primitiven Hirnblasen, die Chorda und die ersten Wirbelplatten eben angelegt sind und die Kopfdarmhöhle in ihrer Entstehung begriffen ist. Der Embryo beginnt zu dieser Zeit mit dem Kopfende sich von der Dotterfläche abzuheben. Während nun das Kopfende sich loslöst und eine untere freie Fläche zeigt, erblickt man an dieser Bauch- oder Dotterfläche des Kopfes eine cylindrische Zellenanhäufung, welche in der ganzen Länge des Kopfes von vorn nach hinten verläuft und die sich in der durch Spaltung abgezweigten vorderen Wand der Kopfdarmhöhle differenzirt hat. Etwa in der Gegend, wo das Nachhirn endet, oder noch ein wenig hinter diesem Orte, nämlich an der Stelle, wo die vorderen Extremitäten hervorbrechen werden, läuft diese Zellenanhäufung in zwei seitliche Schenkel aus, die sich unbestimmt nach der Seite hin über die Grenze des Embryo's ausdehnen und auf der Dotterfläche verlieren, ohne genau begrenzt werden zu können. Dieser solide, hinten zweischenkelige Zellencylinder ist die Uranlage des Herzens, die anfangs ganz horizontal und gerade auf dem Dotter liegt, oder vielmehr zwischen dem Vorderende des Embryo nach außen und dem Dotter nach innen eingeschlossen ist. Bei den Säugethieren, wo durch die Entwickelung der Kopfbeuge der vordere Theil des Kopfes, wie oben ausgeführt wurde, gegen den Dotter hin eingeknickt wird, behält das Herz so ziemlich seine horizontale Lage, bei den Fischen aber z. B., wo die Kopfbeuge nur angedeutet, die Nackenbeuge aber etwas stärker entwickelt ist, stellt sich das Herz zu einer gewissen Zeit des Embryonallebens fast senkrecht gegen die Körperaxe.

Bei diesen letzteren Thieren, deren Embryonen außerordentlich durchsichtig sind, kann man sich sehr leicht überzeugen, daß das Herz ursprünglich eine vollkommen solide Zellenmasse darstellt, die keine Höhlung in ihrem Inneren enthält. Nach und nach entwickelt sich diese Höhlung in der Axe des Herzstranges, und zwar wahrscheinlicher Weise durch Auseinanderweichen, vielleicht auch durch theilweise Auflösung der Zellen, die in dem Centrum des Stranges sich befinden. Sobald diese innere Höhlung angelegt ist, beginnen auch die abwechselnden Zusammenziehungen des Herzens, obgleich dasselbe nur noch aus einfachen runden Zellen besteht, welche sich noch nicht zu Fasern ausgebildet haben. Die meisten neueren Beobachter haben sich von dieser Thatsache überzeugt, und manche derselben haben in diesen Zusammenziehungen eines nur bloß noch aus Zellen zusammengesetzten Organes mit vollem Rechte einen Beweis der Contractilität der ursprünglichen Zellen gesehen. Gewiß ist auch, daß die Höhle des Herzschlauches in der ersten Zeit ihrer Bildung durchaus für sich abgeschlossen ist, daß diese Höhle anfänglich weder nach vorn in Gefäße des Embryo, noch auch nach hinten in die beiden Schenkel der Herzanlage sich fortsetzt, und daß die in ihr befindliche Flüssigkeit durch die rhythmischen Zusammenziehungen des Herzschlauches abwechselnd hin- und herbewegt wird, ohne einen Ausgang zu finden. Man kann dies am leichtesten aus dem Umstande ersehen, daß öfters einige Zellen von der inneren Herzwand sich loslösen und dann in der Herzhöhle mit der darin enthaltenen Flüssigkeit auf und nieder getrieben werden, ohne aus dem Herzschlauch entweichen zu können.

Es geht aus diesen Beobachtungen, in welchen die neueren Forscher bei den verschiedensten Thieren übereinstimmen, hervor, daß das Herz durchaus isolirt für sich entsteht, daß seine Höhlung ursprünglich mit keinen Gefäßen im Zusammenhange ist, und daß diese Höhle als ein großer Intercellularraum angesehen werden muß, dessen Wände durch die Zellenmassen des Herz-

schlauches gebildet werden. Es ist in dieser letzteren Beziehung
völlig gleichgültig, ob dieser innere Raum durch Auflösung und
Zerfließen der centralen Zellen des Herzschlauches gebildet werde,
oder aber durch Auseinanderweichen derselben; welches letztere
indeß aus dem Grunde wahrscheinlicher ist, weil oft einzelne
losgerissene Zellen im Innern herumgetrieben werden. In beiden
Fällen bleibt indeß die Bedeutung der Herzhöhle als Intercellularraum wesentlich bestehen.

Während man die erste Bildung des anfänglichen Herzschlauches beobachtet, entwickelt sich zugleich auf der Oberfläche
des Schleimblattes in der Umgebung des Embryo eine eigenthümliche Schicht von Zellen, welche hauptsächlich dazu bestimmt
sind, die ersten Elemente des Blutes in sich auszubilden. Im
ganzen Umfange eines Kreises nämlich, den man von der Mitte
des Embryo aus ziehen würde, und dessen Durchmesser etwa
um ein Viertheil länger sein würde, als der Embryo; — in dem
Umfange eines solchen Kreises, sage ich, kann man bald nach
dem Erscheinen der ersten Anlage des Herzens eine hautartige
Zellenschicht unterscheiden, welche ein geflecktes Ansehen bietet,
indem dunklere Inseln von Maschen hellerer Substanz durchzogen
sind. Diese hautartige Zellenschicht, welche anfangs mit dem
Schleimblatte in engem Zusammenhange steht, später aber von
ihm abgelöst werden kann, ist dasjenige, was ältere und neuere
Embryologen das Gefäßblatt genannt haben. Trotz der Trennung, welche man zwischen diesem Gefäßblatte einerseits und
dem Schleimblatte andererseits vornehmen kann, darf indeß
dasselbe dennoch nicht mit den anderen Blättern der Keimhaut
in gleichen Rang gestellt werden, da es, wie wir sogleich sehen
werden, an der Bildung der Organe des Körpers keinen Antheil nimmt, sondern außerhalb des Embryo auf dem Dotter
verbleibt. Um dieser Ursache willen möchte es geeigneter sein,
dieses Gefäßblatt unter dem Namen der blutbildenden
Schicht oder des Bluthofes zu bezeichnen.

In ihrer Peripherie ist die Blutbildungsschicht rundum durch
einen dunkleren Kreis genau abgegränzt, der nur dem Kopfende

des Embryo gegenüber unterbrochen ist. Beobachtet man nun
die Blutbildungsschicht weiter in ihrer Entwickelung, so sieht
man, daß in dem Umkreise der dunkeln Stellen die helleren
Zwischenlagen allmählich auseinander weichen, daß sich solide
Zellenstränge bilden, welche maschenartig zusammenhängen und
hellere Inseln umgeben, in denen man oft Haufen dunkler Zellen
sieht. Die Maschenstränge begränzen sich mehr und mehr, bilden
ein dichtes Netz, werden nun im Inneren in derselben Weise
hohl, wie das Herz schon gewesen war, erweitern sich hie und da
und bilden so endlich ein Netz dickwandiger plumper Kanäle, in
welchen Haufen von dunklen Embryonalzellen abgelagert sind, die
sich zu Blutkörperchen ausbilden. Anfangs erscheinen diese in
der Blutbildungsschicht entstandenen Maschengefäße noch für sich
isolirt. Sobald sie aber so weit herangebildet sind, daß man
ihre Höhlen bemerken kann, haben sich diese Höhlen auch von
beiden Seiten her mit den hinteren Schenkeln des Herzschlauches
verbunden und in diese geöffnet. Mit der Herstellung dieser
Verbindung beginnt auch der erste Kreislauf, indem die rhythmischen Zusammenziehungen des Herzens, welche schon vorher
thätig waren, auch auf die in den Maschengefäßen der Blutbildungsschicht befindliche Flüssigkeit ihre Wirkung fortpflanzen.
Um diesen ersten Kreislauf zu begreifen ist es indessen nöthig,
auch diejenigen Gefäße zu berücksichtigen, welche sich in dem Körper des Embryo selbst gebildet haben. Der Herzschlauch selbst
hat sich nämlich während der Ausbildung der Gefäße verlängert
und S förmig zusammengekrümmt. Während man früher sein
vorderes Ende nicht deutlich unterscheiden konnte, kann man
sich jetzt überzeugen, daß er nach vorn eben so wie nach hinten
in zwei Schenkel sich theilt, die sich gegen die Schädelbasis hin
um die Speiseröhre herumbiegen, über derselben und unter der
Wirbelsäule nach hinten zu sich vereinigen, und so einen kurzen
Stamm bilden, der längs der Chorda gegen den Schwanz hin
verläuft. Der Herzschlauch endigt also nach vorn in zwei Aortenbogen, welche durch ihre Vereinigung eine mittlere Aorta bilden.

41 *

Fig. 97. Ein etwa 26 Tage alter Hundeembryo, fünfmal vergrößert, von der Seite gesehen.

a. Vorderhirn. b. Zwischenhirn. c. Mittelhirn. d'. kleines Gehirn. d. Nachhirn. e. Auge. f. Ohrbläschen, durch einen Stiel (Hörnerven) mit dem Nachhirn zusammenhängend. g. Oberkiefer. h. Unterkiefer (erster Kiemenbogen). i. Zweiter Kiemenbogen. k. Rechte Vorkammer des Herzens. l. Linke Kammer. m. Rechte Kammer. n. Aortenstiel. o. Leber. p. Herzbeutel. q. Darmschlinge, in welche das Nabelbläschen s. mit seinem Stiele r. einmündet. t. Allantois. u. Amnios. v. Vordere Extremität w. Hintere Extremität x. Wirbelsäule. y. Schwanz. z. Nase. 1. Kopfbeuge. 2. Nackenbeuge.

Diese theilt sich in ihrem Verlaufe nach hinten zu in zwei seitliche Stämme, die längs der Wirbel bis zu dem Körperende verlaufen und nach beiden Seiten hin quere Aeste aussenden, die sich ebenfalls in der Blutbildungsschicht verzweigen.

Der erste Kreislauf des Embryo geht demnach in folgender Weise vor sich. Aus dem S förmig gekrümmten Herzschlauche wird das Blut in die beiden Aortenbogen getrieben, strömt durch die anfangs ganz einfache Aorta, dann durch die beiden aus derselben entstehenden Wirbelarterien nach hinten, und vertheilt sich endlich in maschenförmigen Netzen durch die aus den Wirbelarterien entspringenden seitlichen Dotterarterien auf der Bildungsschicht. Der dunkle Kreis, welcher die Peripherie dieser Schicht

begränzte, hat sich in ein zusammenhängendes Gefäß, die sogenannte Kreisvene, umgewandelt, welche den Embryo fast überall
umgiebt, in der Nähe des Kopfes aber einbiegt und so zwei
Stämme bildet, in welchen das Blut gegen die beiden Schenkel
des Herzschlauches hinströmt. Ebenso sammelt sich, dem Hinter-
theile des Embryo entsprechend, das Blut in zwei seitlichen
Stämmen, in welchen es von hinten nach vorn gegen die Herzschenkel strömt, um von da aus durch das Herz die Bahn von
neuem wieder zu beginnen. Betrachtet man einen Embryo aus
dieser Periode, der mit ausgebreitetem Gefäßblatte auf dem Rücken
liegt, so erscheint der Fötus als die Axe zweier Halbmonde, die
mit ihren hinteren Spitzen zusammenstoßen, vorn aber von einander getrennt sind. Die äußere Peripherie dieser Halbmonde
wird von der Kreisvene, die innere von den sogenannten Nabel-
blasenvenen gebildet; — in der Mitte etwa hängen die Halbmonde durch zwei vorspringende Zipfel, die Herzschenkel, mit dem
Herzschlauche zusammen. Es erscheint also dieser erste Kreislauf
im Verhältniß zu dem Embryo als ein durchaus äußerlicher.
Maschenartige, den Capillaren entsprechende Gefäße zeigen sich
nur in der Blutbildungsschicht, nicht aber in der Embryonalsubstanz, in welcher außer der Aorta und den beiden Wirbelarterien
durchaus keine Gefäße sich finden. Der erste Kreislauf ist also
offenbar darauf berechnet, ein Capillarnetz in der Blutbildungsschicht in größter Nähe mit dem Dotter auszubilden, und damit
die Zufuhr von Substanz aus dem Dotter zu vermitteln.

Es würde für den Zweck unserer Darstellung zu weit führen,
wollten wir hier auseinander setzen, in welcher Weise dieser erste
Kreislauf sich allmählich abändert und wie er durch die mannigfaltigsten Umbildungen in diejenige Form übergeht, welche wir
bei dem ausgetragenen Fötus erblicken. Der Herzkanal, der
früher einfach war, schlingt sich allmählich mehr und mehr zusammen, erweitert sich an gewissen Stellen, während er an anderen
sich zusammenschnürt, und entwickelt sich endlich durch die mannigfaltigsten Verwachsungen zu jener Form des Herzens, welche wir
in einem früheren Briefe bei dem Erwachsenen kennen gelernt

haben. Mit der weiteren Ausbildung der embryonalen Organe entstehen auch in diesen Gefäße, welche ihrem Verlaufe nach die mannigfaltigsten Metamorphosen durchgehen, ehe die bleibende Gestalt des Kreislaufes hervorgebracht ist. Man hat sehr oft behauptet, die Organe entstünden gleichsam durch Ablagerung aus den Gefäßen; — es bildeten sich erst Gefäßschlingen, in deren Zwischenräumen sich dann die Substanz der Organe niederschlüge und aubäuste. Die Beobachtung thut im Gegentheile dar, daß alle Organe ohne Ausnahme bei ihrer Entstehung aus compacten Zellenhaufen gebildet sind, in denen erst später Gefäße auftreten, und zwar kann man mit vollkommener Sicherheit den Satz aufstellen, daß sich später erst dann Gefäße in den Organen bilden, wenn die Zellen derselben sich zu differenziren und in besondere Gewebtheile umzubilden beginnen. So lange ein Organ aus primitiven Embryonalzellen besteht, die überall gleichförmig sind, genügt die Lebensthätigkeit dieser Zellen zu der Ernährung und Fortbildung des Organs. Sobald aber die Zellen in specielle Elementartheile überzugehen beginnen, hier Fasern, dort Epithellen, Nervenröhren oder Muskelcylinder aus sich entwickeln, zeigen sich auch an bestimmten Orten Gefäße, deren Capillaren bei dem allmählichen Zugrundegehen der Zellenvegetation der Ernährung des Organs vorstehen. Die Gefäße bilden sich demnach wie andere Elementartheile auf dem Platze selbst durch die Differenzirung der primitiven Zellen. Sie wachsen weder in die Organe hinein, noch aus denselben hinaus.

Es fragt sich indessen, auf welche Weise die Gefäße entstehen, und wie man dieselben der Zellentheorie gegenüber ansehen muß. Was nun zuerst das Herz und die großen Gefäße, der Blutbildungsschicht sowohl als auch des Embryo, betrifft, so unterliegt es keinem Zweifel mehr, daß dieselben durch Auseinanderweichen ursprünglich compacter Zellenstränge sich bilden. Nicht nur an dem Herzen hat man diese Entstehungsweise direct beobachtet, sondern auch an den Stämmen und Aesten der Gefäße, welche sich in der Blutbildungsschicht erzeugen. Die auseinander gewichenen Zellenmassen bilden die Wandungen dieser primitiven Gefäßrinnen, und anfangs ist der Zusammenhang derselben noch so lose, daß man öfters beobachtete, wie Zellen von diesen Wandungen sich loslösten und in dem Blutstrome mit fortgerissen wurden. Allmählich verschmelzen die Begränzungszellen der Gefäße inniger mit einander und bilden dann eine gesonderte Gefäßwandung, in welcher sich meistens Fasern entwickeln. Neuere Beobachtungen machen es wahrscheinlich, daß alle Gefäße, welche in primitiver Zeit bei Embryonen auftreten, Wandungen besitzen, die aus mehrfachen Zellenlagen hervorgegangen sind, daß demnach alle Gefäße, welche in der ersten Zeit entstehen, als wahre Intercellularräume betrachtet werden müssen, die sich zwischen den Zellenanhäufungen ausgehöhlt haben. Man hatte die Folgerungen aus diesen Beobachtungen sogar so weit getrieben, daß man behauptete, alle diese Gefäße würden durch den Stoß des Herzens ausgehöhlt, das durch seine Zusammenziehung die in ihm enthaltene Flüssigkeit gleichsam in die losen Zellenanhäufungen hineinspritze. Abgesehen davon, daß eine solche Erklärung geradezu absurd genannt werden kann, indem es unmöglich wäre, zu begreifen, aus welchem Grunde die Blutbahnen sich überall bei tausend und aber tausend Embryonen an demselben Orte aushöhlen, und wie ein aus losen Zellenmassen bestehendes Herz Kraft genug entwickeln könne, um durch die von ihm bewegte Flüssigkeit andere Zellenanhäufungen auseinander treiben zu können; abgesehen hiervon, sage ich, liegen auch bestimmte Beobachtungen vor, daß solche Intercellularräume sich durchaus abgesondert bilden und dann erst mit den schon bestehenden Blutbahnen in Communication treten. Wo aber die nackte Thatsache widerspricht, da bedarf es keiner weiteren Widerlegung.

Die Capillargefäße des Körpers entstehen in ganz anderer Weise, als die größeren Stämme und diejenigen embryonalen Gefäße, welche auf dem Fruchthofe z. B. sich ausbreiten. Man sieht zuerst helle kernhaltige Zellen mit abgerundeten Ecken, welche sich aneinander legen und durch Verschmelzung der Zwischenwände etwas weitere Röhren bilden, die in die größeren Stämme sich öffnen. Später sprossen aus diesen Zellen zarte faserartige

Spitzen und Ecken hervor, welche sich rasch verlängern, durch das Gewebe hindurch fortwachsen, und endlich zu einem Netze feiner Kanäle mit einander verschmelzen, das so eng ist, daß nur Blutwasser darin circuliren kann. Durch den Andrang des Blutstromes erweitern sich diese Kanälchen, von Zeit zu Zeit schlüpft ein Blutkörperchen hinein, welches sich durchdrängt, und so wird allmählich das vollständige Netz hergestellt, und jedes Gefäßchen hinlänglich erweitert, um Blutkörperchen durchzulassen.

Das Blut ist, wie wir in einem früheren Briefe weitläufig auseinandersetzten, keine homogene Flüssigkeit, sondern aus einem farblosen Serum und gefärbten Blutkörperchen zusammengesetzt, die bei jedem Thiere eine ganz eigenthümliche Form und Größe besitzen und von allen anderen Gewebtheilen sich auf den ersten Blick unterscheiden. Es fragt sich nun, in welcher Weise diese eigenthümlichen Gewebelemente des Blutes entstehen? Man hat über diesen Punkt die mannigfaltigsten Untersuchungen angestellt, und während früher mancherlei Widersprüche in den Beobachtungen sich zeigten, scheinen diese jetzt zu einem befriedigenden Ganzen vereinigt werden zu können.

Die ersten Blutzellen, denn so muß man ohne Zweifel dieselben benennen, sind weiter nichts als Zellenhaufen, sowohl von den Organen, als von der Blutbildungsschicht. Wir haben gesehen, daß in dem Herzen sowohl wie in den größeren Gefäßen, sobald ihre Höhlung sich zu entwickeln beginnt, einzelne innere Zellen oder auch ganze Zellenhaufen losgelöst und in den Blutstrom mit fortgerissen werden. Dasselbe findet Statt mit den dunkleren Zellenmassen in der blutbildenden Schicht, um welche herum sich Gefäßrinnen bilden. Sobald diese mit der Herzhöhlung in Verbindung getreten sind, werden die dunkleren Zellen durch den mitgetheilten Stoß des Herzens allmählich in Bewegung gesetzt, fortgerissen, und bilden so die ersten Blutkörperchen, welche sich anfangs in nichts von den ursprünglichen Embryonalzellen unterscheiden. Sie sind durchaus farblos, rund, von weit bedeutenderer Größe als die platten Blutkörperchen des Erwachsenen, und zeigen wie alle Embryonalzellen deutliche

Kerne und körnigen Inhalt. Der Inhalt dieser ersten Blutzellen namentlich entspricht ganz demjenigen der übrigen primitiven Zellen, weshalb er bei den Fröschen z. B. aus mehr festen Dotterbläschen besteht, bei den Säugethieren feinkörniger Natur ist. Die Umwandlung dieser Zellen in gefärbte Blutkörperchen geht in der Weise vor sich, daß der körnige Inhalt nach und nach aufgesogen wird und verloren geht, daß die ursprünglich bedeutend große Zelle kleiner wird, sich abplattet, durch Theilung in zwei kleinere Zellen sich spaltet, und daß die kleineren Zellen sich mit Blutfarbstoff füllen, der bekanntlich in der Masse der Blutkörperchen durchaus gleichförmig vertheilt ist. Die spätere Vermehrung der Blutzellen geschieht dann, wie wir oben sahen, durch Theilung.

Die wesentlichsten Resultate, welche wir über die Bildung der Gefäße und des Blutes besitzen, lassen demnach alle größeren Gefäße so lange als Intercellularräume erscheinen, bis sie sich allmählich durch Differenzirung ihrer Wandungen als selbstständige Röhren hinstellen, während die Capillargefäße innere Zellenhöhlen sind, die in diese Intercellularräume sich öffnen. Die Beobachtung läßt ferner die Blutkörperchen theils aus ursprünglich losgerissenen Embryonalzellen hervorgehen, theils auch innerhalb der schon gebildeten Gefäße in besonderen Blutbildungsherden neu entstehen. Bei den Säugethieren läßt sie die Leber als solchen späteren Blutbildungsherd erscheinen.

Der Uebergang des embryonalen Kreislaufes in denjenigen, welcher nach der Geburt und bei dem Erwachsenen sich zeigt, bildet einen zu wichtigen Abschnitt in der Geschichte des Fötus, als daß wir nicht einige Augenblicke bei demselben verweilen sollten. Wir haben gesehen, daß bei dem Erwachsenen das Herz vollkommen in zwei Hälften, eine linke und eine rechte, geschieden ist; daß aus der linken Herzhälfte das Blut in den ganzen Körper getrieben wird, durch die Capillaren des Körpers und die Körpervenen in das rechte Herz strömt, von dort aus mit erneuter Kraft den Lungen zueilt, und aus diesen in die linke Herzhälfte zurückkehrt. Wir haben ferner gesehen, daß nur inner-

halb der Capillargefäße das Blut seine Beschaffenheit ändert,
und daß beim Erwachsenen kein anderer Zusammenhang zwischen
arteriellem und venösem Blute gegeben ist, als durch Vermittelung der Capillaren. Diesen Verhältnissen gegenüber haben
wir den ersten Kreislauf des Blutes im Embryo im Anfange
dieses Briefes beschrieben, dessen wesentlicher Charakter darin
besteht, daß man keinen Unterschied zwischen venösem und arteriellem Blute nachweisen kann, daß das Herz nur einen einfachen Schlauch darstellt, von welchem aus das Blut längs des
Körpers hinabläuft, ohne in die Substanz desselben sich zu vertheilen; es geht vielmehr in seiner Gesammtheit durch die
Nabelarterien auf die Nabelblase über, um dann durch die Nabelvene in den einfachen Herzschlauch zurückzukehren. Es fragt
sich nun, wie sich diese beiden Extreme vermitteln, und namentlich, wie der letzte Kreislauf des Embryo unmittelbar vor der
Geburt sich verhalte.

Ursprünglich fanden sich nur zwei Aortenbogen, die, ohne
Aeste abzugeben, sich unter der Wirbelsäule vereinigten, um die
große Körperarterie, die Aorta, zu bilden. Nach und nach entwickeln sich aber eben so viele Gefäßbogen aus dem Herzen,
als man Kiemenbogenpaare zählt. Alle diese Bogen umfassen
den Schlund und vereinigen sich über demselben in der Aorta.
Sehr schnell verkümmern aber mehrere dieser Bogen, während
andere, besonders ein linker und ein rechter, sich stärker ausbilden. Zugleich entwickelt sich die Scheidewand der Herzkam-
mern, so daß der eine dieser übriggebliebenen arteriellen Aortenbogen der linken, der andere der rechten Herzhälfte angehört.
Statt eines doppelten, durch eine senkrechte Scheidewand getheilten Vorhofes sieht man zu dieser Zeit nur einen einfachen
Venensack, in welchen die von oben und unten kommenden
venösen Gefäße einmünden. Die Nabelblase ist geschwunden
mit ihrer ganzen Circulation; dagegen hat sich die Placenta
durch Mithülfe des Harnsackes hervorgebildet, und die Körperorgane erhalten sämmtlich Blut durch Arterien, welches sie durch
Venen dem Herzen wieder zusenden. So hat sich allmählich eine

eigenthümliche Form des Kreislaufes herangebildet, deren wesentlicher Charakter darin besteht, daß die obere und untere Körperhälfte aus verschiedenen Herzhälften versorgt werden, und ein
Theil des Blutes außerhalb des Embryo nach der Placenta hin
getrieben wird, um dort den Austausch mit der Blutmasse der
Mutter zu besorgen. Das Blut strömt bei dieser Zwischen-
form des Kreislaufes aus der linken Herzkammer durch ein
bedeutendes Gefäß, die linke oder obere Aorta, hervor und vertheilt sich nach dem Kopfe und den oberen Extremitäten. Aus
den Capillaren dieser Gebilde sammelt es sich wieder in einen
einzigen Stamm, die obere Hohlvene, welcher sich in den gemeinschaftlichen Venensack, doch etwas mehr gegen die rechte Seite
hin, öffnet. Aus diesem in die rechte Kammer getrieben läuft
das Blut durch die untere oder rechte Aorta hervor, welche im
Bogen sich gegen die Wirbelsäule hin krümmt, Zweige an Lunge,
Leber und alle Eingeweide giebt und zuletzt sich in die Extremitäten vertheilt. In der Bauchhöhle aber giebt diese untere Aorta
zwei Arterienstämme ab, die Nabelarterien, die früher dem Harnsacke angehörten und nun durch den Nabelstrang nach der Placenta hingehen, um dort sich zu vertheilen. Das Blut der rechten
Aorta, des rechten Ventrikels, versorgt also die untere Körperhälfte, die Eingeweide und die Placenta. Von den Extremitäten
kehrt es durch die unteren Venen, von der Placenta durch eine
Nabelvene zurück, und vermischt sich mit dem aus der Leber kommenden Blute in einem großen Gefäße, der unteren Hohlvene,
die in den gemeinschaftlichen Venensack, doch etwas mehr nach
links hin, sich öffnet. Das Blut der unteren Hohlvene strömt
dieser Richtung der unteren Hohlvene zufolge mehr in den linken
Ventrikel und beginnt von diesem aus wieder seine Bahn durch
die linke oder obere Aorta.

Die obere Körperhälfte erhält demnach einzig und allein
Blut aus dem linken Ventrikel, dessen Aorta sich ganz in derselben vertheilt, und sendet das Blut sämmtlich in die rechte
Vorhofshälfte zurück. Die linke Aorta wird aber besonders
durch die untere Hohlvene gespeist, welche das von der Placenta

zurückkehrende Blut enthält. Dieses war aber mit dem Blute der Mutter in Wechselwirkung, und hat dadurch analoge Veränderungen erfahren, wie diejenigen, welche später in den Lungen erzielt werden. Daraus erklärt sich die vorwiegende Entwickelung der oberen Körperhälfte in der früheren Zeit des Embryonallebens. Die untere Körperhälfte erhält durch Vermittelung der oberen Hohlvene, des rechten Ventrikels und der rechten unteren Aorta fast nur Blut, welches schon die Capillarsysteme der oberen Körperhälfte durchlaufen hat, dem aber durch die, in dem gemeinschaftlichen Venensack des Herzens gegebene Communication, einiges von der Placenta herkommende Blut beigemischt wird. Der Lungenkreislauf besteht zu dieser Zeit aus einem höchst geringen Arterienzweige, der von der rechten Aorta abgeht, und aus einer kleinen Vene, welche in die untere Hohlvene zurückkehrt. Bedeutender ist schon der Leberkreislauf, indem einerseits das von den Eingeweiden kommende Blut sich in eine Pfortader sammelt, die sich in der Leber verzweigt, anderseits auch die von der Placenta zurückkommende Nabelvene Zweige in die Lebersubstanz abgiebt. Die so aus der Pfortader und den Nabelvenen gebildeten Capillarien der Leber sammeln sich in Lebervenen, welche sich in die untere Hohlvene ergießen.

Während nun der Fötus der Reife sich nähert, bildet sich allmählich eine Scheidewand in dem gemeinschaftlichen Venensacke aus, die denselben in zwei Vorhöfe abscheidet, welche aber noch immer durch eine bedeutende Communicationsöffnung, das eirunde Loch (foramen ovale), durchbrochen ist. Die beiden Aorten haben sich aneinander gelegt und sind mit einander verschmolzen an der Stelle, wo sich der Bogen der rechten Aorta nach hinten hinwandte. Die Lungenarterie ist größer geworden. Der Bogen der rechten Aorta, von dem Ursprunge der Lungenarterie an bis zu der Vereinigungsstelle, heißt jetzt der Arteriengang (ductus arteriosus Botalli). Die Circulation in der Leber hat sich schärfer begränzt, und der gesammte Kreislauf hat jetzt bei dem reifen Fötus unmittelbar vor der Geburt folgende Anordnung (s. S. 637).

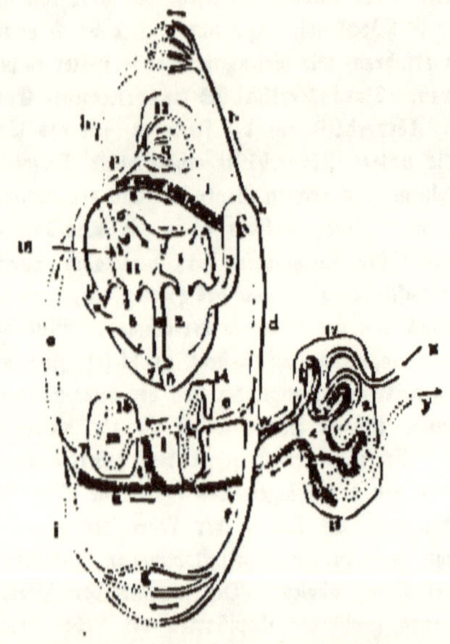

Fig. 98. Schematische Darstellung des Blutkreislaufes der Frucht, kurze Zeit vor der Geburt. Die Figur ist in ähnlicher Weise gehalten, wie die schematische Darstellung des Blutkreislaufes des Erwachsenen, S. 26, und um die Vergleichung zu erleichtern, sind dieselben Zahlen und Buchstaben zur Bezeichnung derselben Gegenstände verwendet. Die Haargefäßsysteme sind durch einfache Veräftelungen angezeigt; alle zum Herzen führenden Gefäße (Venen) sind mit punktirten Linien, alle vom Herzen wegführenden Gefäße (Arterien) mit zusammenhängenden Conturlinien bezeichnet; kleine Pfeile zeigen die Richtung der Blutströmung. Diejenigen Gefäße, welche nach der Geburt obliteriren und durch dieselben außer Thätigkeit gesetzt werden, sind quer schraffirt.

1. Linker Vorhof. 2. Höhle der linken Kammer. 3. Spitze des Herzens. 6. Scheidewand der Kammern. 7. Spitze der rechten Kammer. 8. Höhlung der rechten Kammer. 11. Rechter Vorhof. 13. Lunge. 14. Darm. 15. Leber. 16. Das eirunde Loch (foramen ovale), welches die Scheidewand der Vorhöfe durchbricht und eine Communication zwischen rechtem und linkem Vorhof herstellt, die später zuwächst. 17. Mutterkuchen (Placenta).

a. Arterieller Körperstrom (linke Aorta). b. Arterieller Strom für den Oberkörper. c. Capillarsystem des Oberkörpers. d. Arterieller Strom für ben Unterkörper. e. Arterieller Strom für die Verdauungsorgane. f. Arterieller Strom für die Beine. g. Capillarsystem des Unterkörpers. h. Venöser Strom vom Oberkörper (obere Hohlvene). i. Venöser Strom vom Unterkörper. k. Capillarsystem der Verdauungsorgane. L. Pfortader. m. Capillarsystem der Leber. n. Lebervenen. o. Untere Hohlvene. p'. Rechte Aorta. p. Lungenarterien. q. Capillarsystem der Lungen. r. Lungenvene. s. Botallischer Gang (Ductus arteriosus Botalli). t. Aeste der Nabelvene zur Pfortader. u. Gang von der Nabelvene zur Hohlvene (Ductus venosus Arantii). v. Nabelvene. w. Nabelarterien. x. Arterielle Gefäße des mütterlichen Uterus. y. Venöse Gefäße des mütterlichen Uterus. z. Capillarsystem der Placenta.

Aus der linken Herzkammer strömt das Blut durch die linke Aorta im Bogen aus und vertheilt sich in die Gefäße der oberen Körperhälfte. Unmittelbar hinter der Abgabestelle dieser Gefäße öffnet sich der Bogen in denjenigen der absteigenden, aus dem rechten Ventrikel kommenden, Aorta, die also auch einiges Blut aus dem linken Ventrikel erhält. Das nach Kopf und Armen vertheilte Blut der linken Aorta kehrt durch die obere Hohlvene in den rechten Vorhof zurück und wird von der rechten Kammer durch die rechte Aorta ausgetrieben. Ein Theil dieses Blutes (der geringere) strömt durch die Lungenarterie in die Lungen, die Hauptmasse durch den rechten Aortenbogen (den Botallischen Gang) in die absteigende Aorta, und vertheilt sich in die Eingeweide und die unteren Extremitäten. Zwei große Zweige dieser absteigenden Aorta, die Nabelarterien, führen das Blut zu die Placenta und durch die Nabelvene aus dieser wieder zurück. Das Blut der hinteren Extremitäten strömt durch die untere Hohlvene nach dem Herzen. Dieser untere Hohlvenenstamm nimmt bei seinem Durchgange durch die Leber einen großen Ast der Nabelvene auf, den sogenannten Venengang (ductus venosus Arantii). Das übrige Blut der Nabelvene vertheilt sich theils durch besondere Zweige, theils mit der Pfortader in die Lebersubstanz, und sämmtliches Blut der Leber kehrt durch Lebervenen in die untere Hohlvene zurück. Diese öffnet sich mehr in die linke Vorhofshälfte, welche zugleich die Lungenvenen aufnimmt. Doch ist die Oeffnung so gelegen, daß sie auch theilweise in den rechten Vorhof schaut.

Bei dem reifen Fötus ist also die Lungencirculation vorbereitet durch Vergrößerung der Lungenarterie, obgleich noch der größte Theil des Blutes aus dem rechten Vorhof in die Aorta durch den Botallischen Gang überströmt. Ebenso ist die Scheidung der Vorhöfe schon bedeutend vorgeschritten. Mit der Geburt nun wird der Placentarkreislauf plötzlich abgeschnitten. Die Nabelgefäße werden verschlossen; die Lungenarterien bedeutend erweitert und der Botallische Gang allmählich außer Kurs gesetzt, wie der todte Arm eines Flußbettes. Er schließt sich nach und nach, und dann strömt alles Blut aus der rechten Kammer in die Lungen und durch dieselben zurück in den linken Vorhof. Die Mündung der unteren Hohlvene zieht sich ganz in den rechten Vorhof, in welchen die obere Vene von Anfang an einströmte; das eirunde Loch schließt sich, und damit ist der Uebergang in die Circulationsform des Erwachsenen und somit auch die Scheidung beider Blutarten, des arteriellen und venösen, vollendet. Zuweilen bleibt in Folge von Hemmungsbildungen entweder das Loch der Vorhofscheidewand, oder der Botallische Gang offen, beide Blutarten mischen sich, und die Folge dieses abnormen Verhältnisses ist unvollständige Oxydation des Blutes und bläuliche Färbung desselben, die durch die Haut schimmert. Diese blausüchtigen Kinder leiden an allgemeinen Fehlern des Ernährungsprozesses, und wenn nicht die abnorme Communicationsöffnung sich schließt, so sind sie meist einem frühen Tode verfallen.

Achtundzwanzigster Brief.

Allgemeine Uebersicht.

Die Entwickelung der einzelnen Organe für sich abgesondert betrachtet, wie wir bisher thaten, liefert kein Gesammtbild der Erscheinungen im werdenden Individuum. Wir werden deßhalb nun in kurzen Umrissen darzustellen suchen, wie einerseits die Ausbildung der Form im Allgemeinen, anderseits auch diejenige der Lebensäußerungen voranschreite, indem sich aus diesen Verhältnissen manche wichtige Folgerungen für die gesammte Physiologie ergeben.

Die Naturphilosophie, welche das ganze Thierreich auf einen einzigen Typus zurückzuführen und die allmähliche Entwickelung des Organischen aus einem belebten formlosen Stoffe, dem sogenannten Urschleime, darzuthun, suchte, hatte sich auch nicht ohne Glück der mangelhaften Kenntnisse, die man über die Entwickelung des Embryo's zur damaligen Zeit hatte, bedient, um daraus die Analogie der embryonalen Entwickelung mit derjenigen des Thierreiches im Allgemeinen nachzuweisen. Die mehr oder minder kugelförmige Gestalt niederer Thiere ließ eben die Kugel als den Uranfang alles Organischen ansehen. Aus seinem kugeligen Uranfange, dem Ei, sollte der Embryo, der Ansicht der Naturphilosophen zufolge, eine Stufenfolge von Metamorphosen durchlaufen, welche den im Thierreiche bleibend dargestellten Typen parallel gingen. Man behauptete, der Embryo sei zu gewissen Zeiten Qualle, Mollusk, Gliederthier, Fisch und Amphibium, und suchte diese Behauptung freilich mehr durch allgemeine Phrasen, als durch specielle Thatsachen zu erörtern. Wenn Einzelne es wagten, in diese Vergleichung der speciellen Verhältnisse einzugehen, so fielen diese Versuche unglücklich aus, wie denn z. B. eine Vergleichung des Baues der Mollusken und des Embryo's, die noch vor nicht sehr langer Zeit von einem Mitgliede der französischen Academie versucht wurde, in das Gebiet des Hochkomischen gehören würde, wenn sie nicht mit dem bitteren Ernste der eingebildeten Ueberzeugung vorgebracht worden wäre.

Das Thierreich bietet verschiedene Organisationstypen dar, die sich nach besonderen und eigenthümlichen Normen entwickeln. Einem solchen Organisationstypus gehören die sämmtlichen Wirbelthiere an. Alle Wirbelthiere sind nach einem und demselben gemeinschaftlichen Plane gebaut, der indeß vielfache Abänderungen und specielle Modificationen erfährt. Im Bereiche eines jeden Organisationstypus sind aber diejenigen Ansichten, welche die Naturphilosophie auf das gesammte Thierreich anwenden wollte, in gewisser Ausdehnung ganz richtig. Die Organe des Embryo durchlaufen in ihrer Entwickelung verschiedene Stadien, welche in den niederen Thieren, die demselben Organisationstypus angehören, während des ganzen Lebens bleibend sich erhalten. Die Aehnlichkeit, welche hierdurch zwischen den Embryonen und den niederen Thieren desselben Reiches hergestellt wird, erstreckt sich deshalb dennoch niemals auf völlige Gleichheit in der Anordnung sämmtlicher Organe. Der allgemeine Organisationsplan, welchem die Embryonen angehören, giebt sich durch einzelne Züge kund, die zwar an vielen Orten auftreten, stets aber mit speciellen Eigenthümlichkeiten verwebt sind, in welchen sich schon der spätere Bau des Embryo geltend macht. Durch diese speciellen Eigenthümlichkeiten gerade giebt sich aber der Embryo als werdender, nicht als fertiger Organismus zu erkennen. Es ist deshalb Aufgabe des Forschers in der Entwickelungsgeschichte, die Züge, welche dem allgemeinen Organisationsplan angehören, zu

trennen von denjenigen, welche der speciellen Eigenthümlichkeit
sich unterordnen. Es giebt Züge, welche allen Wirbelthierembryonen gemeinschaftlich sind und nur bei den Embryonen vorkommen, ohne je bei einem erwachsenen Thiere bleibend dargestellt zu sein; — andere, die sich bleibend erhalten können, bei
den höheren Wirbelthieren aber verschwinden; — noch andere
endlich, welche nur nach dem Embryonalleben auftreten und sich
während dem Ablaufe des selbstständigen Lebens ausbilden. Es
würde zu weit führen, wollten wir hier nachweisen, wie diese
verschiedenen Zeiten des Auftretens der einzelnen Charaktere im
embryonalen Leben mit Glück benutzt werden können, um diese
Charaktere selbst ihrer relativen Wichtigkeit nach gruppiren zu
können. Unsere Aufgabe wird zunächst sein, die verschiedenen
Punkte zu durchgehen, in welchen der Embryo des Menschen
und der höheren Säugethiere mit der Organisation der niederen
Wirbelthiere näher übereinstimmt.

Bei seinem ersten Auftreten besitzt der Embryo der Wirbelthiere einen platten Körper von Guitarrenform, in dessen Längs-
linie eine hohle Rinne, die Primitivrinne, sich befindet. So viel
Embryonen man auch noch untersucht hat, so hat man doch nie
diese Primitivrinne fehlen sehen, und stets bei allen Wirbelthieren
sie als das erste differenzirte Organ kennen gelernt. Bei keinem
Embryo wirbelloser Thiere hat man etwas Aehnliches entdeckt,
und es kann deshalb die Primitivrinne unbedingt als charakteri-
stisches Kennzeichen aller Wirbelthierembryonen ohne Ausnahme
angesehen werden. Die primitive Gestalt des Gehirnes und
Rückenmarkes, wie sie sich vor der Schließung der Primitivröhre
zeigt, ist bei keinem erwachsenen Thiere hergestellt, und erst dann
zeigen sich Aehnlichkeiten, wenn die Ränder der Primitivrinne
sich zugewölbt haben und auch innerhalb des Nervensystems einzelne Gewölbtheile entstanden sind. Man kennt freilich bis jetzt
ein einziges Thier, bei welchem, wie es scheint, keine primitiven
Hirnblasen vorhanden sind; wenigstens sieht man an dem erwachsenen Amphioxus nur sehr unbedeutende Anschwellungen des
cylindrischen Rückenmarkes, das nach vornen hin abgestumpft

enbigt, ohne ein Gehirn unterscheiden zu lassen. In den einzelnen Hirntheilen selbst gewahrt man bei verschiedenen Thieren die mannigfaltigsten Annäherungen zu dieser oder jener bleibend ausgedrückten Hirnbildung; — so in der ursprünglichen Kleinheit der Hemisphären des großen Gehirns; in dem allmählichen Hinüberwachsen und Verdecken der Mittelhirnblase; in der ursprünglichen bedeutenden Aushöhlung dieser letzteren, die nach und nach sich mit festerer Masse füllt; in dem ursprünglichen weiten Offenstehen des Hinterhirns und der allmählichen Ueberwucherung desselben durch das kleine Gehirn. Alle diese verschiedenen Entwickelungsphasen des Gehirns lassen sich bei einzelnen Thieren Schritt für Schritt nachweisen, obgleich sie nicht alle Hand in Hand gehen, sondern je nach dem speciellen Typus derselben sich hier ausbilden, dort aber zurückbleiben. So entwickelt sich z. B. das kleine Gehirn bei den Fischen weit bedeutender, als bei den Amphibien, wo es auf einer durchaus embryonalen Stufe zurückbleibt und nur ein schmales bandartiges Brückchen darstellt, während das große Gehirn bei den Amphibien weit ausgebildeter ist, als bei den Fischen. So zeigt sich also auch hier bei dem besondern Organe, was für die embryonale Entwickelung im Allgemeinen galt, nämlich: daß für die Bildungsstufen der einzelnen Theile die Analogieen gefunden werden können, nicht aber für das Organ, oder den Embryo im Ganzen.

Die Entwickelung des Skelettes liefert durchaus ähnliche Thatsachen, deren Vergleichung sogar noch weit mehr in's Einzelne getrieben werden kann, als beim Nervensystem. Die Chorda ist eben so gut als die Primitivrinne ein allgemeiner Charakter aller Wirbelthierembryonen; sie fehlt bei keinem, und bei dem schon erwähnten niedrigsten Fische bildet sie sogar das einzige vorhandene Stück des Skelettes. Bei diesem Thier zeigt sich keine Spur knorpeliger Umhüllungskapseln für das Gehirn und Rückenmark, keine Spur von Ringen um die Chorda, keine Spur von allen jenen Skelettheilen, welche den Kopf bilden. Wenn bei allen übrigen Wirbelthieren und bei allen Embryonen vor dem Ende der Chorda im Schädel noch Bildungen sich zeigen,

42 *

bie nicht wesentlich zu berselben und somit zu bem Wirbelsysteme gehören, so ist bieses bei bem genannten Thiere nicht ber Fall, und seine Chorba endigt unmittelbar an bem vorberen Körperende. Die Entwickelungsgeschichte bieses merkwürdigen Thieres würbe mehr Aufklärungen für bie Wissenschaft bieten, als ein Halbbutzend Reisen um bie Welt auf schnellsegelnben Schiffen! Leiber aber ist es ber Fluch ber Regierungen, baß sie bie Bebürfnisse ber Wissenschaft nicht kennen und ihre Hülfsmittel ba verwenden, wo sie am wenigsten Früchte bringen. Durch bie zahlreichen Untersuchungen über bas Skelett, welche hauptsächlich seit bem Beginne bieses Jahrhunberts gemacht wurden, können wir bei verschiebenen Thieren alle Entwickelungsphasen besselben, wie wir sie bei bem Embryo sehen, bis auf einen gewissen Grab nachweisen. Wir haben Thiere mit persistirenber Chorba und verknöcherten Wirbelfortsätzen, mit ringsörmigen Wirbelkörpern, mit embryonaler Schäbelbasis, mit knorpelig ungetheilter Gehirnkapsel, mit primitiven Kiemenbogen, mit lesen Deckplatten; — kurz wir besitzen unter ben Thieren alle möglichen Modificationen bes Skelettes in's Unglaubliche variirt. Es würbe zu weit führen, biese Thatsachen hier zu wieberholen, zumal ba wir bei ber Entwickelung bes Skelettes schon hie und ba auf bieselben hingewiesen haben.

Der primitive Zustand bes Darmsystems zeigt sich bei keinem Wirbelthiere ausgebilbet, und bei allen ohne Ausnahme ist ber Darm eine Röhre, bie oben und unten in Munb und After geöffnet ist. Allein gerabe im Verhalten bes Munbes und ber Kiemenbogen lassen sich fast alle embryonalen Verhältnisse wieber finben, sobalb man bie niebersten Wirbelthiere in's Auge faßt. Bei vielen berselben bleiben bie Kiefer burchaus auf bem Punkte ber Kiemenbogen stehen, und bie verschiebenen Metamorphosen bieser letzteren kann man gleichfalls Schritt für Schritt bei ben Thieren nachweisen. Ein Gleiches gilt von bem Gefäßsystem. Alle successiven Constructionen bes Herzens, von bem einfachen Schlauche bis zu bem viergetheilten Organe, alle biese verschiebenen Formen bes Centralorgans, alle Veränberungen im Kreislaufe

innerhalb des Embryo selbst, finden sich bei verschiedenen Thieren
verwirklicht, und bilden so eine Art Controle für die bei dem
Embryo beobachteten Verhältnisse. Die vergleichende Anatomie
ist deshalb, mit Vorsicht angewendet, eines der wichtigsten Hülfsmittel für die Entwickelungsgeschichte in formeller Hinsicht.

Ueberall in dem Körper sind Functionen und Organe wechselseitig an einander gebunden und keines ohne das andere denkbar. Die Function eines jeden Organes hängt von dem specifischen Bau desselben ab; — sobald diese Structur abweicht,
wird auch die Function eine abweichende. Es ist deshalb ganz
natürlich, daß mit der Entwickelung der Organe in dem Embryo
auch diejenige der Functionen Hand in Hand geht und sich
allmählich in dem Verhältnisse ausbildet, als die Organe selbst
die ihnen zukommende Textur und Mischung erhalten. So wie
die Ernährung des Fötus allmählich aus der gemeinsamen
Zellenvegetation an das Blut übergeht und je nach den verschiedenen Gewebtheilen sich differenzirt, so erhebt sich die Function eines jeden Organes aus der ursprünglich allgemeinen
Verschmelzung zu stets höher anwachsender Differenzirung, und
die speciellen Functionen erscheinen erst, wenn auch die speciellen
Gewebtheile sich für dieselben herangebildet haben. Für die
sämmtlichen Organe des Körpers hat darüber, mit Ausnahme
eines einzigen, nie ein Zweifel geherrscht. Es ist nie Jemanden
eingefallen, behaupten zu wollen, daß die Absonderungsfähigkeit
getrennt von der Drüse, die Zusammenziehungsfähigkeit getrennt
von der Muskelfaser existiren könne. Es ist nie Jemanden eingefallen, zu behaupten, daß die Muskeln, die Drüsen, sämmtliche
andere Organe erst angelegt und ausgebaut würden, und daß
dann zu einer bestimmten Zeit die Function in dieselben hinein-
fahre und dort sich festsetze, um ferner mit diesen Organen als
ihren Instrumenten zu wirthschaften. Die Absurdität einer
solchen Idee ist so auffallend, daß man nicht einmal den Muth
hatte, bei den genannten Organen an dieselbe zu denken.

Was man aber bei den erwähnten Organen als unbedingt
absurd zurückweisen mußte, das fand man in Folge philosophischer

und theologischer Speculationen bei dem Gehirne ganz begreiflich. Man fand und findet theilweise es noch vollkommen natürlich, das Gehirn als ein Instrument zu betrachten, dessen sich die Seele bediene, um damit die ihr zukommenden Aeußerungen zu bewerkstelligen. Je nachdem dieses Werkzeug mehr oder minder vollkommen war, konnte auch die Seele gleichsam auf demselben mehr oder minder vollkommene Stücke spielen. Damit war die Verschiedenheit erklärt, die in den Seelenthätigkeiten des Einzelnen herrscht. Mit dem Festhalten dieser Ansicht hatte man das gewonnen, daß man eben den Inbegriff jener Gehirnfunctionen, den man Seele nannte, als etwas Immaterielles, individuell für sich Bestehendes von dem Instrumente loslöste und damit auch dessen Fortbestehen nach der Vernichtung des Instrumentes behaupten konnte. Während man also bei allen übrigen Organen die Function in der Art betrachtete, daß man sie als eine Eigenschaft der das Organ in bestimmter Form zusammensetzenden Materie begriff, machte man für das Gehirn eine Ausnahme, und betrachtete die Seele als eine getrennte Individualität, der man Unsterblichkeit und eine Menge anderer, überhaupt unmöglicher Eigenschaften beilegte.

In Folge dieser wunderlichen Vorstellungsweise führte man die sonderbarsten Streitigkeiten über den Zeitpunkt, in welchem die Seele in den Körper des Embryo gefahren sei. Die Einen glaubten, diesen Moment dann setzen zu müssen, wenn die ersten Bewegungen des Fötus sich zeigten. Die Seele sollte ihre hohe Ankunft durch Zuckungen der Arme und Beine dem mütterlichen Organismus anzeigen und ihn dadurch zur ferneren Gewährung des Gastrechtes auffordern. Viele behaupteten, man könne sich nicht recht vorstellen, wie die Seele durch die geschlossenen Hüllen, durch das den Embryo umgebende Wasser hindurch gelangen könne, und setzten daher den Zeitpunkt des Eintrittes der Seele in den ersten Athemzug, durch welchen gleichsam das in der Luft schwebende immaterielle Wesen in den Körper des Embryo einbringen sollte. Noch andere endlich ließen die Seele durch den

Samen in das Ei gelangen und dort bis zur Geburt in latentem Zustande bleiben.

Aus diesen verschiedenen Ansichten entsprangen denn auch eigenthümliche Anwendungen, besonders in Hinsicht auf die criminelle Gesetzgebung. Wenn die Seele es war, die das eigentlich Menschliche oder Göttliche im Menschen darstellte, der Leib hingegen das vergängliche Instrument derselben, so konnte ein Verbrechen gegen das Individuum erst dann von Wichtigkeit werden, wenn die Seele wirklich in demselben sich befand. Die Vernichtung der Frucht nach dem Zeitpunkte des Eintrittes der Seele mußte deshalb ein weit strafbareres Verbrechen werden, als diejenige des unbeseelten Fötus, und die Gesetzgebung sich demzufolge nach den Speculationen der Philosophen und Theologen richten. Man unterschied deshalb zwischen Abtreibung der Frucht und zwischen Kindesmord, und setzte den Zeitpunkt der Scheidung zwischen beiden Verbrechen je nach den verschiedenen Ansichten auch verschieden an.

Es war aber hauptsächlich die Theologie, die von jeher in allen Naturwissenschaften ihr den Fortschritt hemmendes Wort mitsprechen wollte, welche diese Vorstellungen in die Entwickelungsgeschichte hineinpflanzte und darin festzuhalten suchte. Die Seele war ihr ja zum Wirkungskreise angewiesen, sie mußte für dieselbe sorgen, nicht nur so lange sie in dem Körper weilte, sondern auch nachdem sie ihren irdischen Wohnsitz verlassen hatte, und um das Object ihres Daseins nicht aus den Händen entschlüpfen zu sehen, mußte die Theologie um jeden Preis die Existenz einer von dem Körper getrennten, immateriellen und nach dem Körpertode fortdauernden Seele behaupten.

Es bedarf wohl für den Leser keiner specielleren Darlegungen mehr, um ihm zu zeigen, in welcher Weise eine gesunde Physiologie die Frage auffaßt. Es giebt hier nur zwei Wege, die Sache anzusehen. Entweder ist die Function eines jeden Gewebstheiles, eines jeden Organes, ein specielles, immaterielles Wesen, das sich dieses Gewebstheiles oder Organes nur als Instrument bedient; oder aber die Function ist eine Eigenschaft der Materie, welche in bestimmter Form und Mischung vorhanden ist. In dem letzteren Falle sind aber auch die Seelenthätigkeiten nur Functionen der Gehirnsubstanz, entwickeln sich mit dieser und gehen mit derselben wieder zu Grunde. Die Seele fährt also nicht in den Fötus, wie der böse Geist in den Besessenen, sondern sie ist ein Product der Entwickelung des Gehirnes, so gut als die Muskelthätigkeit ein Product der Muskelentwickelung, die Absonderung ein Product der Drüsenentwickelung ist. Sobald die Substanzen, welche das Gehirn bilden, wieder in derselben Form zusammengewürfelt werden, werden auch dieselben Functionen wieder auftreten, welche ihnen in diesen Formen und Zusammensetzungen zukommen, und es wird damit auch das wieder gegeben sein, was man eine Seele nennt.

Die Physiologie bricht demnach den Stab über diese Träumereien, die in das wirkliche Leben nur zu sehr eingriffen. Die Physiologie kennt nur Functionen der materiellen Organe, und sieht diese schwinden, sobald das Organ vernichtet wird. Wir haben in den Briefen über die Functionen des Nervensystemes gesehen, daß wir die Geistesthätigkeiten zerstören können, indem wir das Gehirn verletzen. Wir können uns eben so leicht aus der Beobachtung der embryonalen Entwickelung und aus derjenigen des Kindes überzeugen, daß die Seelenthätigkeiten sich in dem Maße entwickeln, als das Gehirn seine allmähliche Ausbildung erlangt. Man kennt keine Aeußerungen von Seelenthätigkeit bei dem Fötus, wohl aber von denjenigen Functionen, welche hauptsächlich dem Hirnstamme angehören, wie Reflexionsbewegungen und ähnliche Aeußerungen des Nerveneinflusses. Erst nach der Geburt entwickeln sich die Seelenthätigkeiten; — aber auch nach der Geburt erst bekommt das Gehirn allmählich diejenige materielle Ausbildung, welche es überhaupt erlangen kann. Mit dem Umlaufe des Lebens erleiden auch die Seelenthätigkeiten bestimmte entsprechende Veränderungen, und hören ganz auf mit dem Tode des Organes.

Die Physiologie erklärt sich demnach bestimmt und kategorisch gegen eine individuelle Unsterblichkeit, wie überhaupt gegen alle

Vorstellungen, welche sich an diejenige der speciellen Existenz einer Seele anschließen. Sie ist nicht nur vollkommen berechtigt, bei diesen Fragen ein Wort mitzusprechen, sondern es ist ihr sogar der Vorwurf zu machen, daß sie nicht früher ihre Stimme erhob, um den einzig richtigen Weg anzuzeigen, auf welchem dieselben überhaupt gelöst werden können. Man hat behauptet, die Physiologie gehe zu weit, wenn sie sich mit mehr als dem materiellen Substrate beschäftige; sie will aber gerade die Functionen dieses Substrates kennen lernen, und was sie als solche Functionen erkennt, muß sie in das Reich ihrer Betrachtungen ziehen.

Man hat sich aus dem, wie man sagt, trostlosen Materialismus der physiologischen Betrachtungsweise auf die Art zu retten gesucht, daß man sagte, nicht die speciellen Functionen seien unsterblich, sondern die Idee, welche der Entwickelung derselben zu Grunde liege. Die Grundursache, welche die Bildung der Organe und deren Function entstehen lasse, sei unvergänglich, und somit auch die Function an dieser Unsterblichkeit ihrer Ursache theilhabend. Ich muß gestehen, daß mir dieses Räsonnement nicht klar werden will. Die Materie mit den ihr anhaftenden Kräften ist das einzig Unvergängliche, was wir kennen. Mit diesem Grundsatze stehen die Naturwissenschaften freilich der Theologie schroff gegenüber, die da lehrt, nichts sei vergänglicher als die Materie, und die auf das Holz weist, welches im Ofen verbrennt, oder auf den Leichnam, der in der Erde verfault. Allein der Kohlenstoff, der in dem Holze war, ist unvergänglich, er ist ewig, und eben so unzerstörbar als der Wasserstoff und der Sauerstoff, mit welchen er verbunden in dem Holze bestand. Diese Verbindung und die Form, in welcher sie auftrat, ist zerstörbar, die Materie hingegen niemals. Die Materie aber hat eine bestimmte Summe von Kräften, von Functionen, wenn man will, die ihr als Eigenschaft angehören und die von ihr ursprünglich untrennbar sind. Mit den verschiedenen Verhältnissen, in welchen die Stoffe zusammentreten, mit den Formen, die sie annehmen, differenziren sich auch die Functionen der Materie in bestimmten Richtungen, und diese Richtungen sind es, die wir als einzelne Kräfte, als Gesetze dieser Kräfte, unterscheiden und kennen lernen. Wenn man daher behauptet, die unsern Körper zusammensetzenden Stoffe seien unvergänglich, so ist dies vollkommen richtig, und wenn man daraus den Schluß zieht, daß auch die Functionen dieser Materie unvergänglich seien, so ist das ebenfalls eine sichere Wahrheit. Allein die aus der Form und Zusammenstellung der einzelnen Organe hervorgehenden Functionen sind vergänglich wie diese und entstehen erst wieder, wenn dieselbe Form und Zusammenstellung des Stoffes sich aufs Neue zusammenfindet.

Die verschiedenen Erscheinungen, welche die embryonale Entwickelung darbietet, auf eine leitende Grundidee zurückzuführen, welche dieselben bewußt oder unbewußt dem Endziele entgegenführt, ist deshalb eben so unthunlich, als eine isolirte Seele anzunehmen, welche die Lebensäußerungen des Körpers leitet. Das Ei, so wie es einmal gegeben ist, kann sich nur so entwickeln, wie es eben in der Structur und Mischung seiner bildenden Bestandtheile begründet ist. Sobald man diese materielle Zusammensetzung des Eies ändert, ändert man auch nothwendiger Weise seine endliche Ausbildung. Man hat künstliche Mißgeburten erzeugt, indem man dem Ei oder dem werdenden Embryo verschiedene Verletzungen beibrachte, ohne daß die leitende Grundidee dieser gezwungenen Abweichung ihres Planes hätte widerstehen können. Man veränderte also mit der materiellen Zusammensetzung auch die Idee selbst und hatte diese gewissermaßen in seiner Gewalt. Die Embryologen haben bis jetzt zu wenig sich mit diesen Fragen beschäftigt, deren Wichtigkeit nicht bedeutend genug schien gegenüber den Untersuchungen, welche die materiellen Umwandlungen des Embryo's erheischten. Sie trugen unbemerkt verschiedene medicinische Ideeen in die Entwickelungsgeschichte über, und sprachen von einer Grundidee, nach welcher sich der Embryo entwickele, so wie der Arzt von einer Heilkraft der Natur oder der Lebenskraft sprach, welche sich planmäßig bem Eindringen der Krankheit widersetzen sollte. Allein so wie man heutzutage nachgerade eine Lebenskraft lächerlich findet, die sich gegen eine Erkältung mit Schweiß, Schleim, Bodensatz im Urin und Durchlauf wehrt, so wird man auch in kurzer Zeit eine Grundidee der embryonalen Entwickelung lächerlich finden, die sich gegen äußere Eingriffe durch Ausbildung von Mißgeburten aller Art zu vertheidigen sucht.

———————

Es bedarf nur noch weniger Andeutungen, um die Geschichte des Embryo als Ganzes darzustellen und zu zeigen, wie die einzelnen Organe in ihrer Entwickelung sich coordiniren, und wie auf der andern Seite die Frucht während ihrer Ausbildung sich dem mütterlichen Organismus gegenüber verhält. Man kann hier je nach Belieben willkürliche Abschnitte machen, indem man diesen oder jenen Zeitpunkt als besonders maßgebend betrachtet. Die Schwangerschaft dauert bekanntlich im Ganzen zehn Mondsmonate oder vierzig Wochen. Die Schwankungen, welche man in dieser normalen Zeitdauer der Schwangerschaft beobachtet, beruhen hauptsächlich auf der Ungewißheit über den Termin, von welchem aus man den Beginn der Schwangerschaft zählen muß; in dieser Hinsicht ist es am gerathensten, von der letzten Menstruation an als derjenigen Epoche zu zählen, wo das Ei sich von dem Eierstocke loslöste und befruchtet wurde.

Den ersten Zeitraum in der Entwickelung des menschlichen Embryo's kann man etwa bis zu dem Ende der fünften Woche setzen. Bis zu dem Ende dieser Epoche, wo der Embryo etwa drei Linien lang ist, haben sich schon die wesentlichsten Organe desselben differenzirt. Das Chorion bildet eine ringsum zottige Haut, die indessen noch nirgends an den Wänden der Gebärmutter fixirt ist. Der Embryo selbst hat sich aber beinahe vollständig in der Mittellinie bis auf den spaltförmigen Nabel geschlossen. An seinem hinteren Ende tritt die Allantois; — in der Mitte des Bauches, aus der Umbeugungsstelle des Darmes,

ber fast gerade gestreckt ist, die Nabelblase hervor. Die Schafhaut ist eben gebildet und stellt noch einen engen, den Embryo
knapp umschließenden Sack dar. Die Hirnblasen sind geschlossen,
die Hemisphären des großen Gehirnes schon bedeutend hervorge-
wuchert und in den Augen schwarzes Pigment abgelagert. Die

Fig. 99. Ein menschliches Ei etwa aus
der fünften Woche der Schwangerschaft.
Das Amnios ist abgeschnitten; das Chorion
dagegen mit seinen Zotten und das Nabelbläschen nebst dem Embryo wohl erhalten.
a. Chorion. b. Amnios, den Nabelstrang
c. umhüllend. d. Nabelbläschen mit langem
Stiele.

Fig. 100. Der Embryo dieses Eies
stärker vergrößert. a. Vorderhirn. b.
Mittelhirn. c. Hinterhirn. d. Wirbelsäule.
e. Schwanz, anfangs stark entwickelt, später
schwindend. f. Auge. g. Oberkiefer. h. Erster
Kiemenbogen. i. Zweiter Kiemenbogen.
k. Arm. l. Bein. n. Herz, in den Brustdecken eingeschlossen. o. Bauch, hauptsächlich von der Leber ausgefüllt. p. Nabelstrang. q. Kopfbeuge. r. Nackenbeuge.

Kiemenbogen sind in ihrer Entwickelung vorgeschritten und haben
bald deren Höhenpunkt erreicht, wo sie sich dann zu schließen
beginnen. Die Gliedmaßen zeigen sich in Form schaufelartiger
Floßen ohne Theilungen; der Rumpf endet schwanzförmig. Von
festeren Theilen des Skelettes sieht man nur die Chorda und
die Wirbelplatten. Herz und Leber sind verhältnißmäßig sehr
groß, die Wolffischen Körper beginnen schon sich zurückzubilden;
Lungen, Nieren und Zeugungsorgane sind eben angelegt.

In dem zweiten Zeitraume, der bis zu dem Ende des dritten
Mondsmonates oder der zwölften Woche geht, entwickelt sich
hauptsächlich die Verbindung des Embryo mit dem Fruchthalter
durch die Placenta. Der Embryo selbst vergrößert sich bedeutend,
während seine inneren Organe eine zunehmende Entwickelung
zeigen. Die Beugungsstellen des Schädels haben sich allmählich

ausgeglichen und der Kopf selbst hat eine kugelige Gestalt erhalten, indem er bestimmt von dem Halse abgeschnürt ist. Die knorpeligen Grundlagen aller Schädelknochen sind angelegt, und hie und da zeigt sich sogar schon Verknöcherung einzelner Punkte. Die Scheidung der Mund- und Nasenhöhle ist durch das Verwachsen des Gaumendaches vollendet; die Augenlider fertig gebildet und mit einander verlebt; die Lippen eben so zu Schließung des Mundes geeignet; sämmtliche Organe der Brust- und Unterleibshöhle in ihrer relativen Lage vorhanden; — doch ist der Magen noch kurz, senkrecht gestellt und kaum von dem Darme geschieden, die Nieren lappig. Die Hoden oder Eierstöcke liegen dicht unter den Nieren; die äußeren Zeugungsorgane sehen einander außerordentlich ähnlich, so daß beide Geschlechter schwer von Außen zu unterscheiden sind. Die Gliedmaßen sind vollständig entwickelt, aber verhältnißmäßig noch klein, und in ihren Proportionen abweichend von denen des Erwachsenen, indem die Endglieder verhältnißmäßig weit größer sind, als die Mittelglieder. Die Placenta ist vollständig entwickelt, das Chorion flockenlos.

Die ganze Zeit bis zum Ende des dritten Mondsmonats und bis zur vollständigen Ausbildung der Verbindung zwischen Mutter und Frucht kann man als den ersten Zeitraum der Schwangerschaft bezeichnen. Während dieser Zeit sind die äußeren Zeichen der Schwangerschaft selbst noch sehr trügerisch, ungewiß, und können leicht mit anderen krankhaften Zuständen verwechselt werden. Der Congestionszustand in den Geschlechtstheilen, welcher durch die Einsaat des Eies bedingt ist, giebt sich durch mancherlei Zufälle, besonders nervöser Art, zu erkennen, namentlich durch Reizung des Magens, Ekel und Erbrechen, das oft die größte Hartnäckigkeit besitzt und keinem Mittel weichen will. Dazu gesellen sich sehr häufig hysterische Zufälle aller Art, wie denn die Gelüste der Schwangeren von jeher manchen Stoff zu Satyre geboten haben. Sobald einmal die Verbindung zwischen Mutter und Frucht vollständig in der Placenta hergestellt ist, verschwinden diese krankhaften Erscheinungen allmählich wieder,

so daß sich die Schwangere in den späteren Zeiten wohler befindet, als im Anfange.

Der dritte Zeitraum der Embryonalbildung kann etwa bis
zu dem sechsten Monate gesetzt werden; — indem um diese
Zeit herum der Embryo schon fähig wird, außerhalb des mütterlichen Organismus sein Leben fortzusetzen. Es versteht sich
von selbst, daß dann die sämmtlichen Organe so weit entwickelt
sind, daß der Lungenkreislauf eingeleitet, die Ernährung durch
den Darm bewerkstelligt werden kann und die Drüsen befähigt
sind, ihren Functionen vorzustehen. Die äußere Haut, die früher
schleimig und weich war, wird fester und bedeckt sich fast überall
mit eigenthümlichen Wollhaaren, welche später wieder schwinden.
Die Nägel beginnen hornig zu werden, obgleich ihre Consistenz
kaum bedeutender ist, als die der übrigen Haut; diese letztere
liegt überall dem Körper nur schlapp an, so daß sie Falten und
Runzeln bildet, welche besonders dem Gesichte ein greisenartiges
altes Aussehen geben, was später durch Ansammlung von Fett
unter der Haut wieder schwindet. Bei kranken, schlecht genährten
Embryonen aber bleibt dieses alte Aussehen und kann stets
als ein sicheres Zeichen von Unreife oder krankhafter Constitution
des Kindes angesehen werden.

Während dieser Zeit, in welcher der Embryo etwa fünfzehn
Zoll lang und gegen zwei Pfund schwer wurde, entwickeln sich
bei der Mutter besonders die eigenthümlichen äußeren Zeichen
der Schwangerschaft durch allmähliches Hervordrängen der ausgedehnten Gebärmutter über den Raum des kleinen Beckens,
so wie durch specifische Veränderungen des Muttermundes. Der
Leib wölbt sich in dieser Zeit mehr und mehr hervor, und die
Eingeweide werden durch die Ausdehnung der Gebärmutter nach
oben und hinten zusammengeschoben.

In dem letzten Zeitraume der Schwangerschaft ist es hauptsächlich die Vermehrung der Masse des Embryo, ohne bedeutende
Aenderungen in der Structur der Organe, so wie die allmähliche
Vorbereitung der Trennung, auf welche die Richtung der bil-
benden Thätigkeit hingelenkt wird. Ein vollkommen reifes Kind

ist sechs bis sieben Pfund schwer, achtzehn bis zwanzig Zoll lang, und liegt in gekrümmter Stellung in der Gebärmutter, mit dem Kopfe nach unten und dem Steiße nach oben. Der Kopf ist gegen die Brust hin eingebogen, die Arme über einander geschlagen, die Füße gegen den Leib gezogen; — kurz die ganze Lage gleicht derjenigen eines Igels, der sich zusammen-

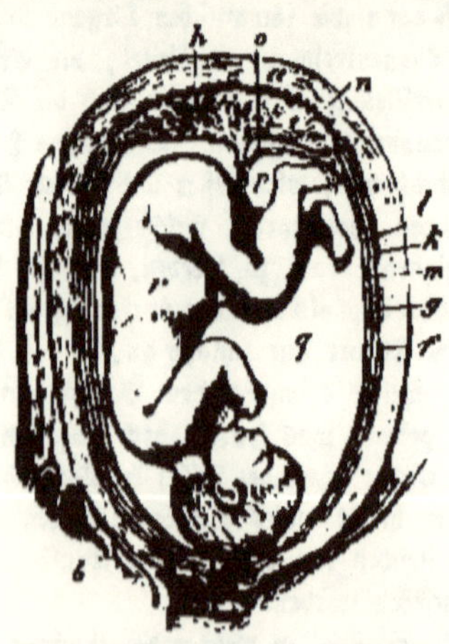

Fig. 101. Der ausgebildete Fötus in natürlicher Lage im Uterus. a. Muskelwand des Uterus. b. Harnblase. c. Scheide. d. Hinterer Becken-raum. e. Bauchwand. f. g. k. l. m. Die an die Gebärmutterwand ange-drückten Häute. h. Die Placenta. i. Gefäße der Placenta. n. o. Die Schafhaut. p. Der Nabelstrang. q. Raum des Schafwassers. r. Embryo.

rollt. Die Nägel eines solchen Kindes sind fest und hornig, das Kinn angedeutet, die Knochen des Kopfes alle gebildet, wenn auch nicht vollständig mit einander verbunden. Aus diesem Grunde zeigen sich an dem Schädel zwei bedeutendere Lücken, die ihrer abweichenden Gestalt und Größe wegen für den Geburts-helfer die wesentlichsten Hülfsmittel zur Erkennung der Lage des Kindes bilden. Die vordere dieser Lücken oder die große Fonta-nelle hat eine rhomboidale Gestalt und liegt an der Stelle, wo die beiden Stirnbeine und die beiden Scheitelbeine mit einander zusammentreffen, mithin auf der Höhe der Stirn etwas hinter dem Beginne der Kopfhaare; — die kleine Fontanelle, die dreieckig ist, liegt ebenfalls in der Mittellinie an dem Punkte, wo die beiden Scheitelbeine und die Schuppe des Hinterhauptbeines mit einander zusammenstoßen.

Durch die Geburt wird der Embryo von dem mütterlichen Organismus ausgestoßen und zu selbstständigem Leben angewiesen. Es ist unsere Absicht nicht, auf den Mechanismus dieses Actes hier näher einzugehen. Man bemerkt meistens Vorbereitungen zu der Geburt durch anhaltende Spannung und schießende Schmerzen in der Gebärmutter, so wie durch allmähliche Erweiterung ihrer Oeffnung. Nachdem dieses einige Zeit lang gedauert hat, beginnen wirkliche Zusammenziehungen der Gebärmutter, die anfangs in längeren, dann in kürzeren Zeiträumen periodisch wiederkehren. Durch diese wiederkehrenden Wehen wird das Ei gegen die Mündung der Gebärmutter gedrängt und die in den Häuten angesammelte Flüssigkeit nach vorn gegen die Oeffnung hin getrieben. So bilden denn die Eihäute eine prall gespannte Blase in der Oeffnung der Gebärmutter, die endlich platzt und das Fruchtwasser entströmen läßt. Unter fortdauernder Zunahme der Wehen wird dann allmählich der Embryo, mit dem Kopfe voran, das Gesicht nach hinten gerichtet, durch den Beckenausgang und die äußeren Geschlechtstheile gleichsam hindurchgedreht. Bei diesem Act bildet natürlich der dicke Kopf das wesentlichste Hinderniß. Da indeß die Knochen desselben noch nicht vollständig mit einander verbunden sind, so schieben sich dieselben über einander und vermindern dadurch den Durchmesser des Kopfes. Der Körper des Kindes folgt leicht nach, sobald der Kopf einmal durchgegangen ist, und nach seiner vollständigen Ausstoßung erfolgt eine mehr oder minder lange Ruhe, nach welcher dann erneuerte Zusammenziehungen die losgelöste Placenta ebenfalls austreiben. Sobald dies geschehen ist, zieht sich die Gebärmutter nach und nach während des Wochenbettes auf ihren früheren Umfang zurück.

Der Embryo selbst beginnt mit dem ersten Athemzuge sein selbstständiges Leben. Durch die Erfüllung der Lungen mit Luft und durch die Loslösung der Placenta von der Gebärmutter ist dem Kreislaufe eine andere Richtung gegeben worden, die Aufnahme von Stoffen aus dem Blute der Mutter kann nicht mehr stattfinden, und somit ist denn auch das Bedürfniß nach selbstständiger Ernährung da, welche im Anfange freilich noch durch eine eigenthümliche Secretion der Mutter, durch die Milch, vermittelt wird.

Neunundzwanzigster Brief.

Elterlicher Einfluß. Mißbildungen.

Die materielle Bedingung der Zeugung, welche durch den
Eintritt eines Samenthierchens in das Ei gegeben zu sein scheint,
dürfte eine ihrer wesentlichsten Grundlagen in der längst gemachten
und stets wiederholten Beobachtung finden, daß bei der erzeugten
Nachkommenschaft nicht nur Eigenthümlichkeiten der Mutter, sondern auch solche des Vaters sich forterben. So lange man bei
der Ansicht stehen bleiben mußte, daß der männliche Same nur
eine Contactwirkung, eine Art Göhrung in dem Ei erzeuge, in
Folge deren die eigenthümliche Gruppirung der Elemente zum
Embryo einträte, so lange war auch in der Vererbung der väterlichen Eigenthümlichkeiten ein Räthsel hingestellt, das in keiner
Weise zu lösen war. Jetzt aber, wo die Beobachtung, wie es
scheint, nachgewiesen hat, daß der Embryo das Product zweier
materiell sich verschmelzender Factoren : des väterlichen Samenthierchens und des mütterlichen Eies, ist, jetzt kann es nicht mehr
wunderbar erscheinen, daß in der That materielle Eigenthümlichkeiten von beiden Zeugenden auf das Erzeugte übergehen.

Schon die Familienähnlichkeit liefert hiefür einen Beweis,
und wenn auch dieselbe vielfach betrogenen Ehemännern gegenüber mißbraucht worden ist, so läßt sie sich doch nicht durchaus
wegläugnen, und beurkundet sich oft auffallend durch die Aehnlichkeiten, welche Kinder einer und derselben Familie trotz der

Verschiedenheit ihrer Gesichtszüge namentlich den Fremden erkennen lassen. Diese allgemeine Aehnlichkeit fällt besonders dann
auf, wenn man mit fremden Völkerstämmen zusammenkommt,
deren einzelne Glieder uns alle über denselben Leist geschlagen
erscheinen. Man erinnert sich in Deutschland noch sehr wohl
des Eindruckes, den die russischen Horden bei ihrem Erscheinen
im Befreiungskriege machten. Man konnte die Kalmücken, die
Baschkiren durchaus nicht von einander unterscheiden, da eben
nur die allgemeine Uebereinstimmung ihrer Züge frappirte und
die individuelle Abweichung dem überraschten Auge entging.
Ich selbst bin hundertmal mit meinem Bruder verwechselt worden
und habe bei dem besten Willen auch keinen einzigen Zug finden
können, worin ich ihm etwa ähnlich sehe; eben so oft haben
mich Leute auf den ersten Blick erkannt, welche nur meinen Vater
oder meine Mutter gesehen hatten.

Diese Familienähnlichkeit spricht sich nicht nur in dem Gesichte, sondern auch in allen anderen Theilen des Körpers, namentlich aber an Händen und Füßen, oft noch überraschender aus,
weil diese Theile weniger durch Fettansatz oder durch psychische
Einflüsse verändert werden. Seit früher Jugend bin ich auf
diesen Punkt aufmerksam geworden durch eine Debatte, welche
in meiner Gegenwart darüber geführt wurde, ob ich mehr dem
Vater oder der Mutter ähnlich sei, oder, wie man sich aus-
drückte, ob ich ein Vogt oder ein Follenius sei. Die Gründe
waren auf beiden Seiten gleich stark. Endlich aber entschied
eine meiner Tanten kategorisch mit dem Ausrufe: „Seht nur
seine Hand an, das ist die Voglische Hand," und in ihrem
Familienstolze fügte sie hinzu: „So eine Hand mit solchen Enten-
schwanzfingern kann gar kein anderer Mensch haben!"

Wenn diese Beobachtungen richtig sind, was wohl keinem
Zweifel unterliegen kann, so ist auch der Schluß gerechtfertigt:
daß die inneren Theile in ähnlicher Weise den Stempel der
Familienähnlichkeit tragen; daß gewisse kleine Formeigenthüm-
lichkeiten in allen Organen sich finden, die uns nur deshalb entgehen, weil wir die verbindenden Glieder, welche dieselbe Eigen-

thümlichkeit zeigen, nicht so täglich vor Augen haben, wie dies
bei äußeren Theilen der Fall ist. Es geht uns in allen Dingen,
wie bei den oben citirten Baschkiren. Wir suchen zuerst die
Aehnlichkeiten, und nur bei längerem und wiederholtem Nach-
forschen treten die Verschiedenheiten unserer Kritik entgegen.
So darf es denn auch nicht verwundern, wenn es den Anatomen
noch nicht gelungen ist, Familienähnlichkeiten in der Gestalt von
Lunge, Leber, Herz u. s. w. nachzuweisen, deren Vorhandensein
doch eben so wahrscheinlich ist, als bei Gesicht und Händen, und
auch durch die Erblichkeit der Krankheitsanlagen wahrscheinlich
gemacht wird. Bei einem Organe indessen gelingt uns diese
Nachweisung leicht durch die nach Außen tretende Function: ich
meine das Gehirn. Wenn man auch sagt, daß geistreiche Männer
gewöhnlich dumme Söhne zeugen, so findet man doch bei genauerer Nachforschung stets die Grundlagen der väterlichen und
mütterlichen geistigen Eigenschaften in dem Kinde wieder, obgleich
sie hier oft in eigenthümlicher Weise combinirt und nach gewissen
Richtungen einseitig entwickelt erscheinen. Ganz wahr ist es
darum, wenn Göthe sagt:

Vom Vater hab' ich die Natur,
Des Lebens ernstes Führen,
Vom Mütterchen die Frohnatur
Und Lust zu Fabuliren.

Für Denjenigen, welchem die Seele ein immaterielles, in
den Körper hineingepflanztes Wesen ist, liegt freilich in dieser
geistigen Familienerbschaft ein unlösbares Räthsel, wenn er nicht
annehmen will, daß die Seelen der Eltern im Zeugungsacte sich
theilen, was denn auch eine mißliche Sache für die Individualität der Seele ist. Für Denjenigen aber, der auf dem Boden
der Beobachtung und der Thatsache fußend die Seelenthätigkeiten
nur als Function des materiellen Substrates der Gehirnsubstanz betrachtet und der überzeugt ist, daß der Satz überall gilt:
Form und Materie bestimmen die Function; für den wird es
nicht überraschend sein, daß formelle Eigenthümlichkeiten in der

Ausbildung des Gehirnes, von den Eltern ererbt, auch specifische Eigenthümlichkeiten in den Seelenthätigkeiten zur Folge
haben müssen.

Zur Entscheidung der Frage: welches zeugende Individuum
mehr Einfluß auf die Nachkommenschaft habe, ob der Vater oder
die Mutter, dienen besonders die Fälle von Mischlingen zwischen
verschiedenen Menschen- und Thierarten. Im Allgemeinen kann
man sagen, daß bei solchen Mischungen die Eigenthümlichkeiten
des Bastards zwischen Vater und Mutter getheilt sind, so daß
z. B. die Mischlinge von Negern und Weißen so ziemlich das
Mittel zwischen beiden Eltern halten. Bei der Thierzüchtung
geht man freilich, im Occident wenigstens, von der Ansicht aus,
daß der Vater das prädominirende Element sei, und man verwendet deßhalb weit größere Sorgfalt auf die Zucht der Stiere,
Hengste und Böcke, als auf diejenige der entsprechenden Weibchen.
Im Oriente dagegen geht man von der entgegengesetzten Ansicht
aus, und die Araber setzen nicht nur einen weit größeren Werth
auf die Stuten, sondern führen auch die Genealogieen ihrer edlen
Rosse nicht nach den Vätern, sondern nach den Müttern.

Die statistischen Untersuchungen haben nachgewiesen, daß in
Beziehung auf das Geschlecht der Nachkommenschaft das Alter
der beiden Zeugenden einen wesentlichen Einfluß übe, und es ist
wohl möglich, daß auch in Beziehung auf andere Eigenthümlichkeiten dieser Einfluß sich geltend mache. Es steht jetzt fest, daß
um so mehr Knaben in einer Ehe geboren werden, je älter der
Mann im Verhältniß zur Frau ist, wobei man einen Unterschied
von sechs bis zehn Jahren etwa als dasjenige Verhältniß ansehen
muß, in welchem beide Eltern einander das Gleichgewicht halten.
Bei gleichem Alter oder bei überwiegendem Alter der Frau steht
die Wahrscheinlichkeit zu Gunsten der Mehrzahl weiblicher Nachkommenschaft. Das Uebergewicht des neugeborenen Knaben im
Verhältniß zu den Mädchen, welches sich von 102 bis 107 zu 100
je nach den verschiedenen Ländern abstuft, rührt einzig davon her
daß im Durchschnitte die Männer 10 bis 15 Jahre älter sind,
als ihre Frauen. Die Statistik tritt somit der gewöhnlichen

Volksansicht schnurstracks entgegen, indem sie uns belehrt, daß bei Ehen von Greisen mit jungen Mädchen die größte Wahrscheinlichkeit für die Erzeugung von Knaben vorhanden sei.

—Ob auch andere Verhältnisse, wie z. B. Ernährung der Eltern und besonders der Mutter, auf die Bestimmung des Geschlechtes der Frucht einen Einfluß haben können, ist eine andere Frage, die wir zwar nicht von der Hand weisen können, zu deren Lösung aber bis jetzt nur leere Träumereien oder Theorieen vorgebracht werden konnten, welche durch die Beobachtung widerlegt wurden. Schon im Alterthume glaubte man, daß der rechte Eierstock und Hode die Knaben, der linke die Mädchen erzeuge, und schon im Alterthume wurde diese ziemlich festgewurzelte Ansicht auf das Gründlichste widerlegt. Wenn man aber so einerseits zugiebt, daß die Beobachtung in dieser Weise uns noch keine Fingerzeige gegeben hat, so ist es doch anderseits der Ausspruch, daß es aller providentiellen Weltregierung widersprechen würde, wenn die Bestimmung des Geschlechtes der Kinder den Eltern in die Hand gegeben werde, geradezu einfältig zu nennen; denselben Einwurf machte man zur Zeit der Blatternimpfung und den Blitzableitern, die ebenfalls die providentielle Weltordnung in Beziehung auf Sterblichkeit und Feuersbrünste erheblich änderten. Der Einwurf bei dieser Frage ist aber um so thörichter, als der Mensch schon, freilich ohne directen Willen, die providentielle Weltordnung auch hier geändert hat. Die Staatseinrichtungen haben jetzt schon, indem sie in vielen Staaten die Bedingungen zur Heimath für die Männer so stellten, daß denselben erst im späteren Alter genügt werden kann, die ursprüngliche providentielle Weltordnung so tief modificirt, daß bei weitem mehr Knaben geboren werden, als dies bei völliger Freiheit in diesem Punkte geschehen würde, und es ist im Gegentheile eben so denkbar, daß erst dann, wenn einmal die Bedingungen zur Zeugung eines bestimmten Geschlechtes bekannt sind, und dadurch es in das Belieben der Leute gestellt wird, sich das Geschlecht ihrer Kinder im Voraus auszuwählen, durch diese freie Wahl die ursprüngliche Norm möglicher Weise wieder hergestellt wird.

Die Mißgeburten, welche nicht nur beim Menschen, sondern auch bei Thieren, und selbst bei wilden Thieren, ziemlich häufig vorkommen, wurden in frühester Zeit als Zeichen des Zornes der Gottheit angesehen, welche dadurch bevorstehendes Unglück, Strafgerichte und andere Ausbrüche der Art anzeigen sollte. Es war diese Ansicht eine nothwendige Folgerung aus dem Glauben, welcher die Entstehung eines jeden organischen Wesens einem bewußten Schöpfer unterlegte, statt dasselbe unmittelbar aus natürlichen Gesetzen hervorgehen zu lassen. In der That ist nicht abzusehen, warum man sich von dieser Ansicht der üblen Bedeutungskraft der Mißbildungen frei machen will, wenn man doch ihren Vorbedeut fernerhin anerkennt. Wenn das organische Wesen aus der Hand eines bewußten Schöpfers hervorgeht, so müssen auch die Mißbildungen einen bestimmten bewußten Zweck haben, den man je nach Gefallen ihnen unterschieben kann.

Die abschreckenden Gestalten, welche viele Mißgeburten darbieten, gaben Gelegenheit zu den mannigfaltigsten Deutungen, besonders aber zu höchst seltsamen Vergleichen mit allerhand Dingen, vor denen man Ekel hatte. So wie man in den bizarren Formen der Tropfsteingebilde Aehnlichkeiten erblickt, die meist nur demjenigen klar werden, dem man sie vorher ankündigt, während der Uneingeweihte sie vergeblich sucht, so sah man auch in den Mißgeburten alle möglichen Combinationen ekelhafter Thiere mit menschlichen Formen. Von den Muttermalen an bis zu den ausgebildetsten Mißgeburten schlang sich in dieser Weise für das Volk eine Kette phantastischer Gestalten, die stets neuen unerwarteten Zuwachs fand. Jedermann weiß, daß in den anatomischen Museen die Mißgeburten den für das Publikum interessanten Theil der Sammlung ausmachen, und wenn man die Gespräche hört, welche über deren Gestalten geführt werden, so kann man nicht umhin, zu finden, daß trotz der gepriesenen Aufklärung noch manche Vorurtheile unter dem Volke herrschen.

Das Volk sucht meistens die Ursache der Mißbildungen nicht in dem Keime oder in dem Fötus, sondern vielmehr in der Mutter, und es ist eine ziemlich allgemeine Ansicht, daß die Schwangeren sich versehen könnten, und daß dann der Fötus in Folge dieses Versehens eine Mißbildung an sich trage, welche gewissermaßen die Form und das Aussehen desjenigen Objectes wiederhole, an welchem sich die Schwangere versehen habe. Eine Schwangere erschrickt über einen Truthahn, der auf sie zukommt; — das Kind, welches sie gebiert, hat an dem Arme eine erectile Blutgeschwulst, die blauroth aussieht. Es ist klar, daß die Schwangere sich an dem Truthahn versehen hat, und daß der fleischige Anhang, den dieser Vogel an dem Schnabel trägt und der ihm beim Zorne schwillt, von der Natur auf dem Arme des Kindes nachgebildet wurde. Man hat hundert und aber hundert Geschichten dieser Art, welche alle in ähnlicher Weise verknüpft sind, und man kann wohl sagen, daß manche arme Schwangere die ganze Zeit, in welcher sie sich ihres Zustandes bewußt ist, in Kummer und Sorgen zubringt, damit sie sich nicht versehen und eine Mißgeburt zur Welt bringen möchte. Die Theorie des Versehens mag wohl so alt sein, als das Menschengeschlecht selber, und da man in unserer Zeit der histo-rischen Rechte einen Irrthum um so ehrwürdiger findet, je älter er ist, so verdient auch dieser einige Beachtung. Gründete ja doch Erzvater Jakob zuerst die Theorie des erlaubten Betruges auf den Grundsatz des Versehens, indem er den Schafen seines Schwiegervaters beim Tränken gesprenkelte Stäbchen vorlegte und so die Erzeugung gefleckter Lämmer bewerkstelligte. Bei den Hebräern herrschte also der Glaube an das Versehen in hohem Grade. In nicht minderem Ansehen stand dieser Glaube bei den alten Griechen, wo Hippokrates durch die Berufung auf denselben, wie erzählt wird, eine Prinzessin von der Anklage des Ehebruches rettete, die ihrem weißen Gemahle ein schwärz-liches Negerkind geboren hatte. Hippokrates behauptete nämlich, die Prinzessin habe sich an dem Bilde eines Negers versehen, das an ihrem Bette hing. Der Stifter der Medicin würde mit dieser Theorie heutzutage in Westindien und Brasilien wohl nur wenig Glück machen, und ein Schafzüchter unserer Zeit würde zur Erzeugung gesprenkelter Lämmer lieber verschiedenartig gefärbte Böcke und Schafe, als gescheckte Stäbe benutzen, wahrscheinlich auch bei diesem Verfahren sicherere Resultate erzielen, als der Erzvater der Juden bei dem seinigen.

Es ist keine Frage, daß die Verbindung zwischen Mutter und Frucht bei den Säugethieren der Art ist, daß bestimmte Einflüsse von dem mütterlichen Organismus auf denjenigen des Kindes übertragen werden können. Es existirt zwar keine directe Verbindung zwischen Mutter und Frucht, allein wir haben gesehen, daß die Blutmassen beider in steter Wechselwirkung mit einander stehen und eine lebhafte Endosmose zwischen denselben vermittelt wird. Wir wissen aber, wie schnell gemeinschaftliche Affecte bei reizbaren Personen auf die ganze Ernährung und somit auf die Zusammensetzung der Blutmasse einwirken können. Daß diese Veränderungen sich auf die Blutmasse des Fötus übertragen und Störungen in der Ernährung desselben hervorbringen, oder, mit anderen Worten, den Fötus krank machen können, ist leicht einzusehen. Wir wissen bestimmt, daß Krankheiten der Mutter sich auf das Kind übertragen, daß syphilitische Mütter z. B. durch und durch angesteckte Kinder geboren haben, daß verschiedene Säftemischungen, Kachexien sich von der Mutter auf das Kind forterben; — allein diese Uebertragungen sind dennoch im Ganzen seltener, als man glauben könnte, und der Einfluß des mütterlichen Organismus auf den kindlichen beschränkter, als man erwarten sollte. Die Fehlgeburten und Frühgeburten, welche so häufig statthaben, darf man nicht als Beweise für diesen Einfluß der Mutter anführen, da sie hauptsächlich durch krankhafte Zustände der Geschlechtstheile oder des mütterlichen Organismus bedingt sind. Die meisten Fehlgeburten sollen zwischen den vierten und fünften Monat der Schwangerschaft, d. h. in eine Zeit, wo der Embryo fast vollständig ausgebildet ist, wo er aber bedeutend wächst und die rasche Ausdehnung des Uterus in dem gewöhnlichen Verhalten der übrigen Organe

Störungen hervorbringt. Sobald diese einmal sich an die stärkere Ausdehnung der Gebärmutter gewöhnt haben, werden auch die Fehlgeburten seltener; — ein sicherer Beweis, daß diese Zufälle hauptsächlich durch den Zustand der mütterlichen Organe bedingt sind.

Die Organe des Embryo sind, wie wir schon früher gesehen haben, zu Ende des zweiten Monats der Schwangerschaft größtentheils angelegt, und von diesem Zeitpunkte an nur in ihrer Entwickelung begriffen. Die engere Verbindung zwischen der Gebärmutter und dem Embryo entwickelt sich aber erst, wenn die Hauptanlagen der Organe schon gegeben sind. Die Wechselwirkung der beiderseitigen Blutmassen in der Placenta findet erst nach dieser Zeit statt, und es ist somit höchst unwahrscheinlich, daß früher psychische Einflüsse auf das Leben des Embryo und die Entwickelung seiner Organe Einfluß haben könnten. Die meisten Geschichten, welche das Versehen der Schwangeren darthun sollen, beziehen sich aber auf die späteren Monate der Schwangerschaft, wo die Organe schon denjenigen Zustand der Entwickelung überschritten haben, den sie bei der Mißbildung zeigen. Wenn eine Schwangere z. B. deshalb ein Kind mit einem Wolfsrachen geboren haben soll, weil sie sich im vierten oder fünften Monate an irgend einem Gegenstande versah und über denselben erschrack, so kann man geradezu behaupten, daß dies unmöglich sei, indem in diesem Zeitpunkte der knöcherne Gaumen und die ursprüngliche Lippenspalte schon längst hätten geschlossen sein sollen, die Mißbildung demnach schon früher existirte, als ihr eingebildeter Grund, der Schreck und das Versehen, statthatte.

Wir kennen eine große Menge von Thatsachen, die darauf hinzeigen, daß schon in der ursprünglichen Anlage des Kindes zuweilen Verhältnisse obwalten, welche Mißbildungen bedingen. Fast alle ganz jungen, durch Fehlgeburten abgegangenen Eier, die man bis jetzt untersucht hat, waren offenbar krank, indem bald der Embryo, bald seine Häute Abweichungen von der normalen Structur zeigten. Es giebt gewisse Mißbildungen, welche

in den Familien sich forterben, und mancher mütterliche Organismus erzeugt neue Keime, die in einzelnen Organen abnorme
Entwickelungsrichtungen darthun. So giebt es Frauen, welche
nur Kinder mit überzähligen Fingern, mit Hasenscharten, mit
mangelhafter Entwickelung des Gehirnes zur Welt bringen,
andere, bei welchen unter mehreren Kindern einige normal entwickelt, die anderen mißbildet sind. Das constante Vorkommen
derselben Bildungsfehler bei den Producten eines und desselben
mütterlichen Organismus berechtigt uns zu dem Schlusse, daß
die Keime, welche dieser mütterliche Organismus erzeugt, von
Anfang an den Grund solcher Mißbildungen an sich tragen.

Nicht minder sind Fälle bekannt, wo der Einfluß des Samens
ebenfalls ein abnormer genannt werden kann. In einer schlesischen
Rindviehheerde, die einen einzigen Zuchtstier hatte, kamen während eines Jahres zehn Mißgeburten vor. Man entfernte den
Stier und die Züchtung wurde nun vollkommen normal. Es
unterliegt also keinem Zweifel, daß das Ei an sich zwar von
seiner ursprünglichen Bildung her gewisse abnorme Organisations-
richtungen mitbringen kann, daß aber dieselben auch durch die
Einwirkung des männlichen Samens eingeführt werden können.
Jedoch beschränkt sich dieses lediglich nur auf diejenigen Eigenthümlichkeiten, welche in dem Gesammtorganismus wurzeln, nicht
aber auf zufällige Verstümmelungen. Man hat zwar einzelne
Fälle solcher Forterbungen erzählt, wie z. B. von Pferdefüllen
und jungen Hunden, die mit abgekürzten Schwänzen zur Welt
kamen und deren Eltern durch Generationen hindurch englisirt
worden waren. Diese Fälle dürften aber um so weniger con-
statirt erscheinen, als diejenigen Verstümmelungen, die von ganzen
Völkerstämmen systematisch durch Jahrhunderte hindurch geübt
werden, wie z. B. das Abplatten der Köpfe bei amerikanischen
Stämmen, das Verstümmeln der Füße bei den Chinesinnen, das
Beschneiden bei Orientalen und Juden und das Ohrlöcherbohren
in der übrigen civilisirten und nichtcivilisirten Welt, noch nirgends
sich bei den Nachkommen fortgeerbt hat.

Wir haben unwiderlegbare Beweise dafür, daß der Fötus während seiner Entwickelung selbstständig krank werden kann, und daß Mißbildungen als Resultate dieser Krankheiten zurückbleiben können. Es werden durch diese Krankheiten hauptsächlich wassersüchtige Anschwellungen erzeugt, die in den verschiedenen Höhlen der embryonalen Organe sich ausbilden und auf diese Weise mannigfaltige Formen der Mißgeburten erzeugen. Auch manche andere Mißbildungen, wie namentlich Gefäßgeschwülste, beruhen sicherlich auf Krankheitsprocessen, welche mehr oder minder denen des Erwachsenen entsprechen. Selbst durch äußere Einwirkungen können dergleichen krankhafte Mißbildungen erzeugt werden. Man hat mehr oder minder begründete Beispiele, daß durch einen Stoß oder Schlag auf den Unterleib der Fötus mechanische Verletzungen erlitt, oder daß durch eigenthümliche Verhältnisse des Eies selbst, durch Verwickelungen des Nabelstranges 2c., solche mechanische Verletzungen erzeugt wurden. Man hat sogar künstliche Mißbildungen erzeugt, die man durch mechanische Verletzungen des Embryo's hervorbrachte.

Aus allem diesem geht hervor, daß wir in der ursprünglichen Bildung der Keime und der befruchtenden Flüssigkeit, so wie in den zufälligen Störungen, welche der Fötus während der Entwickelung erleiden kann, Ursachen genug finden zu Mißbildungen der Frucht, und daß wir nicht zu dem alten Irrwahne des Versehens unsere Zuflucht zu nehmen brauchen, um die Entstehung solcher Mißbildungen zu erklären. Wenn alle Frauen, welche während ihrer Schwangerschaft erschrecken oder irgend einen andern unangenehmen Eindruck erleiden, mißbildete Kinder zur Welt bringen müßten, so würden wir wahrhaftig nur Mißgeburten entstehen sehen, und so weit sind wir doch noch nicht gekommen, trotz aller Entartung des Menschengeschlechts, welche uns von altem und jungem Unverstand geprediget wird.

Während in früheren Zeiten man sich mannigfach auf das Erstaunen der abnormen Gestalten, welche die Mißbildungen darbieten, beschränkte und darin einen unmittelbaren Eingriff der schöpfenden Kraft erblicken zu müssen glaubte, erkannte man mit dem Zunehmen wissenschaftlicher Bestrebungen mehr und mehr, daß die Mannigfaltigkeit der Formen in den Mißbildungen dennoch gewissen Gesetzen gehorcht, die man um so besser zu würdigen verstand, je genauer man die Entwickelungsgeschichte überhaupt in ihren Erscheinungen studirte. Je mehr man mit der früheren Entwickelung der Embryonen vertraut wurde, desto mehr lernte man viele Mißbildungen als ein Zurückbleiben auf früherer Stufe der Bildung kennen. Wenn man z. B. Neugeborene sah, bei welchen die Bauchbecken vorn gespalten waren und die Eingeweide bloß lagen, so war es bei einiger Kenntniß der Entwickelungsgeschichte leicht einzusehen, daß diese Bildung einer früheren Zeit angehöre, in welcher die Bauchbecken normal sich noch nicht in dem Nabel zusammengeschlossen haben. Solche und ähnliche Mißbildungen nannte man Hemmungsbildungen, und begriff darunter alle diejenigen Fälle, in welchen eine in früherer Zeit normale Structur des embryonalen Leibes in abnormer Weise sich länger erhalten hatte, als ihr gesetzmäßigerweise zukam. Solche Hemmungsbildungen begründeten begreiflicher Weise Thierähnlichkeiten, wenn sie in solchen embryonalen Charakteren auftraten, die in niederen Wirbelthieren auch im erwachsenen Zustande sich bleibend erhalten. In anderen Fällen hingegen betreffen diese Hemmungsbildungen solche embryonale Charaktere, die niemals bleibend sich entwickeln, sondern stets nur vorübergehend auftreten. Da man früher die vergleichende Anatomie besser kannte, als die Entwickelungsgeschichte, so fand man die Anhaltspunkte für solche Hemmungsbildungen weit eher bei den niederen Wirbelthieren, und betrachtete deshalb die Hemmungsbildungen wesentlich als das Resultat einer Annäherung zu Thierähnlichkeiten, als Rückfall zu niederer Stufe der Organisation. Man sieht leicht ein, daß diese aus der vergleichenden Anatomie hervorgegangene Ansicht nur eine beschränkte sei, und eben darauf beruht, daß jedes Organ bei den höheren Wirbelthieren verschiedene typische Veränderungen durchläuft, von welchen ein Theil sich bleibend bei den niederen Thieren erhalten kann.

Daß diese Hemmungsbildungen außerordentlich viele Formen
der Mißbildung erklären, unterliegt keinem Zweifel. Indeß muß
darauf aufmerksam gemacht werden, daß wir vielleicht keine einzige Hemmungsbildung kennen, welche ganz genau auf dem
Punkte stehen bleibt, den sie im Anfange behauptete, sondern
daß der in seiner Bildung gehemmte Theil dennoch fast immer
in gewisser Richtung sich fortbildet und so einen abnormen Zustand erreicht, der mehr oder weniger von der embryonalen Bildung abweicht. Diese eigenthümliche, gleichsam in schiefer Richtung abweichende Entwickelung der Hemmungsbildungen hat man
dann als besondere Art derselben abtrennen wollen, wenn sie einen
gewissen Grad erreichte, hat aber dabei übersehen, daß alle
möglichen Uebergänge sich finden. So betrachtete man z. B. die
oben angeführte Spaltung des Gaumens, den Wolfsrachen, als
eine reine Hemmungsbildung, diejenige der Iris hingegen, das
sogenannte Colobom, nicht, weil die Iris ursprünglich als ein
rundes Gebilde ohne Spalt angelegt werde. Aber die Iris
bildet sich erst, nachdem der ursprüngliche Spalt des Auges sich
geschlossen hat, und wenn dieser offen bleibt, so kann sie nicht
anders, als in Form eines gespaltenen Ringes sich entwickeln.
Indem man die Spaltung der Iris als etwas Besonderes,
den Wolfsrachen aber als eine reine Hemmungsbildung ansah,
vergaß man, daß der knöcherne Oberkiefer auch nie eine solche
Spalte zeigt, wie sie bei dem Wolfsrachen vorkommt, sondern
daß er eben erst verknöchert, wenn die Spalte schon durch die
knorpeligen Anlagen der Knochen geschlossen ist.

Wenn wir die Existenz von Hemmungsbildungen darthun
können, so ist es uns im Gegentheile nicht vergönnt, sagen zu
können, auf welchen Ursachen specieller Art die Entstehung derselben beruhte. Daß sowohl ursprüngliche abnorme Anlage der
Keimstoffe, als auch später sich entwickelnde zufällige Einflüsse
Hemmungsbildungen hervorrufen können, unterliegt wohl keinem
Zweifel. Warum aber solche allgemeinere Ursachen dieses oder
jenes specielle Organ befallen und in seiner Entwickelung aufhalten, wissen wir nicht und wird auch vor der Hand nicht eher

ergründet werden können, als bis man weiß, warum bei dem Erwachsenen eine allgemeine Schädlichkeit dieses oder jenes specielle Organ befällt.

Wir haben in dem Vorhergehenden hauptsächlich nur von denjenigen Mißbildungen gesprochen, welche in einem einzigen Individuum, einem einzigen Embryonen vorkommen können und sich dadurch charakterisiren, daß durch Hemmungsbildungen einzelne Theile derselben eine verkehrte Ausbildung genommen haben. Durch irgend einen Zufall oder durch eine ursprüngliche Anlage des Keimes ist demnach diese qualitative Abänderung der Entwickelung bedingt. Außer diesen Mißbildungen aber giebt es noch eine andere sehr merkwürdige Classe, welche sich hauptsächlich dadurch auszeichnet, daß eine quantitative Vermehrung in der embryonalen Anlage sich kund giebt, und zwar in der Weise, daß einzelne Theile in dem Keime sich verdoppeln. Diese Verdoppelung kann selbst so weit fortschreiten, daß zwei beinahe vollständige Individuen sich aus einem einzigen Keime entwickeln können. Man hat öfter behauptet, daß jede Doppelmißgeburt ein Resultat der Verschmelzung zweier Keime sei, welche durch irgend eine Ursache mehr oder minder vollständig in einander aufgingen. Auf den ersten Anblick scheint eine solche Ansicht über die Entstehung der Doppelmißgeburten allerdings die begründetste. Wie könnte eine andere Ansicht Raum finden, wenn man Doppelmißgeburten begegnet, welche nur an einem einzelnen Theile ihres Körpers mit einander verbunden sind und im Uebrigen zwei durchaus ausgebildete Körper zeigen? Bei dem Anblicke der siamesischen oder italienischen Zwillinge (Rita-Christina), welche nur durch ein schmales mittleres Band in der Brustgegend mit einander vereinigt waren, dessen Trennung man vielleicht hätte versuchen können, wird es einem Jeden wohl zuerst in den Sinn gekommen sein, an ein zufälliges Zusammenwachsen zweier Embryonen zu denken. Berücksichtigt man aber, daß von der geringsten Vermehrung eines unbedeutenden Organes bis zu der fast vollständigen Trennung der Doppelmißgeburten eine ununterbrochene Kette von Zwischenstufen sich hinzieht, und daß man nirgends in dieser Beziehung einen Haltpunkt finden kann, so gewinnt die Sache ein anderes Ansehen. Es wird wohl Niemand einfallen, in einem überzähligen Finger, welchen ein Kind mit auf die Welt bringt, den Beweis zu sehen, daß dieses Kind aus zwei verschmolzenen Keimen sich gebildet habe, von welchen der eine bis auf einen Finger verschwunden, der andere aber vollständig ausgebildet sei. Von dieser einfachsten aller Verdoppelungen aber läßt sich, wie schon bemerkt, eine fortschreitende Reihe bis zu den siamesischen Zwillingen aufstellen.

Wenn man aus diesen Thatsachen schon vermuthen muß, daß die Doppelmißgeburten nicht durch Verschmelzung zweier Keime, sondern vielmehr durch Theilung und Vermehrung eines ursprünglich einzigen Keimes entstehen, so spricht hierfür außerdem noch ein äußerst wichtiges Gesetz, von welchem man bis jetzt noch keine Ausnahmen kennt. Die Doppelmißgeburten sind nämlich stets mittelst gleichnamiger Theile, Organe und Systeme zusammen verschmolzen. Man hat noch nie eine Doppelmißgeburt gefunden, in welcher z. B. der Kopf an den Bauch oder an den Rücken angewachsen wäre, wo die Bauchfläche des einen Kindes mit der Rückenfläche des andern, oder die Leber des einen mit dem Herzen des andern sich verbunden hätte, sondern stets fand man Kopf an Kopf, Bauch an Bauch, Glied an Glied. Diese Gesetzmäßigkeit der Verwachsung deutet offenbar darauf hin, daß man an kein zufälliges Verschmelzen zweier Keime denken könne, sondern daß vielmehr ein einziger Keim mehr oder minder vollständig sich spalte und verdoppele.

Die Doppelmißgeburten sind verhältnißmäßig so selten, daß man nur äußerst wenige Beobachtungen über unentwickelte Embryonen aus frühester Zeit besitzt, bei welchen Doppelbildungen sich einleiteten. Man kennt indessen doch eine genauer beschriebene Doppelbildung aus dem Anfange des dritten Tages der Bebrütung bei dem Hühnerembryo. Beide Embryonen lagen in einem kreuzförmigen Fruchthofe, waren mit dem Kopfe verwachsen, während sie nach hinten von einander abstanden und das Herz sogar in doppelter Anlage vorhanden war. Der Dotter

war einfach und somit nicht daran zu denken, daß zwei Keime
in demselben Ei vorhanden gewesen seien. Eben so hat man in
neuester Zeit die Erfahrung gemacht, daß in befruchteten Hecht-
eiern, welche eine Zeit lang zu Wagen transportirt und mehrere
Stunden hindurch geschüttelt wurden, sich außerordentlich viele
Doppelmißgeburten erzeugten.

Man hat bis jetzt mehrere unzweifelhafte Fälle beobachtet,
wo in einem einzigen Graaf'schen Follikel zwei Eier vorhanden
waren. Daß man solche Fälle nicht zur Bildung von Doppelmißgeburten anrufen dürfe, versteht sich aus dem Gesagten wohl
von selbst. Denn damit, daß zwei Eier neben einander in demselben Follikel eingeschlossen liegen, ist noch nicht gesagt, daß
sie nothwendig mit einander verschmelzen müssen. Es ist überhaupt kaum denkbar, wie eine solche Verschmelzung entstehen
könne, da das Ei innerhalb des Follikels und während seines
Durchgangs durch den Eileiter von der verhältnißmäßig sehr
dicken Zona umhüllt ist, und später, wenn die Zona sich verdünnt und in das Chorion umgewandelt hat, die Bildung des
Embryo schon so weit vorangeschritten ist, daß an eine Verschmelzung auch nicht gedacht werden könne. Es dürften vielmehr solche Fälle eher zur Erklärung von Zwillingsschwanger-
schaften benutzt werden, obgleich auch hier nicht abzusehen ist,
warum eine Zwillingsschwangerschaft nicht eben so gut durch das
Platzen zweier Graaf'schen Follikel hervorgebracht werden könne.

Man kennt einige wenige seltene Fälle, in welchen mehr
oder minder entwickelte Embryonen innerhalb eines andern Fötus
eingeschlossen waren. In dieser Beziehung herrscht kein Gesetz
vor. Man fand eingeschlossene Theile oder ganze Embryonen
in der Bauchhöhle, in dem Gefäße und an anderen Orten, und
gerade diese Gesetzlosigkeit hinsichtlich des einschließenden Ortes
scheint darauf hinzuweisen, daß in solchen Fällen wirklich zwei
Keime in dem Eie vorhanden waren, von welchen der eine den
andern überwucherte und einschloß. Man hat Fälle gesehen,
in einem Eie zwei Dotter vorhanden waren, von denen der
eine meist kleiner und unentwickelter als der andere schien, so

daß sich wohl hieraus diese seltenen Fälle von eingeschlossenen Embryonen und dadurch bedingter Doppelbildung erklären ließen.

Es würde zu weit führen, wollten wir hier auf die verschiedenen Formen eingehen, welche die Mißbildungen überhaupt zeigen, und dieselben im Einzelnen zergliedern. Es genügt, auf die allgemeinen Typen derselben aufmerksam gemacht und gezeigt zu haben, daß hauptsächlich die individuelle Anlage des Keimes es ist, welche auf die Hervorbringung von Mißbildungen einen bestimmten, wesentlichen Einfluß äußert. Der mütterliche Organismus zeigt seinen Einfluß hauptsächlich nur insofern, als er eben den Keim in sich erzeugt und ihm dadurch einen gewissen ursprünglichen Stempel aufdrückt, der in seiner ferneren Ausbildung sich erhält. Späterer Einfluß von Seiten der Mutter auf den Fötus ist nur insofern denkbar, als die Blutmischung des mütterlichen Organismus diejenige des Fötus wesentlich verändern und dadurch Krankheiten des Fötus erzeugen kann, die bleibende Mißbildungen verursachen. Allein diese Krankheiten sind anerkanntermaßen nur eine geringe Quelle, aus welcher höchst wenige Mißbildungen hervorgehen, und namentlich nicht diejenigen, welche man als Folgen des Versehens gewöhnlich betrachtet. Die Furcht vor dem Versehen ist deshalb eine total thörichte, und es würde weit besser für die Lehre von den Mißbildungen überhaupt stehen, wenn man die alte Theorie von dem Versehen gänzlich aus dem physiologischen Repertoir ausstreichen und anerkennen würde, daß man erst dann solche Theorieen annehmen darf, wenn kein anderer Weg der Erklärung möglich ist.

Es ist aus dem Vorhergehenden schon ersichtlich, daß wir selbst diejenigen Folgerungen verwerfen müssen, welche aus dem Begriffe hervorgehen, den man unter dem Namen der Idee der Gattung aufgestellt hat. Man hat sich genöthigt gesehen, diesem Principe gemäß unter den Mißbildungen verschiedene Klassen aufzustellen, je nachdem dieselben die Idee der Gattung nicht erreichen, dieselbe überschreiten, oder aber von derselben abweichen. Analysirt man diesen Begriff näher, so kommt man

eben darauf, in dieser Idee der Gattung den schöpfenden selbst-
bewußten Gedanken wieder zu finden, der von der Materie losgelöst, dieselbe nach seinen Capricen modell. Es wurde schon
oben des Weiteren auseinander gesetzt, daß wir einen solchen
Begriff nicht anerkennen, sondern vielmehr in dem Keime eine
bestimmte Materie erkennen, die sich eben ihrer Zusammensetzung
gemäß in besonderer Weise entwickeln muß. Weicht diese materielle Zusammensetzung primitiv in irgend einem Punkte ab,
oder wird durch irgend einen Zufall dieselbe später gestört, so
erhalten wir eben als Resultat dieser materiellen Störungen die
Mißbildung im weitesten Sinne des Wortes. Auch hier bekennen
wir offen, daß unserer Ansicht nach nur der reinste, unverfälschte
Materialismus zu ersprießlichen Resultaten in der Wissenschaft
führen kann.

Dreißigster Brief.

Der Ablauf des Lebens.

Die Entwickelung des Menschen ist bei weitem noch nicht mit dem Augenblicke abgeschlossen, in welchem er durch die Trennung vom mütterlichen Organismus ein selbstständiges Leben beginnt. Dies Leben selbst hat einen bestimmten Cyclus von Erscheinungen, welche es durchläuft; seine Functionen wechseln je nach dem Alter des Organismus. Wir haben bis jetzt, außer der embryonalen Entwickelung, die Functionen des menschlichen Organismus hauptsächlich nur in Beziehung zu dem reifen Lebensalter kennen gelernt, und es liegt uns nun zum Schlusse dieser ganzen Abhandlung noch ob, zu zeigen, wie der Organismus allmählich sich zu der Höhe seiner Functionen erhebt, auf derselben eine längere Zeit stehen bleibt, und dann wieder durch allmähliche Abnahme derselben der Vernichtung, dem Tode entgegeneilt.

Während des Säuglingsalters ist das Kind hauptsächlich auf Ernährung durch den mütterlichen Organismus angewiesen. Die Milch ist überhaupt ihrer Zusammensetzung nach das wahre Ideal eines Nahrungsmittels. So wie das Blut gleichsam den aufgelösten Organismus darstellt, so könnte man die Milch als eine Auflösung des typischen Nahrungsmittels betrachten. Die Milch einer jeden Thiergattung zeigt in ihrer Zusammensetzung eine eigenthümliche Proportion der einzelnen

bildenden Bestandtheile; allein alle Milcharten ohne Ausnahme
kommen darin überein, daß sie Fett, Zucker, eine Proteïnsubstanz, phosphorsaure und andere Salze enthalten, die nur in
ihren Verhältnissen wechseln. Wir sehen also, daß die Milch
an und für sich allen Anforderungen genügt, welche wir an die
in späterer Zeit zu genießenden zusammengesetzten Nahrungsmittel nur machen können. Die settartigen Bestandtheile sind
durch die Butter repräsentirt, welche in Form kleiner Kügelchen
in der Milch aufgeschwemmt ist und durch ihre leichte Schmelz-
barkeit äußerst leicht in den Organismus übergeführt werden
kann. Der Käsestoff, die einzige Proteïnsubstanz, welche in der
Milch sich befindet, ist zugleich die löslichste von allen Proteïn-
substanzen; der Milchzucker diejenige Zuckerart, welche am schwierigsten in Göhrung und Zersetzung übergeht. So findet denn
der Säugling in der ihm gebotenen Muttermilch allen nöthigen
Stoff zur Ernährung seiner Organe, zum Aufbau seiner Muskeln
und seines Fettes, und in den aufgelösten Salzen den phosphorsauren Kalk, den er zur Ausbildung seiner Knochensubstanz
nöthig hat.

Unter dem Einflusse dieser Ernährung gewöhnt sich der
Säugling allmählich an das selbstständige Leben, während zugleich
die einzelnen Functionen sich stärker heranbilden und festsetzen.
Die Athmung, welche im Anfange nur noch sehr unvollständig
statthatte, kräftigt sich allmählich, und mit dieser Kräftigung
hält die Entwickelung der Eigenwärme gleichen Schritt. Anfangs,
wo noch das eirunde Loch und der Botallische Gang offen sind,
kann die Athmung längere Zeit ausgesetzt bleiben, während
später, wenn diese Communicationsöffnungen sich geschlossen
haben, das Athembedürfniß in höherem Grad sich zeigt. Deshalb können auch Kinder, welche scheintodt geboren werden,
oft nach stundenlanger Aufhebung des Athemprocesses wieder
in's Leben gerufen werden. Das Bedürfniß nach äußerer Erhaltung der Wärme ist bei dieser geringeren Ausbildung der
Athmung weit größer, als in späteren Zeiten, weshalb denn
auch wärmere Bedeckung ein nothwendiges Bedürfniß für den

Säugling ist. Indessen bilden sich verhältnißmäßig die vegetativen Functionen weit schneller und kräftiger hervor, als diejenigen, welche dem Centralnervensysteme untergeordnet sind. Man findet die Erklärung dieses Verhältnisses leicht in der verhältnißmäßig geringeren Ausbildung der Gehirnsubstanz. Diese ist noch weit flüssiger und breiiger als in späteren Zeiten, die Unterschiede zwischen grauer und weißer Substanz, die Eigenthümlichkeiten der mikroskopischen Elementarbestandtheile bilden sich erst während des Säuglingsalters bestimmter hervor. Die Gewölbtheile namentlich sind bei der Geburt und bei dem Kinde verhältnißmäßig weit weniger entwickelt, als der Hirnstamm, und daraus erklärt sich auch, daß im Anfange die Seelenthätigkeiten weit hinter den specielleren Functionen des Hirnstammes zurückstehen. So bestehen die ersten Bewegungen des Säuglings, wie namentlich das Saugen und Athmen, hauptsächlich aus Reflexbewegungen, die durch innere Bedürfnisse angeregt sind, während den zufälligen, durch äußere Einflüsse bedingten Reflexbewegungen anfangs sogar die bestimmte Combination abgeht. Wir sehen auf bestimmte schmerzhafte Empfindungen auch bei dem Säuglinge Zusammenziehungen der Muskeln, dem Gesetze der Reflexion gemäß, erfolgen. Anfänglich sind diese Bewegungen aber nicht in der zweckmäßigen Weise combinirt, wie es nöthig ist, um die schmerzende Ursache entfernen zu können. Auch für die willkürlichen Bewegungen fehlt anfangs die zweckmäßige Zusammenwirkung. Aus dieser mangelnden Combination, die, wie wir in den Briefen über das Nervensystem gesehen haben, hauptsächlich ein Resultat der öfteren Uebung ist, entspringt denn auch wohl großentheils für den Säugling die Unmöglichkeit, sich auf seinen Gliedern aufrecht zu erhalten, und für das Kind der schwankende und unsichere Gang. Man hat diese Verhältnisse einzig aus der ursprünglichen Schwäche der Muskeln und aus der mangelnden Festigkeit des Knochengerüstes herleiten wollen, allein sicher mit Unrecht. Der Säugling umfaßt den Finger, den man ihm in die Hand steckt, mit ziemlicher Kraft, und übt einen Druck aus, der hinlänglich beweiset, daß die Muskeln schon eine bedeutende

Stärke besitzen und daß die Grundlagen des Skelettes eine gehörige Kraftentwickelung ertragen können. Nichts desto weniger kann der Säugling nicht mit Bestimmtheit nach einem dargebotenen Gegenstande greifen, indem die zu einer solchen Bewegung nöthige Combination der einzelnen Muskelzusammenziehungen ihm unmöglich ist. Der Säugling greift deshalb nach einem Gegenstande, er stellt sich zum Gehen oder Kriechen etwa in der Art, wie ein mit Krämpfen behaftetes Individuum, bei welchem die Muskeln zwar dem Willen gehorchen, aber bald zu wenig, bald zu viel thun, und dadurch die Zweckmäßigkeit der Combination aufheben. In ähnlicher Weise verhält es sich mit noch gar manchen combinirten Bewegungen, welche der Säugling erst nach und nach erlernt. So kann er z. B. die Augen nach allen Richtungen hin bewegen, während ihm die Fähigkeit fehlt, dieselben auf einen bestimmten Punkt zu richten, oder mit anderen Worten, nach einer gewissen Richtung hin zu blicken.

Mit der noch sehr unentwickelten Seelenthätigkeit hängt die Stumpfheit der Sinneseindrücke wesentlich zusammen. Der Säugling verhält sich hier etwa wie ein Thier, dem man durch theilweise Wegnahme der großen Hemisphären die Summe der höheren Gehirnfunctionen verringert oder gänzlich gestrichen hat. Daß die peripherischen Sinnesnerven wirklich die Eindrücke der Außenwelt aufnehmen, das beweisen die Reflexionsbewegungen, welche diesen Eindrücken auch bei dem Säuglinge folgen, wie namentlich das Schließen der Augenlieder bei grellem Lichte, die Empfindlichkeit der Iris u. s. w. Dagegen gelangen diese Eindrücke nicht zur bewußten Auffassung, weil eben das Organ dieser Auffassung, die Hemisphären des großen Gehirnes, noch nicht vollständig entwickelt sind. Mit der allmählichen Entwickelung der Hemisphären bilden sich denn auch aus der ursprünglichen Stumpfheit allmählich die verschiedenen Seelenthätigkeiten hervor. Die Sinneseindrücke werden nun bewußt empfunden, zu einem Ganzen combinirt und dem Gedächtnisse eingeprägt, die Bewegungen werden ebenfalls bewußt combinirt, und nicht nur ihr Eintritt, sondern auch ihr Maß dem Willen untergeordnet, woraus denn ihre Zweckmäßigkeit sich hervorbildet. Alle diese allmählichen Veränderungen stehen in dem genauesten Wechselverhältnisse mit der fortschreitenden inneren Entwickelung des Gehirnes.

In dem Säuglinge schon zeigen sich die Spuren mancher, sowohl körperlicher als geistiger Anlagen (wie denn diese beiden stets Hand in Hand gehen), die sich erst in späterer Zeit vollständiger und kenntlicher entwickeln. Dieselbe Erscheinung tritt uns hier vor die Augen, welche wir schon in dem Keime verfolgten; wir sehen von Anfang an individuelle Eigenthümlichkeiten durchleuchten, welche durch die Zeugung und Entstehung in den Keim gelegt und von diesem ausgebildet wurden, bis sie im Säuglings- oder Kindesalter hervortreten. So wie die Familienähnlichkeit in dem runden Kindergesichte, an welchem alle vorspringenden Ecken und Leisten weggewischt, alle Züge unter einer schwellenden Fettlage verdeckt sind, erst nach und nach sich ausbildet und materiell kund giebt, so sehen wir auch in den geistigen Fähigkeiten gewisse Familienähnlichkeiten nach und nach auftauchen, die einen wesentlichen Theil der individuellen Eigenthümlichkeiten ausmachen. Der aufmerksame Beobachter findet schon die Keime dieser Eigenthümlichkeiten bei dem Säuglinge; Mütter von mehreren Kindern wissen sehr wohl, wie das eine von Anfang an leicht reizbar sich zeigte, beständig schrie und weinte, unruhig schlief, ohne krank zu sein, ungemessene Zuneigung zu diesen, unbesiegbare Antipathie gegen jene Personen zeigte, wie derselbe Säugling im Kindesalter wechselnder in seinen Launen war, als die Wetterfahne auf dem Dache, in derselben Minute zehnerlei Anderes wollte, schnell auffaßte und eben so schnell vergaß, in der Schule hundert Allotria trieb und das Kreuz seiner Lehrer wurde, die ihn langweilten; während der Bruder als Säugling schon den ganzen Tag schlief oder nur aus Hunger plärrte, sich gleichwohl in den Armen eines jeden Freundes befand, als Kind langsam auffaßte und schwer begriff, aber auch das gehörige Eißfleisch von der

Natur mitbekommen hatte, um dieser langsamen Auffassungs-
gabe ein Gegengewicht zu geben.

Man wird vielleicht fragen, wie bei diesen ursprünglichen
Anlagen und der selbstständigen Ausbildung der materiellen Substrate der Geistesfunctionen sich ein Einfluß der Erziehung denken
lassen könne, während doch die Erfahrung einen solchen unwiderleglich nachweise. Wir läugnen denselben auch nicht, ob wir
gleich der Ansicht sind, daß er weit beschränkter sei, als man
sich gewöhnlich einbildet, und daß namentlich die sogenannte
Pädagogik oder Erziehungskunst der Schulmeister und Lehrer nur
höchst geringen Einfluß auf die körperliche wie geistige Entwickelung des Menschen von jeher geübt hat. Der Mensch ist vor
allen anderen ein geselliges Thier, darauf angewiesen, in größeren
Gemeinschaften zu leben und in dem Kindesalter durch den Trieb
der Nachahmung sich zu dieser Geselligkeit heranzubilden. Deshalb sehen wir das Kind allmählich nicht nur die äußeren Gewohnheiten, sondern auch die geistigen Gewohnheiten des Kreises
annehmen, in welchem es sich befindet; — es gewöhnt sich an
denselben Ideengang, dieselbe Art von Schlußfolgen, dieselbe
Anschauungsweise sämmtlicher Dinge, wie diejenigen sie besitzen,
nach welchen es sich modelt. Diese Annahme von Anderen wird
freilich sehr modificirt durch die ursprünglichen Anlagen des
Kindes. Je mehr diese den Gewohnheiten des Kreises, in welchem das Kind lebt, entsprechen, desto leichter wird es sich dieselben aneignen, indem schon die natürliche Entwickelung der
Anlagen zu dieser Annahme hinleitet; im entgegengesetzten Falle
wird es in seiner Entwickelung gehemmt werden, sobald die Gewohnheiten und Ansichten der Umgebung seinen Anlagen zu schroff
entgegen stehen. Deshalb ist das Aufwachsen in der Familie
selbst, in der Gesellschaft der Erzeuger, ein so wesentliches Erforderniß zur normalen Entwickelung des Kindes, zur gehörigen Ausbildung derjenigen Anlagen, welche ihm durch die Zeugung von
Vater und Mutter eingepflanzt wurden. Aus demselben Grunde
aber ist auch die Abschließung in der Familie das vortrefflichste
Mittel, um die einseitige Entwickelung der geistigen und körper-

lichen Eigenthümlichkeiten auf die Spitze zu treiben und dadurch die Rasse zu verderben. Das Leben in der engeren Familie soll die Anlagen zur Reife bringen, welche die Zeugung in das Kind legte; der Umgang mit Andern, mit Andersgesinnten soll die einseitige Entwickelung dieser Anlagen verhindern. Die Isolirung hat sich von jeher gerächt an denjenigen, welche sich dieselbe aufbürdeten, und wenn das unbestreitbare geistige Vorkommen des Adels und derjenigen Familien, welche in der Gesellschaft noch höheren Rang einnehmen, einen Grund hat, so ist es sicher dies Verbrechen an der geselligen Natur des Menschen, welches diese bevorzugten Familien durch Isolirung ihrer Kinder im jüngeren Alter begehen.

Es ist leicht einzusehen, warum gerade der Umgang, die gewöhnliche Beschäftigung mit diesen oder jenen geistigen Thätigkeiten auch auf dieselben bildend zurückwirkt. Jedes Organ im Körper, sei es welches es wolle, kann durch Uebung gestärkt, vervollkommnet und selbst einseitig ausgebildet werden. Es steht vollkommen in unserer Gewalt, einem sonst gesunden Kinde starke Beine oder starke Arme zu geben, je nachdem wir durch Uebung der Muskeln dieselben stählen. Nicht nur allseitige Ausübung der Muskelkraft, sondern auch jede einseitige Ausbildung dieses oder jenes Muskels, oder einer ganzen Reihe von Muskeln, ist möglich. Dasselbe aber können wir für die inneren Organe erreichen. Wir sind im Stande, durch besondere Nahrung nicht nur Fettablagerung oder Magerkeit zu bewirken, sondern auch einseitige Ausbildung einzelner Organe. Wenn auch diese Versuche nicht bei Menschen gemacht werden, so sind sie doch bei Thieren nicht ungewöhnlich, und wir wissen z. B. recht gut, wie wir eine Gans nähren müssen, um ihre Leber abnorm zu vergrößern. Das Gehirn ist von diesem Gesetze nicht ausgeschlossen; die Uebung einzelner Functionen desselben trägt auch zur Ausbildung des materiellen Substrates bei, und so kann auch die einseitige Ausbildung bestimmter Geistesthätigkeiten sehr wohl von außen her angeregt werden. Es liegt vollkommen in unserer Macht, ein welches Gemüth zur Schwärmerei oder zur

Melancholie, einen selbstständigen Geist zum Hochmuth und zum Stolze zu leiten. Darin liegt denn auch die Macht, welche die Erziehung über die geistige Bildung ausüben kann. Ich glaube, daß man aus physiologischen Principien die Möglichkeit läugnen muß, diese oder jene geistige Anlage auszurotten, da ihr materielles Substrat einmal vorhanden ist, das sich nicht wegschaffen läßt. Eben so wenig läßt sich einem Kinde, das eine platte oder aufgestülpte Nase erhalten soll, eine Adlernase anerziehen. Wenn daher Erzieher und Schulmeister sich brüsten, daß sie den Kindern edle Gefühle einflößen könnten, so kann man solche Selbstüberschätzung nur mit einem mitleidigen Lächeln abfertigen, und wenn dies gar während einiger Tagesstunden in der Schule, gelegentlich beim Lesen- und Schreibenlernen geschehen soll, so ist die Behauptung vollends kindisch zu nennen.

Eine wesentliche Epoche in dem kindlichen Leben ist diejenige, in welcher durch das Hervorbrechen der Zähne der werdende Mensch zu festerer Nahrung angewiesen wird, wo die Natur selbst nachweist, daß die Muttermilch nicht mehr zu dem raschen Wachsthum der Organe hinreicht. Die Gestalt der Milchzähne weist sicher darauf hin, daß das Kind wesentlich Fleischnahrung bedarf, das heißt mit anderen Worten, Eiweißstoffe, welche zum Aufbau besonders des Muskelfleisches verwendet werden. Die Glieder des Säuglings sind verhältnißmäßig noch sehr klein und unentwickelt, besonders dem ungestalten Kopfe gegenüber, in welchem wieder der blasenförmige runde Schädel ein bedeutendes Uebergewicht zeigt. Die Tendenz der bildenden Thätigkeit im Kindesalter geht deshalb wesentlich auf die Entwickelung der Extremitäten, die verhältnißmäßig weit mehr wachsen, als der Kopf, dessen äußerer Umfang weniger zunimmt, als sich seine inneren Theile ausbilden. Die Energie der Athemfunction, sowie der verschiedenen Secretionen, steht noch nicht in dem Verhältniß wie später; es werden, auch in Beziehung zu dem Körpergewichte, weniger Kohlensäure, weniger feste Stoffe in dem Urine entleert, als in dem Mannesalter, aus dem einfachen Grunde, weil Einnahme und Ausgabe nicht mit einander im Gleichgewicht stehen, sondern erstere bedeutend überwiegt und der Körper schnell an Masse und Gewicht zunimmt. Es ist deßhalb ein großer Fehler, wenn die Nahrung des Kindes und des wachsenden Jünglings so eingerichtet wird, daß mehr die Athemfunction und die Fettproduction begünstigt wird, als die Assimilirung von Eiweißsubstanzen. Die mehligen Nahrungsmittel, welche hauptsächlich nur Stärke und Zucker dem Organismus zuführen, sind deßhalb als Basis der Nahrung für das Kindesalter durchaus zu verwerfen und nur in solcher Menge zu geben, als dieß für die Erhaltung der Athemfunction nöthig ist. Dagegen ist ein wesentliches Bedürfniß Zuführung von Kalk und Phosphorsäure in der Nahrung, um das Skelett gehörig ausbilden zu können, das rasch wächst und ohne diese Zufuhr seine Knochensubstanz nicht gehörig ausbilden kann. Die Secretionen des Säuglings und Kindes, besonders der Urin, enthalten keinen phosphorsauren Kalk, wie bei dem Erwachsenen, und die unglücklichen Kinder, welche an der englischen Krankheit, der Rhachitis, leiden und den zur Knochenbildung bestimmten Kalk durch den Harn verlieren, ersetzen diesen Verlust durch Picken und Bohren an Kalkmauern, durch Verschlucken von Mörtel, wozu ein unwiderstehlicher Trieb sie verleitet.

Wenn es Aufgabe der Physiologie ist, zu erforschen, welches die Functionen des Körpers seien, so gehört sicher auch in den Kreis ihrer Beschäftigungen die Untersuchung der Art und Weise, wie diese Functionen gekräftigt und namentlich im unselbstständigen Lebensalter normal eingerichtet werden können. Es erweist sich nun hier als wesentliches Bedürfniß des Kindesalters: thätige Uebung der Muskelkraft in jeder Art und Beförderung der normalen Blutcirculation, welche leicht durch den Bildungsproceß des Gehirnes, durch Vermehrung des Athembedürfnisses, eine abnorme Richtung nach Kopf und Brust nimmt. Die häufigen Hirnwassersuchten, Luftröhren- und Lungenentzündungen, sind wesentlich in dieser abnormen Zuleitung des Blutes nach dem oberen Theile des Körpers zu suchen. Diese abnorme Zuleitung begünstigt man aber durch möglichst warme Bedeckung des Kopfes, Einwickeln und Einschnüren des Oberkörpers und, diesem entgegengesetzt, durch Entblößen der Beine. Man beruft sich auf die Bauernkinder, die selbst im Winter in bloßen Beinen herumlaufen und doch gesund sind. Vollkommen wahr! Allein sie laufen auch herum, und zwar im bloßen Kopfe und oft nur sehr nothdürftig am Körper bedeckt. Das stubenhockende Kindergeschlecht aber, das man englischer Mode zu Liebe einmal des Tages mit bloßen Beinen spazieren führt, das sonst sitzen und wohlerzogen sein muß, dem man Kopf, Brust und Hals über und über einhüllt, wie soll das sich normal entwickeln?

In geistiger Beziehung herrscht dieselbe Unvernunft, dasselbe System, das hier einschnürt und dort unbedeckt läßt. Das Kind will unterhalten, es will belehrt sein. Aber es sind nicht Sprachformen und grammatikalische Schwierigkeiten, die seine Neugierde reizen, sondern die Gegenstände der Außenwelt, die Handlungen der Umgebungen; alle Eindrücke, welche seine Sinne treffen, möchte es sich klar machen, ihr Warum? erforschen, von Aelteren darüber Auskunft haben. An diese unmittelbaren Eindrücke seiner Sinne knüpft das Kind seine selbstständigen Productionen, die wir Spiele der Phantasie zu nennen belieben, und worin es, seiner unzusammenhängenden Denkweise gemäß, das Erlebte, Empfundene zu nur ihm verständlichen Bildern zusammenfaßt, die uns älteren Lauschern etwa wie Träume unseres eigenen Gehirnes entgegen treten. Statt diese ursprüngliche Neugierde über natürliche Dinge zu befriedigen, statt ihr Nahrung zu geben durch vernünftige Erklärung der Gründe, welche das Kind wissen will, schlägt man diesen ursprünglichen Trieb entweder mit Sprachkeulen nieder, oder man lenkt ihn auf jämmerliche Nebenwege, die meist nur da sind, um die eigene Unwissenheit zu beschönigen. Daher denn dieser Wahnwitz, die Kinder im sechsten Jahre, im fünften schon Latein anfangen zu lassen; daher dieser Unverstand, der die Naturwissenschaften nicht für bildend hält, sondern ihnen nur den Werth eines Gedächtnißkrames einräumt, den man erst so spät als möglich einpfropfen müsse. Das Kind will wissen, warum es donnert und blitzt, weshalb das Wasser den Berg nicht hinauf fließt, und aus welchem Grunde es heute regnet und morgen die Sonne scheint; statt ihm hierfür Erklärungen zu geben, sagt man: » der liebe Gott hat's gemacht«, oder man weist es an seine lateinische Declination.

Der Eintritt der Mannbarkeit bezeichnet den Beginn derjenigen Periode des Lebens, in welcher das Wachsthum des Körpers aufhört, die einzelnen Functionen sich ins Gleichgewicht setzen und, als höchste Blüthe derselben, die Zeugungsfunction ausgeübt werden kann. Jedermann weiß, daß äußere Zeichen diesen Eintritt der Mannbarkeit angeben; bei dem männlichen Geschlechte das Hervorsprossen der Barthaare, die Erweiterung des Kehlkopfes und die daraus bewirkte Aenderung der Stimme. Es unterliegt keinem Zweifel, daß diese mit dem Eintritt der Geschlechtsfunction in dem engsten Zusammenhange steht, weshalb sie bei Castraten nicht erfolgt. Bei dem weiblichen Geschlechte ist es namentlich die Rundung des Busens, welche den Eintritt der Regeln und somit die geschlechtliche Reife ankündigt. Auffallendere äußere Zeichen dieser ersten Ausstoßung von befruchtungsfähigen Eiern fehlen bei dem weiblichen Geschlechte mehr, als bei dem männlichen, da die Stimme, wenn sie auch voller und klangreicher wird, doch nicht jene kräheude Uebergangsperiode besteht, wie bei dem Manne.

Es liegt nicht in unserer Absicht, hier längere Schilderungen zu geben von der Veredelung des Geschlechtstriebes durch die Liebe, von dem Einflusse, den die Geschlechtlichkeit überhaupt auf das ganze Leben ausübt. Nicht als ob wir diese Schilderungen der Physiologie entrückt glaubten; — allein der Umfang dieser Briefe ist schon zu groß geworden, um Dinge, die einem Jeden bekannt sind, hier zu wiederholen. Wohl aber sei es uns gestattet, noch einiges über das Greisenalter und über den Tod hier anzufügen, da man über diese Dinge weniger übereinstimmend denkt.

Jeder Organismus beschreibt einen gewissen Kreislauf von seiner ersten Entstehung bis zu seiner endlichen Vernichtung; er erreicht eine Lebenshöhe, auf welcher seine Functionen in allgemeinem Einklange stehen, von welcher er dann wieder abwärts geht. Diese Lebenshöhe findet sich in sehr ungleichen Abschnitten der zeitlichen Dauer des Organismus überhaupt; sie hat selbst nur sehr abwechselnde Länge des Bestandes. Schmetterlinge können Jahrelang als Raupe und Puppe zubringen, um nur wenige Tage in vollkommenem Zustande zu sein und unmittelbar nachher dem Tode verfallen. Hier ist also die Höhe des Lebens ganz an das Ende desselben gerückt. Bei anderen Thieren liegt sie mehr im Anfange. Wer wollte es läugnen, daß sie bei den Rankenfüßern z. B. in der Jugend liegt, wo das Thier frei umherschwimmt, mit Augen versehen ist, einen wohlgesonderten Kopf und gegliederte Bewegungsorgane hat, während das alte Thier festsitzt, keinen Kopf, keine Augen und verschrumpfte Füße hat? Man hat in diesem Falle, wo das Leben schnell zurücksinkt von seiner Höhe, dann aber sich in niederem Stande lange fortpflanzt, von rückschreitender Metamorphose gesprochen. Jedes Thier, jeder Organismus aber hat seine rückschreitende Metamorphose, die ihn dem Tode entgegenführt, und in denjenigen Thieren, welche dem Menschen am nächsten stehen, den Affen, hat man sie auf das Ueberzeugendste nachgewiesen. Bei diesen beginnt sie schon mit dem Mannesalter; — in gleichem Maße als der Kiefer länger wird, der Schädel seine runde Gestalt verliert und der ganze Kopf von der Menschenähnlichkeit, die der junge Affe besaß, herabsinkt, wird auch das Thier selbst dummer, wilder, in allen seinen geistigen Eigenschaften bornirter und unverträglicher.

Wenn hier die Höhe des Lebens schon während der Mannbarkeit vorübergeht, so ist sie dagegen bei dem Menschen mit dieser selbst verknüpft, und beginnt zu sinken, sobald die geschlechtliche Function aufhört. Ob dies früher oder später eintrete, ist vollkommen gleichgültig; die Zahl der Jahre macht hier Nichts zur Sache; wenn man von Thomas Parre erzählt, er habe bis

in das 140ste Altersjahr seinen ehelichen Pflichten getreulich
nachkommen können, so fing für diesen ganz besonders beglückten
Sterblichen das Greisenalter erst nach dieser späten Zeit an.
Die Ernährung sinkt während des Greisenalters allmählich; so
wie sämmtliche Functionen des Körpers nach und nach in ihrer
Energie nachlassen und einer allmählichen Vernichtung entgegen
gehen, so sinken auch die Geistesthätigkeiten allmählich von der
Höhe der Intelligenz herab. Wenn Lichtenberg von seinem
eigenen Greisenalter sagt: „Ich stecke jetzt meine ganze Thätigkeit
auf's Profitchen, Kohlen sind noch da, aber keine Flamme. Wenn
ich ehedem in meinem Kopfe nach Gedanken und Einfällen fischte,
so fing ich immer etwas; — jetzt kommen die Fische nicht mehr
so; — sie fangen an, sich auf dem Grunde zu versteinern und
ich muß sie heraushauen; zuweilen bekomme ich sie nur stückweise
heraus, wie die Versteinerungen von Monte Bolca, und flicke
dann aus den Stücken etwas zusammen."—Wenn Lichtenberg
das von sich selbst sagt, so malt er damit in wenigen treffenden
Zügen die Eigenthümlichkeiten des geistigen Lebens im Greisenalter. Die Zugänglichkeit von Außen, wie die Productivität von
Innen gehen bei dem Greise zu Grunde, und nach und nach
erlischt eine Fähigkeit des Geistes nach der andern, bis dem
völligen Stumpfsinne der Tod ein Ende macht.

Die Ehrfurcht, welche das Alter jedem sittlich gebildeten
Menschen einflößt, hat von jeher verleitet, dasselbe als die höchste
Blüthezeit der Intelligenz anzusehen. Wenn man diese Blüthe
im Zurücktreten der Leidenschaften, in der Unempfindlichkeit gegen
äußere Eindrücke, in dem Mangel höheren Schwunges, in der
Flachheit der geistigen Productionen, in dem Widerstande gegen
jeden Fortschritt sieht; so mag dem Alter wohl die Weisheit ge-
gönnt werden, die man ihm damit zuschreibt. Der Greis schließt
sich starr in seinen Ansichten und Meinungen ab; hat er in der
Wissenschaft, in höheren geistigen Regionen sich beschäftigt, so ist
er nicht nur nicht mehr fähig, deren Fortschritt zu fördern, sondern er faßt diesen Fortschritt auch nicht und beklagt sich, daß
man zurückgehe. In der Regel versagt er mißtrauisch allem

Neuen die Anerkennung; wo er aber dasselbe noch aufnimmt, da fühlt er nicht die neuen Richtungen, die sich anbahnen, da erfaßt er nicht die Veränderungen, welche in der Wissenschaft sich verbreiten und dieselbe umschaffen; — er findet im Gegentheile, daß er Alles schon seit langer Zeit wußte, oder daß mit allen neuen Thatsachen keine neue Richtung angebahnt werde, sondern das Ganze im alten Geleise bleiben müsse. Was die geistige Productionskraft betrifft, so kann man ohne Unrecht behaupten, daß die sämmtlichen Productionen von Greisen, die auch wirklich aus diesem Alter herrühren, vernichtet werden könnten, ohne den mindesten Schaden für Wissenschaften und Künste im weitesten Sinne des Wortes.

Der nothwendige Tod macht dieser rückschreitenden Metamorphose des Körpers und seiner geistigen Functionen ein Ende. Nicht ein besonderer krankhafter Zustand bedingt ihn, sondern eine gleichmäßige Abnahme der Lebensenergie aller Organe, die freilich meist in diesem oder jenem speciellen Organe eine tödtende Krankheit hervorruft.

Bis dahin begleitet die Physiologie den Organismus, mit der Vernichtung desselben hört auch sie auf.

———— ·—

Einunddreißigster Brief.

Statistische Physiologie.

Dem Geometer, der die Oberfläche der Erde von der Höhe seines absoluten Standpunktes als ein Ganzes betrachtet, verschwinden die Berge und Thäler, die Erhöhungen und Vertiefungen. Eine einzige gleichmäßig gekrümmte Fläche schlingt sich für ihn um den Erdenball herum, an dem riesige Gebirge nur wie winzige Sandkörner erscheinen. Erst als man den Höhenpunkt der mathematischen Speculation erklommen hatte, von dem aus die Unebenheiten des Reliefs verschwinden und ein allgemeines Niveau hergestellt wird; erst dann konnte man zu der Abstraction der mittleren Erdgestalt, zu der Berechnung ihrer Durchmesser, ihrer Größe, ihres Volums, zur Bestimmung ihrer astronomischen Verhältnisse zu den übrigen Sternen fortschreiten.

Die Gesellschaft verlangt eine ähnliche Betrachtungsweise. Der Blick des einzelnen Beobachters wird durch die einzelne Thatsache, durch die hervorstechende Persönlichkeit gefesselt; was die Meisten Erfahrung nennen, ist gewöhnlich die Uebertragung solcher einzelner, besonders vorragender und darum auch abnormer und außergewöhnlicher Thatsachen und Individualitäten auf das Ganze der Gesellschaft, die dadurch mit eingebildeten Eigenschaften ausgestattet wird, die ihr in keiner Weise angehören. Wenn es sich aber darum handelt, allgemeine Normen aufzufinden, welche für die Gesellschaft im Ganzen passen, so

muß man verfahren wie die Geometer und auf die Massen das
Augenmerk richten. Je größer die Massen, je zahlreicher die
Thatsachen, die man vergleicht und aus denen man die Resultate
zieht, desto mehr verschwinden die Einzelheiten, die Individuen,
die besonderen Eigenthümlichkeiten, und desto mehr tritt ein Mittelwerth hervor, der als allgemeines Gesetz sich geltend macht. Dieser
Mittelwerth ist freilich eine reine Abstraction — es ist möglich,
daß von tausend und aber tausend Factoren, die ihn zusammensetzen, auch nicht ein einziger wirklich genau mit ihm übereinstimmt —; aber nichts desto weniger zeigt dieser Mittelwerth
die Linie, um welche herum die sämmtlichen Factoren in nächster
Nähe sich gruppiren. So kann man denn auch aus der Betrachtung vieler Individuen, die unter sich wieder ähnlich sind
in Beziehung auf den Punkt, den man untersuchen will, eine
Mittelzahl für gewisse Werthe erhalten, welche die Norm für
diesen Werth angiebt. Je mehr Individuen zu einer solchen
Untersuchung dienen, je weiter der Raum ausgedehnt ist, auf den
sich die Beobachtungen beziehen; desto genauer wird die erhaltene
Mittelzahl sein, desto mehr wird sie dem wirklichen Gesetze sich
annähern, desto mehr auch für neu hinzukommende Fälle die
Normalzahl darstellen. Der Beobachter z. B., welcher nur den
Kreis seiner Bekannten benutzen kann, um durch Messung der
Körperlänge im Alter von zwanzig Jahren die mittlere Körper-
größe festzustellen, wird weit größeren Irrthümern ausgesetzt
sein, als Derjenige, welcher die Recrutenlisten eines Landes vergleicht. Der Eine hat vielleicht nur Städtebewohner, vielleicht
nur Individuen eines besonderen Standes untersuchen können,
die in besonderen Eigenthümlichkeiten übereinkommen, so daß
seine Mittelzahl zu groß oder zu klein ausfällt. Bei dem Andern
fallen diese Fehler weg, denn seine Beobachtungen umfassen alle
Bewohner eines großen Landes im Alter von zwanzig Jahren.
Seine Mittelzahl wird sich mehr der Wahrheit nähern, ohne
sie indeß vollständig darzustellen. Denn der Engländer ist im
Durchschnitte etwas größer, als der Franzose; der Nordländer
meist höher gewachsen, als der Südländer; die germanische

45 *

Raſſe größer, als die keltiſche oder die romaniſche. Erſt
Derjenige, welcher die Recrutenliſten ſämmtlicher Bewohner der
Erde (wenn ſolche unglücklicher Weiſe exiſtirten) berechnen könnte,
würde die wahre Mittelzahl erhalten: alle übrigen aber nähern
ſich um ſo mehr dieſer Wahrheit, je größere Mengen ſie
umfaſſen.

So geht denn aus ſolchen Unterſuchungen, welche auf die
verſchiedenſten Verhältniſſe ausgedehnt werden können, ein idealer
Mittelwerth hervor, welchen man den mittleren Menſchen genannt hat. Dieſer mittlere Menſch hat niemals exiſtirt
und wird niemals exiſtiren: er iſt eine ideelle Größe, ein
Mittelwerth, abſtrahirt aus dem Einzelnen; aber er iſt zugleich
die Norm des Menſchen in ſeiner zeitlichen Entwickelung auf
der Erde. Wir können beſtimmen, wie groß dieſer mittlere
Menſch in einem gewiſſen Alter iſt, wie oft ſein Herz ſchlägt
und ſeine Lunge athmet, welche Kraft er entwickeln kann, welches
Volum, welche Größe ſeine einzelnen Organe und Theile haben.
Dieſer mittlere Menſch, ſo wie er die Norm iſt, ſtellt auch zugleich das äſthetiſche Ideal dar, in welchem alle Organe gleichmäßig entwickelt ſind und in harmoniſcher Uebereinſtimmung
ſich befinden. Unbewußt meiſtens wendet man dieſe Norm auf
die Beurtheilung der Darſtellungen der menſchlichen Geſtalt an.
Der Maler oder Bildhauer, welcher ſich eine Abweichung von
der normalen Länge des Armes zu Schulden kommen ließe, die
nur ein Zwanzigſtel dieſer Länge betrüge, würde ſicher der Kritik
verfallen, und eine bedeutendere Abweichung würde unzweifelhaft
einem Jeden als grober Fehler erſcheinen.

Der mittlere Menſch geht ſomit aus der Betrachtung der
Geſellſchaft in Maſſe hervor. Seine Beziehungen zu der Geſellſchaft, ſeine Veränderung durch die Geſellſchaft, durch die
übrigen äußeren Einflüſſe, ſind Gegenſtand derſelben Betrachtungs-
weiſe. Die Zahl der Geburten und Sterbfälle, der Heirathen
und Verbrechen unterliegen ebenfalls einer ſicheren, faſt unveränderlichen Norm, die von dem jedesmaligen Stande der Geſellſchaft, ſo wie von äußeren, vom Menſchen unabhängigen

Einflüssen abhängt. Die Bedingungen des geselligen mittleren Menschen ändern sich vielfach im Laufe der Zeit und mit ihnen das aus ihnen gezogene Resultat. Die mittlere Lebensdauer, die Verhältnißzahl der Todesfälle und der Geburten, werden verändert durch Anhäusung der Bevölkerung an größeren Centralpunkten, durch veränderte Lebensweise, veränderte Nahrung, veränderte Beschäftigung. Mißernten, kalte Winter, heiße Sommer, Sümpfe, Ausdünstungen und eine Menge anderer, vom Willen der Menschen unabhängige Agentien können eingreisende Wirkungen äußern. Je weiter umfassend in Bezug auf Zeit und Raum die Factoren sind, die man in die Berechnung zieht, desto mehr verschwinden diese Wirkungen, während sie im umgekehrten Falle um so sichtbarer hervortreten.

Nicht nur die rein materielle, auch die geistige Sphäre des Menschen läßt sich in gleicher Weise betrachten und liefert ähnliche Ergebnisse. Freilich sind hier die Schwierigkeiten der Untersuchung größer, da man nur solche Handlungen ihr unterwerfen kann, die zu der Gesellschaft selbst in einer gewissen Beziehung stehen und deßhalb von dieser auch überwacht und einregistrirt werden, wie Verbrechen, Heirathen, oder Productionen solcher Art, die eine bleibende Spur hinterlassen. Das Resultat aber ist um so glänzender und liefert einen schönen Beweis für die Wahrheit der Sätze, die wir oben aus der Physiologie der Seelenthätigkeiten ableiteten. Je mehr scheinbar diese Handlungen von dem freien Willen des Einzelnen abhängen, desto mehr sind sie unter ein in engen Gränzen sich haltendes Gesetz gebeugt, das dem sogenannten freien Willen seinen kategorischen Imperativ zuherrscht. Der gesellige mittlere Mensch, wie ihn seine geistigen Productionen, seine Handlungen hinstellen, hat keinen freien Willen mehr, sondern gehorcht dem unabänderlichen Gesetze, das aus seiner Organisation hervorgeht. Das ist eine Seite der Forschung, die noch bei Weitem zu wenig erfaßt und bearbeitet worden ist. Man fühlt ihr Resultat mehr, als man sich desselben klar bewußt ist. Die ältere Geschichtschreibung hielt sich an die vorragenden Persönlichkeiten

und Thatsachen; die Erforschung der inneren Zustände, der
langsamen Entwickelung der Massen ist eine Aufgabe der neueren Zeit geworden. Diese Seite der Geschichtsforschung sucht
zu ergründen, wie sich der mittlere geistige Mensch, der keinen
freien Willen besitzt, im Laufe der Zeit entwickelt hat und welchen in der Organisation begründeten Gesetzen diese Entwickelung
gefolgt ist. Eine solche Forschung konnte erst dann angebahnt
werden, als man die Wichtigkeit der Massenresultate einsehen
gelernt hatte.

Verfolgen wir zuerst den mittleren Menschen in seiner individuellen Entwickelung durch das Leben hindurch. Schon bei
der Geburt zeigt sich ein Unterschied zwischen beiden Geschlechtern
in der Entwickelung des Körpers. Der neugeborene Knabe ist
im Allgemeinen um $\frac{1}{20}$ bis $\frac{1}{10}$ schwerer und um $\frac{1}{67}$ bis $\frac{1}{30}$
länger, als das neugeborene Mädchen. Die neugeborenen
Knaben wiegen nämlich im Durchschnitte 3,20 Kilogramm; die
neugeborenen Mädchen 2,91 Kilogramm, und die neugeborenen
Knaben messen 0,496 Meter, während die neugeborenen Mädchen 0,483 Meter messen. Unmittelbar nach der Geburt nimmt
das Kind nur äußerst wenige Nahrung zu sich, und da in den
ersten Tagen Ausleerungen bedeutender Mengen von Kindspech
erfolgen, so nimmt es an Gewicht in den ersten drei Tagen ab.
Dann aber steigt sein Gewicht mit rasender Schnelligkeit, während
zugleich die Körperlänge ganz bedeutend zunimmt, so daß am
Ende des ersten Jahres das Kind um zwei Fünftel länger geworden ist, als es bei der Geburt war. Das Wachsthum in
die Länge erreicht schneller sein Ende, als die Zunahme des Gewichtes, indem ersteres schon zwischen 20 bis 30 Jahren gänzlich vollendet wird, während der Mann das Maximum seines
Körpergewichtes um das vierzigste, die Frau dagegen um das
fünfzigste Lebensjahr erreicht. Der Mann ist dann 3,37 mal
länger und wiegt 20 mal schwerer als der neugeborene Knabe;
die Frau dagegen ist nur 19 mal schwerer als das neugeborene
Mädchen und nur 3,22 mal so lang. Setzt man das Körpergewicht des Neugeborenen gleich 1, so erhält man folgende Zahlen

für die Massenentwickelung des Menschen während seiner Lebensdauer:

Jahr	Mann	Weib	Jahr	Mann	Weib
0	1,000	1,000	14	12,113	12,612
1	2,953	3,021	15	13,631	13,872
2	3,544	3,667	16	15,522	14,973
3	3,897	4,052	17	16,616	16,268
4	4,447	4,467	18	18,078	17,536
5	4,928	4,985	20	18,789	17,986
6	5,388	5,498	25	19,668	18,810
7	5,060	6,028	30	19,891	18,670
8	6,488	6,557	40	19,897	18,980
9	7,078	7,840	50	19,891	19,299
10	7,868	8,088	60	19,357	18,560
11	8,469	8,815	70	18,600	17,701
12	9,310	10,246	80	18,072	16,966
13	10,744	11,320	90	18,072	16,955

Man sieht aus dieser Tabelle, daß die Körpermasse fort-
während in dem Greisenalter sinkt, wenn auch in weniger bedeutendem Verhältniß, als sie während der Jugend zugenommen
hat. Auch die Körperlänge nimmt in dem Greisenalter beständig
ab, nachdem sie von dreißig bis fünfzig Jahren sich auf derselben Höhe erhalten hat.

Betrachtet man die geistige Entwickelung des mittleren
Menschen, so zeigen sich übereinstimmende Resultate. Erst
neuerlich bin ich von einem älteren Arzte darauf aufmerksam
gemacht worden, daß in dem Greisenalter das Volumen des
Schädels abnimmt, nicht allein, wie man glauben könnte, durch
Vertrocknung der Kopfschwarte und Verminderung der Haare,
sondern, wie Jener versicherte, durch wirkliche Verkleinerung des
knöchernen Schädels. Kann es verwundern, wenn in Hinsicht
der geistigen Productionen dasselbe Verhältniß stattfindet und
wenn das Sprüchwort: vieux soldat, vieille bête — auch
auf die übrigen Stände seine Anwendung finden muß? Man
hat die Entwickelung des dramatischen Talents dadurch klar zu
machen gesucht, daß man die Productionsjahre der Hauptwerke
der englischen und französischen Bühne neben einander stellte

und nach ihrem Werthe classificirte. Die besten Trauerspiele fallen in die Lebensjahre zwischen 30 und 40; die besten Lust-spiele zwischen die Jahre 40 und 55; eine Erscheinung, die sich leicht erklärt, wenn man bedenkt, daß zu den Tragödien mehr Pathos, Einbildungskraft, Leidenschaft und Sentimentalität; zu den Lustspielen dagegen größere Menschenkenntniß, längere Beob-achtung, kritische Schärfe gehören. Die dramatischen Werke aber, welche nach dem 55. Lebensjahre in England und Frank-reich producirt wurden, gehören meistens zu demjenigen Schunde, der der Aufbewahrung nicht werth ist, und verdanken ihre Er-haltung oft nur dem Namen, der durch frühere Leistungen be-rühmt geworden war. Man kann wohl auch, ohne in derselben Weise, wie Quetelet, genauere Untersuchungen über die deut-schen Schriftsteller anzustellen, den Satz auf diese ausdehnen, und somit, auf statistische Gründe gestützt, manchem Dichter ein Halt zurufen. Auch in den übrigen Künsten und Wissenschaften findet man dasselbe Verhältniß wiederholt. Die philosophischen Systeme, welche mächtig in den Gang der Wissenschaften eingriffen, die gewaltigen Umwandlungen, welche von Einzelnen in Religion, Sitten und Gebräuchen hervorgebracht wurden, die großartigen Erfindungen und Verbesserungen, die in Künsten und Gewerben einen Umschwung hervorriefen, gingen und gehen alle von Männern aus, welche das Blüthenalter der körperlichen und geistigen Ent-wickelung nicht überschritten hatten. Die Thätigkeit des höheren Alters beschränkt sich bei den Bevorzugten auf Sammlung und Ausarbeitung der Entwürfe und der Gedanken, welche in dem jüngeren Alter zuerst gefaßt wurden, während sie bei dem minder Bevorzugten gänzlich zurücksinkt, oder selbst eine verderbliche Richtung einschlägt. So finden wir, daß Newton schon zu 24 Jahren die Differenzialrechnung erfand, im kräftigen Blüthen-alter seine darauf basirten Untersuchungen fortsetzend die Theorie der Schwere feststellte, später aber nichtsnutzigen theologischen Kram schrieb, der jetzt längst vergessen ist und seine frühere Thätigkeit förmlich verdammte. Lagrange bearbeitete schon zu 18 Jahren die Variationsrechnung; Raphael hatte in dem

30. Jahre seine sämmtlichen Compositionen ausgearbeitet und Mozart in demselben Lebensalter seine trefflichsten Werke geliefert. Christus, Schelling und Feuerbach können als Beweise desselben Satzes in den philosophischen Wissenschaften, Alexander der Große und Napoleon in der Sphäre der Feldherren, Arkwright und Jacquard in derjenigen der Erfinder dienen. Ueberall begegnen wir demselben Gesetze: daß die geistige Productionsfähigkeit mit der körperlichen erlischt und das höhere Alter demnach hinsichtlich seines Gehirnes eben so abnimmt, wie hinsichtlich seiner übrigen Körperorgane.

In Beziehung auf die Gesellschaft sind die wichtigsten Verhältnisse diejenigen, welche sich auf die Sterblichkeit beziehen. Wir führten schon an, daß in allen größeren Ländern mehr Knaben als Mädchen geboren werden, und daß im Mittel für Europa, so weit man die Bevölkerungslisten vergleichen konnte, 106 Knaben und 100 Mädchen geboren werden. Eben so erwähnten wir schon, daß dies Verhältniß hauptsächlich in dem Altersunterschiede der Zeugenden begründet ist, und daß in denjenigen Staaten, wo klimatische oder staatliche Verhältnisse den Mann erst spät zum Heirathen kommen lassen, die Zahl der neugeborenen Knaben auch um so größer ausfällt; deshalb finden wir in Rußland nahezu 109 Knaben auf 100 Mädchen; in Frankreich, den Niederlanden, Oestreich und Preußen etwa die Mittelzahl, in Würtemberg und Rheinpreußen, namentlich aber in England, etwas unter der Mittelzahl, nämlich nur 104 bis 105 Knaben auf 100 Mädchen. Auch erklärt sich aus demselben Umstande die Erscheinung, daß in den legitimen Ehen, zu deren Schließung der Mann sich erst eine gewisse Stellung in der Gesellschaft erobert haben muß, das Uebergewicht der Knaben bedeutender ausfällt, als bei den unehelichen Geburten, zu welchen meistens die Liebe gleichalteriger Zeugenden zusammenwirkt. In dem ersten Jahre schon gleicht sich indeß das Mißverhältniß zwischen den beiden Geschlechtern aus, indem verhältnißmäßig mehr Knaben todtgeboren werden und auch eine größere Verhältnißzahl männlicher Säuglinge im ersten Lebensjahre stirbt.

In dem ersten Lebensjahre ist die Sterblichkeit am Bedeutendsten. Der Uebergang aus dem fötalen Leben in das Säuglingsleben bedarf einer solchen Menge durchgreifender organischer Veränderungen, der Säugling selbst einer so großen Sorgfalt für die Erhaltung seiner sämmtlichen Functionen, daß es nicht verwundern darf, wenn in den ersten Lebensmonaten in den civilisirten Gegenden etwa $\frac{1}{8}$, in Rußland dagegen mehr als die Hälfte der Neugeborenen dahinstirbt. Hat der Säugling einmal das erste Lebensjahr überschritten, so sind die Gefahren, die ihm drohen, bei weitem verringert, und in einem Alter von 5 Jahren ist das Kind so weit gelangt, daß es am wenigsten ausgesetzt ist. Es ist demnach weit wahrscheinlicher, daß ein Kind von 5 Jahren noch mehr Jahre am Leben bleiben wird, als ein Neugeborenes, das diese kritische Periode noch nicht durchlebt hat. Untersucht man, wie viele Individuen von einer bestimmten Anzahl Geborener in einem gewissen Alter noch am Leben sind, so erhält man Zahlen, die man der Berechnung der wahrscheinlichen Lebensdauer zu Grunde legen kann, eine Berechnung, die besonders für Tontinen, Lebensversicherungsanstalten und ähnliche Unternehmungen von der größten Wichtigkeit ist. Wir geben hier eine Uebersicht der Anzahl von Individuen, welche von 10000 Geborenen zu gewissen Altern noch am Leben sind.

Alter in Jahren	Preußen nach Hoffmann (1820—1834)	Belgien nach Quetelet	Canton Bern nach Schneider
1	7606	7768	7787
10	5810	5826	6962
20	4852	5345	6558
30	4303	4676	6033
40	3748	4089	5446
50	3078	3479	4686
60	2364	2794	3680
70	1342	1702	2096
80	599	587	691
90	51	88	23

Außerordentlichen Einfluß auf die Sterblichkeitsverhältnisse haben die Nebenumstände, die auf äußeren Einwirkungen beruhen. Reichthum oder Armuth stehen hier in erster Linie, namentlich bei dem Kindesalter, das der sorgsamen Pflege bedarf. In Paris hat man bei Vergleichung der Todtenlisten aus den verschiedenen Stadtvierteln gefunden, daß in den wohlhabenden und reichen Quartieren auf 100 Todte 32 Kinder kamen, In den armen Stadtvierteln dagegen unter eben so viel Todten 59 Kinder sich befanden. In Berlin stellte sich das Verhältniß noch erschreckender heraus : — unter 100 Todten aus armen Familien waren 34 Kinder unter 5 Jahren, während für eben so viel Todte aus vornehmen und reichen Familien nicht ganz ein Kind von diesem Alter gerechnet werden konnte. Aber auch in den späteren Lebensaltern macht sich der Einfluß der Armuth geltend, wenn auch in geringerem Grade, da man wohl sagen muß, daß derjenige Organismus, der durch die Gefahren der ersten fünf Jahre sich durchgekämpft hat, eine bedeutende Zähigkeit haben muß. Die ärmsten Stände in Paris, wie Lumpensammler, sterben 10 Jahre früher aus, als die Reichen, von 25—80 Jahren ist ihr Tribut an den Kirchhof verhältnißmäßig weit größer. Nur in demjenigen Lebensalter, wo der Reichthum die Vergeudung aller Jugendkräfte gestattet, ist auch die Sterblichkeit in den höheren Ständen derjenigen der Armen gleich. Der Arme, sagt ein neuerer Schriftsteller, verliert nicht nur diese Annehmlichkeiten, sondern auch eine Reihe von Jahren seines eigenen Lebens und desjenigen seiner Kinder. Der Fluch lastet auf ihm von Anfang bis zu Ende; die Sichel des Todes trifft ihn und seine Nachkommenschaft mit der vollen Schärfe, während die Reicheren nur wie durch Zufall erfaßt werden.

Der Beruf des Menschen, sein Stand und seine Beschäftigung üben den größten Einfluß auf die Dauer des Lebens aus. Diejenigen Stände, welche in eingeschlossenen Räumen oder in jedem Wind und Wetter draußen arbeiten müssen, die nur geringen Verdienst haben und deren Schlaf öfter gestört wird, haben eine geringere Lebensdauer, als diejenigen, bei welchen

weniger Sorge, weniger Arbeit und ungestörter Schlaf, nebst
gemäßigtem und freiwilligem Aufenthalt im Freien vorhanden
sind. Arbeitslosigkeit ist eine der ersten Bedingungen eines
längeren Lebens, weshalb man denn auch in allen Ländern findet,
daß die zum Faullenzerleben privilegirten Geistlichen die längste
Lebensdauer besitzen, während die Aerzte, deren Nachtruhe häufig
gestört wird, überall unter den studirten Ständen die kürzeste
Lebensdauer haben. Riecke fand für die studirten Stände
Würtembergs, daß katholische Geistliche am längsten leben; —
nach ihnen unmittelbar folgen die evangelischen Geistlichen, dann
die Staatsdiener, bei welchen freilich die Waagschale für die
höheren Stellen günstiger ausfällt, als für die Subalternbeamten.
Hierauf kommen die Forstbeamten, dann die mit Stunden über-
häuften und schlecht bezahlten Schullehrer und endlich die Aerzte,
welche die kürzeste Lebensdauer zeigen. Lombard in Genf zog
aus den Todtenregistern von 1796—1830 sämmtliche über
18 Jahr alt Verstorbenen aus und ordnete sie nach den verschiedenen Ständen. Die mittlere Lebensdauer der 8400 Individuen, die er auf diese Weise seiner Berechnung unterzog, betrug
55 Jahre. Ueber diese Mittelzahl hinaus lebten folgende Stände:
Zimmerleute, Gerber, Maurer und Uhrmacher 55 Jahre und ein
Bruchtheil; Schenkwirthe 56 Jahre; Perückenmacher 57 Jahre;
Holzhauer, Kaufleute, Gerichtsdiener und Gießer 59 Jahre;
Gärtner und Weber 60 Jahre; Goldarbeiter und Subaltern-
beamte über 61½ Jahre; Großhändler 62 Jahre; reformirte
Geistliche 64 Jahre; Capitalisten 66 Jahre; die höheren Beamten
und Syndics der Republik sogar 69 Jahre; woraus man
nach den oben festgestellten Grundsätzen über die geistige Ent-
wickelung vielleicht den Schluß ziehen dürfte: daß Genf in der
erwähnten Zeit nicht mit außergewöhnlicher Einsicht regiert
wurde. Unter der mittleren Lebensdauer von 55 Jahren blieben
Bettmacher, Bauern, Graveure, Hufschmiede, Drucker, Schuster,
Schneider, Böttger und Aerzte, die höchstens 54 Jahre lebten;
Fleischer 53 Jahre; Taglöhner, Uhrgehäusmacher und Kattun-
drucker 52 Jahre; Fuhrleute und Schreiber 51 Jahre; Bäcker,

Schreiner, Bijoutiers und Schiffer 49 Jahre; Emailleurs 48 Jahre; Schlosser 47 Jahre; Lackirer 44 Jahre. Bei vielen dieser Gewerbe ist es die Noth, der unzureichende Lebensunterhalt, bei anderen die Schädlichkeit des Gewerbes selbst, bei dem Metalldünste oder sonstige schädliche Substanzen eingeathmet werden, was die mittlere Lebensdauer auf diese Weise herabdrückt.

Die Anhäufung der Menschen in größeren Centralpunkten, wie z. B. in volkreichen Städten, häuft eine Menge von Sterblichkeitsursachen, die auf dem Lande nicht existiren. Jedermann weiß, welchen schädlichen Einfluß das Zusammendrängen in engen Wohnungen ohne Luft und Licht, das Genießen verfälschter, verdorbener Nahrung und eine Menge andere Dinge haben, die auf dem Lande entweder nicht vorhanden sind, oder durch ihre Zerstreuung keine wesentliche Wirkung üben können. Auch hier stellt sich die größere Schädlichkeit in den früheren Lebensjahren heraus, so daß das spätere Lebensalter sogar vortheilhaftere Bedingungen in den Städten findet. Am Verderblichsten ist die Anhäufung größerer Fabriken, wie man daraus ersehen kann, daß in Mühlhausen in den Jahren 1823—1834 die wahrscheinliche Lebensdauer der Neugeborenen nur 7½ Jahr betrug, während sie für das ganze Departement des Oberrheins zwar auch noch, der vielen Fabrikorte wegen, sehr ungünstig ausfiel, aber doch durch die Beimischung einer größeren Landbevölkerung bis auf 13½ Jahr stieg. Und so können wir denn wohl als Resultat unserer ganzen Untersuchung bezeichnen: daß überall, wo größere Anhäufung und Mangel der materiellen Bedürfnisse und angestrengte Arbeit zusammenwirken, die ungünstigsten Bedingungen für die Fortdauer des Lebens hergestellt werden, während Wohlhabenheit, Befriedigung der Bedürfnisse, mehr zerstreutes Wohnen und Faullenzerei das Leben möglichst verlängern. Merkwürdig ist es allerdings, daß gerade die Arbeit, welche die Bedingung des Fortschrittes der Menschheit ist, darum auch wieder den Keim zu ihrem Verderben in sich trägt. Auf der andern Seite aber dürfen wir es als einen Beweis des Fortschrittes unserer Zeit ansehen, daß in der That die mittlere Lebensdauer in denjenigen Ländern, welche man genauer untersuchen konnte, in den letzten 50 Jahren bedeutend zugenommen hat, so daß man wohl sagen darf, daß die Anstrengungen, die man in dieser Richtung gemacht hat, von günstigem Erfolge gekrönt sind.

Es würde zu weit führen, wollten wir hier noch alle diejenigen Ursachen, die auf das Sterblichkeitsverhältniß Einfluß haben können, wie klimatische Verhältnisse, Noth-, Hunger- und Kriegsjahre, Pest und Seuchen näher in das Auge fassen; — nur das sei uns noch erlaubt hervorzuheben, daß gerade das Unvermeidliche, der Tod, am meisten durch den Willen und die Anstrengungen der Gesellschaft in seinen Resultaten modificirt werden kann, und daß keine Größe der statistischen Physiologie so schwankend und veränderlich, so sehr von äußeren Ursachen, staatlichen und gesellschaftlichen Umständen abhängig ist, als gerade die mittlere Lebensdauer.

Ganz anders verhält es sich, sobald wir die Entwickelung der geistigen Zustände in der Gesellschaft in das Auge fassen. Hier, wo man glauben sollte, daß Alles in den weitesten Gränzen fluctuiren müßte, ziehen sich diese im Gegentheile so enge zusammen, daß es kaum möglich ist, Schwankungen zu constatiren. Quetelet hat in Belgien Untersuchungen über die Resultate der Schulprüfungen angestellt. Während 20 Jahren war es fast immer dieselbe Commission, die mit geringen Personalabänderungen die Prüfungen beurtheilte und die erhaltenen Resultate durch angenommene Zahlen bezeichnete. Die Mittelzahl aus diesen Zahlen giebt einen numerischen Ausdruck für das Wissen des geprüften Individuums und läßt sich mit dem Ausdrucke anderer Individuen vergleichen. Die Mittelzahl aus allen Schülern genommen, ergiebt einen Ausdruck für den Studienwerth im Ganzen, der mit dem anderer Jahre verglichen werden kann. Man hat auf diese Weise gefunden, daß der Einfluß der Professoren auf den Mittelwerth der Leistungen der Schüler ziemlich unbedeutend ist, und daß im Durchschnitt dieser Mittel-

werth in den verschiedenen Jahren nur in sehr engen Gränzen
variirt.

Das Heirathen erscheint unter den Handlungen, welche den
Staat interessiren, als diejenige, welche am meisten von dem freien
Willen abhängt; und man sollte glauben, daß die jährliche Zahl
der Heirathen in einem bestimmten Lande je nach den Zeitver-
hältnissen außerordentlich verschieden sein müsse. Gerade das
Gegentheil findet statt. Die Zahl der Todesfälle in Belgien
z. B. ist bei weitem nicht so constant, als diejenige der Heirathen.
Im Verhältnisse zu der Volkszahl ist diese letztere Zahl genau
dieselbe geblieben während 20 auf einander folgenden Jahren. Der
Belgier zahlt seinen Tribut regelmäßiger an die Mairie, als an
den Todtengräber. Und nicht nur im Allgemeinen hat diese
Zahl ihre constante Größe behalten, sondern auch im Verhältniß
zum Alter ist sie dieselbe geblieben, und ebenso ist das Verhältniß
der Heirathen zwischen Junggesellen und Jungfrauen, Junggesellen und Wittwen, Wittwern und Jungfrauen, Wittwern und
Wittwen durchaus dasselbe geblieben. Hätte man gesetzliche Bestimmungen getroffen, wonach nur eine bestimmte Anzahl von
Heirathen und nur eine bestimmte Zahl für ein bestimmtes
Alter stattfinden sollte: diese Bestimmungen könnten nicht besser
eingehalten werden, als jetzt, wo die Heirath ganz in dem freien
Willen und der freien Uebereinkunft der Einzelnen begründet
ist. Dieselbe Gesetzmäßigkeit wiederholt sich in Hinsicht der Verbrechen, der Verstümmelungen, welche sich die Recruten beibringen,
um dem Kriegsdienste zu entgehen, hinsichtlich der Briefbesor-
gung, indem alljährlich eine bestimmte Anzahl offener Briefe,
mit unleserlichen Adressen oder ganz ohne Adresse auf die Post
geworfen werden. Alle diese scheinbar so zufälligen oder dem
freien Willen des Einzelnen unterworfenen Handlungen haben
ihre gesetzmäßige Regelung und ihre bestimmte Verhältnißzahl
zu der Gesellschaft, und man darf deshalb gewiß behaupten: daß
der freie Wille wohl für den Einzelnen, nicht aber für die Gesellschaft, die Nation, die ganze Menschheit besteht, die nach genau normirten Gesetzen in absoluter Nothwendigkeit sich fort-

bewegt. Diese Gesetze, sowie sie einerseits die individuellen Handlungen beherrschen und ihnen ihren Stempel aufdrücken, werden doch anderseits wieder durch die äußeren Verhältnisse und durch die eigenthümliche Organisation der Völker bedingt. So heirathet der Wallone im Durchschnitt zwei Jahre früher, als der Flamänder, und die verwittweten Personen verheirathen sich häufiger bei dem ersten Volk wieder, als bei dem letzteren. So erreicht der Trieb zum Verbrechen seine größte Höhe in Frankreich im 24., in England im 25., in Belgien im 26. Jahre, während die einzelnen Verbrechen ihr Maximum nach dem Alter der Verbrecher in folgender Ordnung erreichen: Diebstahl, Nothzucht, Schläge und Wunden, culposer Todtschlag, Mord, Vergiftung, endlich Fälschung. Man sieht demnach, daß die gewaltsamen Verbrechen mehr in jüngeren Jahren, die mit gewisser List verbundenen im höheren Lebensalter vorkommen. Auch für den Selbstmord existiren ähnliche Gesetze. Die Neigung dazu entwickelt sich von Kindheit an, nimmt bedeutend im Erwachsenen zu, und wächst beständig, aber langsam, bis zu dem höchsten Greisenalter.

Wir sind am Schlusse unserer Darstellung angelangt, die nur lückenhaft sein konnte auf so weitem Felde, das ohnedem nur mit Unterbrechungen angebaut ist. Möge es gelungen sein, klare Einsicht in oft verwickelte Vorgänge verschafft und Licht, wenn auch nur Streiflicht, über die Natur des Menschen, seine Organisation und seine Functionen geworfen zu haben. „Ich habe mich lange Zeit mit dem Studium der abstracten Wissenschaften beschäftigt," sagte Pascal. „Daß ich so wenig Leute fand, mit denen ich mich darüber unterhalten konnte, war mir befremdend. Als ich das Studium des Menschen begann, sah ich, daß die abstracten Wissenschaften dem Menschen entfernter liegen und daß ich bei ihrer Verfolgung mehr von meiner ursprünglichen Natur abkam, als Diejenigen, welche diesen Wissenschaften fremd blieben. Ich vergaß ihnen. Ich glaubte wenigstens bei dem Studium des Menschen Gefährten zu finden, weil diese Wissenschaft so den Menschen selbst betrifft. Ich irrte mich. Es giebt noch viel weniger Menschen, welche den Menschen studiren, als Solche, welche Mathematik treiben."

Möge uns dieser Vorwurf stets weniger gemacht werden können.

Druck von Wilhelm Keller in Gießen.